Nicole Drawer

Das Zeichen auf der Stirn

Roman

Knaur Taschenbuch Verlag

Besuchen Sie uns im Internet:
www.knaur.de

Originalausgabe August 2005

Ein Unternehmen der Droemerschen Verlagsanstalt
Th. Knaur Nachf. GmbH & Co. KG, München

Redaktion: Angela Troni
Umschlaggestaltung: ZERO Werbeagentur, München
Umschlagabbildung: Photonica
Satz: Ventura Publisher im Verlag
Druck und Bindung: Clausen & Bosse, Leck
Printed in Germany
ISBN 3-426- 62836-8

2 4 5 3 1

Für meine Mausebacke C. K.
Ohne dich läuft gar nichts.

PROLOG

Spätsommer 1992

Jetzt, da er vor ihm stand, konnte er den Hauch der Reinheit erkennen, die ihn vorher so berührt hatte.

Der blasse Junge neigte den Kopf ein wenig zur Seite, als wolle er die Perspektive verändern. Das Bild, das sich ihm bot, stellte ihn offenbar zufrieden, denn ein leichtes Lächeln machte sich auf seinem Gesicht breit, auch wenn die Enttäuschung in seinem Inneren noch immer wütete.

Er wollte trotz allem nicht glauben, dass seine Mutter Recht behalten sollte.

Nicht alle waren schlecht. Na ja, der hier vielleicht schon, zumindest war er nicht das, was seine Mutter eine »reine Seele« genannt hätte.

Er fragte sich, wie ein Mensch, der nicht reinen Herzens war, so arglos sein konnte. Er sah an sich herab und bemerkte die Blutflecken auf seinen Jeans und dem T-Shirt. Das Messgewand hatte er wohlweislich ausgezogen. Abgesehen davon war es viel zu heiß gewesen. Der Sommer bäumte sich noch einmal auf, und während es die letzten Wochen schon ein wenig kühler geworden war, brannte die Sonne heute wieder erbarmungslos vom Himmel. Er hatte es als Zeichen gedeutet.

Pater Stelling war nicht argwöhnisch gewesen, als er schüchtern an seine Tür geklopft und der Geistliche ihn hereingebeten hatte. Er hatte sich sogar nur flüchtig nach ihm umgeschaut und dann weiter in den Unterlagen auf seinem Schreibtisch gewühlt. Artig war er in der Tür stehen geblieben, er wollte dem Priester von Angesicht zu Angesicht gegenübertreten, ihm in die Augen blicken, sein falsches Lächeln in sich aufnehmen. Schließlich drehte sich der Pater um und kam freundlich auf ihn zu. Ob er ihm helfen könne, ob er ein Problem habe. Er legte ihm eine Hand auf die Schulter und wies ihm einen Platz auf dem Sofa zu. Die Worte aus dem Mund des Mannes, den er so sehr geliebt hatte, nahm er nur noch wie aus weiter Ferne wahr. Die Berührung jedoch brannte fast wie Feuer durch den Stoff auf seiner Haut. Es war, als sähe er einen Film, bei dem der Ton abgeschaltet war. Mechanisch antwortete er. Ja, er könne vielleicht helfen, aber nein, er habe kein Problem. Irgendetwas von Reinheit faselte er, von Wahrheit und Vergebung. Das Herablassende in dem Blick des älteren Mannes nahm er in jenem Moment zum ersten Mal wahr. Ob er um Vergebung nachsuche, fragte der Geistliche, ob er beichten wolle.

Nein, nicht beichten, wissen wolle er. Das Wissen um die Macht der Liebe, so wie seine Mutter es ihm immer erzählt hatte. Ob es so etwas gebe.

Gott liebt dich, lautete die Antwort. Er liebt alle seine Kinder, auch wenn sie nicht vollkommen und frei von Sünden sind.

Pater Stelling erzählte ihm von Jesus und wie er am Kreuz gestorben war. Wie er trotz aller Qualen um Vergebung für die Menschen gefleht hatte. Der alte Mann schilderte wohl zum hundertsten Male die Geschichte von Noah, wie er getanzt hatte, obwohl Gott ihn und damit die ganze Menschheit, ja sogar alles Leben, dem Untergang geweiht hatte. Noahs Liebe zu Gott habe nicht nachgelassen. Er habe sein Schicksal angenommen, wie Gott es erdacht hatte. Aber es sei die Liebe zu ihm gewesen, die Gott schließlich umstimmte und durch die Noah eine zweite Chance bekam.

Das sei die Macht der Liebe.

Das Herablassende war aus den Augen gewichen und machte Nachsicht Platz. Er konnte kaum atmen, so sehr traf ihn diese

Verlogenheit. Schreien wollte er. *Nicht Mitleid oder Nachsicht will ich, sondern Liebe suche ich. Von dir, Vater.* Aber der Priester wandte sich ab und schlug vor zu beten. Er sank vor dem kleinen Altar in der Ecke des Zimmers auf die Knie und forderte ihn auf, ebenfalls niederzuknien und gemeinsam ein Gebet zu sprechen. Alle Trauer fiel von dem mageren, blassen Jungen ab, und die eisige Kälte, die er schon so oft verspürt hatte, breitete sich langsam in seinem Körper aus. Er hatte keine Angst mehr, es zu tun, es musste sein. Langsam stand er auf und nahm den schweren silbernen Kerzenleuchter, der auf einem kleinen Tischchen stand, an sich. Dann trat er wie in Zeitlupe auf den mit dem Rücken zu ihm knienden Mann zu und streckte den Arm aus. Die Augen geschlossen, das Vaterunser auf den Lippen, umfasste er den Kerzenhalter mit beiden Händen und hob ihn hoch in die Luft, nur um ihn einen Moment später mit aller Kraft auf den Kopf des wehrlosen Mannes vor ihm niedersausen zu lassen.

Vater unser, der du bist im Himmel,

Er vernahm ein leichtes Knacken, wie von einem dürren Zweig.

Dein Reich komme, dein Wille geschehe,

Etwas, das wie ein leichtes Seufzen klang, entwich den Lippen des Mannes, und der Geistliche sank zur Seite.

Unser tägliches Brot gib uns heute,

Mit einem trockenen Aufschluchzen ließ sich der Junge auf die Knie fallen, die Hände noch immer fest um die Waffe geschlossen.

Und vergib uns unsere Schuld, wie auch wir vergeben unseren Schuldigern.

Nach einiger Zeit richtete er sich auf und betrachtete die reglose Gestalt vor sich. Die Augen des Toten standen offen, und für einen Moment schien es, als sähe ihm der Priester direkt ins

Herz. Aber er war zweifellos tot. Dennoch hielt der Junge den Blick starr auf die Brust seines Opfers gerichtet, bis er sicher war, dass sie sich nicht mehr hob und senkte.
Und führe uns nicht in Versuchung, sondern erlöse uns von dem Bösen.
Nur mühsam richtete er sich auf, die Beine bleischwer, und versuchte die Leiche an den Armen in die Mitte des Raumes zu ziehen. Es war schweißtreibend, aber schließlich befand sich der Priester da, wo er ihn haben wollte. Er legte ihn gerade auf den Rücken und schloss ihm vorsichtig mit der flachen Hand die starren Augen. Dann nahm er das mitgebrachte Messer aus der Tasche und schnitt ihm die Kehle durch. Die Arme ausgebreitet, die Füße eng zusammengeschoben, ließ er den Mann schließlich zurück. Er trat einen Schritt zurück und sank erneut auf die Knie. Ein tiefer Friede erfüllte ihn. Friede und Erleichterung. Die gerechte Strafe der Sünder, der Heuchler, der Lügner.
Ein letztes Mal bekreuzigte er sich und stand auf. Er nahm das Messgewand, das er beim Eintreten auf einen kleinen Stuhl gelegt hatte, und verließ das stille Pfarrhaus.
Denn dein ist das Reich und die Kraft und die Herrlichkeit in Ewigkeit.
Amen.

1

Tief in Gedanken versunken stand Sven Diekmann vor dem Bett. Vor ihm auf der blutgetränkten Matratze ruhte eine Frau mit wie im Gebet gefalteten Händen. Ihr magerer, fast ausgemergelter Körper lag mit züchtig geschlossenen Beinen lang hingestreckt da. Die dünnen mausbraunen Haare klebten ihr am Kopf, ihre Augen waren geschlossen.

Eine fast feierlich künstlerische, ästhetische Szene, als wolle ein Maler die Schönheit, die Natürlichkeit des nackten menschlichen Körpers hervorheben, ohne obszön zu werden. Das fahle Nachmittagslicht, durchsetzt mit vereinzelten Sonnenstrahlen, das durch die Jalousien fiel und den Staub in der Luft tanzen ließ, tat sein Übriges, um diese Ursprünglichkeit zu zeigen, und zwar fernab aller Illusionen.

Wäre nicht diese mittlerweile getrocknete Blutlache, in der die tote Frau lag, so hätte sich jeder Betrachter eine eigene Meinung über Schönheit und Ästhetik der Szene bilden können.

Aus der Nähe wirkte ihr Gesicht noch immer wie in Todesangst verzerrt. Die wächserne Blässe war alles andere als natürlich. Die Brüste der Toten waren abgeschnitten und rechts und links neben dem Leichnam drapiert worden.

Die Kehle wies eine klaffende Wunde auf, die aufgrund der Tiefe des geführten Schnittes einer Enthauptung gleichkam.

»Fiese Schweinerei, nicht, Chef?«

Die Stimme seines jüngsten Mitarbeiters rief den Leiter der Mordkommission aus seinen Gedanken zurück. Langsam wandte Sven Diekmann sich zu dem jungen Kollegen um. Im Allgemeinen lehnte er es ab, sich auf die Vorgesetztenebene zu begeben. Er betrachtete die Beamten in seiner Dienststelle lieber als Mitarbeiter und Kollegen, nicht als Untergebene. Das Gesicht des jungen Mannes neben ihm wirkte unnatürlich bleich unter den rotblonden Haaren, und auch wenn seine betont lässige Sprache offenbar ein Ventil für ihn war, so war Diekmann nicht gewillt, ein solches Verhalten zu dulden.

»Es ist kein Zeichen von Schwäche, Respekt vor den Toten zu haben. Ein ermordeter Mensch ist eines Großteils seiner Würde beraubt. Nehmen Sie ihm nicht noch den Rest davon, Martin.« Seine Stimme war nur noch ein Flüstern. Ein untrügliches Zeichen für Ärger.

Martin Feiler lief knallrot an. »Es tut mir Leid. Ich wollte nur …« Er brach ab. Was er wollte, sagte er nicht. Seine Stimme erstarb, und man sah ihm die Verlegenheit deutlich an.

»Schon gut. Uns allen geht es so.« In dem Versuch, seine Emotionen abzuschütteln und sich auf seine Arbeit zu konzentrieren, holte er tief Luft und fuhr fort: »Wissen wir schon Näheres über die Frau?«

Martin war erleichtert, dass sein Chef anscheinend nicht vorhatte, den von ihm begangenen Fauxpas noch weiter auszukosten, und blätterte eilig in seinem kleinen Notizblock.

»Verena Zenker, zweiunddreißig Jahre. Laut der Angaben in ihrem Personalausweis, den wir in ihrer Handtasche gefunden haben, wohnt sie erst seit knapp sechs Monaten hier. Viel mehr wissen wir noch nicht.«

Sven schwieg einen Moment und nickte dann. »Gut. Ich schlage vor, Sie kümmern sich erst mal um die Nachbarn. Finden Sie heraus, ob die Frau hier allein gelebt hat, ob sie oft Besuch hatte, ob irgendjemand etwas gehört hat und so weiter. Sie wissen schon, erst einmal die allgemeinen Dinge.« Er wedelte ungeduldig mit der Hand. Noch immer fiel es ihm schwer, sich von dem

Anblick der Toten zu lösen. Seufzend rieb er sich mit der Hand die Augen, bevor er sich von ihr losriss und sich abwandte.
»Herr Diekmann?«
»Ja?« Er drehte sich abrupt um und sah in das Gesicht von Julika, eine der Besten in seinem Team. Auch sie wirkte, wie alle Anwesenden, stark mitgenommen. Ein Anblick wie dieser ging an niemandem spurlos vorüber.
Julika war kleiner als er und ein wenig pummelig. Ihr gutmütiges Gesicht unter den schulterlangen Haaren wirkte verkrampft, und sie presste die Lippen aufeinander, bis nur noch ein schmaler Strich zu sehen war.
Er nahm sie am Arm und ging mit ihr ein paar Schritte in Richtung Flur. Erst jetzt fiel ihm auf, dass die Umgebung ein wenig armselig wirkte. Das Schlafzimmer, in dem die Tote lag, war spärlich und eher schäbig möbliert. Lediglich ein altes Bett und ein Schrank, den mehrere Holzkeilen unter den Füßen in einer einigermaßen waagerechten Stellung hielten, bildeten den Rahmen dieser schaurigen Szene.
»Was gibt's?«, wandte er sich erschöpft an sie. Für Julika als Frau musste der Anblick dieser Verstümmelungen noch schlimmer sein als für ihn.
»Eine Maria Markwitz hat die Tote gefunden. Ich habe sie erst einmal in die Küche gesetzt. Eine Beamtin ist bei ihr.«
Diekmann nickte. »Sehr gut. In welchem Verhältnis stand sie zu der Toten?«
»Nach allem, was ich bisher aus ihr herausbekommen habe, ist sie so etwas wie eine Freundin von ihr. Eigentlich wohl eher die Sozialarbeiterin, die sich um sie gekümmert hat. Sie spricht davon, dass Verena Zenker erst seit kurzem auf freiem Fuß sei.« Julika zuckte mit den Achseln und fügte wie entschuldigend hinzu: »Die Frau steht noch unter Schock.«

»Ist schon gut, Julika.« Er klopfte ihr leicht auf die Schulter. »Am besten, Sie warten unten auf das Spurensicherungsteam und weisen die Kollegen ein.«

Die junge Beamtin zögerte einen Moment und warf einen kurzen, unsicheren Blick auf die Tote. Schließlich stimmte sie erleichtert zu. Jeder hatte seine Schwachpunkte, und sie hatte beschlossen, die goldene Brücke zu überschreiten, die ihr Chef ihr gerade gebaut hatte. »Ist gut.« Sie drehte sich eiligst um und verschwand durch den dunklen Flur.

Diekmann folgte ihr langsamer und sah sich dabei flüchtig um. Es war eine kleine Zweizimmerwohnung mitten in Hamburg-Altona in einem heruntergekommenen Mietshaus aus der Jahrhundertwende.

Das Schlafzimmer lag am Ende eines lang gestreckten Flures, von dem ein kleines Badezimmer, kaum größer als ein Wandschrank, ein Wohnzimmer und die Küche in der Größe eines Fußballfeldes abgingen. Schlichte, hell getünchte Wände ohne Bilder verliehen den Räumen etwas Trostloses. Nur der mit einer leichten Staubschicht überzogene Nippes, der auf der kleinen Kommode im Flur stand, verlieh der Wohnung so etwas wie eine persönliche Note.

Er warf einen kurzen Blick in das Wohnzimmer. Eine Cordcouch mit dazu passenden Sesseln und eine Schrankwand, die fast die ganze rückwärtige Wand einnahm, dominierten den Raum. Beides sah alt, aber noch gut erhalten aus. Der Boden war, wie in der gesamten Wohnung, mit ausgetretenem Linoleum bedeckt. Es verlieh dem Ganzen eine kühle Atmosphäre, war jedoch makellos sauber. Jedes Detail wirkte liebevoll und ordentlich arrangiert, nichts war dem Zufall überlassen, so als habe jemand hier mehr als nur ein Heim schaffen wollen. Alles in allem machte es auf ihn den Eindruck einer Zuflucht.

Diekmann betrat die Wohnküche, in der eine junge uniformierte Polizistin mit hinter dem Rücken verschränkten Armen am Fenster stand. Sie schien ihren Blick auf einen unbestimmten Punkt an der Wand zu konzentrieren. Beim Eintritt des Kriminalbeamten fuhr sie hektisch herum, und fast befürchtete Sven, sie wolle salutieren. Er nickte ihr freundlich zu, und mit einem Nicken grüßte sie zögernd zurück. Erleichtert, dass man von ihr wohl keine dienstliche Meldung erwartete, verschränkte sie die Arme diesmal vor der Brust und suchte sich einen neuen Punkt an der Wand.

»Frau Markwitz?« Er trat an den kleinen Resopaltisch, an dem eine Frau von ungefähr vierzig Jahren saß. Sie trug Jeans und gefütterte Winterstiefel. Trotz der Wärme in der Wohnung hatte sie noch eine dicke Steppjacke an und eine Wollmütze auf dem Kopf. Aus dem Kragen der Jacke lugte eine Kapuze hervor.

»Ja?« Sie hob den Kopf. In ihrem Blick war noch das Entsetzen zu lesen, das sie angesichts ihrer toten Freundin empfunden haben musste. Ihre Augen waren unnatürlich weit aufgerissen, und der Mund stand ein wenig offen. Sie rang nach Atem, ihre Brust hob und senkte sich fast krampfartig.

»Mein Name ist Diekmann. Ich bin der Leiter der Mordkommission. Geht es Ihnen gut?« Er zog sich einen Stuhl heran und setzte sich ihr schräg gegenüber.

Fast erstaunt sah sie ihm in die Augen. »Ich weiß nicht.« Verwirrt, als müsse sie über die Frage selbst nachdenken, senkte sie wieder den Kopf. Beinahe zwanghaft zupfte sie an einem Pulloverärmel, der unter der Jacke hervorsah.

Diekmann betrachtete sie einen Moment und beugte sich ein wenig näher zu ihr. Behutsam bedeckte er mit seiner Hand ihre verkrampften, kalten Finger und sprach leise und eindringlich auf sie ein.

»Ich weiß, dass das alles für Sie sehr schwer sein muss, glauben Sie mir, aber ich brauche dringend ein paar Informationen, die Sie mir vielleicht geben können. Wie lange kannten Sie Frau Zenker?«

Maria Markwitz hatte aufgehört, mit ihrem Pullover zu spielen, und ließ die Hände auf den Tisch sinken. Die Stirn in Falten gelegt und offensichtlich dankbar, dass sie nicht mehr allein ihren Gedanken überlassen war, überlegte sie angestrengt.

»So ungefähr zwei Jahre. Sie ist damals zu uns gekommen, um sich in der betreuten Wohngruppe auf das Leben draußen vorzubereiten. Vor ungefähr sechs Monaten ist sie dann hierher gezogen, aber wir haben uns während der beiden Jahre angefreundet und auch privat Kontakt gehalten. Ich bin für sie als Sozialarbeiterin nicht mehr zuständig, müssen Sie wissen. Man dachte wohl, dass ich aufgrund der freundschaftlichen Nähe zu ihr nicht in der Lage sei, meinen Job ordentlich zu machen.«

Sven horchte auf. »Draußen? War Frau Zenker im Gefängnis?«

Sein Gegenüber schüttelte heftig den Kopf. »Nein. Sie ist nach zehn Jahren aus der Psychiatrie entlassen worden und war nicht in der Lage, sich ohne Hilfe ein eigenständiges Leben aufzubauen. Daher ist sie in unsere Gruppe gekommen.«

»Sie war krank? Was genau hatte sie?«

Maria Markwitz' kurzes Zögern war unverkennbar und löste in Sven ein Misstrauen aus, das eher seiner Wachsamkeit als seinen Vorurteilen entsprang. Langsam zog er seine Hand zurück.

»Nun, nicht direkt krank. Ich meine, sie hat vor langer Zeit etwas getan, wofür sie normalerweise ins Gefängnis gekommen wäre, aber dank eines Gutachtens hat man sie in die Klinik in Ochsenzoll eingewiesen.«

»Worum hat es sich bei dieser Straftat gehandelt?«

Maria Markwitz fing wieder an, hektisch an ihrem Pullover zu zupfen. Ein Faden hatte sich gelöst, und es war nur eine Frage der Zeit, wann sich eine Laufmasche den ganzen Ärmel hochschlängeln würde.

»Bitte verzeihen Sie, aber ich möchte nicht weiter über diese Sache reden. Ich wüsste auch nicht, warum das für Sie von Interesse sein sollte, zumal …« Ihre Atmung beschleunigte sich, das Zupfen am Ärmel wurde hektischer.

»Ist schon gut.« Dieses Mal legte Sven seine Hand auf ihren Arm und übte einen leichten Druck aus. »Warum genau hat man sie dieser Wohngruppe zugewiesen?«

»Wie gesagt, sie war gerade erst entlassen worden und hatte keine Ahnung, wie es weitergehen sollte. Sehen Sie, wenn Menschen aus dem Gefängnis kommen, oder wie Verena aus der Klinik, haben sie Schwierigkeiten, Arbeit oder eine Wohnung zu finden. Sobald die Vermieter einen Entlassungsschein aus einer Vollzugsanstalt sehen, schalten sie auf stur. Die meisten glauben, dass sie von solchen Mietern im Schlaf ermordet werden könnten.« Ihre Stimme klang bitter, und fast schien es, als spreche sie aus eigener Erfahrung. Wahrscheinlich hatte sie nur allzu oft erlebt, wie Menschen mit gutem Willen an den Vorurteilen anderer gescheitert und schließlich doch wieder in ihre alten Verhaltensmuster zurückgefallen waren.

»Wir haben Kontakt zu Jobvermittlern und auch zu einigen Firmen, die uns tatkräftig unterstützen, so dass wir jeden, für den wir verantwortlich sind, über kurz oder lang irgendwo unterbringen können. Verena hat in einer Röhrenfabrik hier in Altona im Schichtdienst gearbeitet. Sie hat sich dort sehr gut zurechtgefunden und ist mit der Zeit freier geworden. Zum Schluss ist sie auch schon mal allein weggegangen.«

»Kennen Sie irgendwelche Bekannten von ihr?«

Maria Markwitz schüttelte den Kopf. »Nein, so weit war sie noch nicht. Sie hat es nur genossen, hingehen zu können, wohin sie wollte. Mitunter hat sie sich in ein Café oder abends in eine Bar gesetzt und einfach die Leute beobachtet. Sie hat mir immer begeistert davon erzählt und von einer Zeit geträumt, in der auch sie wieder so sein würde wie die anderen. Sie wollte ihre ganze Vergangenheit hinter sich lassen, und ich bin sicher, sie hätte es auch geschafft, wenn nicht ...« Sie brach ab. Tränen schimmerten in ihren Augen, und verstohlen wischte sie sich übers Gesicht.

»Wir haben es gleich geschafft. Nur noch ein paar Fragen. Hatte Frau Zenker Verwandte?«

Mit tränenerstickter Stimme sprach Maria Markwitz weiter. Sie war sichtlich angeschlagen, und es war klar, dass sie erst einmal Ruhe brauchte, bevor Diekmann sie noch einmal eindringlich ins Verhör nehmen konnte. Aber das hatte Zeit.

»Ja, sie hat mal erzählt, dass ihre Mutter noch lebt, aber die wollte mit ihr nichts mehr zu tun haben, und so hat es auch während der ganzen zehn Jahre in der Klinik keine Besuche oder andere Kontakte gegeben. Sie hatte nur noch mich.« Die Tränen liefen ihr nun ungehindert über das Gesicht, und sie schien sich ihres Gefühlsausbruchs auch nicht mehr zu schämen.

»Was war mit Männerbekanntschaften?«

Maria Markwitz lachte unter Tränen freudlos auf. »Nein, die hatte sie ganz bestimmt nicht, das kann ich Ihnen garantieren.«

»Wie sind Sie hereingekommen?« Er versuchte die Frage so beiläufig wie möglich klingen zu lassen, immerhin hatte er es hier mit einer potenziellen Verdächtigen zu tun.

Die Antwort kam unbefangen. Sie merkte nicht im Geringsten, worauf er eigentlich hinaus wollte. »Ich habe einen Schlüssel, sehen Sie?« Fahrig griff sie in ihre Jackentasche und zog einen

Schlüsselbund heraus. Mit zitternden Fingern zeigte sie ihm den Wohnungsschlüssel. »Ich habe einfach aufgeschlossen.«

»Waren Sie verabredet?«

Maria Markwitz nickt eifrig. »Ja, heute Morgen zum Frühstück. Ich habe geklingelt und geklopft, aber niemand hat aufgemacht. Also bin ich wieder nach Hause gegangen, weil ich zuerst dachte, ich hätte Verena falsch verstanden und sie würde vielleicht arbeiten. Sie war sehr pflichtbewusst, müssen Sie wissen.« Sie zog geräuschvoll die Nase hoch und schwieg einen Moment. Sven dachte zunächst, sie habe seine Anwesenheit vergessen, und wollte sie schon auffordern weiterzusprechen, als sie plötzlich fortfuhr. »Ich habe dann noch ein paarmal versucht sie anzurufen, als jedoch niemand abnahm, habe ich in ihrer Firma angerufen. Dort hat man mir gesagt, dass sie freihabe. Ich habe mir allmählich Sorgen gemacht. Ich meine, sie hätte … hätte krank … sein können oder … vielleicht Depressionen … keine Ahnung. Also bin ich wieder hergefahren und habe erneut geklingelt. Als sie nicht aufgemacht hat, habe ich den Schlüssel benutzt. Und da …« Sie begann zu schluchzen. Sven gab ihr einen Moment, um sich zu fangen. Die Beamtin im Hintergrund rührte sich nicht. Sie hatte offensichtlich keinerlei Erfahrung mit solchen Fällen und daher anscheinend beschlossen, sich nicht um die Frau zu kümmern. *Sie lernen viel an der Polizeischule, aber Mitgefühl zu entwickeln gehört nicht dazu,* dachte Sven bitter.

»Warum haben Sie überhaupt einen Schlüssel?«

Die Frau schniefte noch einmal und antwortete, während sie mit dem Schlüsselbund spielte. »Wie gesagt, Verena hat manchmal unter Depressionen gelitten und war oft unfähig, aus dem Bett aufzustehen. Sie hat mir einen Schlüssel gegeben, damit ich jederzeit reinkam.«

»Frau Markwitz, wir werden uns in den nächsten Tagen eventuell noch einmal unterhalten müssen, aber ich denke, fürs Erste ist es genug, vielen Dank. Ich werde Sie von meinen Leuten nach Hause bringen lassen.« Er nickte der uniformierten Beamtin zu, die sich noch immer nicht vom Fleck gerührt hatte. Erleichtert setzte sie sich in Bewegung und trat auf Maria Markwitz zu. »Kommen Sie.« Nur zögernd erhob sich die Frau und ließ sich hinausführen.

»Einen Moment noch.« Sven fiel plötzlich ein, was Johanna Jensen, die Polizeipsychologin, ihm einmal gesagt hatte, nämlich dass es Mörder gab, die etwas vom Tatort mitnahmen und auch zurückließen.

Maria Markwitz hielt inne und drehte sich um. Sie sah ihn nur an und sagte kein Wort. Diekmann ging ein paar Schritte auf sie zu und blieb dann in einigem Abstand stehen.

»Noch eine letzte Frage. Ist Ihnen aufgefallen, ob etwas fehlt? Oder gibt es hier in der Wohnung etwas, was nicht hierher gehört?«

Maria Markwitz musterte ihn, als habe sie seine Worte gar nicht wahrgenommen.

Er machte noch einen Schritt auf sie zu. Da er größer war als sie, beugte er sich ein wenig zu ihr hinab. »Ich weiß, das ist sehr schwer für Sie, aber versuchen Sie sich zu konzentrieren, denken Sie nach. Es ist möglicherweise sehr wichtig für uns.« Er lächelte ihr aufmunternd zu.

»Also«, Maria Markwitz begann wieder fieberhaft an dem losen Faden zu zupfen, »ich glaube … ich bin mir nicht sicher, aber …« Sie holte tief Luft und begann abermals. »Ich glaube, der Teddy ist weg.«

»Der Teddy?«

Sie nickte. »Ja. Verena hat mir mal erzählt, sie hätte ihn von ihrem Opa geschenkt bekommen, als sie noch ein Baby war. Sie hatte ihn immer auf dem ... Bett ... liegen.« Sie machte eine unsichere Handbewegung in Richtung Schlafzimmer. »Ich habe ihn vorhin nicht gesehen, aber ich ...« Sie senkte den Kopf und brach ab.

Diekmann tätschelte ihr leicht den Arm. »Ist schon gut. Vielen Dank, Sie haben uns sehr geholfen.« Er sah Maria Markwitz, die nun endgültig die Wohnung verließ, einen Moment gedankenverloren hinterher.

»Chef? Die Spurensicherung ist jetzt da.«

Diekmann war sofort wieder bei der Sache. »Danke Julika. Tun Sie mir bitte noch einen Gefallen. Ich weiß, es ist schon ziemlich spät, aber versuchen Sie in der Klinik Ochsenzoll, Abteilung Psychiatrie, noch jemanden zu erreichen. Ich brauche die Akte von Verena Zenker. Veranlassen Sie auch bitte, dass uns die Gerichtsakten, sofern vorhanden, schnellstmöglich zugeschickt werden. Tut mir Leid, aber einer muss sich darum kümmern.«

Mit einer abwehrenden Geste entfernte sich Julika. Die Rücksichtnahme ihres Vorgesetzten brachte sie wohl ein wenig in Verlegenheit.

»So, Herr Diekmann. Ich bin hier fertig.« Der Gerichtsmediziner, Professor Reuschel, trat zu ihm. »Ich glaube nicht, dass ich Ihnen sagen muss, woran diese arme Frau gestorben ist, oder?« Seine Augen, die schon fast alles gesehen zu haben schienen, blitzten hinter den dicken Brillengläsern auf. Er zog sich die Latexhandschuhe von den Händen und knüllte sie zusammen.

»Können Sie sagen, wie lange sie schon tot ist?«

Der Arzt zuckte mit den Schultern. »Der Todeszeitpunkt war irgendwann letzte Nacht. Vielleicht in den frühen Morgenstunden. Aber ich sage es Ihnen noch genauer, wenn ich den Bericht fertig habe. Sie können mich ja anrufen, wir sprechen die Einzelheiten dann durch.«

»Danke, Doktor.«

»Ach, noch etwas. Das Kreuz, das man ihr auf die Stirn geritzt hat, das haben Sie doch sicher auch gesehen? Komische Sache, was?«

»Ja, wir werden dem nachgehen. Nochmals vielen Dank, Doktor.«

Sie gaben sich die Hand, und der Arzt verschwand im Dunkel des Flures.

Diekmann blieb allein in der Küche zurück und lauschte auf die Geräusche im Nebenzimmer. Leises Stimmengemurmel drang zu ihm herüber, und da die zunehmende Dunkelheit des Winternachmittags nun auch den letzten Rest Tageslicht verschluckte, hatten sie im Schlafzimmer starke Lampen aufgestellt. Der helle Lichtschein, der in den Flur fiel, nahm sich gespenstisch aus.

Eine tiefe Traurigkeit machte sich in ihm breit. Hier in der Küche, die wie kein anderer Raum den Aufbruch dieser jungen Frau deutlich werden ließ, wirkte die Tragödie mehr als in der übrigen Wohnung. Er sah blank geputzte Töpfe an Haken von der Decke hängen und Kochlöffel, die über dem alten Herd angebracht waren. Alles hatte hier seine Ordnung. Eine Ordnung, geschaffen von einer Frau, der man lange Zeit die Verantwortung für ihr Leben abgesprochen hatte und die hier begonnen hatte, ihre Vergangenheit hinter sich zu lassen.

Wie ein Schlag traf Sven die Erinnerung an den Brief, den er am Morgen aus seinem Briefkasten geholt und sofort weggeworfen hatte. Der kleine Zettel, der ihm so bedeutungslos vorgekommen war.

Es hatte nur ein Satz auf dieser Mitteilung gestanden, aber der

ließ ihn frösteln, und mit einem Male kam er sich unendlich einsam vor.
Der Satz war so merkwürdig, dass er ihn nicht so schnell vergessen würde. Jetzt erst recht nicht.
Ich bin zu euch gekommen, als Schaf unter Wölfen.

Siegfried Kausch wurde mit einem pelzigen Gefühl auf der Zunge wach. In seinem Kopf drehte sich alles, er war noch vollkommen benebelt. Irgendwann zwischen dem letzten Bier bei Willi, dem Wirt seiner Stammkneipe, und dem jetzigen Moment, lag alles im Nebel. Er wälzte sich in seinem schmierigen Bettzeug schwerfällig auf die Seite und sah auf die kleine Person neben sich. Lediglich ein paar schmutzig blonde Haare schauten unter der Decke hervor. Mit einem Seufzen ließ er sich in sein Kissen zurückfallen und rieb sich mit der Hand übers Gesicht.
Er spürte irgendetwas Klebriges auf seinen Schenkeln. Mit der Hand tastete er danach und schnüffelte anschließend an seinen Fingern. Es roch auch nicht anders als sonst, an seinen Körpergeruch hatte er sich mittlerweile gewöhnt. Seine Dusche hatte sich in letzter Zeit mehr und mehr zum Tummelplatz von Bakterien und Schmutz entwickelt, als ein Hort der Körperhygiene zu sein. Es gab Dinge in seinem Leben, die ihm einfach völlig unwichtig erschienen. Sauberkeit gehörte eindeutig dazu. Er dachte einen Moment nach, und endlich kam ganz langsam die Erinnerung zurück. Sein feistes Gesicht verzog sich zu einer hässlichen Fratze. Ach ja, als er mit dem Bengel wieder nach Hause gekommen war, hatte er es sich erst einmal von ihm besorgen lassen. Wozu hatte er ihn schließlich aufgenommen?
Willi hatte vorher ein Mordstheater veranstaltet, weil er den Jungen mitgebracht hatte. Er hatte irgendetwas davon gefaselt, dass er seine Konzession verlöre, wenn die Bullen mitbekämen,

dass er Minderjährige in sein Lokal lässt. Aber als der Junge das erste Mal etwas anderes als Mineralwasser oder Milch verlangt hatte, war Willi still gewesen. Das Geschäft stand eben über der Moral, die Aussicht auf Profit merzte alle Bedenken aus.
Es war doch immer dasselbe mit diesem verlogenen Pack. Zumindest machte Willi keine dummen Kommentare darüber, was er mit dem Jungen anstellte.
Wie hieß der Kerl überhaupt? Das Denken fiel ihm schwer, umnebelt, wie sein Hirn nach wie vor war. Außerdem, wen interessierte das schon? Irgendwo ganz hinten in seinem Kopf meldete sich eine leise Ahnung. Der Knilch hieß fast wie er, glaubte er zumindest. Wie war das noch? Ach ja, er hatte behauptet, er heiße Siggi. Ob das stimmte oder nicht, wusste er nicht, war ja auch egal. Wahrscheinlich nur so eine Art Künstlername. Genau wie bei den anderen Nutten. Diejenigen, die sich Chantal nannten, hießen doch in Wirklichkeit auch nur Angelika oder Claudia oder so ähnlich.
Er sah wieder auf den blonden Schopf neben sich, und plötzlich machte sich ein Würgen in seiner Kehle bemerkbar. Etwas wie Mitleid schwappte über ihn hinweg wie eine riesengroße Welle. Es hatte auch andere Zeiten gegeben, damals, als er noch nicht in diesem Loch gehaust hatte. Er sah sich in dem halbdunklen Zimmer mit den kaputten Möbeln und dem schmutzigen Bett um. Hier sah irgendwie alles aus wie zu Hause, damals bei Mama und seiner Schwester. Keine guten Erinnerungen, einfach nur Erinnerungen. Seine Mutter, schon am frühen Morgen ein mit Wodka randvoll gefülltes Glas in der Hand, und seine Schwester, aufgetakelt und aufgedonnert, als wolle sie sich einen Freier suchen, erschienen vor seinem geistigen Auge.
Beide waren immerzu missmutig gewesen, und wenn er mal wieder zu laut gewesen war, hatte es Schläge gehagelt. Nicht

dass es ihm geschadet hätte, aber als Kind hatte er das nicht verstanden. Irgendwann, er hatte keine Ahnung mehr, wie alt er damals eigentlich gewesen war, hatte er es dann mit dem kleinen Jungen versucht. Der war so nett und lustig gewesen, und er hatte sich wohl gefühlt, als er ihm an die Hose gefasst hatte, doch dann hatte das Balg plötzlich angefangen zu schreien und war weggelaufen. Nachdem seine Mutter davon Wind bekommen hatte, hatte sie ihn nicht nur vermöbelt, nein, sie hatte sein Ding mit einer Spülbürste abgeschrubbt. Seine Schwester hatte nur daneben gestanden und höhnisch gegrinst, die alte Schlampe.

Er hatte die Schule irgendwann abgebrochen und die elterliche Wohnung verlassen. Von wegen elterlich. Er verzog die Lippen zu einem höhnischen Grinsen. Wenn überhaupt, die Wohnung seiner Mutter. Seinen Vater hatte er nie kennen gelernt.

Jedenfalls hatte er ein paar Jahre lang mal hier, mal da gearbeitet, und als er alt genug war, hatte er bei einer Firma als Fahrer angefangen. Er hatte auch eine nette Frau kennen gelernt. Nicht dass sie eine Schönheit gewesen wäre, aber sie war sympathisch, und das erste Mal in seinem Leben hatte er so etwas wie Geborgenheit gespürt. Sie hatte ihn sogar ermutigt, den Schulabschluss nachzuholen und eine Lehre anzufangen. Er war dann auch tatsächlich wieder zur Schule gegangen – nach Feierabend natürlich, am Tag musste er ja arbeiten. Doch eines Abends war er nach Hause gekommen, und da hatte sie gelegen, mit einem anderen Kerl. Er hatte beide vermöbelt und sie aus der Wohnung geworfen. Danach hatte er sofort mit der Schule aufgehört, aber weiter gearbeitet.

Das mit den Nutten war nicht so gut gelaufen und außerdem verdammt teuer. Deswegen hatte er angefangen, am Hauptbahnhof herumzuschleichen und die Jungen zu beobachten, die für ein warmes Essen und ein Dach über dem Kopf oder einfach nur für den nächsten Schuss ihren Arsch jedem hinhielten, der dafür bezahlte. Er begriff schnell, dass er mit ihnen tun konnte, was er wollte, denn sie waren ihm ausgeliefert, da sie niemanden hatten, der ihnen half.

Und er? Ihm war es jetzt gleich. Irgendwann war auch noch der Lappen weg gewesen, weil er betrunken gefahren war, und mit dem Führerschein hatte er auch seinen Job verloren. Auch egal. Er hatte angefangen, sich die Bengels in die Wohnung zu holen, jeweils so lange, wie es ihm Spaß machte. Danach warf er den einen raus und holte sich den nächsten. Die monatliche Überweisung vom Sozialamt und das Geld, das er mit dem Verkauf der Kinderpornos verdiente, reichten aus zum Leben. Mehr wollte er eigentlich nicht: nur leben.

Dem Kleinen hier neben ihm ging es wohl fast so wie ihm. Kein Zuhause, niemanden, der sich um ihn kümmerte. Ein trockenes Schluchzen stieg in seiner Kehle hoch. Aber egal. Fast trotzig rieb er sich mit seinem Handrücken über die Augen. Er kümmerte sich doch, oder nicht? Der Bengel hatte nur zu tun, was er ihm sagte, und dafür hatte er es warm. Zumindest so lange, wie er, Siegfried Kausch, Bock auf ihn hatte.

Die Gesellschaft war ihm schließlich etwas schuldig, und was sie ihm nicht freiwillig gab, das holte er sich eben. Wen scherte es, ob er das durfte oder nicht? Ihm war es gleich.

Er brauchte ein Bier. Unsanft stieß er dem schlafenden Jungen neben ihm die Faust in den Rücken.

»He, steh auf. Ich will 'n Bier.«

Übermannt von seiner eigenen Wichtigkeit setzte sich Martin Feiler an seinen Schreibtisch.

Sven Diekmann hatte ihm die Vernehmung der Zeugen im Haus

dieser toten Frau übertragen. Er war von Tür zu Tür gegangen und hatte mit dem nötigen Ernst die Befragungen durchgeführt. Alle hatten ihm den Respekt entgegengebracht, den er sich erhofft hatte.

Die Ermittlungen in einem Mordfall waren eine große Herausforderung, und Diekmann hatte ihm eine Chance gegeben, obwohl er noch so jung war. Mit erst sechsundzwanzig Jahren hatte er es bereits ziemlich weit gebracht. Nach einem Studium an der Fachhochschule für öffentliche Verwaltung bei der Polizei in Hamburg hatte er sich bei der Mordkommission beworben und war sofort genommen worden. Diekmann kannte ihn von einem Praktikum, das er dort einmal absolviert hatte, und war wohl recht angetan.

Bei seiner Bewerbung sagten sie ihm, sobald eine Stelle frei werde, komme er in die engere Auswahl, und so hatte er abgewartet, wenn auch ungeduldig. Dann, vor drei Monaten war es endlich so weit. Einer der Mitarbeiter von Diekmann, ein gewisser Markus, hatte nach einer Entführung den Verstand verloren und war jetzt erst einmal auf unbestimmte Zeit krank geschrieben. Als Ersatz hatten sie Martin in das Team aufgenommen. Er wusste, dass dies zunächst nur ein vorübergehendes Arrangement war, hoffte jedoch, sich so unentbehrlich machen zu können, dass bald schon niemand mehr einen Gedanken an seinen Vorgänger verschwendete.

Zugegeben, das war nicht gerade die Art des feinen Mannes, aber Fairness konnte er sich nicht leisten. Er hatte gelernt, dass man sich mit so etwas wie Gewissensbissen oder Mitleid nicht aufhalten durfte, wenn man es zu etwas bringen wollte.

Schon als er während seiner Ausbildung an dieser Dienststelle gearbeitet hatte, hatte er großen Respekt für seinen Vorgesetzten entwickelt. Diekmann hatte ihn an allen Dingen teilhaben lassen und ihm nie das Gefühl vermittelt, minderwertig zu sein. Er sog alle Informationen auf wie ein Schwamm, und noch zu Hause arbeitete er das nach, was er im Dienst erfahren hatte. Die für seine Arbeit nötigen Gesetzestexte kannte er auswendig, und er hatte sich auch mit den einschlägigen Urteilen befasst, so dass ihm kaum einer etwas vormachen konnte, zumindest was die Theorie anbelangte.

Bereits seine Tante hatte ihm immer wieder eingebläut, dass man es nur mit Fleiß weiter brachte als andere. Und genau das hatte er vor.

Natürlich machten ihm manchmal die fürchterlichen Dinge zu schaffen, die er im Einsatz sah, aber auch dieser Kampf musste schließlich bestritten werden. Er atmete tief ein. Ja, so sah er sich. Als Kämpfer gegen das Böse.

Martin Feiler stammte aus einem kleinen Dorf nördlich von Hamburg, und schon früh hatte er sich entschlossen, einen Beruf zu ergreifen, der ihm sinnvoll erschien. Damals nahm er sich vor, dass er etwas Gutes tun wollte, etwas, was vielleicht nicht den Lauf der Welt veränderte, aber zumindest Besserung brachte, und zwar dort, wo Hilfe Not tat. Er war sich im Klaren darüber, dass seine Vorstellungen romantisch und seine Träume heroisch waren, doch er hatte all die Jahre daran festgehalten. Sein Onkel war von seinen Zukunftsplänen alles andere als erfreut gewesen. Er hatte eigentlich vorgehabt, seinen Neffen zu einem guten Handwerker zu machen, damit dieser dann später den familieneigenen Tischlereibetrieb übernehmen könne. Allerdings kam die Vorstellung, in einem kleinen Ort festgenagelt zu sein, sein Leben lang Parkett zu verlegen und jeden Tag ums Überleben kämpfen zu müssen, in Martins Träumen nicht allzu häufig vor. Es hatte viele Diskussionen gegeben, und sein

Onkel, ein eher einfach gestrickter Mann, hatte es so manches Mal verflucht, seinen Neffen nach dem Unfalltod seiner Schwester aufgenommen zu haben.

Martins Tante hatte sich aus allem herausgehalten. Sie war schon immer zu schwach gewesen, sich gegen ihren Mann zu wehren, geschweige denn durchzusetzen. Verächtlich zog er die Mundwinkel nach unten.

Sobald sich durch die Ausbildung bei der Polizei die Gelegenheit ergab, verließ er das Haus des Onkels – und er hatte es bis zum heutigen Tage nicht wieder betreten. Die Briefe seiner Tante beantwortete er nie, und irgendwann stellte auch sie das Schreiben ein.

Das Gefühl der Überlegenheit war schnell einer diffusen Einsamkeit gewichen, und nur langsam kam er in der fremden Stadt zurecht. Erst hier, an dieser Dienststelle, hatte er die Erfüllung seiner Träume gefunden, und er hatte nicht vor, sich das wieder nehmen zu lassen. Er wusste, dass er noch viel zu lernen hatte, und er war bereit dazu.

Martin stand auf, um sich aus dem kleinen Kühlschrank neben dem Fenster ein Glas Milch zu holen. Er hatte sich nie mit der Angewohnheit anfreunden können, literweise Kaffee zu trinken, und so manches Mal war er gutmütigen Spötteleien ausgesetzt, die er allerdings mit Fassung ertrug.

Trotz aller Zufriedenheit ärgerte er sich über sich selbst. Er hatte sich gestern Nachmittag ziemlich daneben benommen. Es war für ihn noch schwer, seine Gefühle beim Anblick einer Leiche zu kontrollieren, und so hatte er gedacht, es sei das Beste, mit einem flapsigen Spruch darüber hinwegzugehen. Er war ziemlich erstaunt, als Diekmann ihn zurechtgewiesen hatte. Eigentlich hatte er nicht damit gerechnet, dass sein Chef so emotional reagieren würde, und für einen Moment war er

peinlich berührt, hatte er doch gedacht, er selbst sei der Einzige, dem noch ein wenig schlecht wurde.
Die Zurechtweisung gab ihm das Gefühl, versagt zu haben. Er hatte plötzlich Angst, wieder in die hinterste Reihe zurückgesetzt zu werden. Wie ein kleines Kind, das den Schulunterricht stört. Er befürchtete, sein Chef werde ihn nunmehr im Auge behalten und seine Leistungen anders beurteilen. Die Furcht davor, in einem Augenblick der Schwäche falsch reagiert zu haben, schnürte ihm fast die Kehle zu. Aber gleich darauf stellte er fest, dass seine Ängste unbegründet waren. Schließlich hatte Diekmann ihm eigenverantwortlich eine wichtige Aufgabe übertragen.
Martin hatte sich geschworen, zukünftig Fehler dieser Art zu vermeiden. Außerdem würde er jede Aufgabe übernehmen, für die andere sich zu schade waren. Er würde notfalls sogar im Dreck wühlen, wenn das zur Aufklärung eines Mordfalles beitrüge.
Entschlossen klatschte er in die Hände und setzte sich an seinen Schreibtisch. Er hatte noch viel zu tun. Die Aussagen mussten geordnet und abgetippt werden, damit ein zusammenfassender Bericht heute Nachmittag auf dem Tisch seines Vorgesetzten lag.
Er würde das in ihn gesetzte Vertrauen nicht enttäuschen.

2

»Frau Dr. Jensen?«

Johanna riss sich von ihren Gedanken los. Sie hatte ihr Gegenüber tatsächlich vergessen. Mit einem Ruck drehte sie sich auf ihrem Stuhl um und sah den Mann an, der auf der anderen Seite ihres Schreibtisches saß.

»Entschuldigen Sie bitte. Sie hatten mich etwas gefragt?« Zum Teufel, sie wusste nicht einmal mehr, was er ihr in den letzten paar Minuten erzählt hatte. Mit einem verstohlenen Blick sah sie auf die Uhr und stellte fest, dass sie fast fünf Minuten vor sich hin geträumt hatte.

»Meinen Sie, dass sie zu mir zurückkommt?«

Der Mann ihr gegenüber war ungefähr so alt wie sie, also Mitte dreißig, allerdings sah er mindestens zehn Jahre älter aus.

Die stumpfen Augen, die fahle Haut und die erschlafften Gesichtsmuskeln zeugten von dem ungesunden Schichtdienst, den er verrichten musste. Aber auch von dem unkontrollierten Alkoholkonsum und nicht zuletzt von dem Schlafmangel, ausgelöst durch den Kummer, den er durchlebte, seit seine Frau ihn vor ungefähr einem Monat verlassen hatte. Dennoch war Johanna fast sicher, dass er auch davor nicht richtig geschlafen hatte. Seine Dämonen, freigesetzt durch seinen Alkoholkonsum, werden ihn kaum in Ruhe gelassen haben, dachte sie.

Die Psychologin versuchte dem Mann vor ihr in die Augen zu sehen. Sie spürte, dass es ihm eigentlich egal war, ob seine Frau zu ihm zurückkehrte, er wollte nur nicht allein sein. Wahrscheinlich hatte er sie die letzten Jahre ohnehin nicht richtig wahrgenommen, sei es aus Gleichgültigkeit, oder weil er einfach zu betrunken gewesen war. Seine blutunterlaufenen wässrigen Augen blickten stumpf in eine Welt, die er in ihrer Realität nicht mehr wahrnahm und die ihn nicht mehr verstand.

»Was denken Sie denn? Entscheidend ist, was Sie meinen.« Johanna bemühte sich um einen freundlichen und aufmunternden Tonfall. Sie hatte es sich im Laufe der Jahre angewöhnt, während der Therapiesitzungen die Stimme zu senken. Offenbar hatte es etwas Beruhigendes, wenn ihre Stimme dunkel klang. Mitunter flüsterte sie fast, aber je leiser und dunkler sie sprach, desto mehr hörten die Patienten zu.

Der Polizist zuckte mit den Achseln. Es wirkte mühsam, wie er die abfallenden Schultern fast bis zu den Ohren hochzog, nur um sie noch tiefer sinken zu lassen. Ein Schwall von Alkoholdunst erfasste sie, auch wenn er alle Mühe auf sich genommen hatte, die Folgen seiner Trunksucht mit einem billigen Aftershave zu überdecken.

»Lieben Sie Ihre Frau?« Am liebsten hätte sie sich auf die Zunge gebissen, doch dafür war es jetzt zu spät. Eine direkte Frage dieser Art war das Letzte, was ihm half. Er kannte sich kaum selbst, hatte offensichtlich seit Jahren jede Frage nach seinen eigenen Gefühlen erfolgreich unterdrückt, und jetzt kam sie und schoss frontal mit scharfer Munition. Sich seiner Empfindungen nicht im Geringsten im Klaren, musste er mit dieser Frage überfordert sein, und sie fragte sich, wie viel Arbeit der letzten Wochen sie damit zerstört hatte. Er war noch nicht bereit, eine solche Frage zu beantworten. Außerdem war sie ausnehmend töricht, denn seit er bei ihr in Behandlung war, also seit fast einem halben Jahr, sprach er von nichts anderem. Trotz allem war sich Johanna nicht sicher, ob er wirklich verstand, was das bedeutete. Sie vermutete, dass er Liebe mit dem warmen Essen verwechsel-

te, das nach Schichtende auf ihn wartete, und dem obligatorischen Bier vor dem Fernseher, das seine Frau ihm stets serviert hatte.
Sein Essen kam nun aus der Mikrowelle, und das Bier trank er immer öfter in der Kneipe.
Sein verständnisloser Blick bestätigte sie in ihrer Annahme, dass er überhaupt nicht wusste, wovon sie eigentlich redete.

»Kommen Sie rein, Julika.« Sven hatte bemerkt, wie seine Kollegin um die Ecke lugte, noch bevor sie anklopfen konnte.
»Ich hoffe, Sie haben einige gute Nachrichten für mich.« Sein leichtes Lächeln und die tiefen Falten entlang der Nasenflügel ließen die Müdigkeit erahnen, die er verspürte. Es war nicht so sehr eine körperliche Erschöpfung, sondern eher das Gefühl der Trauer für einen Menschen, den er nicht gekannt hatte und dem er nicht helfen konnte. Er wusste, die Bilder die er heute in sich aufgenommen hatte, würden ihn nicht so schnell wieder loslassen, da er nicht in der Lage war, Dinge aus seinem Bewusstsein auszuklammern, die er nicht zu ändern vermochte. Wahrscheinlich war es ein Übermaß an Fantasie, vielleicht aber auch nur das Wissen um die dunkle Seite seines Berufes.
»Kommt darauf an. Ich habe mich mit der Klinik Ochsenzoll in Verbindung gesetzt. Sie haben sich geweigert, die Krankenakte ohne richterlichen Beschluss herauszugeben. Also habe ich mich an das Gericht gewendet, was aber leider erst heute Morgen geklappt hat. Na ja, jedenfalls haben sie mir die Gerichts- und Krankenakten inzwischen per Boten zugeschickt.« Julika setzte sich Sven gegenüber und schlug die Beine übereinander. Sie begann in dem Ordner zu blättern, den sie mitgebracht hatte. Sven erkannte den roten Aktendeckel der Staatsanwaltschaft.

»Verena Zenker stand vor knapp zwölf Jahren vor Gericht. Sie hat nachweislich ihre beiden neugeborenen Babys ermordet.«

»Großer Gott.« Sven würde nie verstehen lernen, wie jemand seine Aggressionen an Kindern auslassen konnte. Entsetzt stellte er fest, dass sein Mitleid für die ermordete und verstümmelte Frau rapide sank. Er, der er vehement gegen die Todesstrafe, die noch in einigen Ländern der Erde praktiziert wurde, eingestellt war, sah plötzlich die Ermordung eines Menschen als gerechte Strafe an. Mit einem Mal hatte staatlich reglementierter Mord für ihn seinen Schrecken verloren und eine zweifelhafte Legitimation erhalten.

Julika fuhr fort, ohne dem Einwurf ihres Chefs Beachtung zu schenken. »Man hat später festgestellt, dass sie das erste Mal mit neunzehn Jahren schwanger war. Sie konnte die Schwangerschaft gut verstecken und hat das Baby irgendwo auf einer Toilette, wahrscheinlich in ihrer damaligen Wohnung, zur Welt gebracht und anschließend erstickt. Die Leiche hat sie in einem Müllcontainer entsorgt. Ein Jahr später dann dasselbe Spiel. Wieder wurde sie schwanger, nur dieses Mal hatte ihre Mutter wohl Lunte gerochen. Verena Zenker hat irgendetwas von Gewichtszunahme erzählt und das Kind erneut allein zur Welt gebracht. Als sie plötzlich wieder schlank war und die Fragen ihrer Mutter eher ausweichend beantwortete, schaltete diese die Polizei ein. Die Tochter wurde untersucht, und man stellte fest, dass sie schon mindestens ein Kind geboren hatte. Bei den anschließenden Vernehmungen brach sie zusammen.«

»Was ist mit dem Vater?« Sven hatte sich vorgebeugt und sah Julika mit zusammengekniffenen Augen konzentriert an.

Julika seufzte. »Tja, auch so ein Ding. Der Vater der Babys war zwanzig Jahre älter und geschieden. Er wollte keine Kinder mit seiner Geliebten, zumal seine Tochter aus erster Ehe genauso alt war wie seine Freundin. Er hatte davor wohl schon öfter angemerkt, dass er, sollte sie jemals von ihm schwanger werden, lediglich bereit sei, eine Abtreibung zu bezahlen. Ansonsten lehne er im Zweifelsfall jegliche Verantwortung ab.«

»Er hat von beiden Schwangerschaften nichts bemerkt?«

Julika zuckte mit den Schultern. »Er sagte bei der späteren Gerichtsverhandlung aus, es habe keine Anzeichen gegeben, die darauf schließen ließen. Sie hat ihm angeblich sehr schlüssig erklärt, dass sie aufgrund einer Hormonstörung Medikamente bekomme, die diese Gewichtszunahme ausgelöst hätten. Er hat es sich ganz schön leicht gemacht.«

»Warum hat sie die Kinder nicht einfach zur Adoption freigegeben?«

Die Trauer in Julikas Augen war fast Antwort genug. Sie konnte offensichtlich nicht fassen, wie jemand das Leben eines Kindes über sein eigenes Glück zu stellen vermochte. Sven musste daran denken, dass sie selbst Mutter eines fünfjährigen Kindes war.

»Sie war damals Studentin, soweit ich weiß Medizin. Sie hat während des Studiums in der Spedition ihres Freundes gearbeitet. Nach meinen Informationen in der Disposition. Also hatte sie, aus ihrer Sicht natürlich, zwei gute Gründe. Erstens wollte sie ihren Geliebten nicht verlieren, weil sie die ganze Zeit über gehofft hat, er werde sie eines Tages doch noch heiraten, und zweitens wollte sie ihren Job nicht verlieren. Sie hat das Geld gebraucht, um damit ihr Studium zu finanzieren.«

»Und sie ist dafür nicht ins Gefängnis gekommen?«

»Nein«, Julika schüttelte den Kopf. »Ein Gutachter hat festgestellt, dass sie nicht schuldfähig und außerdem sehr labil sei. Er hat vorgeschlagen, sie in die Psychiatrie einweisen und therapieren zu lassen. Das Gericht ist diesem Vorschlag gefolgt, und alle waren zufrieden. Das Gericht, die Staatsanwaltschaft und die Verteidigung.«

»Was ist mit ihren Eltern?«

»Beide haben bei der anschließenden Pressekonferenz eine flammende Rede gehalten, in der sie sich von ihrer Tochter losgesagt haben. Sie haben ihre Rolle als fassungslose Eltern wohl sehr gut gespielt. An die Babys haben sie kein Wort verschwendet. Die wurden übrigens auf Staatskosten beigesetzt. Der Vater von Verena Zenker ist zwei Jahre später gestorben, ihre Mutter wohnt noch immer in Hamburg-Eimsbüttel.«

»Ich schlage vor, wir suchen die Dame nachher mal auf und befragen sie. Vielleicht hat sich ihre Tochter nach ihrer Entlassung bei ihr gemeldet. Ich glaube zwar nicht, dass etwas dabei herauskommt, aber einen Versuch ist es allemal wert.«

Er dachte einen Moment nach, während sich Julika eine Notiz machte. Er konnte sich blind darauf verlassen, dass sie, ohne dass er es ihr explizit sagen musste, alles tun würde, um mehr über den familiären Hintergrund der getöteten Frau herauszufinden.

»Was hat die Spurensicherung ergeben?«

Julika tippte mit der Spitze ihres Bleistiftes im Takt auf ihren Ordner. Sie war nicht auf die Unterlagen angewiesen und sprach frei, ohne auch nur einen Blick darauf zu werfen. Sven konnte sich nicht daran erinnern, dass sie jemals unvorbereitet zu einer Besprechung erschienen war.

»An der Tür, besser gesagt am Schloss, hat es keine Aufbruchsspuren gegeben. Entweder hat Verena Zenker den Täter freiwillig hereingelassen, oder er hatte einen Schlüssel.« Sie schwieg einen Moment, bevor sie einen zaghaften Vorstoß wagte. »Mir ist natürlich sofort Maria Markwitz eingefallen, schließlich hat sie einen Schlüssel.«

Sven rieb sich mit beiden Händen über das Gesicht. Die Idee war ihm auch schon gekommen, trotz allem hatte er nicht vor, sich zu diesem Zeitpunkt der Ermittlungen auf irgendwelche windigen Theorien einzulassen. »Ich denke, es ist noch ein wenig zu früh, um sich auf sie zu konzentrieren. Noch etwas?«

»Ja. Wir haben Fasern an der Leiche gefunden, die sich bisher nicht zuordnen lassen, und die mit großer Wahrscheinlichkeit vom Täter stammen.«

»Solange wir keine Vergleichsspuren haben, dürfte uns das jedoch nicht sehr viel weiterbringen. Verwunderlich ist es schon, denn die meisten Täter hinterlassen keine Spuren mehr. Dazu sind sie zu professionell. Vielleicht ein Mord im Affekt?«

Julika zuckte mit den Schultern. »Möglich wäre es, aber vergessen Sie nicht, wie Verena Zenker drapiert wurde. Es war ja fast ein künstlerisches Arrangement.«

»Stimmt. Warten wir es erst einmal ab, bevor wir weiterspekulieren. Wie weit seid ihr?«

»Martin beschäftigt sich bereits den ganzen Vormittag mit der Abschrift der Aussagen. Die Rechtsmedizin hat sich bisher nicht gemeldet, aber Professor Reuschel hat zugesagt, sich die Frau noch heute Vormittag vorzunehmen. Ich werde gleich mal die Mutter von Verena Zenker anrufen, um einen Termin zu vereinbaren. Wollen Sie bei dem Gespräch dabei sein?«

»Ja, ich will mir die Frau gerne ansehen.«

»Gut.« Julika nickte noch ein letztes Mal in Diekmanns Richtung und verschwand. Er hörte, wie sich das Klappern ihrer flachen Absätze entfernte und allmählich in der allgemeinen Geräuschkulisse jenseits seines Büros unterging.

Als sich die Tür hinter ihrem letzten Patienten schloss, seufzte sie erleichtert auf.

Seitdem sie vor einigen Monaten für ein paar Tage über den Tellerrand hinausgesehen und das getan hatte, was sie eigentlich immer hatte tun wollen, nämlich einen Mordfall lösen, fiel ihr die eigentliche Arbeit, die therapeutische Betreuung psychisch angeschlagener Polizisten, immer schwerer. Die zum Teil zerrütteten Verhältnisse und die Labilität ihrer Patienten gingen ihr oftmals näher, als das wünschenswert wäre. Mittlerweile war sie so weit, einzusehen, dass es nur an ihrer eigenen Situation lag. Doch als dieser Gedanke ihr durch den Kopf schoss, verdrängte sie ihn sofort wieder. Es war stets unangenehm, sich mit seinen eigenen Gespenstern zu befassen.

Profiling war genau das, wofür sie studiert hatte, und das hatte sie bei ihrem ersten Fall anwenden können. Auch wenn dabei nicht alles so glatt gelaufen war, wie sie es sich zunächst vorgestellt hatte.

Sie hatte in die schwarze Seele eines Menschen geblickt (gütiger Gott, wie pathetisch das klang) und darüber fast die Kontrolle verloren.

Und um ein Haar auch ihr Leben.

Sie griff nach ihrem Kaffeebecher, der auf ihrer Schreibtischunterlage stand, und nahm einen Schluck von der eiskalten Brühe, die, wie es ihr mit einem Mal vorkam, schon seit gestern darauf wartete, getrunken zu werden.

»Das war der Letzte.« Jutta, ihre Sekretärin, war lautlos hereingekommen, mit einem Becher frischen Kaffee in der Hand. Ihr freundliches Lächeln ließ Johanna ein wenig entspannen. Sie legte den Kopf in den Nacken.

Die Kopfschmerzen, die sich schon den ganzen Nachmittag

angekündigt hatten, pochten nun heftig in den Schläfen und zogen sich bis in die Nackenmuskulatur. Selbst das Denken tat ihr weh, und sie sehnte sich nach ihrem Sofa zu Hause, nach Musik und einem Glas Wein.

Eigentlich sehnte sie sich nach einem Zustand, der das Denken ausschloss.

Sie ließ den Kopf noch einmal kreisen und hob ihn dann wieder.

»Sagen Sie, Jutta, sind eigentlich alle Polizisten suizidgefährdet?« Ihre Stimme sollte eigentlich belustigt klingen, aber sie selbst hörte die Bitterkeit, vermischt mit einer Spur Verachtung, deutlich heraus.

Jutta lachte leise. »Nein, nur diejenigen, die eigentlich gar nicht Polizisten hätten werden dürfen. Nicht jeder ist für diesen Job geeignet, aber viele fühlen sich berufen. Sollten Sie ihn nicht besser überweisen?« Damit spielte sie auf den letzten Patienten an, von dem Johanna wusste, dass er seinen Frust wahrscheinlich gerade mit einer Flasche Korn herunterspülte.

»Sie meinen in eine Entzugsklinik? Ja, das wäre wohl das Beste, obwohl er meint, es sei alles wieder in Ordnung, wenn nur seine Frau wiederkäme. Dass sie ihn wegen der Trinkerei verlassen hat, erkennt er nicht. Er merkt auch nicht, dass ihm der Alkohol im Weg steht.« Sie dachte einen Moment nach. Ihr fiel plötzlich auf, dass sie fast gar nichts von Jutta wusste. »Sind Sie eigentlich verheiratet?«

Sie sah einen flüchtigen Schatten über Juttas Gesicht huschen, aber er verschwand so schnell wieder, dass Johanna glaubte, sie hätte es sich nur eingebildet. Eine Sekunde später trug ihre Sekretärin wie so oft ein kleines Lächeln auf dem Gesicht, das eher nachsichtig wirkte. Sie tat, als habe sie die Frage gar nicht gehört.

»Hier«, Jutta legte ein paar lose Blätter auf den Schreibtisch, »ich brauche noch einige Unterschriften.«
Johanna nahm ihren Füller und kritzelte ihr unleserliches Kürzel auf die gestrichelten Linien. Sie hatte keine Ahnung, worum es sich im Einzelnen handelte. Sie überließ den größten Teil des Papierkrams Jutta, die wusste, an wen was zu welcher Zeit geschickt werden musste. Ihre Sekretärin war auch für die gesamte Abrechnung zuständig, mit der Johanna nie klargekommen war.
»Ich habe mal gehört, die Voraussetzung für eine gute Sekretärin sei, dass sie in der Lage sein muss, die Unterschriften ihrer Chefs zu fälschen. Sie wissen doch hoffentlich, was ich hier gerade abzeichne?«
Johanna sah mit einem gequälten Blick zu Jutta auf, die leise seufzte.
»Ich fälsche Unterschriften nur dann, wenn es sich wirklich lohnt, zum Beispiel, wenn ich in Ihrem Namen einen Antrag auf eine Gehaltserhöhung für mich einreiche.«
Johanna stimmte in das Lachen ein, »Na, dann bin ich ja beruhigt, ich dachte schon, Sie würden überhaupt keine Eigeninitiative entwickeln.«
Sie hatte das letzte Schriftstück unterzeichnet und schob den Packen Jutta hin, die ihn schweigend an sich nahm.
»Gehen Sie nach Hause, Jutta. Es ist Freitag und außerdem schon dunkel.«
»Ja, genau, schließlich haben wir fast Winter, und es ist um diese Uhrzeit jeden Tag so dunkel. Machen Sie sich auch bald auf den Weg?«
Johanna nickte. »O ja. Und wissen Sie, was ich tun werde? Ich genehmige mir erst mal ein schönes Glas Rotwein.«
»Lecker«, Jutta verzog genüsslich die Lippen, »das tue ich nach-

her auch.« Sie wandte sich zum Gehen. »Ich wünsche Ihnen ein schönes Wochenende. Und gönnen Sie sich mal was!« Johanna traf noch ein letzter prüfender Blick ihrer Assistentin, die wie eine Mutter über sie wachte.

Jutta war Anfang fünfzig und hatte keine Kinder. Sie hatte sich von Beginn ihrer Tätigkeit an immer hilfreich neben ihre Chefin, und wenn es mal notwendig gewesen war, sogar schützend vor sie gestellt. Johanna hatte gelernt, sich auf Jutta zu verlassen, und sie hatte auch hingenommen, dass die Sekretärin ihr mindestens einmal täglich im Geiste besänftigend über den Kopf strich.

Sie lächelte dankbar. »Das werde ich. Erholen Sie sich ebenfalls gut, Jutta. Bis Montag dann.« Nachdem sich die Tür hinter Jutta leise geschlossen hatte, räumte Johanna ihren Schreibtisch auf und verschloss die Protokolle ihrer Sitzungen in dem Safe, der in der Wand eingelassen war. Sie würde sie selbst abtippen, doch sie hatte jetzt keine Lust, sich die Probleme anderer Leute noch einmal zu vergegenwärtigen. Das konnte bis Montag warten. Mit einem Seufzer blickte sie sich im Raum um und nahm dann ihre Jacke. Sie knipste das Licht aus und ging durch das Vorzimmer, Juttas Reich, in den Flur des Gebäudes zum Treppenhaus.

Sie war mit ihrer Praxis, die als oberste Instanz des psychologischen Dienstes der Polizeibehörde angeschlossen war, in der zweiten Etage eines Trakts auf dem Gelände der Polizeischule in Hamburg-Alsterdorf untergebracht. Das ganze Areal lag in tiefer Dunkelheit, als sie das Gebäude verließ. Der kalte Wind, den der Winter mit sich brachte, fuhr ihr scharf in die Nase, und sie sog ihn tief ein. Dennoch genoss sie die Kühle, die nach dem langen Tag im Büro belebend wirkte.

Der Himmel war wolkenverhangen, und obwohl nicht einmal

vier Uhr nachmittags, war es fast vollkommen dunkel. Sie konnte keinen einzigen Stern in dem dichten Grau ausmachen.

Über die Bäume hinweg sah sie das Licht, das aus beleuchteten Zimmern im nahen Polizeipräsidium strahlte. Es war zu Fuß nur fünf Minuten dorthin, aber in der stillen Dunkelheit wirkte es Lichtjahre entfernt.

Als sie Schritte hinter sich hörte, fuhr sie erschrocken herum.

»Guten Abend, Frau Doktor.« Es war eine der Polizeistreifen, die mehr schlecht als recht auf dem Gelände patrouillierten. Johanna wusste, dass sich hier irgendwo auch die Hauptwaffen- und Munitionskammern der Polizei befanden.

»Oh, guten Abend, Herr Falk. Ich habe Sie gar nicht kommen hören.«

»Ich wollte Sie nicht erschrecken.« Das gutmütige, runde Gesicht des älteren Polizeibeamten verzog sich zu einer verlegenen Miene. Johanna glaubte sich zu erinnern, dass er bald in Pension ging. Sie sah ihn öfter über das Gelände streifen, und gelegentlich hatte sie mit ihm zusammen einen Kaffee getrunken. In den kurzen Gesprächen, die sie miteinander führten, hatte sie nie viel erfahren, außer dass er nach dem Tod seiner Frau sehr einsam geworden war. »Das nächste Mal werde ich pfeifen, wenn ich vorbeikomme. Ein schönes Wochenende.«

»Das mit dem Pfeifen ist eine gute Idee.« Johanna lächelte erleichtert. »Ihnen auch ein schönes Wochenende.«

Er tippte sich noch einmal an die Mütze und verschwand in der Dunkelheit. Für einen Moment war sie versucht, ihn zurückzurufen, doch sie ließ es sein und blickte dieser kleinen einsamen Gestalt nach, bis sie nicht mehr zu sehen war. Was hätte sie ihm auch sagen sollen? Dass sie ihn verstand? Dass sie mehr wissen wollte? Mehr worüber?

Sie setzte ihren Weg fort und erreichte den beleuchteten Parkplatz, auf dem sie ihr Auto abgestellt hatte.
Im Geiste ging sie noch einmal ihren nicht vorhandenen Einkaufszettel durch. Es wäre einfacher, die benötigten Dinge aufzuschreiben, schon um nicht Gefahr zu laufen, mehr zu kaufen, als sie eigentlich brauchte, aber selbst wenn sie alles notierte, würde sie garantiert den Zettel verlieren. Sie seufzte. Mitunter wunderte sie sich, dass sie noch nie vergessen hatte, morgens aufzustehen.
Müde fuhr sie vom Gelände und fädelte sich in den fließenden Verkehr ein. Sie war erstaunt, dass noch so viel auf den Straßen los war, doch dann fiel ihr ein, dass es ja noch nicht einmal fünf Uhr nachmittags war.
Dunkelheit verband sie wie die meisten Menschen mit Einsamkeit und Angst und vor allen Dingen mit dem Alleinsein.
Aber all das jagte ihr seit einiger Zeit keinen Schrecken mehr ein. Hatte sie vor wenigen Monaten noch an einem verregneten Sonntagmorgen am Fenster gestanden und sich selbst bemitleidet, so genoss sie jetzt das Alleinsein, das ihr gestattete, sich wieder im Bett umzudrehen und weiterzuschlafen.
Dunkelheit verschaffte ihr inzwischen vielmehr Beruhigung. Sie gab ihr die Möglichkeit, sich zurückzuziehen. Natürlich, es war eine Art von Verstecken, aber wer tat das nicht? Sie empfand die Dunkelheit mittlerweile als einen Freund, der bei ihr blieb und sie nicht verließ.
Mitunter erschreckte es sie, was in ihrem Kopf vor sich ging, und nicht zum ersten Mal dachte sie darüber nach, ob sie nicht kurz vorm Durchdrehen war. Plötzlich kam ihr Stefan in den Sinn.
Sie hatte versucht, Ordnung in ihr Leben zu bringen, und seit der letzten Auseinandersetzung benahm Stefan sich auch

vorbildlich und erschien nur noch in ihrer Wohnung, wenn sie ihn einlud. Seit einer halben Ewigkeit war es das erste Mal, dass sie das Tempo vorgab. Vor etwas mehr als drei Jahren hatte sie ihn kennen gelernt, und was das bedeutete, hatte sie bald am eigenen Leib erfahren. Hatte sie ihm zu Anfang seine angeblichen Geschäftsreisen noch abgenommen, war sie bald gezwungen zu lernen, dass er sie betrog.

Das Gefühl, ihm nun, zumindest emotional, weit überlegen zu sein, versetzte sie jedes Mal in Hochstimmung. Die Verbitterung verschwand allmählich, doch den letzten Schritt war sie noch nicht gegangen.

Die Situation, wie sie jetzt zwischen ihr und Stefan bestand, hatte sie sich jahrelang gewünscht, und es erstaunte sie schon sehr, dass sie ihm nun nicht mehr in die Arme sank. Sie behandelte ihn mehr und mehr als einen Bekannten, denn als einen Freund oder gar Liebhaber, und sie konnte sich nicht mal mehr daran erinnern, wann sie zuletzt miteinander geschlafen hatten.

Die hellen Lichter des Supermarktparkplatzes rissen sie aus ihren Gedanken.

Sie schlängelte sich zwischen den parkenden Autos hindurch und hielt nur wenige Schritte vor dem Eingang auf einem Frauenparkplatz. Nicht die Angst vor Überfällen bewog sie dazu, sich in die trügerische Sicherheit des Lichtes und anderer Menschen zu bringen, sondern eher ihre Bequemlichkeit, die ihr verbot, den Einkaufswagen kilometerweit zu ihrem Auto zurückzuschieben.

Um diese Zeit herrschte an den Kassen gerade eine Flaute, und so stand sie schon nach fünfzehn Minuten wieder auf dem Parkplatz. Mit einer Mischung aus Wehmut und Amüsement warf sie einen Blick in ihren Einkaufswagen. Der typische Singleeinkauf: zwei Liter Milch, ein Paket Kaffee, ein halbes Brot, drei Becher Joghurt, ein Fertiggericht.

Nachdem sie alles verstaut hatte, ließ sie sich aufatmend in die Polster ihres Autos fallen und fuhr zufrieden nach Hause.

Die Vorfreude auf einen ruhigen Abend bei einem Glas Rotwein machte sich in ihr breit, und kaum hatte sie in ihrer Küche die Einkäufe ausgepackt, zündete sie Kerzen an und goss sich ein Glas Merlot in eines ihrer Sammelgläser mit dem hübschen Weintraubenmuster. Mit einem tiefen Seufzer fiel sie auf ihr Sofa und legte die Beine hoch. Laut schmatzend nahm sie einen Schluck Wein und ließ ihn im Mund kreisen. Es war ein herrliches Gefühl, wenn sich der Wein warm verteilte, und voller Behagen stellte sie fest, dass ihre Lebensgeister zurückkehrten, indem sich ein wohliges Gefühl einstellte. Ihr fielen genügend Kollegen ein, die sie aufgrund einer solchen Behauptung besorgt ansehen und ihnen sagen würde, dass sie auf dem besten Wege seien, zu Alkoholiker zu werden.

Unfreiwillig kehrten ihre Gedanken zu Stefan zurück. Das ganze Thema lag ihr schwer im Magen, und sie fragte sich, warum es ihr so schwer fiel, eine Entscheidung zu fällen. An ihren Gefühlen zu ihm konnte es kaum liegen, denn eigentlich war in dieser Hinsicht nicht mehr viel übrig, was sie hätte an einer Trennung hindern können. Trotz allem kam es ihr so vor, als wolle sie sich eine Art Hintertür offen halten. Warum? Sie setzte sich kerzengerade hin. Lag es daran, dass sie mit großen Schritten auf die vierzig zuging? Hatte sie Angst, dass sie, wie hieß es noch so schön, »keinen mehr abbekam«? Selbst wenn das der Grund wäre, würde sie tatsächlich so tief sinken und sich nur wegen eines goldenen Ringes am richtigen Finger für einen Mann wie Stefan entscheiden? Ihr wurde gleichzeitig heiß und kalt. Allein die Vorstellung, eine solche Verzweiflungstat zu begehen, verursachte ihr Übelkeit.

Sven hatte beschlossen, Julika die Befragung zu überlassen, weil er das Gefühl hatte, dass sie als Frau eher Zugang zu Verena Zenkers Mutter fand.

Außerdem kämpften in ihm einfach zu viele widersprüchliche Gefühle. Einerseits hatte der Mensch in ihm Mitleid mit der misshandelten und getöteten Frau, andererseits sah sein zweites Ich, der Polizist, die Kindsmörderin in ihr. Eine Frau, die ihre neugeborenen Kinder einfach wegwarf wie andere Leute ihren Müll. Ihm war klar, dass es auch eine Frage der Professionalität war, doch er war schlichtweg nicht abgebrüht genug, und er hatte Angst vor dem Tag, an dem er es sein würde.

Er hatte die Gerichtsakten studiert. Hatte gelesen, dass sie verzweifelt gewesen sein musste. Trotz allem wollte es ihm nicht in den Kopf, wie jemand seine eigenen Bedürfnisse derart in den Vordergrund stellen konnte, dass er ihnen unschuldige Kinder opferte.

Jetzt war er auf dem Weg zu einer Frau, die ihr eigenes Kind verstoßen hatte. Nicht einmal im Ansatz war er in der Lage, sich auszumalen, wie es sein musste, zu erfahren, dass sein eigen Fleisch und Blut zu solchen Taten fähig war. Wäre es dann jedoch nicht die Pflicht der Eltern zu überlegen, wie es dazu kommen konnte? Lag es nicht in ihrer Verantwortung zu überdenken, ob mangelndes Vertrauen zu so einer Verzweiflungstat geführt hatte? Er hörte förmlich Johannas Stimme in seinem Kopf, die versuchte ihm klar zu machen, dass manche Menschen nie und nimmer der Tatsache ins Auge sehen würden, selbst versagt zu haben, nur um sich nicht eingestehen zu müssen, dass sie ein Leben lang falsch gehandelt hatten.

War das in diesem Fall auch so? Wollte eine alte Frau sich ihre Fehler nicht eingestehen, weil sie Angst hatte, ihr Leben verschwendet zu haben? Er konnte sich jedenfalls nicht vorstellen, sein eigenes Kind jahrelang in der Psychiatrie zu wissen, ohne sich um es zu kümmern. Er konnte sich allerdings auch nicht vorstellen, dass seine Tochter, die er zuletzt vor zehn Jahren gesehen hatte, zu einer Tat dieses Ausmaßes fähig wäre.
Julika, die hektisch anfing im Stadtplan zu blättern, riss ihn aus seinen Gedanken.
»Legen Sie den Stadtplan weg, Julika. Sie fahren noch ein Stück geradeaus und biegen an der nächsten Kreuzung links ab. Seien Sie aber vorsichtig, das ist an der Stelle eine Dreißigerzone. Danach ist es die zweite Straße rechts, und dann müssten wir eigentlich auch schon da sein.«
Die Beamtin nickte wortlos und fuhr wieder an. Den Stadtplan warf sie über die Schulter auf den Rücksitz.
»Haben Sie sich schon eine Strategie zurechtgelegt?« Sven verspürte auf einmal das Bedürfnis, sich zu unterhalten. Er wusste, dass er sich bei der anstehenden Vernehmung voll auf seine Kollegin verlassen konnte. Hätte er einen Zweifel gehegt, so hätte er die Sache selbst in die Hand genommen. Bevor sie antworten konnte, fuhr er fort. »Ich bin nur mitgekommen, weil ich mir die Frau mal ansehen will. Sie müssen keine Angst haben, ich habe nicht vor, Ihnen ins Handwerk zu pfuschen. Ich will mir lediglich ein Bild machen.«
»Ich glaube«, Julika sprach mit Bedacht, wie sie es immer tat. Er hatte nie erlebt, dass sie einmal die Ruhe verließ. »Ich glaube, ich werde mich einfach langsam vortasten und sehen, was passiert. Letztendlich wollen wir ja nur über Verena Zenkers Person etwas herausbekommen. Hinweise zur Tat wird uns die Mutter wohl kaum geben.«

Sven sah aus dem Fenster und rieb sich mehrmals kräftig über das Kinn. »Was erwartet uns ihrer Ansicht nach?«
Er registrierte einen schnellen Seitenblick von Julika.
»Sie meinen, ob wir eine gramgebeugte Frau und Mutter vorfinden werden?« Sie seufzte und wandte sich wieder der Straße zu. »Nein, ich rechne eher mit einer verbitterten alten Frau, die denkt, sie werde bestraft.«
»Glauben Sie das wirklich?« Sven hatte schon mehrfach festgestellt, dass Julikas Gedankengänge eher schnörkellos waren. Sie dachte scharf nach und kam schnell auf den Punkt. Das gefiel ihm an ihr.
Die Beamtin zuckte mit den Schultern. »Ich weiß nicht wieso, ich weiß nur, dass ich nicht verstehe, wie eine Mutter ihre Tochter dermaßen im Stich lassen kann. Zumal vor diesem Hintergrund. Ich habe mir das Video von der Pressekonferenz angesehen. Die Eltern haben dabei kein Wort über die toten Babys verloren. Es wirkte fast, als fühlten sie sich nur verraten. Tut mir Leid, damit kann ich nicht so recht umgehen. Aber keine Angst«, wieder ein Seitenblick auf Sven, dieses Mal mit einem leichten Lächeln auf den Lippen, »ich bin Profi. Ich lasse mir nichts anmerken.« Sie beugte sich ein wenig nach vorn und sah die Fassaden der Häuser hinauf. »Wir sind da.«
Sven folgte ihrem Blick. Hübsche kleine Stadtvillen säumten die Straße. Sie standen sich zu beiden Seiten gegenüber und vermittelten den Eindruck wohlhabender Vornehmheit.
Unwillkürlich musste Sven an die armselige Wohnung denken, in der Verena Zenker zuletzt gewohnt hatte. Eine Welle des Mitleids überkam ihn und gleichzeitig Wut auf die unbekannte Frau, mit der sie gleich sprechen würden. Julika parkte ein wenig abseits, und sie mussten ein Stück zurückgehen. Dem Vorgarten sah man auf den ersten Blick an, dass hier professionelle Hilfe in

Anspruch genommen wurde. Das Namensschild aus Messing war blank poliert, die Fliesen, die zur Haustür führten, wirkten trotz des matschigen Wetters wie frisch geputzt.

Julika hatte kaum den Finger von der Klingel genommen, als sich auch schon klappernde Absätze näherten. Sven wusste nicht recht, was er eigentlich erwartet hatte, dennoch war er einigermaßen überrascht, einer älteren Ausgabe von Verena Zenker gegenuberzustehen. So hätte die Frau also mal ausgesehen, wenn nicht ein Mörder allen Zukunftshoffnungen ein Ende gesetzt hätte.

»Ja, bitte?« Eine Hand locker in der Tasche einer leichten Seidenhose vergraben, stand Verenas Mutter vor ihnen, das graue Haar nach der neuesten Mode frisiert. Keine Spur in dem heiteren Gesicht zeugte davon, dass dieser Mensch erst vor kurzem einen Verlust erlitten hatte.

Julika zückte ihren Dienstausweis und hielt ihn der Frau unter die Nase. »Kriminalpolizei. Mein Name ist Gebhardt. Das ist mein Kollege, Herr Diekmann. Wir hätten Sie gerne einen Moment gesprochen.«

Fast augenblicklich veränderte sich die freundliche Miene der Frau.

»Es geht wahrscheinlich um den Tod meiner Tochter. Ich kann Ihnen dazu nichts sagen, ich habe den Kontakt zu ihr schon vor geraumer Zeit abgebrochen. Guten Tag.« Sie machte Anstalten die Tür zu schließen, doch Julika legte eine Hand darauf und hielt mit einem leichten Druck dagegen.

»Wir wissen, dass Sie uns keine Hinweise auf den oder die Täter geben können, wir möchten uns nur ein Bild Ihrer Tochter machen. Also …«, sie hielt kurz inne und lächelte, wie es schien, schüchtern. Sven wusste es besser. »Dürften wir einen Moment hereinkommen?«

Frau Zenker blickte von einem zum anderen, und fast glaubte Sven, er könne hören, was sie dachte. Die Verachtung, die sie für ihre Tochter verspürt hatte, ging nun auf die beiden Polizeibeamten über, die es wagten, sie daran zu erinnern, dass sie eine Mörderin in der Familie gehabt hatte.
»Also gut, kommen Sie herein.« Sie drehte sich um und ging schnurstracks einen langen Flur entlang, wobei sie es den beiden überließ, die Tür hinter sich zu schließen.
Sie folgten ihr in ein großes Wohnzimmer.
Frau Zenker blieb in der Mitte des Raumes stehen und drehte sich zu ihren Besuchern um. Es war offensichtlich, dass sie nicht vorhatte, gastfreundlich zu sein und Sven und Julika einen Platz anzubieten.
»Nun?« Ihre Stimme hätte einen Vulkan zu Eis erstarren lassen können.
Während Julika gemächlich einen Block zückte, blickte sich Sven unauffällig in dem Raum um. Hier sollte augenscheinlich Eleganz vermittelt werden. Doch irgendwie war alles nur überladen und erzeugte in ihm beinahe ein Gefühl von Platzangst. Eine schwere braune, anscheinend sehr teure Ledergarnitur dominierte das Zimmer. Umrahmt von allerlei Nippes aus Zinn und Silber, verschwand das Sitzmöbel jedoch fast vollständig. Den Kamin an der linken, dem Fenster abgewandten Seite, zierten zahllose, wie Sven fand, geschmacklose und kitschige Plastikblumen. Abgewetzte Perserteppiche verschluckten jeden Schritt, und der am Fenster stehende Spieltisch, auf dem ein Schachbrett auf zwei Kontrahenten wartete, wirkte unbenutzt.
Ihm fielen die Buchattrappen im Wohnzimmer seiner Großmutter ein. Sie war immer der Meinung gewesen, dass Buchrücken automatisch die Belesenheit ihrer Besitzer dokumentierten.

»Gut, Frau Zenker«, Julika begann zu sprechen, ohne den Blick von ihrem Block zu nehmen, »hat sich Ihre Tochter in letzter Zeit bei Ihnen gemeldet?«
Die ältere Frau seufzte übertrieben und legte beide Handflächen aneinander. Ihr Blick schweifte gelangweilt durch den Raum. »Ich sagte doch bereits, dass ich jeden Kontakt zu meiner Tochter abgebrochen habe.«
»Meine Frage zielte auch dahin, ob sich Ihre Tochter bei Ihnen gemeldet hat.« Julika hatte die Augen nun fest auf Frau Zenker gerichtet und wartete ab.«
»Sie hat noch einige Zeit nach ihrer … ihrer … na ja, Sie wissen schon, versucht, mir zu schreiben, aber ich habe die Annahme der Briefe verweigert, und so hat sie schließlich aufgehört. Vor einiger Zeit, das müssen so zwei oder drei Jahre her sein, ist erneut ein Brief gekommen, aber auch der hat mich nicht interessiert.«
Sie hatte nun beide Hände vor der Brust verschränkt und hielt den Kopf hoch. Man sah förmlich, wie stolz sie auf ihre konsequente Handlungsweise war. Sven fragte sich, ob sie als Mutter schon immer so hart und unnachgiebig gewesen war. Traurig musste er daran denken, dass Verena wahrscheinlich genauso einsam gestorben war, wie sie gelebt hatte. Wie sie auch hier in ihrem Elternhaus gelebt hatte.
Julika ließ nicht locker. »Warum haben Sie den Kontakt zu Ihrer Tochter abgebrochen?«
Frau Zenker blickte entsetzt auf das pummelige Gesicht vor ihr. »Diese Frage erstaunt mich nun wirklich über alle Maßen, junge Frau. Sie glauben doch nicht ernsthaft, dass ich mit diesem Monster, nach allem, was damals passiert ist, noch etwas zu tun haben wollte. Schließlich hat sie ihre beiden Bastarde ermordet. Und genau genommen hat sie auch ihren Vater ins Grab

gebracht. Er ist zwei Jahre nach ihrer Verurteilung gestorben. Egal, was die Ärzte sagen, ich bin noch immer überzeugt davon, dass der Grund sein gebrochenes Herz war. Alles haben wir für das Kind getan. Und wie hat sie es uns gedankt?« Die Frau hatte sich regelrecht in Rage geredet. Auf ihren Wangen zeigten sich hektische rote Flecken, ihr Mund wirkte verkniffen.

Julikas Geduld war wie weggewischt. Sven merkte, dass sie sich nur mit Mühe beherrschte.

»Sie war immerhin Ihre Tochter.«

»Ich habe seit zwölf Jahren keine Tochter mehr.« Ihre Stimme war leise geworden, und indem sie sich mit spitzen Fingern das rechte untere Augenlid rieb, wollte sie den Eindruck vermitteln, dass sie weinte. Sven sah genau, dass sich nicht eine Träne ihren Weg durch die sorgfältig geschminkten Augen bahnte. »Wenn Sie jetzt bitte …« Fast theatralisch und ein wenig übertrieben ließ sie ihre Stimme ersterben.

»Natürlich. Einen schönen Tag noch. Bitte bemühen Sie sich nicht. Wir finden den Weg.« Julika machte schon auf dem Absatz kehrt. Sven wollte ihr gerade folgen, aber dann hielt er in der Bewegung inne. Bis zu diesem Moment hatte er die Befragung schweigend verfolgt, jetzt richtete er das Wort an die stolze Frau, die doch so armselig wirkte.

»Bitte entschuldigen Sie, Frau Zenker, ich hätte da noch eine Frage.«

Die Angesprochene hob mit Leidensmiene den Blick und sah ihm gespielt flehentlich in die Augen.

Sven legte einen Finger an die Nase, so als müsse er sich die Frage sorgfältig überlegen. »Sagen Sie mal, Frau Zenker, ist Ihnen eigentlich je in den Sinn gekommen, dass die beiden ›Bastarde‹, wie Sie sie nennen, Ihre Enkelkinder waren?«

Die Türen des Fahrstuhles hatten sich kaum hinter ihr geschlossen, da hatte sie den eben erledigten Job auch schon fast vergessen.
Sie ließ ihren Kopf im Nacken kreisen und schloss die Augen. Eigentlich ein recht angenehmer Job, aber eben nur ein Job. Mit ihren Gedanken war sie mittlerweile ganz woanders. Ihr fiel ein, dass sie noch einen Termin bei der Bank hatte. Sie wollte die letzte Rate für ihre Eigentumswohnung tilgen.
Endlich hatte sie es geschafft. Die Wohnung war bezahlt, ihre Aktien gewannen fast täglich an Wert. Sie hatte mehr als genug. Viele ihre Kolleginnen hatten Träume. Die meisten wollten eine Boutique eröffnen, Mode entwerfen oder einen reichen Mann heiraten. Natürlich war dieser Traummann, mit viel Geld und vor allen Dingen attraktiv, ein Stammkunde, der sich in seine Lieblingsnutte verliebt hatte. Ein einsamer Mann eben, der bloß Zuwendung brauchte.
Monika Lang lachte leise. Unglaublich.
Der leichte Ruck, der durch die Kabine fuhr, zeigte ihr, dass der Fahrstuhl im Erdgeschoss angekommen war.
Sie straffte die Schultern und wartete darauf, dass die Türen aufglitten.
In diesem Hotel hatte sie es noch gut. Hier durfte sie mit dem Fahrstuhl fahren. Das *Royal Beach* lag an der Elbchaussee, direkt neben dem Fischereihafenrestaurant.
Sie fragte sich, wer wohl auf diesen albernen Namen gekommen war. Egal, auf jeden Fall war es gut frequentiert. Zum größten Teil handelte es sich um Geschäftsreisende, von denen auch einige zu ihren Stammkunden zählten. Der Freier von heute allerdings nicht, der war sehr schweigsam, er betrachtete Sex wohl eher als eine mechanische Übung denn als eine erwartete Befriedigung.

Ein wenig unheimlich war er ihr schon gewesen, aber zumindest war er nicht pervers.
Hastig trat sie aus dem Aufzug in das Foyer des Hotels. Sie hatte den Mann, mit dem sie im selben Moment zusammenprallte, nicht gesehen. Sie kam ins Straucheln und ließ überrascht ihre Handtasche fallen.
»Verzeihung.« Der junge Mann mit Baseballmütze und einer dieser Sonnenbrillen, die momentan modern waren, lächelte sie entschuldigend an, seine Augen waren jedoch hinter der Brille verborgen. Ihre Tasche hatte sich geöffnet, und der Inhalt war über dem Boden verstreut. Bevor sie reagieren konnte, kniete der Mann bereits nieder und sammelte ihre Sachen ein. Er schloss ihre Tasche und hielt sie ihr hin.
»Nochmals Verzeihung.«
»Kein Problem.« Monika lächelte zurück und wandte sich zum Gehen. Den Rücken durchgedrückt, den Kopf hoch erhoben, wusste sie, dass sie gut aussah und durchaus hierher passte. Ihre Garderobe war teuer, ihr Make-up perfekt. Nichts an ihr wies darauf hin, dass sie nicht Gast dieses Hotels war. Sie kicherte in sich hinein, denn gewissermaßen war sie doch einer. Sie näherte sich der Rezeption.
Jonas stand hinter dem Tresen und begrüßtes sie mit der ihm eigenen Vornehmheit. Ihre Beziehung hatte etwas Verschwörerisches, fast Freundschaftliches an sich. Sie zahlte ihm einen gewissen Obolus, und er machte ihr keine Schwierigkeiten, hielt ihr sogar den Rücken frei. Es war schwer, in den guten Hotels Fuß zu fassen. Die meisten ihrer Kolleginnen warteten vergeblich auf eine solche Chance und kamen daher über eine gewisse Mittelmäßigkeit nicht hinaus. Stolz kam in ihr auf und ein Gefühl, das sie innerlich über das Niveau der anderen Prostituierten stellte. Sofort machte sich ein schlechtes Gewissen in

ihr breit, denn die meisten Frauen in ihrem Gewerbe kämpften ums nackte Überleben, während sie Glück gehabt hatte. Sie versuchte ihre Gefühle mit einem Schuss Mitleid abzumildern. Sie hatte es nicht mehr nötig, sich auf Perversitäten einzulassen. Viele andere Nutten waren Freiwild und wurden nicht nur von ihren Zuhältern misshandelt. Nicht selten hinterließen auch die Kunden ihre »Handschrift« an den Körpern der Frauen, die bereits mit Anfang zwanzig völlig ausgebrannt waren.

»Frau Lang.« Jonas' geschulte und angenehme Stimme drang an ihr Ohr. Er neigte den Kopf und sah sie ohne jeden Spott in den Augen an. Nichts an ihm ließ spüren, was er von ihr hielt. Warum auch? Schließlich verdiente er gut an ihr.

»Jonas, schön, dass wir uns einmal wiedersehen.« Sie reichte ihm freundschaftlich die Hand über den Tresen, und als er ihren Gruß erwiderte, glitt ein zusammengefalteter Schein in seine Finger. Er sah nicht nach, wie hoch sein »Honorar« war. Er wusste, es war mehr als genug.

»Ich hoffe, Sie beehren uns bald wieder.« Seine Hand fuhr unauffällig in seine Hosentasche, und als er sie wieder hinauszog, war der Schein verschwunden. Monika Lang nickte ihm unverbindlich zu, drehte sich um und schritt durch die große Halle in Richtung Ausgang. Nur im Vorbeigehen nahm sie die Geschäftigkeit in dem Hotel wahr, nichts, was sie interessierte. Die Kühle der Nacht umfing sie, und für einen Moment fröstelte sie unter ihrem dünnen Abendmantel. Sie schlang ihn sich enger um den Körper und ging auf ein Taxi zu, dessen Fahrer eilfertig um den Wagen herumkam, um ihr die Tür zu öffnen. Mit einem Seufzen ließ sie sich in die Polster sinken und schloss kurz die Augen. Als sie sie wieder öffnete, bemerkte sie den Blick des Taxifahrers, der sie erwartungsvoll im Rückspiegel beobachtete.

»In die Hamburger Straße bitte. Zum Einkaufszentrum. Ich sag Ihnen Bescheid.«
Der Wagen fuhr an, um sie nach Hause zu bringen. Mit einem zufriedenen Lächeln blickte Monika Lang aus dem Fenster und betrachtete ein Paar, das gerade aus einem anderen Auto stieg, um das Hotel zu betreten.
Sie lächelte die ganze Fahrt über.

»Hallo?«
»Hallo, ich bin es. Stefan.«
Johanna verdrehte die Augen genervt zur Decke. Trotz allem versuchte sie einen herzlichen Ton in ihre Stimme zu legen. »Na, wie geht es dir?«
Sie schlug sich mit der Handfläche dumpf an die Stirn. Das hörte sich aber auch zu blöd an. *Immerhin ist das der Typ, mit dem du gerade eine Beziehung unterhältst und mit dem du bis vor kurzem, also bis zur Beziehungskrise, geschlafen hast.*
Stefan war jedoch nicht sensibel oder fantasievoll genug, um diese Untertöne zu bemerken. »Gut. Und dir?«
Wenn etwas einfallsloser war als ihre Frage, so war es seine Erwiderung. Sie konnte kaum glauben, dass sie beide sich gezwungen sahen, dermaßen gepresst miteinander zu kommunizieren. Da waren ihr die Kabbeleien mit Sven schon tausendmal lieber. Sie verzichtete darauf, Stefans originelle Frage zu beantworten.
»Was machst du gerade?«
Das wurde ja immer besser.
»Wieso bist du zu Hause? Musst du nicht arbeiten?«
Das war wirklich symptomatisch für ihre Beziehung. Sie redeten aneinander vorbei, sie hatten sich nichts zu sagen, hörten dem anderen nicht zu.

»Wenn du glaubst, dass ich nicht zu Hause bin, warum rufst du mich dann an?« Es sollte spöttisch klingen, aber Johanna hörte den gelangweilten und genervten Unterton aus ihrer Stimme heraus. Um ein Haar hätte sie noch herzhaft dazu gegähnt.
»Ich dachte, ich sag mal Hallo.«
»Hallo.« Es war zum Auswachsen. Er gab sich alle Mühe, selbst sein Ton klang eine Spur demütig, und sie ließ ihn eiskalt abblitzen. Sofort versuchte sie, es wieder gutzumachen. »Schön, dass du anrufst.« Das klang genauso herzlich, als stünde sie gerade bei ihrem neuen Nachbarn in der Wohnung, sah sich um und sagte: *»Schön haben Sie es hier.«*
»Wie sieht es aus? Wollen wir mal wieder zusammen ein Glas Wein trinken?«
Sie entschloss sich, ihm entgegenzukommen. Immerhin hatten sie eine Krise und keinen Krieg. »Gute Idee. Und wann?«
»Wie wäre es mit heute Abend?«
»Na ja«, Johanna zögerte. Eigentlich hatte sie keine Lust. Sie sehnte sich nach Ruhe und Frieden. »Es ist gleich neun Uhr.«
»Nur für eine Stunde.« Stefans Stimme bekam einen bettelnden Unterton.
Sie war sicher, sie hatte heute keine Nerven mehr für ihn. »Sei mir nicht böse. Ich habe wirklich viel zu tun und gehe gleich ins Bett.« *Verdammt, sei ehrlich und sag ihm, dass du keine Lust hast.*
»Nein, nein, ich bin dir nicht böse.« Seine Beteuerung klang etwas zu hastig. »Dann verschieben wir es eben.«
Er tat ihr fast ein wenig Leid, schließlich gab er sich wirklich Mühe. »Das ist lieb von dir.«
Sie verabschiedeten sich und legten auf. Johanna war erleichtert.

Siegfried Kausch schloss auf, trat in die Wohnung und ließ die Tür laut hinter sich zufallen. Die Schlüssel warf er auf den schmutzigen Sperrholzschrank, der in dem dunklen kleinen Flur stand. Er schleuderte die Schuhe von den Füßen und ging in die kleine Küche. Es roch muffig und nach schmutzigem Geschirr. Eine Fliege hatte den Winter anscheinend bisher überlebt und schwirrte nun um einen Topf mit Spaghetti, auf denen sich bereits eine pelzige Schimmelschicht bildete.
Der Mann riss den Kühlschrank auf und holte die letzte Dose Bier heraus, sein ohnehin unfreundliches Gesicht zu einer hässlichen Fratze verzogen.
Diese verdammte Filzlaus. Dieser elende Stricher. Zwei Nächte hatte er ihn bei sich beherbergt und ihm zu essen gegeben. Und jetzt hatte ihn dieser kleine Mistkerl irgendwo in der Kneipe sitzen gelassen und auch noch seine Brieftasche mit dem Geld geklaut.
Es konnte nur dieser verdammte Bengel gewesen sein. Es war eben immer dasselbe mit diesem widerlichen Gesocks vom Hauptbahnhof. Man nahm sich ihrer an, und das war der Dank.
Die Scheißbullen hatten anscheinend auch keine Lust zu helfen. Die scherten sich einen feuchten Kehricht um alles. Als er auf der Wache erschienen war und Anzeige erstattet hatte, da hatten sie ihn nur schief von der Seite angesehen und behandelt wie den letzten Dreck. Er kümmerte sich wenigstens um die Jungen, was diese feinen Herren wohl nicht nötig hatten. Sie hatten ihn frostig abgefertigt, und kaum hatte er die Diebstahlsanzeige unterschrieben, stand er auch schon wieder auf der Straße.
Er hatte es gesehen. In ihren Gesichtern hatte er gesehen, wie sie ihn verabscheuten. Und warum? Wie viele von diesen feinen Bürgern fuhren jedes Jahr nach Thailand, um sich dort das zu

holen, wonach sie sich zu Hause nicht zu fragen trauten. Dort fickten sie kleine Kinder, und was taten sie hier? Hier spielten sie den Saubermann und schwangen sich zu Richtern auf, über ihre eigenen kleinen schmutzigen Geheimnisse immer schön den Mantel des Schweigens und der Entrüstung gebreitet. Hier sahen sie einfach zu und urteilten mit der ihnen eigenen Verachtung. Die verlogenen Bullen da drin waren auch nicht viel besser.

Er hasste diese Doppelmoral. Was tat er denn schon? Er machte das Gleiche wie sie, nur dass es ihn nicht scherte, ob es alle Welt mitbekam. Warum sollte er sich denn verstecken? Warum sollte er sich in der Ferne, wie alle anderen als Tourist getarnt, das holen, was er zu Hause viel billiger bekam?

Pure Heuchelei.

Dieser kleine Scheißer hatte nun wirklich nicht viel als Gegenleistung erbringen müssen. Er war nicht einmal besonders gut gewesen, aber na ja, er war sehr jung, wahrscheinlich hatte er noch nicht viel Erfahrung. Und genau dieser junge, schlanke und feste Körper hatte ihn gereizt. Beim Gedanken an den Knaben, der kaum vierzehn Jahre alt gewesen sein mochte, bekam Siegfried Kausch einen Steifen. Er legte sich die Hand in den Schritt und rieb seinen Penis, bis er immer härter wurde. Energisch stellte er die Bierdose ab und schob eine Hand in seine Hose. Er schloss die Augen und begann, langsam seinen Schwanz zu reiben.

Die Türklingel riss ihn aus seinen Fantasien, und schlagartig fiel seine Erektion in sich zusammen. Zurück blieb ein feuchter, schlapper Schlauch. Er grunzte missmutig und schloss die Hose wieder.

Mit schlurfenden Schritten ging er zur Tür und sah durch den Spion. Der Kopf, nur wenige Zentimeter von seinem eigenen entfernt, wirkte verzerrt. Er konnte kaum die Gesichtszüge erkennen.

»Ja?«

»Polizei. Herr Kausch, wir haben den Jungen festgenommen, der Sie bestohlen hat.«

Na bitte. Jetzt konnten sie dem Kleinen wenigstens den Arsch aufreißen. Er nahm die Kette von der Tür und schloss auf. Vor ihm stand ein Jungspund mit einem weichen, fast noch kindlichen Gesicht. Er hielt eine speckige Brieftasche in der Hand und lächelte jungenhaft.

»Das Geld ist auch noch drin.«

»Na bitte. Es geht doch.« Siegfried Kausch wollte nach der Brieftasche greifen, doch der junge Polizist hatte die Hand schon wieder gesenkt.

»Tut mir Leid, aber ich brauche noch eine Aussage von Ihnen.«

»Hab doch schon alles gesagt.« Der Typ sollte ihm endlich sein Geld wiedergeben und verschwinden.

»Ich weiß, Vorschriften, wissen Sie.« Der junge Beamte zuckte entschuldigend die Achseln. Dabei verdrehte er die Augen, als würde auch ihm der Sinn dieser Vorschriften nicht ganz einleuchten. Der Mann starrte einen Moment in das leicht verlegene Gesicht und öffnete dann die Tür weit.

»Na, dann komm' Se mal rein.« Er drehte sich um und schlurfte in die Wohnung zurück. Dabei zog er die Nase geräuschvoll hoch und würgte den Schleim in den Mund. Er ging in die Küche, ohne sich um seinen Besucher zu kümmern, und spuckte den Schleim in das Waschbecken. Genau zwischen die alten Spaghetti und ein halb leeres Glas, in dem eine undefinierbare Flüssigkeit schimmerte. Mit dem Ärmel seines schmuddeligen Hemdes fuhr er sich über den Mund und wandte sich schließlich wieder seinem Gast zu.

Die entschuldigende Miene des jungen Mannes war unverändert, aber er hielt nun ein Messer in der Hand, und bevor Siegfried Kausch etwas sagen konnte, stieß er es ihm in den Bauch. Es war, als explodierte vor seinen Augen eine Bombe. Mit einem lauten Ächzen stieß er die Luft aus seinen Lungen und brach zusammen. Bevor er auf dem Boden aufschlug, wurde ihm schwarz vor Augen.

3

Nachdem sie sich die Haare, die allmählich länger wurden, mit einigen Nadeln hochgesteckt hatte, testete sie vorsichtig die Wassertemperatur mit einem Zeh und stieg in die Wanne. Das heiße Nass umspielte ihre Haut, und fast augenblicklich entspannte sie sich.

Sie schloss für einen Moment die Augen und rief sich die vergangenen Monate ins Gedächtnis. Sie konnte sich noch gut an das Gefühl erinnern, wenn es auch nur ein paar Minuten gedauert hatte, wie es war, sein Leben vor dem geistigen Auge an sich vorbeiziehen zu sehen. Sie hatte damals gedacht, alles wäre vorbei, und tatsächlich war zumindest seitdem ihr bisheriges Leben ein anderes. Sie dachte an sich. Die Eskapaden ihres Freundes waren noch immer die gleichen, auch wenn sie sicher war, dass er sich durchaus bemühte, etwas zu ändern. Sie war sogar fast überzeugt, dass er sich in den letzten Monaten nur *eine* Geliebte gehalten hatte, trotzdem war sie noch nicht bereit, sich wieder auf ihn einzulassen. Sie verbot sich entschieden zu überlegen, ob sie sich jemals wieder auf ihn einlassen würde. Stattdessen schob sie diese Entscheidung weit von sich, vielleicht auch in der Hoffnung, dass sich das Problem mit Stefan von selbst in Luft auflöste. Der letzte gemeinsame Abend war über alle Maßen anstrengend gewesen. Sie hatte gar nicht gewusst, dass sie sich in seiner Gegenwart inzwischen sogar langweilte. Das Glas Wein hätte sie besser allein getrunken. Sie genoss ihre Freiheit, wie sie es vorher nicht gekonnt hatte. Selbst ihre Mutter hatte zurzeit keine Macht über sie.

Zwischendurch nahm sie einen Schluck und behielt den Wein genüsslich einen Moment im Mund.
Die Verkrampfung in ihrem Nacken lockerte sich zusehends, und damit verschwanden auch ihre Kopfschmerzen. Sie goss sich ein wenig Wein nach und ließ den Kopf gegen das kleine Polster am oberen Badewannenrand sinken. Sie hatte gelernt, ihren Gedanken freien Lauf zu lassen und sich mit nichts zu belasten. Einzelne Fragmente schossen ihr zusammenhanglos durch den Kopf, bis sie schließlich verblassten und Raum ließen für die Gegenwart. Das Aroma ihres nach Pfirsich duftenden Badezusatzes zog ihr in die Nase, und mit einem wohligen Seufzer rutschte sie ein wenig tiefer in die Wanne. Das Wasser stieg ihr bis zum Kinn, und durch ihre Bewegung hatten sich kleine Wellen gebildet, die bis über ihren Mund hochschwappten.
Sie bemerkte nicht, wie das Wasser immer kälter wurde, und erst das Klingeln an der Haustür weckte sie. Sie schrak hoch und blickte sich verwirrt im Badezimmer um. Aber nur für einen Moment, dann hatte sie ihre Orientierung wieder gefunden. Sie war tatsächlich in der Wanne eingeschlafen. Das Wasser war eiskalt, und der Schaum hatte sich fast vollständig aufgelöst. Fröstelnd stieg sie aus der Wanne, wickelte sich in ein großes Badetuch und quittierte das erneute, ungeduldige Klingeln an ihrer Wohnungstür mit einem Fluch.
Auf nackten Füßen tappte sie zur Tür. Dabei hinterließ sie nasse Fußspuren und fragte sich unwillkürlich, ob auf dem hellen Teppich Wasserränder zurückbleiben würden. Bevor sie öffnete, riskierte sie einen Blick durch den Spion. Sie traute ihren Augen kaum. Sich ihrer nur dürftigen »Bekleidung« durchaus bewusst, öffnete sie so würdevoll die Tür, wie es ihr eben möglich war. Dabei hielt sie mit der linken Hand die Zipfel des Badetuches über der Brust zusammen.

Vor ihr stand Sven Diekmann, der Leiter der Mordkommission. Er sah recht durchgefroren aus, und sein Anblick, hellblaue verwaschene Jeans, Wollpulli, dicke Steppjacke, verschlug ihr, wie schon so oft, den Atem. Sein dunkles Haar hing ihm in die Stirn, und mit einer für ihn typischen Geste strich er sich die verirrten Strähnen zurück. Er sah sie erschöpft an.

»Hi. Kann ich reinkommen?«

Johanna versuchte, eine freundliche Miene aufzusetzen. Nach ihrem letzten gemeinsamen Erlebnis duzten sie sich zwar, und sie bemühten sich auch, nett zueinander zu sein, eine tiefe Herzlichkeit wollte sich allerdings nicht einstellen.

»Klar. Komm rein.« Sie trat einen Schritt zurück und zog die Tür ein wenig mehr auf. Mit einer einladenden Handbewegung wies sie ihm den Weg.

»Entschuldige. Ich ziehe mich nur rasch an.«

»Lass dir Zeit.« Den scheinbar flüchtigen Blick auf ihre unzureichende Bekleidung hatte sie durchaus bemerkt.

Seine Worte klangen nur noch dumpf in ihren Ohren, denn sie hatte die Schlafzimmertür schon halb hinter sich geschlossen. In Windeseile zog sie sich ihre zerrissenen Jeans, die nur für zu Hause gedacht waren, und ein weites T-Shirt an. Die Haare ließ sie, wie sie waren. In Rekordzeit kam sie zurück.

»Trinkst du ein Glas Wein mit mir?«

Sven hatte sich bereits die Jacke ausgezogen und sie über den Garderobenständer im Flur gehängt. Seine dicken Stiefel hatte er angelassen, und Johanna blickte automatisch auf den Teppich, um nachzusehen, ob er Schmutzspuren darauf hinterlassen hatte. Sie kam sich fast ein wenig paranoid vor, so als ob Flecken in Verbindung mit Wasserrändern ihr geistiges Gleichgewicht in eine von Wahnvorstellungen geprägte psychische Gratwanderung verwandelten.

»Gern.« Er bemühte sich um eine freundliche Miene, aber es war unverkennbar, dass es ihm ebenso schwer fiel wie ihr zuvor. Sie spürte eine leise Unsicherheit bei ihm, so als wolle er erst testen, in welcher Stimmung sie war.

Johanna ging ins Badezimmer, um ihr Glas und den Wein zu holen. Zu ihrem Erstaunen stellte sie fest, dass die Flasche schon halb leer war. Sie stellte beides auf den Tisch im Wohnzimmer und holte Nachschub aus der Küche.

»Machst du die bitte mal auf?« Sie hielt Sven die Flasche und einen Öffner hin. Mit staksigen Schritten ging sie zu einem offenen Metallregal und griff nach einem weiteren Glas. Unvermittelt fiel ihr ein, dass es das erste Mal seit jener Sache war, dass er ihre Wohnung betrat.

»Hast du das neu?«

»Was?« Sie drehte sich erstaunt um.

»Das Regal.« Er zeigte mit einer Hand auf die große Stellage vor ihr.

»Ja, richtig. Gefällt es dir?« Als wäre das jetzt wichtig, aber Johanna merkte, dass sie verlegen war, und für einen Moment hatte sie den Eindruck, als ob es Sven nicht anders ginge.

»Hm.« Er hatte sich unwillkürlich in den einzigen Sessel in ihrem Wohnzimmer gesetzt, und Johanna schoss durch den Kopf, dass er auch bei seinem ersten Besuch vor ein paar Monaten darin gesessen hatte.

Sie stellte das Glas vor ihn hin und ließ sich ihm gegenüber auf ihrem Sofa nieder. Mit einem leisen Plopp entkorkte er die Flasche und füllte ihre beiden Gläser. Sie prosteten sich zu und lehnten sich wie auf Kommando in den Polstern zurück.

»Und? Was führt dich her?« Johanna hätte sich am liebsten auf die Zunge gebissen, kaum dass sie zu Ende gesprochen hatte, aber Smalltalk war noch nie ihre Stärke gewesen. Für einen

Moment befürchtete sie, Sven wolle protestieren und ihr versichern, dass es sich um einen reinen Freundschaftsbesuch handelte, aber nach einem kurzen Zögern hatte er sich wohl dafür entschieden, ihre Offenheit zu erwidern.
Er begann mit dem Stil des Glases zu spielen. Einen Moment lang starrte er auf die satte rote Flüssigkeit in dem Glas und fing schließlich zögernd an zu sprechen.
»Ich fürchte, ich habe ein Problem.«
»Und das wäre?«
»Ich habe eine Leiche.«
»Das ist in deinem Job ja wohl nichts Ungewöhnliches.« Sie versuchte ein kleines Lachen, doch Sven ging nicht darauf ein.
»Ich habe die Fotos mitgebracht, aber ich denke, es ist besser, wenn ich dir erst erzähle, was passiert ist.« Er holte einmal tief Luft und fuhr dann fort. »Eines der Opfer heißt Siegfried Kausch und war fünfundfünfzig Jahre alt. Vor zirka zehn Tagen hat einer seiner Nachbarn die Polizei gerufen, weil es, wie üblich in solchen Fällen, komisch aus der Wohnung gerochen hat. Außerdem hatte er den Mann schon seit Tagen nicht mehr gesehen. Die Feuerwehr hat also die Tür aufgebrochen, und was haben sie wohl gefunden? Kausch. Nackt und tot auf seinem Bett.« Er machte eine Pause, so als wolle er sich seine nächsten Worte sorgfältig überlegen.
»Weiter.«
»Irgendjemand hat ihm fein säuberlich mit einem Messer den Penis abgeschnitten und in den Mund gestopft.«
Johanna merkte, wie ihr Magen sich ein wenig hob. Sie war froh, dass er sie vorgewarnt hatte, noch vor knapp drei Monaten hätte er sich einen Spaß daraus gemacht, sie ins offene Messer laufen zu lassen und ihr die Bilder zu zeigen, als wären es Schnappschüsse aus seinem letzten Urlaub.

»Warum hat das so lange gedauert, bis man ihn entdeckt hat? Was ist mit seinen Arbeitskollegen?«
»Er war arbeitslos. Außerdem hatte er keine sozialen Kontakte. Ein Einzelgänger. Bei dem *Hobby* auch kein Wunder.« Sven schnaubte angeekelt.
»Was meinst du?«
»Er war ein gottverdammter Pädophiler. Er hat Kinder gevögelt.«
»Um Himmels willen.«
»Wir haben herausgefunden, dass er sich oft am Hauptbahnhof herumgetrieben hat. Dort hat er regelmäßig Straßenkinder aufgegabelt und mit nach Hause genommen. Ein paar der Jungs konnten wir ausfindig machen, aber keinem davon traue ich einen Mord zu. Einige hatten auch Alibis.«
»Was sonst noch?«
»Er war auch im Internet tätig und einer der Stammkunden auf diversen Homepages mit Kinderpornos. Außerdem sind wir bei ihm zu Hause auf einige Videofilme gestoßen. Wir haben sie uns stichprobenartig angesehen. Die zuständige Dienststelle ist gerade dabei, die Kinder ausfindig zu machen. Es war widerlich.« Sven drehte angewidert sein Gesicht zur Seite.
»Ihr habt also keinen Verdächtigen?«
»Nein.«
»Gib mir mal die Bilder.« Johanna wedelte mit der Hand, so als könne sie es kaum erwarten, die Fotos zu sehen. Sven stand auf und ging zu seiner Jacke, aus deren Innentasche er einen großen Umschlag hervorholte. Er warf ihn nach einem kurzen Zögern auf den Tisch.
»Kein schöner Anblick.«
Mit leicht zitternden Fingern griff sie in den Umschlag und zog einen Packen Fotos heraus. Betont ruhig sah sie sich eines nach

dem anderen an und legte sie anschließend nebeneinander auf den Tisch. Es waren Tatortfotos, auf denen jedes sichtbare Detail festgehalten war.

Bei ihrem letzten gemeinsamen Fall hatte sie ebenfalls solche Bilder gesehen, doch die waren wenigstens sauber gewesen: keine offenen Wunden, kein Abschlachten.

Sie starrte auf einen nackten Mann mittleren Alters mit einem Schmerbauch, der auf einem Bett lag. Der Bauch wies eine klaffende Wunde auf, der ganze Unterleib war umgeben von einer Blutlache. Der Mund des Toten war weit geöffnet, und in ihm steckte etwas. Nur ein kleiner Zipfel war zu sehen. Aufgrund der bereits eingesetzten Verwesung war das Fleisch dunkel verfärbt. Für einen Moment glaubte sie, diesen unverwechselbaren, leicht süßlichen Verwesungsgeruch wahrzunehmen.

Die Detailaufnahmen des Mundes zeigten, dass der Fremdkörper tief in den Rachen geschoben worden war. Einige Fasern von dem, was da steckte, lagen auf den blutverschmierten Lippen.

Johanna spürte das Würgen in ihrem Hals. Sie schluckte schwer und machte weiter.

Auf die Stirn des Toten war ein Kreuz gemalt, die Hände waren auf dem Bauch wie zum Gebet gefaltet.

»Siehst du das hier?« Sven war unbemerkt um den Tisch herumgekommen und hatte sich neben sie gesetzt. Sofort stieg ihr der Duft seines Rasierwassers in die Nase. Sein Zeigefinger fuhr über das Bild, das sie gerade in der Hand hielt.

»Da sind Fesselungsspuren an den Händen, und hier …« Vorsichtig nahm er ihr den Stapel Fotos aus der Hand und suchte ein bestimmtes heraus. Er schob es genau vor sie hin und tippte mit dem Zeigefinger auf eine bestimmte Stelle. »Hier siehst du die gleichen Male an den Fußgelenken.«

Auch wenn Johanna Abscheu verspürte bei dem Gedanken, was

dieser Mann zu Lebzeiten anderen Menschen angetan hatte, so war sie doch erschüttert.
»Er hat noch gelebt, als man ihm den Penis abgeschnitten hat.«
Sven nickte. Beide wussten, dass eine Wunde nur dann blutete, wenn der Blutkreislauf noch intakt war, also wenn das Herz noch schlug. Die Leiche ruhte in einer großen Lache. Unvorstellbar, was der Mann durchgemacht haben musste.
»Der Mörder hat ihm, laut Gerichtsmediziner, zuerst ein Messer in den Bauch gerammt. Das hätte an sich nicht so schnell zum Tode geführt, hat allerdings ausgereicht, um ihn außer Gefecht zu setzen.«
»Ja, und dann«, Johanna führte eines der Bilder dicht vor ihre Augen, »hat er ihn gefesselt und verstümmelt.«
»Und? Was sagt dir das?« Sven musterte sie von der Seite, woraufhin Johanna seufzte.
»Schwer zu sagen. Normalerweise geht Sadismus, wie in diesem Fall, mit einer ungeheuren Wut einher. Oftmals stehen auch sexuelle Motive im Vordergrund. Ich sage oft, nicht immer, aber meist haben Sexualmorde etwas mit Macht zu tun. Und in der Regel trifft es weibliche Opfer.« Johanna ließ die Hand sinken, in der sie die Fotos hielt, und kaute auf ihrer Unterlippe. Für einen Moment sah sie aus wie ein kleines Mädchen. »Hier dagegen«, sie hob die Stimme ein wenig, »haben wir es mit einem männlichen Opfer zu tun. Wie sieht es mit Kontakten im Schwulenmilieu aus?«
»Du weißt, wie es in dieser Szene zugeht. Wir haben kaum etwas herausbekommen. Nach Aussage der Nachbarn hatte er nicht sonderlich viel Besuch. Außerdem haben wir keine Spermaspuren gefunden.«
Johanna unterließ es, Sven darauf aufmerksam zu machen, dass sie keineswegs Ahnung hatte, wie es in dieser Szene zuging,

aber sie stellte erstaunt fest, dass er sie einbezog und offenkundig als Teil seiner Dienststelle ansah. Und als solcher hatte sie verdammt noch einmal Ahnung zu haben. Irritiert stellte sie fest, dass so etwas wie Stolz in ihr aufstieg.

»Irgendjemand wird ihn doch wohl gesehen haben, als er die Wohnung verlassen hat. Der Mörder muss über und über mit Blut besudelt gewesen sein.«

»Tja, der Killer war vermutlich ganz schön abgebrüht. Er hat sich anscheinend zumindest die Hände gewaschen. Wir haben Blutspuren im Badezimmer gefunden, die eindeutig dem Opfer zuzuordnen sind.«

»Habt ihr auch Fasern oder Haare entdeckt?«

»Wir haben Proben von Teppichen, Möbeln und so weiter genommen. Es sind ein paar Fasern und Haare dabei, die wir nicht zuordnen können, doch Genaueres wissen wir nicht.« Sven fuhr sich ungeduldig durch die Haare. Eine Geste, die Johanna immer wieder kleine Schauer über den Rücken jagte. »Was zum Henker sollten wir mit einer DNA-Analyse, wenn wir keine Vergleichsspuren von irgendwelchen Verdächtigen haben? Wir haben Fingerabdrücke, aber zum Teil sind sie verwischt, und wenn sie es nicht sind, können wir nichts mit ihnen anfangen. Wir sammeln und sammeln.« Er hörte sich frustriert an.

»Und zu allem Überfluss reibt sich die Presse schon die Hände. Hier«, er zog ein kleines, zusammengefaltetes Päckchen aus der Tasche und reichte es Johanna. Sie griff danach und faltete es auseinander. Es waren mehrere fein säuberlich ausgeschnittene Zeitungsartikel. Der erste Bericht war, wie üblich, reißerisch aufgemacht und beklagte die mangelnde innere Sicherheit der Stadt. Der Reporter des *Morgenblattes* hatte nichts Besseres zu tun gehabt, als alte Geschichten auszugraben und sie mit dem

vorliegenden Fall zu vergleichen. Er hatte es offensichtlich darauf angelegt, die halbe Bevölkerung Hamburgs um ihre wohl verdiente Nachtruhe zu bringen.
In den Bericht waren verschiedene Fotos eingegliedert, die geeignet waren, beim Leser eine wohl dosierte Mischung aus morbider Faszination und Schrecken auszulösen.
Sie zeigten die polizeilichen Absperrungen vor dem, wie es hieß, »Mordhaus« und den Abtransport der Leiche durch ein Bestattungsinstitut. Die Bilder waren derart grobkörnig, dass man auf den ersten Blick glauben konnte, die Angestellten des Bestattungsunternehmens wären angesichts einer solchen Tragödie entsetzt. Tatsächlich wirkten sie, bei näherem Hinsehen, irgendwie abgestumpft. Und wahrscheinlich betrunken, dachte Johanna mit einem Anflug von Belustigung. Sie hatte selbst miterlebt, wie einige Leichenwagenfahrer mit einer beträchtlichen Alkoholfahne am Tatort erschienen. Vielleicht war es anders nicht zu ertragen, wenn man Tag für Tag den Tod durch die Stadt kutschierte.
Ein anderes Foto zeigte Kriminalbeamte bei der Spurensuche in der mit Scheinwerfern ausgeleuchteten Wohnung. Sie alle trugen die typischen weißen Anzüge, die sie aussehen ließen wie Astronauten. Die Szene war, der groben Körnung zufolge, mit einem Teleobjektiv aufgenommen.
»Wo haben die nur solche Bilder her?« Sie hielt Sven das Foto entgegen. Ganz so, als habe er es noch nicht gesehen.
»Das kann ich dir genau sagen«, antwortete dieser grimmig. »Aus einer gegenüberliegenden Wohnung auf der anderen Straßenseite. Sie haben den Mietern eine kleine Summe geboten und daraufhin nach Herzenslust ihre Fotos geschossen.«
Johanna schauderte. Es war schon schlimm genug, dass bei solchen Tragödien die Schaulustigen nicht lange auf sich

warten ließen, dass jemand aber auch noch bereit war, mit dem Tod eines Nachbarn Geld zu verdienen, war für sie unvorstellbar.

Respekt vor dem Leben oder dem Tod eines anderen war dem Menschen an sich offenbar nicht gottgegeben. So oft sprach man von menschenverachtenden Taten, doch tatsächlich fing die Menschenverachtung genau hier an. Bei jedem Einzelnen.

Beide schwiegen einen Moment. Johanna legte die Zeitungsausschnitte zögernd hin und dachte laut.

»Er muss sich ziemlich sicher gewesen sein, wenn er sich schon die Zeit nimmt und sich wäscht. Was ist mit der Tatwaffe?«

Sven schüttelte den Kopf. »Fehlanzeige. Wir haben nichts gefunden. Der Gerichtsmediziner meint, dass es sich um ein handelsübliches Brotmesser gehandelt haben muss. Diese Dinger finden sich in jedem Haushalt.«

»Und die Fesseln?«

»Eine Wäscheleine aus Hanf. Jedenfalls hat der Arzt Hanffasern in den Wunden gefunden. Er meint, es sei eine Zusammensetzung, wie man sie bei Wäscheleinen so benutzt. Zumindest bei den teuren. Die meisten sind ja aus Plastik. Wir haben auch einige Fasern am Tatort gefunden, aber keine Wäscheleine oder Paketband oder so. Der Mörder hat sein Handwerkszeug wahrscheinlich mitgebracht.«

»Also gut. Dann gehen wir mal davon aus, er hat das Ganze bis ins kleinste Detail geplant. Nur wie ist er in die Wohnung hineingekommen?«

Sven sah sie stirnrunzelnd an. »Gute Frage. Da gibt es nicht sehr viele Möglichkeiten.«

»Du sagst es. Kausch hat ziemlich zurückgezogen gelebt. Kaum soziale Kontakte. Wahrscheinlich hat er mehr ein Leben im Verborgenen geführt, wenn ich so an seine Perversionen denke.

Ich gehe also davon aus, dass er ziemlich misstrauisch war. Wenn ihr keine Einbruchsspuren gefunden habt, muss der Täter entweder einen Schlüssel gehabt haben, oder Kausch hat ihn reingelassen.«

Sven nickte. »Bis hierher sind wir uns schon mal einig.«

Johanna massierte sich das Kinn, indem sie mit der Hand immer von oben nach unten fuhr. Eine Angewohnheit, die sie bereits seit ihrer Kindheit hatte und von der sie behauptete, sie helfe ihr beim Denken.

»Vielleicht hat er in der letzten Zeit seinen Schlüssel verloren.«

»Möglich. Ich habe bereits veranlasst, dass das überprüft wird.« Er zückte einen kleinen Block aus einer Gesäßtasche seiner Jeans und griff sich einen Kugelschreiber von Johannas Tisch.

»Was glaubst du, ist der Hintergrund? Haben wir es hier mit einem religiösen Fanatiker zu tun?«

Johanna nahm sich ein Übersichtsbild, auf dem das Zimmer des Verstorbenen sowie das Kreuz auf seiner Stirn und die gefalteten Hände gut zu erkennen waren. Sie zögerte etwas mit der Antwort.

»Du meinst, wegen des Kreuzes auf der Stirn? Möglich, dennoch glaube ich, das ist nicht die einzige Motivation. Es deutet zwar einiges darauf hin, aber das Ganze ist ein wenig dünn. Ich meine, eine Schwalbe macht noch keinen Sommer, oder? Einen religiösen Hintergrund hat der Täter zweifelsfrei, trotzdem bin ich überzeugt, dass noch mehr dahinter steckt. Habt ihr noch etwas anderes gefunden, das den religiösen Hintergrund manifestiert?«

»Nein, nichts. Was erwartest du denn?«

»Es gibt einen Fall in den USA. Er liegt schon eine Weile zurück, da hat der Täter einiges hinterlassen. Er hat ebenfalls Kreuze verwandt, allerdings hat er sie an die Wand gemalt, und zwar neben … wie soll ich es sagen … na ja, es waren religiöse Botschaften. Sie wirkten wie Teile einer Predigt gegen das Böse. Fast, als würde ein Priester von der Kanzel wettern. Gut«, sie hob abwehrend die Hände, »es muss nicht immer so laufen, aber ich würde ein wenig mehr erwarten. Heiligenbilder, Kerzen, etwas in der Richtung.«

Sven holte tief Luft. »Das hier ist nicht alles. Es geht ja noch weiter.«

»Und wie?« Johanna runzelte die Stirn und sah ihn fragend an.

Sven seufzte tief und ließ sich in seinem Sessel zurücksinken. Den Kopf legte er weit in den Nacken, er schien nachzudenken, so als wisse er nicht, wie er weitermachen sollte.

»Wir haben, besser gesagt hatten noch eine Leiche.«

Johanna sah ihn schweigend an und wartete ab. Sven kam mit dem Oberkörper wieder nach vorn und rieb sich mit beiden Händen über die Wangen.

»Verena Zenker. Es ist etwa drei Wochen her. Sie war nicht im Gefängnis, aber zehn Jahre in der Psychiatrie, nachdem ein Gericht sie vor zwölf Jahren für nicht schuldfähig befunden hat.«

»Was hat sie getan?«

»Sie hat ihre beiden neugeborenen Babys umgebracht. Zuerst hat sie es jeweils irgendwo heimlich geboren und dann getötet. Sie ist vor zwei Jahren aus der Psychiatrie entlassen worden und hat bis vor einem halben Jahr in einer betreuten Wohngruppe gelebt. Seit sechs Monaten schließlich war sie allein in einer kleinen Wohnung und hat langsam wieder ins Leben zurückgefunden.«

Johanna schwieg. Sie konnte sich nicht vorstellen, wie jemand nach so langer Zeit mit einer derartigen Vorgeschichte jemals ins Leben zurückfinden sollte, doch da sie hier keine Grund-

satzdiskussion führen wollte, behielt sie ihre Gedanken lieber für sich.
Sven stand auf und wanderte im Zimmer auf und ab, die Hände in die Hüften gestützt.
»Man hat ihr die Brüste abgetrennt und sie neben der Leiche drapiert. Auch ihr wurde die Kehle durchgeschnitten und post mortem ein Kreuz in die Stirn geritzt. Ihre Hände waren wie zum Gebet gefaltet.«
»Fotos?«
»Die wollte ich dir ersparen. Wirklich, das war kein schöner Anblick. Wir alle hatten damit schwer zu kämpfen, vor allen Dingen die Kolleginnen.« Er spielte auf Julika an. Johanna war immer wieder aufs Neue über sein aufkommendes Zartgefühl erstaunt. Hastig, als befürchte er, etwas Falsches gesagt zu haben, fügte er hinzu: »Du kannst sie dir natürlich jederzeit ansehen. Sie liegen bei mir im Büro.«
»Was ist mit der Beerdigung?«
»Es hat keine gegeben. Verena Zenker wurde auf Staatskosten verbrannt, ohne Trauerfeier. So konnten wir uns also nicht auf der Beerdigung umsehen. Die Urne wurde anonym beigesetzt.« Er schwieg und wirkte in Gedanken versunken.
»Und wie bei Kausch gibt es keine weiteren Hinweise auf einen erweiterten religiösen Hintergrund?«
Sven schüttelte zögerlich den Kopf.
»Oder vielleicht doch?« Johanna war ebenfalls aufgestanden und stellte sich neben ihn. Sie hielt den Kopf schief und blickte ihn von unten herauf an.
»Tja, ich schätze doch.« Er holte tief Luft, als müsse er sich sammeln. »Einen Tag vor dem Mord an Kausch habe ich einen einfachen Zettel in einem schlichten weißen Briefumschlag nach Hause geschickt bekommen. Darauf stand nur ein

einziger Satz. »*Ich komme zu euch als Schaf unter Wölfen.*« Zunächst habe ich mir keine Gedanken gemacht. Ich hatte eher den Eindruck, dass es eine Art Werbung sein sollte, auf die ein paar Tage später die Erklärung folgt. Du weißt ja, wie das ist.« Er wedelte mit der einen Hand durch die Luft, »irgend so ein mieser Trick, mit dem sie dir letztendlich einen neuen Staubsauger oder was weiß ich andrehen wollen. Am Tag, als Verena Zenker mutmaßlich ermordet wurde, habe ich morgens noch einen Zettel in meinem Briefkasten gefunden, wieder in einem Umschlag. Auch diesmal stand nur ein einzelner Satz drauf.«

»Und?«

»Er lautete: »*Denn die Finsternis vergeht, und das wahre Licht scheint jetzt.* Was hältst du davon?«

Johanna zog die Augenbrauen hoch. »Allmählich gewinnt die Sache an Gestalt. Der Täter, von dem ich dir vorhin erzählt habe, hat Briefe an die Presse gesandt. Darin hat er sich als *Messias* beschrieben und die Taten als eine göttliche Vergeltung gerechtfertigt.«

»Also doch religiöser Fanatismus?«

»Ich fürchte, so klar lässt sich die Motivation des Täters nicht eingrenzen. In dem Fall, den ich dir geschildert habe, hat sich der Mörder an die Öffentlichkeit gewandt und sich gerechtfertigt. Unser Täter hier«, sie zeigte mit einer Hand auf die Fotos, die noch immer ausgebreitet auf ihrem Couchtisch lagen, »richtet sich nur an dich. Warum? Ich meine, er hätte sich doch ganz allgemein an die Polizei wenden können, aber nein, er spricht dich ganz persönlich an, noch dazu mit einer Mitteilung nach Hause. Vielleicht will er was von dir?«

»Und was?«

Johanna zuckte mit den Schultern. »Keine Ahnung. Es gibt

mehrere Möglichkeiten. Es könnte durchaus sein, dass diese religiöse Schiene nur als Ablenkungsmanöver dient.«

»Ablenkung wovon?« Diekmann hatte die Stirn in Falten gelegt und wirkte ein wenig ungeduldig.

Beruhigend streckte Johanna die Hände aus. »Keine Ahnung. Das ist nur eine Variante. Ich will damit bloß sagen, dass wir offen für alles bleiben sollten. Hast du die Mitteilungen noch?«

»Ja und nein. Wie gesagt, ich habe das Ganze für einen blöden Werbetrick gehalten und den ersten Zettel weggeworfen. Den zweiten habe ich allerdings aufbewahrt, denn da war plötzlich so ein ungutes Gefühl. Es hat sich ja auch bestätigt, als der zweite Mord geschehen ist. Ich habe ihn vorsichtshalber als Bestandteil zur Akte genommen und einen entsprechenden Bericht verfasst. Johanna«, er wirkte mit einem Mal richtig aufgeregt, »es ergibt keinen Sinn, aber ich bin sicher, beide Zettel stehen im Zusammenhang mit den Morden.«

Johanna wandte sich ab und ging zu ihrem Sitzplatz zurück. »Wie gesagt, so richtig steige ich da auch nicht durch, zumal mir die Bedeutung dieser beiden Sprüche nicht klar ist. Ich bin nicht bibelfest, aber sie hören sich so hochgestochen an, dass sie eigentlich nur aus der Bibel stammen können. Sag mal, diese Verena Zenker hat doch bestimmt, nachdem die Morde an ihren Kindern aufgedeckt waren, in Untersuchungshaft gesessen, oder?« Johanna machte einen gewaltigen Gedankensprung, aber Sven konnte ihr mühelos folgen.

»Ja, allerdings nicht lange. Ihr Anwalt hat sie schnell rausgeboxt und sie in der Psychiatrie untergebracht. Wie die Vorgeschichte bei Kausch aussieht, können wir derzeit nicht sagen. Wir sind dabei, das zu überprüfen. Wir wissen nur, dass er bereits mit der Polizei zu tun hatte, haben aber noch keine Ahnung, ob er schon mal im Gefängnis war. Meine Leute klären das.«

»Tja, es scheint, als wolle unser Mann der Gerechtigkeit Genüge tun. Seiner Art von Gerechtigkeit wohlbemerkt. Vielleicht hat er die beiden Toten gekannt.«

»Was sagst du insgesamt zu der ganzen Sache?«

»Na ja, wir haben hier auf jeden Fall jemanden, der ganz geplant vorgegangen ist. Er hat erstens«, sie begann die einzelnen Punkte an ihrer Hand abzuzählen, »die Tatwaffe mitgehen lassen. Wahrscheinlich hat er sie sogar selbst mitgebracht. Zweitens hat er das Fesselungsmaterial dabei gehabt. Oder hat sich im Fall Zenker etwas anderes ergeben?«

Sven schüttelte den Kopf, dann hielt er plötzlich inne. »Eine Kleinigkeit, aber diese Aussage ist noch nicht einmal gesichert.«

»Und das wäre?«

»Die Freundin der Toten, die sie auch gefunden hat, hat angegeben, dass ein Teddy aus der Wohnung des Opfers fehlt.«

»Ein Teddy?«

Sven nickte. »Ja. Angeblich soll das ihr jahrelanger Begleiter gewesen sein. Er hat immer auf dem Bett gelegen, doch wir haben nichts finden können.«

»Dann hat der Täter sich drittens wohl auch noch Zeit gelassen. Demnach hat er nicht blind drauflosgestochen. Er hat sich, so wie es aussieht und wenn die Geschichte mit dem Teddy stimmt, außerdem noch ein Souvenir ausgesucht. Wir können davon ausgehen, dass die Morde mit den einzelnen Opfern persönlich zu tun haben und nicht irgendeine abstrakte Racheaktion sind, mit der eigentlich eine ganz andere Person gemeint ist. Also, kein Blutrausch oder so ähnlich. Dagegen sprechen auch die, sagen wir mal, spärlichen Wunden. Er ist wohl nach dem Motto *so viel wie nötig, so wenig wie möglich* vorgegangen. Ich kann mir jedoch nicht vorstellen, dass es sich hier um etwas, wie soll ich sagen, Persönliches handelt. Weißt du«, sie legte das Gesicht in ihre Hände, »es hat gewiss mit den Personen zu tun, die er getötet hat, aber ich glaube nicht, dass er etwas gegen sie persönlich hatte. Vielleicht haben sie ihm ja auch Leid getan, ich glaube eher, dass er nicht anders handeln konnte. Er muss von der Vergangenheit der beiden gewusst haben, er hat sie also nicht willkürlich ausgesucht. Damit hat ihre Vergangenheit sie in seinen Augen als Opfer qualifiziert. Kannst du mir folgen?«

Sven schüttelte leicht den Kopf. »Ich fürchte, nein.« Sein Blick drückte Zweifel aus.

»Macht nichts. Da fällt mir noch etwas ein.«

»Schieß los.«

»Bei Serienmördern liegen zwischen den ersten beiden Taten oftmals Monate, wenn nicht Jahre. Hier sind es allerdings nur wenige Wochen. Was hältst du davon, in der Vergangenheit nach ungeklärten Mordfällen zu suchen, die im Groben Übereinstimmungen mit den vorliegenden Taten aufweisen?«

Diekmann schüttelte energisch den Kopf. »Nein. Ich werde meine Zeit nicht damit verschwenden, kalten Spuren nachzujagen. Vielleicht später.« Er dachte einen Moment nach und sprach dann weiter. »Die beiden Morde sind zeitlich dicht aufeinander begangen worden, das heißt, ich habe keine Zeit. Noch sind die Spuren, wenn nicht gerade heiß, so doch aktuell. Es muss noch mehr Gemeinsamkeiten der Opfer geben, und letztendlich werde ich diese Verbindung finden. Und dann haben wir ihn.« Er ballte eine Hand zur Faust.

Johanna beschloss, diese Möglichkeit nicht weiterzuverfolgen. »Auf jeden Fall hast du«, sie bohrte ihm mit dem Zeigefinger in die Brust, »einen neuen Serienmörder. Nur eines macht mir Sorgen.« Sie legte die Stirn in Falten und sah mit einem Mal sorgenvoll aus.

»Und das wäre?« Sven flüsterte jetzt fast. Er ahnte wohl, was sie sagen wollte.
»Ich frage mich, warum er sich vorher an dich wendet?«

Liebe Mutter,
du hast mir beigebracht, GOTT zu lieben, denn, so sagtest du, wenn du IHN liebst, so liebt er auch dich.
Und du hattest Recht. Heißt es nicht schon bei Salomo: ›Ich liebe, die mich lieben, und die mich suchen, finden mich‹?
Deine Kraft, Mutter, hat mich zu dem gemacht, was ich bin.
Ich bin in GOTTES Hand und sein Werkzeug .›Ich wandele‹, so wie Salomo, ›auf dem Wege der Gerechtigkeit, mitten auf der Straße des Rechts‹.
Die Liebe zu GOTT ist meine Zuflucht, und dort fühle ich mich geborgen. Seinen Willen zu vollziehen, sein Werk zu vollbringen ist nun zum Inhalt meines Lebens geworden.
Ein Gefühl, das mich wie die Sonnenstrahlen eines Sommertages durchströmt und wärmt.
Frieden und Ruhe umgeben mich auf meinem Weg zu göttlicher Vollkommenheit. ER führt mich und nimmt mich bei der Hand. Alles, was ich tue, tue ich für ihn, und er lohnt es mir.
Mit IHM habe ich das wahre Leben gefunden. Unbeirrt setze ich meinen Weg fort und strafe die Sünder schon auf Erden, auf dass sie ihr Verderbtheit nicht weiterreichen an die nächste schwache oder auch sündige Seele.
Weisheit hat meinen Blick geklärt. Wer in das Haus der Weisheit geht, betritt den Weg zur Einsicht. Den Lohn dafür, ein erfülltes Leben, den erhalte ich jeden Tag.
Ich könnte singen und tanzen, aber ich übe mich in Demut. Nie wird Überheblichkeit oder Hochmut mein Handeln

stören, nie unrechtes Tun oder Lügen mich vom wahren Weg abbringen.
Ich bin in GOTTES Hand, und ich vollbringe SEIN Werk auf Erden.
Ich richte die Sünder und lehre die Unwissenden.
Mein Leben ist vollkommen.
Möge GOTT mit dir sein, Mutter.

Sie hatte eine unruhige Nacht verbracht. Die Fotos, die Sven ihr gezeigt hatte, schwirrten in ihrem Kopf herum. Sie setzten sich wie ein Puzzle zusammen, drifteten auseinander, nur um sich in anderer Zusammensetzung wieder aneinander zu fügen. Eine Vorahnung drohenden Unheils machte sich in ihr breit, und sie fragte sich, ob man das Intuition nannte oder ob es sich nur um ein Produkt ihrer ausgeprägten Fantasie handelte. Irgendwann am frühen Morgen fiel sie schließlich in einen unruhigen Schlaf, und als der Wecker klingelte, fühlte sie sich wie erschlagen.

Es war kein erholsamer Schlaf gewesen, und fast war sie versucht, sich umzudrehen, doch dann erinnerte sie sich daran, dass sie heute etwas zu erledigen hatte. Sie wollte den Polizeitheologen aufsuchen und mit ihm die religiösen Merkmale des Falles besprechen.

All dies beschwor in ihr die Erinnerung der Vorfälle von vor drei Monaten herauf. Damals war Markus entführt und verstümmelt worden.

Markus war ihr bester Freund und zudem Mitarbeiter von Diekmann bei der Mordkommission. Nach den schrecklichen Ereignissen hatte er ein schlimmes Trauma erlitten und war seitdem krank geschrieben. Er hatte sich, nachdem er aus dem Krankenhaus entlassen worden war, in dem er seine körperlichen

Wunden auskuriert hatte, von allen, auch von Johanna, zurückgezogen. Er war sehr einsilbig, und schließlich erhielt sie einen Anruf seines Psychiaters.
Sie hatte gleich zu Anfang im Hinblick auf ihre Freundschaft abgelehnt, ihn zu behandeln, und den besten Psychiater hinzugezogen, der in Hamburg praktizierte. Dieser rief sie dann an und bat sie, erst einmal den Kontakt mit Markus abzubrechen. Er leide unter einem posttraumatischen Syndrom und sei nicht in der Lage, auf andere Menschen zuzugehen. Außerdem war er voller Wut. Auf seinen Entführer, aber auch auf Johanna, denn er hatte später die Zusammenhänge erfahren und Johannas Rolle in dem Drama erkannt. Am meisten litt er jedoch unter dieser Wut auf seine beste Freundin, die ihm selbst irrational und oft auch irreal vorkam.
Mit anderen Worten, er wollte sie nicht sehen.
Sie hatte sich dann in der Folgezeit oft mit Florian, Markus' Lebensgefährten, getroffen. Ihrer beider Freundschaft war ungetrübt, und Flo hatte Johanna mehrfach versichert, dass sie sich keine Vorwürfe zu machen brauche. Niemand hatte ahnen können, was passieren würde. Ob Flo das sagte, um sie zu beruhigen oder um sich selbst zu überzeugen, vermochte Johanna nicht zu sagen.
Sie hatte auf diesem Wege von Markus' Fortschritten erfahren und, zumindest zum Teil, Flo helfen können.
Dann rief vor ein paar Tagen Flo an und lud Johanna für Samstagabend zum Abendessen ein. Er betonte mehrere Male, dies geschehe auf ausdrücklichen Wunsch von Markus und nicht, weil Flo selbst versuchen wollte, ein zerrissenes Band zu knüpfen.
Nach einigem Zögern sagte Johanna zu, und sie fühlte sich das erste Mal seit langer Zeit erleichtert. Bis dahin hatte sie gar

nicht bemerkt, wie sehr ihr das Ganze an die Nieren gegangen war. Es war, als stünde eine Entscheidung bevor. Sie hatte das Gefühl, als würde sich bei dieser Verabredung ein Nebel lüften, dennoch ermahnte sie sich immer wieder, nicht zu viel zu erwarten.

Aber je näher die Verabredung rückte, desto nervöser wurde sie, und sie beschloss, Joachim Wille zu diesem gemeinsamen Essen mitzunehmen. Sie hatte ihn bei Flo und Markus kennen gelernt. Genauer gesagt, hatte Flo versucht, Johanna und Joachim miteinander zu verkuppeln. Wenn es auch nicht geklappt hatte, so waren die beiden doch gute Freunde geworden.
Sie hatte Angst, Markus allein gegenüberzutreten. Sie fürchtete sich vor dem dumpfen Ausdruck seiner Augen. Angst vor dem stillen Vorwurf, den er nie formulieren würde.
Aber dann rief Flo erneut an, um Johanna mitzuteilen, dass Markus einfach noch nicht in der Verfassung sei, sich mit ihr zu treffen, und sagte die Verabredung ab.
Das alles zerrte an ihren Nerven, und sie war fast froh über die Ablenkung. Seufzend schlug sie die Bettdecke zurück und stand auf. Es brachte nichts, sich über Vergangenes Gedanken zu machen. Sie würde Geduld haben und die Zeit für sich arbeiten lassen müssen.

Johanna setzte sich schon lange vor Dienstbeginn vor die Bürotür des evangelischen Polizeiseelsorgers. Sie hatte nicht im Mindesten die Absicht, sich am Telefon von einer übereifrigen Sekretärin abwimmeln zu lassen. Doch wie zu erwarten, schloss besagte Sekretärin die Tür auf und machte Anstalten, alles für ihren in Kürze zu erwartenden Chef vorzubereiten. Sie bedachte Johanna mit einem säuerlichen Lächeln.

»Herr Schenkenberg kommt gleich. Kann ich schon etwas für Sie tun?«
Man merkte ihr an, dass sie über diesen frühen Besuch nicht besonders erfreut war. Entweder war sie ein Morgenmuffel, oder, und das vermutete Johanna eher, sie fühlte sich durch den unvermittelten und nicht angemeldeten Besuch der Psychologin überrannt. Johanna versuchte sich vorzustellen, wie Jutta in dieser Situation reagieren würde. Wahrscheinlich genauso.
»Nein, vielen Dank. Ich habe etwas mit Herrn Schenkenberg zu besprechen.«
Die Dame bot ihr einen Platz an, und Johanna betrachtete ihr emsiges Treiben schweigend. Was sollte sie auch sagen?
Hinter ihr öffnete sich die Tür, und ein großer, grauhaariger Mann trat ein. Die Sekretärin, von der Johanna immer noch nicht den Namen kannte, schoss sofort auf ihn zu und flüsterte ihm, auf Zehenspitzen gereckt, etwas ins Ohr. Der Mann, von dem Johanna annahm, dass es Schenkenberg war, drehte sich zu ihr um und kam auf sie zu. Mit einem letzten abfälligen Blick verschwand die eiserne Hüterin der heiligen evangelischen Seelsorge wieder hinter ihrem Schreibtisch.
Johanna ergriff die Hand des Pastors. »Herr Schenkenberg, Entschuldigung, wenn ich Sie einfach so überfalle, aber es ist wirklich dringend.«
»Kein Problem. Kommen Sie bitte mit in mein Büro.« Er wies ihr mit einer Hand den Weg und ließ sie vorgehen. Als sie sein offenes Büro betrat, hörte sie, wie er seine Sekretärin um zwei starke Kaffees bat.
Er folgte Johanna und schloss hinter ihr die Tür. Noch während er sich den Mantel auszog, begann er zu reden.

»Was kann ich für Sie tun? Marianne hat mir eben erzählt, dass sie Sie hier schon beim Aufschließen des Büros vorgefunden hat. Sie sind Dr. Johanna Jensen, nicht wahr?«

»Verzeihen Sie bitte, dass ich mich nicht vorgestellt habe. Ich schlafe irgendwie noch. Aber ja, es stimmt, ich bin Johanna Jensen.«

»Na, dann schießen Sie mal los.« Er setzte sich an seinen Schreibtisch und faltete die Hände auf der Unterlage.

Johanna saß ihm genau gegenüber, und unerklärlicherweise fühlte sie sich ein wenig befangen. Sie hatte nie sehr viel von Religion gehalten und sich schon so manches Mal darüber ausgelassen, dass Kirchendiener für sie nichts anderes waren als Schmarotzer. Nun saß sie ausgerechnet bei einem solchen und bat um Hilfe.

»Nun«, Johanna kniff die Lippen zusammen und starrte einen Moment auf ihre Knie. Sie wusste nicht so recht, wie sie die Sache angehen sollte.

»Ich fange am besten mal von vorne an. Es hat in der jüngsten Vergangenheit zwei Morde gegeben. In beiden Fällen wurden Menschen getötet, die straffällig geworden waren.«

Schenkenberg nickte. »Ich glaube, ich weiß, wovon Sie sprechen. Sie meinen die Morde an dem Kinderschänder und der Kindsmörderin, richtig?«

»Genau. In beiden Fällen sind Hinweise aufgetaucht, mit denen wir noch nichts anfangen können, und deswegen bin ich zu Ihnen gekommen.«

»Weiß Diekmann, dass Sie hier sind?«, fragte er schmunzelnd.

Johanna sah ihn irritiert an.

Statt etwas zu sagen, drehte er sich weg, und für ein paar Minuten sah sie nur seinen Rücken. Er starrte aus dem Fenster auf die kahlen Äste der Bäume, die vor seinem Büro standen. Eigentlich müsste Schnee auf den Zweigen liegen, schoss es Johanna durch den Kopf.

»Ich hätte nie gedacht, dass sich Herr Diekmann, wenn auch nur mittelbar, einmal an mich wenden würde. Sehen Sie«, er drehte sich langsam wieder zu ihr um, »ich kenne ihn schon ein paar Jahre, und ich kann nicht sagen, dass wir das beste Verhältnis zueinander haben. Er hält nicht viel von Religion, und mich und meine Kollegen bezeichnet er gerne mal als studierte Taugenichtse.«

Johanna senkte den Blick, um zu verhindern, dass er merkte, wie ihr eine leichte Röte ins Gesicht schoss. Wenigstens in diesem Punkt war sie sich mit Sven einig.

»Aber ich denke, da erzähle ich Ihnen nichts Neues, denn auch von Ihresgleichen und Ihrem Berufsstand hält er nicht viel. Habe ich mir zumindest sagen lassen.« Den letzten Satz fügte er grinsend hinzu. Also hatte er ihre Verlegenheit und den Grund dafür bemerkt.

»Nun?« Er sah sie erwartungsvoll an. Sein Blick war offen und freundlich. Johanna schämte sich ein bisschen ihrer Gedanken, wusste sie doch genau, wie es ihm ging, schließlich kämpfte auch sie gegen Vorurteile an. Er hatte es erkannt und auf den Punkt gebracht. Vorurteile waren schnell geboren und ließen sich nur schwer wieder ausmerzen.

Sie seufzte und holte die Kopien heraus, die Sven ihr überlassen hatte. »Also gut. Herr Diekmann hat vor jedem Mord eine Botschaft per Post erhalten – zu sich nach Hause. Deshalb gehen wir davon aus, dass die Nachrichten von dem Mörder stammen. Außerdem wurden die Leichen so abgelegt, dass sich zumindest ein sekundärer religiöser Hintergrund vermuten lässt.« Sie schob ihm die Zettel über den Tisch und wartete.

Er las sie beide und sah sie dann fragend an. »In dieser Reihenfolge?«
Johanna nickte. »Exakt in dieser Reihenfolge.«
Schenkenberg lehnte sich zurück und kniff die Augen zusammen. »Wie gut sind Sie in der Bibel bewandert?«
»Ich erkenne sie, wenn ich sie sehe.«
Schenkenberg schnippte mit den Fingern. »Das dachte ich mir. Im Gegensatz zu Ihnen, scheint unser Mann recht bibelfest zu sein.«
»Das habe ich geahnt.«
»Sehen Sie, im Allgemeinen würde ich vielleicht so etwas wie die zehn Gebote erwarten oder Auszüge aus der Bergpredigt, aber er hat hier verschiedene Bibelstellen zitiert, die ihm persönlich etwas sagen, die ihm irgendwie wichtig sind. Ich meine, er kann nicht wochenlang wahllos in der Bibel geblättert haben, er muss gewusst haben, was er nimmt. Wobei, wenn ich sage *zitieren*, dann ist das nicht ganz richtig.«
Johanna war verwirrt, entschloss sich jedoch, nicht nachzufragen. Es erschien ihr besser, ihm zuzuhören und sich Notizen zu machen.
»Wenn Sie nichts dagegen haben, würde ich ganz gern mitschreiben, denn ich werde mir ansonsten nur die Hälfte merken können.«
Schenkenberg nickte. »Kein Problem. Sind Sie bereit?«
Er sah zu, wie Johanna einen großen Block und einen Stift aus ihrer Tasche nahm.
»Falls Sie Fragen haben, unterbrechen Sie mich ruhig. Also gut. Wenn man diese beiden kurzen Sätze nimmt, erzählt unser Mann, bitte entschuldigen Sie, wenn ich ihn so nenne, aber *Killer* hört sich mehr nach einem schlechten Krimi an, eine kleine Geschichte. Beginnen wir mal mit dem ersten Satz. Er schreibt

hier *Ich bin zu euch gekommen, als Schaf unter Wölfen.* Wollen Sie eine Bibel zum Mitlesen, oder soll ich es Ihnen einfach erklären?«

»Erklären Sie. Ich werde zu Hause nachschlagen.«

»Fein. Also, dieser Satz, das heißt dieser verfälschte Satz, stammt aus dem Matthäus-Evangelium, und zwar Kapitel 10, Vers 16.«

Er nahm eine Bibel zur Hand, schlug die entsprechende Seite auf und las einige Augenblicke. Als er die Stelle gefunden hatte, tippte er mit dem Finger darauf und fuhr fort. »Hier, der Satz lautet korrekt: *Siehe, ich sende euch wie Schafe mitten unter die Wölfe. Darum seid klug wie die Schlangen und ohne Falsch wie die Tauben.*«

Johanna hatte nie Stenografie gelernt und notierte sich daher nur die Fundstellen. »Was bedeutet das?«

»Jesus hat zu der damaligen Zeit seine zwölf Apostel um sich versammelt. Sie sollten ausziehen, Geister auszutreiben und Kranke zu heilen. Er hat ihnen sozusagen Generalvollmacht gegeben. Er hat ihnen den Auftrag erteilt, die Nichtjuden zu meiden und zu dem Volk Israels zu gehen, um das Werk Gottes zu vollenden. Wenn Jesus seine Apostel mit Schafen vergleicht und die übrige Menschheit mit Wölfen, so meint er damit, dass sie sich vor den Menschen hüten sollen. Er sagt ihnen, dass sie wahrscheinlich verfolgt und vor Gericht gestellt werden, dass Denunziantentum um sich greift. Aber er macht ihnen auch klar, dass ihr Vater, also Gott, sie nicht im Stich lassen wird und es ihnen am Tag des Jüngsten Gerichtes vergolten werden wird, indem Jesus sich vor seinem Vater, also Gott, zu ihnen bekennen wird.«

Schenkenberg betrachtete Johannas angestrengtes Gesicht. Um seine Mundwinkel zuckte es, als er weitersprach. »Um es mal ganz klar auszudrücken, Jesus verbreitete das Wort Gottes in Form von *stiller Post.*«

Er bezog sich auf ein Spiel, das Kinder noch heute auf der ganzen Welt spielten, wobei der Satz des ersten Mitspielers im Laufe einer Runde meist so verfälscht wurde, dass der Satz des letzten Mitspielers mit dem ursprünglichen Wortlaut so gut wie keine Ähnlichkeit mehr hatte.
Johanna sah ihr Gegenüber fragend an. »Dann sieht sich unser Mann als eine Art Apostel?«
»Eigentlich ist es Ihre Aufgabe, das herauszufinden, aber ehrlich gesagt, glaube ich, dass er sich zu Höherem geboren fühlt. Sie werden gleich sehen, was ich meine.« Er legte die Bibel aufgeschlagen auf den Tisch zurück und nahm sich die zweite Kopie zur Hand. »Hier wird er etwas drastischer. Hier sagt er ganz klar: *Ich bin das Opferlamm Gottes.* Damit macht er deutlich, was er ist, besser gesagt, was er nicht ist. Sehen wir uns das einmal genauer an.« Er befeuchtete seinen Zeigefinger und blätterte die hauchdünnen Seiten der Bibel um.
Johanna bemerkte, dass es eine ältere Ausgabe mit Golddruck auf dem Einband war. Wahrscheinlich stammte sie noch aus der Zeit seiner eigenen Konfirmation, zumindest sah sie so mitgenommen aus, als habe sie bereits mit Moses zusammen die Wüste durchquert.
Er rückte seine Brille auf der Nase zurecht. »Hier haben wir es schon. Johannes, Kapitel 1, Vers 36: *Und als er*«, Schenkenberg sah kurz hoch, »mit *er* ist Johannes gemeint, »*und als er sah Jesus wandeln, sprach er: ›Siehe, das ist Gottes Lamm!‹*« Der Pastor nahm seine Brille ab und richtete den Blick auf Johanna, die eifrig mitschrieb. »Sie müssen sich Johannes den Täufer als eine Art Wegbereiter von Jesus Christus vorstellen. Johannes hat eigenen Angaben zufolge mit gewöhnlichem Wasser getauft, und zwar mit Wasser aus dem Jordan. Er selbst sagt, dass er mit Wasser getauft habe, um Jesus Christus in der Welt

bekannt zu machen. Also, um ihnen die Sache zu erleichtern, führte Johannes eine Art Werbefeldzug durch. Jesus kam also an den Jordan, und Johannes, der gerade einige Jünger taufte, hielt inne und zeigte ihnen Jesus. Dabei sprach er die Worte: *Siehe, das ist Gottes Lamm.* Johannes selbst hat immer von jemandem geredet, der nach ihm komme und über ihm stehe, weil derjenige schon da war, bevor Johannes geboren wurde. Das Opferlamm Gottes bezeichnet niemand anderen als denjenigen, der die Sünden der Menschheit trägt, also den Retter.«

Johanna sah auf. »Großer Gott, unser Mann sieht sich selbst als Jesus?«

»So scheint es. Aber das ist eigentlich mittlerweile nichts Ungewöhnliches. Es gibt eine Vielzahl von Sekten auf der Welt, deren Führer mehr oder weniger als Jesus agieren oder zumindest als der Retter, in der Hoffnung, mit dieser Bezeichnung die Blasphemie ein wenig abschwächen zu können. All diese Menschen sind bibelfest und gieren danach, die Welt, wie sie behaupten, zu retten. Obwohl ich mir da nicht ganz sicher bin.« Die letzten Worte gab er mehr brummelnd von sich, wie ein Selbstgespräch, das er schon seit Jahren führte und das seine ganze Verachtung für diese selbst ernannten Erlöser widerspiegelte.

Johanna seufzte laut. Ihr tat bereits die Hand weh, und sie versuchte das soeben gehörte irgendwie zu verarbeiten. Eine Flut von Informationen brach über sie herein.

»Können Sie noch?« Der Geistliche hatte den Kopf schief gelegt und musterte sie abwartend.

»Das erste Mal seit meiner Konfirmandenzeit wünsche ich mir, dass ich besser aufgepasst hätte. Ich habe das Gefühl, ich erlerne eine fremde Sprache, ohne das dafür nötige Talent zu besitzen.«

»Haben Sie noch mehr Nachrichten?«

Johanna schüttelte den Kopf. »Bisher nicht, und wenn wir davon ausgehen, dass der Mörder nur dann Botschaften hinterlässt, wenn er jemanden tötet, so hoffe ich auch, dass wir keine mehr erhalten. Aber da ist noch etwas.« Sie legte einen Zeigefinger an die Nase und rief sich die Bilder der Opfer ins Gedächtnis. »Der Täter hat die Leichen mit wie zum Gebet gefalteten Händen drapiert. Außerdem hat er ihnen ein Kreuz in die Stirn geritzt. Was ich nun wissen will: Wie würden Sie das Kreuz in dieser Situation interpretieren? Ist das eine Art Segen, oder wie könnte man das noch verstehen?«

Schenkenberg faltete die Hände über dem Bauch. »Was genau wissen Sie über das Kreuz?« Er wirkte sehr zufrieden, fast als genösse er es, Johannas eher spärliche Kenntnisse der christlichen Religion abzufragen. Sie zuckte mit den Schultern.

»Na ja, das, was wohl alle wissen. Jesus wurde ans Kreuz geschlagen, und seitdem gilt es als Symbol des christlichen Glaubens.«

Der Pastor lachte leise. »Es ist schon erstaunlich, dass uns ausgerechnet die Menschen, die Jesus getötet haben, ein Symbol gegeben haben, nicht wahr?«

Johanna musterte ihn irritiert.

Schenkenberg beugte sich wieder vor und sah ihr in die Augen. »Haben Sie mal den dummen Witz gehört, dass, wenn Jesus ertränkt worden wäre, in jeder Kirche ein Aquarium stünde?«

Johanna musste lachen. Die Vorstellung, ein Aquarium anzubeten, erschien ihr lächerlich.

Schenkenberg fuhr fort. »Sehen Sie, die Kreuzigung ist nichts anderes als eine Art der Hinrichtung, die die Römer praktiziert haben. Das Kreuz ist sozusagen ein Hinrichtungswerkzeug.

So wie heutzutage der elektrische Stuhl in den Vereinigten Staaten.«
»Darüber habe ich mir noch nie Gedanken gemacht.«
»Die meisten Menschen machen sich keine Gedanken darüber. Doch um auf Ihre Frage zurückzukommen, ob das Kreuz segnenden Charakter hat. Sie wissen doch: *In nomine patris et filii et spiritus sancti.*« Schenkenberg schlug zu seinen Worten das Kreuz. »Im Namen des Vaters, des Sohnes und des heiligen Geistes. Das, was unser Mann mit seinen Botschaften bezweckt, geht zwar eher in die Richtung meines katholischen Kollegen, aber ja, es ist so etwas wie ein Segen. Er scheint den Toten eine Art Absolution zu erteilen. Sprich, er hat sie zunächst *hingerichtet,* um sie im Tod von ihren Sünden zu reinigen.«
Er machte eine kleine Pause. »Brauchen Sie sonst noch etwas von mir?«
Johanna schüttelte den Kopf. »Nein, das war schon eine Menge. Zumindest habe ich jetzt eine Basis, mit der ich weiterarbeiten kann.« Sie stand auf und reichte dem Geistlichen die Hand über den Schreibtisch. »Vielen Dank für Ihre Hilfe.«
Schenkenberg kam um den Tisch herum. »Jederzeit gern. Und halten Sie mich auf dem Laufenden.«

Am nächsten Morgen wartete bei Johannas Ankunft bereits ein Becher Kaffee im Büro auf sie. Als erste Handlung beförderte sie mit einer schwungvollen Drehung ihre Aktentasche in eine Ecke dicht neben ihrem Schreibtisch. Sie ließ sich in ihren Schreibtischstuhl fallen und schwang zum Fenster herum. So gut der Kaffee auch roch, sie musste Jutta dringend sagen, dass sie nicht mehr so viel davon kochen sollte, da sie mittlerweile das Gefühl hatte, ihr Magen mache das nicht mehr mit.

Draußen hatte es zu regnen begonnen, und der Schnee der letzten Tage, der sich bereits in einen unansehnlichen schwarzen Matsch verwandelt hatte, schmolz nun endgültig dahin. Der Wind wurde stärker und zerrte an den Bäumen, die sich mal hierhin, mal dorthin bogen. Der Regen trieb fast horizontal an ihrem Fenster vorbei, und es sah aus, als bedecke er alles Leben unter sich mit einem feinen Wasserschleier.

»Frau Ratmann-Kilb hat gerade angerufen.« Jutta stand neben ihrem Schreibtisch und sah auf sie hinunter. Johanna hatte sie wieder einmal nicht hereinkommen hören. Sie überlegte, ob ihre Sekretärin indianische Vorfahren hatte.

»Wer?« Sie schwang zu Jutta herum und sah sie verständnislos mit zusammengezogenen Augenbrauen an.

»Die Ehefrau von Herrn Ratmann.«

»Jutta, wer ist Herr Ratmann?« Johanna sprach langsam und deutlich. Fast war sie versucht, jedes einzelne Wort zu buchstabieren. Nur mühsam unterdrückte sie ihre Ungeduld.

Die Sekretärin lächelte leicht. Sie kannte ihre Chefin gut und merkte, dass sie wirklich keine Ahnung hatte, von wem sie sprach. »Sie wissen schon. Der Polizist, der vergangenen Freitag hier war. Der, den Sie eigentlich am liebsten in die Entziehungsklinik einweisen würden.«

»Ach, der.« Vor Johannas geistigem Auge erschien augenblicklich das leere, teigige Gesicht des Polizeibeamten, der in seiner weinerlichen Art jedem, nur nicht sich selbst, die Schuld an seinem Dilemma gab.

»Und? Was will sie?« In ihrer Stimme schwang nun deutlich Ungeduld mit.

Jutta zuckte mit den Schultern. »Mit Ihnen reden. Ich hab ihr gesagt, Sie rufen zurück.«

»So?«

»Hier ist die Nummer. Übrigens«, fügte sie unbeeindruckt hinzu, »Diekmann hat auch angerufen. Er kommt vorbei.«
»Wann?«
»Gleich.«
Johanna stöhnte auf. Das Letzte, was sie jetzt brauchte, war eine schlechtere Laune als ihre eigene. Sie kannte den Leiter der Mordkommission mittlerweile gut genug, um zu wissen, dass sie sich beide in nichts nachstanden, wenn es darum ging, dem jeweils anderen den Tag zu vermiesen.
Sie sprang fast von ihrem Stuhl, holte die Protokolle, die sie am Freitag in den Safe geschlossen hatte, breitete sie vor sich aus und fing an zu lesen. Sie kritzelte Notizen für Jutta an den Rand und ergänzte einige Dinge, die sie am Freitag vergessen hatte. Als sie hörte, wie sich die Tür öffnete, hob sie nicht einmal den Kopf.
»Ich bin gleich fertig, Jutta. Wenn Sie so lieb wären und das Ganze abtippen?«
»Vergiss es.«
Sie schrak hoch und blickte in Svens lächelndes Gesicht. Er wirkte ausnahmsweise besser gelaunt als sonst, wenn sie sich begegneten.
»Oh, guten Morgen.« Sie versuchte pflichtschuldigst, das Lächeln zu erwidern.
»Dir auch einen guten Morgen. Bekomme ich einen Kaffee?« Er setzte sich ihr gegenüber auf einen der Besucherstühle und blickte sich neugierig um.
»Klar.« Johanna beugte sich vor und sah an ihm vorbei. »Jutta?«
»Ja?« Die Stimme klang gedämpft zurück. Sie schien aus dem kleinen Waschraum zu kommen, der an Juttas Büro angrenzte.
»Könnten Sie uns bitte noch einen Becher Kaffee bringen?

Schwarz und ohne Zucker.« Sie sah Sven fragend an, der wie zur Bestätigung nickte.
Sie betrachtete den Leiter der Mordkommission eingehend. Er saß entspannt da und hatte die Hände im Schoß verschränkt. Seine schwarze Jeans und das helle T-Shirt kontrastierten gut miteinander. Er trug genau die gleichen Stiefel wie schon am Freitag, als er sie zu Hause besucht hatte. Als sie daran dachte, dass sie praktisch nichts angehabt hatte, wurde sie leicht verlegen. Sie strich sich eine der Haarsträhnen aus dem Gesicht, die bereits lang genug dafür waren.
»Was führt dich zu mir?«
»Ich wollte dich bitten, mich heute zu einer Beerdigung zu begleiten.«
»Heute? Wie stellst du dir das vor? Es ist ein bisschen kurzfristig, findest du nicht?«
»Ich habe es gerade erst erfahren.«
»Jemand, den ich kenne?«
»Nein. Kausch wird beerdigt.«
»Welcher Kausch?« Ihr Gedächtnis ließ sie heute wirklich komplett im Stich.
»Du weißt schon, der Pädophile, den wir gefunden haben.«
»Der wird schon beerdigt? Das ging aber schnell.«
»Findest du? Vergiss nicht, er ist schon seit fast drei Wochen tot. Die Untersuchungen sind abgeschlossen, der Gerichtsmediziner hat ihn notdürftig wieder zusammengeflickt, und die Leiche ist freigegeben.«
Jutta kam zwischenzeitlich herein und stellte einen Becher Kaffee vor Sven ab. Er bedankte sich bei der Sekretärin, was sie mit einem Nicken quittierte, bevor sie leise wieder hinausging. An der Tür drehte sie sich kurz um und lächelte Johanna aufmunternd zu.

»Oh. Und was soll ich dabei?«

»Hast du nicht mal gesagt, dass manche Täter an den Beerdigungen teilnehmen, um sich an dem Leid der Hinterbliebenen zu weiden?«

»Das ist schon richtig. Aber was habe ich damit zu tun?«

»Ich dachte, wir sehen uns die Leute, die da heute erscheinen, mal zusammen an. Und hinterher reden wir darüber.«

»Ach, du meinst so eine Art Brainstorming?«

»Richtig, das ist zu zweit nämlich produktiver als alleine«, erklärte er mit ernster Miene. Dann beugte er sich ein wenig vor und sah ihr eindringlich in die Augen. »Johanna, ich habe bisher keinerlei Hinweise auf den Mörder. Niemand, der auch nur in die engere Auswahl käme, außer vielleicht diesen kleinen Stricher, aber du bist ja der Meinung, dass er es nicht gewesen sein kann. Ich möchte mir die Leute auf dem Friedhof ansehen – mit dir!«

»Glaubst du etwa, dass er sich uns vorstellen wird? Oder meinst du, ich zeige mit dem Finger auf jemanden und rufe dann mit zitternder Stimme: ›Das ist er‹?« Sie streckte die Hand aus und deutete auf eine imaginäre Person hinter Sven.

»Haha, sehr witzig.« Sven verzog das Gesicht. Sie hatte es offenbar wieder einmal geschafft. Seine Laune verschlechterte sich zusehends.

»Okay, das war nicht sehr lustig.« Sie hob abwehrend die Hände und warf ihm einen entschuldigenden Blick zu.

»Also, kannst du die Zeit erübrigen? Außerdem wäre es nett, wenn du auch demnächst zur Verfügung stündest.«

»Heute habe ich keine Termine, aber warte mal …« Sie blätterte in ihrem Tischkalender und runzelte die Stirn. »Jutta?« Sie beugte sich, wie schon vorhin, ein wenig vor und rief nach ihrer Sekretärin. Sie konnte es sich einfach nicht angewöhnen, Jutta mit dieser unmöglichen Gegensprechanlage herbeizuzitieren.

Es war zwar so auch nicht viel besser, aber zumindest hatte sie nicht das Gefühl, mit einer Maschine zu sprechen.
»Ja?« Jutta stand schon in der Tür. Sie bemerkte das Gesicht ihrer Chefin und rollte hinter Svens Rücken mit den Augen. Johanna musste lachen. Augenblicklich besserte sich ihre Laune. »Könnten Sie meine Termine der nächsten, sagen wir, zwei Wochen bitte auf die Kollegen verteilen?«
»Sicher.« Juttas Gesicht verzog sich zu einer Grimasse. Man sah ihr an, dass sie den Grund für die Terminverschiebungen kannte und dass es ihr nicht passte. Sie machte aus ihrer Abneigung gegen Diekmann keinen Hehl.
»Ich danke Ihnen.« Johanna sah Sven an. »Reicht das?«
»Ich denke schon. Du brauchst ja nicht die ganze Zeit bei uns zu verbringen. So bleibt deine eigene Arbeit nicht liegen, hm?« Er spielte auf ihr Büro an, das sie noch im Präsidium beim Morddezernat hatte. Bei ihrem letzten Fall war es eilig eingerichtet worden, und sie hatten es nach Abschluss des Verfahrens einfach stillschweigend so gelassen, wie es war.
»Ach übrigens, ich habe gestern gar nichts mehr von dir gehört. Wolltest du nicht zu dem Pastor?«
»Ich war bei ihm und habe den Rest des Tages damit verbracht, in der Bibel nachzuschlagen und das, was er mir erzählt hat, zu ordnen.«
Sven zog die Augenbrauen hoch. »Und? Ist wenigstens etwas Brauchbares dabei herausgekommen?«
»Ja, durchaus. Aber lass uns später darüber sprechen, okay? Wenn ich dich zur Beerdigung begleiten soll, habe ich hier noch einiges zu erledigen. Wann willst du nachher los?«
»Um zwölf beginnt die Trauerfeier auf dem Friedhof in Ohlsdorf. Also nur ein paar Minuten von hier. Ist es dir recht, wenn ich dich gegen halb zwölf abhole?«

»Ja. Bis dahin habe ich alles geschafft.«
Sven stand auf und verließ wortlos das Zimmer. Diese Angewohnheit von ihm ärgerte Johanna jedes Mal aufs Neue bis ins Mark. Immer, wenn er der Meinung war, es sei alles gesagt, ging er. Ohne Gruß, ohne ein Wort, er ließ einfach alles stehen und liegen. Sie schluckte die aufkeimende Wut hinunter und setzte sich.
»Und? Was liegt an?« Jutta lehnte am Türpfosten und hatte die Arme vor der Brust verschränkt. »Weiß der hohe Herr etwa nicht weiter? Ist er angekrochen gekommen und hat um Hilfe gebettelt?« Jutta hatte Diekmann noch nie ausstehen können, doch nachdem er mit ihrer Chefin eine Zeit lang sehr unsanft umgesprungen war, hatte sie nur noch Verachtung für ihn übrig.
»Na ja, ganz so schlimm ist es nicht. Er hat mich zwar um Hilfe gebeten, aber er kam nicht angekrochen. Sie wissen doch, dieser Mann ist von einer geradezu krankhaften Arroganz beseelt.« Sie seufzte und nahm einen Schluck von ihrem mittlerweile kalten Kaffee. Dieses Schicksal, immer nur erkalteten Kaffee zu trinken, war ihr offenbar bestimmt.

Das Telefonat mit der Ehefrau des Polizisten verlief alles andere als erfreulich.
»Hallo?«
»Frau Ratmann-Kilb. Mein Name ist Jensen. Ich bin die Therapeutin Ihres Mannes. Meine …«
»Schaffen Sie mir diesen Kerl vom Hals.« Die Stimme klang schrill und sehr aufgeregt.
»Ich verstehe nicht.« Johanna runzelte die Stirn.
»Ich bin zu meiner Schwester gezogen, und wenn er nicht ständig anruft, steht er vor unserer Tür. Ich habe die Scheidung eingereicht und will mit ihm nichts mehr zu tun haben.«

»Frau Ratmann-Kilb. Bitte lassen Sie mich doch etwas sagen.«
»Ich heiße Kilb.«
»Bitte?«
»Ich habe meinen Namen geändert, ich heiße jetzt wieder Kilb.« Die Stimme wurde immer aggressiver.
»Also gut, Frau Kilb. Ich verstehe, was Sie meinen, aber ...«
»Wie denn? Sind Sie etwa auch mit einem Trinker verheiratet? Ich bin zu jung, um mich auf ewig an so einen Waschlappen zu binden.«
»Frau Kilb, bitte ...«
»Schaffen Sie ihn mir einfach vom Hals. Wenn er nicht aufhört, zeige ich ihn an.«
Die aufgebrachte Noch-Ehefrau hatte aufgelegt, bevor Johanna etwas entgegnen konnte. Einerseits ärgerte sie sich über die Art und Weise, wie diese Frau mit ihr redete, immerhin hatte sie um ein Gespräch gebeten, andererseits konnte sie nachvollziehen, was sie empfand. Johanna sah wieder das ungesund bleich schimmernde Gesicht vor sich. Den leeren Blick, die zitternden Hände, als könne er es kaum erwarten, den nächsten Schluck aus der Flasche zu nehmen. Die Frau hatte Recht, sie hatte keine Ahnung, was es bedeutete, mit einem Trinker verheiratet zu sein. Sie hatte überhaupt keine Ahnung, wie es war, verheiratet zu sein. Trotz allem wehte ihr der Hass dieser Frau wie eine Giftwolke ins Gesicht.
Sie seufzte und stand auf. Ein Blick auf die Uhr zeigte ihr, dass Sven in ein paar Minuten käme, um sie abzuholen. Wenigstens war sie angemessen gekleidet. Der beigefarbene Kaschmirpullover und die schwarze Flanellhose sahen sehr elegant aus. Sie hoffte nur, dass sie nicht allzu weit über den durchweichten Friedhof würde laufen müssen, denn dazu waren ihre Wildlederstiefeletten wahrlich nicht geeignet.

Sie hatte einen dicken Mantel und einen Schal dabei. Den weichen Hut würde sie sich so tief ins Gesicht ziehen müssen, bis auch die Ohren vollständig bedeckt waren. Sie schauderte, wenn sie daran dachte, dass sie sich bei diesem Wetter die Beine würde in den Bauch stehen müssen.

»Fertig?« Sven erschien in der Tür, auf dem Kopf eine Baseballkappe. Er trug eine dunkle Wachsjacke und hatte die Hände in die Taschen geschoben.

»Ja.«

Gemeinsam gingen sie hinunter zum Wagen. Der Wind hatte ein wenig nachgelassen, und der Regen war feiner geworden. Kleine Tropfen setzten sich auf ihren Mantel, als wollten sie sich festsaugen. Johanna wusste, dass sie nach nur wenigen Minuten völlig durchnässt sein würde.

Sven ging um den Wagen herum und schloss auf. Er griff von innen durch und entriegelte ihre Tür. Sie stieg ein und nahm den Hut ab.

»Der Hut steht dir. Ist vielleicht nicht ganz praktisch, aber er steht dir wirklich gut.«

»Vielen Dank. Wie komme ich zu der Ehre eines Komplimentes?«

Er räusperte sich leise. »Ich dachte, wir hätten Frieden geschlossen?«

»Du hast Recht. Ich bin wohl ein wenig zickig, aber es geht mir gegen den Strich, mich bei diesem Wetter auf einer Beerdigung herumzudrücken.«

»Das sehe ich nicht anders.«

Er wendete den Wagen und fuhr auf das Tor zu, das Tag und Nacht geschlossen war. Hastig kurbelte er das Fenster herunter und streckte den Arm heraus. Dann zog er eine Chipkarte über den Scanner und öffnete so die Torausfahrt. Nachdem er sich in den fließenden Verkehr eingefädelt hatte, sprach er weiter.

»Wie war es bei Markus?«

Ohne es zu wollen, hatte er einen wunden Punkt getroffen. Sie schluckte schwer. »Flo hat die Verabredung wieder abgesagt. Markus sei noch nicht so weit. Ich schätze, er will mich einfach nicht sehen.

»Wie es geht es dir dabei?«

»Wie soll es mir schon gehen?« Johanna musterte Sven erstaunt von der Seite. Er wirkte konzentriert und wandte den Blick nicht von der Straße. Nichts in seiner Miene deutete darauf hin, dass er sich tatsächlich Gedanken um ihren Gemütszustand machte. Sie wandte sich wieder ab.

»Warum will er dich nicht sehen?«

»Er leidet noch immer unter einem posttraumatischen Syndrom.« Sie seufzte.

»Davon habe ich schon mal gehört. Tritt nach extremem psychischem Stress auf, nicht wahr?«

»Ja, und als das kann man seine Geiselnahme ja wohl bezeichnen. Menschen, die davon betroffen sind, meiden jeden Kontakt zu Personen, die in irgendeiner Form in das Trauma involviert sind. Sie meiden sogar Plätze und Orte, die sie an das Ereignis erinnern. Ich denke jedoch, er wird sich wieder erholen. Weißt du wann er wiederkommt?«

»Nein, er soll sich auch ruhig noch Zeit lassen. Kommst du denn damit klar?«

»Sicher.«

Sie drehte den Kopf wieder zum Fenster und beobachtete die Leute, die durch den strömenden Regen eilten. Es war kurz vor Mittag, und die meisten ließen es sich nicht nehmen, zum Essen nach draußen zu gehen. Sie dachte daran, wie schwer es war, seine Gewohnheiten zu ändern. Nicht viele Menschen waren davon abzubringen, das zu tun, was sie schon immer taten, so wie in diesem Fall. Sie sah es tagtäglich bei ihren Kollegen: Man ging gemeinsam zu einer bestimmten Zeit zum Mittagessen, allerdings nicht, weil der Hunger sich meldete, sondern weil die Uhr es vorschrieb. Ein in allen Details geregeltes Leben erhielt eine Ordnung aufrecht, die einen schützenden Charakter hatte. Zufälle und Spontaneität hatten da keinen Platz. Sie überlegte, ob auch sie sich so verhielt oder ob sie nicht gerade dabei war, alte Verhaltensmuster aufzubrechen. Sie grinste in sich hinein, wahrscheinlich tat sie es jedoch nur, um neue Marotten aufzubauen.

Da fiel ihr das Gespräch mit Frau Kilb wieder ein. Wie lange dauerte es wohl, bis ein Mensch so voller Hass war? Ihr kam das Bild eines Hochzeitspaares in den Sinn. Die Braut traditionell in Weiß, der Mann im Frack. Beide glücklich und voller Hoffnung. Beide auf der Schwelle der Zukunft mit Plänen im Herzen, die ein Leben wie im Märchen garantieren sollten. Irgendwann tauchten erste Probleme auf. Etwas, womit weder er noch sie gerechnet hatte, weil sie zu Beginn zu sehr damit beschäftigt waren, auf rosa Wolken zu schweben, schob sich wie ein Keil zwischen das Paar. In diesem Fall war es der Alkohol gewesen, der das Ehepaar Ratmann-Kilb auf den Boden der Tatsachen zurückgeholt hatte. Es folgten Streit, Verletzungen und schließlich Schuldzuweisungen. Ein paar Jahre später dann das Ende. Auch hier spielte die Gewohnheit eine große Rolle. In diesem Fall war es wohl so, dass ein jeder dem anderen gegenüber zu gleichgültig geworden war, ohne sich noch dafür zu interessieren, was der Partner tat. In so einem Fall hält lediglich die Gewohnheit ein Paar noch zusammen.

Beide hörten im Laufe einer Ehe auf, als Individuen zu existieren, und Johanna war sich sicher, dass auch Frau Kilb einen guten Teil der Schuld trug, aber nun konnte und wollte sie sich nicht mehr damit auseinander setzen. Sie wollte die Flucht, das Ende. Sie hatte aufgegeben und beschlossen, ein neues Leben anzufangen. Ohne ihren Mann.

»Hörst du mir überhaupt zu?« Svens Stimme holte sie zurück in die Gegenwart.

»Bitte entschuldige. Ich war in Gedanken wirklich ganz woanders. Was hast du gesagt?«

»Ich habe ein paar Leute hier postiert. Schon seit einer Stunde. Sie sollen beobachten, wer kommt und geht. Und wer an der Beerdigung teilnimmt. Anhand der Autokennzeichen können wir die meisten wohl identifizieren.«

»Meinst du, dass der Täter so blöd ist, mit dem Auto vorzufahren?«

»Hast du vielleicht 'ne bessere Idee?« Seine Stimme klang jetzt fast so ätzend wie ihre.

Sie seufzte. »Nein, habe ich nicht. Vielleicht hast du ja Recht.«

Sie näherten sich dem Friedhof, und schließlich bog Sven von der Straße ab, um in eine Einfahrt zu fahren. Er stellte sich auf einen freien Parkplatz, und beide stiegen aus. Johanna setzte ihren Hut wieder auf und zog sich den Mantel enger um den Körper. Der Regen hatte aufgehört, und dennoch hatte sie das Gefühl, als durchdringe die feuchte Kälte sie bis auf die Knochen.

»Dann mal los.« Sven zog den Reißverschluss seiner Jacke hoch und stapfte voran. Der Weg war mit Steinplatten befestigt, und Johanna war erleichtert, dass sie nicht knietief im Matsch versank.

Sie näherten sich einer kleinen Aussegnungshalle, die ein Schild als »Kapelle 12« auswies.

Sven setzte sich auf eine nahe Bank und bedeutete Johanna, neben ihm Platz zu nehmen.
Der gesamte Friedhof war in den letzten Jahren mehr und mehr zu einer Art Ausflugsziel geworden. Die wenigsten Menschen, die hier spazieren gingen, hatten den Tod eines nahen Verwandten zu beklagen. Sie genossen einfach die liebevoll angelegte Parkanlage. Dies war der einzige Friedhof, den Johanna kannte, wo es auch fröhliche Gesichter und entspannte Menschen gab.
»Du willst gar nicht rein?« Johanna sah Sven von der Seite an. Er schüttelte den Kopf. »Nein. Wer jetzt drin ist, kommt auch wieder heraus. Ich habe nicht das geringste Bedürfnis, mir eine Predigt über einen Mann anzuhören, der zu Lebzeiten ein Teufel war. Wenn erst einmal alle wieder draußen stehen, sind sie auf jeden Fall unter Beobachtung. Wir verpassen also nichts.«
Johanna hatte ihre Hände in die Ärmel ihres Mantels geschoben. Sven hatte eine Packung Zigaretten hervorgeholt und steckte sich eine an. Er inhalierte den Rauch tief und wartete.
Johanna sah sich um. Bilder einer anderen Beerdigung schossen ihr durch den Kopf. Ihre Mutter wie versteinert neben ihr, irgendwelche Tanten, die weinten, Johanna selbst wie gelähmt. Sie hatte immer nur auf den Sarg, in dem ihr Bruder lag, gestarrt und sich gefragt, wie es dazu hatte kommen können. Sie hatte versucht, sich ihre eigenen Versäumnisse vor Augen zu führen, und schließlich war sie von einem übermächtigen Schuldgefühl erfüllt gewesen.
Sie hatte Jahre gebraucht, um zu akzeptieren, dass nicht sie die Schuld am Selbstmord ihres Bruders trug, sondern dass er ganz allein dafür verantwortlich war. Sie hatte damals nicht gewusst, dass eine derartige Entscheidung nur jeder Mensch für sich

allein treffen konnte. Selbstmord war das Ende in einer Kette von Ereignissen, die jedes für sich allein nie zu diesem letzten Schritt geführt hätten. Außerdem hatte sie gelernt, dass dies alles nichts mit Schuld zu tun hatte.

Damals hatte sie das nicht gewusst, und selbst heute war Johanna sich nicht sicher, ob sie es nun, da sie es wusste, auch wirklich akzeptieren konnte oder ob nicht doch noch immer ein Rest Zweifel in ihrem Herzen war.

»He.«

Sie schrak hoch. Sven hatte kurz an ihre Schulter getippt.

»Du bist merkwürdig abwesend die letzten Tage. Stimmt was nicht?«

»Doch. Es ist alles in Ordnung.« Ihr fiel keine passende Lüge ein, und sie hatte nicht vor, ihr Innerstes vor Sven auszubreiten. Also beließ sie es dabei und gab ihm keine weiteren Erklärungen.

Die Kälte kroch ihr die Beine hoch, ihre Füße in den dünnen Schuhen waren längst taub. Sie versuchte die Zehen zu bewegen, aber irgendwie hatte sie das Gefühl, als gehörten sie nicht mehr zu ihr. Schon als Kind hatte sie immer Angst gehabt, dass ihr die Zehen abfrieren könnten.

Mehrere Personen erschienen in ihrem Blickfeld. Schwarz gekleidete Menschen, die ihre Gesichter hinter großen Sonnenbrillen verbargen. Sie vermutete, dass es sich dabei um Trauergäste der nachfolgenden Beerdigung handelte. Der Knoten in ihrer Brust wurde immer größer, ihre Beklemmung stieg.

Sie hatten eine ganze Weile still nebeneinander gesessen, als sich die Tür der Aussegnungshalle öffnete.

Vier Sargträger hatten einen Sarg geschultert, gefolgt von einem Pastor in einem langen schwarzen Gewand. Die Trauergemeinde war eher klein, außer einer ältlichen Frau und zwei

Männern kümmerte sich offenbar niemand darum, dass hier ein Mensch zu Grabe getragen wurde.

»Es geht los.« Svens gemurmelte Worte waren nur undeutlich zu hören, aber an der Art, wie plötzlich Leben in ihn kam, spürte Johanna, dass er alle Sinne aktiviert hatte. Unwillkürlich straffte auch sie die Schultern.

Ein leichter Nieselregen setzte ein, und einige der Trauernden, die in ihrer unmittelbaren Nähe standen, spannten ihre Regenschirme auf. Sie drängten sich zusammen wie eine Herde Schafe, und Johanna war sicher, dass dies nicht nur aufgrund des Regens geschah. Hier begegneten sie dem Tod, und dem wollten sie nicht allein und schutzlos gegenübertreten.

Sven blieb noch einen Augenblick sitzen und folgte der kleinen Gruppe, die gleich hinter dem Eingang der Kapelle rechts abbog, mit den Augen.

Die Gemeinde neben ihnen, die sich stetig vergrößerte, schob sich wie auf Kommando näher an den Eingang der düsteren Halle heran.

Johanna begann zu frieren. Das leichte Frösteln hatte sich zu einer Art Schüttelfrost verstärkt, und sie konnte sich nur mit Mühe zurückhalten, mit den Zähnen aufeinander zu schlagen.

Sven stand plötzlich auf und ging um die Bank herum. Er gab ihr einen Wink, und sie folgte ihm. Sie schlenderten den Weg, den sie gekommen waren, zurück und schlugen einen Bogen um den Vorplatz der Kapelle. Sie liefen langsam an der Hecke entlang, die die Zufahrt säumte, ohne die Gruppe, die sich nun um das Grab scharte, aus den Augen zu verlieren.

Johanna sah selbst aus der Entfernung, wie der Pastor ein paar Worte sprach. Sie ließen den Sarg in die Erde hinab, und er ergriff noch einmal das Wort.

Die ganze Szenerie kam ihr unwirklich vor. Sie wirkte mechanisch, und während hier ein Mensch beerdigt wurde, wartete ein paar Meter weiter eine kleine Gruppe darauf, einen anderen Menschen auf seinem letzten Weg zu begleiten. Johanna kam der Vergleich mit einem Fließband in den Sinn, und sie fragte sich, wo dabei die Würde des Einzelnen blieb. Hier wurde ein Ritual entworfen, um das schlechte Gewissen der Hinterbliebenen zu bekämpfen. Sie gaben sich offensichtlich alle Mühe, dem Verstorbenen die Aufmerksamkeit zuteil werden zu lassen, die sie ihm zu Lebzeiten verwehrt hatten. Aus den Augenwinkeln beobachtete Johanna, wie weitere schwarz gekleidete Personen gesetzten Schrittes herankamen, und sie fragte sich, zu welchem Termin diese Leute wohl »eingeladen« waren.

»Nicht gerade üppig.« Sven sprach jetzt ein wenig lauter.

»Was meinst du?«

»Na, sieh doch mal. Da trauern ja nicht viele um ihn.«

»Du hast doch selbst gesagt, dass er sehr isoliert gelebt hat.«

»Aber ich habe damit gerechnet, dass zumindest mehr seiner Pädophilen-Freunde hier auftauchen würden.«

»Glaubst du, die tragen so etwas wie eine Vereinsfahne vor sich her? Ich kann mir kaum vorstellen, dass die so organisiert sind wie ein Bowling-Club. Kaum anzunehmen, dass die sich groß umeinander kümmern.«

Sie blieben im Schutze eines Baumes stehen und verfolgten das Begräbnis weiter. Die ältere Frau schippte ein wenig Sand mit der bereitgestellten Schaufel in das Grab und schüttelte dem Pastor noch einmal die Hand. Die beiden Männer drehten sich um und gingen.

»Das war's.« Svens Stimme klang ernüchtert. »Keine große Ausbeute.«

Johanna setzte ihr Das-habe-ich-dir-doch-gleich-gesagt-Gesicht auf, sagte jedoch nichts. Es hätte sie verwundert, wenn der

Mörder hierher gekommen wäre. Natürlich, es könnte auch einer der drei gewesen sein, aber sie glaubte es nicht.
»Im Allgemeinen geht ein Mörder zu der Beerdigung, um sich an der Trauer der Hinterbliebenen zu weiden. Oder um sich den letzten Kick zu holen. Ich hab dir allerdings von Anfang an gesagt, ich gehe in diesem Fall nicht davon aus, dass er hier erscheint.«
»Das heißt was?«
Johanna zuckte mit den Schultern. »Ich glaube, für den Täter ist die Sache mit der Ausführung des Mordes erledigt. Ein Mörder, der zu der Beerdigung seines Opfers erscheint, durchlebt die Tat gewissermaßen noch einmal. Es ist wie ein Schauer, der ihm über den Rücken läuft und den er spüren möchte. Vor allen Dingen braucht er dieses Gefühl. Er ist nicht hier, und er wird sich auch nicht in der Nähe des Friedhofs aufhalten. Er braucht diesen Kick nicht. Nach dem Gespräch mit Pastor Schenkenberg bin ich sicher, dass es unserem Täter um Bestrafung geht.«
»Also Rache?«
Johanna rekapitulierte das Wichtigste, was der Pastor ihr gestern erzählt hatte. »Möglich. Willst du mit den Leuten reden, die hier waren?«
»Ja. Vielleicht bringt uns das weiter. Ich kann mir gut vorstellen, dass es eine Fülle von Verdächtigen gibt, dennoch haben wir bisher keinen einzigen. Also werden wir wohl oder übel Klinken putzen müssen.« Er seufzte. »Etwas stört mich an der ganzen Sache. Ich kann dir aber noch nicht sagen, was.«

Den Weg zum Polizeipräsidium legten sie schweigend zurück. Sven hatte die ganze Zeit die Stirn in Falten gelegt, er hatte sich von dem Besuch auf dem Friedhof offensichtlich mehr versprochen. Johanna kannte ihn gut genug, um zu wissen, dass es besser war, ihn jetzt in Ruhe zu lassen. Er konnte äußerst unangenehm werden, wenn man ihn in seiner schlechten Laune störte. *Da ist er nicht anders als ich,* dachte sie, und irgendwie belustigte sie das.

»Was ist denn so lustig?«

Offenbar sah man ihr ihre Überlegungen an.

»Ich musste nur an etwas denken. Ist schon gut.«

»Und an was?« Er ließ nicht locker. Seine Stimme klang mehr erstaunt als ärgerlich.

Sie beschloss, einen Vorstoß zu wagen. »Irgendwie sind wir uns nicht unähnlich, oder?«

»Wie kommst du denn darauf?« Sie konnte förmlich sehen, wie ihm vor Erstaunen der Mund offen stand.

Johanna vergaß, dass er ihren Gedanken nicht ganz folgen konnte, schließlich hatte sie ihm nicht gesagt, was genau sie amüsiert hatte. »Ist egal.« Sie winkte ab. »War nicht so wichtig.«

Sie spürte, dass er sie von der Seite prüfend musterte, aber sie tat, als bemerke sie es nicht, und schaute angestrengt aus dem Seitenfenster.

Mitunter hatte ihr Verhältnis etwas Freundschaftliches. Hin und wieder konnte sie an seinem Gesicht ablesen, was in seinem Kopf vor sich ging und was er dachte. Sie war in der Lage, Stimmungen richtig einzuschätzen, und sie vermutete, dass es ihm mit ihr nicht anders ging.

Sie erinnerte sich noch gut, wie sie das letzte Mal bei ihrem ersten gemeinsamen Fall zusammengetroffen waren. Er hatte einen Serienmörder gejagt, und als er keinen Erfolg vorweisen konnte, stellten sie ihm von höchster Stelle Johanna zur Seite, wobei der Ausdruck »zur Seite gestellt« die damalige Situation schlichtweg verharmloste. Genau genommen war das nämlich

eine Anordnung seiner Vorgesetzten gewesen. Hätte er sich seinerzeit geweigert, so hätte er den Fall und wahrscheinlich auch seinen Posten verloren.
Sie waren vom ersten Moment an nicht besonders gut miteinander ausgekommen. Wenn man ehrlich war, musste man sagen, dass sie gegeneinander gearbeitet hatten. Johanna hatte sogar eine Zeit lang den Verdacht gehegt, dass er ihrer Mitarbeit nur zugestimmt hatte, um im Falle eines Scheiterns seinerseits alle Fehler ihr, der beratenden Psychologin, in die Schuhe schieben zu können. Am Ende hatte sich der Fall ganz anders entwickelt und sich gewissermaßen verselbstständigt. Ihnen war nichts anderes übrig geblieben, als sich zusammenzuraufen. Und das hatten sie auch getan.
Seitdem konnten sie miteinander reden, ohne sich gleich an die Gurgel zu gehen. Sie hatten eine Form von Nebeneinander entwickelt, um die sie die meisten geschiedenen Paare beneiden würden. Trotz allem war es nur ein Burgfrieden.
Sven bremste plötzlich scharf ab, fuhr mit zwei Reifen auf den Bordstein und wandte sich an Johanna.
»Hast du noch einen Moment Zeit?«
Sie hob die Arme mit den Handflächen nach außen. »Ich stehe dir voll und ganz zur Verfügung.«
Sven hob eine Augenbraue und warf ihr einen misstrauischen Blick zu. Aber nur für einen Moment, dann sprach er weiter, als habe sie nichts gesagt. »Ich würde dir gern Kauschs Wohnung zeigen.«
»Ihr habt sie noch nicht freigegeben?«
»Nein. Sie ist nach wie vor versiegelt.«
»Warum?« Johanna runzelte die Stirn. Es erschien ihr ungewöhnlich, dass die Wohnung des Opfers nach so langer Zeit noch immer versiegelt war. Das konnte nur bedeuten, dass die

Polizei die Spurensuche nicht abgeschlossen hatte oder befürchtete, etwas übersehen zu haben.
Sven hatte sich wieder umgedreht und blickte in den Außenspiegel, um eine Lücke in dem vorbeirauschenden Verkehr zu finden. Als er sie endlich entdeckte, gab er Gas, und das Fahrzeug schoss mit quietschenden Reifen vorwärts. Sie waren bereits in der Hindenburgstraße, umrundeten nun kurz vor der Einfahrt zu dem großen Polizeihochhaus eine Verkehrsinsel und fuhren in entgegengesetzter Richtung davon.
Er hatte sich leicht nach vorne gebeugt, so als glaube er, der Wagen führe dann schneller. Er hatte es plötzlich sehr eilig.
Sie waren jetzt wieder in Richtung Stadt unterwegs, und nach einer halben Stunde näherten sie sich Altona. Die Straßen wurden finsterer, die Gehwege schmutziger und die Menschen wirkten hier irgendwie hoffnungsloser. Teenager lungerten gelangweilt in Gruppen herum, Obdachlose bettelten um ein paar Euro, Punker spielten mit ihren Hunden. Die Häuser wirkten hier geduckt und standen eng aneinander geschmiegt. Es sah mitunter aus, als stützten sie sich gegenseitig.
Die Stadtentwicklungsgesellschaft, kurz STEG genannt, hatte in den vergangenen Jahren mehrere Konzepte zur Verschönerung Hamburgs vorgelegt, und so waren einige Gebäude renoviert und saniert worden. Das klassische Arbeiterviertel war inzwischen mehr und mehr von Yuppies bevölkert, was die Mieten sprunghaft ansteigen ließ. Schicke Bars und Bistros wechselten sich ab mit alten Kneipen, aus denen der schale Geruch von kaltem Rauch und abgestandenem Alkohol wehte. Dieser Stadtteil mutierte immer mehr zu einem noch bunteren Gemisch, als ihm eigentlich gut tat.
Das multikulturelle Flair, das diesen Bezirk einmal ausgemacht hatte, verschwand, und Einzug hielten »Kommerztempel« und

eine neue und junge Schickeria. Aber trotz all dem neuen Geld, das sich hier breit machte, gab es nach wie vor dunkle Ecken, in die sich keiner hineintraute und die unverändert baufällig wirkten. Ob es daran lag, dass es sich nicht lohnte oder weil hier die Verarmung am Größten war, vermochte Johanna nicht zu beurteilen. Man hatte anscheinend beschlossen, alles verfallen zu lassen. Es war, als sähe man hier Gottes vergessene Kinder.
Sven lenkte den Wagen sicher durch die verwinkelten kleinen Straßen, und je tiefer sie in diesen Teil der Stadt eintauchten, desto trostloser präsentierte sich die Umgebung. Schiefe Häuser mit undichten Dächern und kaputten Fensterscheiben gewannen die Oberhand. Vor einem einigermaßen intakten Gebäude bremste er ab und schaltete den Motor aus.
»Hier ist es. Im zweiten Stock hat er gewohnt.« Er zeigte mit einem Finger auf ein schmutziges Fenster, an dem eine Gardine schief angebracht war. Die dazugehörige Gardinenstange hatte sich an einer Stelle gelöst, und niemand hatte sich die Mühe gemacht, den Schaden zu richten.
Zögernd stieg Johanna aus und wartete, bis Sven um das Fahrzeug herumgekommen war. Sie konnte niemanden an den Fenstern entdecken und dachte unwillkürlich an das letzte Mal, als sie, zusammen mit einem großen Aufgebot an Polizeikräften, in die Wohnung eines Verdächtigen eingedrungen war. Damals hatten die anderen Mieter, hinter Gardinen versteckt, jede ihrer Bewegungen beobachtet. Johanna hatte ihre Blicke fast körperlich gespürt.
Gemeinsam mit Sven betrat sie nun das Haus. Er schob die nur noch in einer Angel hängende Haustür auf, und ein bedrohliches Knarren ließ erkennen, dass die Tür bald endgültig ausgewechselt werden müsste. Ausgetretene Holzstufen führten nach oben und ein Geruch aus einer Mischung von kaltem Kohl,

Fisch und etwas Undefinierbarem fuhr ihr in die Nase. Sie dachte wieder an den Arme-Leute-Geruch, von dem ihre Mutter immer so abfällig sprach.
Das Treppenhaus war nur spärlich durch zwei kleine bunte Fenster erhellt, die zwischen den Stockwerken im Mauerwerk eingelassen waren, eine nackte Glühbirne hing nutzlos von der Decke.
Zügig gingen sie in den zweiten Stock hinauf, vorbei an Schuhen, die vor Wohnungstüren standen, und Dreirädern, die jemand einfach hatte mitten im Weg stehen lassen.
Die Tür von Kausch trug ein rotes Polizeisiegel. Sven zog einen Schlüssel hervor und schloss auf. Dabei brach er das Siegel. Als er die Tür aufstieß, schlug Johanna ein noch dumpferer Geruch entgegen. Sie betrat die überheizte und stickige Wohnung.
Sie verharrten einen Moment in einem kleinen Gang mit schmutzigem Linoleum und unbestimmter Farbe. Am Ende des kurzen Flures erkannte Johanna einen größeren Raum, wahrscheinlich das Wohnzimmer. Links neben ihr stand die Tür zum Bad offen. Ein paar Meter weiter auf der rechten Seite war noch eine Tür, auf der gegenüberliegenden Seite eine weitere.
»Sieh dich ruhig um. Hier …« Sven ging an ihr vorbei und öffnete die zweite Tür auf der linken Seite. »Das ist das Schlafzimmer. Dort hat er gelegen.«
Johanna näherte sich langsam dem Raum. Sie hatte die Hände in den Manteltaschen vergraben, fest entschlossen, in dieser Wohnung, die auf den ersten Blick vor Dreck starrte, nichts anzufassen.
Sie schob sich an Sven vorbei und betrat das Zimmer. Der Geruch von Urin, Kot und getrocknetem Blut hing in der Luft, und für einen Augenblick verspürte sie ein Würgen in der Kehle.

Sie wusste, dass sich im Augenblick des Todes Darm und Blase eines Menschen entleerten, und es schien ihr auch in diese Räumlichkeiten zu passen.
Es war ein recht kleines Zimmer. Direkt der Tür gegenüber unter dem Fenster stand das Bett. Das Bettzeug war abgezogen und befand sich, wie Johanna vermutete, im Polizeilabor, wo es auf Spuren untersucht wurde. Die Spuren der Tat waren jedoch deutlich auf der Matratze zu sehen. An der rechten Wand stand ein alter Schrank und links vom Bett ein alter Sessel, dessen Sitzfläche mit Klebeband geflickt worden war.
Sie ließ einmal den Blick schweifen und sah dann Sven fragend an.
»Komm weiter. Hier ist die Küche. Aber Vorsicht, halt besser die Luft an.« Er öffnete die gegenüberliegende Tür und ließ Johanna vorangehen.
Er hatte Recht. In der linken Ecke türmte sich der Müll von Wochen, in der Spüle anscheinend das Geschirr von Jahren. Überall Fliegen und Schimmel. Jede freie Fläche war bedeckt mit Papptellern, Besteck oder Bierdosen. Die Waschmaschine am Fenster war geöffnet, ein Teil der Wäsche lag in der Trommel.
Das Wohn- und das Badezimmer waren schnell besichtigt.
Das Bad war der einzige Raum in der ganzen Wohnung, in dem zumindest oberflächlich Ordnung herrschte. Waschbecken und Duschwanne waren zwar schmuddelig und die Handtücher nicht ganz sauber, aber hier stank es wenigstens nicht so bestialisch und Fliegen waren auch nicht zu sehen.
Das Wohnzimmer wirkte kahl und auch hier hatte offenbar seit Jahren niemand sauber gemacht. Ein alter, klappriger Resopaltisch stand zwischen einem verwohnten Sofa, aus dem sich bereits einige Sprungfedern ihren Weg bahnten, und zwei nicht

zusammenpassende Plastikstühle waren lieblos im Zimmer verteilt. Eine Kommode gleich rechts neben der Tür war übersät mit Papieren. Soweit Johanna es überblicken konnte, handelte es sich um Rechnungen. Lediglich der Fernseher in einer Ecke des Zimmers war neu. Das Gerät thronte auf einem kleinen Tischchen, und darunter auf dem Fußboden befand sich ein ebenfalls neuer Videorekorder. Videokassetten waren nicht zu sehen. Johanna ging davon aus, dass Sven alles beschlagnahmt hatte und sich jetzt die Dienststelle für Sittendelikte damit beschäftigte.

Sie wandte sich an ihren Kollegen. »Hast du nicht gesagt, er hat Kinderpornos ins Internet gestellt? Wo ist sein Computer?«

»Die Sachen stehen beim Sittendezernat und werden gerade ausgewertet. Glaub mir, das ist bestimmt alles andere als angenehm. Das ist einer der ganzen wenigen Jobs bei der Polizei, den ich bisher immer ausgeschlagen habe.«

Johanna stand mitten im Zimmer und sah sich um. Sie vermochte sich kaum vorzustellen, wie jemand so leben konnte. Es schnürte ihr die Kehle zu, wenn sie daran dachte, dass hier ein kleiner Junge ausgehalten hatte, nur um ein Dach über dem Kopf zu haben. Noch dazu hatte er einem alten, schmierigen perversen Schwein zu Willen sein müssen.

»Was erwartetst du jetzt von mir?« Ihre Stimme klang selbst in ihren Ohren schrill. Wut stieg in ihr auf, und jegliches Entsetzen, das sie beim Anblick der Tatortfotos empfunden hatte, war wie weggeblasen.

Sven beobachtete sie ein paar Sekunden lang ruhig, bevor er weitersprach. »Ich weiß. Mir geht es genau so.«

Johanna sah erstaunt auf. Sie war immer wieder überrascht, wenn er Gefühle zeigte, die sie ihm nie zugetraut hätte. Sie senkte den Kopf und seufzte tief.

»Tut mir Leid. Also, was suchst du?«

Sven zuckte mit den Schultern. »Wenn ich das wüsste. Ich hätte die Wohnung eigentlich schon längst freigeben müssen, habe es aber nicht getan, weil ich fast sicher bin, etwas übersehen zu haben. Denk mal an das Kreuz, das der Mörder seinem Opfer in die Stirn geritzt hat. Vielleicht hat er irgendetwas hinterlassen, was dem Ganzen einen Sinn verleiht. Ob er was mitgenommen hat, werden wir wohl nie klären können.«

»Meinst du, er hat Heiligenbilder oder so was hier gelassen?« Johanna runzelte ungläubig die Stirn.

»Keine Ahnung. Botschaften, irgendwas, was uns weiterhilft. Hier«, er holte ein Paar Einweghandschuhe aus der Tasche, »zieh die über. Und dann los.«

Johanna griff nach dem geschmeidigen Latex und streifte es über. Auch wenn ihre Hände nun geschützt waren, sträubte sich alles in ihr, an diesem Ort etwas anfassen zu müssen.

Sie fingen schweigend an zu arbeiten. Sven begab sich ins Schlafzimmer, um dort erneut auf Spurensuche zu gehen. Johanna war ihm dankbar, dass er ihr das nicht zumuten wollte. In Momenten wie diesem fragte sie sich immer wieder, warum sie sich das antat. Bilder von Tatorten und verstümmelten Leichen reichten ihr eigentlich, und selbst da hatte sie schon Schwierigkeiten, Abstand von diesen »Hochglanzdokumenten« zu bekommen. Aber zumindest hing nicht der Geruch des Todes daran.

Im Wohnzimmer gab es nicht viel, was sie durchsuchen konnte, also nahm sie sich die Kommode vor, und zwar gründlich.

Wie sie vermutet hatte, stapelten sich dort hauptsächlich Rechnungen, allem Anschein nach unbezahlte, denn jede Menge Mahnschreiben dokumentierten, dass auch die Zahlungsmoral des Opfers nicht die allerbeste gewesen war. Sie fragte sich, ob es irgendeine Art von Ordnung in dem Leben dieses Mannes gegeben oder ob er jeglichen Halt verloren hatte. So wie es aussah, war ihm irgendwann alles egal geworden, und er ließ sich nur noch von seinen Trieben bestimmen. Unwillkürlich musste sie an ihren Patienten denken.

Wie hieß er doch gleich? Kilb?

Nein.

Ratmann? Ja, sie glaubte schon. Sie sah sein Gesicht vor sich. Die Hilflosigkeit, die Angst, aber auch die Zügellosigkeit, und sie fragte sich, ob auch er Gefahr lief, so zu enden wie der ehemalige Bewohner dieser Wohnung. Oder sollte sie lieber sagen, dieser Behausung? Als sie die Schubladen öffnete, stieg ihr der Geruch alten Papiers entgegen. Es hatte etwas Modriges an sich. Widerlich.

Sie wühlte sich durch noch mehr Unterlagen, Strafmandate, Mahnungen und Vollstreckungsbescheide, bis ihr ein Packen Fotos in die Hände fiel.

Sie alle zeigten Kausch. Johanna erkannte das Gesicht sofort wieder. Fast genau so hatte er im Tode ausgesehen. Schwammig, aufgedunsen, die kleinen gemeinen Schweinsäugelein zusammengekniffen. Es waren verschiedene Bilder. Einige stammten offensichtlich von einer Silvesterparty, aus welchem Jahr sie waren, konnte die Psychologin allerdings nicht erkennen. Sie drehte die Fotos um und stellte fest, dass sie vor zwei Jahren entwickelt worden waren. Ein paar andere waren, dem Entwicklungsdatum zufolge, erst kürzlich aufgenommen worden und zeigten ihn anscheinend zusammen mit Freunden. Alles wirkte völlig normal.

Auf keinem der Fotos waren Objekte seiner Begierden abgebildet. Keines zeigte Kinder. Aber etwas daran ließ sie dennoch stutzen.

»Sven?« Sie beugte den Oberkörper zurück und spähte in den Flur.

»Ja?«

»Kannst du mal kommen?« Sie hörte, wie er eine Schublade schloss.

Kurz darauf stand er hinter ihr. »Was ist?«

»Hast du diese Bilder hier schon gesehen?«

»Ja.« Er nahm sie ihr aus der Hand und blätterte sie flüchtig durch. »Es waren noch mehr, aber ein paar hat die Sitte. Diese hier erschienen uns uninteressant. Was ist damit?«

»Irgendetwas ist damit. Ich weiß nur nicht … warte mal.« Sie nahm ihm die Aufnahmen wieder ab und sah alle noch einmal durch. Bei einigen schaute sie erneut auf die Rückseite.

»Hast du mir nicht erzählt, dass der Mörder von Verena Zenker wahrscheinlich einen Teddy mitgenommen hat?«

Sven nickte.

Sie fuhr fort. »Ich kann mich ja täuschen«, ihre Stimme war lebhafter geworden, »aber schau mal, auf allen Fotos trägt Kausch eine kleine goldene Kette mit Anhänger. Siehst du das?« Sie zeigte mit dem Zeigefinger auf ein Bild und hielt es Sven vor die Nase. Der Anhänger sah aus wie eine Schlange.

»Und?«

»Ich bin mir nicht sicher, doch ich glaube, auf den Tatortfotos hatte er keine Kette um.«

Sven kniff die Augen ein wenig zusammen. »Kann sein. Zu meiner Schande muss ich gestehen, dass es bisher niemandem aufgefallen ist.«

»Es kann ja auch völlig unwichtig sein, nur dachte ich, du bist auf der Suche nach Sachen, die fehlen oder die übrig sind. Ich meine, die meisten Männer, die Ketten tragen, nehmen sie nie ab. Also vielleicht hat der Täter sie eingesteckt?« Sie sah ihn fragend an.

»Möglich. Du könntest Recht haben. Wir haben außer einem Siegelring, wahrscheinlich einem Erbstück, hier keinen Schmuck gefunden.« Er griff nach den Bildern und betrachtete sie mit gerunzelter Stirn. »Das würde auch die Quetschungen an den Seiten seines Halses erklären, die der Pathologe bemerkt hat«, murmelte er mehr zu sich selbst. Er schob die Fotos wieder zusammen und steckte sie in seine Tasche. Dann streifte er sich die Latexhandschuhe ab und ließ sie einfach auf den Boden fallen. »Ich denke, wir hören auf. Vielleicht ist das wirklich was.«

Johanna ließ ihre Handschuhe ebenfalls fallen. Ein bisschen Müll mehr oder weniger war hier auch egal.

Es dämmerte bereits, als sie wieder im Präsidium ankamen. Sie stellten den Wagen in der Tiefgarage ab und gingen gemeinsam nach oben. Als sie aus dem Fahrstuhl traten, kam ein junger Mann auf sie zu.

»Herr Diekmann. Frau Kausch ist hier und wartet auf Sie. Die Dame wird langsam ungeduldig.«

Der junge Mann war ein neuer Mitarbeiter, der vorerst für Markus eingesprungen war. Johanna war immer leicht amüsiert, wenn sie ihn sah. Er wirkte pausbäckig wie ein kleiner Junge und verehrte seinen Chef aufrichtig, so wie die meisten hier. Auch wenn er offenbar so etwas wie Angst verspürte. Johanna hatte das Gefühl, dass er wie ein kleiner Hund gestreichelt werden wollte, wenn er eine ihm gestellte Aufgabe gut gemeistert hatte. Soweit ihr bekannt war, war er fünf- oder sechsundzwanzig Jahre alt, aber er wirkte gut zehn Jahre jünger. Er hatte rote Haare, und seine bleiche Haut war immer ein wenig gerötet, so als habe er zu lange in der Sonne gesessen. Er blickte seinen Chef beifallheischend aus großen wässrigblauen Augen an, als sei es sein Verdienst, dass die Dame hier noch saß.

Johanna war überrascht.

»Frau Kausch? Ich denke, er war unverheiratet.«

»War er auch. Es ist seine Schwester, übrigens die Frau, die auf dem Friedhof war.«

Johanna erinnerte sich an die Frau in Trauerkleidung, die irgendwie fehl am Platze gewirkt hatte.

»Soll ich sie in den Vernehmungsraum führen?« Der junge Mann, der, wie Johanna wusste, Martin hieß, hüpfte aufgeregt neben ihnen her.

»Ja. Tun Sie das. Und bringen Sie uns dann bitte einen Kaffee in mein Büro.«

»Sofort.« Martin drehte sich um und eilte davon. *Papa,* setzte Johanna im Geiste hinzu.

In Svens Zimmer ließen sich beide aufseufzend nieder. Sven in seinem Schreibtischstuhl, Johanna in einem der Besuchersessel. Sie schnupperte an ihren Kleidern, die den Gestank der Wohnung aufgenommen hatten, und überlegte, ob sie die Sachen waschen oder einfach verbrennen sollte.

»Du hast sie festgenommen?«

»Nein. Wir haben ihre Anschrift in einem kleinen Adressbuch gefunden und sie angerufen. Ihren Angaben zufolge ist sie die einzige noch lebende Verwandte, die er hatte. Sie stammt irgendwo aus der Nähe von Flensburg und hat vor, bald wieder abzureisen. Ich habe sie also gebeten, nach der Beerdigung hier vorbeizuschauen.« Sven hatte sich von Johanna abgewendet und die Füße auf die Fensterbank gelegt. Er hatte offensichtlich keine große Lust, sich weiter mit ihr zu unterhalten. Es erstaunte sie keineswegs. Wenigstens kannte sie dieses Verhalten an ihm.

Die Tür ging auf, und Martin kam mit zwei dampfenden Kaffeebechern herein. Einen reichte er Johanna, den anderen stellte er auf Diekmanns Schreibtisch. Er trat einen Schritt zurück und blätterte in einem Notizbuch.
»Wir haben auch die anderen beiden Trauergäste identifiziert.«
»Gut. Die sehen wir uns morgen an. Berichten Sie mir nachher genauer. Jetzt habe ich keine Zeit.« Diekmann ließ Martin stehen und seufzte resigniert. »Dann wollen wir mal.«
Er nickte Johanna aufmunternd zu und erhob sich. Ein wenig stolz, dass er sie so selbstverständlich bei der Vernehmung mit einplante, folgte sie ihm durch den Flur in einen Raum, der auf der anderen Seite des Ganges lag. Er hatte keine Fenster und wurde ausschließlich durch Neonlampen beleuchtet. Darin befanden sich ein Tisch und zwei Stühle. Soweit Johanna bekannt war, handelte es sich ursprünglich um ein Archiv für Akten, als dann aber die Räume in dem gerade neu erbauten Präsidium knapp wurden, hatten sie kurzerhand die Akten in den Keller geräumt und einen Vernehmungsraum daraus gemacht. Schließlich konnte man niemandem zumuten, sein Büro in diesem fensterlosen Zimmer einzurichten.
Aus Johannas Sicht war allein dieser Raum schon eine Art Psychofolter, und sie hätte sich nicht gewundert, wenn das Zimmer schalldicht gewesen wäre. Es war wie geschaffen für Gangsterfilme, das typische Filmszenario, in dem die Delinquenten mit starken, sie blendenden Lampen verhört wurden. *Deine Fantasie geht mit dir durch.*
Die Frau saß reglos auf dem einen der beiden Stühle, eine abgegriffene Kunstlederhandtasche auf den geschlossenen Knien. Johanna schnupperte. Sie nahm einen unangenehmen Schweißgeruch wahr, den nur Körper ausströmten, die ständig in Polyesterkleidung eingeschnürt waren. Sven gab einem vor der Tür

stehenden Beamten den Wink, einen weiteren Stuhl zu besorgen, den dieser umgehend herbeiholte. Er machte Johanna ein Zeichen, sich zu setzen, und nahm selbst genau gegenüber der Frau Platz.

»Guten Tag. Mein Name ist Diekmann. Dies ist meine Kollegin Frau Dr. Jensen.«

Johannas Herz machte einen Hüpfer. Noch vor wenigen Monaten hätte er darauf verzichtet, sie vorzustellen.

»Kausch.«

Beide machten sich nicht die Mühe, einander über den Tisch hinweg die Hand zu reichen. Johanna nahm sich die Zeit, die Frau eingehend zu mustern. Es waren keine Spuren von Trauer oder gar Tränen in ihrer stark geschminkten Miene zu finden. Das stumpfe graue, ungepflegte Haar war zu einem unordentlichen Knoten gebunden, aus dem sich bereits einige Strähnen gelöst hatten, das Make-up lag wie eine braune Tonschicht dick auf ihrem Gesicht, die Wimperntusche hatte sich in den Fältchen des Unterlides gesammelt, und der grell geschminkte Mund hatte die Farbe eines Pavianhinterns. Das Gesicht war wie das des Bruders unangenehm, die Augen gemein, die Lippen verkniffen. Misstrauisch hatte sie die Augenbrauen zusammengezogen und sah Diekmann an. Johanna hatte sie nur mit einem verächtlichen Blick gestreift. Sie schätzte Frau Kausch auf Ende fünfzig, also nur wenig älter als das Opfer.

»Was woll'n Se 'n von mir?« Die Stimme war rau und ziemlich gewöhnlich. Es klang, als seien ihre Stimmbänder jahrelang von Alkohol und Nikotin gequält worden.

»Wie Sie wissen, ist Ihr Bruder bestialisch ermordet worden.«

Wenn man Sven auch einiges nachsagen konnte, Zartgefühl gehörte jedenfalls nicht dazu.

Die Frau antwortete nicht. Sie musterte ihn nur misstrauisch.
»Wann haben Sie zuletzt Kontakt zu Ihrem Bruder gehabt?« Er sah sie gleichmütig an, aber Johanna wusste, dass diese Person ihm fast körperlich unangenehm war.
»Lass'n Se mich mal überlegn.« Das Gesicht von Frau Kausch verzog sich zu einem Grinsen, das die rot angemalten Lippen wie eine klaffende Wunde erscheinen ließ.
»Das muss so fuffzehn Jahre her sein, glaub ich.«
Johanna dachte zunächst, dass die undeutliche Aussprache der Frau auf eine durchzechte Nacht hindeutete, doch sie konnte keinen Alkoholgeruch feststellen. Schließlich merkte sie, dass diese Frau, wie es neudeutsch so schön hieß, *Slang* sprach.
»Briefe? Telefonate?«
»Nee. Ich wollt mit dem auch nix zu tun ham.«
»Und warum?«
»Geht Se das was an?« Sie blickte Sven wieder ins Gesicht, dieses Mal mit unverhohlener Aggressivität.
»Sehen Sie, wie bereits gesagt, ist Ihr Bruder ermordet worden, und da wir ihn nicht kannten, möchten wir uns gern ein Bild von ihm machen. Deshalb sind Sie hier.«
»Is' doch egal. Der is' doch tot, oder? Wann kann ich denn an seine Sach'n?«
Gier trat plötzlich in ihre hinterhältigen Augen, und Johanna dachte mit einem Anflug von Schadenfreude an das Loch, in dem Kausch vor sich hin vegetiert hatte.
»Wenn wir hier fertig sind, gebe ich Ihnen den Schlüssel.« An seiner süffisanten Miene bemerkte Johanna, dass Sven genauso dachte wie sie. »Also, je eher wir hier fertig sind, desto eher können Sie Ihr Erbe antreten. Was ist nun?«
Die Frau überlegte, während sie an den ausgefransten Griffen ihrer Tasche herumzupfte.

»Er war 'n Scheißkerl, 'n Wichser, der uns're Mudder ins Grab gebracht hat.« Ein wehleidiger Ausdruck trat in ihre Augen, der Johanna an den erinnerte, den sie zuletzt in den Augen einer spanischen Bettlerin gesehen hatte, die mit einem fremden Kind im Arm um eine milde Gabe bettelte, während ihr Mann in einem Mercedes ein paar Meter entfernt wartete.

»Warum war er ein Scheißkerl?« Sven sprach langsam und deutlich wie zu einem begriffsstutzigen Kind. Johanna spürte jedoch die Ungeduld dahinter.

»Is' von der Schule geflog'n. 'n paar Mal. Hat lang ins Bett gemacht und sich immer mit andren geprügelt. Na ja, dann hat er Tiere gequält und so was. Egal wie oft Mama ihn verprügelt hat, 's wurd' nur schlimmer.«

In Johanna stieg Wut auf bei dem Gedanken, dass die meisten Eltern der Meinung waren, mit einer Tracht Prügel sei alles erledigt. Gestern wie heute.

Sven nickte der Frau ermunternd zu.

»Dann kriegte Mama raus, dass er so 'ne schwule Sau war und dass er sich an Kinder rangemacht hat oder so. Da war er etwa vierzehn. Weiß nich' genau. Jedenfalls hat sie ihm dann sein Ding abgeschrubbt. Wurd' aber nich' besser, und da hat sie ihn rausgeworfen. Na ja, wir haben uns noch geschrieben, so zu Weihnachten und das war's dann. Vor fuffzehn Jahren hab ich dann den Kontakt zu ihm abgebroch'n.«

Sie hatte aufgehört, an ihrer Tasche herumzufingern, und Johannas Blick fiel auf ihre ungepflegten Hände mit den abgekauten, schmutzigen Nägeln.

Die Frau hielt den Kopf gesenkt, aber Johanna bemerkte die tückischen Augen, die Sven von unten herauf musterten.

»Gut. Ich denke, dabei können wir es belassen.« Sven stand auf und sah auf Frau Kausch herab. »Ich gebe Ihnen jetzt den

Schlüssel zur Wohnung Ihres Bruders. Sie müssen den Erhalt meinem Kollegen quittieren, und der bringt Sie dann hin. Alles klar?«

Die Frau nickte eifrig. In ihre Augen hatte sich wieder eine Spur von Gier geschlichen. »Ich hab ma' gehört, er hat gut verdient?« Es war mehr eine Frage als eine Feststellung. Die Zunge schoss aus dem Mund der Frau hervor und fuhr über die trockenen, rissigen Lippen.

Sven sah einen Moment auf die Frau herab. Er verschränkte die Hände im Rücken und fuhr in sanftem Ton fort. »Sie haben wirklich keine Ahnung, in was für Verhältnissen Ihr Bruder gelebt hat, nicht wahr?«

Als Sven endlich nach Hause kam, war er schlecht gelaunt. Er holte sich ein Bier aus dem Kühlschrank, riss die Dose auf und trank sie noch im Stehen in der Küche halb leer.

Es war ein furchtbarer Tag gewesen, und so wie es aussah, würden die nächsten nicht besser werden. Er fragte sich oft, welcher Teufel ihn geritten hatte, die Leitung der Mordkommission zu übernehmen. Sie hatten ihm vorher mehrfach gesagt, dass es sich bei dem Posten um einen Schleudersitz handelte, aber er hatte alle Warnungen in den Wind geschlagen. Was sollte schon so schlimm sein an diesem Job? Schließlich, so damals seine Meinung, war das eine Dienststelle wie alle anderen auch.

Heute wusste er, dass der Posten des Innensenators weitaus sicherer war als seiner. Im Allgemeinen hatte er nicht viel mit den Ermittlungen zu tun. Er übte Führungsaufgaben aus, was immer das auch hieß, machte ein freundliches Gesicht und bei Pressekonferenzen eine wichtige Figur.

So weit zur Theorie.

Ganz anders die Praxis.
Bevor er zum Morddezernat gekommen war, war er eine Zeit lang beim Drogendezernat und beim Staatsschutz gewesen, und ob er nun Terroristen jagte oder Drogendealer war ihm letztendlich egal. Jede dieser Positionen hatte irgendwie ihren Reiz gehabt, doch hier sah das ganz anders aus. Zugegeben, die Aufklärungsrate bei den Morden war sehr hoch, aber das war auch kein Wunder.
Mann erwürgte Ehefrau, Frau erschoss Ehemann, Freund ertränkte Freundin und schlug dem Nebenbuhler gleich mit den Schädel ein.
Alles in allem also Beziehungstaten, bei denen die Täter in der Regel im engen Umfeld der Opfer zu suchen waren und die schnell aufgeklärt werden konnten.
Die Sache vor drei Monaten war da schon von anderem Kaliber gewesen.
Ein irrer Serienkiller hatte die Stadt in Angst und Schrecken versetzt, und wenn es um Serienmorde ging, dann wurde vom Chef mehr verlangt, als nur ein wichtiges Gesicht zu machen und im rechten Augenblick in die Kamera zu lächeln. Er hatte sich persönlich mit den Ermittlungen auseinander setzen müssen, und der Fall wurde zur Chefsache erklärt. Als alle Stränge rissen und er nicht weiterkam, hatten sie ihm Johanna als Verstärkung zugewiesen.
Normalerweise arbeiteten Polizeipsychologen wie Johanna nicht am Tatort, aber da der damalige Fall so außergewöhnlich gewesen war, hatten sie auch außergewöhnliche Maßnahmen ergriffen.
Er hatte sie anfangs nicht gemocht und außerdem Vorurteile gegenüber ihr als Psychologin gehabt, und soweit er ihre damaligen Reaktionen einschätzte, waren ihre Sympathien für ihn

gleich null, doch letztendlich hatten die gemeinsamen Ermittlungen zum Erfolg geführt.
Jetzt, da er Johanna in dem aktuellen Fall ebenfalls zu Rate gezogen hatte und sie, entgegen allen Gepflogenheiten, mit zu den Tatorten nahm und sie sogar an der Vernehmung von Kauschs Schwester teilgenommen hatte, tuschelte die ganze Abteilung hinter vorgehaltener Hand darüber. Die Gerüchteküche kochte hoch über seine Beweggründe, die Psychologin derart intensiv einzubeziehen.
Genau genommen wusste er selbst nicht, wieso er sie nicht nur gebeten hatte, ein Täterprofil zu erstellen, das sie ihm nach Sichtung der Akten und Fotos einfach nur in die Hand zu drücken brauchte.
Klar, sie machte ihren Job gut und durch ihre Profiling-Ausbildung in den USA konnte sie in einem so kniffligen Fall wie diesem wirklich entscheidende Hinweise geben, aber er musste sich eingestehen, dass er es genoss, nicht allein mit diesen Ermittlungen zu sein, sondern sie als vertrauten Rückhalt zu haben. Ja, irgendwie war sie ihm inzwischen richtig vertraut, und das war ein gutes Gefühl.
Er holte sich eine zweite Dose Bier aus dem Kühlschrank, nachdem er die erste zerdrückt und in die Mülltonne geworfen hatte. Er entdeckte einen Zettel an der Kühlschranktür, auf dem seine Putzfrau mal wieder mit Kündigung drohte.
Wie lange war Caterina schon bei ihm? Zehn Jahre? Seit seiner Scheidung, ja, das war ungefähr zehn Jahre her. Er war zu erschöpft, um genau nachzurechnen.
Caterina kam täglich vorbei, um seine vier Wände in Ordnung zu bringen, und mitunter kochte sie auch für ihn, heute allerdings nicht. Immer wenn er an einem Fall arbeitete, bei dem er nicht weiterkam, sah man das seiner Wohnung deutlich an, und

Caterina schimpfte dann mit einer Leidenschaft, die ihre italienischen Wurzeln verriet. Obwohl sie seit über zwanzig Jahren in Deutschland lebte, hatte sie es nicht für nötig befunden, zu lernen, ihn auf Deutsch zu beschimpfen.
Er spürte selbst, wie sprunghaft er in seinen Gedanken war, aber das war eine natürliche Reaktion auf zu wenig Schlaf.
Verflucht. Schon wieder ging ihm Johanna durch den Kopf.
Noch allzu gut erinnerte er sich an die Kämpfe und Wortgefechte, die er mit ihr bei ihrem gemeinsamen ersten Fall ausgetragen hatte, und auch wenn er nicht gerade sagen konnte, dass er ihr nach dem ganzen Kompetenzgerangel herzlich zugetan war, so war er doch gleich wieder zu ihr gegangen und hatte an ihre Tür geklopft.
Auch der Fall des toten Pädophilen hing ihm jetzt an: dieses widerliche Thema. Kindesmissbrauch und Kinderpornografie und dann auch noch ein Toter. Was für eine kranke Gesellschaft, in der ein Pädophilenclub tatsächlich die Frechheit besaß, sich um seine offizielle Anerkennung zu bemühen und vorhatte, Kinder vor aller Augen mit staatlicher Genehmigung zu vergewaltigen. Wie er fand, schaute die Öffentlichkeit gleichzeitig mit Abscheu und einer geradezu morbiden Neugier auf diesen Fall.
Angewidert von dieser Heuchelei nahm Sven einen tiefen Schluck aus seiner Dose. Er spürte, wie ihm der Alkohol zu Kopfe stieg.
Da dieser Fall von solch öffentlicher Brisanz war und alle die Augen mal wieder auf die Polizei richteten, war klar, dass er die Federführung zu übernehmen hatte. Zu allem Unglück gab es keine wirklich Verdächtigen, von dem kleinen Stricher einmal abgesehen. Andererseits traute er der halben Hamburger Bevölkerung diese Tat zu.

Das Einzige, was ihm eingefallen war, nachdem er ermittlungstechnisch praktisch vor dem Nichts stand, war Johanna. Ob er sich Hilfe erhoffte oder aber nur eine Schicksalsgemeinschaft, die sich im Falle eines Scheiterns die Schuld teilen und gegenseitig in die Schuhe schieben würde, vermochte er nicht mit Bestimmtheit zu sagen.

Es hatte ihn eigentlich auch ziemlich überrascht, dass sie sich sofort bereit erklärt hatte, ihm zu helfen. Doch so hatte er zumindest das Gefühl, nicht ganz allein dazustehen, und irgendwie hatte das etwas Tröstliches, was umso erstaunlicher war, als dass ihm bisher gar nicht bewusst gewesen war, wie sehr er Trost brauchte.

Mit einem Mal fielen ihm die guten Zeiten ein, die er mit seiner Exfrau gehabt hatte.

An Tagen wie diesem hatte sie auf ihn gewartet. Wenn er reden wollte, hatte sie ihm zugehört, wenn er lieber schweigen wollte, hatte sie ihm über den Kopf gestrichen, ihm einen Kuss auf die Stirn gegeben und war ins Bett gegangen. Aber egal, er hatte stets das Gefühl gehabt, nicht allein zu sein, und das hatte ihn oft über die Runden gerettet.

Wann war das alles zu Bruch gegangen? Wann hatte es angefangen? Er wusste es nicht mehr genau. Irgendwann war von dieser trauten Zweisamkeit nichts mehr zu spüren gewesen. Irgendwann war er nach Hause gekommen, und sie hatten sich ohnmächtig angeschwiegen oder über das Kind gesprochen. Zum Schluss hatten sie sich einfach nur noch angeschrien, immer bestrebt, dem anderen mehr Schmerz zuzufügen, als man selbst erfuhr.

Eines Tages war sie dann mit dem Kind auf und davon. Und von dem Zeitpunkt an wurde es ruhiger.

Die letzte Dose Bier, die er aus dem Kühlschrank nahm, erinnerte ihn daran, dass er noch Caterina besänftigen musste. Vielleicht sollte er ihr einen Strauß Blumen hinstellen. Oder auch nur einfach seine leeren Bierdosen verschwinden lassen. Er könnte auch aufhören, seinen Frust in Bier zu ertränken.

Er entschied sich fürs Wegräumen der Steine des Anstoßes.

Und dafür, morgen neues Bier zu besorgen.

4

Monika Lang seufzte tief, als sie endlich ihre Wohnungstür hinter sich schloss.
Es war ein anstrengender Abend gewesen, aber immerhin hatte sie eine Menge verdient. Da konnte sie es sich schon mal leisten, früher Feierabend zu machen. Sie schleuderte die hochhackigen Pumps von den Füßen und öffnete gleichzeitig den Reißverschluss ihres Seidenkleides. Geschickt griff sie sich mit der einen Hand zwischen die Schulterblätter, um den Verschluss am Nacken aufzuziehen. Das Kleid rutschte leicht knisternd von ihrem Körper. Sie ließ alles liegen, wie es war, und ging ins Wohnzimmer.
Immer wenn sie es betrat, rollte eine Welle der Befriedigung über sie hinweg. Alles mit eigener Hände Arbeit erschaffen. Sie lachte über sich selbst und über die Formulierung. Es war eher ein Wortspiel. Es war zwar hart gewesen, und einige Zeit hatte sie sogar in einem Club arbeiten müssen, doch schließlich hatte sie es geschafft – nun war sie freiberuflich und hatte einen beachtlichen Kundenstamm. Keinen Zuhälter mehr, keine schmierigen Puffs, alles auf eigene Rechnung.
Sie ging zu ihrer Stereoanlage, die in dem hübschen kleinen Schrank aus italienischem Rosenholz untergebracht war. Allein dieses Möbelstück hatte sie ein Vermögen gekostet, so wie alles hier. Fast zärtlich strich sie über das polierte Holz und zog eine der Schranktüren auf. Ein sanfter Druck auf einen der silbern glänzenden Knöpfe, und leise Musik erklang. Nach einem anstrengenden Abend brauchte sie immer etwas Klassisches. Jetzt, da sie es geschafft hatte, nahm sie sich Zeit für Dinge, von denen

sie vorher noch nie etwas gehört hatte. Klassische Musik übte einen zunehmenden Reiz auf sie aus und hatte zudem etwas Beruhigendes. Sie lauschte den ersten Klängen von einem von Dvoraks *Slawischen Tänzen* und schloss für einen Moment die Augen.

Mit leichten Bewegungen zog sie ein paar Nadeln aus ihrem Haar und schüttelte die dunkelbraune Mähne nach hinten. Sie nahm einen Kimono von dem schwarzen Ledersofa und warf ihn sich über.

Um ein Haar wäre alles vorbei gewesen, und sie war sogar verhaftet worden, aber das war fast ein halbes Jahr her, und am Ende hatte man ihr nichts beweisen können. Was konnte sie denn dafür, dass dieser alte Tattergreis unter ihr gestorben war. Der Kerl hatte einfach die Augen verdreht, kurz gestöhnt und war unter ihr verreckt. Herzinfarkt lautete die Diagnose.

Sie war damals in Panik geraten und hatte Michi angerufen. Der hatte ihr dann geholfen, den Kerl verschwinden zu lassen. Aus dem Hotel zum Hintereingang raus, und als die Polizei dann herausbekam, dass sie mit dem Alten zusammen gewesen war, hatten die Bullen natürlich geglaubt, sie habe ihn um die Ecke gebracht.

Das war ganz schön unangenehm gewesen, doch sie hatte es überstanden.

Sie war gerade dabei, sich einen Cognac in einen ihrer Schwenker einzugießen, als es klingelte. Ein Blick auf die Uhr zeigte ihr, dass es fast ein Uhr nachts war, und sie hatte keine Ahnung, wer das sein könnte. Mit ein paar schnellen Schritten war sie an der Tür und drückte auf den Knopf der Gegensprechanlage.

»Ja bitte?« Sie ging mit den Lippen ganz nah an das kleine eingebaute Mikrofon.

»Hier ist die Polizei, Frau Lang. Ich hätte sie gern einen Moment gesprochen.«
Monika Lang war lange genug im Geschäft, um vor der Polizei nicht gerade Angst, aber doch zumindest einen gewissen Respekt zu haben. Gerade nach der letzten unglückseligen Sache war es von Vorteil, wenn sie sich mit den Bullen gut stellte. Sie drückte auf den Summer und wartete. Es würde einen Augenblick dauern, bis der Polizist hier oben war, schließlich wohnte sie im zwölften Stock.
Als sie den Fahrstuhl hörte, presste sie ihr Auge an den Spion. Sie konnte den Bereich vor dem Fahrstuhl ganz gut einsehen, und als sich dessen Türen öffneten, sah sie einen jungen Mann herauskommen. Er war kaum dreißig Jahre alt und trug keine Uniform. Als er das Gesicht in ihre Richtung drehte, konnte sie trotz der Verzerrung, die ihr kleines Guckloch verursachte, ein fast kindliches Antlitz erkennen. Die blonden Haare standen ihm strubbelig vom Kopf ab.
Sie öffnete die Tür und spähte um die Ecke. Irgendetwas an ihm kam ihr bekannt vor.
»Sie wollten zu mir?«
Der junge Mann lächelte erleichtert. »Entschuldigung, dass ich sie so spät noch störe, aber ich habe hier Ihr Portemonnaie.« Er nestelte in seiner Jackentasche herum und zog ihr schwarzes Ledermäppchen hervor.
Monika war erstaunt. Sie hatte gar nicht bemerkt, dass sie es verloren hatte. Der Polizist kam auf sie zu, und seine Augen wirkten unbekümmert. Er hatte wohl noch nicht viel gesehen. Fast stieg so etwas wie Mitleid in ihr auf. Die Unbeschwertheit, die er ausstrahlte, würde sich mit Sicherheit nicht lange halten. Sie war kaum älter als er, dennoch schien sie im Vergleich zu ihm schon hundert Jahre alt zu sein.

Er suchte noch immer in einer seiner Jackentaschen herum und holte dann einen Ausweis hervor, den er ihr kurz unter die Nase hielt. Sie sah sein Bild in dem lappigen Pappheftchen, das ihm jetzt aus der Hand fiel.

»Bitte entschuldigen Sie.« Er bückte sich und hob seinen Ausweis wieder auf. Als er sich aufrichtete, war sein Gesicht rot angelaufen.

»Ich bräuchte noch einige Angaben von Ihnen, ich meine, wo Sie waren und so. Das ist Vorschrift. Ich kann Ihnen das Portemonnaie nicht so einfach aushändigen. Ich will schon, aber na ja, Sie wissen …«

Seine Augen wurden unruhig. Monika merkte erst jetzt, dass ihr Kimono offen stand und einen Blick auf ihre Reizwäsche gewährte. Der Polizist wirkte plötzlich so verlegen und unbeholfen, dass sie sich den Mantel schnell wieder um den Körper wickelte. Er war wirklich rührend, und für einen Moment wünschte sie, ein Teil dieser Unschuld würde auf sie übergehen.

Ihr fiel auf, dass er nicht besonders groß war. Er reichte ihr gerade mal bis zum Kinn. Ein Meter fünfundsiebzig höchstens, schätzte sie.

»Kommen Sie herein. Sie müssen nicht da draußen herumstehen.«

»Vielen Dank.« Er quittierte ihr neu erwachtes Schamgefühl mit einem dankbaren Lächeln.

Er trat ein und schloss artig die Tür hinter sich.

Nachdem er sich die Füße an der Fußmatte abgestreift hatte.

Johanna war abends wie tot ins Bett gefallen. Einerseits geistig vollkommen erschöpft, andererseits mit einer tiefen Zufriedenheit. Mit dem Gefühl, endlich wieder etwas bewegen zu können.

Sie hatte keine Ahnung, wie es in dem Fall, besser gesagt in den Fällen, weiterginge, sie freute sich nur auf die Arbeit.
»Freuen« klang in diesem Zusammenhang allerdings eher ein wenig pervers, schließlich waren zwei Menschen gewaltsam zu Tode gekommen, und als ob das nicht reichte, waren sie vorher auch noch gefoltert worden.
Sie entschied sich, das Wort »freuen« durch »Herausforderung« zu ersetzen. Eine Herausforderung musste immerhin nicht unbedingt mit der Ausschüttung von Glückshormonen einhergehen.
Die Zusammenarbeit mit Sven wäre allemal eine Herausforderung. Ob sie der allerdings gewachsen war, würde sie erst im Nachhinein feststellen können. Bisher herrschte zwischen ihnen ja fast ein freundschaftliches Verhältnis, doch das konnte sich jederzeit ändern.
Als das Telefon klingelte, glaubte sie gerade erst eingeschlafen zu sein. Nur mühsam wurde sie wach. Ihre Augen waren einfach zu schwer, um offen zu bleiben, und sie befürchtete, nein, eigentlich hoffte sie, gleich wieder einzunicken. Das Telefon gab jedoch keine Ruhe. Unaufhörlich schrillte es, und sie verfluchte sich laut für ihre Angewohnheit, den Anrufbeantworter auszuschalten, wenn sie zu Hause war.
Sie schlug die Decke zurück und setzte ihre Füße auf den dicken Teppich vor ihrem Bett. Die Zehen versanken fast völlig darin, und wie um zu sehen, ob sie überhaupt noch Füße hatte, wackelte sie ein paarmal mit den Zehen.
Das Telefon. Es wirkte, als schrie das Gerät wütend zu ihr herüber.
Sie hatte es sich auch zur Angewohnheit gemacht, das Mobilteil auf der Station liegen zu lassen.
Schwerfällig erhob sie sich und wankte zur Tür. Sie musste sich

in der Tiefschlafphase befunden haben. Sie hatte das Gefühl, als würde der Schlaf von oben auf ihre Schultern drücken, sie konnte sich kaum auf den Beinen halten.
Das Telefon. Konnte es ein, dass das Klingeln irgendwann in einen Dauerton überging?
Sie stolperte über etwas, was auf dem Fußboden lag. Zwar konnte sie nicht sehen, was es war, aber es tat verflucht weh. Ihr kleiner Zeh fühlte sich an, als sei er halb abgerissen. Sie stieß ein paar Verwünschungen aus, zumindest war sie jetzt wach. Stolpernd erreichte sie ihr Telefon.
»Ja?« Hatte sie gesprochen oder nur laut gedacht?
»Verdammt, wie lange brauchst du eigentlich? Ich habe es mindestens dreißig Mal klingeln lassen. Zieh dich an und komm her. Ich brauche dich hier vor Ort.«
»Hm?« Johanna hatte noch nicht einmal die Stimme am Telefon erkannt.
»WACH AUF!« Es war Sven, der sie durch die Leitung so anschrie. Unwillkürlich hielt sie den Hörer ein Stück vom Ohr weg. Ihre Augen gingen automatisch weiter auf. »Wo soll ich hinkommen?«
»Kennst du das Hochhaus, das direkt an dem Einkaufszentrum in der Hamburger Straße liegt?«
»Ja.«
»Da hin.«
»Das ist am anderen Ende der Stadt.« Ihre Hirntätigkeit setzte langsam wieder ein.
»Ich fürchte, darauf kann ich keine Rücksicht nehmen. Beweg dich.«
Er hatte die Verbindung unterbrochen, bevor sie etwas erwidern konnte. Sie legte ebenfalls auf und blieb einen Moment auf ihrem Sofa sitzen, bis ihr die Kälte die Beine hochkroch. Mit

der Körperwärme wich auch langsam die Müdigkeit aus ihren Gliedern. Langsam stand sie auf und schlurfte in ihr Schlafzimmer zurück. Es war einfach noch zu früh, um sich über Sven zu ärgern.

Sie verzichtete auf eine Dusche und zog bis auf die Unterwäsche die Sachen an, die sie tags zuvor getragen hatte. Einen Kaffee brauchte sie dennoch, und während sie das heiße Getränk fünf Minuten später in kleinen Schlucken schlürfte, sammelte sie sich. Ihr fiel auf, dass sie nicht im Geringsten wusste, wie spät es war. Sie sah auf die Küchenuhr, die die Form einer Bratpfanne hatte. Anstelle der Zahlen waren kleine Fische angebracht. Sie hatte keine Ahnung, wer ihr diese Scheußlichkeit mal geschenkt hatte, doch es musste jemand gewesen sein, den sie nicht hatte kränken wollen, sonst hätte sie dieses Teil nie aufgehängt. Sie nahm sich vor, es bei Gelegenheit verschwinden zu lassen.

Zumindest zeigte ihr dieser Ausbund an Hässlichkeit stets verlässlich die Uhrzeit an. So auch jetzt.

Es war halb fünf Uhr morgens.

Kaum zwanzig Minuten, nachdem Sven angerufen hatte, saß sie in ihrem Wagen.

Zu dieser Zeit war noch nicht viel los. Der Verkehr setzte nur langsam ein. Die Straßenlaternen warfen ein müdes Licht auf den nassen Asphalt. Es regnete leicht. Es kam ihr vor, als werde der beginnende Tag genauso schwer wach wie sie. Johanna fiel ein, dass in drei Wochen Weihnachten war, aber es war bedeutungslos für sie. Sie hatte sich vorgenommen, dieses Jahr für sich zu bleiben, zumindest plante sie nicht, sich von ihrer Mutter wie sonst die Feiertage verderben zu lassen.

So wie es momentan aussah, würde sie ohnehin nicht viel Zeit für Weihnachten haben. Wahrscheinlich verbrachte sie den Heiligen Abend mit einem Glas Wein, einem Tiefkühlgericht

aus der Mikrowelle und einer Akte. Aber in ihren Ohren hörte sich das geradewegs harmonisch an.
Weihnachten hatte seinen Schrecken für sie verloren.
Das Hupen der Fahrzeuge hinter ihr holten sie aus ihren Überlegungen. Sie hatte gar nicht bemerkt, dass die Ampel, an der sie gehalten hatte, schon auf Grün gesprungen war. Mit einer entschuldigenden Handbewegung in den Rückspiegel fuhr sie wieder an.
Die Autobahn in Stellingen hatte sie knapp fünfzehn Minuten später erreicht. Normalerweise brauchte sie für diese Strecke eine halbe Stunde. Wenn man wie sie aus einem der Elbvororte stammte, kam die Fahrt in die Stadt einer Tagesreise gleich. Andere Leute, die außerhalb Hamburgs wohnten, brauchten oft nur halb so lang wie sie. Sie entschied sich heute dagegen, durch die Automeile am Nedderfeld zu fahren, und nahm stattdessen die Strecke über den Winterhuder Marktplatz. Das war der direkte Weg, davon abgesehen war die Strecke zu dieser Zeit kaum befahren.
Außer den obligatorischen Streifenwagen der Polizei und zahlreichen Taxen waren auch jede Menge Lkws unterwegs, mit dem Auftrag, die einzelnen Supermärkte zu beliefern.
Johanna musste sich beherrschen, die vorgeschriebene Höchstgeschwindigkeit nicht allzu sehr zu überschreiten, aber die freie Strecke animierte geradezu dazu, aufs Gaspedal zu treten.
Nachdem sie den Marktplatz, der noch still vor sich hin schlummerte, passiert hatte, begab sie sich auf die Zielgerade. Schon von weitem konnte sie das Hochhaus sehen, das wie ein Stützpfeiler neben dem Einkaufszentrum in den Himmel ragte. Irgendjemand hatte ihr einmal erzählt, dass hier angeblich viele Prostituierte wohnten. Ob das stimmte, wusste sie nicht.
Als sie näher kam, konnte sie die blinkenden Blaulichter ver-

schiedener Einsatzfahrzeuge sehen. Neben einem Notarztwagen bestimmten überwiegend Polizeifahrzeuge das Bild.

Sie stellte ihr Auto auf der gegenüberliegenden Straßenseite ab und lief durch den einsetzenden Schneeregen hinüber zum Eingang. Ein uniformierter Polizist trat mit ausgestrecktem Arm auf sie zu, um sie aufzuhalten. Mit der einen Hand umfasste sie bereits den Dienstausweis und hielt ihn dem älteren Mann unter die Nase.

»Ich muss zu Herrn Diekmann.«

»Und wer sind Sie?« Er sah sie misstrauisch an. Ob er glaubte, sie wolle den Tatort verwüsten oder das Hochhaus in die Luft jagen, konnte sie nicht sagen. Auf jeden Fall musterte er sie von oben bis unten, als suche er nach Hinweisen für den Grund ihres Anliegens. Nur ihren Dienstausweis wollte er einfach nicht wahrnehmen.

»Mein Name ist Jensen. Herr Diekmann hat mich angerufen und mich gebeten, hierher zum Tatort zu kommen.«

»Welche Abteilung?« Seine Stimme klang, als wolle er sie bei einer Klassenarbeit der Schummelei bezichtigen. Johanna seufzte.

»Ich bin die Polizeipsychologin. Würden Sie mich jetzt bitte vorbeilassen? Es regnet, und es ist kalt.« Die letzten Worte sprach sie langsam und deutlich, als müsse sie ihm die Information eintrichtern. *Genau wie Sven es immer tut*, schoss ihr noch durch den Kopf.

Der Polizist, an dem Wind und Wetter abzuprallen schienen, ließ sie zögernd durch, jedoch nicht, ohne sie zu warnen: »Ich werde ihm Bescheid sagen!« Aus seinem Mund hörte es sich wie eine Drohung an. Noch auf dem Weg zum Fahrstuhl spürte sie den Blick des Beamten im Rücken. Während sie auf sein Eintreffen wartete, rieb sie sich die Hände, um die Kälte zu vertreiben.

Erst jetzt fiel ihr ein, dass sie gar nicht wusste, in welchem Stockwerk Diekmann eigentlich war.
»Entschuldigen Sie.« Johanna hob die Hand in Richtung des Postens, als wolle sie einen Kellner heranrufen. »Welche Etage?«
Der Posten grummelte etwas und stieß mit einem Finger in die Luft. »Zwölfte.«
Sie nickte ihm zum Dank zu und stieg in den Aufzug, der sie leise surrend nach oben brachte.
Sie hasste Fahrstühle, doch sie würde es sich mit Sicherheit nicht antun, bis zum zwölften Stockwerk zu laufen.
Am Ziel angekommen, landete sie mitten in einem Ameisenhaufen. Der Hausflur war hell erleuchtet, und überall liefen geschäftig Menschen herum. Hier hatte offenbar jeder etwas zu tun. Da sie zunächst keine Ahnung hatte, wohin sie sich wenden sollte, blieb sie erst einmal stehen, um sich zu orientieren. Eine der Mieterinnen stand vor ihrer Wohnungstür und betrachtete das Treiben. Sie erstattete anscheinend weiteren Interessenten im Innern der Wohnung Bericht, denn sie gab alles, was sie sah, nach hinten weiter. Passend zu dieser nächtlichen Stunde trug sie einen Morgenmantel. Die Lockenwickler im Haar der Neugierigen erstaunten Johanna. Sie hatte gar nicht gewusst, dass es tatsächlich Frauen gab, die mit solchen Dingern im Haar ins Bett gingen. Als die Mieterin sie ansah, konnte Johanna die üblichen Reaktionen in dem Gesicht erkennen. Da kämpften Abscheu, Begeisterung, Sensationsgier und dieses Ich-hab's-ja-schon-immer-gewusst miteinander. Johanna schüttelte sich. Als Neuankömmling genoss sie für einige Sekunden die volle Aufmerksamkeit der Frau, die jedoch gleich wieder erlahmte, als sie sah, wie ein Mann aus der Tatwohnung auf die Psychologin zuging.

»Wo bleibst du denn so lange? Ich habe vor fast einer Stunde angerufen.« Es war Diekmann, dem jetzt das ausschließliche Interesse der Voyeurin galt.

Genau so eine Bemerkung fehlte Johanna zu dieser nachtschlafenden Zeit, und sie maulte im selben Ton zurück: »Was glaubst du, wie lange ich morgens brauche, um meine Lockenwickler rauszudrehen? Außerdem hatte ich einen Termin beim Friseur, und einen Stadtbummel habe ich auch noch gemacht!« Sie spürte selbst, dass ihre ätzende Bemerkung völlig unpassend war, und fügte in einem versöhnlicheren Ton hinzu: »Sorry, schließlich komme ich vom Stadtrand. Fliegen kann ich noch nicht, und anziehen musste ich mich auch.«

Er sah genauso müde aus, wie sie sich fühlte, trotzdem befiel sie der blanke Neid, denn er gab eindeutig ein besseres Bild ab als sie. Er war nicht rasiert, und seine Haare waren nicht so ordentlich wie sonst. Sein T-Shirt spannte über seinen Muskeln, und seine schwarze Jeans saß, als wäre er hineingegossen worden. Sie fragte sich, ob er wohl ohne Jacke gekommen war.

»Hier entlang.« Er packte sie am Arm und zog sie mit sich in die Wohnung, aus der er getreten war. Seine Hände steckten in Latexhandschuhen, und sie vergrub die Hände tiefer in der Jackentasche. Sie konnte zwar keine verräterischen Flecken entdecken, die auf Blut schließen ließen, aber sie war sicher, dass er die Leiche angefasst hatte.

»Weiblich, dreiunddreißig Jahre alt, Prostituierte, recht wohlhabend. Wie es aussieht, noch nicht lange tot.«

Er schob Johanna vor sich her durch die Wohnung. Sie konnte nicht viel erkennen, doch augenscheinlich war die Wohnung groß und nicht gerade billig eingerichtet. Parfümduft hing schwer in der Luft, sie glaubte *Poison* zu riechen. Sie benutzte es ebenfalls gern.

»Julika, ruf bitte den Bestatter an.« Diese Worte richtete er an eine junge Polizistin, die Johanna noch von dem letzten Fall kannte. Eine der treuesten Anhänger, die Sven hatte. Sie war eine pummelige Mittdreißigerin, die es schaffte, sich immer so unmöglich anzuziehen, wie es nur ging. Heute trug sie eine unförmige Jeans, die sie sich fast bis unter die Brust gezogen hatte und aus der derbe Winterstiefel lugten, sowie einen Rollkragenpullover, der an sich nicht hässlich war, allerdings so eng saß, dass er jedes Speckröllchen eher betonte als versteckte. Sie hatte sich zusätzlich in einen schrecklich karierten Blazer gezwängt und das Ganze mit einer Barbourjacke gekrönt, die an den Schultern so eng saß, dass Johanna befürchtete, sie platze gleich aus allen Nähten. Die Beamtin lächelte scheu in Johannas Richtung. Die Psychologin hatte noch nie mit ihr gesprochen, aber sie schien nett zu sein. Sie lächelte zurück.
Sven schob sie weiter, bis sie am Ende des Flures in einem schönen, luxuriösen Schlafzimmer standen. Das Zimmer war voller Menschen, Fotografen und Spurenermittler in ihren weißen Anzügen aus Papier, so dass sie zunächst nichts anderes wahrnahm als die teuren Möbel um sie herum. Das Bett stand mitten im Raum, und am Kopfende konnte sie einige Palmen ausmachen. Die Kommode auf der linken Seite war offenbar antik.
»Könnt ihr mal Platz machen? Danke.« Sven trieb die Menschenmenge, die um das Bett herumstand, auseinander und führte Johanna bis an die Kante heran.
Sie blickte auf eine Frau, die nackt auf dem Bett lag. Im ersten, durchaus makabren Moment beneidete sie die Tote um ihre tolle Figur.
Ihr Blick wanderte über den bleichen Körper bis hin zu den Händen, die verschränkt auf der Brust lagen. Sie bemerkte eine

klaffende Wunde am Hals, die durch etwas Weißes gesäumt schien. Das Blut auf dem Laken war angetrocknet und wirkte auf den ersten Blick wie Erdbeergelee.

Der Anblick des Todes traf Johanna wie ein Faustschlag ins Gesicht.

Sie nahm den metallisch-süßlichen Geruch des Blutes wahr, und fast augenblicklich drehte sich ihr der Magen um. Speichel sammelte sich in ihrem Mund, und in ihren Schläfen begann das Blut laut zu pulsieren. Ohne nachzudenken lief sie den Weg zurück, den sie eben mit Sven gekommen war, bis sie wieder im Hausflur stand. Sie sank auf die Knie und erbrach sich heftig auf die Bodenfliesen.

Der säuerliche Geruch ihres eigenen Erbrochenen stieg ihr in die Nase. Kalter Schweiß stand ihr auf der Stirn. Mit dem Ärmel ihres Mantels fuhr sie sich über den Mund und stellte fest, dass sie unkontrolliert zu zittern anfing. Jemand hielt ihr einen kleinen silbernen Flachmann vor die Nase.

»Das hast du mir nicht gesagt.« Die Stimme klang trotz allem Tadel sanft. Sie sah hoch und direkt Sven ins Gesicht, der die Stirn leicht gerunzelt hatte. Ihr fielen seine blauen Augen auf, die eher besorgt als ärgerlich wirkten. Er machte sich tatsächlich weder über sie lustig, noch ärgerte er sich über sie.

»Was?« Ihre Stimme war kaum mehr als ein Röcheln. Erneut begann sie zu würgen.

»Dass du noch nie eine Leiche gesehen hast.« Er hockte sich neben sie und hielt ihr die kleine Flasche an die Lippen.

»Hier, trink. Das haben wir alle erlebt. Das erste Mal ist immer das schlimmste, glaub mir.«

Johanna ließ sich mit einem lauten Stöhnen an die Wand sinken und nahm einen tiefen Schluck aus der kleinen Flasche. Das Zeug brannte in ihrer Speiseröhre, Tränen schossen ihr ins Gesicht, doch fast augenblicklich spürte sie die Wirkung. Der Alkohol breitete sich wärmend im Magen aus, und ein Schleier legte sich auf ihre Gedanken. Die Geräuschkulisse um sie herum nahm sie nur noch als entferntes dumpfes Murmeln wahr.

Sven winkte jemanden herbei, der kurz die Bescherung entfernte.

»Fühlst du dich besser?« Er hockte immer noch neben ihr, die Hände locker zwischen den Knien gefaltet. »Du hättest mir sagen müssen, dass du noch nie eine Leiche gesehen hast.»

»Du hast mich nicht gefragt. Außerdem habe ich auf Fotos schon viele Leichen gesehen. Aber ... na ja, also in Wirklichkeit ist das schon etwas anderes.« Sie schob sich die feuchten Haare aus der Stirn und schloss für einen Moment die Augen. Das Zittern ließ ein wenig nach, nur der bittere Geschmack blieb auf der Zunge. Trotz des Alkohols. Scham machte sich in ihr breit, und sie spürte, wie ihr die Röte ins Gesicht stieg.

Sven schien zu allem Übel auch noch Gedanken lesen zu können.

»Das muss dir nun wirklich nicht peinlich sein. Sieh dir Julika an.« Er zeigte auf die Polizistin. »Als Julika ihre erste Leiche gesehen hat, da hat sie drei Tage nicht essen können. Beim ersten Versuch, nach vier Tagen ein Stück Pizza zu essen, hat ihr Magen noch immer gestreikt, und sie hat, kaum dass sie den ersten Bissen geschluckt hatte, alles wieder hochgewürgt. Und der Kleine hier«, er machte eine lahme Handbewegung in Richtung Martin, »dem sind die Tränen gekommen.«

Der »Kleine« mochte sich zwar geringschätzig anhören, aber Sven meinte damit nichts anderes, als dass der Polizist als Letzter zu seiner Dienststelle gestoßen war. Sie betrachtete

Martin eine Weile, der eifrig und mit roten Flecken auf den Wangen hin und her lief und sich Notizen machte.
»Ich will nicht sagen, dass es einfach wird. Ich will auch nicht sagen, dass du dich daran gewöhnen wirst. Alles, was ich sagen will, ist, dass du irgendwann einen Weg findest, damit umzugehen. Also hör auf, dich zu schämen.« Er sah ihr ernst ins Gesicht, und für einen Moment vergaß sie ihre Scham.
»Geht es wieder?« Er sah ihr eindringlich in die Augen.
Johanna hielt sich noch einmal die Hand vor den Mund und nickte dann entschlossen. »Ich glaube, ich bin okay.«
»Dann hör mir zu. Wir gehen da jetzt noch einmal rein«, er zeigte auf die offene Wohnungstür, »und sehen uns die Leiche gemeinsam an. Ich werde dir erklären, was mir auffällt. Und dann sagst du mir, was dir auffällt. Meinst du, du schaffst das?«
»Ich denke schon.« Sie rieb sich noch ein letztes Mal mit dem Handrücken über die Lippen und stützte sich dann mit einem Arm am Fußboden ab, um aufzustehen. Sven griff nach ihrem Ellbogen und half ihr. Sie konnte den kräftigen Druck durch den Stoff ihres Mantels spüren, und plötzlich fiel ihr auf, wie kalt ihr war. Sie machte sich los und straffte die Schultern. Ein verlegenes kleines Lächeln stahl sich auf ihre Züge, und sie gab sich tapferer, als sie tatsächlich war.
»Auf geht's.« Sven drehte sich um und eilte voraus, Johanna schlich langsam hinterher. Als sie gerade in der offenen Wohnungstür stand, hörte sie, wie Sven alle hinausschickte.
»Wartet bitte einen Moment draußen. Ich will mit Frau Dr. Jensen den Tatort begutachten.«
Die Polizisten kamen Johanna auf dem Weg in den Hausflur entgegen. Einige nickten ihr zu, denn sie kannten sie noch von dem letzten Fall. Andere gingen schweigend an ihr vorbei. An

den Anzügen merkte sie, dass es sich um die Kriminaltechniker handelte. Manche von ihnen schleppten schwere Koffer mit sich.
Sie ließ sie vorbei, drückte sich nach dem Letzten an der Wand entlang und betrat die Wohnung. Zaghaft schnüffelte sie in der Luft herum und stellte fest, dass es noch nicht nach Verwesung roch. Erleichtert, dass ihr zumindest diese Tortur erspart blieb, wurde ihr Gang sicherer, ihr Tritt fester.
Sie hatte wieder die Hände in die Taschen geschoben und bemühte sich, beim Betreten des Schlafzimmers den Blick auf andere Dinge zu richten als auf die Leiche.
»Also gut. Komm her und pass auf.« Sven fischte in seiner Hosentasche herum, holte ein weißes Knäuel hervor und warf es Johanna zu. Es waren ein paar Latexhandschuhe.
»Zieh die an.«
Johanna betrachtete die Handschuhe und streifte sie langsam über. Es war nicht ganz einfach. An ihren feuchten Händen blieb das Material trotz des Talkums, mit dem die Innenseite der Handschuhe beschichtet war, immer wieder kleben, aber schließlich hatte sie es geschafft. Ihre Finger fühlten sich nun ein wenig fremd an.
»Sieh hier.« Er musterte Johanna, die den Blick immer noch starr auf sein Gesicht gerichtet hielt.
»Frag, wenn du etwas nicht verstehst, hörst du? Und versuch die ganze Aktion hier«, er machte eine ausholende Bewegung mit der Hand, die den Leichnam und das Zimmer einschloss, »analytisch zu betrachten. Sie soll dazu dienen, Spuren zu finden, die helfen, den Mörder zu identifizieren, okay? Nichts anderes.«
Seine Stimme war eindringlicher geworden. Er sprach langsam mit ihr, und schließlich sickerten seine Worte auch in

ihr Bewusstsein. Sie hatte gar nicht gemerkt, dass sie die ganze Zeit über den Atem angehalten hatte. Pfeifend stieß sie die Luft aus.

»Also. Diese Male hier nennt man Totenflecken. Siehst du sie?« Er zeigte auf Verfärbungen, die sich auf der Haut der unten liegenden Körperstellen zeigten.

»Hier sammelt sich das Blut.«

Johanna schluckte. Sie wusste, dass Sven ihr helfen wollte, weil er davon ausging, dass es für ihre Arbeit wichtig sei, zu wissen, wann die Frau gestorben war.

»Warum?« Ihre Stimme hörte sich heiser an.

»Der Blutkreislauf ist eingestellt. Dem Gesetz der Schwerkraft zufolge sinkt das Blut nach unten ab. Die Blutgefäße, die tiefer liegen, füllen sich damit. Dadurch entstehen dann diese Flecken. Achte mal darauf.« Sein Finger wanderte nach oben und zeigte auf die obere Seite des nackten Körpers. »Hier ist sie bleich. Blutleer sozusagen. Jetzt pass auf.«

Er drückte mit dem Zeigefinger auf den Totenflecken herum. Trotz ihres Ekels war sie fasziniert.

»Wann kommen die?«

»Sie entstehen ungefähr zwanzig Minuten nach Todeseintritt. Kann auch ein bisschen länger dauern. Nach zwei Stunden sind sie jedenfalls voll ausgebildet. Das heißt, du findest sie an allen tiefer gelegenen Körperstellen. So wie hier.«

Er ging in die Hocke und bedeutete Johanna, es ihm gleichzutun. »Siehst du?« Er fuhr mit dem Zeigefinger an der Haut entlang. »Überall Flecken. Und wir können sie noch wegdrücken. Das bedeutet«, er richtete sich wieder auf und begann, die Punkte an seinen Fingern abzuzählen, »erstens: Die Flecken sind voll ausgebildet. Demnach muss sie mindestens zwei Stunden tot sein. Und zweitens: Wir können die Flecken aber noch auf Druck verschwinden lassen, was bedeutet, dass sie noch keine zwölf Stunden tot ist.«

Johanna sah ihn zweifelnd an. »Ist das nicht ein bisschen vage?«

»Du hast Recht. Das sind nur die ersten Anhaltspunkte. Weiter im Text. Der Arzt war bereits hier und hat rektal die Temperatur gemessen. Sie hat kaum an Körpertemperatur verloren. Wenn ich mich recht erinnere, lag sie bei ungefähr siebenunddreißig Grad.«

»Aber sie ist doch tot. Wie kann sie die Wärme halten? Außerdem fühlt sie sich ganz kalt an.« Johannas Neugier kam langsam durch.

»Wir haben hier eine Art Angleichung zwischen Umgebungs- und Leichentemperatur. Normalerweise bleibt die Temperatur einer Leiche ungefähr zwei bis drei Stunden konstant. Danach sinkt sie im Schnitt die nächsten vier Stunden um ein Grad pro Stunde. Du darfst allerdings die Umstände nicht vergessen. Dieser Körper ist völlig unbedeckt, und das Schlafzimmer ist relativ warm. Die Faktoren dürften sich also ziemlich die Waage halten. Was du spürst, ist die Körperhauttemperatur. Gemessen wird aber die Körpertemperatur, und die wird am besten rektal festgestellt. Außerdem speichert das Körperfett noch ein wenig Wärme. Also, führen wir die Totenflecken und die Körpertemperatur ins Feld, so sind seit der Ermordung ungefähr zwei bis vier Stunden verstrichen. Ich könnte dir natürlich noch die mathematische Formel zur Berechnung der Todeszeit nennen, doch ich glaube, das sprengt hier den Rahmen. Kannst du mir folgen?«

»Ja.« Johanna nickte mit zusammengebissenen Zähnen.

»Dann pass auf.« Sven nahm den Kopf des Opfers und versuchte den Mund zu öffnen. Der Kiefer der Leiche schien wie zugenagelt.

»Leichenstarre. Stellt sich nach circa zwei bis vier Stunden ein.

Sie beginnt im Kiefergelenk und setzt sich über den Schultergürtel in die Arme fort und dann weiter nach unten. Siehst du?« Seine Hände wanderten abwärts, und Johanna konnte beobachten, dass auch die zarten schlanken Schultern der Toten sich mehr und mehr versteiften.

»Fassen wir mal zusammen. Totenflecken ausgebildet und wegdrückbar, Körpertemperatur relativ konstant, Leichenstarre hat eingesetzt. Also schätze ich, sie ist zwischen zwei und vier Stunden tot. Aber Vorsicht«, er hob abwehrend die Hände, »das ist bloß meine Vermutung. Der Arzt wird das letztendlich unter anderem durch die Analyse des Mageninhaltes feststellen. Ich wollte dir nur einen Schnellkurs verpassen. Jetzt bist du dran.«

Johanna sah ihn verwirrt an, dann dämmerte es ihr langsam. Sie hatten eine Abmachung. Nun war sie gefordert. Es war das erste Mal, dass sie an einem (fast hätte sie »lebendem Objekt« gesagt) Opfer direkt arbeitete. Sie straffte die Schultern und trat näher an das Bett heran. Ernst runzelte sie die Stirn und versuchte sich zu konzentrieren. Sie gab sich alle Mühe, die Tatsache, dass hier ein Mensch vor ihr lag, zu verdrängen. Fast fand sie es obszön, diese Frau, die namenloses Entsetzen verspürt und unglaubliche Qualen erlitten haben musste, als Spurenträger und Studienobjekt zu missbrauchen.

Sie ging einmal um das Bett herum und betrachtete die Tote eingehend.

»Nun, sie hat ebenfalls ein Kreuz auf der Stirn. Genau wie bei Kausch ist es ihr eingeritzt worden. Die Arme sind über die Brust gefaltet, und die Beine liegen genau nebeneinander. Der Täter hat sehr akkurat gearbeitet. Er ist wohl ein Perfektionist. Hier liegt keine Wäsche herum. Was ist damit passiert?« Sie sah Sven fragend an.

»Die ist bereits im Labor.«
»Alles?«
»Wie meinst du das?«
»Kannst du sofort herausfinden, was ihr ins Labor gebracht habt?«
Er zuckte mit den Schultern. »Klar, wenn das wichtig ist.« Er nahm einen Zettel und einen Kugelschreiber aus seiner Gesäßtasche und machte sich Notizen. Johanna war immer wieder überrascht, was dort bei Männern so alles Platz fand.
»Vielleicht nicht, das kann ich jetzt noch nicht sagen. Lass uns mal weitersehen. Das hier«, sie zeigte auf die schlanken Knöchel der Frau, »sind das Fesselungsmerkmale?«
»Ich würde sagen ja. Können wir natürlich erst ganz sicher nach der Obduktion feststellen. Wir haben nämlich wieder kein Fesselungsmaterial gefunden.«
Johanna ging weiter zum Kopfende des Bettes. »Hier haben wir das Gleiche an den Handgelenken.« Sie berührte die Gelenke der Frau und fuhr mit der Hand an den Verletzungen entlang. Zum Glück trug sie die Handschuhe. Es machte ihr auf einmal nichts mehr aus, diesen kalten toten Körper zu berühren. Eine gewisse Erregung hatte von ihr Besitz ergriffen. Sie ging völlig in der Betrachtung und ihrem analytischen Denken auf.
»Wahrscheinlich hat er die Fesseln mitgenommen. Das bedeutet, dass er sie auch mitgebracht hat. Er scheint gut organisiert, überlässt nichts dem Zufall. Hat sie noch weitere Verletzungen?«
»Ja, am Kopf eine Platzwunde. Er hat sie wahrscheinlich niedergeschlagen, um sie zu betäuben.«
»Sie ist ziemlich groß.« Johanna richtete sich wieder auf. »Ich gehe mal davon aus, dass der Täter kleiner war als sie. Möglicherweise nicht sehr kräftig. Sonst hätte er sie nicht niederschlagen

müssen, um sie zu betäuben. Das bedeutet, er hat keine andere Chance gesehen, sie zu überwältigen. Was ist mit dem Kreuz auf der Stirn? Kopfwunden bluten doch im Allgemeinen sehr stark, oder?«

Sven schüttelte leicht den Kopf. »Nicht, wenn sie post mortem zugefügt wurden. Sowie der Blutkreislauf zum Erliegen kommt, bluten Verletzungen kaum noch.«

»Dann hat er das also zuletzt gemacht. Als Abschluss sozusagen.«

»Warum ritzt der Mörder immer dieses Kreuz auf die Stirn der Opfer?«

Johanna dachte an das, was der Pastor ihr über die Bedeutung des Kreuzes erzählt hatte. »Die Frage müsste korrekt lauten: *Was bedeutet das Kreuz für den Täter?* Auf jeden Fall ist es sehr wichtig für ihn. Er krönt seine Tat sozusagen damit.«

Sie legte die Stirn in Falten und redete mehr zu sich selbst, als sie weitersprach. »Genau die gleichen religiösen Aspekte wie in den anderen beiden Fällen. Das Kreuz, die wie zum Gebet gefalteten Hände. Aber für ein religiöses Ritual ist mir das einfach zu nackt.« Sie seufzte. »Wie ist er hereingekommen?«

»Gute Frage. Wieder keine Einbruchsspuren. Genau wie bei Kausch und Zenker. Aber dieses Mal ist er offensichtlich gestört worden. Ein Nachbar hat die Leiche gefunden. Er ist spät nach Hause gekommen und hat festgestellt, dass ihre Wohnungstür offen stand. Er hat geklingelt und geklopft, und als niemand an die Tür kam, ist er hineingegangen. Und da lag sie.«

Johanna schüttelte langsam den Kopf. »Nein, er ist nicht gestört worden.«

»Ach, und wie kommst du darauf?« Svens Stimme hatte einen leicht gelangweilten Unterton.

»Na ja«, Johanna sah sich um, als suche sie irgendetwas, »wenn ich das richtig sehe, hat er den Tatort sauber verlassen, richtig? Ich meine, wahrscheinlich hat er, wie in den anderen Fällen, keine Spuren hinterlassen, oder? Außerdem hat er die Leiche wieder ordentlich abgelegt. Nein, ich glaube, er hat die Tür absichtlich nicht geschlossen.«

»Warum sollte er das tun?« Sven Diekmann hob skeptisch die Augenbrauen.

»Ich fürchte, da muss ich ein wenig ausholen. Bisher hat er uns bewiesen, dass er gut organisiert ist. Er hat sich Opfer ausgesucht, die allein lebten, das heißt, dass er sie eine Zeit lang beobachtet hat. Er wird den Tagesablauf eines jeden genau studiert haben. Vielleicht ist die Lang gerade von einem Kunden gekommen, und er ist ihr gefolgt und wusste aus vorangegangenen Beobachtungen, dass sie allein lebt. Um seine Taten begehen zu können, hat er Opfer gebraucht, die ein zurückgezogenes Privatleben führten.«

»Was hat das alles mit der offenen Tür zu tun?« Sven wurde langsam ungeduldig.

Johanna hob beschwichtigend die Hände. »Ganz ruhig, ich bin ja gleich fertig. Also, wenn jemand zurückgezogen lebt, heißt das, dass er nicht viel Besuch bekommt. Somit lief der Täter Gefahr, dass seine Opfer unentdeckt blieben. Im ersten Fall, bei Verena Zenker, hatte er *Glück.*« Sie malte mit den Fingern imaginäre Anführungszeichen in die Luft. »Beim zweiten Mal, bei Siegfried Kausch, hat es zwei Wochen gedauert, bis die Leiche gefunden wurde. Dieses Risiko wollte er nicht noch einmal eingehen, also hat er diesmal die Tür offen stehen lassen. Wohl wissend, dass sich ein neugieriger Nachbar finden würde.«

An Svens Augen sah sie sofort, dass sein Interesse wieder geweckt war. »Warum ist er so scharf darauf, dass seine Opfer so schnell wie möglich entdeckt werden?«

Johanna zuckte mit den Schultern. »Dafür habe ich im Moment nur eine Erklärung, und die bist du. Vielleicht legt er Wert darauf, dass der zeitliche Zusammenhang zwischen den Mitteilungen und den Taten erkennbar ist. Womit wir wieder beim Thema wären. Hat er sich noch mal bei dir gemeldet?«

Sein Gesicht wurde kantig. Seine Kiefer mahlten. »Ja, hat er. *Denn die Finsternis vergeht, und das wahre Licht scheint jetzt,* stand diesmal auf dem Zettel.«

Sie atmete geräuschvoll aus. »Wann?«

»Gestern Morgen. Ich habe den Brief sofort ins Labor gegeben, aber es waren keine Fingerspuren darauf.«

»Können wir gehen?«

»Ja.« Er presste die Lippen zusammen und sah sie amüsiert an. »Das war gut. Aber glaub ja nicht, dass du jetzt Feierabend machen kannst. Ich hoffe nur, du hast dir die nächsten Tage nichts vorgenommen.«

Martin Feiler kniff die Augen zusammen und las noch einmal die Aussagen durch, die er gerade abgetippt hatte. Es war immer das Gleiche. Nein, man hatte nichts gehört und auch nichts gesehen. Und wenn, dann wolle man sich nicht einmischen. Nein, man habe auch in letzter Zeit nichts Verdächtiges wahrgenommen, doch gewusst habe man es letztlich immer.

Martin seufzte. Zeugen waren wirklich alles andere als einfach. Ihm fiel ein, dass er noch ein paar potenzielle Zeugen im Fall Lang aufsuchen musste, die er bisher nicht angetroffen hatte. Er würde wieder einmal die gleichen Fragen stellen, und die Leute würden wieder einmal die gleichen Antworten geben. Aber eigentlich war es ihm egal, schließlich hatte er auf so eine Chance gewartet. Er würde allen zeigen, dass er ein guter

Polizist war, auch wenn es ihm an Erfahrung noch fehlte. Genau die wollte er ja sammeln.

Der Anlass mochte zwar tragisch sein, doch so konnte er seinem Chef wenigstens zeigen, was in ihm steckte. Endlich war seine große Stunde gekommen. Er machte all die Arbeit, vor der die anderen sich drückten.

Er ging von Tür zu Tür, und was er dabei so hörte, war gewiss nicht immer fallrelevant. So manches Mal erfuhr er die halbe Lebensgeschichte der Menschen, all ihre Sorgen und Kümmernisse. Die älteren Frauen boten ihm alte und pappige Kekse an, und die allein stehenden alten Männer holten den Cognac aus dem Schrank, den er, selbstverständlich, stets ablehnte.

Im Zusammenhang mit dem Cognac fiel ihm wieder Frau Dr. Jensen ein, wie sie da im Hausflur der toten Monika Lang gehockt und sich übergeben hatte. Eine peinliche Situation. Er an ihrer Stelle hätte sich kaum noch in die Räumlichkeiten der Mordkommission getraut. In seinen Augen war sie völlig untauglich für diese Art von Arbeit. Schwäche konnte man sich seiner Meinung nur zu Hause im stillen Kämmerlein erlauben, jedoch nicht vor den Augen anderer. Er fragte sich, was diese Frau dort zu suchen gehabt hatte, immerhin war das ein Tatort gewesen und kein Therapiezentrum.

Er hatte von den Kollegen gehört, dass die Jensen zusammen mit seinem Chef vor ein paar Monaten einen Fall gelöst hatte. Das mochte alles den Tatsachen entsprechen, und Psychologie mochte für gewisse Bereiche durchaus wichtig sein, aber er konnte die Entscheidung seines Chefs, die Psychologin auch diesmal heranzuziehen, nicht im Geringsten verstehen.

Er hatte während seiner Ausbildung schon einmal von Profiling gehört, doch er war immer mehr zu der Überzeugung gekommen, dass diese Art der Tataufklärung nichts anderes als heiße Luft war, nicht zuletzt deshalb, weil seine Dozenten stets die Meinung vertreten hatten, Ermittlungen, ganz besonders Mordermittlungen, seien gute, solide Handarbeit. Tatort sichern, Zeugen befragen, Spuren sammeln und analysieren, das war das tägliche Brot eines Kriminalbeamten.

Psychologen wollten doch gar nicht, dass der Täter für seine Tat bestraft wurde. Sie baten um Verständnis für ihn und wühlten so lange in seiner Kindheit herum, bis sie für alles eine Entschuldigung fanden.

Dass diese Überlegungen nicht seiner eigenen Erfahrungen entsprangen, sondern ein Sammelsurium von Meinungen anderer Leute waren, störte ihn nicht.

Trotz alledem nahm er sich vor, dieser Frau höflich gegenüberzutreten, ohne ihr seine Verachtung und Abneigung zu zeigen. Sie würde schon irgendwann merken, was andere von ihr dachten. Und sein Chef käme auch noch dahinter, dass ihre Arbeit unnütz war, seine dagegen hilfreich und ordentlich.

Seufzend nahm er die sauber geschriebenen Seiten aus dem Drucker und heftete sie gewissenhaft ab. Er hatte noch einiges zu tun. Aber egal, zur Not würde er eben Überstunden machen.

Johanna saß an ihrem Schreibtisch und ordnete ihre Notizen, die sie sich nach der Tatortbesichtigung gemacht hatte. Noch immer hob sich ihr leicht der Magen, wenn sie an die tote Frau dachte. Als das Telefon klingelte, zuckte sie zusammen. Im Allgemeinen nahm Jutta ihre Gespräche entgegen, nur wenige hatten ihre direkte Durchwahl. Auf dem Display erkannte sie Sven Diekmanns Nummer.

»Hallo, Sven.«

»Johanna, ich habe Neuigkeiten für dich.«

»Schieß los.« Sie kniff die Augen zusammen, so als versuche sie, etwas besonders klein Gedrucktes in fünf Metern Entfernung zu lesen.

»Also, Kausch wurde vor ein paar Wochen vorläufig festgenommen. Er hatte Fotos von Kindern ins Internet gestellt. Wie du siehst, war er also nicht nur Konsument.«

»Und was ist dabei herausgekommen?« Johanna dachte daran, wie unvorstellbar es für sie war, dass sich erwachsene Männer an den Bildern von Kindern sexuell erregten. Ihre Psychologenseele sagte ihr, dass es sich um kranke Menschen handelte. Ihr gesunder Menschenverstand forderte dagegen lebenslange Kerkerhaft für solche Personen. Beide Stimmen stritten in ihrem Kopf, während Sven weiterredete.

»Nichts. Die Beweislage und vor allen Dingen die Brisanz der Fotos waren zu dürftig, so dass sie den Kerl wieder freilassen mussten. Außerdem hatte er einen festen Wohnsitz. Es hat also nicht für einen Haftbefehl gereicht. Das Verfahren wurde letztendlich eingestellt.«

»Eingestellt?« Johanna war fassungslos. Ihr gesunder Menschenverstand war gerade dabei, die Psychologenseele niederzubrüllen.

»Es geht noch weiter.«

Sie hörte Papier rascheln und sah förmlich vor sich, wie Sven in Unterlagen wühlte. Auf seinem Schreibtisch herrschte anscheinend mal wieder ein heilloses Durcheinander. Ständig verlegte er irgendetwas.

»Er ist vor vierzehn Tagen spätabends leicht angeheitert auf der Polizeiwache Reeperbahn aufgetaucht und hat den Diebstahl seiner Brieftasche angezeigt. Er hat den Kollegen irgendetwas von einem Strichjungen erzählt, der seiner Meinung nach für den Diebstahl infrage kam. Die Jungs von der Wache kennen fast alle Stricher und haben mir gesagt, dass der bewusste Junge dazugehört. Er ist jedoch nicht drogenabhängig. Er soll einer dieser obdachlosen Jugendlichen sein.«

»Was ist auf der Wache passiert?«

»Nicht viel. Die Kollegen haben zugesehen, dass sie ihn schnell wieder los wurden. Die meisten haben selbst Kinder, und wenn einer wie Kausch auftaucht, werden sie sehr ungehalten. Nach allem, was mir der Schichtführer gesagt hat, konnte man bei dem Kerl die Pädophilie auf drei Meilen gegen den Wind schon riechen. Jedenfalls ist er laut Pathologie circa zwei Stunden nach seinem Besuch auf der Wache ermordet worden.«

»Übrigens, du hast doch überlegt, ob er seinen Schlüssel verloren hat, nicht?« Er wartete eine Antwort gar nicht ab und fuhr fort. »Also, bei dieser Diebstahlsanzeige, die er gemacht hat, war von einem Schlüssel keine Rede. Einer der Kollegen glaubt sich sogar zu erinnern, dass Kausch mit einem Schlüsselbund gespielt hat.«

»Das muss nicht unbedingt etwas bedeuten. Er kann den Schlüssel ja vorher schon einmal verloren haben.« Johanna wusste, dass ihr Einwand lahm klang, und eigentlich war die Theorie für sie auch schon gestorben.

Für Sven anscheinend nicht. »Eben.«

»Was ist mit dem Jungen?«

»Ich hab den Namen hier irgendwo. Verdammt noch mal …« Die Worte waren nicht an Johanna gerichtet. Er hatte wohl wieder einmal einen seiner kleinen Notizzettel verlegt. »Ah, warte, hier hab ich es. Der Junge heißt Siggi. Mehr ist wohl nicht bekannt. Auf jeden Fall sagt der Schichtführer, mit dem ich gesprochen habe, seinen Leuten Bescheid, und wenn sie ihn gefunden haben, sollen sie ihn erst einmal festhalten.«

»So wie es auf den Fotos ausgesehen hat, kann ich mir nicht vorstellen, dass es ein Kind war. Wie alt ist der Knabe?«

Sven zögerte kurz. »Er soll vor kurzem dreizehn Jahre alt geworden sein.«

»Großer Gott.« In Johannas Vorstellung spielten Dreizehnjährige noch mit LEGO oder gingen verschämt auf die ersten gemischten Partys. Auf keinen Fall drückten sie sich auf dem Straßenstrich herum. »Er kommt nicht infrage.«

»Du weißt nicht, wie abgebrüht diese Jungen sind.«

»Mag sein, ich glaube trotzdem, der Täter war entschieden älter.«

»Ich glaube es eigentlich auch nicht, aber vielleicht hat er etwas gesehen, das uns weiterhilft.«

Eine Pause entstand zwischen den beiden, und um die peinliche Stille zu überbrücken, plapperte Johanna drauflos.

»Ich gehe übrigens gleich noch einmal zu Schenkenberg.«

»Zu wem?«

»Zu Schenkenberg, dem evangelischen Polizeiseelsorger.«

»Na, dann viel Spaß. Bringt das was?«

»Auf jeden Fall. Wir sprechen dann später darüber.«

Johanna wollte gerade auflegen, als Sven weiterredete.

»Ich habe letzte Woche mit Markus telefoniert. Es schien ihm schon wieder recht gut zu gehen. Ich habe ihm dennoch gesagt, dass er sich alle Zeit der Welt nehmen soll.«

»Du hast mit ihm telefoniert?« Johanna verspürte einen leichten Stich in der Herzgegend. Mit ihr hatte Markus nicht telefoniert, und er hatte sie auch nicht sehen wollen, aber mit seinem Chef sprach er über seinen Zustand. Brennende Eifersucht breitete sich wie ein Fieber über ihren ganzen Körper aus. Fast stiegen ihr die Tränen wieder in die Augen, doch sie presste die Lippen zusammen, bis sie nur noch ein dünner Strich waren.

»Schön.« Ihre Antwort fiel knapper aus, als sie es eigentlich vor-

gehabt hatte. Schließlich konnte Sven nichts dafür. Zumindest *dieses* Mal nicht.
»Alles in Ordnung?« Sven hatte den Unterton offenbar bemerkt. Seine Frage klang in Johannas Ohren skeptisch und ein wenig besorgt. Sie schüttelte kurz den Kopf, um die trüben Gedanken so weit wie möglich zu verbannen.
»Klar. Wenn du was hörst, sag Bescheid, ja?«
»Selbstverständlich. Viel Spaß noch.«
Johanna legte auf, kaum dass Sven sich verabschiedet hatte.
Sie war schon dabei, sich den Mantel anzuziehen, als das Telefon erneut klingelte. Diesmal konnte sie auf dem Display nicht erkennen, wer anrief.
»Ja?«
Sie klemmte sich den Hörer zwischen Kinn und Schulter.
»Hallo?«
»Hallo. Hier ist Markus.« Die Stimme am anderen Ende klang etwas unsicher, aber Johanna beschloss so zu tun, als habe sie es nicht bemerkt. Sie bemühte sich, möglichst unbefangen, eher freudig überrascht zu wirken.
»Markus, schön dich zu hören.« Ihr klopfte das Herz bis zum Hals, ihre Nackenhaare stellten sich auf. Sie hatte versucht, die verfahrene Situation ihrer Freundschaft zu verdrängen. Mit der Entführung von Markus hatte sich nicht nur seine Persönlichkeit, sondern auch ihre Beziehung zueinander verändert. Vielleicht war eine Freundschaft jetzt einfach nicht mehr möglich.
Markus war durch diese unbefangene Begrüßung erleichtert. Seine Stimme klang ein wenig fester, als er weitersprach.
»Ich dachte, wir könnten uns mal treffen? Etwas zusammen trinken?«
Johannas Müdigkeit war verflogen. Sie spürte, wie sich ihre

Anspannung langsam steigerte und ein Kribbeln sich die Wirbelsäule hocharbeitete. Mit einem kurzen Blick auf die vor ihr gestapelten Bücher traf sie eine Entscheidung.
»Na klar. Wann hast du denn Lust?« Um ihrer Stimme Überzeugungskraft zu verleihen, hatte sie ein starres Lächeln aufgesetzt. Sie war nur froh, dass Bildschirmtelefone einfach noch zu selten und zu teuer waren.
»Hast du jetzt gleich Zeit?«
Johanna blickte auf ihre Uhr. Es war halb drei, außerdem hatte sie ohnehin gerade gehen wollen. Sie wechselte den Hörer auf die andere Schulterseite und schlüpfte mit dem Arm in den zweiten Ärmel ihres Mantels.
»Sicher. Und wo? Du kannst auch zu mir kommen, wenn du Lust hast.« Ihr war klar, dass er sie allein, ohne Flo, sehen wollte.
»Wie wäre es mit dem kleinen Anleger unten am Leinpfad?« Er überging ihren Vorschlag, sich bei ihr zu treffen, und nannte das kleine Café an einem Nebenarm der Alster, in dem sie schon öfter im Sommer zusammen gesessen hatten.
»Ich kann in zehn Minuten da sein.« Das Café war nur einen Katzensprung vom Präsidium entfernt. Dicht genug am Winterhuder Marktplatz, um zentral zu liegen, und nah genug am Wasser, um sich zu entspannen und zu vergessen, dass man sich mitten in der Stadt befand.
»Okay, bis dann.« Er hatte aufgelegt, bevor sie etwas entgegnen konnte.

Ihre Finger fühlten sich klamm an, daher umfasste sie das Lenkrad fester. Schließlich waren ihre Hände so feucht, dass sie ständig abrutschten. Sie war aufgeregt und hatte gleichzeitig Angst. Angst vor Markus' Augen. Angst vor dem unausgesprochenen Vorwurf in seinem Blick. Nicht zum ersten Mal versuchte sie herauszufinden, ob ihr Schuldbewusstsein der Grund für diese Furcht war. Sie hatte keine Ahnung, inwieweit er ihr die Verantwortung für die Ereignisse im letzten Fall zuschrieb, aber sie war sicher, dass sie nicht bereit war, diese Verantwortung zu übernehmen.

In der Nähe des Cafés fand sie tatsächlich einen Parkplatz, und als sie den Anleger hinunterging, konnte sie seine Gestalt hinter einem der Fenster erkennen. Er musste sie schon von hier aus angerufen haben.

Im Sommer war es an diesem Ort fast idyllisch. Obwohl direkt unterhalb der viel befahrenen Straße gelegen, drang der Verkehrslärm so gut wir gar nicht hier herab. Das Café war auf einem hölzernen Ponton gebaut, der einem das Gefühl gab, auf einem schwankenden Schiffsdeck zu stehen. Das schwarz schimmernde Wasser schwappte auch jetzt rhythmisch gegen die Planken. Es fehlten jedoch die typischen Alsterdampfer, die sich seit Jahrzehnten nicht verändert hatten, und auch die Enten ließen sich kaum blicken. Die zahllosen Ruderboote, die sich in der warmen Jahreszeit aneinander vorbeischoben, waren momentan ebenfalls im Winterquartier. Sie sah nur einen einsamen Ruderer, der seinem Boot und seinem Eifer zufolge zu einem der Ruderclubs entlang der Alster gehören musste. Er trainierte offensichtlich, und dabei kam ihm die Tatsache zugute, dass sich Familienausflügler bei diesem Wetter nicht auf das Wasser trauten.

Johanna öffnete die Tür des Cafés und trat ein. Wärme schlug ihr entgegen, genauso wie dezente Radioklänge. Markus saß in einer Ecke und starrte auf einen Punkt vor ihm auf dem Tisch. Er hatte sie noch gar nicht wahrgenommen.

»He.«

Sie stand vor dem Tisch und sah auf ihn hinab. Markus zuckte zusammen. Er war mit seinen Gedanken ganz woanders gewesen. Johanna konnte sich nur mit Mühe zurückhalten, ihm die Hand entgegenzustrecken. Wenn sie erst einmal so weit waren, dass sie sich wie Fremde die Hände reichten, dann hatten sie wirklich ein Problem.

Markus lächelte flüchtig. »He. Setz dich. Was willst du trinken?«

Gegen alle Gewohnheit entschied sie sich für einen Rotwein. Sie sehnte sich nach ein wenig Lockerheit, und sie wusste, dass ein Glas Wein die Anspannung aus ihren Knochen vertreiben würde. Viele ihrer Kollegen würden sie allein wegen dieser Begründung bereits als Alkoholikerin abstempeln.

Sie sah Markus in die Augen. Sein Blick war abwesend, die Falten auf seiner Stirn verliehen seinem Gesicht einen fragenden Ausdruck. Sie konnte sehen, dass sich die Falten tief in seine Züge gegraben hatten. Im Augenblick fühlte sie sich überfordert, aber zumindest wollte sie auf Plattitüden in der Art *Wie geht es dir?* verzichten.

»Wie geht es Flo?«

»Danke. Er ist leicht erkältet, aber ansonsten gut. Du kennst ihn ja. Anstatt sich zu schonen, rennt er jeden Tag in den Salon.«

Florian war ein begnadeter Friseur, und er hatte es sich zur Aufgabe gemacht, dem »Vogelnest«, wie er es liebevoll nannte, auf Johannas Kopf Schliff zu verpassen. Sie machte sich im Geiste eine Notiz, dringend einen Termin bei ihm zu vereinbaren.

Johanna schälte sich im Sitzen aus ihrem Mantel und ließ ihn einfach nach hinten über die Rückenlehne fallen. Es war reine Faulheit, und auf diese Weise hingen ihre Jacken immer halb im Schmutz, aber sie würde es sich wohl nie abgewöhnen. Sie stützte die Ellenbogen auf den Tisch und legte den Kopf auf ihre ineinander verschränkten Hände.

Keiner von beiden wusste etwas zu sagen.
»Hast du den Verrückten da draußen gesehen? Der da rudert?« Markus versuchte ein spöttisches Lächeln, während er mit einer kurzen Kopfbewegung in Richtung Wasser zeigte.
»Hm. Könnte mir nicht passieren.« Sie folgte seiner Bewegung mit den Augen und betrachtete den Sportler, den sie schon vorher bemerkt hatte. Mit gleichmäßigen Zügen ruderte er von dem Café weg. Inzwischen war er so weit entfernt, dass sie seine Gesichtszüge nicht mehr ausmachen konnte.
Sie spürte, dass Markus einen Einstieg in ihr Gespräch suchte, sah jedoch keine Möglichkeit, ihm da herauszuhelfen. Sie verfielen wieder in Schweigen. Markus rieb sich verstohlen den Nacken, Johanna räusperte sich.
»Wie läuft es mit Sven? Ihr arbeitet ja wohl wieder zusammen an einem Fall?«
»Gut. Ich meine, wir kommen uns nicht mehr in die Quere, so wie damals.« Johanna nickte eifrig, froh darüber, dass sie ein Thema gefunden hatten, aber auch das versickerte in den Untiefen ihrer Verlegenheit.
Nach einer peinlichen Pause startete Johanna einen Versuch. »Wann kommst du wieder?«
Markus zuckte mit den Schultern. »Ich weiß nicht. Ich überlege, ob ich ganz aufhöre.« Er nahm einen tiefen Schluck aus seinem Glas. Johanna sah zu, wie sich seine Lippen um den Rand des Glases schlossen. Sie hatte zwar mit etwas Ähnlichem gerechnet, trotz allem war sie wie vom Donner gerührt. Sie zwang sich, sachlich mit ihm zu reden. Protest würde ihn in seiner jetzigen Verfassung nur zu Trotzhandlungen verleiten. Er musste wieder lernen, Entscheidungen zu treffen, unabhängig von der Meinung anderer.
»Was willst du denn dann machen?«

Markus wirkte unsicher. »Mal sehen. Keine Ahnung.«
»Was sagt Flo dazu?«
»Ich habe noch nicht mit ihm darüber gesprochen.« Er nahm noch einen Schluck. Es schien, als wolle er sich an seinem Glas festbeißen.
»Meinst du nicht, du solltest vorher mit ihm darüber reden?«
»Willst du nicht wissen, was mein Psychiater dazu sagt?«
»Nein.« Johanna schüttelte den Kopf. Sie hörte die Bitterkeit aus seinen Worten heraus. Er konnte mit seiner eigenen Hilflosigkeit nicht umgehen. Einer Situation wie dieser war er nicht gewachsen. Noch nie hatte er dagestanden und sich selbst zugesehen, aber genau das tat er jetzt. Auf einmal war er dazu verurteilt abzuwarten. Sich selbst Zeit zu geben. Er wollte andere zwingen, für ihn zu entscheiden, wenn auch nur, um sie im Nachhinein dafür zu bestrafen.
»Herrgott noch mal.« Er vergrub sein Gesicht in den Händen und fluchte vor sich hin. Seine Finger krallten sich in seine Haare, so als ob Schmerz ihn aus seiner Lethargie reißen könnte.
An seiner rechten Hand sah sie den Stumpf, der von seinem kleinen Finger übrig geblieben war. Die Wunde war verheilt, seine Seele nicht. Johanna war versucht, die Hand nach ihm auszustrecken, aber im letzten Moment hielt sie inne. Es hätte nach Mitleid ausgesehen, und zwangsläufig hätte Markus aggressiv darauf reagiert. Auch wenn sie sicher war, dass er genau darauf wartete.
Die Wut in ihm musste sich entladen, und er hatte keine Ahnung, wie er sie loswerden, wie er mit ihr umgehen sollte.
Noch einmal rieb er sich kräftig über das Gesicht und blickte dann wieder starr geradeaus.
»Ich weiß nicht, wie es weitergehen soll.« Seine Stimme war

nur noch ein Flüstern, und die Verzweiflung war deutlich herauszuhören.

»Im Krankenhaus war es noch ganz okay. Ich meine, sie haben mich und meine körperlichen Wunden behandelt, und ich habe geglaubt, langsam zu mir zu kommen. Aber dann wurde ich entlassen, und ich bin in ein tiefes Loch gefallen. Ich habe versucht, die Orte zu meiden, die mich an all das erinnert haben, das heißt, dass ich auch nicht mehr zum Fußball gegangen bin. Ich habe den Weg einfach nicht mehr ertragen. Ich war davon überzeugt, alles würde gut, wenn ich mir nur genug Zeit ließe.«

Johanna wusste, dass er damals auf dem Weg vom Training nach Hause entführt worden war. Sie sagte nichts und ließ ihn einfach weiterreden.

»Flo hat mich mit dem Wagen hingefahren, aber es hat nicht funktioniert. Alle haben mich angesehen, als käme ich von einem fremden Stern, und so getan, als wäre nichts passiert. Es war total gekünstelt, unecht. Alle haben die Themen gemieden, von denen sie glaubten, sie könnten mich treffen, so als hätte ich Krebs. Es war schrecklich.«

Er machte eine Pause und lehnte sich schwer atmend zurück. Johanna konnte aus den Augenwinkeln sehen, wie einige Leute sie verstohlen, wieder andere ganz unverhohlen anstarrten. Sie las förmlich, was in ihren Köpfen vor sich ging. Eine Frau und ein Mann, nicht mehr ganz jung, die anscheinend hier saßen und ihre verfahrene Beziehung klärten. Beide meilenweit voneinander entfernt, zu weit, um zueinander zu finden. Warum saßen sie, die anscheinend vertraut miteinander waren, so weit voneinander entfernt? Johanna schüttelte kurz den Kopf. Sie wusste, sie bildete sich das alles nur ein.

Unterstelle den Leuten nicht das, was du vielleicht von einer solchen Situation halten würdest, dachte sie. Sie wandte sich wieder Markus zu und betrachtete ihn. Er lehnte zusammengesunken in seinem Stuhl und hatte die Hände kraftlos im Schoß liegen. Er wirkte in sich selbst versunken, und als er weitersprach, sah er sie nicht an.

»Dann waren es die Menschen. Ich mochte niemanden mehr treffen, der etwas damit zu tun hatte. Es hat fast körperliche Schmerzen verursacht, sie zu sehen oder mit ihnen zu sprechen. Sie alle haben mit diesen Stimmen geredet, weißt du«, er hob eine Hand und verkrümmte sie, als wolle er etwas greifen und festhalten. Sein Gesicht hatte sich schmerzlich verzogen. Die Erinnerung schien von ihm Besitz ergriffen zu haben. »Sie haben mit diesen Stimmen geredet, die anscheinend um Verzeihung baten. Leise, voller Mitleid, das so eklig war, so was von verlogen.« Seine Hand ballte sich zur Faust, sein Gesicht war jetzt wutverzerrt. Plötzlich ließ er die Hand fallen, seine Miene entspannte sich, sein ganzer Körper wirkte mit einem Mal kraftlos.

»Der Einzige, der sich mit mir wie mit einem Menschen unterhalten hat, war Diekmann.«

Wieder durchfuhr Johanna eine leise Eifersucht, für die sie sich schämte.

»Er hat ruhig zugehört, auch wenn ich nichts zu sagen hatte, er hat mir nicht das Gefühl gegeben, krank zu sein.«

Johanna verstand, was Markus meinte, und sie gestand sich selbst gegenüber ein, dass sie ebenfalls zu den Menschen gehört hatte, von denen er so voller Wut sprach. Auch sie hatte, weil sie eben nicht wusste, wie sie sich verhalten sollte, in Mitleid Zuflucht gesucht, ohne zu hinterfragen, was er tatsächlich wollte oder brauchte. Sie schämte sich noch mehr, schließlich hätte gerade sie es besser wissen müssen.

»Das war auch einer der Gründe, warum du mich nicht mehr

sehen wolltest.« Ihre Stimme klang ruhig und sachlich. Sie war über sich selbst erstaunt.

»Einer der Gründe, ja.« Markus nickte. »Ein anderer war, dass ich erfahren habe, wie alles zusammenhing, und dir daraufhin Vorwürfe gemacht habe. Was natürlich Quatsch war. So weit bin ich inzwischen zumindest, dass ich aufhöre, Schuldzuweisungen vorzunehmen für etwas, was niemand hat vorhersehen können.« Er versuchte ein Lächeln, das freudlos ausfiel. »Das ist aber auch das Einzige, was ich bisher geschafft habe. Ich kann nicht schlafen, ich habe keine Kraft zu essen. Und was Flo angeht …«

Er brach ab. Wieder schlich sich eine Spur Schmerz in seine Züge. Doch diesmal war es ein anderer Schmerz. Eher das Erkennen des eigenen Unvermögens, das Gefühl, versagt zu haben.

Johanna entschied sich dafür, etwas zu tun. Es war völlig offensichtlich, dass er bislang mit niemandem in dieser Intensität gesprochen hatte, was seine Erlebnisse anbelangte. Sie befürchtete sogar, dass selbst sein Psychiater nicht genau wusste, was in seinem Patienten vor sich ging.

»Träumst du?«

»Ja«, er nickte. Er kniff die Augen zusammen, bis sie nur noch kleine Schlitze waren. »Ja, ich träume. Es kommt immer wieder. Ich laufe diese Straße entlang und weiß, dass ich auf etwas zulaufe, was mich töten will. Trotz allem gehe ich weiter. Jedes Mal hoffe ich, dass es anders wird, aber es bleibt immer gleich. Danach kommt das Gesicht, die Stimme, der Stich. Und dann werde ich wach. Schweißgebadet. Ich zittere und friere und habe Angst.«

Er verharrte in seiner kraftlosen Haltung. Langsam hob er eine Hand und rieb sich über die Augen. Seine Daumen und sein

Zeigefinger schienen die Augäpfel in die Höhlen drücken zu wollen. Als er mit dem Reiben aufhörte und den Kopf hob, waren seine Lider rot.

»Mitunter, am Tage habe ich … Es ist schwer zu beschreiben. Es ist, als ob … Blitze … durch meinen Körper schießen. Plötzlich geschieht etwas. Wie eine Filmsequenz, die in Sekundenbruchteilen durch mein Hirn fährt. Beängstigend.«

Johanna wusste, wovon er sprach. Er beschrieb einen Flash back. Ein Gefühl, als würde er das Ereignis in einzelnen Fragmenten wieder erleben.

»Was sind das für Szenen?«

»Ich weiß nicht. Ich kann mich nicht erinnern.«

Sein fast trotziger Ton zeigte ihr, dass er nicht mit ihr darüber reden wollte.

»Johanna«, er zögerte kurz und sprach dann weiter. Dabei drehte er das Glas in den Händen. »Ich bin nicht hier, um mich mit dir über meinen Zustand zu unterhalten.«

Er machte erneut eine Pause, und Johanna hielt automatisch die Luft an.

Er atmete tief durch. »Ich habe Flo gebeten, unsere Verabredung abzusagen, weil ich keinen blassen Schimmer habe, wie ich mit dir umgehen soll. Gut, ja, ich habe in den letzten Monaten gelernt, dass mich Schuldzuweisungen nicht weiterbringen, trotz allem frage ich mich, ob du das Ganze nicht hättest verhindern können. Ich weiß«, er fuhr sich mit einer Hand durch die Haare, »du kannst nichts dafür, aber versteh bitte, ich brauche Abstand.«

Johanna hatte sich vor diesem Moment gefürchtet, und trotzdem fühlte sie so etwas wie Erleichterung. So wenig, wie er mit ihr umgehen konnte, so wenig konnte sie mit ihm anfangen. Dazu waren sie zu gut befreundet gewesen.

Aber sie war traurig.
Sie hatte einen Freund verloren.

»Er macht also weiter?« Schenkenberg hatte die Fingerspitzen an die Lippen gelegt. Das fröhliche Glitzern war aus seinen Augen verschwunden und hatte einer tiefen Besorgnis Platz gemacht. »Ich habe nie verstanden, wie Menschen im Namen Gottes Kriege geführt haben und immer noch führen. Ich verstehe aber noch viel weniger, dass sie ihre Liebe zu Gott als Rechtfertigung für feigen, heimtückischen Mord hernehmen.«
»Unser Mann rechtfertigt sich nicht.« Johanna saß dem Pastor gegenüber. Sie merkte, wie er sich fühlte, und fragte sich, ob er nicht angesichts solcher Taten Gefahr lief, seinen Glauben an Gott zu verlieren. Religiöser Glaube war etwas, was sie nicht nachvollziehen konnte, sie hatte jedoch immer diejenigen beneidet, die sich ihren Glauben erhalten hatten. Was musste das für diese Menschen bedeuten, wenn sie ihre Religion und somit ihre Hoffnung verloren? Fast tat ihr der Seelsorger Leid.
Der Geistliche sah ihr in die Augen. »Das stimmt, er fühlt sich eher als Erlöser, aber macht das einen Unterschied?« Er seufzte tief und beantwortete seine Frage selbst. »Nein, wahrscheinlich nicht. Vielleicht sollten wir uns der hoffentlich letzten Botschaft widmen. Lassen Sie mich sehen, was schreibt er hier? *Denn die Finsternis vergeht, und das wahre Licht scheint jetzt.* Tja, wirklich nett. Hier hat er sich mal an den Originaltext gehalten.« Erklärend für Johanna setzte er hinzu: »Der erste Brief des Johannes, Kapitel 2, Vers 8. Hier geht es eigentlich nur um die Erkenntnis, dass Gott das Licht ist und dass es in ihm keine Spur der Finsternis gibt. Jeder, der Hass in sich trägt, lebt in der Finsternis. Wenn man im Licht lebt,

wird man durch das Blut befreit, das Jesus für jeden von uns vergossen hat. Aber nur dann.« Schenkenberg hob ermahnend den Finger. Um ein Haar hätte Johanna *Amen* gesagt.
»Es wird hier mehr als einmal deutlich gemacht, dass die Schuld vergeben ist. Danach sagt Johannes noch ein paar interessante Dinge, nämlich erstens, dass die jungen Leute den Satan besiegt haben und dass die Väter den erkannt haben, der von allem Anfang an da war. Zweitens erinnert er die Kinder daran, dass sie den Vater erkannt haben, und die Väter erinnert er daran, dass sie den kennen, der von Anfang an da war. Verwirrend, nicht wahr?«
»Ehrlich gesagt, habe ich keine Ahnung, wer hier wen kennt«, sie lächelte, »aber ich habe versucht, es mir so genau wie möglich aufzuschreiben.«
Schenkenberg lehnte sich nach vorn und faltete die Hände wieder auf dem Tisch. Die Bibel lag zugeklappt neben ihm.
»Wie ich schon beim letzten Mal erwähnt habe, erzählt unser Mann eine schöne Geschichte. Er verändert kurzerhand die Bibel für seine Zwecke. So schickt er niemanden aus, um böse Geister zu vertreiben, nein er macht sich selbst daran. Dann geht er einen Schritt weiter und bezeichnet sich als Retter, um schließlich im Lichte seines Vaters zu leben. Da haben Sie ein schönes Stück Arbeit am Hals.«
»Ja, das glaube ich auch.« Sie stand auf.
Schenkenberg erhob sich ebenfalls. »Fast hätte ich gesagt, bis zum nächsten Mal. Ich kann allerdings nur hoffen, dass unser nächstes Treffen unter einem glücklicheren Stern steht.«
Johanna lächelte schwach. »Das tue ich auch.« Sie drehte sich um und ging zur Tür.
»Frau Dr. Jensen?«
Sie drehte sich um.

»Eine Frage habe ich noch. Wie können Sie als Psychologin Verständnis für diese Menschen aufbringen? Ich meine, wie können Sie vor Gericht gehen und deren Unzurechnungsfähigkeit bescheinigen? Sie bewahren sie damit möglicherweise vor dem Gefängnis und somit vor der gerechten Strafe. Wie schaffen Sie das?«

Johanna hatte mit einer solchen Frage nicht gerechnet, zumindest nicht von einem Mann Gottes.

»Zum einen ist dies überhaupt nicht meine Aufgabe. Ich versuche, die Täter zu durchschauen, um sie zu überführen, und zum anderen frage ich Sie«, sie rieb sich die Nase, »geht die Mutter Kirche nicht noch einen Schritt weiter? Wie kann die Kirche solchen Menschen Vergebung zuteil werden lassen?«

Schenkenberg schüttelte den Kopf. »Nicht wir verzeihen, sondern Gott vergibt ihnen ihre Sünden.«

»Dann, bitte entschuldigen Sie meine Respektlosigkeit, macht Gott einen Denkfehler.«

Es war kalt draußen. Der Wind hatte aufgefrischt, und sie klappte den Kragen ihres Mantels hoch. Sie hatte ihre Handschuhe vergessen, und als das Handy klingelte, fischte sie es mit steifen Fingern aus der Handtasche. Sie drückte auf eine Taste und legte das Telefon ans Ohr.

»Hallo?«

»Wo zum Henker steckst du?« Es war unverkennbar Svens Stimme. Er klang nicht ärgerlich, eher fröhlich. *Aufgeräumt* wäre das bessere Wort, dachte sie. Ein blöder Begriff, aber er passte wie die Faust aufs Auge. Ärger stieg in ihr hoch. Neidisch dachte sie daran, dass er genauso wenig geschlafen hatte wie sie und trotz allem noch frisch und munter wirkte. Zumindest der Stimme nach.

Sie seufzte. Anscheinend konnte sie sich das frühe Zubettgehen aus dem Kopf schlagen. »Ich bin in der Nähe des Büros. Ich komme gerade von Schenkenberg. Ist was?«

»Könntest du kurz bei mir reinschauen? Wir haben den Zuhälter von der Lang ausfindig gemacht. Er sitzt hier auf dem Flur und wartet.«

Johanna überlegte nicht lange. Das wollte sie unter keinen Umständen verpassen. Und sei es nur, weil sie noch nie einem Zuhälter von Angesicht zu Angesicht gegenübergestanden hatte. Der Platz, auf dem die Polizeischüler sich jeden Morgen von ihren Ausbildern nach militärischer Manier anschreien lassen mussten, war nicht gestreut, so dass Johanna mit der überfrierenden Nässe zu kämpfen hatte. Ein paarmal rutschte sie aus, fing sich jedoch wieder. Ein gebrochenes Bein war das Letzte, was sie jetzt gebrauchen konnte. Fluchend erreichte sie, kaum zehn Minuten, nachdem Sven sie angerufen hatte, sein Büro. Sie war ein wenig außer Puste, denn das Polizeigelände, auf dem auch Schenkenberg sein Büro hatte, war weitläufig, doch zumindest hatte sie es unversehrt bis hierher geschafft.

»Bist du gejoggt?«

»Nein, nicht wirklich. Wenn ich ehrlich bin, verabscheue ich jegliche sportliche Betätigung.« Für einen Moment erschien Markus vor ihrem geistigen Auge. Er hatte bis zu seiner Geiselnahme so ziemlich jede Sportart betrieben, die zu der jeweiligen Zeit hip war.

»Wo ist er?«

»Im Warteraum für Besucher.« Sven machte eine vage Handbewegung in Richtung des Flures, aus dem sie gerade gekommen war.

»Und?«

»Und was?« Er sah sie erstaunt an.

»Meinst du, er hat was damit zu tun?«
»Woher soll ich das wissen?« Er zuckte mit den Schultern und zog die Mundwinkel nach unten. »Wir haben ihn gerade erst aufgetrieben. Seine Anschrift haben wir in einem Adressbuch gefunden, das die Lang in ihrer Handtasche hatte.«
»Wie geht es ihm?«
Sven lächelte. »Na, was meinst du? Wenn du glaubst, du siehst dich einem gramgebeugten, trauernden Mann gegenüber, dann irrst du dich gewaltig. Vergiss nicht, in dieser Beziehung ist es nur ums Geld gegangen. Komm schon, und versuch bitte, nicht allzu viel Mitleid aufzubringen, okay?« Er knuffte sie freundschaftlich in die Seite.
Johanna spürte, wie sie rot wurde. Mitunter gab er ihr das Gefühl, sie sei von einer geradezu sträflichen Naivität beseelt, schließlich hatte sie noch nie mit solchen Leuten zu tun gehabt. Sie stutzte innerlich. Was hieß hier eigentlich »solche Leute«? Mitunter dachte sie wie ihre Mutter. Immerhin handelte es sich hier um normale Menschen, nicht um Affen in einem Zoo oder um Attraktionen wie die Frau ohne Unterleib in einem Zirkus. Sie schüttelte sich. Vorurteile und Vorbehalte waren schneller aufgebaut, als man dachte. Sie verachtete solche Verhaltensweisen, ertappte sich aber selbst manchmal dabei. Trotz allem verspürte sie eine gewisse Unsicherheit, wenn sie sich vergegenwärtigte, gleich einem Menschen gegenüberzutreten, der sein Geld damit verdiente, dass er Frauen dazu zwang, sich zu prostituieren. Sie war richtiggehend angeekelt, wenn sie daran dachte, dass sie gleich einem Mann gegenübersitzen würde, der keinerlei Respekt für diese Frauen aufbrachte, der höchstens das Geld anbetete, das die Freier zahlten.
»Ja, ja, schon gut«, murmelte sie, ängstlich darauf bedacht, dass Sven ihre Unsicherheit nicht bemerkte.

Gemeinsam gingen sie ins Vernehmungszimmer, das Johanna schon gut bekannt war. Auf dem, wie die Psychologin es nannte, »Delinquentenstuhl« saß ein Mann. Sie wusste nicht genau, wie sie sich einen Zuhälter vorgestellt hatte, doch so bestimmt nicht. Im ersten Moment hatte sie an Goldkettchen und Dauerwelle gedacht, an schreiend bunte Hemden und ein brutales Gesicht, in dem die Dummheit wie ein Feuermal geschrieben stand, aber der Mann hier sah völlig anders aus. Er war Mitte bis Ende dreißig und wirkte sehr gepflegt. Er trug einen teuren silberfarbenen Anzug, Johanna glaubte, dass es sich um Armani handelte, und ein hellblaues Hemd. Die Krawatte hatte ein lustiges Mickey-Maus-Muster, und das dunkelblonde Haar war kurz geschnitten.

Als die beiden eintraten, stand er auf und schloss einen Knopf seines Jacketts.

»Herr Hartmann, mein Name ist Diekmann, das ist Frau Dr. Jensen.« Sven zeigte mit der Hand in Johannas Richtung.

Michael Hartmann wandte sich von Sven ab und gab ihr die Hand. Sie bemerkte seine gepflegten manikürten Hände. Alles in allem wirkte er wie ein Jungmanager. Er lächelte sie höflich an. »Doktor?«

»Ich bin Polizeipsychologin.«

Er hob die Augenbrauen zum Zeichen, dass er beeindruckt war, und wandte sich dann Sven zu. Keiner der beiden machte Anstalten, einander die Hand zu geben. Obwohl sie sich nicht kannten, glaubten sie zu wissen, was sie voneinander zu halten hatten.

Johanna war fasziniert von dem Benehmen der beiden Männer und fragte sich, ob das allein an der Tatsache lag, dass der eine Polizist war und der andere all das repräsentierte, was Recht und Ordnung zuwiderlief, oder ob so etwas wie Rivalität zwischen

beiden aufflackerte. Eine Rivalität, die sich allein aus der Tatsache ergab, dass sie beide Männer waren.
Michael Hartmann öffnete den Jackettknopf wieder und setzte sich hin. Er legte seine gefalteten Hände auf die übereinander geschlagenen Oberschenkel und wartete geduldig, dass Sven mit der Befragung begann. Johanna nahm ein wenig abseits Platz, und Sven ließ sich am Tisch nieder. Er klappte seine Mappe auf und suchte darin herum. Johanna war sich sicher, dass er nichts suchen musste und dass er genau wusste, was er fragen wollte. Erstaunt stellte sie fest, dass er nichts anderes tat, als sein Revier zu markieren. Zu zeigen, wer hier der Herr im Haus war. Fast wie ein Hund, der an einen Baum pinkelt, dachte Johanna belustigt.
»Herr Hartmann, ich bin sicher, Sie wissen, warum wir Sie hergebeten haben?« Sven wirkte völlig entspannt und seine Stimme klang leicht gelangweilt.
Hartmann nickte. »Man hat Monika ermordet, und Sie wollen von mir wissen, ob ich es war, richtig?«
»Ich möchte wissen, wo Sie sich zur Tatzeit aufgehalten haben.«
»Wenn Sie mir die Tatzeit nennen, sehe ich keinen Grund, es Ihnen vorzuenthalten.«
»Gut. Sehr schön. Also, wo waren Sie vergangene Nacht?«
»Zu Hause.«
»Gibt es dafür Zeugen?«
Hartmann schüttelte den Kopf. »Ich bedauere, nein. Ich war allein, und ich schätze, das Herunterbeten des Fernsehprogramms wird mir nicht viel nützen?«
Sven ging nicht auf den Plauderton ein. »Wann haben Sie Frau Lang das letzte Mal gesehen?«
Hartmann legte den Kopf in den Nacken und sah an die Zimmerdecke. Er schien wirklich zu überlegen. »Lassen Sie mich

nachdenken. Das muss ungefähr vier oder fünf Wochen her sein. Wir haben zusammen im Hotel *Elyssee* gegessen.«
»Vier oder fünf Wochen?« Sven rutschte auf seinem Stuhl nach vorn und stützte die Ellenbogen auf dem Tisch, der ihn von Hartmann trennte.
»Ich denke, Sie waren ihr Zuhälter? Trifft man sich da nicht zwischendurch, um sagen wir mal, abzurechnen?« Er betonte das letzte Wort, als genösse er jede einzelne Silbe.
Hartmann redete nun ebenfalls betont langsam. »Monika war freischaffend. Es stimmt, vor Jahren hat sie mal für mich gearbeitet, aber das ist vorbei. Ich habe mich aus diesem Metier zurückgezogen, und Monika hat beschlossen, auf eigene Rechnung zu arbeiten. Wir haben unsere Geschäftsbeziehung in beiderseitigem Einvernehmen beendet und sind gute Freunde geblieben.«
»Ach, wirklich?« Sven lächelte das erste Mal während dieses Gespräches, und seine Miene troff nur so vor Sarkasmus.
»Wissen Sie, warum ich ohne Anwalt hergekommen bin? Weil ich ein reines Gewissen habe. Mir ist es, ehrlich gesagt, ziemlich egal, ob Sie mir glauben oder nicht, denn wenn Sie es nicht tun, müssen Sie mir erst einmal beweisen, dass ich gelogen habe. Ich bin aus freien Stücken hier, vergessen Sie das nicht.«
Hartmann war ruhig geblieben, aber er wirkte jetzt nicht mehr so freundlich. Johanna stellte erstaunt fest, dass er grüne Augen hatte. Sie kannte eigentlich niemanden, der grüne Augen hatte.
Für einen Moment war die Stimmung in dem kleinen Raum zum Zerreißen gespannt. Fast befürchtete Johanna, Sven könnte aufspringen und den Tisch umwerfen, doch zu ihrer Überraschung hatte er sich schnell gefangen, und nichts dergleichen geschah. Vielleicht hatte sie auch nur eine zu rege Fantasie.
»Also gut. Haben Sie in letzter Zeit mit ihr telefoniert?« Die Feindseligkeit hatte er nicht abgelegt, aber er wusste, dass

Hartmann Recht hatte und jederzeit gehen konnte. Käme es allerdings zu größeren Spannungen, dann sagte er womöglich gar nichts mehr und wäre mit Sicherheit nicht so kooperativ wie bisher. Sven sah wohl ein, dass er sich das zum gegenwärtigen Zeitpunkt nicht erlauben durfte.

»Ja, ziemlich oft sogar.«

»War sie anders als sonst? War sie nervös?«

»Nein, überhaupt nicht. Sie hat ganz konkret davon gesprochen, aufzuhören, und sogar überlegt, auszuwandern. Aber das sollte erst in ein oder zwei Jahren akut werden.«

»Sie hat also nichts davon erwähnt, dass sie Angst hatte oder bedroht wurde?«

»Nein.«

»Kannten Sie ihre Freier?«

»Nein. Betriebsgeheimnis, schätze ich.« Hartmann lachte, wie über einen guten Witz.

Johanna war fast versucht mitzulachen, wusste aber, dass Sven sie dafür erwürgen würde.

»Sagt Ihnen der Name Kausch etwas?«

»Ist das der Typ, der vor ihr ermordet wurde? Ich glaube, etwas darüber in der Zeitung gelesen zu haben.«

Sein Gesichtsausdruck war allenfalls interessiert. Schuld konnte Johanna nicht darin entdecken.

»Ja.«

»Nein. Ich habe aber auch nichts mit Kinderpornografie am Hut. Mit solchen Monstern, die sich an kleinen Kindern vergreifen, will ich nichts zu tun haben.«

Nachdem Hartmann gegangen war, herrschte Ruhe in dem kleinen Raum.

Er war während des gesamten Gespräches völlig unbefangen

gewesen, hatte keine Unsicherheit gezeigt. Die ganze Zeit über hatte er sich entspannt in seinem Stuhl zurückgelehnt und Sven offen angesehen. Der Leiter der Mordkommission hingegen wirkte nur mühsam beherrscht. Entweder war Hartmann geübt im Umgang mit Polizisten, oder er hatte wirklich ein reines Gewissen. Johanna war sich sicher, dass er nichts zu verbergen hatte, aber sie hütete sich, das Sven zu sagen. Sie hütete sich ohnehin, irgendetwas zu sagen.

Sie stand auf und trat an das kleine Fenster, das auf den Innenhof hinausging. Er sah aus wie ein kleiner Teich, der mit Kies aufgeschüttet und mit Wasser aufgefüllt worden war. Vereinzelt kämpften mühevoll ein paar Bambussträucher ums Überleben. Im Sommer war es ein Paradies für Mücken, im Winter war es einfach trostlos.

»Was hältst du von ihm?« Svens Stimme holte sie, wie so oft, schmerzhaft aus ihren Gedanken zurück.

Sie drehte sich um und lehnte sich gegen die Fensterbank. Die Handflächen legte sie flach auf das rissige, billige Holz. »Ich glaube ihm.«

»Ach, tatsächlich?« Seine Stimme war die gleiche, mit der er Hartmann gezeigt hatte, was er von seinen Äußerungen hielt. »Du bist also tatsächlich auf ihn reingefallen? Weil er sich dir gegenüber so vollendet benommen hat? Nicht zu fassen.« Er schnalzte mit der Zunge.

Johanna bemühte sich, ruhig zu bleiben. »Sven, überleg doch einmal. Warum sollte Hartmann Monika Lang umbringen?«

»Weil sie nicht mehr für ihn arbeiten wollte. Darum.«

»Das ergibt doch keinen Sinn. Zugegeben, wenn sie nicht mehr für ihn arbeiten wollte, hätte er eine Menge Geld verloren, aber was hätte er denn davon, sie zu töten? Rein finanziell hätte er keinerlei Vorteile.«

Diekmann funkelte Johanna finster an. »So blauäugig kannst du einfach nicht sein. Gewalt ist für Zuhälter kein Fremdwort, und sie setzen sie gezielt ein, um Frauen für sich arbeiten zu lassen. Prügel sind in diesem Gewerbe an der Tagesordnung.«
»Das mag ja alles ein, aber bringen sie die Frauen immer gleich um?«
»Ein Zuhälter kann es sich nicht erlauben, dass ihm die Prostituierten weglaufen. Wenn sie es doch tun, muss er ein Exempel statuieren. Nur so kann er vor anderen das Gesicht wahren.«
Johanna merkte, dass sie nicht zu ihm durchdringen konnte. Er war kaum zugänglich für logische Argumente. Trotz allem unternahm sie noch einen Versuch. »Warum hat er sie dann nicht umgebracht, gleich nachdem sie sich von ihm getrennt hat? Wieso erst jetzt?«
Sven lächelte grimmig. »Vielleicht hat sie sich gerade erst von ihm getrennt. Vielleicht hat er uns belogen, als er sagte, sie hätten seit längerem keine *geschäftlichen* Kontakte mehr. Wir haben für dies alles nur sein Wort, richtig?«
Sosehr es Johanna widerstrebte, in diesem einen Punkt hatte er Recht. Ein letztes Argument kam ihr in den Sinn.
»Denk an Kausch und Zenker. Die beiden passen deiner Theorie zufolge nicht ins Bild. Warum sollte ein Zuhälter, der sich lediglich an einer seiner Prostituierten rächen wollte, noch zwei weitere Morde an, sagen wir, Unbeteiligten begehen?« Er schwieg einen Moment, und diese Pause nutzte sie. »Du hast mich davor gewarnt, Emotionen ins Spiel zu bringen. Dabei hast du dich gerade aufgeführt wie ein pubertierender Jugendlicher, dem man seine Männlichkeit rauben will.« Den Vergleich mit dem pinkelnden Hund behielt sie wohlweislich für sich. Es hatte keinen Zweck, ihn mehr als unbedingt nötig zu reizen. Für einen Moment schien dies ein frommer Wunsch zu bleiben, denn er

funkelte sie erneut wütend an. »Ich glaube, dass du einen Sündebock suchst, und Hartmann kommt dir da gerade recht, zumal du ihn nicht ausstehen kannst.«
Er starrte sie noch einen Moment zornig an und drehte sich wieder weg, um die Unterlagen zusammenzupacken, die er vor sich ausgebreitet hatte.
»Schluss für heute. Mir reicht es.« Er durchmaß den Raum mit großen Schritten und riss die Tür auf. Sie konnte noch hören, wie er in sein Zimmer stapfte, und wartete auf das unvermeidliche Zuknallen seiner Tür, das jedoch ausblieb.
Es bestand also noch Hoffnung.

Auf Svens Wunsch hin hatte Johanna ihr provisorisches Büro in den Räumlichkeiten der Mordkommission wieder bezogen. Er hielt es für angenehmer, da sie in nächster Zeit sehr eng zusammenarbeiten würden. Insgeheim stimmte sie ihm zu, obwohl sie wusste, dass es für Sven bedeutete, jederzeit bei ihr hereinpoltern zu können. So wie jetzt.
»Du erinnerst dich an die beiden Männer auf der Beerdigung von Kausch?«
Johanna nickte.
»Der eine von ihnen war der Bestattungsunternehmer, der andere war wohl ein Bekannter des Toten.«
»Der Bestattungsunternehmer?« Johanna riss erstaunt die Augen auf. »Wollte er sichergehen, dass er sein Geld von den Hinterbliebenen erhält?«
»Pfui, du denkst ja noch schlechter von den Menschen als ich.« Sven kratzte sich am Kopf. »Das werden wir später klären. Wir suchen jetzt erst einmal den anderen auf.«
»Wir?«
»Du kommst mit. Bei der Gelegenheit können wir uns gleich

seine Wohnung ansehen. Vielleicht hast du da ja so etwas wie eine göttliche Eingebung.«

Sie waren die Hindenburgstraße entlanggefahren und hatten die City Nord hinter sich gelassen. Egal um welche Uhrzeit, die Straßen hier waren immer verstopft, und die paar Kilometer bis zu der Wohnung nach Horn, die ihr Ziel war, dauerte fast eine Stunde.
Johanna blätterte in dem kleinen Schnellhefter, den Sven ihr in die Hand gedrückt hatte. Sie las die Kurzbiografie, die mit einer Büroklammer auf der Innenseite befestigt war.
Karl-Heinz Wischnewski, neunundvierzig Jahre alt. Den Unterlagen zufolge wohnte er seit fast zwanzig Jahren in derselben Wohnung. Über das Einwohnermeldeamt hatten sie herausgefunden, dass er nicht nur unverheiratet war, sondern auch allein lebte.
Alles Informationen, die man bequem vom Schreibtisch aus in Erfahrung bringen konnte. Über die Person, über den Menschen Karl-Heinz Wischnewski, sagten sie allerdings so gut wie nichts aus.
Die Fahrt verlief schweigend, beide hingen ihren eigenen Gedanken nach. Dieser Teil von Hamburg war Johanna so gut wie unbekannt. Hier kam ihr so gut wie alles fremd vor, Vertrautheit mit diesem Teil der Stadt, in der sie wohnte, stellte sich nicht ein. Sie fühlte dieses Unbehagen, das sie immer befiel, wenn sie durch Teile von Hamburg fuhr, die ihr anders und bedrohlich vorkamen. Sie glaubte, dass man einen Stadtteil erst kannte, wenn man die Menschen verstand, die darin wohnten. Über die Menschen hier wusste sie nichts. Sie hatte den Eindruck, als befände sie sich im Feindesland.
Die Häuser wurden immer eintöniger, die Umgebung immer

grauer. Hier stand kein Baum, kein Busch. Das einzig Grüne waren Büschel von Unkraut, die sich ihren Weg durch den brüchigen Asphalt bahnten und anscheinend resistent gegen alle Umweltgifte waren, die konzentriert auf sie einwirkten.
Schließlich hielten sie vor einem dunkelroten Klinkerbau aus der Vorkriegszeit. Es war nicht einfach nur ein Haus, sondern ein ganzer Block, eine von diesen berüchtigten Mietskasernen, die sich endlos bis zum Horizont zu erstrecken schienen.
Der Horizont war in diesem Fall eine Kurve, hinter der sich, wie Johanna vermutete, das städtebauliche Elend weiter ausdehnte. Sie stiegen aus, und die Psychologin sah sich fröstelnd um. Das Gebäude war ein vierstöckiger, schmuckloser Klotz, der keinen Anspruch auf Schönheit erhob, sondern nur die Aufgabe hatte, Menschen zusammenzupferchen, die einander kaum noch kannten. Einige Fenster zeugten von den trotzigen Versuchen der Bewohner, diese Eintönigkeit mit hübschen Gardinen oder elektrischen blinkenden Kränzen zu durchbrechen, die gerade in der Vorweihnachtszeit sehr beliebt waren. Manche hatten Adventsschmuck vor die sauber geputzten Scheiben gehängt, aber selbst das vermochte die Trostlosigkeit nicht zu verdrängen. Jede Form von Individualismus wurde hier im Keim erstickt.
Die Haustür war, entgegen der Aufforderung auf einem kleinen Emailleschild, die Tür geschlossen zu halten, nur angelehnt, und sie betraten den Flur. Die Wände waren bedeckt mit kleinen, farblosen Kacheln, die dem Treppenhaus das Ambiente einer Bahnhofstoilette verliehen. Das Treppengeländer war schmucklos, nicht zu vergleichen mit den hübsch verzierten Handläufen, wie man sie in Jugendstilvillen in der Innenstadt fand, die Treppenstufen ausgetreten, wenn auch sauber. Kein Ton drang aus den Wohnungen. Johanna vermutete, dass die

meisten Bewohner zur Arbeit gegangen waren. Ihr fiel erst jetzt ein, dass sie möglicherweise niemanden antreffen würden. Langsam gingen sie in den dritten Stock und blieben vor einer Tür stehen, an der ein schmuckloses Plastikschild den Namen des Mieters verriet.

Sven klingelte und kratzte sich abwartend an der Nase. Mit schief gelegtem Kopf stand er da. Johanna wusste, dass er versuchte, Geräusche innerhalb der Wohnung auszumachen. Sie stand schräg hinter ihm. Plötzlich hörten sie ein Knarzen hinter der Tür. Es klang, als ob die alten Fußböden ächzten und stöhnten. Ein Schlüssel wurde im Schloss herumgedreht, und die Tür öffnete sich bei vorgelegter Sicherungskette einen Spaltbreit.

Sven hob den Kopf und schob ihn näher an die Tür. »Herr Wischnewski?«

»Ja?« Die Stimme wirkte dünn.

»Polizei.« Sven hielt dem Mann seine Kripomarke vors Gesicht. »Mein Name ist Diekmann, das ist Frau Dr. Jensen. Wir hätten Sie gern einen Moment gesprochen.«

»Worum geht es?« Die Stimme klang unsicher, wenn auch nicht abweisend.

»Es geht um die Ermordung von Herrn Kausch, den Sie ja gekannt haben, wenn ich mich nicht irre?« Sven hatte die Stimme ein wenig gehoben. Genug, um sicherzustellen, dass lauschenden Nachbarn der Grund ihrer Anwesenheit nicht entgehen würde.

»Moment.« Der Mann schloss die Tür, um hastig die Kette zu entfernen. Dann riss er die Tür weit auf und steckte den Kopf in den Hausflur. Mit einem schnellen Blick versicherte er sich, dass keiner der Nachbarn bereits im Treppenhaus stand und das Schauspiel beobachtete. Hastig trat er zurück in den Wohnungsflur und bedeutete den beiden Besuchern, herein-

zukommen. Kaum hatten Johanna und Sven einen Fuß in die Wohnung gesetzt, schloss er die Tür.
Der Mann war nicht groß, und seine spärlichen Haare waren mit etwas, was wie Gel aussah, nach hinten gekämmt. Sein Gesicht zierte eine gewaltige Brille mit dunklem Rand, wodurch seine Augen ungewöhnlich groß hinter den Gläsern wirkten. Er trug eine braune, abgetragene Hose und ein Hemd, das bis zum Hals geschlossen war. Johanna hasste so etwas aus tiefstem Herzen. Ihr kam es immer vor, als seien Menschen, die sich so anzogen, in höchstem Maße verklemmt. Gekrönt wurde sein Aufzug durch einen Pullunder, in dem die braune Farbe der Hose wiederzufinden war.
Alles in allem sah er aus wie eine Karikatur.
Er fuhr sich mit der einen Hand nervös über seine ölig glänzenden Haare und sah unsicher von einem zum anderen. Erst jetzt wurde ihm offenbar bewusst, dass er die beiden auffordern sollte, Platz zu nehmen, anstatt sie wie zwei Bittsteller im Flur stehen zu lassen, obwohl ihm das zweifelsohne lieber gewesen wäre.
»Kommen Sie doch bitte herein.« Er schob sich vorsichtig, immer darauf bedacht, keinen seiner Besucher zu berühren, an ihnen vorbei und ging auf ein Zimmer am Ende des schmalen Flures zu. Johanna und Sven folgten. Das alte, ausgetretene Linoleum quietschte unter ihren Schuhen. Hier und da lagen kleine, schlecht gemachte Perserimitate, die Wände waren mit altmodischen, mittlerweile vergilbten Strukturtapeten bedeckt. Wischnewski blieb mit hängenden Schultern im Wohnzimmer stehen und sah fast ängstlich auf die beiden Fremden in seiner Wohnung.
»Hier habe ich mit Mutti gelebt.« Er versuchte ein zaghaftes Lächeln, das jedoch sofort wieder erstarb.

»Ich meine ... mit meiner Mutter.«
»Lebt sie nicht mehr bei Ihnen?« Johanna nickte ihm freundlich zu. Sie sprach leise, fast flüsternd mit ihm, so als befürchte sie, jemanden in seiner Ruhe zu stören. Doch sie spürte, dass dies der einzige Weg war, Wischnewski seine Angst zu nehmen. Und dass er Angst hatte, konnte man förmlich riechen.
Sven hatte noch keinen Ton von sich gegeben. Er sah sich nur in dieser schmucklosen Wohnung um.
»Mei... meine ... Mutter ist gestorben. Vor einem Jahr schon.« Wischnewski beugte sich beim Sprechen vor, wie ein kleines Kind, das gerade ein Geheimnis verriet. Seine Antwort kam fast eifrig. Er hatte sich wohl dafür entschieden, Johanna als Gesprächspartnerin zu akzeptieren.
»Schön haben Sie es hier.« Die Psychologin sah sich anerkennend um.
Hier lag kein Linoleum, sondern ein alter brauner Nadelfilz, der weder Gemütlichkeit noch Wärme ausstrahlte. Die Möbel waren noch aus den fünfziger Jahren und machten den Bewohner älter, als er tatsächlich war. In der schmucklosen Schrankwand standen kleine, kitschige Porzellankatzen und Püppchen mit selbst gehäkelten Kleidern. Künstliche Blumen steckten in Zinnkrügen und mehrere Fotos streng blickender Altvorderen rundeten das Bild dieses Zimmers ab.
Die Couchgarnitur wirkte fast modern in diesem merkwürdigen Rahmen. Sie war aus braunem Cord und an den Armlehnen bereits durchgewetzt.
Alles in diesem Raum war entweder düster oder schäbig. Oder beides.
»Ich habe alles so gelassen, wie es war, als Mutti starb. Sie hätte es nicht anders gewollt.« Er knetete unablässig die Hände und machte nun einen Schritt vorwärts.

»Bitte setzen Sie sich doch.« Er wartete, bis seine Gäste auf dem Sofa saßen, und nahm selbst in einem der Sessel Platz. Allerdings blieb er auf der Kante hocken, um, wie es schien, immer zum Sprung bereit zu sein.

Sven beugte sich vor und kniff die Augen zusammen. Er faltete die Hände locker auf seinen Oberschenkeln und fixierte den Mann. »Herr Wischnewski, welcher Art war Ihre Bekanntschaft mit Herrn Kausch? Und bitte, Herr Wischnewski, keine Spielchen. Wir sollten keine Zeit vertrödeln. Also?«

Zunächst sah es so aus, als habe Wischnewski vorgehabt, seine Bekanntschaft mit dem Verstorbenen abzustreiten. Wahrscheinlich überlegte er nun, wie viel die Polizei tatsächlich wusste. Er befeuchtete seine spröden, aufgesprungenen Lippen und blickte zu Boden. Das Reiben seiner Hände hatte sich verstärkt. Johanna bemerkte, dass sie unnatürlich weiß waren. Sie wirkten wie Leichenhände. Spontan schüttelte sie sich innerlich.

»Wir … ha… haben in derselben Firma gearbeitet. Ich meine bevor … er, na ja, aufgehört hat. Ich bin da noch beschäftigt.«

»Als was, wenn ich fragen darf?« Aus Svens Stimme war eine Mischung aus Verachtung und Ekel herauszuhören.

»Ich … ich bin da Lagerarbeiter.«

»Und Herr Kausch?«

»Der war Fahrer.«

»Fahrer?« Svens Stimme klang ungläubig.

»Nun ja, so kleinere Fahrten, wissen Sie? Also Botengänge mit dem Auto, mehr so ein Mädchen für alles.«

Er hatte aufgehört, seine Hände zu kneten, und stattdessen angefangen, sich mit den Fingerspitzen hektisch über das Gesicht zu streichen. Er versuchte mehrmals, die Beine übereinander zu schlagen, überlegte es sich aber schließlich anders und

stellte sie, die Knie zusammengepresst wie eine alte Jungfer, nebeneinander fest auf den Boden.
Die Sonne hatte sich einen Weg durch die dicke Wolkendecke gebahnt und drang durch die Gardinen. Staub tanzte in den Sonnenstrahlen, die unwirklich und irgendwie künstlich aussahen. Johanna stand auf und ging ans Fenster. Mit einer Hand schob sie die Vorhänge auseinander und schaute nach draußen. Dicke graue Wolken hatten die paar Sonnenstrahlen im Würgegriff, um zu verhindern, dass sie die Oberhand gewannen. Sie sah, wie sich aus Richtung Osten eine weitere Schicht Regenwolken heranschob. Sekunden später erstarb das Sonnenlicht. Sie ließ die Hand sinken, und die Gardine schloss sich wieder.
»Inwieweit haben Sie privaten Umgang gepflegt?«
Johanna hörte Svens Stimme. Jedes Wort, das er an diesen Mann richtete, widerstrebte ihm augenscheinlich. Sie wandte sich wieder den beiden zu. Wischnewski drehte sich nach ihr um, bevor er antwortete. Es war, als suche er Schutz. Sie nickte ihm kaum merklich zu. Ein wenig beruhigt, konzentrierte er sich wieder auf Sven.
»Nun ... ich, puh, ich weiß wirklich ...« Er blies den Atem durch seine geblähten Backen und blickte nervös von einem zum anderen.
Svens Stimme klang gefährlich leise, als er den Mann unterbrach. »Herr Wischnewski! Unseren Informationen zufolge war Herr Kausch seit ungefähr drei Jahren arbeitslos. Wenn Sie also zu seiner Beerdigung gegangen sind, nehme ich an, dass Sie noch weiter Kontakt auf privater Basis gepflegt haben. Es ergibt für mich keinen Sinn, jemandem, den ich die letzten drei Jahre nicht gesehen habe, die letzte Ehre zu erweisen. Also, hören Sie auf mit Ihren Spielchen, ansonsten sehe ich mich

gezwungen, Sie zu unserer Dienststelle mitzunehmen, um dort eine offizielle Vernehmung durch die Staatsanwaltschaft durchzuführen.«

Wischnewski beugte sich weit über seine Knie und strich sich mit beiden Händen über den Schädel. Johanna hörte ihn schwer atmen. Er richtete sich langsam wieder auf und starrte unverwandt auf den Tisch vor sich.

»Wir hatten uns bei der Arbeit angefreundet und festgestellt, dass wir die gleichen Interessen hatten. Schon damals haben wir uns mitunter auf ein Bier getroffen.«

»Soso, gleiche Interessen. Verstehe.« Svens Stimme hatte einen bedrohlichen Unterton angenommen. »Und welcher Art waren diese Interessen?«

Johanna hasste Svens höhnische Art. Mitunter fragte sie sich, ob er überhaupt so etwas wie Respekt vor anderen Menschen kannte.

Wischnewski schwieg einen Moment. Es war klar, dass er nicht damit gerechnet hatte, eine Antwort auf diese Frage könnte von Interesse sein.

»Nun, wir … waren … in … ich meine, wir …«

»Sie wollen sagen, dass Sie beide Ihre Vorliebe für Kinder und Kinderpornografie geteilt haben. Ist es nicht so?«

Wischnewski zuckte zusammen. Er schien vor Johannas Augen zu schrumpfen.

»Nein, ich …«

»Herr Wischnewski? Dürfte ich bitte einmal Ihre Toilette benutzen?« Johannas Tonlage war unverändert. Sie lächelte den kleinen Mann freundlich an.

Wischnewski war offensichtlich dankbar für diese Unterbrechung und sprang hilfsbereit auf. »Ja, sicher. Wenn Sie den Flur hinuntergehen, ist es die letzte Tür auf der linken Seite.«

»Vielen Dank.« Sie nickte ihm zu, und er quittierte ihr Lächeln mit einem vertrauensseligen Blick, der unter anderen Umständen fast komisch gewirkt hätte.

Die Psychologin verließ das Wohnzimmer und lief den Flur entlang. Alle Räume gingen von der linken Seite ab, lediglich die Haustür lag auf der rechten.

Die Küchentür stand offen, und sie warf einen Blick hinein. Auch hier war die Einrichtung altmodisch. Die Schränke waren weiß lackiert und makellos sauber. An einem Schrank erkannte sie die Schubfächer für Mehl und Zucker, wie sie sie auch in der Küche ihrer Großmutter stets bewundert hatte. In diesem Umfeld wirkten sie fast steril. Nichts stand herum, alles lag ordentlich an seinem Platz. Unwillkürlich verglich sie diesen Raum mit dem Müllhaufen in Kauschs Wohnung. Zumindest was Ordnung und Sauberkeit anging, unterschieden sich die beiden Männer wie Tag und Nacht.

Die nächste Tür war verschlossen. Johanna öffnete sie leise, aus Angst, dass sie knarren könnte. Die Stimmen aus dem Wohnzimmer waren nur mehr ein Murmeln. Sie konnte gerade noch unterscheiden, wer von den beiden Männern sprach.

Sie betrat den Raum und stand in einem Schlafzimmer, das offensichtlich einmal einer Frau gehört hatte. Die schweren Möbel schienen den kleinen Raum fast zu erdrücken, besonders eine große Frisierkommode mit Glasplatte beherrschte das Ganze. Das Bett war nur auf einer Seite bezogen, und alles wirkte so, als kehre die Besucherin gleich vom Einkaufen zurück. Selbst ein kleiner Korb mit Lockenwicklern stand da, als seien diese Folterinstrumente weiblicher Schönheit noch in Gebrauch.

Johanna ging rückwärts aus dem Zimmer und drückte die Tür

leise ins Schloss. Nun hörte sie aus dem Wohnzimmer nur noch eine Stimme.
Sie schlich weiter den Flur entlang zu der Tür, die zwischen ihr und dem Badezimmer lag.
Das musste das Zimmer von Wischnewski sein. Dieses Mal vernahm sie beim Öffnen ein leises Knarren, und für einen Moment hielt sie die Luft an. Die Stimme aus dem Wohnzimmer war lauter geworden.
Sein Bett, es war nicht mehr als eine Schlafcouch, war in eine Ecke neben dem Fenster geschoben. Der Kleiderschrank stand genau hinter der Tür. Die Wände waren schmucklos, eine kleine Kommode befand sich dem Bett gegenüber. Wie auch in der übrigen Wohnung war alles in Ocker und Braun gehalten. Seufzend trat sie den Rückzug an. Sie wollte schon wieder ins Wohnzimmer zurückgehen, als ihr einfiel, dass sie eigentlich auf der Toilette sein sollte. Sie huschte ins Bad und sah sich kurz um. Klein, fast quadratisch und völlig unauffällig. Ein Badezimmer wie viele andere auch, aber eigentlich der einzige Raum in der Wohnung, der fast heiter wirkte. Johanna betätigte die Spülung und ließ den Wasserhahn kurz laufen.
Als sie das Bad verließ, schloss sie die Tür lauter, als es eigentlich nötig gewesen wäre, und ging zurück ins Wohnzimmer.
Wischnewski hockte nach wie vor auf der Sesselkante, Sven saß ihm mit noch verkniffenerem Gesicht gegenüber. Er sah hoch und erblickte Johanna. Nun schlug er sich mit beiden Händen auf die Oberschenkel und stand auf. Mit einer Hand fischte er aus der Innentasche seiner Jacke eine Visitenkarte, die er dem kleinen Mann in die Hand drückte.
»Gut, Herr Wischnewski. Hier haben Sie meine Telefonnummer. Wenn Ihnen noch etwas einfallen sollte, rufen Sie mich

bitte an.« Er drehte sich um und ging. Dabei legte er Johanna leicht die Hand auf den Rücken und schob sie energisch vor sich her in Richtung Wohnungstür.
Wischnewski rührte sich nicht. Er war offenkundig froh, die beiden endlich los zu sein.

»Was hast du herausgefunden?«
Sie schlängelten sich an den Häuserschluchten vorbei, und Sven versuchte, sich auf die Hammer Landstraße einzufädeln – um diese Zeit ein schier unmögliches Unterfangen.
»Ich wusste es. Er ist ein gottverdammter Pädophiler«, knurrte der Kommissar.
»Hat er es zugegeben?«
»Was? Den Mord?«
»Nein, dass er pädophil ist.«
Sven schnalzte verächtlich mit der Zunge. »Er wollte mir weismachen, dass er sich mit Kausch angefreundet hat und sich mit ihm, nachdem der die Firma verlassen hat, noch weiterhin privat getroffen hat. Sie haben zusammen das ein oder andere Bier getrunken und sind, stell dir vor, sogar Kegeln gegangen. Er hat davon gesprochen, dass sie gemeinsame Interessen entdeckt haben. Das glaube ich ihm gern.« Sven war wütend. Mittlerweile befanden sie sich auf der Hauptstraße und fuhren gemächlich in Richtung City Nord. Johanna bemerkte, wie es in ihm arbeitete. Sie beschloss, ihn für einen Moment in Ruhe zu lassen, und blickte aus dem Seitenfenster.
Die Häuserfassaden zogen langsam an ihr vorbei. Trostlose dunkle Löcher mit kleinen Fensterrahmen, die wegen des Lärmpegels dreifach verglast waren, blickten ihr entgegen. Als sie gezwungen waren, an einer roten Ampel zu halten, bemerkte sie eine alte Frau, die auf ein Kissen gestützt durch ein halb

geöffnetes Fenster nach draußen sah und interessiert das Treiben auf der Straße beobachtete.
Vielleicht war es ihre einzige Verbindung zur Außenwelt, vielleicht war es ihre einzige Abwechslung, aber auf jeden Fall war das ihr Leben.
Johanna schauderte. Als der Wagen wieder anfuhr, riss sie sich nur schwer von dem Anblick los.
Svens Stimme klang ruhiger, als er weiterredete. »Wischnewski hat von einer Kneipe auf St. Georg gesprochen, in der sie öfter waren. Das ist genau die Kneipe, in der Kausch angeblich die Brieftasche geklaut worden sein soll. Auf jeden Fall ist das der Laden, in dem sich die Strichjungen mit ihren Freiern herumtreiben. Sie hat den originellen Namen *Bei Willi*. Das ist wirklich unglaublich. Kannst du dich noch an dieses Lied von Peter Alexander erinnern? Ich meine das, in dem er die kleine Kneipe beschreibt. Wo das Leben noch lebenswert ist? Ob er dabei auch an solche Kneipen wie *Bei Willi* gedacht hat?« Er umfasste das Lenkrad fester.
Johanna konnte sehen, dass sein Blick immer verbissener wurde. »Idylle ist nicht für die Wirklichkeit gedacht. Deswegen breiten auch alle den Mantel des Schweigens darüber aus. Vielleicht heute mehr als zu früheren Zeiten.«
»Keine wirklich gute Erklärung, findest du nicht auch?«
Die Psychologin machte sich nicht die Mühe zu antworten, und auch Sven schwieg eine Weile. Sie schoben sich durch den Verkehr in Wandsbek, der aufgrund der Tatsache, dass hier eines der modernsten Einkaufszentren Hamburgs stand, immens war. Hier parkten die Fahrzeuge in zweiter, und wie es Johanna vorkam, auch in dritter Reihe.
»Was hast du so herausgefunden?« Als Sven das Gespräch wieder aufnahm, hatte sich seine Stimme ein wenig entspannt.

Sie sah ihn erstaunt an. »Wie meinst du das?«
»Du willst mir doch nicht weismachen, dass du tatsächlich zur Toilette wolltest. Du hast dir die Wohnung angesehen, oder? Ich hab dich schließlich nicht zum Spaß mitgenommen.«
Eigentlich hatte Diekmann geglaubt, Johanna mit dieser Bemerkung aus der Reserve zu locken, aber sie ging gar nicht darauf ein. Sie sah weiterhin auf die Menschenmassen, die sich beladen mit Tüten und Taschen aneinander vorbeidrängten. Es war ihr klar, dass das, was sie zu sagen hatte, nicht in Svens Ermittlungsschema passte.
»Was meint denn nun die Psychologin?«
»Auf den ersten Blick scheinen Kausch und Wischnewski kaum etwas gemeinsam zu haben.« Sie zögerte einen Moment.
»Und auf den zweiten Blick?«
Johanna seufzte. »Die Wohnung von Wischnewski ist noch genau so wie zu Lebzeiten seiner Mutter. In ihrem Schlafzimmer hat er alles unverändert gelassen. Es wirkt alles, als ob sie jeden Moment wiederkäme. Sein Zimmer sieht aus wie vor hundert Jahren. Ich bin sicher, dass sich in seinem Bereich seit seiner Jugendzeit nicht viel verändert hat.«
»Was hat das mit Kausch zu tun?«
Johanna fuhr unbeirrt fort, als hätte sie Svens Einwand gar nicht gehört. »Frau Wischnewski muss, zumindest was ihren Sohn anbelangt, eine sehr dominante Person gewesen sein. Wenn man das Alter des Juniors bedenkt, mutet es wie ein gestörtes Verhältnis zwischen Mutter und Sohn an. Ich hatte den Eindruck, als habe er fast ein wenig Angst vor seiner Mutter gehabt. Auf jeden Fall einen Heidenrespekt, der so weit geht, dass er selbst nach ihrem Tod nichts in der Wohnung verändern will.«
»Und?« Sven machte eine ungeduldige Handbewegung. »Komm zur Sache und rede nicht so viel um den heißen Brei herum.«

Sie hob den Zeigefinger und legte ihn sich an die Schläfe. »Erinnerst du dich, was die Schwester von Kausch gesagt hat? Ihren Angaben zufolge hat die alte Kausch ihren Sohn verprügelt und ihm, wie sie es so schön nannte, sein Ding abgeschrubbt. Auch hier haben wir Gewalt in der Beziehung zwischen Mutter und Sohn.«

»Wieso auch? Hast du Hinweise gefunden, dass die alte Wischnewski ihren Sohn geschlagen hat?«

»Mit Gewalt ist nicht automatisch körperliche Gewalt gemeint. Oftmals wirkt sich psychische Gewalt auf Kinder verheerender aus als körperliche Züchtigung. Wenn wir nun davon ausgehen, dass beide einer gewissen Gewalt durch die Mutter ausgesetzt waren, so erklärt das ihre Pädophilie. Ein gestörtes Verhältnis zur Mutter gepaart mit irgendeiner Art von brutaler Kontrolle ist ein guter Grund für Pädophilie.« Sie seufzte. »Doch darum geht es gar nicht. Ich will dir nur die Illusion rauben, dass du den Mörder gefunden hast.«

»Na ja, eigentlich war er ja eher jemand, von dem ich mir Informationen erhofft hatte, aber zum Schluss habe ich fast erwartet, dass er plötzlich gestehen würde, da er so einen verängstigten Eindruck machte«.

»Ja, sicher, seine Furcht hatte allerdings andere Gründe. Du hättest an seiner Stelle sicher auch Angst, entlarvt zu werden. Sieh mal, er ist zu keiner normalen sexuellen Beziehung fähig. Er vergreift sich an Kindern, die sich in schummrigen, düsteren Kneipen herumdrücken. Auf diese Weise beruhigt er sein schlechtes Gewissen. Natürlich weiß er, dass das, was er tut, Unrecht ist, aber das Wissen, dass es sich dabei um minderjährige männliche Prostituierte handelt, macht die ganze Sache für ihn wieder nicht so schlimm.«

»Was willst du mir jetzt damit sagen?«

Johanna hasste diesen Unterton, doch sie konnte es ihm nicht verdenken. Auch sie war von Ekel erfüllt. »Also hör mal, ich finde es ebenfalls eklig, wenn Kinder für vogelfrei erklärt werden und in ihrem Leben keine reelle Chance bekommen. Trotzdem will ich Wischnewski, und das ist dir offenbar entgangen, nicht verteidigen, sondern lediglich erklären, warum er so ist, wie er ist. Er wirkt sehr labil. Meiner Meinung nach braucht er stets jemanden, an dem er sich orientieren kann. Nachdem seine Mutter gestorben ist, hat er sich meines Erachtens Kausch noch enger angeschlossen, und wahrscheinlich immer genau das getan, was dieser von ihm verlangt hat. Er wird kaum eine Entscheidung allein getroffen haben. Selbst wenn er jemanden umbringen würde, dann mit Sicherheit nur im Affekt. Er wäre gar nicht in der Lage, einen Mord so kaltblütig zu planen und auszuführen, wie es in den Fällen Kausch, Lang und Zenker nun einmal gemacht worden ist. Er ist schlicht weg nicht in der Lage, sich Erwachsenen ohne Angst zu nähern. Deswegen drückt er sich ja auch mit Kindern in dunklen Ecken herum. Er würde höchstens aus Verzweiflung jemanden töten. Vielleicht sogar Kausch, dann aber hätte er ihn wahrscheinlich übel zugerichtet. Es wäre ein Mord im Affekt gewesen, bei dem er in einen regelrechten Blutrausch verfallen wäre. Davon abgesehen haben wir keinen Hinweis darauf, dass er auch Monika Lang oder Verena Zenker gekannt hat.« Sie seufzte. »Er hat bisher ein Leben in Unterdrückung geführt. Er hätte nie den Mut aufgebracht, sich diesen drei Menschen zu nähern, um sie auf besagte Weise töten. Sie passen einfach nicht in sein Beuteschema«, schloss sie ihre Ausführungen.

Sie hatte sich schon gewundert, dass Sven ihre Erklärungen nicht unterbrochen hatte und sie einfach hatte reden lassen. Schließlich hielt er im Allgemeinen nicht sehr viel von dem, was sie zu sagen hatte. Es war ihm zu schulmeisterhaft. Seines

Erachtens nach war sie gerade gut genug, um die Presse ruhig zu stellen. Eine Person mit Doktortitel auf dem Podium einer Pressekonferenz machte sich immer gut, vor allen Dingen dann, wenn sie wichtigtuerisch mit Fremdwörtern wie mit Konfetti um sich warf und wissenschaftliche Erklärungen abgab, die sowieso niemand verstand. Na ja, zugegeben, das war ein wenig übertrieben. Diekmann schätzte ihre Arbeit schon, dennoch war es merkwürdig, dass er sie in diesem Fall nicht nur duldete, sondern sie sogar um Hilfe gebeten hatte. Sie stülpte die Unter- über die Oberlippe und wartete auf seine Reaktion.

Er ließ sich nicht lange bitten. »Wäre ja auch zu schön und zu einfach gewesen, aber du hast Recht, ich sehe das genauso.«

Sie näherten sich dem Stadtpark, und Johanna konnte schon einzelne Teile des neuen Präsidiums erkennen, das hier und da zwischen den Häuserschluchten der Wohnungsgenossenschaften und den Glaspalästen der großen Firmen aufblitzte.

Sie schwiegen eine Weile. Es war alles gesagt, und keiner hatte das Bedürfnis, sich einer normalen Konversation hinzugeben.

Sie bogen in die Hindenburgstraße ein, und nur noch wenige Meter trennten sie vom Polizeigebäude, das nun hoch vor ihnen aufragte.

»Ich werde mich morgen mal in diese Kneipe begeben, in der die beiden sich herumgetrieben haben. Vielleicht kann ich da etwas herausfinden. Nehmen wir mal an, dass der Mörder Kausch gefolgt ist, dann gibt es möglicherweise jemanden, der ihn dabei beobachtet hat.«

»Glaubst du, dass du etwas aus diesen Leuten herausbekommst? Schließlich dürften das alles recht lichtscheue Gestalten sein, die sich da herumdrücken.«

»Einen Versuch ist es allemal wert.«

Die Dusche und der anschließende starke Kaffee weckten sie endgültig auf. Sie hatte zwar gut geschlafen, aber der Fall machte ihr doch mehr zu schaffen, als sie gedacht hatte. Der Schlaf stellte sich abends immer nur zögernd ein, und meist schlug sie morgens die Augen auf, noch bevor der Wecker klingelte.
Sie entwarf haltlose Theorien, die sie schnell wieder verwarf, sah ihre Notizen durch und las sogar in der Bibel, in der Hoffnung, dort irgendwo einen Hinweis zu finden. Heute jedoch hatte sie beschlossen, sich eine Auszeit zu nehmen und jeden Gedanken an die Arbeit zu verdrängen.
Sie wollte etwas tun, was vollkommen nutzlos war und zugleich ihr Ego ein wenig streichelte. Sie hatte beschlossen, shoppen zu gehen.
In der hellen Wintersonne verblassten sogar die Bilder in ihrem Kopf, und so zog sie sich an und ging aus dem Haus. Kurz entschlossen fuhr sie mit dem Wagen bis zum Blankeneser Bahnhof.
In eine dicke Pelzjacke gehüllt, stapfte sie durch den Schnee in Richtung Einkaufsstraße. Hier gab es eine Vielzahl von schicken und vor allen Dingen teuren Boutiquen, und da sie beschlossen hatte, sich etwas Besonderes zu leisten, war dieser Ort genau der richtige.
Sie hatte zwar keine Ahnung, wann sie ausgefallene Kleidung tragen sollte, aber daran wollte sie jetzt keinen Gedanken verschwenden. Irgendwann würde sich dafür schon eine Gelegenheit ergeben.
Ihr fiel Flo ein, der stets gut gekleidet war und neben dem sie sich immer vorkam wie Aschenputtel. Flo mit seinen Seidengewändern und dem dezenten Hauch von Make-up.
Schon als Mädchen hatte Johanna nie das passende weibliche Outfit gefunden. Eine Tatsache, die sie von Anfang an belastet

hatte. Immer wenn sie etwas trug, das sie schick fand, war es garantiert schon wieder aus der Mode, und sie musste den Spott der anderen Mädchen über sich ergehen lassen.

Gegen Mittag machte sie eine Pause und setzte sich, beladen mit zwei Einkaufstaschen von *Cherie* und einer kleinen Tüte von *Douglas,* in ein Café mit großem Panoramafenster. Sie bestellte sich einen Cappuccino und verfolgte das bunte Treiben auf der Straße. Heute war Markttag, und ganze Familien pilgerten auf der Suche nach Schnäppchen und Nahrungsmitteln über den weiten Marktplatz, der sich nun, voll gestellt mit den zahllosen Verkaufswagen, eher klein ausnahm.

Ihr kam ihre eigene Kindheit in den Sinn, als es solche Familienaktivitäten nicht gegeben hatte. Ihre Mutter hatte derartige Exkursionen als »gewöhnlich« abgelehnt. Hier sah sie nun Väter, die ihre Sprösslinge auf den Schultern trugen, Mütter, die Kinderwagen vor sich herschoben, und Marktschreier, die ihre Ware anboten.

Irgendjemand rempelte sie an, und als sie sich umdrehte, stellte sie fest, dass sich das Café langsam füllte. Sie bemerkte die Blicke einiger Gäste, die anscheinend versuchten, sie zu hypnotisieren, in der Hoffnung, dass sie endlich aufstand, um den Platz freizumachen. Sie tat den Leuten den Gefallen, stand auf und bezahlte am Tresen. Ein kurzer Seitenblick beim Hinausgehen zeigte ihr, dass der Tisch, an dem sie gesessen hatte, zum Zankapfel zweier Familien wurde.

Kaum wieder auf der Straße, wusste sie nichts mehr mit sich anzufangen, und fast automatisch lenkte sie ihre Schritte in Richtung Bahnhof. An der Kreuzung bog sie links ab, und kurz darauf stand sie vor Joachims Galerie.

Sie hatte ihn vor einigen Monaten bei Markus und Flo kennen gelernt. Er sah gut aus, war charmant, und er wusste um ihre desolate Situation mit Stefan. Sie war sich sicher, dass Joachim etwas von ihr wollte, mehr als sie ihm derzeit geben konnte. Trotz allem bewies er Geduld, und dafür war sie ihm sehr dankbar.

Als sie die Tür aufstieß, erklang ein kleines Glöckchen, das über der Tür befestigt war.

Joachim saß im hinteren Teil der großen Verkaufsfläche und blickte beim Klang der Glocke auf. Fast sofort verzog sich sein Gesicht zu einem liebevollen Lächeln. Er stand auf und eilte auf sie zu. Freundschaftlich nahm er sie in den Arm und drückte ihr einen Kuss auf die Wange.

»Johanna! Was treibt dich denn hierher?«

»Ich habe eine Menge Geld ausgegeben und dachte, ich könnte hier zum krönenden Abschluss einige intelligente Bemerkungen über Kunst loswerden, obwohl ich keine Ahnung habe, wie herum die Bilder, die du hier ausstellst, überhaupt aufgehängt werden.« Sie hob entschuldigend die Hände. Tatsächlich war sie entspannt und von den Anproben in den verschiedenen Geschäften ein bisschen müde. »Oder störe ich?«

»Natürlich nicht. Komm setz dich, willst du einen Kaffee?«

»Nein, ich fürchte, ich muss weniger von dem Zeug trinken. Wie wäre es mit einem Cappuccino?«

»Kommt sofort.«

Er nahm ihr die Tüten ab und lugte mit einem Auge hinein. »Darf man fragen, was da drin ist?«

Johanna lachte. »Klar. Heute habe ich mein Geld zum Fenster hinausgeworfen, noch dazu für Klamotten, die ich wahrscheinlich so schnell nicht brauche, auch wenn sie mir gut gefallen. Ich hatte einfach Lust dazu.«

Er nahm die Tüten in die eine Hand und griff mit der anderen nach ihrer Jacke.

»Komm, gehen wir nach hinten.«
Er ließ sie vorausgehen und bugsierte sie zu einem kleinen Tischchen, das man vom Eingang aus nicht sehen konnte.
»Cappuccino, richtig?« Er war schon auf dem Weg zu der kleinen Teeküche im hinteren Teil des Raumes.
»Genau.« Sie schlang die Arme um ihren Körper und schlenderte durch den Laden. Ein Bild fiel ihr ins Auge, das sie faszinierte. Sie betrachtete es eine Weile, und plötzlich stand Joachim wieder neben ihr.
»Gefällt es dir?«
»Ja, sehr.«
Es war auf den ersten Blick ein Durcheinander an Farben, wobei Lila vorherrschte. Auf den zweiten Blick fiel einem auf, dass alle Pinselstriche nach oben dünn ausliefen und die Farbe Lila, die Johanna eigentlich verabscheute, ganz wunderbar mit den grünen, gelben und roten Komponenten harmonierte.
»Es ist sehr schön. Es ist so warm. Auf mich wirkt es wie ein Kaminfeuer. Irgendwie beruhigend.«
Eine Zeit lang betrachteten sie gemeinsam das Bild.
Joachims Stimme klang sanft, als er weitersprach. »Hast du etwas von Markus gehört?«
»Hm.« Sie betrachtete das Bild weiterhin angestrengt. »Hab ich. Wir haben uns getroffen.«
Er nickte. »Und?«
Sie zuckte mit den Schultern. »Was soll ich sagen? Er will seine Ruhe, und er muss sich selbst erst einmal finden. Ich werde das wohl so akzeptieren.« Sie wollte Joachim nicht sagen, wie sehr sie sich das Ganze zu Herzen nahm.
»Er wird es schaffen, da bin ich mir sicher, und dann werdet auch ihr wieder einen Weg finden. Freundschaft ist nicht so einfach zu zerstören. Glaub mir.«

Sie fühlte seine Hand auf ihrem Arm, und für einen Moment kämpfte sie gegen die Tränen an. Die unbeschwerte Stimmung, in der sie noch vor wenigen Minuten gewesen war, war verschwunden. Doch sie hatte nicht vor, sich unterbuttern zu lassen. Sie straffte die Schultern und setzte eine fröhliche Miene auf.

»Was hältst du davon, wenn wir die nächsten Tage einmal schick essen gehen? Dann kann ich wenigstens meinen neuen teuren Fummel anziehen.«

Noch bevor Johanna am nächsten Morgen im Präsidium angekommen war, rief Sven sie an. Er hatte Neuigkeiten und wollte sie sofort sprechen. Der triumphierende Unterton in seiner Stimme war nicht zu überhören.

Offenbar gab es eine hoffnungsvolle Spur. Irgendetwas, was den Fall weiterbrachte.

Kaum war sie in seinem Büro, fing er auch schon an zu reden. Wie für ihn typisch, verzichtete er auf einen Morgengruß.

»Er war es. Ich bin sicher, er war es.«

»Wer?« Johanna stand für einen Moment reglos da. Sie hatte noch nicht einmal ihren Mantel ausgezogen. Sie ließ die Tasche von der Schulter gleiten und schlüpfte aus den Ärmeln ihres Mantels.

»Hartmann. Jetzt haben wir ihn.«

Johanna bemerkte das Glitzern in Svens Augen. Sie warf den Mantel über die Stuhllehne und setzte sich. »Hast du Beweise?«

»O ja, die habe ich. Ich habe seine Fingerabdrücke.« Er lief in seinem Büro ruhelos auf und ab. »Damit gehe ich zum Staatsanwalt und werde einen Durchsuchungsbeschluss bekommen. Das garantiere ich dir.« Er war vor seinem Fenster stehen geblieben

und schaute hinaus. »Ich habe das Schwein am Kanthaken, und das wird ihn teuer zu stehen kommen.«
Johanna holte tief Luft. »Was für Fingerabdrücke?«
Sven dreht sich zu ihr um und setzte sich ihr gegenüber. »Wir haben in der Wohnung der Lang Fingerabdrücke gefunden, die wir nicht zuordnen konnten. Als er hier war, habe ich ihm, während er gewartet hat, eine Tasse Kaffee bringen lassen. Die habe ich anschließend ins Labor geschickt, und siehe da: Die Abdrücke auf der Tasse waren identisch mit denen, die wir in Monika Langs Wohnung sichergestellt haben. Ich habe den Bericht gerade erst bekommen.« Er hob eine Mappe vom Tisch auf und wedelte damit in der Luft herum.
»Sven«, Johanna sah ihm eindringlich in die Augen, »das ist illegal, und das weißt du. Das weiß ja sogar ich als Psychologin.«
»Zumindest ist es ein Anfang.«
»Außerdem, was ist daran so merkwürdig, dass seine Fingerabdrücke in ihrer Wohnung sind? Immerhin hat er zugegeben, nach wie vor Kontakt zu Monika Lang zu haben. Warum soll er dann nicht auch in ihrer Wohnung gewesen sein?«
»Er hat nur gesagt, dass sie noch Kontakt haben. Er hat nicht gesagt, dass er in ihrer Wohnung war.«
»Du hast ihn auch nicht danach gefragt.« Sie streckte die Hand nach der Mappe aus, die er mittlerweile auf den Tisch geworfen hatte. »Darf ich mal?«
Er schob sie zu ihr hinüber. Johanna schlug sie auf und las ein paar Minuten darin. Als sie fertig war, schloss sie den Deckel mit einem leisen Seufzer. »Sven, hier steht nicht, wie alt die Abdrücke sind. Wenn ich hier lese, dass sie teilweise von anderen überlagert sind, dann können die wer weiß wie alt sein.«
Diekmann beugte sich über den Tisch und sah Johanna fest in

die Augen. Er wirkte zu allem entschlossen, um sie zu überzeugen.

»Johanna, reiß mir jetzt bitte nicht den Strohhalm weg, an den ich mich klammere. Denk lieber einmal nach. Zenker und Kausch haben extrem zurückgezogen gelebt. Beide hatten keine nennenswerten Kontakte, um nicht zu sagen, gar keine. Deshalb gibt es auch keine Verdächtigen in ihrem Umfeld. Das bedeutet, dass Hartmann derzeit unser einziger Verdächtiger ist. Davon abgesehen ist er kein unbeschriebenes Blatt. Er ist nicht nur wegen Förderung der Prostitution, sondern auch wegen schwerer Körperverletzung vorbestraft. Noch dazu, was ja wohl auch nicht ganz unwichtig ist, ist er kaltblütig und intelligent genug, um diese Taten zu planen und auszuführen.«

»Und das Motiv? Sven, erzähl mir jetzt bloß nicht, er hat die Lang auf diese Weise getötet, weil er sich an ihr rächen wollte. Und welchen Grund sollte er haben, Zenker und Kausch umzubringen? Meinst du nicht, dass du dich da ein wenig verrennst?«

Diekmann maß Johanna mit einem kalten Blick. »Ich verrenne mich keineswegs. Vielleicht verbeiße ich mich in diese Theorie, aber ich *verrenne* mich nicht. Ich habe keine Ahnung, welches Motiv er gehabt haben soll, auch die anderen beiden zu töten, aber das werde ich schon noch rausfinden. Es muss eine weitere Verbindung zwischen den dreien geben als die, dass sie alle straffällig geworden sind.«

»Dann muss Hartmann aber bibelfest sein.«

»Sehr witzig.«

»Nein, jetzt mal im Ernst. Du weißt doch, dass ich mit Schenkenberg gesprochen habe. Nach allem, was mir der Pastor erklärt hat, kennt sich der Täter in der Bibel gut aus, und sein religiöser Hintergrund ist unbestritten.«

»Johanna, du weißt doch gar nichts über Hartmanns Hintergrund. Vielleicht stammt er aus einem religiösen Elternhaus. Vielleicht war er als Kind Ministrant. Wundern würde es mich jedenfalls nicht. Es hat sogar mal eine Prostituierte gegeben, die vorher einer Berufung zur Nonne gefolgt war.«

Johanna sah ein, dass nichts Sven von seiner Meinung abbringen konnte. »Wie geht es jetzt weiter?«

»Ich habe Julika gebeten, dafür zu sorgen, dass sämtliche Unterlagen, Konten, Briefe, also alles, was wir bei den Opfern gefunden haben, noch einmal, und dieses Mal genauer, überprüft werden. Vielleicht haben sich doch alle gekannt, vielleicht ist Hartmann erpresst worden, vielleicht wurden irgendwelche Zahlungen geleistet. Ich weiß es nicht, aber ich werde es herausfinden.«

5

Sven Diekmann machte lediglich einen kurzen Abstecher ins Büro, um zu sehen, ob sich in der Zwischenzeit etwas getan hatte. Er hatte den halben Tag in der Gerichtsmedizin zugebracht und der Obduktion von Monika Lang beigewohnt.
Er war noch nicht lange genug bei der Mordkommission, um, wie andere Kollegen, den Obduktionsbericht zu lesen und bei der Lektüre wissend zu nicken. Für ihn waren das alles böhmische Dörfer, und so hatte er beschlossen, sich das Ganze von einem Experten direkt erklären zu lassen.
Manche Ausdrücke waren länger als sein Zeigefinger und bestanden aus einer Reihe Konsonanten, die man bestenfalls gurgeln konnte, aber Professor Reuschel, der Rechtsmediziner, hatte ihm noch während der Obduktion alles Wesentliche in verständlicher Form nahe gebracht.
Er würde sich wohl nie wirklich daran gewöhnen. Jedes Mal war es das Gleiche.
Schon beim Betreten des Gebäudes bekam er Schwierigkeiten beim Luftholen, so als würde sich eine Stahlklammer um seinen Hals legen. Er bemühte sich, durch den geöffneten Mund zu atmen, um sich so lange wie möglich diesen charakteristischen Geruch zu ersparen. Erst wenn Mund und Hals trocken wurden und er beim Schlucken das Gefühl hatte, als bestehe sein Hals aus Schmirgelpapier, machte er einige zaghafte Versuche, durch die Nase zu atmen. Nach einigen Zügen glaubte er, diese Mischung aus Raumdeodorant und leichtem Verwesungsgeruch nicht mehr wahrzunehmen. Andererseits fragte er sich, ob seine Fantasie ihm nicht einen Streich spielte und dieser

Geruch nur in seinem Kopf existierte. Auf jeden Fall befiel ihn jedes Mal, wenn er hier war, ein beklemmendes Gefühl, das auch von Trauer bestimmt war.

Schlimm genug, was den Menschen kurz vor ihrem Tod angetan wurde, aber was danach mit ihnen in den von Neonröhren ausgeleuchteten gekachelten Kellerräumen veranstaltet wurde, raubte ihnen noch den letzten Rest von Würde.

Vom Täter bereits zu Objekten degradiert, wurde hier aus der menschlichen Hülle ein Sammelsurium von Ergebnissen, Untersuchungen, Mutmaßungen.

Die Gerichtsmediziner schlachteten sie aus wie ausrangierte Autos, wogen sie wie ein Steak, und zu allem Übel wanderten Teile von ihnen in die Seminarräume der Universität, um Studenten die menschliche Anatomie näher zu bringen. Nicht zu vergessen die Sektionsassistenten, die ihr Butterbrot neben den Leichen auspackten und ihre Tageszeitungen auf den geschrubbten Stahltischen ausbreiteten.

Respekt suchte man hier vergebens. Zumindest empfand er es so.

Hier waren die Opfer lediglich eine Nummer, kaum mehr als ein Gegenstand. Wie sehr unterschied sich doch die Arbeit der Gerichtsmedizin von der bei ihm in der Mordkommission. Die Zielrichtung war die gleiche, zumindest fast, wenn man davon absah, dass die Ärzte, die hier im Verborgenen arbeiteten, der Wissenschaft dienten, und die Polizei die Aufklärung von Verbrechen vorantrieb. Auch wenn Sven sich nach fast fünfundzwanzig Dienstjahren an den Anblick von Leichen gewöhnt hatte, so dann nur vor dem Hintergrund, dass er sie »draußen«, also am Tatort, sah. Dort konnte er sich die Zeit nehmen, und sei es auch nur für einige Sekunden, Mitleid zu empfinden und Abschied zu nehmen. Er hatte sich zwar mittlerweile an den Anblick gewöhnt, besser als zu Anfang ging es ihm dabei allerdings trotzdem nicht.

Er war jedes Mal erstaunt, wie gelassen das Personal der Gerichtsmedizin auf geradezu ausgeweidete Leichen reagierte. Ihm selbst machten am meisten der geöffnete Magen- und Darmtrakt sowie aufgesägte Schädel zu schaffen. Auch wenn er jetzt nicht mehr würgte wie anfangs, bemühte er sich stets, durch den offenen Mund zu atmen.

Diekmann setzte sich an seinen Schreibtisch und seine Gedanken schweiften zu Johanna ab. Sie hatte ihm ein bisschen Leid getan.

Hätte er gewusst, dass sie vorher noch nie eine echte Leiche gesehen hatte, wäre er etwas zartfühlender gewesen. Ihre Reaktion, erst grün im Gesicht zu werden und sich dann zu übergeben, hatte ihr jedoch etwas Menschliches verliehen, das sie ansonsten versuchte, zumindest weitgehend, zu verbergen. Wenn er ehrlich war, so war sie schon um Längen zugänglicher geworden.

Als er sie als Häufchen Elend in diesem Hausflur gesehen hatte, hätte er sie am liebsten in den Arm genommen. Aber erstens hätte sie das mit Sicherheit falsch verstanden, und zweitens hatte er nicht die geringste Lust, im Zusammenhang mit ihrem Namen Stoff für Büroklatsch zu liefern.

Eine Affäre war schnell angedichtet, und er war altmodisch genug, um ihrer beider Ruf zumindest im Ansatz zu schützen.

Er musste über sich selbst lächeln. Noch vor ein paar Monaten wäre ihm ihr Ruf egal gewesen, aber sie hatte damals erstaunlich viel Mut gezeigt, und er hatte innerlich tatsächlich Hochachtung für sie entwickelt, obwohl sie in der Lage war, mühelos alle positiven Empfindungen, die man ihr gegenüber haben konnte, zu zerstören. Man durfte außerdem sicher sein, dass der Akt der Zerstörung ihrerseits nie lange auf sich warten ließ.

Heute Vormittag hatte er die Tatortfotos bekommen. Einen Satz für ihn selbst und einen für Johanna.
Es amüsierte ihn immer ein wenig, wie sie, mit einer Lupe bewaffnet, die Bilder vor sich auf dem Teppich ausgebreitet, auf allen vieren auf dem Boden herumkroch und jedes Bild genau untersuchte. Doch er musste zugeben, dass ihre Art der Spurensuche nicht ganz ohne Erfolg war.
Dieser Fall lag ihm schwer im Magen. Ein ungutes Gefühl machte sich in ihm breit. Eine Mischung aus Angst und dunkler Vorahnung, näher konnte er es nicht erklären.
Vielleicht lag es an den Ergebnissen der Obduktion. An etwas, was ihn erschreckt hatte. Der ganze Wahnsinn, der hinter den Taten steckte, trat voll zutage, und wenn es vorher noch Zweifel gegeben hatte, dann war jetzt endgültig klar, dass der Täter von allein nicht aufhören würde zu töten.
Vielleicht lag es jedoch auch daran, dass er bei ihrem letzten großen Fall fast einen seiner Leute verloren hatte. Eigentlich hätte er beinahe zwei verloren, wenn er Johanna zu »seinen Leuten« zählte.
Er hatte nie viel auf dunkle Vorahnungen gegeben, aber dieses Mal sah er das ein wenig anders. Es war wie ein Kloß in seinem Magen. Bei dem Gedanken, dass da draußen ein Irrer herumlief und Menschen bestialisch abschlachtete, wurde ihm schlecht und schwindlig zugleich.
Es war weniger der Druck der Öffentlichkeit und seiner Vorgesetzten, der auf ihm lastete, es war eher das Gefühl, mal wieder hinterherzuhinken, nicht zu wissen, was sein Gegenüber wusste.
Die Arbeit der Mordkommission war im Allgemeinen einfacher. Die Aufklärungsrate für Mord lag bei über neunzig Prozent und näherte sich immer mehr der 100-Prozent-Marke, doch bei

psychopathischen Serienmördern wie diesem hier, und er zweifelte keinen Augenblick daran, dass es sich bei dem Mörder um einen Psychopathen handelte, der mehr oder minder wahllos tötete, wusste man nie, woran man war.
Er riss sich von seinen Gedanken los und nahm seinen Mantel. Er hatte noch einiges zu erledigen.

Die Kneipe sah schon von außen so schmierig aus, dass Sven die Tür mit dem Ellenbogen aufstieß.
Aus der offenen Tür schlug ihm die unverwechselbare Mischung aus Alkoholdunst und kaltem Rauch entgegen. Aber auch noch etwas anderes lag in der Luft. Er war in seinem Berufsleben schon zu oft in solchen Kaschemmen gewesen, als dass er es nicht erkannt hätte. Es war eine Mischung aus Reinigungsmitteln, Erbrochenem und Urin.
Er musste an das englische Wort für Kneipe, *pub*, denken. Es hörte sich urig und ordentlich an. Wenn er in irgendwelchen Krimis las, dass der Held sich das soundsovielte Bier in einem Pub hinter die Binde kippte, hörte sich selbst der Betrunkenheitsgrad eines Quartalssäufers irgendwie sauber an.
Hier war jedenfalls nichts sauber.
»'s is geschloss'n.« Die Fenster der Kneipe waren mit dicken Decken verhüllt, so dass auch zu dieser Tageszeit schummriges Licht herrschte. Nachdem Svens Augen sich langsam an das Dunkel gewöhnt hatten, konnte er einen mageren Mann hinter der Theke ausmachen. Lange, schmierige Haare hingen ihm ins Gesicht, und in seinem einen Mundwinkel steckte eine Kippe, die dort wie festgewachsen aussah. Er polierte gerade ein Glas mit einem nicht ganz sauberen Lappen und musterte Sven aus zusammengekniffenen Augen. Ob er das tat, weil er mit dem durch die offene Tür einfallenden Licht nicht klarkam oder ob

das Teil seines ständig fiesen Gesichtsausdrucks war, vermochte Sven nicht zu beurteilen. Es war ihm auch egal. Der Typ war ihm sofort unsympathisch.
Ohne auf die Bemerkung zu achten, zückte er seinen Dienstausweis. »Polizei. Ich hab ein paar Fragen an Sie.«
»Ich weiß nichts.« Der Barmann, wahrscheinlich auch der Besitzer, drehte sich mit einem Knurren um und kümmerte sich nicht weiter um Sven.
»Sie wissen doch noch gar nicht, worum es geht.« Der Beamte machte eine Pause und blickte sich um. Der Laden war noch schmieriger, als er von außen ausgesehen hatte. »Es geht um Siegfried Kausch.«
»Kenn ich nich'.« Der Mann drehte sich nicht mal um und wischte jetzt mit demselben Lappen, mit dem er eben noch das Glas poliert hatte, über den Tresen. Er tat das nicht besonders sorgfältig, deshalb ging Sven davon aus, dass er einfach nur Zeit gewinnen wollte. Rasch zog er ein Bild aus der Tasche, das den toten Kausch zeigte. Aufgenommen in der Rechtsmedizin. Er warf das Bild auf den Tresen, wo es, wie es schien, kleben blieb.
»Hier, sehen Sie ihn sich an.«
Der Mann warf einen kurzen Blick auf das Bild, wohl um so etwas wie guten Willen zu zeigen, doch es reichte aus, um ihn kurz schlucken zu lassen. Eine Sekunde später hatte er sich wieder gefangen.
»Na, und wenn schon.«
»Also kennen Sie ihn?«
»Keine Ahnung, Mann. Ich kann nich' jeden hier kenn'.«
»Er war aber Stammgast bei Ihnen.«
»Un' woher woll'n Se dat wiss'n?« Der Barkeeper wischte sich nun mit dem Lappen, den er offenbar für alles verwendete, die Hände ab. Sein Mund hatte sich zu einer Art höhnischem

Grinsen verzogen. Die Kippe war verschwunden. Wo sie geblieben war, konnte Sven nicht sagen. Es hätte ihn nicht gewundert, wenn dieser Typ den Zigarettenstummel einfach hinuntergeschluckt hätte.

»Die Spurensicherung hat Ihre Telefonnummer bei ihm in der Wohnung gefunden.«

»Spurensicherung? Was soll dat denn nu wieder heiß'n?«

Sven zeigte mit dem Finger auf das Bild, das noch immer auf dem verdreckten Tresen lag. »Sie haben doch das Foto gesehen. Ihnen dürfte kaum entgangen sein, dass der abgebildete Mann tot ist.«

Der Wirt rieb sich noch immer unablässig die Finger an dem vor Dreck starrenden Tuch und fixierte Sven. Er wog offenbar ab, ob es in diesem Fall nicht schlauer wäre, mit der Polizei zusammenzuarbeiten.

»Was hat das mit mir zu tun?«

»Sie kennen ihn?«

Mehr als ein Grunzen gab der Mann nicht von sich.

Sven deutete das als Ja. »Wann haben Sie ihn zuletzt gesehen?«

»Is' schon 'n paar Woch'n her.«

»Und? War er allein? Hatte er mit jemandem Kontakt?«

Der Kneipier zögerte. »Na ja …«

Svens Tonfall wurde sarkastisch. »Haben Sie Schiss, dass ich Ihnen den Laden hier dichtmache, weil Sie minderjährige Strichjungen mit Alkohol versorgen und ansonsten Pädophile unterstützen?«

»He, he, Moment mal« Der Wirt beugte sich mit erhobener Hand ein wenig vor. Das erste Mal hatte sich Unsicherheit in seinen Blick geschlichen.

»Das hier«, Sven machte mit beiden Händen eine ausholende Geste, die den ganzen Raum umschloss, »ist doch ein beliebter

Treffpunkt für Kinderschänder, oder? Hier kann man sich mit den kleinen Jungen sehen lassen, die ansonsten draußen auf dem Bahnhof rumlungern und auf den nächsten Freier warten. Also: War Kausch allein, als er das letzte Mal hier war? Ich rate Ihnen dringend, die Wahrheit zu sagen.«

Die Mundwinkel des Mannes zeigten nun nach unten. Er wusste, wann er verloren hatte. »Also gut. Nein, Siegfried war nich' allein hier. Er hatte so 'nen Bengel bei sich. Einer von denen, die Sie mein'.«

»So, und wie hieß der?«

»Siggi. Ich denk mal, der hieß auch Siegfried oder so. Deswegen habe ich mir den Namen überhaupt gemerkt, weil der genauso hieß wie der Siggi Kausch.«

»Und? Sind die beiden auch gemeinsam wieder gegangen?«

»Nee, der Bengel war plötzlich wech, na ja, und als Siegfried zahl'n wollt', hat er gemerkt, dass seine Brieftasche wech war. War bestimmt der Stricher. Elendes Gesocks.«

Das Letzte hatte er mehr zu sich selbst gesagt. Verblüfft, aber auch angewidert, fragte sich Sven, wie dieser Menschenschlag so über andere urteilen konnte. Ein Phänomen. Solange man nach unten treten konnte, war man anderen überlegen.

»Und, war er es?«

Der andere Mann zuckte mit den Schultern. »Wer denn sonst?«

»Ja, wer denn sonst.« Sven verbarg nur mit Mühe seine Verachtung. »Hat Kausch das bei der Polizei angezeigt?«

»Keine Ahnung. Sie sind doch der Bulle, nich' ich. Sonst noch was? Hab zu tun.«

»Nein.« Sven wandte sich zum Gehen. »Und vielen Dank für Ihre intensive Mithilfe.«

Wieder auf der Straße, machte er sich im Geiste eine Notiz. Er konnte dem Mann kaum nachweisen, dass er Alkohol an Minderjährige ausschenkte und darüber hinaus einen Treffpunkt für Pädophile betrieb, denn er würde in Zukunft mit Sicherheit vorsichtig sein. Aber das Gesundheitsamt würde allein schon auf dem Tresen genug Bakterien finden, um den Laden wegen Herstellung biologischer Waffen zu schließen.

Es war schon dunkel, als er wieder im Büro ankam. Er sah auf seine Uhr. Es war gerade mal kurz nach vier am Nachmittag.
»Wo hast du dich denn den ganzen Tag herumgetrieben?«
Er blickte auf und sah sich Johanna gegenüber.
»Den Vormittag habe ich in der Rechtsmedizin verbracht, und bis eben war ich in der Stammkneipe von Kausch. Igitt, ich habe das Gefühl, ich muss erst einmal duschen. Der Schuppen war alles andere als sauber. Zu allem Überfluss ist es draußen so kalt, dass ich völlig durchgefroren bin.«
»Wie wäre es mit einem schönen heißen Tee und ein paar Keksen?«
Er sah sie erstaunt an. »Tee? Kekse? Was ist denn mit dir los?«
Johanna drehte sich um und ging in Richtung ihres Büros. Sven lief leicht verwirrt neben ihr her. »Ich bin auf der Suche nach einer Ersatzdroge, die mir besser bekommt als Kaffee, und die Kekse sind mein Zugeständnis an die Adventszeit.«
In ihrem Büro ließ sich Sven auf einen der freien Stühle fallen. Er streckte die Beine weit von sich und rieb sich die Augen.
»Erzähl. Was hast du herausgefunden?« Johanna setzte sich an ihren Schreibtisch und faltete die Hände auf der Tischplatte. Als ihr bewusst wurde, dass es aussah, als wolle sie eine therapeutische Sitzung abhalten, lehnte sie sich in ihrem Stuhl zurück.
Sven ließ die Hand sinken und sah sie aus müden Augen an. »Nicht viel. Der Kneipenwirt konnte oder wollte nichts sagen. Der Junge, mit dem Kausch in der Mordnacht da war, ist

plötzlich verschwunden und hat angeblich die Brieftasche von Kausch mitgehen lassen. Kausch hat das Ganze bei der örtlichen Polizeiwache angezeigt.«

»Dann wissen wir jetzt wenigstens, woher der Mörder die Anschrift hatte. Hat der Wirt dir gesagt, wie der Junge heißt?«

Diekmann nickte. »Der Barmann meinte, der Junge heiße Siggi. Er könne sich deswegen daran erinnern, weil sie Siegfried Kausch auch so nannten. Und jetzt zu der Obduktion von Monika Lang. Haarsträubend. Der Täter hat sie zunächst niedergeschlagen, um sie außer Gefecht zu setzen. Dann, so wie es aussieht, ans Bett gefesselt und sie schließlich verstümmelt. In diesem Fall heißt das ganz konkret: Er hat ihr die Vagina zugenäht.« Er sah, wie Johanna schluckte. »Sie haben auch Seifenreste in der Vagina gefunden. Also hat er sie wahrscheinlich vorher ausgewaschen. Dann hat er ihr die Kehle durchgeschnitten. Und was hast du so zu berichten?«

»Pastor Schenkenberg hat die Sprüche, die du bekommen hast, verifiziert. Es sind alles Sätze aus der Bibel und kurz gesagt: Unser Mann hält sich für Jesus, für den Messias. So wie es aussieht, mit der Mission, die Welt von allem Übel zu befreien. Er muss sich ziemlich gut in der Bibel auskennen. Das sind alles keine Sprüche, die einem einfallen, wenn man mal ein paar Stunden Konfirmandenunterricht genossen hat. Dass unser Täter das *Böse*, wie er glaubt, ausrotten will, ist ja wohl offensichtlich, wenn man sich die Verstümmelungen ansieht.« Sie hob die Hand. »Erstens: Verena Zenker. Als Mörderin der eigenen Kinder nimmt er ihr die Merkmale der Mutterschaft: die Brüste. Zweitens: Siegfried Kausch. Ihm als Kinderschänder schneidet er, wenn du so willst, das Tatwerkzeug ab, also den Penis. Und drittens: Der Prostituierten Monika Lang verstümmelt er die Vagina.«

»Entschuldigung, wenn ich störe.«
Sven drehte sich in seinem Stuhl herum. »Nein, Julika, Sie stören keineswegs. Was gibt es?«
»Sie hatten anscheinend den richtigen Riecher, Chef. Wir haben die Unterlagen und Konten der Opfer noch einmal genauestens überprüft.« Auch die junge Polizistin wirkte müde, hätte das jedoch nie zugegeben. »Bei Zenker und Kausch hat sich gar nichts ergeben. Verena Zenker konnte gerade eben ihre Rechnungen bezahlen, und das Konto von Kausch stand kurz vor der Sperrung. Bei Monika Lang ist uns dagegen etwas Interessantes aufgefallen.«
»Und?« Alle Müdigkeit war von Sven gewichen.
»Von ihrem Konto wurden 12.500 Euro überwiesen, und zwar vor zwei Monaten. Das Empfängerkonto gehört, nach den Angaben der Bank, einer Firma, genauer gesagt, einer GmbH in Gründung. Laut Handelsregister handelt es sich hierbei um die Firma *Love and Joy*. Diese Firma ist tatsächlich ein Hotel. Und es gibt nur zwei Gesellschafter, zu gleichen Teilen.«
Diekmann war aufgesprungen. »Lassen Sie mich raten. Hartmann und Lang.«
Julikas Lächeln wurde breiter. »Ganz genau. Die beiden waren dabei, ein Bordell zu eröffnen.«

Liebe Mutter,
ich muss dir etwas Wundervolles berichten.
Ich weiß, du wirst zu Anfang skeptisch sein, aber wenn ich dir alles erzählt habe, stimmst du mir vielleicht zu.
Ich hoffe es so sehr.
Ich kann hören, was du sagen willst, ich habe mich schon einmal getäuscht, damals bei dem Priester. Die Enttäuschung, der Schock, waren so groß, dass ich geglaubt habe,

es sei besser, die Suche aufzugeben. Aber dann, mit einem Mal, stand er vor mir, der perfekte Mensch. Der Mann, der die Liebe seines Sohnes verdient. Der Mann, der sich dem Kampf gegen das Böse verschrieben hat und der nicht eher ruht, bis er dem Guten die Gerechtigkeit zuteil werden lässt, die es verdient.

Er bringt das Licht in mir hervor und die Liebe, die ich verloren geglaubt habe.

Ich weiß, du wärst einverstanden. Du würdest verstehen, was ich in ihm, meinem Vater, sehe. Seine innere Schönheit, sein klarer, reiner Geist sind etwas, wofür es sich zu kämpfen lohnt.

Er gibt mir das, was ich mir immer erhofft habe. Ich weiß nun, dass auf der Erde der Heuchler zu viele sind, und fast fühle ich mich wie Noah, dem Gott eine zweite Chance gegeben hat.

Deine Stärke und Disziplin haben mir all die Jahre geholfen, nicht zu verzweifeln. Meine Gebete sind erhört worden, mein Flehen ist nicht verhallt. Ich sehe nun klar. Ich bin nicht mehr verblendet und ich verstehe, was du versucht hast mir beizubringen.

Bisher war es ein Leben ohne Licht, doch nun, da sich die Finsternis verzieht wie Nebel über dem Meer, bin ich von einer Erregung erfüllt, die mir trotz allem große Gelassenheit verleiht. Die Gelassenheit, die ich brauche, um meine Aufgabe an der Seite meines Vaters wahrzunehmen.

Du hast gut daran getan, mir auch die Schattenseiten aufzuzeigen, und wenn ich es damals auch nicht verstanden habe, so verstehe ich es heute umso mehr.

Ja, ich gebe zu, ich habe gezweifelt, aber der HERR hat mich auf dem rechten Weg wandeln lassen. ER hat mich nie im

Stich gelassen. ER hat mich geführt, selbst in tiefster Dunkelheit.
Im Vertrauen auf GOTT bin ich herangereift, und du hast mir beigebracht, die Liebe und die Kraft aufzubringen, derer es bedarf. Fast demütig, aber in tiefer Freude, senke ich mein Haupt.
Ich danke dir, Mutter.

Es war ziemlich lange her, dass er vor etwas wirklich Angst gehabt hatte. Eigentlich schon nicht mehr, seitdem er auf der Straße lebte, und das waren inzwischen immerhin fast zwei Jahre. Damals, als seine Mutter ihn ins Heim gesteckt hatte, hatte er es nicht lange ausgehalten, obwohl es ihm dort besser gegangen war als zu Hause. Trotz allem hatte er die nächstbeste Gelegenheit genutzt und war abgehauen. Die erste Zeit war schwer. Er hatte keinen Platz zum Schlafen und nichts zu essen. Mit dem bisschen Betteln hätte er sich nie im Leben über Wasser halten können.
Siggi zog an seiner Zigarette. Er hielt sie in der hohlen Hand, damit sie nicht nass wurde.
Er hatte von anderen Straßenkids gehört, dass man am Hauptbahnhof, direkt gegenüber von diesem tollen Hotel, wo die ganzen reichen Touristen abstiegen, gut leben könne. Er hatte immer gedacht, das sei nur was für Junkies, und eher zweifelnd war er hingegangen. Schon bald traf er Leute, die in einer ähnlichen Situation waren wie er. Einige waren drogenabhängig, andere soffen, aber alle hatten kein Zuhause. Es waren auch welche dabei, die sich einfach nur durchschlagen mussten, und an die hielt er sich. Er fand so etwas wie Freunde, obwohl er schnell spitzkriegte, dass es auf der Straße keine Freunde gab. Hier war jeder sich selbst der Nächste, doch

immerhin hatte er das Gefühl, nicht alleine zu sein, und so blieb er hier.

Er nahm noch einen letzten Zug von seiner Zigarette und schnippte sie dann weg. Er hatte schlecht gezielt, denn sie fiel nicht wie geplant in eine Pfütze, sondern blieb daneben liegen. Er sah, dass sie noch ein wenig vor sich hin glühte und qualmte, aber schließlich schaffte der feine Nieselregen es, sie zu löschen. Mit einem leisen Zischen erstarb sie. Er starrte sie noch einen Moment an, als erwarte er, dass sie wieder aufglühte, verlor dann allerdings das Interesse.

Hier am Bahnhof gab es immer Kerle, die einen Jungen suchten. Einige wollten nur eine schnelle Nummer in einer von diesen Absteigen. Sie zahlten recht gut, man konnte sich zumindest was zu essen kaufen, zum Schlafen ging er sowieso in eines der Abbruchhäuser. Andere hingegen nahmen die Jungen mit sich nach Hause und behielten sie einige Tage, mitunter auch mehrere Wochen bei sich. Sie bekamen etwas zu essen, oft auch saubere Kleidung und mussten bloß den Hintern hinhalten, wenn die Kerle das wollten. Zu Anfang hatte er noch ein bisschen geweint, aber nach einiger Zeit war es ihm egal, schließlich wollte er irgendwie überleben. Außerdem war er kein Kind mehr. Vor ein paar Wochen war er schließlich dreizehn geworden.

Ihm war es mittlerweile egal, wie alt er war. Wahrscheinlich würde er sowieso nicht besonders alt werden, wenn er auch hin und wieder träumte, zur Schule zu gehen, einen Job zu haben und in einem richtigen Haus zu wohnen. Aber das war Kinderkram, und wie gesagt, er war kein Kind mehr.

Er suchte in seinen Taschen nach einer weiteren Zigarette und fand auch eine. Sie war ein wenig zerdrückt, doch sie war trocken. Mit seinem Einwegfeuerzeug, auf das er sehr stolz

war – es war bunt mit lauter kleinen Delphinen darauf –, zündete er sie geschickt an. Dabei schützte er die Kippe mit der hohlen Hand vor dem Regen.
Was allerdings mit diesem Kerl passiert war, wusste er nicht. Er hatte einige Zeit bei ihm verbracht, in seiner Bude. Na ja, eher ein Saustall, aber warm und trocken, man durfte schließlich nicht wählerisch sein. Eines Abends waren sie in die Kneipe zu diesem Willi gegangen. Da war auch der andere Typ gewesen, der immer zu ihnen rübergeguckt hatte. Zuerst hatte er noch gedacht, der Kerl sei ein Bulle, aber dazu sah er viel zu jung und eigentlich auch zu nett aus. Irgendwie hatte er es trotzdem mit der Angst zu tun bekommen und war dann abgehauen.
Später war er zu diesem Arsch gegangen. Er war sicher, der Typ würde ihn wieder aufnehmen, immerhin brauchte er seinen Hintern, aber er machte nicht auf. Da war er eben wieder abgedampft. Einen Tag später hatte er dann gehört, dass sein »Gönner« tot sei. Irgendjemand hatte ihm endgültig das Gas abgedreht, diesem Schwein. Er war es jedenfalls nicht gewesen, doch das würde ihm sowieso niemand glauben. Also hielt er sich erst einmal versteckt. Wollte warten, bis Gras über die Sache gewachsen war.
Siggi zog die Jacke enger um seinen ausgemergelten Körper. Ihn fröstelte.

Nachdem Julika die neuesten Entwicklungen geschildert hatte, hatte Sven sich in sein Büro zurückgezogen und sich gemeinsam mit ihr die Akte des Handelsregisters angesehen. Für Johanna war das nicht von großem Interesse, daher bastelte sie derweil an einem Bericht über das Täterprofil. Allein das Nachschlagen in der Bibel kostete sie enorm viel Zeit.
»Hast du meinen Schlüsselbund gesehen?«

»Hä?« Johannas Kopf schoss hoch. Sie hatte Sven nicht gehört und war völlig in ihre Aufzeichnungen vertieft.
»Ob du meinen Schlüsselbund gesehen hast?«
»Äh … nicht, dass ich wüsste.« Sie sah sich irritiert in ihrem Zimmer um, als könne das besagte Teil dort liegen. »Wieso?«
Sven verdrehte die Augen. »Na, weil er weg ist. Ich habe keine Ahnung, wo ich ihn gelassen habe.«
»Hast du schon mal Julika gefragt?«
»Ausnahmsweise hat sie auch keine Ahnung. Sie meinte nur, ich solle langsam ein wenig ordentlicher werden, sie könne nicht den ganzen Tag damit zubringen, meine Sachen suchen zu helfen.«
Johanna kicherte. »Wie wahr. Was ist mit Martin? Der trägt dir doch ständig irgendwelche Dinge nach, die du irgendwo hast rumliegen lassen.«
»Der ist unterwegs. Er ist von der fixen Idee besessen, dass es noch irgendwo einen Zeugen geben muss, der mehr gesehen hat als die anderen.«
»Vielleicht sollten wir noch mal im Besprechungszimmer nachsehen. Möglicherweise hast du deinen Bund da liegen lassen.«
»Nein, da war ich auch schon. Vergiss es.«
»Welche Schlüssel waren denn dran?«
Sven überlegte kurz. »Haustür- und Wohnungsschlüssel, Büroschlüssel, Kellerschlüssel, Briefkasten … das Übliche eben. Aber das ist nicht ganz so wild. Ich habe noch einen Reserveschlüssel bei meiner Wohnungstür versteckt …«
Johanna unterbrach ihn schmunzelnd. »Unter dem Blumentopf.«
Er grinste zurück. Trotz allem konnte man die Anspannung, unter der er stand, erkennen. »Ja, so ungefähr. Na egal, wahrscheinlich liegt das Ding irgendwo auf meinem Schreibtisch unter irgendwelchen Aktendeckeln vergraben.«
»Ist dein Autoschlüssel auch dran?«

»Nein, den habe ich hier in der Hosentasche.« Er klopfte sich auf den Oberschenkel.
»Vielleicht im Auto?«
»Mal sehen.«

Es war ein verflucht langer Tag gewesen. Wenn er es genau betrachtete, waren die ganzen letzten Arbeitstage extrem lang gewesen. Er freute sich auf seinen Sessel, eine Dose Bier und irgendeine blödsinnige Sendung im Fernsehen, die ihm dabei half, sich zu entspannen.
Seine Augen brannten, und er hatte Mühe, sich auf den Straßenverkehr zu konzentrieren. Mehr als nur einmal war es anderen Autofahrern zu verdanken, dass er keinen Unfall verursachte. Doch keiner seiner unfreiwilligen Schutzengel ließ es sich nehmen, ihn anzuhupen und ihm einen Vogel zu zeigen.
Beim Aussteigen griff er in seine Jackentasche auf der Suche nach seinem Schlüssel. Das war schon eine verdammt blöde Sache mit diesem Schlüsselbund.
Er hatte nicht den blassesten Schimmer, wo er ihn gelassen hatte. Aber Julika hatte Recht: Sein Chaos war beispiellos. Allerdings konnte er nur so richtig arbeiten. Zumindest bildete er sich das ein.
Wie befürchtet, hatte mittlerweile der Regen eingesetzt, und er huschte schnell von seinem Wagen zur Eingangstür. Er klingelte bei der alten Frau Schnippke, die ihn auch ohne weiteres einließ. Als sie in ihrer Wohnungstür stand und er ihr ein paar hastige Worte der Entschuldigung zurief, murmelte sie nachsichtig vor sich hin. Er hastete weiter und hörte sie noch eine ganze Weile weiterreden. Irgendetwas von ihrem Sohn, der genauso gewesen sei, der auch immer alles vergessen habe, der eigentlich in seinem Kopf immer nur Chaos hatte.

Sven wusste, dass Frau Schnippkes Sohn schon lange tot war.
Im Hausflur gab es ein Fenster, das so verzogen war, dass es sich nicht mehr schließen ließ. Sven hatte es sich zunutze gemacht und seinen Reserveschlüssel an der Unterkante des mit einem Klappmechanismus versehenen Rahmens angeklebt. Er ging hin und klappte das Fenster leicht hoch. Dann tastete er mit den Fingern an der Unterseite entlang, bis er auf eine Unebenheit stieß. Während er mit der linken Hand das Fenster in der Waagerechten hielt, fummelte er mit den Fingern der rechten Hand den Schlüssel hervor, betrachtete ihn einen Moment lächelnd und beglückwünschte sich selbst zu seiner Voraussicht. Er schloss auf und ging in seine Wohnung. Den Reserveschlüssel warf er in die Schale auf dem kleinen Schrank, der im Flur stand, und ging weiter ins Wohnzimmer. Dort auf dem Tisch lag er.
Sein Schlüsselbund.
So wie es aussah, hatte er ihn heute Morgen einfach vergessen. Trotz allem war er wie versteinert. Wenn er sich an eines ganz genau erinnern konnte, dann daran, dass er seine Schlüssel am Morgen beim Verlassen des Hauses in der Hand gehalten hatte.

Johanna hatte sich in einen Bademantel gekuschelt, sich ein Glas Milch eingeschenkt und einen unglaublich kitschigen Liebesroman zurechtgelegt, als das Telefon klingelte. Sie war versucht, das Gespräch nicht anzunehmen, doch dabei hatte sie immer ein schlechtes Gewissen. Schließlich könnte es etwas Wichtiges sein. Mit dem Vorsatz, den ungebetenen Anrufer abzuwimmeln, griff sie nach dem Telefon und nahm das Gespräch entgegen.
»Ja?«
»Johanna? Hier ist Sven. Ich fürchte, ich brauche deine Hilfe.«

»Ist was passiert?« Unwillkürlich runzelte sie die Stirn.
»Kannst du kommen? Ich meine, zu mir nach Hause?«
»Bitte?« Erstaunt riss sie die Augen auf.
»Ich würde dich nicht bitten, wenn es nicht wichtig wäre. Also, kommst du vorbei?«
Johanna schielte auf den Liebesroman, der lesebereit auf der Wolldecke lag, und auf ihren Becher Milch, den sie in der Hand hielt. Der Becher war so kalt, dass sie glaubte, ihre Finger würden taub. »Aber …«
»Johanna, bitte.« Seine Stimme hatte einen drängenden Ton angenommen. Sie seufzte. Innerlich verabschiedete sie sich von einem gemütlichen Abend allein mit einer unwirklichen Lovestory und gab nach.
»Also gut. Wo wohnst du?«
Er nannte ihr seine Adresse und legte auf.
Zutiefst erstaunt, mit dem Telefon in der Hand stand sie da und starrte die Wand an. Sie hatte bis heute gedacht, so ziemlich alle Fassetten von Svens Benehmen kennen gelernt zu haben, doch er schaffte es immer wieder, sie zu überraschen. Etwas in seiner Stimme hatte merkwürdig geklungen. Sie vermochte es gar nicht einzuordnen. Unsicherheit? Ein wenig. Ärger? Auch. Angst? Für eine Sekunde hielt sie den Atem an. Tatsächlich. Sie hatte wirklich eine Spur von Angst aus seiner Stimme herausgehört.
Sie schüttelte den Kopf. Unglaublich. Wenn es ein Gefühl gab, das sie nicht mit Sven Diekmann in Verbindung brachte, dann war es Angst.
Egal. Sie legte das Telefon weg und seufzte. Dann mal los. Sie musste sich noch anziehen.
Wie gut, dass sie sich noch nicht abgeschminkt hatte.

Sie sah verflucht sexy aus, wie sie so mit vor der Brust verschränkten Armen am Türpfosten lehnte. Wieso hatte er eigentlich noch nie ihre Figur bemerkt? Für eine Frau in ihrem Alter eigentlich recht bemerkenswert. Die halblangen Haare hingen ihr wirr ins Gesicht, und sie war sorgfältig geschminkt. Sie trug alte Jeans, klobige Boots und einen weiten, viel zu langen, dicken Pulli unter ihrem Mantel.

So hatte er sie noch nie gesehen. Plötzlich verspürte er ein Kribbeln im Bauch.

Sie runzelte die Stirn. »Was ist passiert, und: Darf ich endlich reinkommen?«

»Natürlich, entschuldige.« Er zog sie an einem Arm in die Wohnung und schloss die Tür. »Hör zu. Als ich nach Hause gekommen bin, lag mein Schlüsselbund auf dem Wohnzimmertisch.«

»Na und?« Johanna hob kurz die Schulter. »Dann wirst du ihn wohl dort liegen gelassen haben.«

»Ich lege meinen Schlüssel nie auf den Tisch im Wohnzimmer. Ich deponiere ihn immer im Flur.«

»Sven, was ist los?«

Er holte tief Luft. »Ich glaube, es war jemand in der Wohnung.«

»Hast du mich deswegen angerufen?«, fragte sie ungläubig. »Solltest du dann nicht lieber die Kollegen und die Spurensicherung kommen lassen?«

»Zum einen glaube ich nicht, dass die betreffende Person Spuren hinterlassen hat, und zum anderen befürchte ich, dass mich alle für übergeschnappt halten.«

Sie sah ihn verwundert an. Er hatte offenbar wirklich genug Vertrauen zu ihr, um mit ihrer Verschwiegenheit zu rechnen.

»Wie kommst du darauf, dass jemand in der Wohnung war?«

»Ich bin mir ganz sicher, dass ich heute Morgen, als ich im Hausflur stand, die Wohnungstür abgeschlossen und den Schlüssel in die Jackentasche gesteckt habe.«
»Machst du das jeden Morgen?«
Er nickte.
»Sven, das sind halbautomatisierte Vorgänge. Man tut jahrelang das Gleiche zur gleichen Zeit. Wenn man es dann einmal vergisst, ist man trotzdem der Meinung, es getan zu haben. Du bist der Meinung, dich an eine bestimmte Tätigkeit zu erinnern, hast sie jedoch tatsächlich nicht durchgeführt.«
»Die Tür war nur ins Schloss gezogen. Spätestens heute Morgen vor der Tür, bei dem Versuch abzuschließen, wäre mir aufgefallen, dass der Schlüssel noch in der Wohnung liegt.«
»Was erwartest du jetzt von mir?«
»Wir sehen uns die Wohnung genau an. Nach allem, was ich bisher feststellen konnte, fehlt nichts. Aber wenn hier jemand drin war, dann hat er vielleicht einen Hinweis hinterlassen.«
»Du glaubst, dass es der Mörder war, nicht wahr?«
»Ja.«
»Hast du sonst Hinweise darauf, dass jemand hier war?«
»Kleinigkeiten. Meine Putzfrau wischt zweimal in der Woche Staub. Zuletzt vorgestern. Es liegt also eine kleine Staubschicht auf den Möbeln. Einige Gegenstände sind verrückt worden. Die Spuren, die sie im Staub hinterlassen haben, zeigen das ganz deutlich.«
»Sven …« Er war ganz eindeutig überarbeitet. Sie hätte nie gedacht, dass es ihm so gehen könnte wie Millionen von anderen Menschen auch. »Wahrscheinlich bist du dagegen gestoßen und hast sie aus Versehen selbst verschoben.«
Sie standen noch immer im Flur. Sven bedeutete ihr, ihm zu folgen.

»Gehen wir erst einmal rein. Setz dich. Willst du was trinken?« Er war bereits auf dem Weg zur Küche.

»Ja, ein Glas Wasser, wenn du eines hast.« Johanna sah sich neugierig um. Das Wohnzimmer war groß und wurde beherrscht von einer Ledercouch, die auf verchromten Füßen stand. Er hatte offenbar genau wie sie eine Abneigung gegen Schrankwände, denn es fanden sich nur Bücherregale und ein Möbelstück, in dem der Fernseher untergebracht war. Dessen Türen standen offen.

Sie fragte sich, wo er sein gutes Geschirr aufbewahrte, wenn er denn so etwas überhaupt hatte. Sven kam aus der Küche mit einer Flasche Selters und zwei Gläsern.

»Nun setz dich doch. Noch etwas. Meine Putzfrau hat etwas gegen Alkohol. Wenn sie mir etwas zu essen macht, schiebt sie das Bier im Kühlschrank ganz nach hinten, und die zubereitete Mahlzeit stellt sie davor. Als ich vorhin in den Kühlschrank gesehen habe, war die Auflaufform zur Seite gerückt, und eine der Bierdosen stand vorne.«

Johanna hatte den Eindruck, als befiele Sven so etwas wie Hysterie. »Meine Güte, Sven, dann hat sie es dieses Mal eben anders gemacht. Vielleicht war es ihr nicht so wichtig, oder sie gibt den Kampf gegen dein Bier auf. Findest du das nicht alles ein bisschen dürftig?«

Er sah ihr einen Moment schweigend in die Augen, und fast kam es ihr so vor, als wäre er enttäuscht.

»Du glaubst mir nicht.« Das war eine Feststellung, keine Frage.

Johanna überlegte sich ihre nächsten Worte gut. Sie wollte unter allen Umständen vermeiden, einen Streit vom Zaun zu brechen, in dem sie eine unbedachte Äußerung machte.

»Sieh mal, der Fall geht uns allen an die Nieren. Wir haben nicht gerade viel geschlafen, ganz besonders du nicht. Ich denke …«

»Ich habe nur eine Frage. Würde der Täter so etwas tun? Würde er während meiner Abwesenheit in meine Wohnung kommen?«

Es hatte wohl keinen Zweck, ihn von seinen Vermutungen abzubringen. »Ich schätze … ja.«

»Um was zu tun?«

»Nun«, sie stand auf und wanderte im Wohnzimmer umher, »das ist nicht ganz einfach zu erklären. Er hat sich bisher nur unter Zuhilfenahme der Bibelsprüche an dich gewendet. Wenn man sich die Mitteilungen genau ansieht, dann ist es ihm wichtig, dass du ihn verstehst …«

»Soll ich ihm etwa auch verzeihen, oder wie stellt er sich das vor?« Sven klang grimmig.

Johanna drehte sich um und sah ihn an. »Das denke ich nicht. Ich habe mir die betreffenden Bibelstellen genau angesehen. Demzufolge sieht er sich nicht im Unrecht und erwartet deshalb auch keine Absolution von dir. Wahrscheinlich glaubt er, in dir eine verwandte Seele zu finden oder gar schon gefunden zu haben.«

»Aber ich bringe niemanden um.«

»Darum geht es ihm gar nicht. Vielmehr geht es ihm hier um Gerechtigkeit. Vergiss nicht, er denkt nicht wie du und ich.«

»Also, was will er dann hier?«

»Er traut sich nicht, dir persönlich gegenüberzutreten. Deswegen wählt er den Weg über die Botschaften. Am liebsten würde er vor dir mit seinen Taten prahlen, sich offenbaren, das geht aber aus bekannten Gründen nicht. Also sucht er sich eine Art Partner, und der bist du. Er verehrt dich, bringt jedoch nicht den Mut auf, es dir so zu sagen. Ich denke, dass er Angst hat, von dir abgewiesen zu werden. Wahrscheinlich leidet er von Kindheit an unter Verlustängsten. Das könnte darauf hindeuten, dass er entweder einen Elternteil oder sogar beide recht früh verloren hat. Wenn er also in deiner Abwesenheit hierher kommt, dann um zu sehen, wie du lebst, was du magst, wie dein Umfeld aussieht. Wahrscheinlich auch, welche Sorte Bier du trinkst. Er will sich deiner ganz sicher sein, bevor er sich offenbart. Er will sicher sein, keinen Fehler zu begehen.«

»Das ist ja krank.« Sven fuhr sich durch die Haare. »Dann gibst du also zu, dass er hier war?«

Johanna schüttelte den Kopf. »Nein, ich gebe zu, dass es *möglich* ist, nicht dass er tatsächlich hier gewesen ist. Wie soll er außerdem an den Schlüssel gekommen sein?«

»Ich war den ganzen Tag unterwegs. Du weißt doch, dass ich ständig etwas verliere.«

»Das würde allerdings bedeuten, dass er dich beobachtet hat.«

»Ist das denn so abwegig?«

»Eigentlich schon. Das heißt, dass er viel Zeit hat. Täter seines Kalibers, die so geplant und organisiert bei ihren Taten vorgehen, haben aber im Allgemeinen eine feste Arbeit und einen geregelten Tagesablauf.«

»Langjährige Untersuchungen?« Er verzog verächtlich die Mundwinkel.

»Ganz genau. Diese Menschen leben völlig unauffällig. Sie nehmen im Allgemeinen keine Drogen, trinken keinen Alkohol, die meisten rauchen nicht einmal. Sie haben ein Ziel vor Augen, auf das sie hinarbeiten, und genauso begehen sie auch ihre Taten.«

»Dann war er also hier, um mich kennen zu lernen.« Sven fasste das Gehörte zusammen.

Johanna nickte. »Er war jedenfalls nicht hier, um etwas zu hinterlassen.«

Eigentlich hatte sich Diekmann bisher keine großen Gedanken darüber gemacht, was es bedeutete, dass der Mörder ihm Botschaften geschickt hatte. Sicher, als er das erste Mal den Verdacht hegte, war ihm schon ein wenig mulmig geworden. Zumindest war es ungewöhnlich, doch wenn der Mörder ihn auf sich aufmerksam machen wollte, wie Johanna vermutete, war es fast nahe liegend. Auch wenn ihn diese, in Johannas Augen logische Erklärung nicht beruhigte.

Vielleicht wollte er ihn auch nur herausfordern, vielleicht war es eine Art Kräftemessen, mit dem der Täter seine Überlegenheit ausspielen wollte. Was hatte Johanna noch gesagt? *Am liebsten würde er vor dir mit seinen Taten prahlen, sich offenbaren, das geht aber aus bekannten Gründen nicht. Also sucht er sich eine Art Partner, und der bist du.* Er hielt das Ganze zwar für Mumpitz, aber wer wusste das schon?

Sven war oft genug in der Presse präsent, eine der Tatsachen, die einem den Job bei der Mordkommission schon vermiesen konnten, doch es war nun einmal nicht zu ändern. Er stand im Telefonbuch mitsamt seiner Anschrift, insofern war es nicht weiter verwunderlich, dass er die Nachrichten nach Hause bekam. Alles natürlich vor dem Hintergrund, den Johanna angesprochen hatte. Sie hatte gemeint, die Hinweise allgemein an die Polizei zu schicken, würde für den Mörder wohl keinen Reiz ausmachen. Da Sven jedoch öfter, als ihm lieb war, in den Zeitungen erschien, und zwar mit Bild und allem, was dazugehörte, hatte der Mörder eine Bezugsperson, jemand, der hinter dem Wort *Polizei* stand.

Wie gesagt, bisher hatte er sich darüber keine großen Gedanken gemacht.

Gut, nachdem er die Nachrichten nach Hause bekommen hatte, stellte er bei der Telefongesellschaft den Antrag, seinen Eintrag

im Telefonbuch zu löschen, aber seitdem hatte er nicht mehr darüber nachgedacht, oder eher gesagt, er hatte es verdrängt.
Bis gestern.
Plötzlich hatte er das Gefühl, als hinge ein fremder Geruch in der Luft. Nichts war mehr wie vorher, und er fühlte sich fast, als sei das nicht mehr seine Wohnung.
Er war sich absolut sicher, dass gestern jemand bei ihm gewesen war, und an Johannas Blick konnte er sehen, dass sie zumindest in Erwägung zog, dass er Recht hatte.
Nachdem Johanna gestern Abend gegangen war, überlegte er die halbe Nacht, wie er weiter agieren sollte. Die Idee, das Schloss auszutauschen, verwarf er ganz schnell. Wenn Johanna Recht hatte, dann würde der Täter sich nur hereinwagen, wenn er, Sven, nicht da war. Außerdem kam er nicht ungehört in die Wohnung, wenn Sven zu Hause war. Er glaubte auch nicht, dass der Täter das Risiko ein zweites Mal eingehen würde.
Den Tag hatte er mit dem verbracht, was er am meisten hasste: mit Schreibkram. Er hatte die jüngsten Aussagen, auch die von gestern, abgeheftet und so die Akte auf den neuesten Stand gebracht. Der Obduktionsbericht von Monika Lang war heute Morgen auch schon eingetroffen, so dass er einige Sachen, die er nicht verstanden hatte, telefonisch mit Professor Reuschel besprechen konnte.
Vielleicht hatte Johanna Recht, vielleicht war er wirklich nur übermüdet, und so entschloss er sich, früh nach Hause zu gehen.
Dann lag da vor seiner Haustür dieses Paket.
Er hatte seine Jacke noch nicht ausgezogen und saß mit diesem kleinen Päckchen in der Hand auf seinem Sofa. Er hatte wie immer beim Nachhausekommen seine Post im Stehen geöffnet. Es war nichts Wichtiges dabei, aber das Päckchen hatte ihn

verwundert. Er erwartete nichts Derartiges. Als er es aufriss, fiel etwas heraus. Er musste sich nicht bücken, um zu sehen, worum es sich dabei handelte.
Es war ein Teddybär. Das Gefühl, das er gestern beim Betreten seiner Wohnung verspürt hatte, bemächtigte sich wieder seiner. Ein kaltes Kribbeln, das sich von seinem Steiß bis zu seinem Nacken hochschob.
Er war sicher, dieser Bär gehörte Verena Zenker.
Er hob das Stofftier mit spitzen Fingern auf und trug es zusammen mit dem Päckchen, das er noch immer in der Hand hielt, ins Wohnzimmer. Er setzte sich und starrte das abgegriffene, zerfledderte Zeugnis einer längst vergangenen Kindheit an. Er war sich sicher zu wissen, was noch in der Verpackung steckte, doch er traute sich im ersten Moment nicht, nachzuschauen. Als er es dennoch tat, lagen auf seinem Tisch schließlich ein, dem Aussehen nach zu urteilen, teures Damenhöschen und eine goldene Kette mit einem Panther als Anhänger.
Das Höschen von Monika Lang und der geschmacklose Anhänger von Siegfried Kausch.
Unwillkürlich rieb er sich die Hände an seiner Hose ab, als habe er sich besudelt, obwohl er außer dem Teddy nichts angefasst hatte.
Nach der Trennung von seiner Frau hatte er sich nie mehr Gedanken darüber gemacht, was es hieß, ein Zuhause zu haben, doch zumindest war seine Wohnung immer eine Zuflucht gewesen. Er sah sich in dem Raum um und registrierte all die Dinge, an denen sein Herz hing. Seine Sammlung alter Kirchengesangbücher, der antike Kerzenständer, die Kollektion von Hardrock-LPs. Schlagartig war ihm klar, dass seine Wohnung mehr war als eine Zuflucht. Sie war sein Zuhause, und eben dieses Zuhause wurde gerade von einem Irren entweiht.

Plötzlich konnte er die Tür nicht mehr hinter sich zumachen. Auf einmal verfolgte es ihn. Unvermittelt verfolgte es, was oder wer immer es war, ihn nach Hause. Es war ein überraschendes Gefühl für ihn, sich nicht mehr sicher und wohl zu fühlen. Er hatte bis heute gar nicht gewusst, dass ihm diese Art der Sicherheit so wichtig war.

Noch einmal besah er sich das Päckchen. Obwohl vermutlich keine Fingerabdrücke gesichert werden konnten, dazu war es durch zu viele Hände gegangen, behandelte er es vorsichtig. Es war ein normaler kleiner Pappkarton, keines dieser gelben Päckchen, die man bei jeder Postfiliale bekam. Seine Anschrift war mit Schreibmaschine oder Computer auf einen Zettel geschrieben, der aufgeklebt war.

Der Absender lautete K. Schmidt, Parkallee 333, Hamburg.

Sven war sich sicher, dass es diese Anschrift nicht gab.

Er hatte keine Ahnung, wie lange er bewegungslos auf seinem Sofa zugebracht hatte. Aber als er aufstand, hoffte er, dass er noch genug Bier im Kühlschrank hatte.

Da ist keiner, der gerecht sei, auch nicht einer.
Da ist keiner, der verständig sei, da ist keiner, der nach dir fragt.
Sie sind alle abgewichen und allesamt untüchtig geworden.
Da ist keiner, der Gutes tue, auch nicht einer.
Ihr Schlund ist ein offenes Grab; mit ihren Zungen handeln sie trüglich. Otterngift ist unter ihren Lippen.
Ihr Mund ist voll Fluchens und Bitterkeit.
Ihre Füße sind eilends Blut zu vergießen;
Auf ihren Wegen ist lauter Schaden und Herzeleid,
und den Weg des Friedens wissen sie nicht.
Es ist keine Furcht vor dir, o Vater, in ihnen.

»Das erscheint mir nun doch sehr eindeutig. Er beklagt den mangelnden Glauben der Menschen. Großartig.«

Johanna warf den in eine Plastiktüte verpackten Zettel, den Sven ihr gereicht hatte, auf den Tisch. Sie sah auf und starrte auf seinen Rücken, denn er stand von ihr abgewandt am Fenster und schaute hinaus. Dort gab es nicht viel zu sehen. An seinen hochgezogenen Schultern konnte sie erkennen, dass er angespannt war.

»Wieder schickt er es mir. Warum jetzt diese Litanei?«

»Ich bin Psychologin, keine Theologin.«

Sven drehte sich langsam zu ihr um und heftete seinen Blick auf ihr Gesicht. »Also ist unser Mann ein religiöser Fanatiker?«

Johanna ließ sich nicht von seiner gedämpften Stimme täuschen. Sie wusste, dass das oft das erste Anzeichen eines Wutausbruches war.

»Nein, Sven, der Meinung bin ich nicht. Ich vermute nach wie vor, dass der religiöse Hintergrund nicht seine eigentliche Motivation ist.« Sie machte eine Pause und versuchte ihre Gedanken so zu sammeln, dass sie methodisch vorgehen konnte. Es hatte jetzt keinen Zweck, einen Streit vom Zaun zu brechen, und so wie es aussah, war Sven nicht allzu weit davon entfernt, sich mit ihr lautstark und unsachlich auseinander zu setzen. Sie konnte ihn sogar verstehen. Er brauchte ein Ventil, und dazu eignete sie sich genauso gut wie jeder andere. Sie kannte das Gefühl, wenn man feststellen musste, dass etwas irgendwo lauerte.

Zweifelsohne hatte Sven das Gefühl, dass sein Heim in irgendeiner Form entweiht wurde, so als wühle ein Einbrecher bei seiner Tat in der Unterwäsche herum. Alles war besudelt, nichts gehörte einem mehr richtig. Sie konnte sich noch gut an die Empfindungen erinnern, die sie überfallen hatten, als sie vor drei Monaten einem Mörder in die Quere gekommen war. Der

Blick zum Fenster und die wiederholte Frage, ob denn die Haustür auch richtig abgeschlossen sei, wurden zur Gewohnheit. Entspannung stellte sich nicht mehr ein, selbst der Schlaf fühlte sich mehr als Anstrengung, denn als Erholung an.
Sie legte die Fingerspitzen aneinander und senkte die Stimme. Sie wusste, dass das seine Wirkung auch auf Sven nicht verfehlen würde.
»Ich gehe davon aus, dass der Mörder dir durchaus nichts Böses will. Es kommt mir eher so vor, als mache er dir diese Souvenirs zum Geschenk. Ich meine damit, er versucht keinesfalls, sich zu brüsten, er hat sich nicht an die Presse gewandt und geht mit keinem Wort auf die Polizei ein. Verstehst du, was ich meine?«
Sven war zu seinem Stuhl zurückgeschlendert, setzte sich jedoch nicht, sondern beugte sich vor und stützte seine Hände auf die Tischplatte. Er sah Johanna stirnrunzelnd an.
»Du meinst, er will mir einen Gefallen tun?«
»Die Mitteilungen, die er dir vor dem Mord hat zukommen lassen, legen die Vermutung nahe, dass er eine Art Wettstreit will. Dass er vielleicht irgendetwas als Hinweis in diesen Botschaften versteckt hat, das uns zwar auf die Fährte führen, uns allerdings auf jeden Fall immer zu spät kommen lassen sollte. Aber er will keinen Wettkampf, und er hat in keiner seiner Botschaften Bezug darauf genommen, dass du Polizist bist. Diese Briefchen waren Mitteilungen an dich als Mensch, nicht als Gesetzeshüter, in denen er dir seine Taten erklären wollte. Er hat einige Zeit gewartet und dir die Souvenirs zugeschickt, die anscheinend keine weitere Bedeutung für ihn haben. Er scheint sich dir gegenüber damit ausweisen zu wollen. Und wieder fügt er eine Nachricht bei, ebenfalls ohne jeden Zusammenhang zu deiner Tätigkeit.« Sie machte eine Pause und sah ihm ruhig ins Gesicht.

Sven richtete sich langsam wieder auf und schob die Hände in die Hosentaschen. »Also ist er gewissermaßen hinter mir her, ohne mir zu nahe treten und auch ohne mir etwas antun zu wollen.«

»Gewissermaßen. Allerdings weiß ich nicht, wann die ganze Geschichte kippt und er es sich anders überlegt. Mit Sicherheit erwartet er etwas von dir.«

Sven verzog die Lippen zu einem grimmigen Lächeln. »Ja, genau. Wahrscheinlich soll ich ihn noch loben für seine Taten? Unglaublich!«

Johanna nickte. »Ja, ich glaube, dass er Anerkennung erwartet.«

»In welcher Form denn? Ich bin nicht besonders religiös, so dass ich seine Briefe vor den Taten eigentlich gar nicht richtig verstehe, und dass ich als Polizist Morde aufkläre und sie nicht gutheiße, ist doch wohl auch klar!«

»Gute Frage. Ich gehe davon aus, dass er in absehbarer Zeit etwas unternehmen wird, um den Kontakt, den er vorsichtig zu dir knüpft, weiter ausbauen zu können.«

»Vielleicht schickt er mir ja eine Ansichtskarte oder ruft mich an.« Svens Stimme war nunmehr zu einem Knurren mutiert.

»Wenn, dann wird ihn das wahrscheinlich eine Menge Mut kosten. Nur wird er es, so sehe ich das, zwangsläufig zu einem bestimmten Zeitpunkt wagen müssen. Die Geschichte mit den Souvenirs sind ein erstes Herantasten. Was gedenkst du mit den ganzen Nachrichten zu machen?«

»Sie als Beweismittel zu den Akten nehmen.«

Johanna schüttelte kurz ungeduldig den Kopf. »Das weiß ich selbst. Aber du musst doch irgendeinen Hinweis finden, oder nicht?«

»Du warst bei dem evangelischen Pfaffen. Du musst doch wissen, was der Mörder von mir will.«

Sie kannte Svens Einstellung zum Thema Religion, der er keine Sympathie entgegenbrachte. Geistliche allerdings verabscheute er. Soweit sie sich erinnern konnte, sprach er von ihnen nur als Heuchler, die sich die Angst der Menschen zunutze machten. Besonders die beiden Polizeitheologen, ein katholischer und ein evangelischer, waren ihm ein Dorn im Auge.
Der eine widmete sich in seiner Freizeit der surrealistischen Malerei und hatte dann und wann auch ein paar Ausstellungen, der andere trieb sich bei Demonstrationen im Schlachtgetümmel herum, um den uniformierten Beamten mit einem Schulterklopfen Durchhalteparolen ins Ohr zu brüllen. Gottesdienste der beiden hatten bisher weder Johanna noch Sven besucht, und Johanna hatte bisweilen bezweifelt, ob die beiden Gottesdiener sich in Gottes Handbuch überhaupt noch zurechtfanden.
Die Psychologin versuchte Ruhe in das Gespräch zu bringen. »Nach allem, was Pastor Schenkenberg mir erklärt hat, bin ich zu dem Schluss gekommen, dass unser Mann so etwas wie Gerechtigkeit will. Deswegen tötet er Menschen, die in seinen Augen Sünder sind.«
»Johanna, ich bitte dich. Das kann nicht dein Ernst sein.« Sven näherte sich seiner Explosionsmarke. Er funkelte sie wütend an. »Die meisten Mörder haben Spaß am Töten oder wollen an das Geld der Opfer, oder aber sie wollen die Polizei herausfordern.«
»Nein, nicht immer.« Johanna schüttelte den Kopf. »Würde er seinen Spaß haben oder die Polizei herausfordern wollen, dann hätte er sich in aller Öffentlichkeit lustig gemacht. Es gibt auch Mörder, die unter Zwang handeln. Das weißt du genauso gut wie ich. Ich erinnere mich an einen Fall, in dem der Täter mit dem Blut seiner Opfer *Fangt mich, sonst mache ich*

weiter an die Wand geschrieben hat. Der hat keinesfalls Lust am Töten empfunden. Er hat einen Trieb ausgelebt, den er nicht kontrollieren konnte.
Würde unser Mann ein Katz-und-Maus-Spiel mit der Polizei treiben wollen, dann hätte er das nächste Opfer gewissermaßen angekündigt. Er hätte vielleicht die Tatzeit genannt, oder verschlüsselte Botschaften mit Hinweisen auf das nächste Opfer übermittelt, die man nicht rechtzeitig hätte entschlüsseln können. Das tut er aber nicht. Er wendet sich an dich.« Sie atmete tief ein und holte dann zum letzten Schlag aus.
»Du bist der Schlüssel zu diesem Täter, und sonst niemand.«

Wie immer brummte es wie in einem Bienenkorb auf der Etage der Mordkommission.
Viele der Beamten hatten sich inzwischen an Johannas Anblick gewöhnt und auch daran, dass sich die Vorbehalte ihres Chefs gegen die Psychologin anscheinend etwas gelegt hatten, jedenfalls wurde sie jetzt von allen gegrüßt. Sie erinnerte sich nur ungern an ihre erste Zeit hier, in der sie ein jeder geflissentlich übersah, alle Gespräche verstummten, wenn sie den Raum betrat, oder alle erst einmal einen um Genehmigung heischenden Blick auf Sven warfen, bevor sie sie auch nur grüßten. Dies alles gehörte Gott sei Dank der Vergangenheit an, und mittlerweile kam sie sich auch nicht mehr wie ein Fremdkörper im Fleisch eines anderen vor, der nur entfernt werden konnte, wenn er schmerzhaft herauseiterte.
Ihr Büro lag am Ende des Ganges, aber sie bog vorher rechts ab und ging ins Zimmer von Julika. Sie fand die Polizistin vor, wie sie konzentriert einige Berichte las, die vor ihr ausgebreitet lagen. Johanna klopfte vorsichtig an den Türrahmen. Julika hob den Kopf, und um ein Haar hätte die Psychologin laut

losgelacht. Der Mund der Kriminalbeamtin stand leicht offen, ihr Blick wirkte orientierungslos.

»Entschuldigen Sie, ich wollte Sie wirklich nicht stören.«

Als Julika erkannte, wer da bei ihr in der Tür stand, veränderte sich ihr Gesichtsausdruck, und sie winkte Johanna mit einer Hand herein.

»Nein, nein, Sie stören gar nicht. Ich bin sogar froh, dass mich jemand bei dieser eintönigen Arbeit unterbricht. Kommen Sie rein, und setzen Sie sich.« Sie schob die Papiere zur Seite und stützte den Kopf in die Hände.

»Ich hatte gehofft, dass Sie vielleicht einen leckeren Kakao für mich hätten?«

Julika lachte. Ein fröhliches, unbefangenes Lachen.

»Natürlich. Ich wollte selbst gerade einen trinken. Holen Sie sich Ihren Becher … nein, warten Sie, ich habe hier noch einen.« Sie drehte sich auf ihrem Stuhl herum und griff nach der Thermoskanne, die auf der Fensterbank stand. »Der Becher ist sogar gespült. Sie wissen ja«, sie gluckste fröhlich, »sauberes Geschirr ist auf einer Polizeidienststelle Mangelware.« Sie goss die dampfende, süß duftende Flüssigkeit in einen Becher und schob ihn Johanna zu. Sie selbst nahm eine Tasse, die schon bessere Zeiten gesehen hatte.

Johanna trank schlürfend einen Schluck und ließ ihn genießerisch im Mund kreisen.

»Wie machen Sie die nur? Wenn ich mir eine heiße Schokolade koche, schmeckt die irgendwie fade.«

»Sie dürfen keinen Instantkakao verwenden. Sie müssen entöltes Kakaopulver nehmen, es mit Zucker und ein wenig kalter Milch anrühren, und dann erst kommt die heiße Milch dazu.«

Johanna trank in kleinen Schlucken. »Wo ist Herr Diekmann?«

»Bei einer Besprechung. Sie wissen ja selbst, wie viel Staub dieser Fall aufwirbelt.«
»Mit wem hat er die Konferenz?«
»Mit dem Abteilungsleiter und dem Chef des Landeskriminalamtes. Beide wollen eine Pressekonferenz, und Herr Diekmann will keine. Die anderen beiden argumentieren, dass ihnen langsam der Innensenator aufs Dach steigt, außerdem wollen sie auf diese Weise die Presse ein wenig kontrollieren.«
Johanna sah auf. »Ach? Und womit? Wollen die beiden sich vor die Pressemeute stellen und sagen: ›Wir haben drei Leichen und die Vermutung, dass der Täter sich für Jesus hält und aus moralischen Gründen mordet. Kein Zeuge hat ihn ohne Verkleidung gesehen, wir tappen absolut im Dunkeln, doch keine Sorge, so wie es aussieht, kann einem unschuldigen Menschen nichts passieren.‹ Das ist doch grotesk.«
Julika seufzte. »Der Chef sieht das auch so, aber Sie wissen ja, wie die hohen Herren denken.« Bei den *hohen Herren* blickte Johanna zur Decke, als würden die besagten Männer dort wie *Spiderman* kleben.
»Und nun?«
Julika zuckte mit den Achseln. »Keine Ahnung. Hoffen wir, dass der Chef sich durchsetzt. Das, was wir bis jetzt ermitteln konnten, ist kaum geeignet, es zu veröffentlichen. Es wären Details, die nur der Täter kennt, und dann haben wir sofort Trittbrettfahrer, die hier im Fünfminutentakt anrufen, und sich selbst der Tat bezichtigen.«
»Julika!« Die Stimme, die über den Gang schallte, gehörte unverkennbar Sven.
»Gleich wissen wir mehr.« Julika verdrehte die Augen und ging auf den Flur hinaus.
Sven hatte eine Antwort von Julika gar nicht erst abgewartet

und war gleich in ihr Büro gestürmt. Er setzte sich auf eine Schreibtischecke und sah die beiden Frauen an. Sein Blick verhieß nichts Gutes.

»Und, wie ist es gelaufen? Julika hat mir erzählt, dass du zum Rapport warst.«

»Ja, so könnte man es auch nennen, wenn man mit ein paar mediengeilen Polizeiführern zusammensitzt, die nur die einzige Sorge haben, nämlich die, was sie bei der Pressekonferenz anziehen sollen.« Er legte eine Hand auf sein Gesicht und rieb sich die Augen. »Solche Besprechungen sind das absolut Letzte, was ich am frühen Morgen brauche.« Er seufzte noch einmal tief und verschränkte die Arme vor der Brust.

Johanna runzelte die Stirn. »Was willst du der Presse erzählen?«

»Keine Ahnung. Wir haben ja nicht viel, aber vielleicht ist das gar nicht mal so schlecht, denn was wir nicht haben, können wir auch nicht preisgeben. Je weniger Details, desto weniger Trittbrettfahrer.«

»Die Unruhe in der Bevölkerung wird angesichts geringer Erkenntnisse steigen.« Johanna nagte an ihrer Unterlippe. Sie dachte an die Flut von Leserbriefen, die in der Boulevardpresse im Anschluss an eine nichts sagende Pressekonferenz in voller Länge abgedruckt würden.

Diekmann nickte. »Ja, wahrscheinlich, und dann haben wir nicht nur die Suche nach einem Mörder am Hals, sondern auch die Opfer mordlüsterner Denunzianten. Und somit«, er breitete die Arme aus, »eine Vielzahl von falschen Spuren, die uns von der eigentlichen Spur weiter wegführen, als wir es ohnehin schon sind.« Diekmann ließ die Arme wieder sinken und fuhr sich mit der Hand durch die Haare. »Mitunter hasse ich meinen Job.«

Es gab Sachen zwischen Himmel und Erde, auf die er gut verzichten konnte. Dazu gehörten Pressekonferenzen im Allgemeinen und diese im Besonderen.
Nachdem man ihn zu der Besprechung mit seinen Vorgesetzten gerufen hatte, hatte er Böses geahnt, nach den ersten Worten der beiden allerdings wusste er, dass er auf verlorenem Posten stand.
Sie beharrten auf ihrer Meinung, und jeglicher Hinweis seinerseits, dass es zu diesem Zeitpunkt der Ermittlungen eher abträglich sei, die Presse ins Vertrauen zu ziehen, fegten sie mit einem Federstrich vom Tisch.
Einmal mehr erkannte er, dass seine Vorgesetzten mehr Politiker, denn Polizisten waren.
Er beschloss, das Beste daraus zu machen.
Es gab nur einen Weg, und den hatte Johanna ihm das letzte Mal aufgezeigt. Wie nannte sie es noch? Proaktive Taktiken? Den Täter zu provozieren, in der Hoffnung, ihn zu einem Fehler zu verleiten?
Auf Johanna konnte er in diesem Fall nicht bauen, denn sie war zu diesem Fall nicht offiziell hinzugezogen worden. Seine Vorgesetzten hatten bemängelt, dass er ohne offizielles Ersuchen seitens der Behörde an die Psychologin herangetreten war. Außerdem: Mit dem, was er vorhatte, wäre Johanna nie im Leben einverstanden gewesen. Aber immerhin war es sein Fall, und er hatte nicht vor, sich vor irgendjemandem, seien es seine Vorgesetzten oder auch Johanna, zu rechtfertigen. Seine Taktik vor der Presse hatte er sich noch nicht zurechtgelegt, doch er war sich sicher, dass er sie in seinem Sinne manipulieren konnte, um auch die richtigen Fragen zu stellen.
Und so war es denn auch.
Es begann ganz harmlos. Sein Chef saß neben ihm auf dem

Podium und sonnte sich in seiner Wichtigkeit. Der Leiter des Landeskriminalamtes gefiel sich in der Pose des betroffenen Bürgers und hoffte damit den Nerv eines jeden Einzelnen zu treffen. Letztendlich erzählten sie nur das, was ohnehin schon allgemein bekannt war, nur verpackten sie es neu. Auf die Frage, ob schon ein Hinweis oder möglicherweise eine Beschreibung des Täters vorlägen, verteilten sie das Phantombild, erstellt nach den Angaben der Zeugen, an die Journalisten. Dies gab verständlicherweise nicht viel her, denn das Gesicht des Täters war zum Großteil von Baseballkappe und Sonnenbrille verborgen. So gesehen passte die Beschreibung der Person auf gut siebzig Prozent aller Hamburger Männer. Die ganze Veranstaltung verlief in bekannten und geordneten Bahnen, als einer der Reporter Sven fragte, ob er eine persönliche Einschätzung des Mörders und des Hintergrundes der Taten abgeben wolle. Diekmann holte noch einmal tief Luft, wohl wissend, dass Johanna im hinteren Teil des Raumes stand und zuhörte, und setzte zu sprechen an.

Er sprach von einem »Irren« und »Wahnsinnigen«, der weggesperrt gehöre, der so krank war, dass er als lebende Zeitbombe betrachtet werden könne, der sein Recht auf Verständnis durch die Gesellschaft und eigentlich auch sein Recht auf Leben verwirkt habe.

Auf die Frage seitens des Publikums, ob er unter diesen Voraussetzungen für die Todesstrafe sei, zuckte er nur mit den Schultern und sagte, dass er nichts Derartiges behauptet habe. Er hoffe nur, dass es im Falle einer Festnahme des Täters nicht der Entscheidung eines Psychiaters überlassen bliebe, *ob dieser menschliche Abschaum jemals wieder auf freien Fuß komme.*

Für einen Augenblick herrschte atemloses Schweigen, dann

brach ein regelrechter Sturm los. In den Augen einiger Pressevertreter glitzerte die Sensationsgier, andere schüttelten den Kopf und murmelten vor sich hin. Bisher hatte niemand vor der Presse solch drastische Ansichten vertreten. Diekmann hatte alle, einschließlich seine Vorgesetzten, vor den Kopf gestoßen. Die Polizeiführer, die neben Sven saßen, wurden abwechselnd leichenblass und starrten ihn mit offenem Mund an. Dann beendete der Leiter des Landeskriminalamtes unvermittelt und trotz der einsetzenden Fragenflut die Pressekonferenz.

Martin hatte sich eine Zeit lang mit Julika über die ganze Sache unterhalten. Sie war außer dem Chef die Einzige, die ihn nicht wie ein kleines Kind behandelte. Er war extrem ehrgeizig, und er wusste, dass sein Engagement den meisten Kollegen ein Dorn im Auge war, aber er wollte nicht, wie die Mehrheit hier, ein ganzes Berufsleben dahinvegetieren, um schließlich eines Tages desillusioniert vor dem persönlichen Nichts zu stehen. Also nahm er, wenn auch zähneknirschend, das Verhalten der anderen in Kauf und tat oftmals so, als bemerke er es nicht.
Julika hatte die gleiche Meinung vertreten wie er. Nämlich dass das, was Diekmann getan hatte, nicht eben klug gewesen war. Dass er es sich auf jeden Fall mit der Polizeiführung verscherzt hatte und dass man ihm diesen Fauxpas nicht so leicht verzeihen würde, selbst wenn sie den Täter fassen sollten. Wovon Martin im Übrigen alles andere als überzeugt war.
Dieses Mal war jemand schlauer als sie alle zusammen.
Martin atmete tief ein. Ja, auch schlauer als diese Psychologin. Er war sich sicher, dass sein Vorgesetzter vor der Presse nicht so unbedarft gehandelt hätte, wenn diese Frau nicht gewesen wäre. Er hatte kritiklos die damalige Meinung seines Chefs

übernommen, wonach Psychologen nichts weiter als Schmarotzer waren, die versuchten, sich auf Kosten anderer zu profilieren. Aber diese Frau war noch schlimmer, und was dabei herauskam, hatten sie ja heute gesehen.

Allerdings war Martin zu vorsichtig, um diese Meinung gegenüber Julika zu äußern, denn er hatte bemerkt, dass die beiden Frauen sich angefreundet hatten. Sie saßen häufiger mal zusammen, tranken heiße Schokolade wie zwei kleine Kinder und scherzten miteinander.

Diese Psychologin hatte ihn von Anfang an herablassend behandelt, und immer wenn sie ihn sah, betrachtete sie ihn leicht abfällig, gerade so, wie seine Tante es immer bei ihm gemacht hatte, als er noch ein kleiner Junge gewesen war. Fehlte nur noch, dass sie ihm mit der Hand über den Kopf strich.

Er hatte eigentlich stets Respekt gehabt vor der Ruhe, der Ernsthaftigkeit und der Leistung von Julika, aber wie sie sich mit dieser Jensen gegen seinen Chef verschwören konnte, war ihm ein Rätsel. Schließlich war die Psychologin dieses Mal nur als Beobachterin dabei und würde nach Abschluss der Ermittlungen wieder verschwinden, wohingegen Julika bei der Dienststelle blieb.

Was Diekmann wohl dazu sagte? Martin runzelte die Stirn. Wenn er dann überhaupt noch da war. Er hatte nie erlebt, dass sein Vorgesetzter unbesonnen reagiert hatte, dabei musste ihm doch bewusst gewesen sein, dass er mit diesem Auftritt vor der Presse die ganze Dienststelle in Verruf bringen konnte. Und wenn dem so wäre, brauchten sie sich in keiner anderen Abteilung mehr blicken zu lassen. Sie mussten sich fast wie Ausgestoßene behandeln lassen. Er erinnerte sich an einen kleinen Skandal beim Sittendezernat. Zwei der Polizisten hatten sich kostenlos bei Prostituierten vergnügt, und als das Ganze aufgeflogen war, da war der Rest der Polizei davon überzeugt, dass das gesamte Dezernat für Sittendelikte in irgendwelche Schweinereien verstrickt war. Sobald Beamte der betreffenden Dienststelle in die Kantine kamen, verstummten die Gespräche, um dann kurz danach in einem unangenehmen Getuschel wieder aufzuleben.

Diesen Makel wurde keiner so schnell wieder los.

Genau genommen hatte Diekmann einen Verrat begangen, und zwar an seinen eigenen Leuten.

Wahrscheinlich war das Morddezernat nun als Haufen brutaler Fanatiker verschrien, die nichts anderes im Kopf hatten, als Mordverdächtige gleich auf offener Straße zu exekutieren. Ganz zu schweigen von der öffentlichen Meinung. Er war sicher, dass ihnen ein Spießrutenlauf der ganz besonderen Art bevorstand.

Er setzte sich aufrecht hin und spuckte sich im Geiste in die Hände.

Sie mussten das Beste aus dem Geschehenen machen.

Es war noch nicht alles verloren.

»Bist du irre? Bist du eigentlich völlig bescheuert?« Johanna fragte sich, ob das tatsächlich ihre Stimme war, die so schrill in ihren eigenen Ohren klang.

Sven stand ihr in seinem Zimmer gegenüber und musterte sie in aller Seelenruhe. »Wenn ich mich recht entsinne, hast du immer von proaktiven Taktiken gesprochen.«

»Proaktive Techniken.«

Er zuckte mit den Schultern. »Wie dem auch sei. Jedenfalls habe ich ihn herausgefordert.«

»Ja, aber wie. Das war keine proaktive Technik, das war Dummheit. Du hast ihn bis aufs Blut gereizt. Wahrscheinlich wird er jetzt um sich schlagen und treten und vollkommen durchdrehen. Diese Herausforderung wirst du ganz allein annehmen und die Verantwortung dafür übernehmen, bitte sehr, ohne mich.« Sie atmete laut aus und fuhr sich mit beiden Händen übers Gesicht.

»Darum habe ich dich auch nicht gebeten.« Seine Stimme klang noch immer gefährlich ruhig. Er war tatsächlich überzeugt von dem, was er getan hatte.

Johanna hatte sich ein wenig beruhigt. Ihr Pulver war verschossen. Sie fuhr sich erneut durchs Haar, ohne darauf zu achten, dass sie wahrscheinlich jetzt aussah wie eine aufgeplatzte Sofaecke.

»Hättest du das nicht vorher wenigstens mit mir absprechen können? Musstest du im Alleingang agieren? Er wird weitermachen, auf alle Fälle.«

»Das würde er auch so. Oder glaubst du ernsthaft, er hätte ohne diese Pressekonferenz aufgehört?«

»Nein, natürlich nicht.« Mittlerweile resignierte sie. Er hatte selbstverständlich Recht, aber wer wusste schon, was der Killer als Nächstes tun würde. Vielleicht legte er es jetzt auf einen Wettkampf an, und wahrscheinlich waren sie weiter von ihm entfernt als vorher.

Sie unternahm einen letzten Versuch. »Aber möglicherweise, das heißt ganz bestimmt, wird er jetzt den Kontakt zu dir abbrechen. Er wird sich mit Sicherheit nicht mehr bei dir melden, Sven.« Sie holte noch einmal tief Luft. »Du hast, so sehe ich das zumindest, irreparablen Schaden angerichtet. Wenn er den Kontakt abbricht, sind wir unsere einzige Verbindung zu ihm los.«

»Aber er wird Fehler machen, oder nicht?«

Sein Gleichmut trieb sie in den Wahnsinn. »Das hätte er früher oder später ohnehin getan. Aber so, wie ich es einschätze, hast du ihn wütend gemacht. Auf irgendeine Weise hat er Vertrauen zu dir gehabt, und das hast du gerade eben da draußen in Grund und Boden geredet.« Sie zeigte mit dem Zeigefinger in Richtung der verschlossenen Bürotür, als habe die Pressekonferenz auf dem Flur stattgefunden. »Was hat eigentlich Martens dazu gesagt?«

Sie hatte das blutleere Gesicht des Leiters des Landeskriminalamtes noch lebhaft vor Augen. Er hatte Sven unverzüglich nach der Pressekonferenz in sein Büro zitiert. Die Unterredung hatte nicht lange gedauert, aber über das, was die hauseigenen Buschtrommeln verbreitet hatten, hatte sie mitbekommen, dass Sven das Büro seines Chefs türenknallend verlassen hatte. Taktik war wohl nicht gerade seine Stärke.

»Das kann ich dir nicht genau sagen, da seine Stimme sich fast überschlagen hat. Jedenfalls wird er mich nicht absetzen, weil das die Öffentlichkeit empören würde, denn letztendlich habe ich genau das ausgesprochen, was die meisten denken. Auch wenn das, was ich getan habe, gewissermaßen skandalös war und es so etwas in einer Demokratie nicht geben darf, würden die meisten mit einem Mörder nur zu gern kurzen Prozess machen.«

»Und was schlägst du jetzt vor, du Schlaumeier?«

Sven wandte sich ab und setzte sich in seinen Stuhl. »Wir warten ab. Keine Angst, er wird sich rühren.«

Johanna konnte es nicht fassen, und sie spürte, wie die Wut langsam in ihr hochkochte. Er hatte sich einen groben Fehler erlaubt und saß nun in aller Seelenruhe in seinem Büro, in der Hoffnung, dass der Täter *sich rühren* würde.

»Er wird sich rühren? Ist das alles, was dir dazu einfällt? Dass er sich rühren wird? Dass er weiter mordet, ist ja wohl klar, aber hast du eine Ahnung, was momentan in ihm vorgeht? Das Vertrauen, das er in dich gesetzt hat, ist nun verloren. Wahrscheinlich heißt das, dass seine Enttäuschung sich in Wut oder gar Hass verwandelt. Wenn er vorher schon unberechenbar war, dann ist er jetzt erst recht eine tickende Zeitbombe. Er könnte seine nächsten Opfer wahllos aussuchen. Wer weiß, an wem er sich das nächste Mal vergreift? Vielleicht ist es sogar ein Kind? Aber dann, mein Bester, ist das allein deine Schuld.«

»Na toll.« Sven hatte die Hände auf die Tischplatte gestützt und stemmte sich langsam hoch. Sein Gesicht war wutverzerrt, und seine Augen schossen Pfeile auf Johanna ab.

»Na toll.« Diekmann stemmte sich aus seinem Stuhl hoch. »Ist ja wirklich klasse. Ich kann mich nicht erinnern, inwiefern du dazu beigetragen hast, dass die Richtung der Ermittlungen sich in irgendeiner Weise manifestiert hätte. Während du mit irgendwelchen Pastoren zusammensitzt und dir die Zeit mit dem Studium der Bibel vertreibst, habe ich einen Mörder zu finden, und ich kann bisher nicht behaupten, dass du etwas Kriegsentscheidendes zu dem Ganzen hier beigetragen hast. Was ist los mit dir, Frau Doktor? Gibt es kein Lehrbuch, in dem du nachschlagen, keinen Professor, den du anrufen kannst?« Seine Stimme troff vor Hohn. Sie hasste es, wenn er so redete, nicht zuletzt, weil sie sich davon verunsichern ließ. Und das war ihm sehr wohl bewusst.

»In deinen Augen ist die Suche nach einem Täter ja wohl Polizeisache. Du bist doch schon immer der Meinung gewesen, dass ich nichts anderes bin als ein studierter Schmarotzer, der dir sagen will, wo es langgeht. Aber dieses Mal bist du zu mir gekommen. Und warum? Wolltest du mir wieder mal alles in die Schuhe schieben, wenn du scheitern solltest?«

Sie standen sich wie zwei Kampfhähne gegenüber und funkelten sich an. Mittlerweile musste das Geschrei über den ganzen Flur zu hören sein.
»Halt den Mund«, er schrie fast. Sein Gesicht war rot angelaufen. »Deine Unfähigkeit hat schon einmal fast einen meiner Leute das Leben gekostet. Jetzt sitzt er zu Hause und denkt darüber nach, ob er sich eine Kugel in den Kopf jagen oder er sich besser aufhängen soll. Und das alles, weil du«, er stieß über den Tisch hinweg Johanna schmerzhaft seinen Zeigefinger in die Brust, »nicht in der Lage warst, mit deinem ach so fundierten Psychoscheiß einen Wahnsinnigen zu stoppen. Weil deine Borniertheit es dir verboten hat. Und jetzt hast du die Stirn, mir Fehlverhalten vorzuwerfen?«
Für einen Moment schwiegen beide. Johanna ließ seine Rage auf sich wirken. Sie wusste, sie hatte keine Chance, zu ihm durchzudringen. Er hatte sich verrannt und beschlossen, sie zum Sündenbock zu machen. Er war verzweifelt, weil sie wahrscheinlich genau das bestätigt hatte, was er selbst schon gewusst hatte, nämlich dass sein Auftritt vor der Presse nicht unbedingt eine Glanzleistung gewesen war. Ihre Psychologenseele hatte Verständnis für seinen Ausbruch und seine Vorwürfe. Der Mensch in Johanna dagegen war versucht, ihm ins Gesicht zu schlagen.
»Scher dich zum Teufel, du arroganter Mistkerl.« Sie machte auf dem Absatz kehrt und verließ sein Büro. Wutschnaubend stürmte sie in ihr Zimmer und warf die Tür hinter sich ins Schloss. Es war ihr egal, was die anderen von ihr dachten. Jeder wusste, dass sie und der Chef nur einen Burgfrieden pflegten, und allen musste klar sein, dass der nicht von Dauer war. Sie warf sich auf ihren Stuhl, ohne ihren Mantel auszuziehen, und starrte stumpfsinnig vor sich hin. Ihr altes Selbstmitleid drang

wieder in ihr Bewusstsein. Egal, was alle wussten, seine Lobby hier war zu stark, als dass ihm irgendjemand die Schuld an ihrem Zwist geben würde, nein, sie als die »Psychotante« hatte ihn provoziert.

Es klopfte leise, und bevor sie »Herein« rufen konnte, öffnete sich die Tür einen Spaltbreit. Ein rundes, freundliches Gesicht schob sich hindurch.

»Darf ich reinkommen?«

Johanna sah erstaunt auf. »Sicher, Julika. Gern.«

Die Kollegin trat ein und schloss die Tür hinter sich. Sie trug einen Becher und eine Kanne in der Hand. Beides hielt sie mit besorgter Miene hoch.

»Wie wäre es mit einem heißen Kakao? Ist ziemlich kalt draußen. Wird uns bestimmt nicht schaden.«

Johanna nickte dankbar. »Sie haben Recht. Setzen Sie sich doch.« Sie selbst beugte sich vor und schälte sich aus ihrem Mantel. Wie früher in der Schule drapierte sie ihn über der Stuhllehne.

Julika ließ sich aufseufzend in den Besucherstuhl sinken. »Geht Ihnen das auch so? Ich mag diese Jahreszeit einfach nicht. Es ist mir zu dunkel und zu nass, und eigentlich ist es mir dreißig Grad zu kalt. Wahrscheinlich wäre es besser, ich würde im Süden leben.« Sie sah Johanna direkt in die Augen, und ihr Gesicht hatte etwas Offenes. Falschheit war ihr offenbar völlig fremd.

Johanna ging auf den Smalltalk ein. Sie kam sich vor wie auf einer Cocktailparty. Wenn einem gar nichts mehr einfiel, sprach man eben über das Wetter oder die Politik der derzeitigen Regierungspartei.

Sie schlang sich die Arme um den Oberkörper, als würde sie frösteln. »Wenn man im Warmen sitzt, ist es nur halb so wild. Viel schlimmer ist, dass man morgens im Dunklen das Haus verlässt und erst wiederkommt, wenn es schon wieder duster ist.«

Julika nickte wissend. »Stimmt. Und das Glas Rotwein auf dem Balkon fällt auch flach.« Bedächtig öffnete sie die Thermoskanne. Als das heiße Getränk in die beiden Becher floss, stieg Johanna das süße Aroma der Schokolade in die Nase. Für sie hatte Kakao schon immer etwas Beruhigendes gehabt. Es ging einher mit dem Gefühl, in Sicherheit zu sein. Dieses angenehme Gefühl hatte sie aus ihrer Kindheit in ihr Erwachsenendasein hinübergerettet. Komisch, dachte sie, dass man sich von einigen Dingen, und seien es nur Empfindungen, einfach nicht trennen kann.

Beide Frauen nahmen ihre Becher und pusteten hinein, um das Getränk abzukühlen.

Johanna fühlte sich seltsam beklommen. Der Gedanke, dass Julika einfach nur vorbeikam, um mit ihr einen Kakao zu trinken, erschien ihr absurd, andererseits, fragte sie sich ärgerlich: Warum eigentlich nicht? Sie stellte fest, dass sie wieder einmal dabei war, sich schlechter zu machen, als sie war. Julika war von Anfang an eine derjenigen gewesen, die sie zumindest gegrüßt hatten. Sie ließ sich nicht im Geringsten von Vorurteilen oder Gerüchten beeinflussen. Das Einzige, was sie bisher von dieser stillen Frau wusste, war, dass sie nie die Nerven verlor und selbst unter Stress die Ruhe behielt. Sie erfüllte all ihre Aufgaben gewissenhaft und wirkte oft wie ein Fels in der Brandung.

Johanna hatte schon häufig bemerkt, wie viel Respekt Julika ihrem Chef entgegenbrachte, und ebenso behandelte Sven seine Mitarbeiterin stets so, als wäre sie in ihrer Funktion unentbehrlich.

Die Psychologin gab insgeheim zu, dass sie mitunter so etwas wie Eifersucht verspürte, wenn sie Sven mit seinen »Untergebenen« beobachtete. Er ließ ihnen die Achtung zukommen, die er ihr standhaft verweigerte. Selbst in der Zeit des, wie sie jetzt wusste, befristeten Burgfriedens hatte er sie eher wie eine arme Verwandte behandelt, fand sie.

»Sind Sie verheiratet?« Johanna hatte keine Ahnung, warum sie diese Frage stellte, sie wollte einfach nur das Gespräch in Gang halten. Sie amüsierte sich über sich selbst. Wenn eine Person Schweigen nicht ertrug, zeugte das von ihrer Unsicherheit.

»Nein«, Julika schüttelte den Kopf, »ich bin Witwe.«

»Oh, das tut mir Leid.« Johanna könnte sich dafür ohrfeigen, dass sie wieder einmal mit der Sicherheit eines Trüffelschweins ins Fettnäpfchen getreten war.

»Das muss Ihnen nicht Leid tun. Er war auch Polizist und hat sich im Suff totgefahren.« Julika nahm einen Schluck und schmatzte genießerisch. Die Art und Weise, wie sie vom Tod ihres Mannes sprach, zeigte, dass sie glaubte, dieser Beruf hinge eng mit Alkoholismus zusammen. Johanna gab ihr im Stillen Recht. Viele Beamte glaubten anscheinend, dass sich der Dienst nur mit dem entsprechenden Quantum Alkohol ertragen ließ. Welche Messlatte für das *Quantum* sie allerdings dabei anlegten, hatte Johanna bisher nicht herausgefunden.

»Tja, und da stand ich nun. Mittellos, Witwe und Mutter eines Kleinkindes.«

»Das war mit Sicherheit nicht einfach.«

»Nein. Ich wollte halbtags arbeiten, aber keiner wollte mich haben. Sie müssen wissen, in diesem Job ist es verpönt, als Frau nur halbe Tage zu arbeiten. Wenn ich ein allein erziehender Vater wäre, hätten sicher alle Hochachtung vor der Leistung, Kind und Beruf unter einen Hut zu bringen, und ich würde als eine Art Held gefeiert. Wenn man dagegen als Frau das gleiche

Recht in Anspruch nimmt, heißt es gleich, *das kann ja nichts werden*. Genau genommen befindet sich die Polizei, was diese Art der Gleichberechtigung angeht, noch im tiefsten Mittelalter.«

»Aber Sie haben es geschafft.«

»Ja, allerdings nicht allein. Ich habe Schützenhilfe von meinem ehemaligen Chef bekommen, der mich zu seiner neuen Dienststelle geholt hat.«

Johanna stöhnte innerlich auf. Sie konnte sich vorstellen, was jetzt kam.

Julika fuhr unbeirrt fort. »Es ist, als ob sich Herr Diekmann eine Dienststelle nach Maß geschaffen hätte.« Sie lächelte amüsiert. »Er hat all diejenigen bei sich aufgenommen, die woanders keiner haben wollte. Entgegen aller Erwartungen hat es sich ausgezahlt. Jeder hier«, sie beschrieb mit der Hand einen Bogen, der nahezu das ganze Gebäude einschloss, »gibt sein Bestes.« Sie nahm einen Schluck aus ihrem Becher.

Johanna tat es ihr gleich. Sie ließ die warme Flüssigkeit die Kehle hinunterrinnen und spürte fast augenblicklich, wie sie sich entspannte. Für eine Sekunde glaubte sie, das Zimtaroma wahrzunehmen, das in ihrer Kindheit immer von den selbst gebackenen Keksen ihrer Mutter ausgegangen war. Eine der wenigen guten Seiten, die sie ihrer Mutter abgewinnen konnte.

Sie beschloss, auf den leichten Tonfall Julikas einzugehen. »Das hört sich ja an, als wäre die Mordkommission so etwas wie ein Strafbataillon.«

»Ganz so schlimm ist es nicht. Sehen Sie, die Mordkommission ist eine der wenigen Dienststellen, an die man nur freiwillig kommt. Man kann nicht zwangsweise hierher versetzt werden. Ein Zugeständnis an die Tatsache, dass Leichen nicht jedermanns Sache sind. Diekmann will Leute um sich haben, auf die er sich verlassen kann, und nachdem er festgestellt hat, dass es hier kaum noch Motivation, dafür umso mehr Abgestumpftheit und Frustration gab, hat er mit dem eisernen Besen gekehrt. Wer bereit war, sich auf die veränderte Lage einzustellen, durfte bleiben. Die, die glaubten, sich ihre Lorbeeren allein dadurch verdient zu haben, dass sie schon lange bei der Mordkommission Dienst taten, mussten gehen. Er hat ihnen klar gemacht, dass sie nicht zum Inventar gehörten. Die freien Stellen hat er dann mit Leuten besetzt, die er kannte und denen er helfen wollte. Er hat auch junge Leute hergeholt. So sind wir schließlich so eine Art eingeschworene Gemeinschaft geworden. Fast so etwas wie die bei der Polizei viel propagierte *Familie.* Viele haben hier das erste Mal in ihrer beruflichen Karriere erfahren, was Loyalität wirklich bedeutet, und sie wären bereit, für Sven durchs Feuer zu gehen.«

Julika war dazu übergegangen, ihren Chef beim Vornamen zu nennen. Johanna konnte die Verbundenheit spüren, die sie Diekmann gegenüber empfand, und wenn sie vorher vielleicht das vage Gefühl gehabt hatte, dass die junge Polizistin in Sven verliebt sein könnte, so war sie sich jetzt absolut sicher, dass dies nicht der Fall war. Es waren Respekt und fast so etwas wie geschwisterliche Zuneigung, die sie ihm entgegenbrachte.

Johanna konnte sich denken, warum Julika all das vor ihr ausbreitete, doch sie stellte sich bewusst dumm. »Warum erzählen Sie mir das alles?« Sie hatte ihren Becher auf dem Tisch abgestellt und sich ein wenig vorgebeugt. Die Hände hatte sie unter dem Tisch gefaltet.

Julika stellte ihren Becher ebenfalls ab und lehnte sich zurück. Ihre Arme ruhten auf den Stuhllehnen. »Sie haben es von Anfang an nicht leicht gehabt. Die Umstände Ihrer Mitarbeit waren uns allen bekannt, und ebenso wussten wir, dass der Chef davon nicht begeistert war. Unsere anfängliche Ablehnung war also nichts weiter als eine kindliche Solidarität, die nichts mit dem zu tun hatte, was uns unser Verstand eingegeben hat. Ich habe eben Ihre Auseinandersetzung mitbekommen und wollte Ihnen nur sagen, dass ich weiß, was Sie jetzt empfinden. Im Grunde ist er ein gerechter Chef. Er ist offen und ehrlich und gehört nicht zu denjenigen, die ihre Leute bei nächstbester Gelegenheit verkaufen. Auch ich habe, wie jeder von uns, ähnliche Ausbrüche miterlebt, und wenn er einsieht, dass er über das Ziel hinausschießt, entschuldigt er sich. Es ist nur so, dass er sich in einer Sackgasse fühlt und nicht weiß, wie es weitergehen soll. Er steht ziemlich unter Druck. Sie wissen ja, wie es beim letzten Mal war.«

Johanna erinnerte sich noch sehr gut daran. Das letzte Mal war die Presse über die Polizei hergefallen, und Svens Chef hatte nichts Besseres zu tun gehabt, als Pressemitteilung und Verantwortung an seinen Untergebenen zu delegieren.

»Er hat Angst davor, dass wir bald wieder eine Leiche finden. Ich wollte Ihnen sagen, dass Sie sich, wenn es Ihnen zu viel wird, jederzeit bei mir über ihn«, sie deutete mit dem Kopf in Richtung Svens Büro, »auskotzen können. Glauben Sie mir, ich könnte ihn auch so manches Mal an die Wand nageln.«

Die beiden Frauen sahen sich einen Moment an. Johanna hatte das erste Mal seit Markus' Krankheit das Gefühl, eine Verbündete gefunden zu haben.

Sie beschloss, dieses neue Gefühl der Verbundenheit nicht aufs Spiel zu setzen, und hielt ihren Becher Julika hin. »Haben Sie noch einen Schluck für mich?«

Der restliche Tag verlief ruhig.
Johanna hatte sich die Berichte vorgenommen und war sie noch einmal durchgegangen. Unter Zuhilfenahme einiger psychologischer Nachschlagewerke fand sie ihre bisherigen Theorien, soweit man von Theorien sprechen konnte, weitgehend bestätigt. Es gab nichts, was sie übersehen hatte. So glaubte sie zumindest. Das bedeutete, dass sie im Grunde nichts vorzuweisen hatte.
Sven hatte sie den ganzen Tag nicht mehr gesehen, und das war auch gut so, versuchte sie doch seit dem Gespräch mit Julika ihren Ärger herunterzuschlucken und so etwas wie Verständnis für ihn aufzubringen.
Es war nicht so sehr die Wut auf sein Verhalten, mehr der Ärger darüber, dass alle ihn hier anscheinend mit Glacéhandschuhen anfassten. Hier glaubte offenbar jeder, dass Diekmann so etwas wie der liebe Gott sei, dem man stets alles verzieh, in dem Bewusstsein, dass er unfehlbar war.
Soweit ihr bekannt war, gab es laut der katholischen Kirche nur einen unfehlbaren Menschen, und das war der Stellvertreter Gottes auf Erden, der Papst.
Bei dem Vergleich zwischen dem Papst und Sven Diekmann musste sie lachen.
Der Papst sonnte sich in dem Glanz der Unfehlbarkeit, und die Frage war, ob Sven das auch tat. Bei all ihrem Ärger auf ihn konnte sie sich das jedoch nicht so recht vorstellen. Wahrscheinlich merkte er gar nicht, wie seine Leute über ihn dachten. Unfehlbarkeit war mit Sicherheit das Letzte, was er für sich in Anspruch nehmen würde. Vielmehr war es ihm zuwider.
Die Tage waren jetzt extrem kurz, und das schwindende Tageslicht hinterließ diffuse Lichtspiele an der Wand. Ein Blick auf die Uhr zeigte ihr, dass es erst halb fünf war. Sie schaltete das Licht ein und vertrieb somit die Schatten in die dunklen Ecken des

Zimmers. Nach kurzer Zeit beschloss sie allerdings, für heute Schluss zu machen.
Sie war mit Joachim verabredet und freute sich darauf bereits die ganze Woche.
Auch wenn nichts zwischen ihnen war, so hatte er sich doch zu einer festen Konstanten in ihrem Leben entwickelt. Eigentlich wäre es keine schlechte Idee, sich auf ihn einzulassen, versprach doch eine Beziehung mit ihm die Leichtigkeit, die sie suchte, bei aller Sicherheit, die sie brauchte.
Sie vermochte sich nicht vorzustellen, dass jemals etwas Verlogenes zwischen ihnen stehen würde, und er war reif genug, um jedes Problem sachlich lösen zu können. Verglichen mit ihm war Stefan ein verzogenes kleines Kind, das bei jeder Gelegenheit mit dem Fuß aufstampfte.
Joachim zeigte ein Interesse an ihr und ihrem Leben, das ehrlich war, ohne übertrieben zu wirken. Er übte genug Kritik, um sie zum Nachdenken anzuregen, und hatte jene charmante Art, die eine Frau wie Butter in der Sonne schmelzen ließ.
Darüber hinaus sah er gut aus, und wenn sie mit unterwegs war, genoss sie die bewundernden Blicke, die andere Frauen ihm zuwarfen, ebenso wie sie die neidischen Blicke genoss, die sie trafen.
Also warum zum Henker ließ sie sich nicht auf ihn ein?
Sie schob diesen Gedanken beiseite. Wie so oft in letzter Zeit merkte sie, dass sie viel Übung darin entwickelt hatte, unliebsame Gedanken einfach aus ihrem Kopf zu verbannen, und stellte fest, dass ihr das eigentlich ganz gut gefiel. Es machte vieles leichter, was ihr vorher das Leben erschwert hatte.
Die Fahrt nach Hause zeigte ihr, dass die Dunkelheit nur trügerisch war und nichts mit Stille zu tun hatte. Fahrzeugkolonnen schlichen über die Straße, jeder Fahrer darauf bedacht, auf dem

tückischen Glatteis nicht die Gewalt über seinen Wagen zu verlieren. Die Nerven lagen nach einem langen Arbeitstag bei jedem blank, aber schließlich schaffte Johanna es unbeschadet nach Hause.
Sie hatte noch Zeit, bis sie sich umziehen musste, und beschloss daher, bei einem Glas Wein in der Badewanne zu entspannen. Joachim würde sie abholen, so dass sie heute nicht mehr Autofahren musste.
Ihr Briefkasten quoll über, und außer der obligatorischen Werbung einiger Kaufhäuser zog sie ein paar Rechnungen sowie eine Postkarte ihrer Mutter heraus.
Sie hatte sich in der ihr eigenen Art nach ihrem letzten Disput beleidigt von ihrer Tochter zurückgezogen, was darin gipfelte, dass sie beschloss, den Winter in Spanien zu verbringen.
Johanna konnte sich nicht daran erinnern, wann sie sich das letzte Mal so frei gefühlt hatte.
Ohne die Karte zu lesen, warf sie sie in den Mülleimer.

Als Joachim klingelte, war sie fertig.
Sie hatte sich für eine schwarze Abendhose mit weitem Bein und eine weiße Spitzenbluse entschieden. Die Bluse hatte eine modische Länge und ließ hier und da ein wenig Bauch aufblitzen. In Anbetracht des Wetters hatte sie auf Pumps verzichtet und stattdessen lieber die weinroten Stiefel mit breitem Blockabsatz gewählt.
Das heiße Bad und das Glas Wein hatten ihr gut getan, und als sie Joachim schließlich in diesem kleinen türkischen Restaurant gegenübersaß, fühlte sie sich entspannt.
Es machte ihr Spaß, mit ihm in einem lockeren Ton über Alltägliches zu plaudern. Es war so unkompliziert, und sie fragte sich, warum nicht alles im Leben so problemlos verlief.

»Was ist das?« Joachim sah interessiert auf seinen Teller hinab. Johanna lachte. Er hatte sich tatsächlich auf das Abenteuer der türkischen Küche eingelassen. Wie die meisten Menschen wusste er nicht, was ihn erwartete, und sah sich im ersten Moment einer abgewandelten griechischen Küche ausgesetzt.
»Ein Topinambursalat. Das ist ein Gemüse und wird dir schmecken.«
Mit einem leichten Zögern spießte Joachim erst einmal eine Olive auf die Gabel, ganz so, als bewege er sich, zumindest was diese Frucht anging, auf vertrautem Terrain.
»Du hast dich also wieder mal mit Diekmann gestritten?«
»Hm. Er ist unglaublich gereizt im Moment, und das wird wohl auch noch anhalten, bis die Ermittlungen abgeschlossen sind. Schenkst du mir bitte noch ein bisschen Wein nach?« Sie hielt ihm ihr Glas entgegen, das er mit Akkemoe, einem weißen türkischen Tafelwein, füllte.
»Musst du unbedingt mit ihm zusammenarbeiten?« Er nahm ein Stück Porree auf die Gabel und betrachtete es von allen Seiten. Als er es wieder erkannte, steckte er es sich in den Mund.
»Man geht auch bei uns immer mehr dazu über, bei bestimmten Delikten von Anfang an Psychologen hinzuzuziehen. Sven wollte dieses Mal nicht warten, bis man ihm wieder jemanden, also in diesem Fall mich, vor die Nase setzt. Er ist gleich zu mir gekommen und hat mich nach meiner Meinung gefragt. Eigentlich ein guter Schachzug. So konnte er von Anfang an mit ruhigem Gewissen die Verantwortung mit jemandem teilen, ohne den Makel des Versagens ganz allein tragen zu müssen.« Sie kaute genüsslich an einem Stück Topinambur und spülte mit Weißwein nach.
»Übertreibst du jetzt nicht ein bisschen?« Joachim hatte sich durch alle Zutaten seines Salates gekämpft und war offenbar damit zufrieden.

»Nein. Mittlerweile kenne ich diesen Herrn sehr gut. Er ist kein besonders netter Zeitgenosse, und irgendwie kann ich verstehen, warum ihm seine Frau davongelaufen ist. Wenn er sich zu Hause auch nur annähernd so aufgespielt hat wie im Dienst, ist es ein Wunder, dass sie ihn nicht ermordet hat.«
Joachim lachte leise. »Wenn ich es nicht besser wüsste, würde ich sagen, du hast was für ihn übrig.«
Johanna glaubte, sich verhört zu haben. Sie hielt inne und starrte Joachim wie vom Donner gerührt an. »Bist du irre? Dieser Mensch hat mir tatsächlich vorgeworfen, wie er es so schön nannte, *seine Leute* in Gefahr gebracht zu haben. Das ist doch wirklich eine Frechheit.«
Er sah ihr einen Moment in die Augen. »Ach, und ich dachte, ihr hättet so etwas wie Burgfrieden geschlossen.«
»Haben wir auch, aber selbst im Burgfrieden sind Grabenkämpfe erlaubt. Wir verzichten lediglich darauf, offene Schlachten auszufechten. Ich komme mir vor wie im Kalten Krieg.«
Mit ihrem Salat waren sie mittlerweile fertig, und der Kellner trug den nächsten Gang auf.
Johanna folgte Joachims neugierigem Blick. »Das ist gebratener Schafskäse.«
Er musterte sie erstaunt. »Gebraten?«
»Na ja, eigentlich frittiert. Probier es doch einfach mal.« Johanna griff nach ihrer Gabel und nahm sich ein großes Stück von dem Käse, das sie genüsslich im Mund zergehen ließ. »Ich liebe die türkische Küche. Ich könnte mich ausschließlich davon ernähren.«
Nach einer kurzen Pause nahm sie den Gesprächsfaden wieder auf. »Es scheint fast so, als wollte er mir die Schuld geben, dass sich wieder ein Serienmörder in Hamburg herumtreibt. Ich meine, er glaubt, ich gebe Annoncen auf: *Serienmörder*

gesucht!« Johanna hob einen Arm und deutete mit Daumen und Zeigefinger eine überdimensionale Überschrift in der Luft an.

Joachim wirkte nunmehr belustigt. »Vergiss es, du magst ihn wirklich nicht. Kann man das auch essen?« Er zeigte aus sicherem Abstand auf einige kleinere Gebilde auf seinem Teller. Seinem Blick nach zu urteilen, befürchtete er jeden Moment einen Angriff seitens der unbekannten Fremdkörper.

»Das sind Schnittbohnen im Teigmantel. Echt lecker. Der Typ ist ein Arschloch.« Ihren Gedankensprüngen zu folgen war nicht ganz einfach, zumal wenn man, wie Joachim, mit exotischen Essensbeilagen zu kämpfen hatte. Aber er schaffte beides. Von den Bohnen zu probieren und Johannas Schimpftiraden richtig einzuordnen.

»Du hast Recht, das kann man wirklich essen. Kommst du öfter hierher?«

»Eigentlich nicht. Ich habe keine Lust, allein essen zu gehen. Hast du in der letzten Zeit mit Flo oder Markus gesprochen?«

Er gewöhnte sich langsam daran, dass ihre Themenwechsel zuweilen abrupt waren. »Ja«, er nickt ernst. »Den beiden geht es momentan nicht besonders gut.«

Johanna legte ihr Besteck beiseite und stützte die Ellenbogen auf den Tisch. Ihre Augen wanderten zu einem Punkt hinter Joachim. Sie erinnerte sich daran, dass sie eigentlich vorgehabt hatte, Flo vor zwei Tagen anzurufen. Auch hatte sie mit dem Psychiater von Markus sprechen wollen. Beides hatte sie bisher vor sich hergeschoben, obwohl ihr klar war, dass es, je länger sie wartete, nicht leichter wurde.

»Ich weiß. Ich finde einfach keinen Zugang zu Markus. Und sobald Flo mich ansieht, ist das dieser Schmerz in seinen Augen. Auch wenn er mir keine Vorwürfe macht, habe ich ständig ein

schlechtes Gewissen. Ich frage mich, wann und ob das überhaupt aufhört.«
»Es wird nie wieder so sein wie früher. Zumindest darauf solltest du dich einstellen.«
»Ja, das ist wohl so.« Johanna senkte den Blick und widmete sich wieder ihrem Essen. Sie schob ein paar Bohnen zur Seite und legte die Gabel dann seufzend weg. Ihr war der Appetit vergangen, und sie beschloss, eine Pause bis zum Hauptgang zu machen.
Eine Weile schwiegen sie, bis schließlich Joachim das Wort wieder ergriff. Er spielte mit dem Stiel seines Glases und vermied es, sie anzusehen.
»Ich wollte übers Wochenende wegfahren. Hast du Lust, mich zu begleiten?«

Noch lange, nachdem Joachim sie abgesetzt hatte, saß Johanna vor ihrem Kamin und dachte nach.
Sie hatte nach einer Möglichkeit gesucht, ihm eine möglichst taktvolle Absage zu erteilen, doch außer einem wirren Stottern hatte sie nichts herausgebracht, und Joachim hatte sie schließlich, gut erzogen, wie er war, mit einem resignierten Lächeln nach Hause begleitet. Vor ihrer Haustür blieb er stehen und blickte sie einen Moment traurig an. Er drückte ihr einen leichten Kuss auf die Stirn und lehnte ihre Einladung zu einem abschließenden Mokka ab.
Nachdem er weggefahren war, hatte sie die Tür schnaufend hinter sich ins Schloss geworfen und sich von innen dagegen gelehnt. Eine seltsame Mischung aus Erleichterung und schlechtem Gewissen machte sich in ihr breit, aber für den Moment war sie zufrieden, sich nicht auf etwas eingelassen zu haben, das sie eigentlich gar nicht wollte. Ein Wochenende mit Joachim fiel

eindeutig in diese Kategorie. Zuerst hatte sie sich eingeredet, dass sie Zeit brauchte. Irgendwann ging ihr auf, dass nicht Zeit der entscheidende Faktor war, sondern einfach die Tatsache, dass sie nicht das Gleiche für ihn empfand, wie er für sie.

Wie so oft in den letzten Wochen brachte sie den Kamin in Gang und setzte sich mit einem heißen Früchtetee davor.

Die Wärme bahnte sich einen Weg zu ihr und züngelte an ihren Beinen hoch, bis sie ihr Gesicht erreichte und es zum Glühen brachte.

Das einzige Licht im Haus kam von einer kleinen Lampe, die auf der Fensterbank stand, und das Feuer im Kamin warf gespenstische Schatten an die Wand, die wie Dämonen im Zimmer umhertanzten. Johanna legte den Kopf in den Nacken und genoss für einen Moment den Frieden, den sie empfand.

Viele Sachen gingen ihr durch den Kopf. Sie dachte an all die Menschen, denen sie sich verpflichtet fühlte, und die Menschen, die einfach da waren.

In Augenblicken wie diesem nahm sie sich stets vor, sich von der Vergangenheit zu trennen und einen dicken Schlussstrich zu ziehen. Alle Brücken hinter sich abzubrechen und noch einmal neu anzufangen, denn egal wohin sie sich wandte, immer war jemand da, der etwas erwartete, und Erwartungen waren genau das, was sie nicht mehr erfüllen wollte. Sie hatte das Gefühl, als sei sie nun an der Reihe, andere auszuhöhlen und für sich einzuspannen.

Sie schloss die Augen und atmete tief durch.

Es wurde langsam besser.

Er hatte die Gesichter seiner Leute und, vor allen Dingen, Johannas Miene gesehen.

Das allein hätte ihm schon gereicht. Die Fassungslosigkeit in ihren Augen drückte aus, dass sie ihn nicht mehr für ganz normal hielt, und vielleicht hatte sie sogar Recht.

Über Julikas Gesicht war ein leichtes Lächeln gehuscht. Sie hatte es verstanden, auch wenn sie es im Moment nicht einordnen konnte, aber sie hatte gewusst, dass er nicht anders konnte.

Wo war überhaupt der Unterschied zu dem, was Johanna *proaktive Technik* nannte?

Das Hupen hinter ihm zeigte, dass er sich nicht genug auf den Verkehr konzentrierte. Die Ampel war längst grün, und er stand noch immer da, als seien seine Reifen auf dem nassen Asphalt festgenagelt. Er schloss kurz die Augen und versuchte seine Aufmerksamkeit auf den fließenden Verkehr zu richten. Das Schneetreiben, das kurz vorher eingesetzt hatte, wurde dichter, doch er war sicher, dass es bald von Regen abgelöst wurde. Schließlich war er hier in Hamburg und nicht in Sibirien.

Nachdem er sich wieder in die Reihe derer eingeordnet hatte, die fluchend und schimpfend darauf warteten, dass die Ampel, die mittlerweile auf Rot gesprungen war, wieder grün wurde, ließ er seine Gedanken schweifen.

Er hasste es, zu Pressekonferenzen genötigt zu werden, aber wenn es sich schon nicht ändern ließ, dann musste er die Situation wenigstens ausnutzen.

Der Killer wollte etwas von ihm, irgendetwas, und Gott allein wusste, was es war, und er hatte beschlossen diese Herausforderung anzunehmen.

Nur der Mörder und er.

Diekmann konnte Johannas Reaktion sehr wohl einordnen. Vielleicht hatte er auch deshalb nicht vorab mit ihr über sein Vorhaben gesprochen. Ihre Stimme hatte sich überschlagen, ihre Stirnader war hervorgetreten, und ihr Gesicht war hochrot ange-

laufen. So, wie sie ausgesehen hatte, hatte sie kurz vor einem Herzanfall gestanden.
Es war ihm durchaus bewusst, dass er ein riskantes Spiel spielte, doch so, wie Johanna es hingestellt hatte, sah es aus, als ob er den Opfern den Todesstoß versetzt hätte.
Diekmann wusste, dass das neuerliche Zerwürfnis eindeutig auf sein Konto ging, denn wenn er sich vorher mit ihr beraten hätte, wäre es gar nicht zu dieser Auseinandersetzung gekommen. Sie hatte schon Recht, denn immerhin hatte er sie um Hilfe gebeten. Johanna hatte sich ihm nicht aufgedrängt.
Er hatte sie vor den Kopf gestoßen, aber das erwartete Triumphgefühl, das ihn noch vor einigen Monaten nach jedem gegen sie errungenen kleinen Sieg erfüllt hatte, war ausgeblieben. Die bekannte grimmige Befriedigung hatte sich nicht eingestellt. Stattdessen fühlte er sich ausgebrannt, und mehr denn je dachte er darüber nach, ob dieser Job tatsächlich das Richtige für ihn war. Er hasste es, so hilflos zu sein, und dennoch konnte er nichts dagegen tun.
Er hatte sich zu Anfang mit den Überlegungen getröstet, dass es bisher keinen Unschuldigen erwischt hatte, und sich gleichzeitig für diese Gedanken geschämt. Niemand hatte verdient, so zu sterben, egal was er getan hatte, egal was die Öffentlichkeit dachte, und doch würde genau diese Öffentlichkeit ihn zerreißen. Unabhängig davon, ob er den Mörder fand oder nicht.
Er hatte Angst, dass er den Wahnsinn auch dieses Mal nicht würde rechtzeitig aufhalten können, aber genau genommen war dieser Zeitpunkt schon lange verstrichen. Da war wieder dieser dicke Klumpen in der Magengrube, der ihn hinderte klar zu denken. Und der ihn seines sicheren Gespürs beraubte.

Er hatte Johanna zu hart angefasst, aber er hasste diese therapeutische Miene, die sie aufsetzte, wenn sie versuchte, ihm etwas zu erklären, als wäre er ein kleines, noch dazu begriffsstutziges Kind.
Er wusste, dass er sich würde entschuldigen müssen, er wusste allerdings auch, dass er keine Lust hatte, sich mit ihr auf eine Diskussion einzulassen, die unweigerlich auf die Entschuldigung folgen würde.
Mit einem Mal fühlte er sich alt und ausgebrannt.
Und verdammt einsam.

Er hatte eine unruhige Nacht verbracht, in der er fast kein Auge zubekam. Immer wieder tauchten die Bilder aus der Gerichtsmedizin vor ihm auf. Er merkte, wie ihm das Ganze an die Nieren ging. Immer wieder schoss ihm der Begriff des Bösen durch den Kopf, und er fragte sich, ob es so etwas tatsächlich gab. Es flößte ihm Angst ein. Während er sich im Bett hin und her wälzte, überlegte er andauernd, ob er etwas übersah. Er rekapitulierte die Berichte, das Aussehen der Wohnungen der Opfer, ihre blutleeren toten Körper, aber da war nichts. Schließlich gab er es auf.
Nachdem er endlich eingenickt war, hatte er den Wecker nicht gehört und daher verschlafen.
Er hatte auf seinen Kaffee verzichtet und sich sofort auf den Weg gemacht. Nachdem er sich durch den morgendlichen Verkehr ins Büro gekämpft hatte, war er zwar noch schlechter gelaunt als am Vorabend, aber er wusste, was er zu tun hatte, und das gedachte er auch unverzüglich umzusetzen.
Er ging an seinem eigenen Büro vorbei und klopfte an Johannas Tür. Er sah auf die Uhr und stellte fest, dass es bereits kurz nach neun war, eine Zeit, zu der Johanna schon anzutreffen war.

Sie hatte es sich anscheinend zur Gewohnheit gemacht, ihre Tür nicht mehr zu schließen, so dass sie ihn nicht hereinbitten musste, sondern einfach nur den Blick hob. Für einen winzigen Moment blitzte so etwas wie Erstaunen in ihren Augen auf, doch sie hatte sich sofort wieder im Griff.

Vielleicht hatte er sich das auch nur eingebildet.

»Sven. Guten Morgen.« Sie lehnte sich in ihrem Stuhl zurück und drehte dabei einen Stift in beiden Händen.

Sven betrat ihr Zimmer und blieb vor ihrem Tisch stehen. Er hatte die Hände in der Jacke vergraben und blickte sie finster an. »Ich fürchte, gestern war nicht mein Tag.« Er hatte auf eine Begrüßung verzichtet und war gleich auf den Punkt gekommen. Eine Angewohnheit, an der sich viele störten, wie er sehr wohl wusste.

Johanna sah ihm mit ihrem therapeutischen Blick in die Augen. Sie antwortete nicht und wartete ab, was er wollte.

Er spürte, dass er nervös wurde, und im Geiste trat er von einem Bein auf das andere. Er hasste es, wenn jemand versuchte, ihn zappeln zu lassen. »Ich stehe mit dieser ganzen Sache ziemlich unter Druck, und, nun ja …« Er brach ab, weil er tatsächlich nicht weiterwusste.

Für einen Moment herrschte Stille. Dann beugte sich Johanna in ihrem Stuhl ein wenig nach vorne. »Du siehst grauenvoll aus. Hast du schlecht geschlafen? Ich habe noch einen Kaffee übrig. Wenn du willst, kann ich dir aus der Kantine was zu essen bringen lassen.«

Kampfbereit hob er den Kopf und blickte sie aus zusammengekniffenen Augen an. Für einen Moment glaubte er, sie wolle sich über ihn lustig machen, aber er konnte keinen Spott in ihrem Blick entdecken. Müde nickte er. »Gute Idee.«

Er trank ihren Kaffee und verspeiste ein paar Brötchen, die sie ihm besorgt hatte. In seinem Büro war er bisher nicht gewesen. Seine Jacke hing unordentlich über der Ecke ihres Schreibtisches und drohte jeden Moment hinunterzurutschen. Er ließ den Blick durch den Raum schweifen. Sie hatte die obligatorische Palme, die bald jeder bei sich stehen hatte, in einer Ecke neben einem der Fenster platziert, und auf ihrem Bücherregal stand das Bild eines jungen Mannes. Den ebenmäßigen Zügen und der Ähnlichkeit mit Johanna zufolge musste es sich um einen Verwandten handeln. Er erinnerte sich dunkel daran, dass sie mal von einem Bruder erzählt hatte. Eine dunkelrote Kerze stand in einem antiken silbernen Ständer rechts vor ihr auf dem Schreibtisch. Er fragte sich, ob das ein Zugeständnis an die Adventszeit war oder ob es für sie eine bestimmte Bedeutung hatte. Die meisten Kollegen, die er kannte, stellten und hängten sich etwas in ihr Büro, woran ihr Herz hing. Selbst gemalte Bilder der Kinder, der schönste Sonnenuntergang des vergangenen Urlaubs oder das Auto, das sie sich demnächst kaufen wollten.

Er schaffte es sogar, über Belangloses mit ihr zu reden, und als er den leeren Teller von sich schob, hatten sie beide erfolgreich so getan, als sei nichts geschehen. Nur eine gewisse Spannung, die er in der letzten Zeit verschwunden geglaubt hatte, hatte sich wieder in ihr Miteinander eingeschlichen. Aber nach einem derartigen Patzer seinerseits war das nicht erstaunlich. Noch vor ein paar Monaten hätte sie ihm nach einer solchen Szene den Kopf abgerissen und ihn anschließend eiskalt abtropfen lassen. Er fragte sich, ob er sich von ihr ein falsches Bild gemacht hatte oder ob sie sich geändert hatte. Wahrscheinlich hat sie mich analysiert, dachte er mit grimmigem Spott, und befunden, dass sie mit mir wie mit einem ihrer Patienten umgehen muss. Irgendwie störte ihn diese Vorstellung. Dabei war es ihm doch völlig egal, was sie von ihm dachte.

Als es schließlich an der Tür klopfte, entspannte er sich zusehends.

Martin schob den Kopf zur Tür hinein. »Herr Diekmann, ich müsste Sie mal kurz stören.«

Sven forderte ihn mit einer Handbewegung auf. »Reden Sie.«

Martin kam ganz in das Zimmer hinein und blieb unsicher in der Tür stehen. »Da ist ein Mann, der Sie sprechen will. Er sagt, er habe Informationen zum Mordfall Lang.«

Diekmann setzte sich aufrecht hin. Sein ganzer Körper war auf einmal gespannt. »Wo ist er jetzt?«

»Ich habe ihn erst einmal ins Besucherwartezimmer geführt.«

Diekmann war aufgesprungen und stand schon vor Martin. »Bringen Sie ihn ins Vernehmungszimmer, wir kommen sofort. Johanna, begleitest du mich?«

Johanna wirkte im ersten Moment überrumpelt. Sie wusste nicht so recht, warum er sie dabeihaben wollte.

»Äh …«

Als habe er ihre Gedanken gelesen, fügte er sofort eine Begründung hinzu. »Ich will hinterher deine Meinung hören.«

»Okay.«

Sie erhob sich und folgte ihm.

Sven riss schwungvoll die Tür zum Vernehmungszimmer auf und überließ es Johanna, diese zu schließen.

»Guten Tag, mein Name ist Diekmann. Das ist Frau Dr. Jensen. Sie sind Herr …?«

Der Mann, der bereits auf sie wartete, stand von seinem Stuhl

auf. »Mein Name ist Lange, Steffen Lange. Ich arbeite als Oberkellner im Restaurant *Chez Pierre.*«
Johanna kannte das Lokal. Es bot hauptsächlich französische Küche an und war unverschämt teuer.
»Bitte, Herr Lange, setzen Sie sich.« Diekmann schob Johanna einen Stuhl zurecht und nahm ebenfalls Platz.
»Mein Mitarbeiter sagte mir, Sie hätten Informationen für uns?« Seine Stimme klang unverbindlich.
»Das ist korrekt.« Der ältere Mann wirkte ein wenig steif und, wie Johanna feststellte, auch unsicher. Er war sich wohl nicht ganz sicher, ob seine Entscheidung, zur Polizei zu gehen, tatsächlich richtig war. Vielleicht war ihm aber auch nur die Umgebung unangenehm.
»Dann erzählen Sie mal.«
»Sehen Sie, wir legen sehr viel Wert auf Diskretion. Zahlreiche unserer Gäste beehren uns öfter mit ihrem Besuch, und nichts liegt uns ferner als …«
»Das verstehe ich sehr wohl, Herr Lange, und trotz allem sind Sie hier, weil Sie, wie ich annehme, etwas beobachtet haben.«
»Ich würde sagen, ich habe eher etwas gehört.«
»Und was, wenn ich fragen darf?«
Der ältere Mann zögerte noch immer, aber nach einer kurzen Zeit des Überlegens holte er tief Luft und begann zu sprechen.
»Ich habe gestern im Fernsehen die Pressekonferenz verfolgt. Einer der … eines der …«
»Opfer?« half Diekmann nach.
»Ja«, der Mann lächelte erleichtert darüber, dass man ihm auf die Sprünge half.
»Also, wie gesagt, ich habe im Fernsehen die Bilder gesehen, und ich habe eines der Opfer wieder erkannt. Es war diese hübsche, elegante Frau. Sie wissen schon die … na ja, ebendie.«

Johanna schmunzelte. *Hübsch und elegant* passte auf Monika Lang und *na ebendie* war anscheinend eine Umschreibung für Prostituierte.

»Also Frau Lang. Sind Sie sich ganz sicher?«

»Ja. Ganz sicher, wobei ich den Namen bis gestern nicht kannte. Jedenfalls war diese Frau mit ihrem Begleiter bei uns, und sie hat nach einem lauten Streit das Restaurant noch vor dem Hauptgang verlassen.«

»Wissen Sie, worum es in dem Streit ging?«

»Ja, zuminderst im Ansatz«, korrigierte sich Steffen Lange gleich selbst. »Es schien um Geld zu gehen. Sie war sehr aufgebracht und hat ihren Begleiter angeschrien, dass sie, wenn er seine Meinung nicht ändere, sofort ihr Geld zurückhaben wolle.«

»Wissen Sie, um welche Summe es sich handelte?«

»Nicht direkt, allerdings muss es sich um eine recht große Summe gehandelt haben, denn ihr Begleiter hat versucht, sie zu beruhigen, und sie darauf hingewiesen, dass er die ganze Sache, wie er es nannte, ohne ihr Geld vergessen könne. Eine konkrete Summe hat allerdings niemand genannt.«

»Würden Sie den Begleiter wieder erkennen?«

»Ich weiß, wer der Begleiter war.« Erneut zögerte der Mann, allerdings nur kurz. »Es war einer unserer Stammgäste. Herr Michael Hartmann.«

»Ich hab's gewusst.« Diekmann lief in seinem Büro auf und ab. Johanna stand an der Tür und betrachtete ihn mit vor der Brust verschränkten Armen.

»Er war es. Hartmann hat alle drei umgebracht.« Er knetete mit der einen Hand sein Kinn, bis es rot wurde.

»Sven, ich bitte dich. Hartmann war es nicht.«

»Wieso denn nicht? Einen Abend vor dem Mord an Monika

Lang hatte er mit ihr einen Streit, in dem es anscheinend um sehr viel Geld ging. Beide hatten vor, gemeinsam ein Bordell aufzumachen.« Er stützte sich mit den Händen auf seinem Schreibtisch auf und funkelte Johanna finster an.
»Was brauchst du denn noch?«
»Also gut.« Johanna seufzte. »Nehmen wir einmal an, er hatte ein Motiv, Monika Lang umzubringen. Warum dann die anderen beiden?«
»Um den Mord an der Lang zu vertuschen. Er wusste, dass wir ihn, wenn Monika Lang ermordet würde, als Erstes in Verdacht hätten, schließlich war er bis vor kurzem ihr Zuhälter. Also bringt er zuerst zwei Unbeteiligte um, damit es so aussieht, als wäre Monika Lang das Opfer eines irren Serienkillers geworden.«
Johanna ließ die Arme sinken und fiel in einen Stuhl. »Sven, ich bitte dich. Findest du das nicht alles ein bisschen weit hergeholt?«
»Das wäre nicht die erste Tat dieser Art. Erinnerst du dich? Vor ein paar Jahren wurden drei Frauen auf einem Parkplatz erschossen. Letztendlich hat sich herausgestellt, dass der Ehemann der einen Frau der Täter war. Um die Tat zu verschleiern, hat er alle drei umgebracht. Klarer Fall von *zur falschen Zeit am falschen Ort.*«
»Ehrlich gesagt, halte ich diese Theorie für ziemlich abwegig. Vergiss nicht den Aufwand, den der Täter bei all den Morden betrieben hat. Wäre das nicht ein wenig umständlich für Hartmann?«
Er sah sie erstaunt an. »Wieso? Immerhin ist es hier um eine Menge Geld gegangen.«
Sie lenkte ein und versuchte an seinen gesunden Menschenverstand zu appellieren. »Das stimmt. Es gibt einen Fall, als ein Mann mehrere Frauen getötet hat, unter anderem auch

seine eigene. Aber diese Frauen sind alle nachts in ihrer Wohnung überfallen und erwürgt worden. Hinterher hat er es so aussehen lassen, als sei es ein Raub gewesen. So ist er seine Frau losgeworden und hat zudem noch die Lebensversicherung kassiert. Aber denk bitte mal nach. Damals sind die Frauen erwürgt worden. Der Täter hat nicht halb so viel Aufwand betrieben wie in diesem Fall. Außerdem hat er sich nur an Frauen gehalten. Das alles sind Punkte, die in dem Fall Kausch, Lang und Zenker nicht zum Tragen kommen.«

»Es ist mir ehrlich gesagt egal, ob es sich für dich logisch anhört. Vergiss bitte eines nicht: Hartmann ist unser einziger Verdächtiger, noch dazu mit einem verdammt guten Motiv. Was willst du eigentlich noch?«

Johanna sah ein, dass nichts Sven von seiner Theorie abbringen konnte, also beließ sie es dabei.

»Nein.« Staatsanwalt Pohlmann schüttelte energisch den Kopf. Sven hatte gleich nach dem Gespräch mit Johanna einen Termin mit dem Staatsanwalt vereinbart und war daraufhin unverzüglich in dessen Büro gefahren. Er legte alle seine Ermittlungsergebnisse offen, nur um feststellen zu müssen, dass er hier nicht weiterkam

Der zierliche Mann, bekannt für sein Fachwissen, aber auch für seine zeitweise recht riskanten Ermittlungsmethoden, wollte sich heute auf nichts einlassen.

»Auf gar keinen Fall. Ich kann Ihnen aufgrund Ihrer dürftigen Hinweise keinen Durchsuchungsbeschluss ausstellen. Es tut mir Leid, Herr Diekmann. Sie wissen, dass ich immer bereit bin, auch mal ein Risiko einzugehen, aber dieses Mal geht es mir zu weit. Bringen Sie mir handfeste Beweise, dann bekommen Sie von mir einen Beschluss. Nicht eher.«

Diekmann beherrschte sich nur mühsam. »Eben um diese handfesten Beweise bringen zu können, will ich sein Haus durchsuchen. Ich bin sicher, dass wir etwas finden werden.«

Pohlmann nahm seine Brille ab, legte sie vorsichtig vor sich auf den Tisch und faltete die Hände. »Alles, was Sie bisher haben, ist ein Kellner, der einen Streit gehört hat, und die Tatsache, dass Hartmann mal der Zuhälter der Lang war. Die Geschichte mit dem Hotel ist laut Akten des Handelsregisters vollkommen legal abgelaufen. Ich sehe, ehrlich gesagt, kein Motiv für einen Mord. Alles in allem ein wenig dürftig.« Pohlmann nahm seine Brille in die Hand und spielte mit den Bügeln. Er schürzte die Lippen und dachte nach. »Ich gestehe, die Theorie der Vertuschung klingt in meinen Ohren etwas weit hergeholt, doch an diesem Fall ist nichts normal, so dass auch diese Möglichkeit nicht ausgeschlossen werden kann. Aber sehen Sie, das Letzte, was wir hier brauchen können, ist ein Justizirrtum.« Er schob sich die Brille wieder auf die Nase und lehnte sich in seinem Stuhl zurück. »Ich mache Ihnen einen Vorschlag. Ich werde Herrn Hartmann eine Vorladung zukommen lassen. Falls er beschließen sollte, nicht zu erscheinen, können wir ihn immer noch in Handschellen vorführen lassen. Was halten Sie davon?« Pohlmann schien sehr mit sich zufrieden, eine diplomatische Lösung gefunden zu haben.

»Und dann?« Diekmann konnte seinen Unmut kaum verbergen.

»Wir werden sehen, was er zu den neuesten Entwicklungen zu berichten hat. Wenn uns das, was er zu sagen hat, nicht befriedigt, kann ich immer noch einen Durchsuchungsbeschluss beantragen. Einverstanden?«

Diekmann hasste das Gefühl, nichts tun zu können. Es war, als wären ihm die Hände gebunden, und er fühlte sich von der Staatsanwaltschaft ausgebremst.

Er hatte es schon so oft erlebt, dass der *Herr des Verfahrens* sich weigerte, der Polizei in einem möglicherweise entscheidenden Moment der Ermittlungen den Rücken zu stärken.
Was, wenn Hartmann, und davon war Diekmann überzeugt, der Täter war und weiter mordete? In diesem Fall, dachte er grimmig, wäscht die Staatsanwaltschaft ihre Hände in Unschuld, weil sie dann argumentiert, dass sie Polizei nicht genügend Beweise gesammelt und schlampig gearbeitet hat.
Aber so weit würde er es nicht kommen lassen. Er würde dem Zuhälter auf die Füße treten und ihn nicht von der Leine lassen. Ein kleiner, vielleicht inoffizieller Besuch könnte nicht schaden. Einfach das Gespräch von neulich fortsetzen. Wenn Hartmann schlau war, würde er es nicht verweigern, sich mit dem Polizisten zu treffen, um noch ein paar Fragen zu klären.
Nachdem er die Räume der Justiz verlassen hatte, stand er einen Moment vor seinem Wagen und sog tief die klare Winterluft ein. Er spürte, wie sein Ärger langsam verrauchte.
Sein nächster Besuch verlief harmonischer. Sven hatte das Adressbuch von Monika Lang bei sich und fuhr zu dem Hotel, dessen Anschrift er darin gefunden hatte.
Sie schien so etwas wie die Hausprostituierte des *Royal Beach* gewesen zu sein. Zumindest hatte sie hier die letzten Jahre, nach der Trennung von ihrem Zuhälter, ihre Kunden besucht. Ein erstklassiges Haus, und selbst die Benutzung der Toilette hätte Svens finanziellen Rahmen bei weitem gesprengt.
Schon als er das Foyer betrat, spürte er die Exklusivität. Obwohl hier ein reges Kommen und Gehen herrschte, entspannte er sich fast augenblicklich in dieser vornehmen Ruhe.
Er ging davon aus, dass ein Callgirl von Monika Langs Kaliber nicht ohne tatkräftige Unterstützung seitens des Hauses in Ruhe hätte arbeiten können. Also beschloss er, die

Angelegenheit auf die dummdreiste Art zu regeln, schließlich durfte er nicht davon ausgehen, dass man ihm freimütig erzählte, wer den Zugang des Callgirls zum Hotel mit gleich bleibender Regelmäßigkeit geduldet und sogar unterstützt hatte. Natürlich gegen eine gewisse »Beteiligung«. Er steuerte zielstrebig auf die Rezeption zu. Schon von weitem bemerkte er das verbindliche Lächeln des Angestellten.

»Guten Tag. Kann ich Ihnen helfen?«

Sven bewunderte diese Menschen, die zu jeder Tages- und Nachtzeit freundlich waren. Er selbst hatte nicht selten Probleme, seine ständig wiederkehrende schlechte Laune zu verbergen. Er setzte eine verlegene Miene auf und hoffte dass der in makelloses Blau gekleidete junge Mann darauf hereinfallen würde. Sven kratzte sich am Kopf.

»Die Sache ist ein wenig delikat. Sehen Sie, ich bin nur kurz in der Stadt, und … nun ja … ich weiß nicht, ob … also …«

Das Lächeln seines Gegenübers wurde verständnisvoll, und verschwörerisch beugte er sich dem anscheinend peinlich berührten Gast zu.

»Sie wünschen ein wenig Abwechslung?«

»Nun.« Sven kam sich blöd vor, und am liebsten wäre er mit der Tür ins Haus gefallen, doch er spielte seine Rolle weiter.

»Nun ja, Sie wissen schon, eine … Abwechslung würde ich es nicht nennen, eher eine … wie soll ich sagen … mehr eine … niveauvolle … Begleitung?« Er hob einen eher fragenden Blick zu dem jungen Mann, der ihn hinter dem Tresen freundlich musterte. Beim Anblick des auf Hochglanz polierten Holzes ging ihm unwillkürlich der verdreckte Tresen bei diesem Willi durch den Kopf.

»Einen kleinen Moment, bitte.« Der junge Mann wandte sich ab und verschwand in einem rückwärtigen Büro. Sven schaute sich kurz um. Auch wenn die Rezeption voll von Gästen war, hatte niemand etwas mitbekommen. Das lag nicht zuletzt an der äußerst diskreten Behandlung, die ihm widerfahren war.

»Guten Tag. Wie kann ich helfen?« Die Stimme hinter Sven klang kultiviert und war nur noch ein Flüstern.

Sven drehte sich um. Wieder probierte er seine verlegene Miene. Er fuhr sich mit der Hand durchs Haar. »Wie ich Ihrem Kollegen schon sagte, ich … äh …«

Der Mann nickte verständnisvoll und auch ein wenig herablassend, als er den vermeintlichen Gast von seinen Qualen erlöste.

»Wenn Sie mir bitte folgen wollen.« Er kam hinter dem Tresen hervor und durchquerte das Foyer. Genau der Rezeption gegenüber befand sich ein weiterer Tresen, etwas kleiner dieses Mal, über dem auf einem Schild *Concierge* zu lesen war. Sven verband mit dem Wort Concierge eher eine neugierige Hausmeisterin in einem französischen Fernsehkrimi.

Der Mann, ein schlanker Mittfünfziger, stellte sich hinter den Tresen und betrachtete Sven, wie es schien, mit fast nachsichtigem Blick.

»Sie wünschen eine Begleitung, wie ich gehört habe. Haben Sie dabei an etwas Spezielles gedacht?«

Herrgott, dachte Sven, der tut so, als sprächen wir über den Kauf eines neuen Autos.

»Sehen Sie«, wieder ein Kratzen am Kopf, »ich bin in solchen Dingen nicht sehr bewandert. Ich meine, können Sie mir jemanden empfehlen?«

»Ich kann Ihnen versichern, dass alle Damen kultiviert und elegant sind. Es ist eine Frage Ihres persönlichen Geschmacks.«

Sven konnte kaum glauben, dass der Mann so dumm war. »Und … äh, ich meine … was würde das … kosten?«

»Also«, der Mann hob beschwichtigend die Hand und räusperte sich geheimnisvoll. »Die Damen sind natürlich nicht ganz billig, aber Sie wollen ja auch das Außergewöhnliche, wie ich vermute?«

»Natürlich. Was ist mit Ihnen, ich meine, bekommen Sie so etwas wie eine … Courtage? Herr …«

»Jonas. Einfach nur Jonas. Nein, ich vermittle lediglich den Kontakt. Schließlich ist unser oberstes Ziel, den Gast zufrieden zu stellen.«

Sven konnte es nicht fassen. *Wer's glaubt, wird selig.* Er griff in die Innentasche seiner Jacke und holte ein Foto von Monika Lang heraus, das noch am Tatort von der Leiche gemacht worden war. Ein zuckersüßes Lächeln breitete sich auf seinem Gesicht aus, als er das Bild auf den Tresen fallen ließ.

»Was ist mit der? Kann ich die auch haben?«

Befriedigt stellte er fest, dass dem Concierge sämtliche Gesichtszüge entglitten. Seine Gesichtsfarbe wechselte von grün zu grau und wieder zu grün. Er räusperte sich und rang sichtlich um Fassung. »Ich … verstehe nicht.«

Sven lächelte noch immer, als er fortfuhr. »Sehen Sie, in meinen Augen sind Sie so etwas wie ein Zuhälter. Sie lassen sich von den Frauen bezahlen, damit sie quasi unter Ihrem Schutz hier im Hotel ihrer Arbeit nachgehen. Ich kann mir nicht vorstellen, dass dieses Arrangement der Geschäftsleitung sonderlich zusagt. Was meinen Sie?«

Der leichenblasse Mann vor ihm hatte sichtlich Mühe zu sprechen. Wie ein Fisch öffnete und schloss er den Mund, bevor er seine Stimme wiederfand. »Was wollen Sie?«

»Oh, ich habe mich ja noch gar nicht vorgestellt.« Sven kramte aus seiner Tasche seinen Dienstausweis hervor und hielt ihn Jonas unter die Nase.

»Mein Name ist Diekmann. Kriminalpolizei, genauer gesagt Mordkommission. Sie haben doch sicherlich in der Zeitung gelesen, dass Monika Lang getötet worden ist.«
Der Mann nickte nur. Er schloss die Augen und hoffte, dass das alles nur ein böser Traum sei. Zweifellos sah er sich bereits in Schimpf und Schande entlassen.
»Wann war Frau Lang zuletzt hier im Hotel?«
»Vor drei Tagen.« Der Fisch hatte seine Stimme wiedergefunden, auch wenn sie kaum mehr als ein Krächzen war.
»Können Sie mir sagen, wer ihr Kunde war?«
Der Mann schaute ihn entsetzt an. Schließlich hatte er seinen Nebenverdienst ausschließlich seiner Diskretion verdankt, und genau die sah er nun verloren.
Sven zuckte mit den Achseln. »Ich kann mich auch an die Geschäftsleitung wenden.«
»Nein, nein.« Es wirkte, als wolle Jonas ihn am Ärmel packen, er überlegte es sich aber im letzten Moment anders. Verschämt und hastig zog er seine Hand zurück, hinter den schützenden Tresen. »Ich kann Ihnen Namen und Anschrift geben.«
Sven nickte zufrieden. »Sehr gut. Sagen Sie, hat Frau Lang erwähnt, dass sie bestohlen worden ist?«
»Hier im Hotel?« Der Mann war ernstlich entsetzt. »Nie und nimmer. Wir sind ein seriöses …« Er brach ab. Er wusste, dass er im Begriff war, sich lächerlich zu machen.
»Hat Frau Lang das Hotel ohne Begleitung verlassen?«
Svens Gegenüber nickte.
»Hat sie vielleicht hier im Hotel jemanden getroffen, den sie kannte?«
»Dazu kann ich nichts sagen.« Der Mann entspannte sich zusehends.
»Hatte sie Streit mit jemandem?«

»Nicht dass ich wüsste.«
»Hatte sie außer mit ihrem Kunden mit irgendjemandem Kontakt hier im Hotel?«
»Nein. Aber warten Sie ...« Jonas dachte einen Moment nach. »Es mag ja unwichtig sein, aber als sie aus dem Fahrstuhl gekommen ist, ist sie mit einem Mann zusammengestoßen.«
»Und?« Sven runzelte die Augenbrauen.
»Na ja, ihre Tasche ist heruntergefallen und der ganze Inhalt auf dem Boden gelandet.«
Sven überlegte kurz. »Können Sie den Mann beschreiben?«
»Ja, er hatte eine Baseballkappe und eine Sonnenbrille auf. Sein Haar war lockig. Ich glaube blond, oder so. Aber sonst ...« Der Mann zuckte mit den Schultern.
»Ist die Hotellobby videoüberwacht?«
»Ja.«
»Gut, dann geben Sie mir bitte die Bänder.«
Jonas verschwand und kam nach einigen Minuten mit einer Videokassette zurück. Er schob sie über den Tresen.
»Gut. Vielen Dank. Sollte ich noch Fragen haben, wende ich mich wieder vertrauensvoll an Sie.« Sven wandte sich zum Gehen. Nach ein paar Schritten blieb er stehen und wandte sich noch einmal dem Concierge zu, der mit hängenden Schultern hinter seinem Tresen stand, als könne der ihn schützen. »Da wäre noch was. Lassen Sie die Finger von Ihrem Nebenverdienst. Das bringt nichts als Ärger.«
Als Diekmann aus dem Hotel trat, pfiff er eine kleine Melodie vor sich hin. Seine Stimmung hatte sich zusehends gebessert.

Zu Johannas neuem Leben gehörte, dass sie beschlossen hatte, sich ein Privatleben aufzubauen, das jenseits von Vanilleeis vor dem Fernseher, selbstmitleidgeschwängerten einsamen

Sonntagen und enervierenden Auseinandersetzungen mit Mutter und Freund lag.
Sie hatte sich ein Verzeichnis der Volkshochschule besorgt und überlegt, welche Angebote ihren Interessen wohl am nächsten kamen.
Sport schloss sie von vornherein aus. Das Ganze sollte Spaß machen und nicht in täglicher Folter enden.
Sprachen lagen ihr zwar, aber geistige Arbeit hatte sie genug, und sie konnte sich beim besten Willen nicht vorstellen, wie sie nach einem langen Tag mit Mordopfern am Abend zu Hause saß, um sich Vokabeln zu verinnerlichen.
Sie hatte überlegt, wie viel Spaß es machen würde, mit einer Freundin gemeinsam einen Kurs zu besuchen und sich für ein paar Stunden in der Woche wieder wie kichernde Schülerinnen zu fühlen, aber die einzige »Freundin«, die ihr eingefallen war, war Flo, und der hatte nun wirklich andere Probleme, als sich mit ihr wie auf der Schulbank zu fühlen.
Sie ging das ganze Programm durch, und verwarf außer Sport und Sprachen auch gleich solche Themen wie Meditation, Einführung in die Bachblüten-Therapie sowie Blumenbinden und Säuglingspflege. Auch das Comiczeichnen lag jenseits ihrer Fähigkeiten und Interessenlage.
Der Handarbeitskurs, der ihr von Anfang an förmlich ins Auge gesprungen war, erhielt schließlich den Zuschlag. Zwar wirkte diese Tätigkeit auf den ersten Blick altmodisch, doch zum einen hatte sie sich schon immer mit Handarbeiten beschäftigen wollen, und andererseits hatte sie erst kürzlich gehört, dass diese Art der Tätigkeit bei modernen Frauen wieder hoch im Kurs stand. Über die Dauer eines fast halben Jahres sollten hier die Grundkenntnisse in Stricken, Häkeln und Nähen vermittelt werden.

So altbacken sich das Ganze auch anhörte, begeistert ging sie zu ihrer ersten Stunde, und wenn sie zunächst geglaubt hatte, dass es sich bei den Teilnehmerinnen ausschließlich um verblühte Mütter oder mütterliche Rentnerinnen handelte, so hatte sie sich gründlich getäuscht.

Gut ein Viertel der Teilnehmer waren männlichen Geschlechts, von denen Johanna allerdings vermutete, dass sie auf der Suche nach einer Frau waren.

Die teilnehmenden Frauen jedoch hatten fast alle Ähnlichkeit mit ihr.

Bei der obligatorischen Vorstellungsrunde kam heraus, dass nur wenige verheiratet waren und die meisten als erfolgreiche Geschäftsfrauen auf die eine oder andere Weise Karriere gemacht hatten.

Als sie sich und ihren Beruf vorstellte, erntete sie zwar interessierte Blicke, doch niemand betrachtete sie, als käme sie von einem anderen Stern.

Die meisten Frauen hatten als »Unterrichtskleidung« bequeme Sachen gewählt, die ungefähr dem Abnutzungswert ihrer eigenen Gammelklamotten entsprachen.

Fühlte sie sich vor ihrer ersten Stunde noch etwas beklommen, machte sich danach fast etwas wie ein heimeliges Gefühl breit.

Die ersten Strickversuche waren mit kichernder Jungmädchenhaftigkeit glatt in die Hose gegangen, aber ein jeder war mit Eifer bei der Sache.

Nachdem alle ihren ersten Schal mehr schlecht als recht fertig gestellt hatten, begannen sie mit der Entweihung von Häkelnadeln.

Die Frau, die neben Johanna saß, hatte schon so manche Nadel verbogen, doch unverdrossen fing sie mit neuem Gerät immer wieder von vorne an.

Auf Vorschlag der Kursleiterin, einer älteren Frau, die das Treiben in ihrer Klasse mit liebevollem Wohlwollen verfolgte, sprachen sich alle mit Vornamen an. Sie meinte, das nähme der ganzen Veranstaltung die Förmlichkeit. Johanna vermutete eher, dass sie möglicherweise Schwierigkeiten hatte, sich die Nachnamen zu merken.

Andrea, die Frau neben Johanna, versuchte sich nun schon zum dritten Mal an einem Topflappen. Sie legte ihre Häkelarbeit in den Schoß und sah die Psychologin verzweifelt an.

»Wann hast du eigentlich zum letzten Mal einen Topflappen gebraucht?«

Johanna überlegte. »Für eine Dose Erbsensuppe brauche ich keinen, und die Fertigpizza hole ich immer mit einem Küchenhandtuch aus dem Ofen.«

Andrea fing tatsächlich an zu kichern. »Bei uns kocht mein Freund. Stell dir vor, der trägt tatsächlich eine Schürze, und er benutzt keinen Topflappen, sondern so unförmige Handschuhe, die er sich dann überstülpt. Aber Scherz beiseite. Ich habe festgestellt, dass Handarbeit, auch wenn man das Ganze nicht in Perfektion beherrscht, sehr entspannend wirkt.«

Nicht in Perfektion beherrscht war die Untertreibung schlechthin. Sie waren noch Meilen davon entfernt, auch nur irgendetwas im Ansatz zu beherrschen.

Andrea seufzte und nahm ihre Arbeit wieder auf. »Ich habe es schon mit Makramee versucht, aber irgendwie bin ich damit gescheitert. Dann habe ich mich dem Klöppeln zugewandt, doch da sind ständig die Fäden gerissen. Na ja, und als ich für Feng-Shui nicht so den rechten Ernst aufbringen konnte, habe ich schließlich gedacht, dass die stinknormale, altmodische Handarbeit genau das Richtige für mich ist.«

»Was machst du beruflich?« Die obligatorische Frage, wenn

einem nichts anderes einfiel, doch die Vorstellungsrunde war Johanna nur insofern im Gedächtnis geblieben, als dass sie sich an die einzelnen Namen erinnern konnte.
»Ich bin Journalistin. Und du?« Ihrem Gegenüber ging es wohl nicht anders.
»Ich bin Psychologin.«
Andrea lachte auf. »Dann sind wir ja fast Kolleginnen.«
»Schsch, meine Damen. Wenn das so weitergeht, Andrea, hat Ihr Topflappen bald die Form einer Tüte. Am besten Sie ziehen die letzten fünf Reihen wieder auf. Sie haben anscheinend einige Maschen zusammengehäkelt. Und Ihnen, Johanna, sei gesagt, dass Lochmuster durchaus im Trend liegen, einem Topflappen nur leider gar nichts nutzen.« Leicht amüsiert entfernte sich Hildegard wieder. Sie nahm ihre Brille ab, die wie immer an der Kette vor ihrer Brust baumelte.
Die beiden Frauen sahen sich kurz an und kicherten.
Andrea beugte sich verschwörerisch zu Johanna herüber. »Ich würde vorschlagen, wir gehen nachher noch etwas trinken. Dann können wir uns in Ruhe unterhalten. Was hältst du davon?«
»Gute Idee.«
Sie zwinkerten sich beide zu und widmeten sich konzentriert ihrer Arbeit.

Diekmann hatte beschlossen, der Stammkneipe von Kausch einen weiteren Besuch abzustatten.
Dieses Mal wählte er dafür eine Zeit, in der die Gaststätte mit Sicherheit gut besucht war, da der Wirt dann um einiges gesprächiger sein würde. Schließlich würde er Diekmann so schnell als möglich wieder los sein wollen.
Das Lokal war bereits um diese Zeit, es war acht Uhr abends,

brechend voll. Dicht gedrängt standen die Menschen, es waren vorwiegend Männer, in kleinen Gruppen um den Tresen oder saßen um die schmierigen Tische herum und unterhielten sich eher bierselig als fröhlich.

Aus der Musikbox dröhnten alte deutsche Schlager, doch Diekmann war sicher, dass niemand so genau hinhörte.

Er kämpfte sich zum Tresen durch und stand kurz darauf einer vollbusigen, grell geschminkten Bardame mit gebleichtem Haar gegenüber.

»Ja?« Ihr Blick war gelangweilt, ihr Äußeres denkbar ungepflegt. Sie war genauso eine Gestrandete wie die Gäste, die sich an ihren Bier- und Schnapsgläsern festhielten.

»Ich möchte mit dem Wirt sprechen.«

Sie drehte sich um, und ihre Stimme klang schrill, als sie nach ihrem Chef rief.

»Willi, hier will dich jemand sprech'n.«

»Ja?« Aus dem Halbdunkel trat eine Gestalt ins Licht. Es war der Mann, den Diekmann neulich schon angetroffen hatte. Den schmierigen Wischlappen über der Schulter, die unvermeidliche Kippe im Mundwinkel, schlurfte er an die Bar. Als er Diekmann erkannte, verfinsterten sich seine Gesichtszüge.

»Woll'n Se mir das Geschäft kaputtmach'n?«

Sven sah aus den Augenwinkeln, wie sich einige der jüngeren Gäste, wahrscheinlich Minderjährige, verstohlen in Richtung Ausgang schoben.

»Ich habe noch eine Frage.« Er zog ein Bild, das er Hartmanns Akte entnommen hatte, aus der Tasche und hielt es dem Wirt entgegen. »Kennen Sie diesen Mann? War der schon mal hier? Vielleicht vor ein paar Tagen?«

Der Wirt blickte sich zuerst nach beiden Seiten um, so als wolle er sich vergewissern, dass niemand mitbekam, mit wem er

sprach. Diekmann war sich sicher, dass die meisten wussten, woher er kam. Diese Leute hatten dafür einen sechsten Sinn. Willi beugte sich hinunter und betrachtete das Foto aus zusammengekniffenen Augen. »Nee, nie geseh'n. Noch was?«
»Sicher?«
»Mann, ich kenn' nich' jeden, der hier ein und aus geht. War's das?«

Sie waren beide schon bei dem dritten Bier angelangt.
»Bei welcher Zeitung arbeitest du?«
»Beim *Kurier*. Du weißt schon«, Andrea zwinkerte Johanna über ihr Glas hinweg zu, »das Musterkind der Regenbogenpresse, der Streber der bluttriefenden Informationsfreiheit, das Hätschelkind der Seelenschlächter.«
»Macht es denn Spaß, Menschen und ihre Schicksale so lange auszuschlachten, bis nichts mehr übrig ist?« Johanna hatte ihre Frage gleichfalls in nettem Plauderton gestellt. Das nahm ihr die Bosheit und Bösartigkeit.
Andrea überlegte einen Moment. »Weißt du, ich habe schon als Kind in den Schubladen meiner Mutter gewühlt und unter den Unterhemden meines Vaters die sorgsam versteckten Pornohefte gefunden. Ja, es mag sein, dass die Wahrheit nicht unbedingt das ist, was wir hören wollen, und keiner will sie wirklich wissen, aber es ändert die Sichtweise des Einzelnen. Heuchelei und Hinterhältigkeit werden so auf alle Fälle ans Tageslicht gezerrt. Ich weiß noch, wie mein Vater sich bei irgendeinem Fernsehbericht über Prostituierte aufgeregt hat. Ich war damals siebzehn Jahre alt. Na jedenfalls habe ich ihn daraufhin an die Pornohefte erinnert, die er so lange vor meiner Mutter versteckt gehalten hatte. Er fing an zu schreien, und schließlich bekam ich eine saftige Ohrfeige. Meine Mutter

tat so, als habe sie nichts gehört. Natürlich mit hochrotem Kopf. Sieh mal, die Pornohefte haben nichts an meiner Liebe zu meinem Vater geändert, aber die Tatsache, dass er moralisch mit zweierlei Maß gemessen hat, hat meine Sicht der Dinge geändert.« Sie hielt kurz inne. »Ja, ich glaube, mir macht es Spaß, Menschen als das zu entlarven, was sie sind.« Sie nickte bekräftigend und nahm einen weiteren Schluck aus ihrem Glas.

Johannas Interesse war ernsthaft geweckt. Sie machte sich Gedanken über das eben Gehörte. Die Vorbehalte, die sie vielleicht noch vor ein paar Minuten gehabt hatte, verblassten allmählich. Andreas ehrliche Antwort hatte sie beeindruckt.

»Aber ist nicht gerade die Regenbogenpresse ein Paradebeispiel für Falschheit und Halbwahrheiten?«

Andrea stellte ihr Glas ab und versuchte mit dem Daumen die Reste ihres Lippenstiftes vom Rand zu wischen. Nur dass es da nicht mehr viel zu wischen gab. »Wahrscheinlich hast du sogar Recht, aber hast du dich mal gefragt, warum mehr Menschen den *Kurier* als irgendeine Wirtschaftszeitung lesen? Weil sie dort genau das finden, was sie sowieso schon gewusst haben. Die meisten Menschen wollen genau das lesen, was ihnen ihr Stammtisch einzureden versucht. Ein Gefühl des Erhabenseins ist wichtig für sie. Gruselige Neuigkeiten, die sie sich längst im stillen Kämmerlein zusammengereimt haben, gehen einher mit dem Gefühl, doch soo normal zu sein. Die meisten Menschen orientieren sich nach unten, nie nach oben. Insofern sind wir nichts anderes als ein Spiegel der Gesellschaft. Eine Art ...«, Andrea hob eine Hand und fuhr damit durch die Luft, anscheinend auf der Suche nach dem richtigen Wort,

»... Prostituierte der bürgerlichen Behäbigkeit und menschlichen Verlogenheit. Die Leute bezahlen für das, was sie wollen, und von uns bekommen sie es.« Sie faltete ihre Hände und legte sie vor sich auf den Tisch.

Johanna war sicher, dass sie das, was sie eben gesagt hatte, ernst meinte. Andrea blickte sie an, und es war echtes Interesse in ihren Augen als sie fragte: »Und was genau machst du?«

»Ich bin, wie gesagt, Psychologin.« Augenblicklich schossen ihr die abfälligen Bemerkungen ihrer Mutter und ihres Freundes Stefan durch den Kopf. Es war, als könne sie ihre verächtlichen Blicke förmlich sehen.

»Hast du eine eigene Praxis?«

»Nein.« Jetzt war es an Johanna, ihr Glas zum Mund zu führen, um damit einige wertvolle Sekunden zu gewinnen. »Ich arbeite für die Polizei.« Das hörte sich viel besser an, als wenn sie gesagt hätte, sie arbeite *bei* der Polizei. Erschreckend, dass sie sich von ihrer Arbeit so weit distanzierte, als ob sie sich schäme.

»Ach?« Andrea hatte sich gerade hingesetzt. Sie war aufrichtig interessiert. »So etwas wie Profiling?«

Johanna hob erstaunt den Blick. Normalerweise musste sie den Leuten immer lang und breit erklären, was genau Profiling ist, aber diese Frau wusste offensichtlich, wovon sie sprach.

»Ja, von Zeit zu Zeit.« *Du Lügnerin!* Johanna hoffte nur, dass sie nicht rot wurde. Das hörte sich fast an, als wate sie jeden Tag kniehoch im Blut und habe nur mit durchgeknallten Mördern zu tun. Sie beschloss, so schnell wie möglich über das Thema hinwegzugehen. Schließlich musste keiner wissen, dass sie erst an ihrem zweiten Fall arbeitete. »Ich beschäftige mich aber auch«, *eigentlich fast nur,* fügte sie im Stillen hinzu, »mit den psychischen Problemen von Polizeibeamten.« Das hörte sich beinahe seriös an, und sofort schoss ihr das Bild des fast ständig betrunkenen Ratmann durch den Kopf. Für sie war er *bloß* ein Trinker. Einer von vielen. Plötzlich schämte sie sich. Sie hatte sich nie darüber Gedanken gemacht, dass sie sich nicht nur mit misshandelten, getöteten Menschen beschäftigen durfte, sondern auch mit denen, die leben wollten. Menschen, die sich keinen Rat mehr wussten, kamen zu ihr, und in Gedanken weilte sie nur bei denen, die sie nicht mehr retten, für die sie allenfalls Gerechtigkeit erlangen konnte. Beschämung brannte wie eine Flamme in ihrem Kopf, und fast glaubte sie, so etwas wie heiße Tränen der Scham hinter ihren Augäpfeln zu spüren.

Andrea riss sie aus ihren Gedanken. »Ich kann mir vorstellen, dass du einiges zu tun hast. Belastet es dich nicht, wenn du siehst, was der Polizeidienst aus diesen Menschen macht?«

Sie sah wieder die Bilder vor sich, die Sven ihr gezeigt hatte. Die Fotos von Kausch und den anderen Opfern. Es war nicht der Dienst selbst, der die Beamten veränderte, sondern mit ansehen zu müssen, was Menschen anderen antaten. Es war die Hilflosigkeit, gegen die es keine Pillen und kein Rezept gab und letztlich auch kein Entrinnen.

»Es darf mich nicht belasten, sonst kann ich nichts für sie tun. Ich muss ihnen helfen, ihre Dämonen zu besiegen, und nicht sie zu meinen Dämonen machen.«

»Und? Gelingt es dir?« Andrea hatte die Stirn in Falten gelegt. Johanna hatte das erste Mal seit langer Zeit das Gefühl, mit jemandem an einem Tisch zu sitzen, vor dem sie sich nicht rechtfertigen musste. Sie musste einfach nur erklären. Vertrieb sie plötzlich ihre eigenen Dämonen?

»Mitunter.«

»Aber nicht immer?«

»Nein.« Johanna setzte ihr Glas ab und dachte einen Moment nach. »Es gibt kein Patentrezept. Ich kann den Leuten nicht helfen, wenn sie sich nicht helfen lassen wollen. Ich kann ihnen nur Hilfe zur Selbsthilfe anbieten.«

»Also zeigst du ihnen bloß den Weg?«

»Ich versuche es jedenfalls.« Die Scham brannte immer noch hinter ihren Augen, aber zumindest hatte sie etwas zum Nachdenken. Sie überlegte ganz selbstkritisch. Ohne Selbstmitleid. Sie hob ihr leeres Glas und sah Andrea an. »Noch eins? Diese Runde geht auf mich.«

6

Eigentlich hätte sich Johanna gar nicht ans Steuer ihres Wagens setzen dürfen. Dem Geschmack in ihrem Mund nach zu urteilen, hatte sie noch eine Menge Restalkohol im Blut.
Auch wenn sie einen Kater hatte und nicht mehr als vier Stunden Schlaf bekommen hatte, fühlte sie sich recht wohl. Der Abend mit Andrea war sehr lustig gewesen, und im Laufe ihres Gespräches war herausgekommen, dass sie sich beide gar nicht so unähnlich waren. Sie hatten nach dem vierten Bier das Lokal gewechselt, und Johanna erinnerte sich noch dunkel, dass Andrea nach zwei weiteren Bieren beschlossen hatte, nun auf Tequila umzusteigen. Und genau das hätten sie nicht tun sollen.
Nach zwei Paracetamol ging es ihr zwar besser, aber sie hatte Angst, in eine Verkehrskontrolle zu geraten. Sie war heute Morgen ein wenig früher aufgestanden, um noch ihren Wagen von dem ersten Lokal abzuholen, wo die beiden Frauen eigentlich nur ein Bier hatten trinken wollen.
Auf dem Weg ins Büro versuchte sie so unauffällig wie möglich zu fahren und hielt sich peinlich genau an die Geschwindigkeitsbegrenzungen, obwohl sie wusste, dass das oftmals der entscheidende Fehler war. Sie baute auf zwei Dinge: erstens, dass die Polizei nicht die geringste Lust verspürte, im morgendlichen Berufsverkehr Alkoholkontrollen durchzuführen, und zweitens, dass man ihre möglicherweise unorthodoxe Fahrweise auf die Tatsache zurückführte, dass sie eine Frau war.
Zum ersten Mal dankte sie dem lieben Herrgott auf Knien für die Vorurteile gegenüber Frauen im Straßenverkehr.
Erst als sie in der Tiefgarage des Polizeipräsidiums ankam,

seufzte sie erleichtert auf. Sie schwor sich in diesem Moment, dass sie nie wieder fahren würde, solange sie noch Alkohol im Blut hatte. Ratmann fiel ihr ein. Sie konnte sich nicht vorstellen, dass solche Leute ständig unter Alkoholeinfluss ihre Autos durch den täglichen Straßenverkehr lenkten, wobei sie daran denken musste, dass Ratmann glaubte, nur dann richtig gut Autofahren zu können, wenn er eine bestimmte Promillegrenze erreicht hatte. Ihr jedenfalls hatte der Stress des heutigen Morgens gereicht.

Auf dem Weg nach oben hielt sie den Kopf im Fahrstuhl gesenkt, in der Hoffnung, dass niemand ihre Fahne röche. Natürlich war das idiotisch, und sie war selbst überrascht, auf welche Ideen man so kam, um etwas zu vertuschen.

Bei dem Anblick der Kaffeemaschine in ihrem Büro verspürte sie einen ungewohnten Unwillen, und sie verbannte das gute Stück auf den Fußboden neben dem Schrank, da, wo sie es nicht sehen musste. Schnaufend ließ sie sich in ihren Drehstuhl sinken und wandte sich zum Fenster. Leichtes Schneetreiben hatte eingesetzt, und die Flocken klatschten schräg an ihr Fenster. Der Schnee würde nicht liegen bleiben, so viel war klar, und eigentlich war das schade, denn das erste Mal seit Jahren hatte sie nichts gegen den Einzug des Winters.

»Was ist denn mit Ihnen los? Denken Sie darüber nach, einen Schneemann zu bauen?«

Die Stimme, die von der Tür kam, ließ Johanna in ihrem Stuhl herumfahren.

Julika lehnte mit verschränkten Armen an ihrem Türrahmen und musterte sie lächelnd. Aber das Lächeln erstarb auf ihren Lippen. »Alles okay? Sie sehen grässlich aus.«

»Oh, vielen Dank. Nein, ich habe nur Kopfschmerzen und auch nicht besonders gut geschlafen.«

Julika trat näher und betrachtete Johanna aus zusammengekniffenen Augen. Dann stellte sie mit wissender Miene fest: »Sie haben einen Kater.« Sie zog jedes Wort in die Länge, so, als könne sie gar nicht fassen, was sie da sah, besser gesagt roch.
Johanna spürte, wie ihr die Röte ins Gesicht stieg, und versuchte abzuwiegeln. »Na ja, Kater … also ich weiß nicht …«
»Doch, doch, Sie haben einen Kater. Warten Sie mal, ich bin gleich wieder zurück.« Julika machte auf dem Absatz kehrt und verschwand. In Windeseile war sie zurück und hielt ein Glas in der Hand. Sie kam an Johannas Schreibtisch und stellte es hin.
»Was ist das?«
»Milch.«
»Milch?«
»Milch. Ich hoffe, dass Ihr Magen nicht rebelliert, aber das ist das beste Mittel gegen den pelzigen Geschmack und die Fahne. Los, trinken Sie.«
Johanna warf noch einen zögerlichen Blick auf Julika und beschloss dann, dem Rat ihrer Kollegin zu folgen, und sei es auch nur, um die Fahne loszuwerden. Es erschien ihr nicht angebracht, Sven in diesem Zustand gegenüberzutreten. Sie hatte das Gefühl, als könne sie mit einem Hauch ihres Atems eine ganze Fußballmannschaft in ein Alkoholkoma versetzen.
Johanna nahm das Glas und betrachtete kritisch den Inhalt. Zum zweiten Mal an diesem Tag dankte sie ihrem Schöpfer und trank unter der Aufsicht von Julika ihre Milch. Sie leerte das Glas und stellte fest, dass ihre Magenwände keine Einwände erhoben. Auch der stechende Durst war mit einem Mal vergangen.
»Die Milch steht im Kühlschrank in meinem Büro. Bedienen Sie sich, Sie werden es brauchen.«
»Danke.«

»Dafür nicht.« Julika grinste. »Willkommen in der Welt der Menschen.«
Johanna beschloss, diese Bemerkung zu übergehen. Sie wusste, was Julika damit meinte, und auf jeden Fall war kein böser Hintergedanke dabei.
Johanna kramte in ihrer Handtasche nach einem Pfefferminz und schob sich den letzten Bonbon, den sie finden konnte, in den Mund. Sie holte noch einmal tief Luft und folgte Julika langsam. Immerhin konnte sie sich nicht den ganzen Tag vor Sven verstecken. Und es war kaum anzunehmen, dass sie sich im Laufe des Tages besser fühlen oder aussehen würde.
Sie fand ihn in seinem Büro, wo er Julika ein paar Anweisungen erteilte. Er entließ sie rasch, und Julika schob sich augenzwinkernd an Johanna vorbei. Der Leiter der Mordkommission setzte sich auf den Rand seines Schreibtisches und atmete hörbar aus. Erst dann sah er Johanna an. Er stutzte kurz und runzelte die Stirn.
»Du siehst, mit Verlaub gesagt, grauenhaft aus.«
»Vielen Dank.«
Sven beugte sich ein wenig vor und schnüffelte. »Sag mal, hast du vielleicht eine Fahne?«
Johanna lief rot an und legte sich augenblicklich eine Hand vor den Mund, wohl wissend, dass das Kind längst in den Brunnen gefallen war.
»Ich glaub es ja nicht.« Svens Mundwinkel zuckten amüsiert. »Du hast alkoholische Getränke zu dir genommen. *Du bist gestern versackt.*« Er breitete die Arme aus. »Willkommen im Club, meine Liebe. Jetzt bist du eine von uns Normalsterblichen, denen so dann und wann mal ein Fehler unterläuft.«
Das war heute nun schon das zweite Mal, dass jemand ihre vermeintliche Unfehlbarkeit ansprach, wobei ihr Julikas Art

eindeutig mehr zugesagt hatte. Alle glaubten wohl, sie bemühte sich, immer über den Dingen zu stehen. Allerdings war es auch bestürzend, erst dann dazuzugehören, wenn man so etwas tat, wie halbwegs betrunken zur Arbeit zu erscheinen. Dieses Mal beschloss sie, die Bemerkung zu überhören.
»Julika hat mir schon ein Glas Milch gegeben, um zumindest die Fahne ein wenig einzudämmen.«
»Trink noch eins, das heißt, wenn dein Magen es mitmacht.« Hier wusste wirklich jeder über die Kombination Alkohol und Milch Bescheid.
»Meinst du, du bist trotz allem aufnahmefähig?« Der belustigte Zug war noch immer nicht aus seinem Gesicht gewichen.
Johanna nickte. »Ja, ich bin nur ein wenig übermüdet. Nichts weiter.«
Sven brummte leise. »Mach dir nichts daraus, das haben wir alle so dann und wann schon mal durchgestanden.«
Johanna wünschte nichts sehnlicher, als dass jedermann ihren Zustand vergessen und nicht weiter darauf herumreiten würde.
»Hast du etwas herausbekommen, was ich noch nicht weiß?«
Sven, jetzt wieder ernst, nickte. »Ja und nein. Ich war noch einmal in dieser Stammkneipe von Kausch. Ich habe dem Wirt ein Bild von Hartmann gezeigt. Der Wirt kann sich jedoch nicht erinnern, ihn dort schon einmal gesehen zu haben.«
»Wahrscheinlich weil er nie dort war.«
»Das ist aber noch nicht alles. Ich bin zu dem Hotel gefahren, in dem die Lang oft gearbeitet hat. Mit einer kleinen List habe ich herausgefunden, was ich wissen wollte.« Bei dem Gedanken daran, dass er sich als Gast auf Frauensuche ausgegeben hatte, musste er grinsen.
»Was ist so lustig?«
»Nichts, schon gut. Das erzähle ich dir ein anderes Mal. Also,

der Concierge wird uns im Laufe des Tages den Namen und die Anschrift des letzten Kunden der Lang geben. Sie ist, kurz bevor sie ermordet wurde, im Hotel gewesen. Aber etwas anderes ist viel interessanter. Als sie aus dem Aufzug kam, ist sie mit einem Mann zusammengestoßen. Dabei ist ihre Handtasche auf den Boden gefallen, und der Inhalt ist ausgekippt. Der Mann hat ihr geholfen, alles aufzusammeln. Tja, und das war's.«

»Du meinst, er hat sich so ihr Portemonnaie verschafft?«

»Davon bin ich überzeugt. Ich bin mir ziemlich sicher, dass der Freier mit alledem nichts zu tun hat, sonst wäre er ja wohl auch der Mörder der anderen beiden. Dennoch werden wir ihn überprüfen. Aber die heißeste Spur ist der Mann am Fahrstuhl.«

Er nahm eine Videokassette vom Tisch und schob sie in einen Rekorder, der unter dem Fernseher in seinem Zimmer installiert war.

»Ich habe mir also eines der Überwachungsbänder aus dem Hotel geben lassen und sie mir bereits gestern Abend angesehen.« Er nahm die Fernbedienung und spulte den Film zurück zum Anfang. »Also, Jonas, der Concierge aus dem Hotel, hat uns die Liste aller Stammkunden von Monika Lang gegeben. Dieses Schriftstück wird gerade abgearbeitet. Da die Herren meistens von außerhalb kommen, einer sogar aus Bayern, wird sich die Überprüfung der Herren eine ganze Weile, wahrscheinlich bis morgen, hinziehen. Aber ehrlich gesagt, verspreche ich mir nicht viel davon. Ich lasse es eigentlich nur der Vollständigkeit wegen machen und um mir nicht hinterher sagen lassen zu müssen, ich hätte nicht alles Menschenmögliche getan. Du weißt ja, wie das ist mit den Strafverteidigern.«

Johanna schaute ihn verblüfft an. So redselig wie heute Morgen erlebte sie ihn selten. Erstaunt hob sie die Augenbrauen. Sie wollte gerade spöttisch fragen, ob er irgendwelche Drogen

genommen hatte, als ihr aufging, dass er für solche Scherze gar nicht zu haben war. Zumindest nicht, wenn sie von ihr kamen. Sie musste ziemlich merkwürdig aussehen, wie sie dasaß, zusammengekauert, übernächtigt, mit den Händen unter den übergeschlagenen Beinen. Wahrscheinlich stand ihr vor lauter Verblüffung zu allem Übel auch noch der Mund offen.
Sven sah sie stirnrunzelnd an und fragte sie langsam und überdeutlich: »Was zum Henker ist mit dir? Du starrst mich an, als hätte ich nicht alle Tassen im Schrank.« Er konnte nicht wissen, wie nah er mit seinem Verdacht der Wahrheit kam. Johanna schüttelte sich unwillkürlich und zeigte mit einer Hand auf den Rekorder. »Nichts, verflucht. Mir ist nur kalt, und ich bin übermüdet. Ich habe immer noch Schwierigkeiten damit, dir am frühen Morgen zu folgen. Also mach schon den Film an.«
Bei ihrem Hinweis auf die Uhrzeit hatte Sven automatisch auf die Uhr gesehen, während Johanna konzentriert auf den schwarzen Bildschirm des Fernsehers blickte. Sven verzichtete auf eine Antwort, noch etwas, was sie im höchsten Maße erstaunte, und setzte das Abspielgerät in Gang.
Nach ein paar Sekunden war die Halle des Hotels zu erkennen. Die Fahrstühle befanden sich im hinteren Teil des Raumes, die Rezeption nahm den rechten Teil ein. Ein kleiner Tresen auf der linken Seite wies mit goldenen Lettern darauf hin, dass hier der Concierge zu finden war.
Vor den Fahrstühlen gingen rechts und links Gänge ab, die nicht einsehbar waren. Die Uhrzeit samt Datum war rechts unten im Bild eingeblendet. Sven spulte auf den Zeitraum vor, in dem sich Monika Lang im Hotel aufgehalten hatte. Sie konnten sehen, wie die Prostituierte das Hotel betrat und kurz mit dem Concierge sprach, bevor sie sich auf den Weg zu den Fahrstühlen machte. Jonas hatte nicht nur die Liste der ihm

bekannten Stammkunden eingereicht, sondern auch eine Beschreibung der Frau durchgegeben. Außerdem hatte er in einem kleinen Begleitschreiben auf die Uhrzeit verwiesen, wann sie das Hotel betreten hatte. So blieb ihnen die mühsame Arbeit, das gesamte Band anzuschauen, erspart. Nachdem Monika Lang in einem der Fahrstühle verschwunden war, spulte Sven erneut vor.

»Der Concierge hat mir erklärt, dass sie sich immer ungefähr zwei Stunden bei den Kunden aufgehalten hat.«

Als Sven das Band stoppte, um es dann normal weiterlaufen zu lassen, sahen sie zunächst bloß, wie mehrere Gäste das Hotel betraten oder verließen. Einige checkten ein, andere schlenderten in das Hotelrestaurant. Beide konzentrierten sich jedoch nur auf die Fahrstühle und warteten. Schließlich öffnete sich die Tür eines der Aufzüge, mittlerweile wohl zum hundertsten Mal, so kam es Johanna jedenfalls vor, und Monika Lang trat in die Halle. Die Psychologin beschlich ein merkwürdiges Gefühl, als sie die Prostituierte betrachtete. Sie versuchte, im Geiste eine Verbindung zwischen der attraktiven Frau, die nichtsahnend den Aufzug verließ, und der Frau herzustellen, die sie ein paar Stunden später tot auf ihrem Bett liegend gesehen hatte. Es fiel ihr schwer, und ihre Neugier kam ihr fast morbide vor. Unwillkürlich hielt sie die Luft an. Gleich musste der Mann auftauchen, von dem Jonas gesprochen hatte. Monika Lang hatte kaum den Fahrstuhl verlassen, als ein Mann mit schnellen Schritten aus dem Gang rechts der Aufzüge ins Bild trat. Er trug Jeans, eine dicke Jacke und eine Baseballkappe. In Anbetracht der Tatsache, dass die große Halle sehr belebt war, fiel er überhaupt nicht auf. Das Gesicht von der Kamera abgewendet, steuerte er direkt auf die Frau zu. Er rempelte sie aus Versehen, so wirkte es zumindest, an, und Monika Lang strauchelte. Sie ließ ihre

Tasche fallen und taumelte rückwärts gegen einen anderen Gast. Sofort drehte sie sich um und entschuldigte sich. Der andere Gast winkte ab und ging, mit einer älteren Dame am Arm, weiter.

»Da. Siehst du das?« Sven hatte sich vorgebeugt und stieß wiederholt mit dem Zeigefinger in Richtung Fernseher. Er hatte das Band gestoppt, so dass sie nun das Standbild vor Augen hatten. Der junge Mann mit der Baseballkappe hockte am Boden, und es machte den Eindruck, als erstarre er mitten in der Bewegung.

»Was?« Johanna stierte angestrengt auf das flackernde Schwarzweißbild.

»Ich zeig es dir noch einmal.« Sven spulte zurück, und sie sahen sich die Szene erneut an.

»Monika Lang tritt aus dem Fahrstuhl, der Mann kommt von rechts, rempelt sie an. Die Tasche fällt, und noch während die Lang sich bemüht, nicht zu stürzen, hockt sich der Mann hin und ...«

»Großer Gott, der Typ stiehlt etwas.« Johanna kniff die Augen zusammen, um die Szenerie besser erkennen zu können. Das, was der Mann auf dem Film blitzschnell einsteckte, sah länglich aus. Er schob es sich in die halb offene Jacke und nicht in die Gesäßtasche. Dazu war der Gegenstand offenbar zu groß. Er sammelte die restlichen Utensilien ein und gab die Tasche wieder der Prostituierten, die sich gebückt hatte und anscheinend mit ihm sprach. Er stand auf und tippte kurz an den Schirm seiner Mütze. Dann verschwand er in dem Gang links der Fahrstühle. Ohne noch einmal den Inhalt der Tasche zu überprüfen, hängte die Frau sie sich über die Schulter. Der ganze Zwischenfall hatte bestenfalls ein paar Sekunden gedauert. Während der ganzen Zeit konnte man das Gesicht des Mannes nicht erkennen. Nur eines glaubte Johanna ausgemacht zu haben.

»Sag mal, hat der Typ eine Perücke getragen? Seine Haare stehen so komisch ab. Oder liegt das an der Kameraeinstellung?«
»Keine Ahnung. Auf jeden Fall bin ich sicher, dass er ihr Portemonnaie eingesteckt hat. Verdammt!« Sven schlug mit der Faust auf den Tisch. »Es gibt keine Möglichkeit, den Mann zu identifizieren. Er muss das Hotel vorher ausspioniert haben. Nur so konnte er wissen, wo die Kamera angebracht war.« Frustriert rieb er sich übers Kinn.
»Selbst wenn wir uns die Bänder der Tage davor ansehen, werden wir ihn kaum dabei beobachten können, wie er die Kameras sucht. Wahrscheinlich hat er sich wie ein normaler Gast bewegt und mit Sicherheit andere Klamotten angehabt. Trotz allem«, er seufzte entnervt, »ich lasse Martin das noch mal überprüfen.«
Johanna stand auf und ging im Zimmer auf und ab. »Wenn du Recht hast, bedeutet das, er hat sie beobachtet. Wahrscheinlich ist er ihr gefolgt. Damit scheidet Hartmann ja wohl aus, oder?«
»Nein, nicht wirklich. Warum?«
»Hartmann ist größer als der Typ auf dem Video.«
»Vielleicht ein Komplize?«
Johanna seufzte still in sich hinein. Es hatte keinen Zweck, und sie beschloss, das Thema fallen zu lassen. Sven hatte sich in seine Idee verrannt, dass der Zuhälter der Täter war und ließ sich auch nicht davon abbringen.
»Was ist mit Verena Zenker?« Johanna setzte sich wieder. Ihr war schwindlig, und es rumorte doch ziemlich in ihrem Magen.
»Das weiß ich noch nicht. Ich werde mit der Frau, die sie gefunden hat, wie hieß sie doch gleich …« Er begann in seinen Unterlagen zu wühlen.
»Markwitz. Maria Markwitz.«

»Richtig, also ich werde mit der Markwitz noch einmal sprechen. Dann werden wir ja sehen.«
»Gut.« Johanna stand schwerfällig auf und wandte sich zum Gehen. »Ich würde mich gern in der Klinik, in der Verena Zenker behandelt wurde, mit einem Arzt unterhalten. Vielleicht erfahren wir da mehr über das Opfer. Ich meine, wenn du nichts dagegen hast?«
Sven hob abwehrend die Hände. »Nein, ich denke, von dem Kauderwelsch, was die dort erzählen, verstehst du mehr als ich.«
Johanna war sprachlos. Noch vor wenigen Monaten hätte er allein die Vorstellung, dass sie allein mit wem auch immer sprechen wollte, für unerträglich gehalten.
»Entschuldigung.« Es klopfte zaghaft an der bereits offen stehenden Tür. Martin Feiler stand vor ihnen und hielt eine Mappe in der Hand. Er war offensichtlich verlegen, denn sein Gesicht war fast genauso rot wie seine Haare.
Diekmann winkte ihn ins Zimmer, das nun vollkommen überfüllt wirkte.
»Kommen Sie herein, Martin. Sie müssen sich allerdings eine Sitzgelegenheit holen.« Sven rückte mit seinem Stuhl etwas näher an Johanna heran, um Martin Platz zu machen.
»Nein, nein, schon gut. Ich wollte Ihnen nur die Aussagen der Zeugen bringen.« Unsicher sah er in die Runde, als wüsste er nicht, wie viel er von den Erkenntnissen, die er gesammelt hatte, preisgeben durfte.
»Geben Sie her. Aber vielleicht fassen Sie kurz das Wesentliche zusammen?«
»Gerne. Also, wir haben ein paar Zeugen im Falle Verena Zenker und Siegfried Kausch aufgespürt.« Eifrig wie ein Schüler vor seinem Lehrer erstattete er Bericht. »In beiden Fällen hat

jemand in der Nacht vor dem Tod der beiden Opfer einen Mann gesehen.«
Sven setzte sich aufrecht hin. Sein Körper stand mit einem Mal unter Spannung, und er gab seine bequeme Körperhaltung auf.
»Und?«
»Die Zeugen konnten nicht viel sagen, nur dass er längere Haare hatte und eine Baseballkappe getragen hat. Ansonsten Jeansjacke und -hose. Das ist alles.« Er hatte die Arme ausgebreitet, als entschuldige er sich für die dürftige Personenbeschreibung.
»Halt, da war noch etwas. Eine Zeugin im Falle Kausch gab an, sie glaubt, dass der Mann unter der Kappe eine Perücke getragen habe.«
»Ach? Und wie kommt sie darauf?«
»Die Frau, allerdings schon etwas älter, meinte, die Haare hätten hinten am Kragen abgestanden wie die Borsten ihrer Drahtbürste.« Martin hüstelte nervös. »Das war's bisher.«
»Danke, Martin.« Sven nahm den Hefter in die Hand und blätterte ihn kurz durch, bevor er ihn Johanna in die Hand drückte. Der junge Kollege nickte noch einmal in Richtung der Psychologin und zog sich zurück.
Sven sah Johanna an und fragte: »Und? Fällt dir was auf?«
»Natürlich. Der junge Mann im Hotel.«

Martin war ganz schön stolz auf sich.
Er war tagelang umhergelaufen und hatte, wie es so schön hieß, *Klinken geputzt.* Während er jeden einzelnen Nachbarn befragte, war er sich vorgekommen wie ein Vertreter, der versuchte, den Leuten einen neuen Staubsauger zu verkaufen. An jeder Tür der gleiche Spruch, dasselbe Lächeln. Den ganzen Tag treppauf, treppab, von Tür zu Tür. Eine eintönige und langweilige Arbeit, aber er war der Einzige an der Dienststelle gewesen,

der diese Aufgabe freiwillig übernommen hatte. Kein anderer Kollege hatte Lust verspürt, sich bei diesem Wetter auf den Weg zu machen. Er selbst eigentlich auch nicht, doch er wollte die Gelegenheit nutzen, wollte zeigen, was in ihm steckte und dass er bereit war, alles zu tun, um seinen Beitrag zu leisten, der beim Zusammensetzen des Puzzles half.

Er war sicher gewesen, dass Diekmann seinen Einsatz besonders würdigte, und er hatte sich schon auf ein dickes Lob gefreut. Doch leider war er ziemlich enttäuscht worden. Diekmann hatte die Unterlagen, die Martin akribisch zusammengestellt hatte (er hatte sogar die Uhrzeiten der einzelnen Befragungen vermerkt) nur flüchtig durchgeblättert und ihn berichten lassen. Mit einem knappen *Danke* hatte der Leiter der Mordkommission seinen Mitarbeiter wieder entlassen, ohne sich noch einmal um den dünnen Ordner zu kümmern, den Martin ihm dagelassen hatte.

Eigentlich hatte er auf eine Art Lobeshymne gewartet, schließlich war er einer der, wenn nicht sogar *der* fleißigste Mitarbeiter und fühlte sich nun ein wenig zurückgesetzt.

Es lag ihm viel daran, seinem Chef zu gefallen, war dieser doch endlich einmal ein Mensch, zu dem er aufblicken konnte.

Im Stillen verglich er den Leiter der Mordkommission mit seinem Onkel, einem grobschlächtigen, leicht behäbigen Handwerker, der es nie geschafft hatte, zu seinem Neffen durchzudringen. Noch heute spürte er manchmal die schwielige Hand des Verwandten, wie sie unbeholfen seine Schulter tätschelte, in dem Bestreben, Stolz auszudrücken. Er sah seine Tante vor seinem geistigen Auge, wie sie ihn mit klebriger Zärtlichkeit anlächelte und darauf hoffte, dass er endlich ihre Zuneigung erwiderte.

Aber damals wie auch heute schüttelte es ihn beim Gedanken an

diese beiden Menschen, die ihn nach dem Unfalltod seiner Mutter bei sich aufgenommen und sich um ihn gekümmert hatten. Noch zu Lebzeiten seiner Mutter hatte es keinen Kontakt zu ihrem Bruder und dessen Frau gegeben. Seine Mutter hatte die beiden nicht ausstehen können, warum, das hatte er nie herausgefunden. Vielleicht aus dem gleichen Grund wie für ihn. Seines Erachtens waren diese beiden Menschen Versager, die in irgendeinem kleinen Kaff ihr Dasein fristeten und damit zufrieden schienen, ohne jede Ambition, mehr zu erreichen. Sie hatten nie verstanden, dass er etwas anderes für sein Leben wollte, und so bald wie möglich war er von dort weggegangen. Er hatte alle Brücken hinter sich abgebrochen und verbot sich jeden Gedanken an Onkel und Tante.
Sie waren Schwächlinge, und Schwächlinge konnte er auf seinem Weg nicht gebrauchen.

Am nächsten Morgen fühlte Johanna sich ausgeruht. Sie hatte keine Ahnung mehr, wie sie den vorherigen Tag über die Runden gebracht hatte, aber irgendwie hatte sie sich durchgebissen und war frühzeitig nach Hause gefahren. Gegen sieben Uhr abends war sie ins Bett gegangen und fast sofort eingeschlafen. Eines war klar: Solch alkoholbedingte Ausschweifungen gehörten nicht zu ihren Lieblingsbeschäftigungen.
Der Weg nach Ochsenzoll führte sie einmal quer durch Hamburg. Sie liebte es zwar, im ruhigen Blankenese in der Nähe der Elbe zu wohnen, aber mitunter verfluchte sie es auch. Hier hatte sie ihre Ruhe, anständige Nachbarn und ein beschauliches Leben mit hohem Freizeitwert. Sie empfand ihr Viertel als eine Art Insel. Hier gab es so gut wie keine Kriminalität, abgesehen von den gelegentlichen Einbrüchen, aber Kinder wurden hier in einem angenehmen sozialen Umfeld groß, ohne Drogenhandel

und ohne Erpressungen auf dem Schulhof. Hier gab es noch Mütter, die nicht berufstätig sein mussten, und Väter, die nicht arbeitslos waren.
Trotz allem, so schön dieser Teil Hamburgs auch war, sobald man ihn verließ, hatte man das Gefühl, einsam und allein in den Krieg hinter die feindlichen Linien geschickt zu werden. Außerdem war man in Blankenese ziemlich weit weg von dem pulsierenden Treiben der Großstadt.
Nach fast einer Stunde Fahrt durch den Berufsverkehr näherte sie sich dem Krankenhaus, das den meisten Hamburgern nur aufgrund einer Abteilung bekannt war. Wer nach Ochsenzoll kam, hatte in den Augen der Bevölkerung »nicht alle Tassen im Schrank«. Selbst wenn dort neben der Behandlung psychisch Kranker selbstverständlich auch Blinddärme entfernt und Kinder geboren wurden. Aber das waren Nebenprodukte, die niemanden interessierten.
Sie stellte ihren Wagen auf dem Besucherparkplatz ab und machte sich auf den Weg in die geschlossene Abteilung. Hier hatte Verena Zenker den größten Teil ihres Erwachsenenlebens verbracht, der Verantwortung für ihr eigenes Dasein beraubt. Man hatte hier in ihr Innerstes gesehen und versucht, ihr Schritt für Schritt ein Leben zu schenken. Und irgendwo da draußen gab es jemanden, der es ihr wieder genommen hatte.
Im Grunde hatte sie nie eine reelle Chance gehabt.
Johanna schüttelte ihre trüben Gedanken ab und betrat das Gebäude. Man hatte versucht, dem Haus die typische Krankenhausatmosphäre zu nehmen. Bunte, selbst gemalte Bilder hingen an den Wänden. Die Psychologin vermutete, dass diese aus der Maltherapie stammten. Grünpflanzen standen in Kübeln entlang der Wände. Die praktischen, aber schäbig wirkenden

Plastikstühle, die in kleinen Gruppen zusammenstanden, verliehen dem Raum trotz allem das Flair einer Bahnhofstoilette. Sie steuerte auf eine offene Tür zu, auf der *Anmeldung* stand. Ein kleines Büro, in dem eine junge Frau hinter einem Schreibtisch saß. Sie sah auf, als Johanna eintrat, und lächelte freundlich.

»Guten Tag. Kann ich Ihnen helfen?«

Johanna lächelte freundlich zurück. »Das hoffe ich. Ich hätte gern einen Verantwortlichen gesprochen.«

»Worum handelt es sich?« Das Lächeln auf dem Gesicht der Angestellten gefror zusehends. Wahrscheinlich befürchtete sie hinter Johannas Worten eine drohende Beschwerde.

Johanna ließ sich nicht beirren. »Es handelt sich um ein medizinisches Problem, das ich mit einem Arzt erörtern möchte.« Mein Gott, klingt das gestelzt, dachte sie im selben Moment. »Es geht um eine ehemalige Patientin von Ihnen.«

»Wenn Sie mir den Namen der Patientin ...«

»*Mein* Name ist Johanna Jensen. *Doktor* Johanna Jensen.«

»Einen Moment bitte.« Die Frau nahm das Telefon und wandte sich von Johanna ab. Sie wählte, und nach einem Moment flüsterte sie in den Hörer. Während sie sprach, warf sie hin und wieder einen Seitenblick auf die Psychologin, so als befürchte sie jeden Moment einen Angriff seitens der Besucherin. Schließlich beendete sie das Telefonat und drehte sich um. »Der Herr Professor kommt gleich.« Das Lächeln war gänzlich von ihren Lippen verschwunden, und ihr Ton wirkte ein wenig herablassend. Wahrscheinlich freute sie sich darauf, mit anzusehen, wie der Herr Professor sie mit freundlichen, aber bestimmten Worten hinauswarf. Als wäre die Sache damit für sie erledigt, senkte sie wieder den Blick und machte mit dem weiter, wobei sie unterbrochen worden war.

Johanna sah sich um und setzte sich auf einen der Stühle, die sich durch nichts von den Stühlen in der schmucklosen Halle unterschieden.
Sie lehnte den Kopf an die Wand und dachte nach. Eigentlich konnte sie sich nicht vorstellen, dass Menschen mit psychischen Problemen hier tatsächlich gesund wurden. Alles wirkte irgendwie trost- und lieblos. Nichts vermittelte den Eindruck von Wärme oder Geborgenheit, was zweifelsohne für eine Genesung unabdingbar war. Das leise Klacken der Computertastatur im Hintergrund lullte sie fast ein. Mit einem Ruck holte sie sich aus ihren Gedanken zurück. Erst jetzt nahm sie entfernt Stimmen wahr, die sich etwas zuriefen. Irgendwo schlug eine Tür zu, und sie vernahm das Klirren von Geschirr.
»Frau Dr. Jensen?« Sie schreckte hoch, denn sie hatte den Mann, der nun vor ihr stand, nicht kommen hören.
Er war groß mit einem leichten Bauchansatz und trug Jeans und Polohemd. An seinem Hals baumelte ein Stethoskop. Sie fragte sich, wozu er in einer psychiatrischen Klinik ein solches Utensil brauchte. Sie schätze ihn auf Anfang fünfzig, und sein Blick war weder interessiert noch skeptisch. Er wirkte vollkommen teilnahmslos. Ob der Zustand der Patienten auf das behandelnde Pflegepersonal abfärbte?
Johanna sprang auf und reichte dem Mann die Hand. »Guten Tag, Herr …« Sie blickte ihn fragend an.
»Professor Dallmeyer.« Unwillkürlich straffte er die Schultern.
»Wie der Kaffee?« Johanna hatte mal irgendwo gelesen, dass ein Scherz zu Beginn einer Besprechung meist eine automatisch entstehende Anspannung vertrieb. Hier funktionierte das Prinzip offensichtlich nicht. Wahrscheinlich hatte er den Witz schon zu oft gehört.
»Womit kann ich Ihnen weiterhelfen?« Ein ungeduldiger

Unterton in seiner Stimme verriet, dass er nicht vorhatte, sich lange mit ihr aufzuhalten.
»Könnten wir das vielleicht in einem diskreteren Rahmen besprechen?«
Der Professor zögerte kurz. »Also gut, aber ich sage Ihnen gleich, dass ich nicht viel Zeit habe. Sie hatten schließlich keinen Termin.« Der letzte Satz klang vorwurfsvoll, doch das prallte an Johanna ab.
»Es wird nicht lange dauern.«
Sie folgte ihm am Empfang vorbei. Er bog im nächsten Flur rechts ab, und sie gingen einen endlosen Gang entlang, bis er vor einem Büro auf der rechten Seite abrupt innehielt. Um ein Haar wäre Johanna mit ihm zusammengeprallt. Im letzten Moment wich sie aus und kam schräg neben ihm zum Stehen.
Er öffnete eine Tür und bedeutete ihr mit einer Handbewegung einzutreten. Es war ein ziemlich großes Büro, das wider Erwarten aufgeräumt wirkte. Im Vergleich zur schäbigen Ausstattung des Zimmers kam ihr mit einem Mal ihr eigenes Büro wie ein kleiner Palast vor. Alles wirkte alt und abgenutzt, und sie schielte auf die altersschwachen Beine des Schreibtisches, als erwarte sie dort Flicken von Heftpflaster. Ohne eine Einladung abzuwarten, mit der sie ohnehin nicht rechnete, setzte sie sich auf einen der kreuzlahmen Stühle vor diesem monumentalen Arbeitsplatz. Er schien tatsächlich nicht vorgehabt zu haben, Johanna einen Platz anzubieten, denn sein unverständliches Gebrummel hörte sich alles andere als freundlich an.
Während er sich zu seinem Schreibtischstuhl begab, fragte er sie desinteressiert: »Was führt Sie denn nun zu mir?«
»Es geht um eine Ihrer Patientinnen. Aber ich denke, ich stelle mich erst einmal vor. Mein Name ist Johanna Jensen, und ich bin Polizeipsychologin.« Sie holte ihren Dienstausweis aus der

Tasche und schob ihn über die zerkratzte Tischplatte. Seine gerunzelte Stirn war ein erstes Anzeichen Art von Interesse, und bedächtig nahm er den Ausweis, um ihn näher zu betrachten. Johanna vermutete, dass er Zeit gewinnen wollte. Anscheinend fühlte er sich in irgendeiner Weise von ihr überfahren. Er schob den Ausweis zu ihr zurück und faltete seine Hände auf der Schreibunterlage.

»Nun?«

»Ich bin wegen Verena Zenker hier.«

Dallmeyer nickte. »Ja, ich hätte mir denken können, dass Sie früher oder später bei mir aufkreuzen. Ich habe in der Zeitung davon gelesen. Aber … was erwarten Sie von mir?« Er hatte die Hände ausgebreitet, die Handflächen nach oben.

»Ich brauche ein paar Informationen über den Krankheitsverlauf von Frau Zenker.«

»Liebe Frau Doktor. Ihnen dürfte bekannt sein, dass ich vertrauliche Patienteninformationen nicht herausgeben darf.«

»Lieber Herr Professor.« Johanna ahmte seinen Tonfall nach. So wie er dort, verschanzt hinter seinem Schreibtisch saß, wirkte er unglaublich selbstgefällig. »Frau Zenker wurde ermordet. Ich möchte sagen, auf bestialische Weise. Ich bin damit beschäftigt, zusammen mit einem großen Stab von Kriminalbeamten den Mörder dieser Frau zu stellen. Vertraulichkeit hilft der armen Frau nur noch sehr wenig, und ich glaube kaum, dass sie sich unter diesen Umständen verraten fühlen würde.«

»Haben Sie einen Beschluss vom Gericht?« Seine selbstzufriedene Miene war verschwunden.

»Nein, und ich glaube auch nicht, dass das nötig ist. Die Informationen, die ich von Ihnen brauche, sollen mir Aufschluss über Frau Zenkers Persönlichkeit geben. Sehen Sie, Profiling orientiert sich stets am Opfer, nicht am Täter.« Johanna rutschte auf ihrem unbequemen Besucherstuhl zurück, der jeden Moment zusammenzubrechen drohte. »Unser Gespräch ist inoffiziell und erscheint in keinem Bericht. Diese Informationen sind allein für mich bestimmt. Sagen wir, zum besseren Verständnis.«

Professor Dallmeyer musterte sie nachdenklich. Dabei massierte er sich unablässig mit Daumen und Zeigefinger der rechten Hand seine Nase. »Ich muss mich darauf verlassen, dass keine einzige Information nach außen dringt.«

»Darauf haben Sie mein Wort.« Johanna nickte.

»Also gut, fragen Sie.«

»Weswegen war sie hier?«

»Sie hat ihre beiden neugeborenen Kinder getötet.«

Johanna hatte große Mühe, nicht entnervt mit den Augen zu rollen. Der Professor hielt sie wirklich für ein bisschen minderbemittelt. Außerdem hatte es den Anschein, als wolle er nur das sagen, was unbedingt nötig war.

»Das ist mir durchaus bekannt. Aber gehört eine Mörderin nicht hinter Gitter?«

»Eigentlich haben Sie Recht, aber diese Täterin nicht. Sehen Sie, ich habe mit der jungen Frau während der Untersuchungshaft gesprochen. Ich bin Gerichtsgutachter und in eben dieser Eigenschaft habe ich sie mehrmals im Gefängnis besucht. Ich habe nur schwer Zugang zu ihr gefunden, und anfangs hatte ich den Eindruck, sie leidet unter einer temporären Amnesie, was ich jedoch schnell wieder verworfen habe. Sie konnte sich durchaus erinnern, aber sie konnte die Tatsache, dass sie getötet hatte, nicht verkraften. Also hat sie sich zurückgezogen.«

»Sie hat, wenn ich es richtig verstehe, beide Babys getötet.«

Der Arzt nickte. »Korrekt.«

»Wenn ich den zeitlichen Faktor betrachte, nämlich zwei Schwangerschaften und zwei Morde innerhalb von zwei Jahren, so hatte sie keine Zeit, sich über die Tatsache, dass sie zur Kindsmörderin geworden war, im Klaren zu sein. Sie muss unter hohem emotionalem Druck gestanden haben. Aber was hat ihn verursacht?«

»Tja«, der Professor lehnte sich zurück und fixierte einen Punkt an der Wand. Es war unverkennbar, dass er, trotz seiner jahrelangen Erfahrung, so etwas wie Mitleid verspürt hatte und noch immer verspürte.

»Das Mädchen stammte aus, wie heißt es doch so schön, *gutem Hause*. Ihre Eltern waren wohlhabend, sie das einzige Kind. Das Übliche in solchen Fällen. Mutter Hausfrau, immer genügend Geld und, wie mehrere Zeugen übereinstimmend vor Gericht ausgesagt haben, ein liebevolles Zuhause.« Er lachte kurz trocken auf. »Allerdings habe ich keine Ahnung, wie die Zeugen zu einer derart irrigen Annahme gekommen sind.

Das Mädchen wurde autoritär erzogen. Wie Sie sicherlich wissen, geht es bei dieser Art der Erziehung nicht um das Setzen von Grenzen, sondern lediglich um die strikte Einhaltung von Regeln. Gehorsam war das Zauberwort in der Familie Zenker. Es gab in dieser Erziehung nur einen Wert: die Autorität der Eltern gepaart mit der Befolgung von Normen. Sobald sie die Normen verletzt hat, wurde sie massiv psychisch bestraft. Das Kind hat zu keinem Zeitpunkt die Motive dieses Handelns hinterfragt.«

Johanna runzelte die Stirn. »Also keine Handlungs-, sondern eine psychische Kontrolle mit einem durch und durch kalten und feindseligen Klima.«

»Korrekt.«

»Ist es auch zu physischer Gewalt gekommen?«

»Nein. Jahrelang ist alles gut gegangen. Das Mädchen hat pariert, dem Wunsch der Eltern entsprechend Abitur gemacht und aufgrund der guten Noten schnell einen Studienplatz bekommen. So weit, so gut.« Bei der Erinnerung daran nickte der Arzt mit dem Kopf. Er schien für einen Moment weit weg zu sein.
»Was ist dann passiert?« Johanna holte ihn zurück aus der Vergangenheit.
Er schreckte hoch und sah sie entschuldigend an. »Es tut mir Leid, aber wissen Sie, als das Mädchen damals hierher kam, war sie im Gegensatz zu ihrer Zeit in der Untersuchungshaft völlig verängstigt. Sie wirkte innerlich zerrissen und hat sehr viel geweint. Ich musste sie tatsächlich mit einem Antidepressivum behandeln, bevor wir daran denken konnten, mit ihr zu arbeiten.« Er holte tief Luft und ließ die Erinnerung los. »Nun denn, sie hat einen Mann kennen gelernt, der älter war als sie. Kaum ein Mann, der ihren Eltern recht gewesen wäre. Jedenfalls ist das passiert, was in der sorgfältigen Lebensplanung der Eltern nicht vorgesehen war. Sie wurde schwanger. Zweimal. Ich denke, die Details können wir uns sparen, die haben Sie sicher den Ermittlungsakten entnommen. Aber jetzt wird es interessant und zeigt die innere Zerrissenheit des Mädchens.« Er sprach immer noch von dem Mädchen, obwohl die Zeit, von der er erzählte, etwa zwölf Jahre zurücklag und sie bereits damals eine junge Frau gewesen war.
»Sehen Sie, Verena Zenker hat beide Schwangerschaften geheim halten können, und es ist ihr zu keiner Zeit in den Sinn gekommen, die Kinder offiziell auszutragen und zur Adoption freizugeben, denn …«
»… das hätte nicht zu dem Verhaltensmuster gepasst, das ihre Eltern ihr über Jahre hinweg eingetrichtert hatten.«
»Korrekt.«

Diese Art der Zustimmung ging Johanna zusehends auf die Nerven.
Dallmeyer verschränkte die Hände hinter dem Kopf und fixierte wieder einen Punkt an der Wand. Fast war Johanna versucht sich umzudrehen und nachzusehen, was er da betrachtete.
»Wie dem auch sei, sie hat die Kinder also heimlich zur Welt gebracht und gleich nach der Geburt erstickt. Beide hat sie dann in einem Müllcontainer abgelegt. Komischerweise in dem gleichen. Aber«, auf einmal wandte er sich wieder Johanna zu und beugte sich weit über den Tisch, »sie hatte anscheinend während der Schwangerschaft Babykleidung gekauft. Beide Kinder waren angezogen und in eine Decke gehüllt, als sie gefunden wurden.«
Johanna kniff die Augen zusammen. »Kain und Abel. Du tötest die, die du liebst. Die Tatsache, dass sie die Kinder angezogen und in eine Decke gehüllt hat, zeigt, dass sie Schuldgefühle hatte.«
»Und Liebe, ganz genau. Sie wollte, so absurd das klingt, dass es den Kindern gut ging. Obwohl sie die beiden geliebt hat, und davon gehe ich aus, hat sie keine Chance gesehen, selbst im Erwachsenenalter, sich gegen ihre Eltern aufzulehnen.«
Für einen Moment schwiegen beide. Johanna fühlte Mitleid und Abscheu gleichermaßen, aber wenn sie an ihre eigene Kindheit dachte, konnte sie zumindest im Ansatz verstehen, welche Auswirkungen Verachtung in einem labilen Kind über Jahre hinweg haben mussten.
Sie ergriff als Erste das Wort. »Hat Verena Zenker in den Jahren, die sie hier verbracht hat, Besuch erhalten?«
»Nein«, der Mediziner schüttelte den Kopf. »Keinen. Nicht einmal von den Eltern. Die sich übrigens von ihrer Tochter losgesagt hatten.«

»Was ist mit den anderen Patienten? Ich meine, im Gefängnis hätte sie als Kindsmörderin einen schweren Stand gehabt. Wie war das hier?«

»In der geschlossenen Abteilung sitzen noch ganz andere Kaliber. Hier werden die Störungen der Einzelnen nicht gegenüber anderen Patienten thematisiert, und ich glaube kaum, dass sie davon zu anderen gesprochen hat. Sie wurde auf jeden Fall nicht bedroht. Sie hatte zu den meisten ein fast freundschaftliches Verhältnis.«

»Hat sie Briefe bekommen?«

»Nein«, wieder ein bedauerndes Kopfschütteln, »das Mädchen war, so gesehen, völlig auf sich allein gestellt.«

Der Weg von Ochsenzoll nach Alsterdorf war nicht sonderlich weit, doch der Verkehr war so dicht, dass Johanna zwischen diversen Baustellen und noch mehr roten Ampeln Zeit genug hatte, über das gerade Gehörte nachzudenken.

Der letzte Satz Dallmeyers hatte so etwas wie Trauer in ihrem Inneren verursacht. Es war schlimm genug, eingesperrt zu sein, aber wenn es niemanden gab, den es interessierte, musste sich das wie ein seelisches Todesurteil anfühlen.

Sie hatte sich vom Professor die Fortschritte Verena Zenkers beschreiben lassen, und so, wie es sich anhörte, war die Ermordete durchaus therapierbar gewesen und hätte ein normales Leben führen können.

Sie versuchte, die drei Opfer miteinander zu vergleichen, und stellte fest, dass sie nichts gemeinsam hatten. Jetzt noch weniger als vorher. Der einzige Konsens, der sich feststellen ließ, war die Tatsache, dass sie sich alle außerhalb der klassischen Norm befunden hatten. Interessant war allerdings die enorme Zeitspanne der einzelnen Festnahmen. Sie lagen zwischen zwölf

und zwei Jahre zurück. Sie würde darüber noch einmal ausgiebig mit Sven diskutieren müssen. Vielleicht brachte die Auswertung der Akten etwas. Lang und Kausch hatten außerdem eine Kriminalakte. Bei Verena Zenker sah die Sache schon wieder anders aus. Die Tat lag mehr als zehn Jahre zurück, was bedeutete, dass ihre Akte inzwischen vernichtet war. In diesem Fall keine schlechte Sache, denn wäre Verena Zenker noch am Leben, hätte sie so etwas wie eine reine Weste gehabt. Johanna wusste um die Probleme der Resozialisierung, wenn begangene Straftaten ein normales Leben verboten. Schon eine Verkehrskontrolle konnte einem ehemaligen Straftäter zur Qual werden. Den Polizisten vor Ort war es ein Leichtes, herauszufinden, wer derjenige war, der gerade seinen Führerschein nicht dabeihatte. Und die Abfrage der Personalien beinhaltete auch das Strafregister. Automatisch beschränkte sich dann die Verkehrskontrolle nicht mehr nur auf die Frage nach der Fahrerlaubnis, nein, der Wagen wurde auf einmal durchsucht, denn wer wusste schon … Im Falle Verena Zenker wäre ein solches Misstrauen seitens staatlicher Organe einer persönlichen Katastrophe gleichgekommen. Johanna glaubte nicht, dass ein Mensch mit einer derartigen Vorgeschichte solche Maßnahmen so einfach weggesteckt hätte.
Mittlerweile hatte ein dichter Schneeregen eingesetzt, und es war eine Frage der Zeit, wann die leicht gefrorene Erde zu einer gefährlichen Rutschpartie einladen würde. Sie konnte sich noch gut an die Worte ihres Vaters erinnern, dem Eisglätte im Gegensatz zu Nebel nichts ausmachte. Nebel hatte er nie gemocht, dafür freute er sich fast über eisglatte Straßen, da er, so wörtlich, immer noch sah, was er rammte, wohingegen er bei Nebel nichts sah außer einer dicken Suppe. Sie konnte sich nicht an einen einzigen Unfall ihres Vaters erinnern.
Die Einfahrt zur Tiefgarage war bereits gefroren, so dass Johanna

mehr auf ihren Parkplatz rutschte, als dass sie fuhr. Was Sven wohl sagte, wenn sie ihm jetzt in die Seite seines Autos fahren würde? Sie kicherte. Besser nicht.

Auch wenn sie dem Arzt erzählt hatte, dass das Gespräch inoffiziell sei, so verfasste sie trotz allem einen Bericht über das, was Professor Dallmeyer ihr anvertraut hatte. Sie wollte es Diekmann überlassen, ob er es in die Akte mit aufnahm oder nicht.
Das Klingeln des Telefons riss sie aus ihren Gedanken, und erleichtert, zumindest einen Augenblick abgelenkt zu sein, nahm sie den Hörer ab.
»Jensen.«
»Frau Dr. Jensen, hier ist Jutta. Ich fürchte, wir haben ein kleines Problem.«
Das liebte sie so an ihrer Assistentin. Jutta hielt sich nie mit irgendwelchen Floskeln auf. Sie kam immer so schnell wie möglich zum Punkt, und im Gegensatz zu Sven Diekmann war sie dabei immer noch höflich.
»Erzählen Sie, Jutta.«
»Ratmann hat eben angerufen. Sie wissen schon, der Alkoholiker, den Sie überwiesen haben.«
Johanna runzelte die Stirn. Sie konnte sich recht gut an den Mann erinnern, der ihr mit bleichem, teigigem Gesicht schon so oft gegenübergesessen hatte.
»Was ist mit ihm?«
»Er will Sie sprechen. Er weigert sich, mit seinem neuen Therapeuten zu reden. Es gibt wohl etwas, was er zu sagen hat, aber das will er nur Ihnen erzählen.«
»Hat er das so formuliert?«
Juttas Stimme hörte sich am Telefon ein wenig grimmig an. »Zumindest sinngemäß. Er hat sich ziemlich nebulös ausge-

drückt, aber es trifft den Sinn. Und noch etwas, er schien tatsächlich nüchtern zu sein.«

»Also gut, geben Sie mir die Nummer. Ich werde mich nachher noch mit seinem Therapeuten in Verbindung setzen.« Sie angelte mit ihrer freien Hand auf dem Schreibtisch nach Kugelschreiber und Zettel. »Kann losgehen.«

Jutta nannte ihr die Telefonnummer ihres ehemaligen Patienten, und dann beendeten sie ihr Gespräch. In ihrem Adressbuch suchte sie die Nummer des Psychologen heraus, an den sie Ratmann verwiesen hatte. Dieser Psychologe hatte sich auf die Behandlung von Alkoholikern spezialisiert. Das Telefonat ergab im Wesentlichen nicht mehr als das, was sie von Jutta erfahren hatte.

Das Gespräch lief darauf hinaus, dass Ratmann die Zusammenarbeit mit dem neuen Psychologen verweigerte. Er wirkte zeitweise verwirrt und war nicht bereit nachzugeben. Alles was er zu sagen hatte, wolle er nur ihr, Johanna, erzählen. Herr Murrmann, so hieß der Psychologe, hatte keinen Zugang zu dem Patienten gefunden und hoffte auf gute Kooperation mit seiner Kollegin. Er war sich sicher, dass sie gemeinsam, zumindest im Anfangsstadium, etwas erreichen konnten. Die zwei Male, die er Ratmann gesehen habe, seien ganz unterschiedlich verlaufen. Bei dem ersten Treffen habe der Patient nach Alkohol gerochen, war aber wohl nicht übermäßig alkoholisiert. Beim zweiten Treffen sei der Mann nüchtern gewesen. Beide Male jedoch habe er einen verwirrten Eindruck gemacht. Sie vereinbarten, dass Johanna sich mit Ratmann in Verbindung setzen würde, ohne ihm allerdings zu sagen, dass sie bereits mit Murrmann gesprochen hatte. Sie sagte zu, ihm von dem Gespräch mit Ratmann zu berichten, und legte dann auf.

Leicht gequält stöhnte sie auf. Eigentlich hatte sie den Kopf voll

mit anderen Dingen, aber, wie so oft in ihrem Tagesablauf, ging nicht alles so glatt, wie sie es sich vorgestellt hatte. Ein Blick auf die Uhr sagte ihr, dass es schon zehn war und dass sie das, was sie sich für den Vormittag vorgenommen hatte, unmöglich schaffen konnte. Vielleicht sollte sie anfangen, mehr oder minder in den Tag hineinzuleben, ohne Pläne zu machen, die sie zwangsläufig doch wieder ändern musste. Sie setzte sich aufrecht hin und atmete ein paar Mal tief ein und aus, bis sie glaubte, für die weinerliche Stimme am anderen Ende gewappnet zu sein.
Sie wählte die Nummer, die Jutta ihr gegeben hatte. Er hatte wohl direkt neben dem Telefon gewartet, denn gleich nach dem ersten Klingeln hob er ab.
»Ja?« Seine Stimme klang misstrauisch.
»Herr Ratmann? Hier ist Johanna Jensen. Sie wollten mich sprechen?« Sie bemühte sich um einen geduldigen und ruhigen Tonfall, und es war ihr offenbar gelungen.
Ratmann klang erfreut, ihre Stimme zu hören. »Frau Dr. Jensen, ich habe schon auf Ihren Anruf gewartet. Ich kann diesen anderen nicht ausstehen, und diese Tussi wollte mir Ihre Nummer nicht geben. Ich habe keine Zeit mehr, aber ich will es schaffen.« Jutta und Murrmann hatten Recht. Er war verwirrt und redete zusammenhanglos. Sie fragte sich immer wieder, ob es eine Einstellungsvoraussetzung für Polizeibeamte war, sich besonders abfällig über andere Leute zu äußern.
»Falls Sie meine Sekretärin meinen, so hat sie die Anweisung, meine Nummer nicht herauszugeben. Also, Herr Ratmann, wo drückt der Schuh? Wie sieht es mit Herrn Murrmann aus? Ist er nicht in der Lage, Ihnen weiterzuhelfen?«
»Ich sagte doch, ich kann ihn nicht ausstehen. Er redet nur Mist und will mich nicht verstehen.« Ungeduld hatte sich in seine Stimme geschlichen.

»Okay, wenn Sie glauben, dass ich Ihnen besser helfen kann, will ich es gern versuchen.«

»Ich trinke nicht mehr.« Er platzte förmlich mit dieser Neuigkeit heraus.

Johanna glaubte ihm sogar. Wahrscheinlich hatte er wirklich seit ein paar Tagen nicht mehr getrunken und war nun überzeugt, dass es auch so bliebe. Die Psychologin wusste es besser, doch das würde sie ihm nicht verraten. Schließlich war es nicht ihre Aufgabe, ihm zu sagen, dass er Hilfe brauchte, dass er tatsächlich krank war. Das musste er schon selbst realisieren.

»Das ist sehr gut und lobenswert. Wie geht es Ihnen dabei?«

»Ich werde meine Frau doch zurückbekommen? Ich meine, sie kommt doch zurück, wenn sie hört, dass ich nicht mehr trinke, oder?« Wahrscheinlich hatte er ihre Frage gar nicht gehört.

»Sie wissen, worüber wir gesprochen haben, nicht wahr? Wenn Sie aufhören zu trinken, sollen Sie es für sich tun, nicht für andere. Es geht um Sie, Herr Ratmann. Haben Sie das vergessen?«

»Ich will mich mit ihr treffen.« Er suchte niemanden zum Reden. Er wollte Bestätigung. Eine Bestätigung, die sie ihm nicht zu geben vermochte.

Also versuchte sie es auf anderem Wege. »Wenn Sie glauben, dass Sie so weit sind. Haben Sie schon mit ihr gesprochen?«

»Jaaaa.« Die Antwort kam zögerlich, aber zumindest war es die erste direkte Reaktion auf eine ihrer Fragen.

»Was halten Sie davon, wenn wir uns hinterher sehen und Sie mir erzählen, wie das Treffen verlaufen ist?«

»Ich brauche Sie nicht mehr und den anderen auch nicht.« Abrupt beendete er das Gespräch.

Ein Tuten zeigte Johanna, dass die Verbindung unterbrochen war. Die Aggressivität in seiner Stimme war nicht zu überhören gewesen. Außerdem hatte er ein wenig schrill geklungen. Er war von Anfang an nicht freiwillig zu ihr gekommen. Seine Vorgesetzten hatten mit strengen Disziplinarmaßnahmen gedroht, wenn er sich, wie sie es nannten, keine Hilfe suchte. Nur langsam war es Johanna gelungen, etwas aus ihm herauszubekommen. Sie musste allerdings bald feststellen, dass ihm nur ein Spezialist auf diesem Gebiet helfen konnte. Sie hatte sich getäuscht. Der Mann tat ihr Leid. Nichts, was sie bisher unternommen hatte, hatte ihn weitergebracht. Sie hatte ihm genauso wenig helfen können wie Murrmann, und sie hielt es für angebracht, über eine stationäre Behandlung nachzudenken. So wie Ratmann sich benahm, war er eine große Gefahr für sich selbst, und Johanna befürchtete nicht nur wegen des Alkohols. Sie würde wohl Murrmann informieren müssen. Seufzend legte sie auf und schaltete ihren Computer an. Sie würde ihrem Kollegen eine Mail schicken.

Es war verflucht kalt hier draußen, aber bei dem letzten Typen hätte er es keinen Tag länger ausgehalten. Sie alle waren Perverse, aber der hier war ein ausgekochtes Schwein gewesen. Er hatte ihn überreden wollen, in einem selbst gedrehten Porno mitzuspielen, in dem er mit anderen Jungen rummachen sollte. Dann sich besser hier draußen den Arsch abfrieren.

Er tastete seine Jacke, das Geschenk eines Freiers, ab und stellte fest, dass er keine Kippen mehr hatte. Geld hatte er auch so gut wie keines mehr. Siggi fand noch etwa zehn Euro. Für einen Teil davon würde er sich Zigaretten kaufen. Hunger hatte er nicht besonders, außerdem dämpfte das Rauchen den Hunger.

Er schlurfte zu dem Kiosk, der genau neben der Rolltreppe zu den Gleisen stand. Der Verkäufer kannte ihn zwar, beäugte ihn jedoch misstrauisch, als habe er Angst, Siggi könne an ihm vorbeigreifen und eine Schachtel mitgehen lassen. Eigentlich klaute er nicht, schon gar nicht hier, wo er immer stand und ihn alle kannten, aber der Kioskbesitzer war trotzdem vorsichtig. Er ließ sich von Siggi erst das Geld geben, bevor er ihm die Packung Zigaretten zuschob.

Siggi drehte sich um und ging zu seinem Platz zurück. Er hatte Glück, sein Standplatz war noch ein Stück überdacht, und wenn der Wind günstig wehte, wurde er auch nicht sonderlich nass. Er hockte sich auf den Boden und riss die Zigarettenschachtel auf. Das Zellophan ließ er achtlos auf dem Erdboden liegen. Er steckte sich eine Kippe an und inhalierte tief.

Den ganzen Tag schon dachte er darüber nach, ob er es tun sollte oder nicht. Er war nicht unbedingt schnell im Denken, schon damals nicht, als er noch zur Schule ging, aber das hier war noch schwerer zu entscheiden als alles andere.

Bei seinem letzten Typen, dem Schwein, hatte er fernsehen dürfen. Da hatte er auch den Polizisten gesehen, der meinte, dass man allen Mördern den Kopf abschlagen solle. So oder so ähnlich hatte der Bulle das ausgedrückt. Siggi wusste es nicht mehr so genau. Jedenfalls ging es im Fernsehen darum, dass der andere Typ, bei dem er ein paar Tage gewohnt hatte, getötet worden war und noch zwei andere und das sie den Täter suchten. Sie hatten da so ein Foto gezeigt im Fernsehen. Irgend so ein Kerl mit Baseballkappe und Sonnenbrille, und Siggi war sich sicher, dass er ihn schon mal gesehen hatte. Er wusste auch wo. An dem Abend, als er abgehauen war, hatte so einer bei Willi gesessen, und zwar am Tresen. Ein Stück von ihm und seinem Freier entfernt. Und er hatte so komisch geguckt. Zuerst hatte Siggi ja gedacht, dass es ein Bulle wäre, und sich aus dem Staub gemacht, und als er dann später hörte, dass sein Kunde umgebracht worden war, hatte er dann doch ein bisschen mehr

Schiss gekriegt, und er war froh gewesen, dass er so schnell verschwunden war. Vielleicht hätte der Kerl ihm sonst auch noch die Lampen ausgedreht.
Jedenfalls, der Bulle im Fernsehen hatte gesagt, dass es eine Belohnung gab, wenn man Hinweise zum Täter machen konnte. Ein paar tausend Euro sollten das sein. Er hatte immer noch Angst, aber er hatte mal im Fernsehen gesehen, dass man, wenn man aussagte, von der Polizei beschützt wurde. Irgend so ein amerikanischer Krimi war das gewesen. Cool. Bestimmt war das hier auch so. Er hatte sich sogar den Namen merken können, der unten im Bild eingeblendet wurde. Diekmann hieß der Bulle.
Er, Siggi, hatte den Typen ja gesehen, wie er den alten Mann und ihn beobachtet hatte. Nicht die ganze Zeit, nein, zwischendurch hatte der auch woanders hingeguckt. Außerdem war der Kerl ganz allein da gewesen und kannte wohl auch niemanden in der Kneipe, zumindest hatte er mit niemandem gesprochen, und eigentlich kannten sich da alle.
Was würde er mit dem Geld machen? Ob es wohl reichte, um damit wegzufahren? Siggi hatte schon öfter daran gedacht, nach Spanien abzuhauen. Er hatte mal in einem Prospekt, der im Mülleimer gelegen hatte, gesehen, dass da immer die Sonne schien, und er war noch nie in Spanien gewesen. Eigentlich war er überhaupt noch nirgends gewesen. Jedenfalls konnte er, wenn das dort so warm war, am Strand schlafen und auch regelmäßig ins Meer gehen, um sich zu waschen. Er wusste, dass viele der Jungen hier sich nicht wuschen, aber er mochte das gern, wenn er sauber war. Vielen war das egal, ihm nicht.
Unwillig schüttelte er den Kopf. Irgendwie war er nicht in der Lage, seine Gedanken festzuhalten. Seitdem er damals von dem Freund seiner Mutter so verhauen worden war, dass er ins

Krankenhaus musste, hatte er sich nicht mehr richtig konzentrieren können. Immer gingen die Gedanken weg.
Er suchte in seinem Kopf nach dem Gedanken, den er hatte.
Ach ja, er hatte überlegt, ob er den Bullen aus dem Fernsehen anrufen sollte. Er schnippte die Kippe weg, die schon bis auf den Filter runtergebrannt war.
Doch was war, wenn er nicht genug wusste? Gaben sie ihm dann auch das Geld? Vielleicht bekam er ja dann nur ein bisschen, aber Hauptsache, dass er damit noch bis nach Spanien kam, denn das war jetzt klar: Wenn er die Kohle kriegte, dann ab nach Spanien.
Also gut. Er hatte sich entschieden.
Er wollte nach Spanien.

Liebe Mutter,
so knie ich vor dir und bitte dich um Verzeihung.
Durch mich hätte er vollbringen können, was sonst niemand vermag. Mit ihm und durch ihn konnte ich diejenigen bestrafen, die vom rechten Weg abgekommen sind.
Ich war er, und er war ich. Wir waren eins.
Aber er hat mich zurückgestoßen und mich der Lächerlichkeit preisgegeben.
Im Bewusstsein der Sünde lasse ich mich doch von Hass und Kummer leiten, wenn ich frage: Mein Vater, warum hast du mich verlassen?
Du hattest Recht, Mutter. Alles wiederholt sich im Leben, und das, was ich nun verspüre, ist der gleiche Schmerz wie damals. Ich habe auch dieses Mal blind vertraut, in der Hoffnung, die Liebe zu erringen, die ich verdient habe. Habe ich doch selbst geliebt, was, wie ich jetzt weiß, verachtenswert ist.

So bin ich geschlagen mit Blindheit. Kann nicht sehen bei Licht, kann nicht essen von einem gefüllten Teller.
Ich war sein Diener. War ich nicht bereit, meinen Geist in seine Hände zu legen? Habe ich nicht alles gemacht, um sein Tun zu vollenden?
Ich war der Sohn und er der Vater, und er hat mich verraten, gedemütigt und zu Boden geschlagen.
Ich weiß, verzeihen ist eine Tugend. Heißt es nicht: WENN DIR JEMAND EINEN STREICH GIBT AUF DEINE RECHTE BACKE, SO BIETE IHM AUCH DIE ANDERE DAR?
Und heißt es nicht auch: SEGNET, DIE EUCH FLUCHEN; TUT WOHL DENEN, DIE EUCH HASSEN?
Aber, GOTT steh mir bei, ich kann es nicht. Ich bin nicht perfekt. Mein Herz ist tödlich getroffen, meine Gedanken sind vergiftet.
Habe ich nicht alles getan? Habe ich ihm nicht alles zu Füßen gelegt? Ich habe ihn geliebt, jeden Tag aufs Neue und er hat mich mit Füßen getreten.
Oh Mutter, verzeih meine Blindheit, denn jetzt sehe ich klar.
Danke, Mutter.

»Also Julika, wie sieht es aus? Haben Sie mit den Herren gesprochen?«
Sven hatte eine Sitzung einberufen, an der alle teilzunehmen hatten, die an dem Fall in irgendeiner Weise beteiligt waren. Selbst Johanna sollte dabei sein, obwohl sie nichts weiter zu sagen hatte. Sie war mit Sven übereingekommen, dass sie ihre Erkenntnisse den übrigen Mitarbeitern, zumindest zu diesem Zeitpunkt, nicht offenbaren wollten. Genau genommen stammte die Idee eher von Sven als von Johanna, aber es konnte ihr nur

recht sein. Wahrscheinlich wollte er nicht, dass seine Leute glaubten, er habe sie, die Psychologin (die Nennung dieses Berufsstandes bedeutete für die meisten der anwesenden Polizisten insgeheim noch immer eine Beschimpfung), um Hilfe gebeten. Sie vermutete, dass er sie so eher als eine Art Beobachterin verkaufen konnte.
Julika hob die Hände. »Nicht sehr viel. Die meisten waren zunächst nicht bereit, etwas zu sagen, aber als die Kollegen, also die der anderen Städte, den Grund unseres Anliegens angegeben haben, haben alle den Mund aufgemacht. Sie wollten uns schnell wieder loswerden, und haben uns das Versprechen abgenommen, dass ihre Ehefrauen nichts erfahren.«
Allgemeine Erheiterung setzte ein. Johanna sah in die Runde und betrachtete die Gesichter. Sie fragte sich, wie viele der Anwesenden nebenher eine Affäre hatten, sei es mit einer Prostituierten oder mit einer Frau, die kein Geld nahm, sondern in der Hoffnung schwebte, dass sich der geliebte Mann irgendwann gegen seine Ehefrau entscheiden würde. Johanna war sich sicher, dass mindestens die Hälfte aller anwesenden Männer in der einen oder anderen Art eine außereheliche Beziehung unterhielt. Ihr schoss durch den Kopf, dass die meisten Männer ausgemachte Heuchler waren.
Julika wartete einen Moment, bis das allgemeine verhaltene Gelächter abflaute, und fuhr dann fort. »Es ist zwar richtig, dass einer der Männer am Mordabend eine Verabredung mit Monika Lang hatte, aber danach hatte er noch einen geschäftlichen Termin in der Bar. Das können diverse Leute bezeugen. Er hat den letzten Flieger nach Hause genommen. Die anderen Männer waren zu besagtem Zeitpunkt nicht in der Stadt oder hatten, wie in einem Fall, ihre Frau dabei.« Julika klappte ihr Notizbuch zu. »Tja, das war's.«

»Wir gehen am besten nach der Ausschlussmethode vor. Martin?«
Mit fragendem Blick musterte Sven seinen jüngsten Neuzugang. Martin Feiler wirkte nervös, und anstatt sitzen zu bleiben, wie Julika vor ihm, stand er auf wie ein Schuljunge, der vor seinem Lehrer eine mündliche Prüfung abzulegen hatte. Johanna merkte, wie einige Kollegen ihn spöttisch musterten. Für die meisten, war er der *grüne Junge, der noch nicht trocken hinter den Ohren war.* Die Psychologin war sich sicher, dass auch einige dabei waren, die seinen Eifer verachteten, und nicht wenige waren darunter, die mit Sicherheit vor Neid innerlich grün wurden, weil er oft mit besseren Ergebnissen als andere aufwarten konnte.
»Nichts. Mehr als die bisher dürftigen Personenbeschreibungen war nicht zu holen. Wir haben noch einige andere Nachbarn der Getöteten befragt, aber entweder haben sie nichts gesehen, oder, wie im Falle von Siegfried Kausch, waren sie in der Nacht, genauso wie in jeder anderen, sturzbesoffen.«
»Das klingt zwar nicht gerade ermutigend, aber ich denke, wir werden nicht lange auf eine Reaktion des Täters auf die Pressekonferenz zu warten brauchen.« Sven seufzte. »Noch jemand eine Frage?«
Er schaute erwartungsvoll in die Runde. Einige der Beamten wichen betreten seinem Blick aus, andere begannen in irgendwelchen Unterlagen zu wühlen. Es herrschte eine andere Stimmung als sonst. Die Spannung war den Leuten deutlich anzumerken, und Johanna hatte auch eine Vermutung, warum.
Selbst Sven fiel etwas auf, und er runzelte die Stirn. »Also, was ist?«
Schließlich wagte jemand eine Frage zu stellen. »Wird man Ihnen den Fall wegnehmen oder Sie ablösen?«

Unwillkürlich hörten alle geflüsterten Gespräche auf, das Rascheln von Papier verstummte, und alle sahen ihren Chef erwartungsvoll an.
»Wie zum Henker kommen Sie denn darauf?«
Der ältere Mann, der die Frage gestellt hatte, antwortete eher zögernd. »Na ja, wegen der Pressekonferenz. Ich kann mir vorstellen, dass das in unseren Reihen Staub aufgewirbelt hat, oder etwa nicht?«
Sven suchte langsam seine Unterlagen zusammen und überlegte sich die Antwort genau. »Sehen Sie, ich bin überzeugt von dem, was ich der Presse erzählt habe, würde so etwas jedoch unter normalen Umständen nicht laut sagen, wenn ich nicht meine Gründe dafür hätte. Dies habe ich auch meinen Vorgesetzten, insbesondere Martens, mitgeteilt. Sie waren zwar nicht gerade einverstanden, aber sie haben es geschluckt.« Erneut blickte er in die Runde. Er hatte allen und nicht nur einer Person, geantwortet. »Genügt Ihnen das?«
Die Spannung wich aus den Beamten, einige wirkten erleichtert. Es war so eine Stimmung, als wollten alle sagen: *Ich habe euch ja gleich gesagt, dass er seine Gründe hatte.* Sie waren wie eine Horde Kinder, die ihrem Vater beim Erzählen einer Gutenachtgeschichte lauschten.

»Hast du etwas vor?« Diekmann stand plötzlich in Johannas Büro.
»Du meinst jetzt? Nein, äh, ich wollte etwas essen gehen.«
»Begleitest du mich? Ich lade dich hinterher auch zum Essen ein, okay?« Er sah ihrem Gesicht an, dass sie eigentlich widersprechen wollte, es sich jedoch im letzten Moment anders überlegte.
Sie zuckte die Schultern, und ihre Antwort klang gedehnt. »Okay. Wohin?«

»In den Schießkeller.«
»In den was?« Johanna wirkte überrascht.
»Hör mal, nach allem, was das letzte Mal fast passiert ist, ist mir ehrlich gesagt ein wenig mulmig, wenn du so unbedarft da draußen rumläufst.«
»Unbedarft draußen rumlaufen?« Ihre Irritation wich Fassungslosigkeit. »Ich bin Psychologin und keine Revolverheldin.«
»Das bin ich auch nicht, und trotzdem trage ich eine Waffe. Also ...«
»Herr Diekmann«, die Stimme gehörte Martin, der mal wieder in Johannas Tür auftauchte. Er war außer Atem und aufgeregt.
»Was ist denn?«
Zum ersten Mal bemerkte Johanna so etwas wie Ungeduld im Umgang mit Martin in Svens Stimme.
Der junge Polizist zeigte mit dem Daumen über seine rechte Schulter. »Da ist jemand am Telefon, der mit Ihnen sprechen möchte.«
»Wer ist es?«
»Das wollte er nicht sagen. Er meinte, er wolle nur mit Ihnen sprechen, mit sonst niemandem.«
»Dann würde ich vorschlagen, Sie stellen das Gespräch hierher durch.« Er wandte sich an Johanna. »Keine Sorge, du entkommst mir nicht. Die Angelegenheit ist nur aufgeschoben und nicht aufgehoben.« Ihr Telefon klingelte, und er nahm ab.
Er meldete sich kurz mit seinem Namen, und Johanna wollte schon hinausgehen, als sie sah, wie Sven die Sprechmuschel mit einer Hand bedeckte und ihr mit dem Kopf bedeutete zu bleiben. Er schaltete das Telefon auf laut, so dass Johanna mithören konnte, und eine junge Stimme erklang.

»Sind Sie der Mann, der im Fernsehen war?«
Johanna nahm an, dass der Betreffende auf die vermaledeite Pressekonferenz anspielte.
»Ja, das bin ich. Und wer sind Sie?«
»Stimmt. Ich erkenne Ihre Stimme wieder. Ich habe etwas zu sagen, was den Mord an diesem perversen Schwein angeht.«
Svens Gesichtszüge waren angespannt, und er fixierte Johanna.
»Meinen Sie den Kausch?«
»Wen denn sonst? Es gibt doch eine Belohnung, oder?«
»Das kommt darauf an, was Sie zu sagen haben.«
»Ich möchte mich mit Ihnen treffen.«
»Wer sind Sie?«
»Das möchte ich erst sagen, wenn ich Sie sehe.«
Sven überlegte einen Moment. Johanna merkte, dass er fieberhaft überlegte.
Seine Stimme klang gedehnt, als er weitersprach. »Also schön. Wann und wo?«
»In der Langen Reihe, gegenüber dem türkischen Kaffeehaus, gibt es ein Abbruchhaus. Heute Abend gegen acht. Aber kommen Sie allein.«
Ein Klicken zeigte, dass der Anrufer aufgelegt hatte. Sven legte den Hörer ebenfalls hin und sah Johanna an. »Der Typ hat wohl zu viele schlechte Filme gesehen. *Aber kommen Sie allein.* Großer Gott, wo hat der das denn her.«
»Wirst du hingehen?«
»Ich denke schon.«
»Und wenn das eine Falle ist?«
Sven wedelte ungeduldig mit der einen Hand in der Luft. »Meine Güte, Johanna, du hast wohl auch zu viele schlechte Krimis gesehen. Meinst du, der will mich irgendwo hinlocken, wo er mich umbringen kann? Wir sind hier nicht in Klein-Chicago.

Und selbst wenn, der kann mich doch überall und jederzeit über den Haufen schießen.«

»Willst du wirklich allein hingehen?«

»Ja, ganz sicher. Ich werde veranlassen, dass jemand in der Dienststelle bleibt, und mit ihm vereinbaren, dass ich mich in regelmäßigen Abständen hier melde. Bist du nun zufrieden?«

»Nein, aber das wird dich kaum von dem abhalten, was du vorhast.«

»Stimmt. So und nun zu unserer anderen Angelegenheit.«

Sie konnte es kaum glauben, aber sie stand wirklich den halben Vormittag mit Sven im Schießkeller und unternahm unter seiner Aufsicht ihre ersten Schießübungen. Er hatte ihr seine Dienstwaffe gegeben, und sie kam ihr unhandlich und schwer vor. Geduldig erklärte er ihr die Zielvorrichtung und dass sie Kimme und Korn auf eine Linie bringen musste.

Ausgerüstet mit Schießbrille und Ohrschützern zielte sie auf die Scheibe, die er in fünfundzwanzig Meter Entfernung angebracht hatte. Hatte sie zuerst kaum die Wand getroffen, waren ihr nach der ersten Stunde schon ein paar brauchbare Treffer gelungen, die im Ernstfall den Gegner jedoch höchstens gekitzelt hätten.

Nachdem sie trotz der Ohrschützer das Gefühl hatte, als habe sie keine Trommelfelle mehr, hatte er sich erweichen lassen und die Schießübungen beendet. Er hatte ihr jedoch noch gezeigt, wie man eine Waffe reinigte, und sie hatte dieses Ungetüm mindestens ein Dutzend Mal auseinander nehmen und wieder zusammensetzen müssen.

Als alles vorüber war, hatten ihr die Daumen wehgetan, zwei Fingernägel waren abgebrochen, und sie konnte sich bestenfalls schreiend unterhalten. Aber sie hatte etwas dazugelernt, auch

wenn sie nicht die leiseste Ahnung hatte, was er eigentlich damit bezweckte.
Das anschließende Essen verlief außergewöhnlich harmonisch.
Den Nachmittag hatte sie in ihrer Praxis verbracht, um nach dem Rechten zu sehen.
Heute war wieder ihr Volkshochschulabend. Sie freute sich auf das Gekicher mit Andrea und die heillosen Versuche, aus einem Knäuel Wolle eine Art Topflappen herzustellen.
Mit einem Anflug von schlechtem Gewissen dachte sie darüber nach, dass sie sich mal wieder bei Joachim melden müsste, obwohl sie ihm gegenüber keineswegs verpflichtet war. Sie seufzte. Es wurde wirklich Zeit, dass sie sich von Altlasten befreite und sich nicht noch mehr auflud.
»Willst du schon los? Es ist gerade mal vier Uhr nachmittags.« Sven kam in ihr Zimmer geschlendert. Johanna raffte ein paar letzte Sachen zusammen und sah nur flüchtig hoch. »Was ist? Hast du nichts zu tun? Ja, ich will schon los, ich habe heute meinen Volkshochschulabend.«
Sven zog die Augenbrauen hoch. »Volkshochschule?«
Johanna hätte sich ohrfeigen können. »Genau, Volkshochschule.«
»Und was lernt man da so?«
Die Psychologin richtete sich auf und straffte den Rücken. Sie bemühte sich um ein möglichst gleichgültiges Gesicht. »In meinem Falle handelt es sich um einen Handarbeitskurs.«
Er sah sie vollkommen ernsthaft an. »Früher habe ich endlose Schals gestrickt. Das hat mir geholfen, mich nach einem anstrengenden Tag zu entspannen.«
»Du hast was?« Vor Erstaunen blieb ihr Mund offen stehen. Misstrauisch musterte sie sein Gesicht, konnte jedoch keinen Hinweis darauf finden, dass er sie auf den Arm nahm.

Sven zuckte mit den Schultern. »Ist das so verwerflich? Ich meine, Frauen wollen die Emanzipation um jeden Preis. Man findet sie mittlerweile als Fernfahrer, vereinzelt sogar als Dachdecker. Ist es da so schlimm, dass es strickende Männer gibt?«

»Äh, nein.« Johanna zuckte mit den Schultern und griff nach ihrer Tasche. Unwillkürlich stellte sie sich Sven vor, wie er in Puschen vor dem Kamin saß und Schals strickte. Eine höchst amüsante Vorstellung. Nur mit Mühe konnte sie sich ein Grinsen verkneifen. Stattdessen kaute sie krampfhaft auf ihrer Unterlippe herum. Es wäre das Beste, das Thema zu wechseln.

Während sie ihren Mantel aus dem Schrank holte, fragte sie ihn nach seinen Plänen. »Hast du immer noch vor, heute Abend diese Verabredung einzuhalten?«

Sven nickte. »Unbedingt. Schaden kann es nicht, und ich habe bestimmt nicht vor, den Typen zu verprellen, wenn ich mit einer Hundertschaft dort auftauche.«

»Ich bin mir fast sicher, dass es sich bei dem Typen um diesen Dreizehnjährigen handelt. Du weißt schon, ich glaube Siggi war sein Name.«

»Die Idee ist mir auch schon gekommen.« Er nickte nachdenklich. »Möglicherweise die erste heiße Spur, die wir haben.«

Johanna kämpfte mit einem der Jackenärmel, der sich nach außen gekrempelt hatte. Es ärgerte sie fast, dass Sven sie unverwandt anstarrte und keine Anstalten machte, ihr zu helfen. Schließlich hatte sie es geschafft.

»Warum glaubst du, dass er sich mit dir in so einem alten Abbruchhaus treffen will?«

»Na, warum wohl? Wenn es sich wirklich um den Strichjungen handelt, hat er nicht das geringste Interesse daran, mit einem Bullen gesehen zu werden.«

»Na gut.« Johanna nahm ihre Tasche und schob sich an Sven

vorbei aus dem Büro. »Ich gehe also davon aus, dass du mir morgen alles Wichtige erzählst.«
Sven machte eine tiefe Verbeugung. »Aber sicher, gnädige Frau.«
Mit einem verächtlichen Schnauben rauschte sie davon.
Die Topflappen warteten.

Fasziniert beobachtete sie die flinken Hände ihrer neuen Freundin. Andrea war sichtlich stolz auf ihre neue Fingerfertigkeit.
»He, das sieht ja ganz schön locker aus.«
»Tja, ich habe zu Hause geübt. Das hättest du auch tun sollen.«
Siegesgewiss blickte sie auf Johanna, die sich verzweifelt abmühte, die Häkelnadel in eine Masche zu stecken.
»Du machst das zu fest, deswegen hast du auch dieses Problem. Sieh her«, Andrea nahm ihre Handarbeit ein wenig vom Körper weg, so dass Johanna besser zuschauen konnte. »Du musst den Lauffaden ein wenig lockerer halten, siehst du? Du bist ja dabei, dir den Finger abzuschnüren.«
Fast neidvoll betrachtete Johanna das lockere Gebilde, das ihre Freundin gerade fabrizierte. Ihre eigene Arbeit wirkte so steif, dass man sie in die Ecke hätte stellen können, ohne dass sie umgefallen wäre.
»Stimmt, ich hätte auch üben sollen, aber irgendwie bin ich nicht dazu gekommen.«
»Viel zu tun?«
»Hm.« Johanna bemühte sich verbissen, den Lauffaden nicht zu fest um ihren Finger zu schlingen, doch nun rutschte er ständig ab.
»Hast du mit dieser Sache zu tun, die seit Wochen ständig in den Zeitungen auftaucht? Du weißt schon, diese Morde?«
»Jep.« Verflucht. Bei dem Versuch, den Lauffaden wieder hochzufummeln, war ihr die Häkelnadel aus der Schlaufe gerutscht.

»Und? Habt ihr schon eine heiße Spur?«
Johanna ließ das Stück verknotete Wolle sinken. »Vergiss es. Ich sage gar nichts. Ich habe nicht die geringste Lust, mich morgen zitiert in der Zeitung wiederzufinden. Dafür würde mich der Leiter der Mordkommission in der Luft zerreißen.«
Mit gespieltem Entsetzen legte sich Andrea eine Hand auf die Brust. »Das würde ich nie tun. Nein, im Ernst, das ist gar nicht mein Ressort. Es interessiert mich nur. Außerdem bin ich nicht so hinterhältig. Also?«
»Nicht wirklich. Sieht schlecht aus. Wie du sicher weißt, gibt es eine Personenbeschreibung, allerdings ist die nicht gerade brauchbar.«
Andrea nickte. »Ich habe davon gelesen. Er hat sich verkleidet oder so, richtig?«
»Ganz genau und außerdem ...«
»Nun meine Damen, ich habe den Eindruck, auch Sie machen sich langsam.« Hildegard stand an ihrem Tisch und zwinkerte ihnen hinter ihrer Brille zu.
Andrea wirkte fast ein wenig stolz, als sie der Lehrerin ihren Topflappen zeigte.
»Sehr schön, meine Liebe.« Sie blickte Andrea über ihren Brillenrand hinweg ins Gesicht. »Geben Sie es zu, Sie haben geübt. Und Sie, Johanna?«
Eher zögerlich reichte Johanna der älteren Frau ihre Handarbeit. »Auch nicht schlecht, wirklich. Es ist zwar so fest, dass man es kaum biegen kann, aber das wird schon. Sehr schön.« Sie lächelte den beiden noch einmal zu und schlenderte dann weiter durch die Reihen, um hier ein paar Hilfestellungen zu geben und dort ein paar Tipps loszuwerden.
Johanna grinste Andrea an. »Streberin.«

Sven konnte nicht behaupten, dass ihm mulmig zumute war. So etwas wie eine böse Vorahnung machte sich dennoch in ihm breit, obwohl er von solchen Dingen eigentlich nichts hielt. Seiner Großmutter zufolge war das alles Spökenkiekerei und damit etwas für alte Damen, die im Kaffeesatz lasen und sich die Zukunft von ihrem zweiten Gesicht vorhersagen ließen.
Er war eine Weile vor der genannten Uhrzeit erschienen und hatte sich gegenüber des Treffpunkts in das besagte Café gesetzt. Das Abbruchhaus, von dem der Junge gesprochen hatte, war nicht allzu sehr frequentiert. Sven vermutete, dass die obdachlosen Junkies und Strichjungen so lange wie möglich am Hauptbahnhof blieben, um Stoff zu kaufen oder auf Kundschaft zu warten. Erst wenn gar nichts mehr ging, zogen sie sich in ihren Unterschlupf zurück. Weitgehend sicher vor der Polizei.
Kurz vor acht Uhr machte er sich auf den Weg. Er bezahlte seinen Kaffee am Tresen und verließ das Lokal.
In leichtem Trab lief er über die Straße. Der Regen hatte zwar aufgehört, aber ein empfindlich kalter Ostwind hatte aufgefrischt und stach ihm wie kleine Nadeln ins Gesicht. Nach der stickigen Luft in dem Café geradezu angenehm, allerdings hatte er nicht vor, länger als unbedingt notwendig draußen zu verweilen.
Mehrmals sah er sich um, konnte jedoch niemanden entdecken, der ihm vielleicht folgte. Das nahende Weihnachtsfest war in diesem Teil der Stadt offenbar ohne Bedeutung. Er rechnete nach. Es waren noch etwas mehr als zwei Wochen bis Heiligabend, aber so gut wie nichts wies in dieser Gegend daraufhin. Die Kneipen waren nur spärlich oder gar nicht mit festlichen Girlanden geschmückt. An den zum Teil schmutzigen Fenstern der Wohnungen konnte man kaum etwas erkennen. Zum Großteil lebten hier Ausländer, deren Glauben kein Weihnachtsfest

kannte. Oder Menschen, die nicht genug Hoffnung übrig hatten, um die Geburt Jesu Christi jedes Jahr aufs Neue zu feiern. Mit hochgezogenen Schultern stand er vor dem Haus, in dem er sich mit dem Informanten treffen wollte. Eine Tür gab es nicht, lediglich ein mit Brettern vernageltes dunkles Loch, das ins Innere führte. Die Holzlatten waren so weit heruntergerissen, dass er problemlos hindurchschlüpfen konnte. Wieder ein Beispiel städtebaulichen Versagens, wo man potenziellen Wohnraum verrotten ließ, um Bauspekulanten Vorschub zu leisten.
Sven quetschte sich durch die kleine Öffnung und blickte sich um. Zunächst sah er gar nichts, da es hier noch dunkler war als draußen. Die Menschen, die hier Zuflucht suchten, scheuten das Licht. Langsam gewöhnten sich seine Augen an die diffusen Lichtverhältnisse. Er bemerkte verschiedentlich Matratzen und verschimmelte Schlafsäcke auf dem Boden. In der Ecke lag ein umgekippter Einkaufswagen von einem der wenigen Supermärkte hier in der Gegend. Leere Flaschen und heruntergebrannte Kerzen standen überall herum. Irgendwo aus dem hinteren Teil hörte er die weinselige Stimme eines Obdachlosen, der lauthals sang.
Sven zog eine Taschenlampe aus der Tasche und leuchtete nach oben. Er erkannte, dass die Decke zum Teil eingestürzt war. Reste des Betons ragten wie scharfe Zähne eines Raubtieres von oben herab. Verrostete Stahlstreben hingen bedrohlich tief über den Köpfen der Bewohner. Er ging langsam durch die unteren Räume, deren Zwischenwände fast vollständig fehlten oder zumindest so schadhaft waren, dass man die einzelnen Zimmer nicht mehr unterscheiden konnte. Er kam an einigen schnarchenden Gestalten vorbei. Ein junger Mann saß mit dem Rücken an der Wand und starrte mit leerem Blick ins Nirwana. Er hielt nur mit Mühe die Augen offen. An seiner rechten

Armbeuge hing ein Gummiband herab, die Spritze lag neben ihm. Zumindest hatte er die nächsten Stunden Ruhe vor dem Elend, bis er wieder zu sich kam und nur den Wunsch verspürte, sich neuen Stoff zu besorgen. Wahrscheinlich lebte er nicht mehr allzu lange.

Bis jetzt hatte niemand Anstalten gemacht, ihn anzusprechen, und Svens Anspannung wuchs. Er sah auf seine Armbanduhr, und das beleuchtete Zifferblatt zeigte an, dass es schon zehn Minuten nach acht war. Er beschloss zu warten, denn er ging davon aus, dass die meisten hier kein nennenswertes Zeitgefühl hatten.

Der Junge am Telefon hatte allerdings erstaunlich klar gewirkt. Er war nicht betrunken und ihm fehlte die typisch schleppende Sprechweise eines Drogensüchtigen.

Mit der Fußspitze kickte er eine leere McDonald's-Verpackung zur Seite, deren Inhalt halb verfault war. Von irgendwoher hörte er das leise Rascheln kleiner Füße. Vermutlich Ratten. Er hasste Ratten.

Er war mittlerweile in den hinteren Teil des Hauses vorgedrungen. Hier hielt sich niemand mehr auf. Durch die beschädigte Decke warf er einen Blick in den Nachthimmel. Das Dach war eingestürzt und ließ den Schneeregen, der wieder eingesetzt hatte, ungehindert durch. Pfützen hatten sich auf dem Boden gebildet.

Er wollte sich gerade umdrehen und zurückgehen, als etwas in einer entfernten Ecke des Raumes seine Aufmerksamkeit auf sich zog. Es sah aus wie ein Bündel. Er richtete den Strahl seiner Taschenlampe auf das Objekt und schritt langsam darauf zu. Mit der freien Hand tastete er nach seiner Waffe. Beim Näherkommen bemerkte er etwas, das aussah wie kleine weiße Schnipsel. Als er etwa einen Meter von dem Bündel stehen blieb, war er

sicher, dass es sich um einen Menschen handelte. Den Hintern hochgereckt, das Gesicht auf dem Boden, eingeklemmt zwischen Wand und einem großen Sack undefinierbaren Inhaltes, hatte die Szene etwas Obszönes. Sven bückte sich und sah, dass es sich bei den vermeintlichen weißen Schnipseln um Federn handelte, die aus einem zerfetzten Kissen stammten. Er streckte die Hand aus und berührte die Person an der Schulter. Sie sackte zur Seite und starrte Sven aus blicklosen Augen an. Das jugendliche Gesicht war durch eine Austrittswunde an der Stirn entstellt.
Sven brauchte nicht sonderlich viel Fantasie, um zu wissen, wen er da vor sich hatte.

7

Johanna löcherte Sven zum wiederholten Male, aber sie musste ganz sicher sein.
»Du hast diesmal vorab keine Nachricht erhalten, und auch am Tatort gab es keinen Zettel, keinen Hinweis oder so etwas?«
»Wie oft willst du mich das denn noch fragen?« Er wirkte nicht verärgert, eher müde. Er hatte die Nacht, oder was nach der ganzen Geschichte noch davon übrig gewesen war, nicht gut geschlafen und war tiefer betroffen, als er zugeben wollte.
Er hatte in das Gesicht eines Kindes gesehen, das zwar Spuren von dem Lebenswandel und dem Leben auf der Straße trug, doch es war immer noch das Gesicht eines Kindes, das trotz allem friedlich gewirkt hatte. Sven hoffte, dass der Junge gar nichts gemerkt hatte, nicht einmal das Kommen seines Mörders.
Es war nur eine Frage von Minuten gewesen, um herauszufinden, um wen es sich bei dem Toten handelte.
Er hieß Siegfried Steiner und war gerade mal dreizehn Jahre alt. Man hatte ihn in der Vergangenheit öfter aufgegriffen und dem Kinder- und Jugendnotdienst übergeben. Jedes Mal war er nach Auskunft der Sozialarbeiter wieder ausgerissen und hatte sich am Hauptbahnhof aufgehalten. Er war einer der Strichjungen, die auf der Straße dahinvegetierten. Sie hatten die Mutter ausfindig gemacht und versucht, ihr schonend den Tod ihres einzigen Kindes beizubringen, allerdings hatte es sie nicht sonderlich interessiert. Vielleicht war sie aber auch zu betrunken gewesen, um den Sinn der Worte zu erfassen.
Johanna riss ihn aus seinem Gedanken. »Da hast du die Reaktion

auf deine Worte vor der Kamera. Er hat dir den Krieg erklärt. Er tritt nicht einmal mehr mit dir in Kontakt. Du bist für ihn zur persona non grata geworden.«

»Unsinn«, erklärte Sven ärgerlich. Das Gefühl, für den Tod des armen Jungen verantwortlich zu sein, wäre unerträglich. »Er hätte ihn so oder so umgebracht, weil er etwas gesehen hatte. Irgendwie konnte der Junge ihm gefährlich werden.«

»Habt ihr die Waffe schon?«

»Nein, letzte Nacht war es zu dunkel. Wir haben alle rausgeworfen aus der Bude, das Ganze versiegelt und das Gebäude bewachen lassen. Sie sind eben dabei, alles zu durchsuchen.«

»Hat irgendeiner der Leute in dem Abbruchhaus was Brauchbares ausgesagt?«

Sven lachte freudlos auf. »Machst du Witze? Die waren entweder zugedröhnt oder besoffen oder beides. Einer glaubt, etwas gehört zu haben, aber das konnte seiner Meinung nach alles gewesen sein. Der Mörder hat außerdem ein Kissen als Schalldämpfer benutzt. Verflucht!« in einem jähen Wutanfall fegte er mit einem Arm den Schreibtisch leer. Das Telefon zerbrach mit einem lauten Krachen auf dem Fußboden. »Ich habe fast eine halbe Stunde schräg gegenüber in einem Café gesessen. Ich habe nichts gesehen, und wenn ich früher hingegangen wäre, hätte ich den Jungen vielleicht retten können.«

»Oder du wärst jetzt auch tot.«

Er schüttelte den Kopf. Darüber hatte er sich die vergangene Nacht ebenfalls Gedanken gemacht. »Nein, das glaube ich nicht. Ich weiß nicht, was ich glauben soll, aber ich vermute, dass der Junge was gesehen hat und der Mörder wusste das. Erinnerst du dich, dass der Junge plötzlich aus dieser Kneipe, in der er mit dem Kausch gewesen ist, verschwunden ist? Er muss etwas oder jemanden gesehen haben. Wie du weißt, ist er dann abgetaucht, und der Mörder wird ihn, genauso wie wir, gesucht haben. Schließlich taucht der Kleine gestern wieder auf, weil er sich entschlossen hat zu reden. Nur dass jemand anders schneller war als ich.« Sven rieb sich mit der Hand über sein Stoppelkinn. Er hatte noch keine Zeit gehabt, sich zu rasieren. »Als ich gestern mit ihm telefoniert habe, muss er sich am Bahnhof aufgehalten haben, zumindest hat die Geräuschkulisse darauf hingewiesen. Wenn der Mörder dort gesucht hat, dann musste er ihm früher oder später über den Weg laufen. Er brauchte doch nur einige Leute fragen. Für ein paar Euro erzählen die alles, was du wissen willst.«

»Du kannst sie nicht alle befragen.«

»Stimmt. Das würde Jahre dauern.«

»Ich würde vorschlagen, du gehst jetzt nach Hause und legst dich hin.«

»Tolle Idee.«

»Du kannst doch hier sowieso nichts machen. Du musst die Obduktion abwarten und den Bericht der Spurensicherung. Und die Waffe ist auch noch nicht gefunden. Also los, verschwinde.«

Sven sah sie an. Ein fast weicher Ausdruck lag auf ihren Zügen. Und auch wenn er sich beim Anblick des Kindes geschworen hatte, das Schwein zu fassen, so war ihm klar, dass er in seinem derzeitigen Zustand nicht viel ausrichten konnte. Vielleicht sollte er wirklich auf Johanna hören und für ein paar Stunden nach Hause fahren. Er musste den Kopf freibekommen.

»Okay. Ruf mich an, sobald du was hörst.«

Sie sah ihm nach, als er mit schleppenden Schritten den Flur entlang in Richtung Aufzug schritt. In den Schreien seines jäh aufkommenden Wutausbruchs hatte sie geglaubt, ein trockenes Schluchzen wahrgenommen zu haben. Sie konnte sich allerdings auch geirrt haben.

Die Selbstvorwürfe würden ihm noch eine Weile zu schaffen machen, aber ob er tatsächlich den Tod des Jungen verursacht hatte, würden sie wohl nie erfahren. Das bedeutete auch, dass er mit dieser Sache für den Rest seines Lebens wahrscheinlich nie würde abschließen können.

»Störe ich?«

Die leicht rauchige Stimme von Julika holte Johanna zurück.

»Ist der Chef weg?«

Die Psychologin drehte sich langsam zu ihr um. »Ja. Stellen Sie sich vor: Ich habe ihn nach Hause geschickt, und er hat mir gehorcht.«

»Wow.« Julika riss in gespielter Bewunderung die Augen weit auf. »Wie haben Sie das denn geschafft?«

»War nicht mein Verdienst. Er war einfach zu fertig. Sagen Sie«, sie deutete auf einen Schnellhefter, den Julika in der Hand hielt, »sind das die Ergebnisse in unserem neuesten Mordfall?«

»Ja. Wollen wir sie zusammen durchgehen? Wenn der Chef nicht da ist, kann er uns auch nicht stören. Vielleicht fällt uns beiden etwas auf.« Julika machte einen Schritt zur Seite und zeigte mit der Hand in Richtung ihres Büros. »Wie sieht es aus? Soll ich uns eine Kanne Rotbuschtee holen?«

»Rotbuschtee?« Johanna hatte im Leben noch nie etwas davon gehört.

»Ja. Ist eine Art Kräutertee und Eisen bildend. Gerade für uns Frauen so dann und wann sehr entspannend und hilfreich.« Sie zwinkerte Johanna zu.

Johanna holte ihren Kaffeebecher aus ihrem Büro und spülte

ihn rasch in der Teeküche. Als sie wieder zurückkam, war Julika bereits da, hatte es sich auf einem der Besucherstühle bequem gemacht und die Füße auf den Schreibtisch gelegt. Sie umschloss ihren Becher mit beiden Händen und wirkte ebenfalls müde.

»Und? Wie geht es ihm?«

»Diekmann?« Johanna zuckte mit den Schultern. »Ziemlich mies. Er gibt sich die Schuld an dem jüngsten Mord. Das Opfer war erst dreizehn Jahre alt und überdies ein Stricher. Ich kann mir vorstellen, dass er mit dem Treffen noch andere Ziele verfolgt hat, nämlich dem Jungen in irgendeiner Weise zu helfen.«

Julika nickte. »Was vermutlich nicht geklappt hätte.«

»Nein, vermutlich nicht. Und was haben wir hier?«

Julika öffnete ihren Schnellhefter. »Ich habe hier ein paar Bilder vom Tatort mitgebracht. Wollen Sie sie sehen?« Sie warf Johanna einen zweifelnden Blick zu.

»Ja, geben Sie her.« Die Psychologin griff nach den Bildern und besah sie aufmerksam. Der Tote war sehr nah aufgenommen worden. Mehrere Bilder zeigten den Fundort und das direkte Umfeld.

»Es sieht aus, als sei er zwischen Wand und etwas anderem eingeklemmt gewesen.«

Julika nickte. »Genau. Wohl um zu verhindern, dass er zur Seite sackt.«

Johanna sprach mehr zu sich selbst. »Der Täter ist dieses Mal anders vorgegangen. Er hat sein Opfer in einer äußerst erniedrigenden Stellung zurückgelassen.«

»Sie sind absolut sicher, dass es sich bei dem Mörder um unseren Täter handelt?«

»Ja. Ganz sicher.«

»Haben Sie in Betracht gezogen, dass es sich dabei vielleicht um Streitigkeiten aus dem Milieu handeln könnte?«
»Nein.« Johanna legte die Fotos weg. »Das wäre ein zu großer Zufall, und an Zufälle dieser Art glaube ich nicht. In dem Moment, in dem er auftaucht und bereit ist, mit der Polizei zu sprechen, wird der Junge umgebracht.«
»Also muss ihn der Täter beobachtet und ihn eher als der Chef aufgespürt haben.«
»Nein, das glaube ich auch nicht.«
»Sondern?« Julika hatte die Stirn in Falten gelegt. Johanna spürte eine gewisse Skepsis.
»Der Täter hat die ganze Zeit gewusst, wo der Junge sich aufhielt. Und er hat ihn auch nicht umgebracht, um zu verhindern, dass er redet. Wahrscheinlich hat der Junge den Täter vielleicht sogar gesehen, aber ich bin mir sicher, in der gleichen Verkleidung, in der die anderen so genannten Zeugen ihn gesehen haben. Er hätte ihn also gar nicht wieder erkennen können.«
»Warum musste er dann sterben?«
»Fangen wir noch einmal von vorne an. Alle Opfer hatten in irgendeiner Weise etwas auf dem Kerbholz. Die ersten drei haben sogar entweder eine kurze Zeit oder, wie im Fall Verena Zenker, einige Jahre im Knast verbracht. Dem Jungen kann man lediglich vorwerfen, dass er als Stricher gearbeitet hat.
Die Presse hat unseren Killer als eine Art Rächer hingestellt, der die Arbeit da vollendet, wo Recht und Gesetz versagt haben. Er hatte für alle eine, sagen wir, individuelle Strafe. Ist Ihnen das aufgefallen?«
Julika zuckte mit den Schultern. »Na ja, äh … er hat sie alle verstümmelt.«
»Stimmt.« Sie schilderte kurz die Verletzungen von Kausch und Lange. »Der Täter hat in diesen beiden Fällen sozusagen deren

Tatwaffen vernichtet. Bei Verena Zenker lag der Fall ein wenig anders. Sie hatte ihre neugeborenen Kinder getötet. Als Zeichen der Mutterschaft gelten seit Urzeiten die Brüste einer Frau. Wenn wir dem Gedankengang des Mörders folgen, hatte sie diese Attribute der Mutterschaft nicht verdient. Also hat er sie ebenfalls verstümmelt. Jedes Mal hat er die Körper der Toten in Form eines Kreuzes drapiert. Ich bin zwar nicht gerade bewandert in Religion, aber …«

Julika beugte sich aufgeregt nach vorn. »Indem er sie in Form eines Kreuzes ablegte, wollte er vielleicht zeigen, dass sie für ihre Sünden nun bestraft waren, sie praktisch gesühnt haben.«

»Tja, und dazu das Kreuzzeichen auf der Stirn. Damit hat er ihnen dann noch den Segen und die Absolution erteilt.«

»Genau. In allen Fällen hat der Täter Herrn Diekmann in gewisser Weise vorgewarnt, wobei ich diese Botschaften nicht unbedingt als Warnung betrachte.«

Julika hob die Hände mit den Außenflächen nach oben. »Heißt was?«

»So, wie die Mitteilungen verfasst sind, eher als, sagen wir mal, *Vorabinformation*. Die Taten wurden nicht gerechtfertigt im eigentlichen Sinne. Ich schließe daraus, dass der Mörder der Meinung war, Sven damit einen Gefallen zu tun. Sozusagen …«, Johanna begann mit den Armen zu rudern, anscheinend auf der Suche nach dem richtigen Wort, »… als verlängerter Arm des Gesetzes oder als Geschenk. Vergessen Sie nicht, er hat die Mitteilung nach Hause bekommen, direkt an ihn adressiert.«

»Wie passt dann der Junge da rein?«

Johanna seufzte. »Ich denke, das haben wir dem unbesonnenen Verhalten von Herrn Diekmann zu verdanken. Gesetzt den Fall …«

Die Tür wurde aufgerissen, und Martins Gesicht lugte um die Ecke. Vor Aufregung hatten sich auf seinen Wangen hektische rote Flecken gebildet.
»Sie haben die Waffe gefunden.«
Julika drehte sich abrupt in ihrem Stuhl herum. »Wo?
»Nur ein paar Meter von dem Haus entfernt, wo der Chef den Stricher gefunden hat. In einem Mülleimer.«
»Gut. Martin, sieh zu, dass die Waffe gleich zu einem Ballistiker kommt. Denk auch an die Fingerabdrücke, okay?«
Martin nickte eifrig. »Hab ich schon veranlasst.«
Der Kopf verschwand, und die Tür wurde geschlossen.
Julika wandte sich wieder an Johanna. »Wo waren wir stehen geblieben?«
Johanna hatte keine Mühe, den Faden wieder aufzunehmen. »Also, gesetzt den Fall, es ist so, wie wir vermuten, nämlich dass der Killer Herrn Diekmann mit seinen Geschenken beeindrucken wollte, dann hat ihn sein Auftritt vor der Presse zurückgestoßen. Jetzt kommen wir zu der Art und Weise, wie er den Mord ausgeführt hat.« Johanna holte tief Luft. »Keine Verstümmelungen, keine Fesselung, er hat ihn erschossen und ihm nicht die Kehle durchgeschnitten. Er hat ihn auch nicht drapiert wie in den anderen Fällen. Im Gegenteil, er hat ihn in einer unglaublich erniedrigenden Art und Weise liegen lassen. Ein Zeichen dafür, dass er keine Reue empfindet und ihm dieser Mord in keiner Weise Leid tut.«
»Pah.« Julika verzog kurz den Mund. »Ich erkenne nicht, dass er in den anderen Fällen Mitleid empfunden hat. Wenn man bedenkt, was er den Opfern angetan hat.«
»Schon richtig. Er hat sie seines Erachtens bestraft. Dann hat er ihnen post mortem das Kreuz auf die Stirn geritzt. Wenn wir davon ausgehen, dass er sie auf diese Weise gewissermaßen

gesegnet hat, kann das bedeuten, dass er bereit war, ihnen ihre Sünden zu vergeben.«

»Das hört sich wirklich so an, als ob der Typ Gott spielt. Aber das haben ja auch schon die Botschaften an Diekmann ausgedrückt.«

»Ich fürchte, genau so sieht es aus. Aber zurück zu dem Jungen. Er ist höchstwahrscheinlich eine Art Rache für Diekmanns Verhalten vor der Presse. Der Täter fühlt sich tödlich beleidigt, weil euer Chef ihn als Irren bezeichnet hat, der weggesperrt gehört. Der Mörder hat das praktisch als Kriegserklärung aufgefasst.«

»Wäre es dann nicht logischer, er hätte Diekmann etwas getan?«

Johanna schüttelte den Kopf. »Nicht unbedingt. Es kommt immer darauf an, aus welchem Grund er sich ausgerechnet euren Chef ausgesucht hat.«

»Tja, das ist mir auch nicht klar. Was schlagen Sie als Nächstes vor?«

»Können Sie am Computer nach ähnlich gelagerten Fällen recherchieren?«

Julika nickte. »Klar.«

»Auch bundesweit?«

»Kein Problem. Ich nehme ein paar markante Einzelheiten, wie zum Beispiel das Kreuzzeichen auf der Stirn, und den Rest macht der verdammte Kasten.«

»Gut. Gehen Sie ein paar Jahre, sagen wir fünf, zurück.«

»So lange?«

»Meist vergehen nach dem ersten Mord ein paar Jahre. Der Täter erleidet so etwas wie einen Schock und versucht sich zusammenzureißen.«

»Gut, dann mach ich mich an die Arbeit.«

Es war früher Nachmittag, als Julika wieder kam.
»Der Ballistiker ist da. Haben Sie Lust, seine Ergebnisse zu hören? Er sitzt in meinem Büro.«
»Gern. Schicken die nicht normalerweise einen Bericht?«
Julika nickte. »Eigentlich schon, aber er ist ziemlich aufgeregt und meinte, das müsse er uns persönlich erzählen.«
Julika hatte in Abwesenheit von Sven die Verantwortung für den Fall übernommen und fungierte als seine Stellvertreterin. Zuerst hatte Johanna sich darüber gewundert, aber die Beamtin war derzeit die Dienstälteste und vor allem Ranghöchste der Dienststelle. Diese Kompetenz stellte offenbar auch niemand in Abrede.
Als sie in das Büro ihrer Kollegin kam, sprang ein kleiner, dicklicher Mann von seinem Stuhl auf. Er wirkte freudig erregt und stürzte auf Johanna zu, um ihr die Hand zu schütteln.
»Frenzen mein Name.«
»Jensen.« Johanna musterte ihn interessiert.
Julika ging um ihren Schreibtisch herum und überließ es der Psychologin, sich einen Sitzplatz zu suchen. Johanna lehnte sich mit dem Rücken zum Fenster an die Fensterbank und verschränkte die Arme vor der Brust. Der kleine Mann war stehen geblieben und wirkte wie ein ungeduldiges kleines Kind, das seinen Eltern sein neuestes Spielzeug vorführen will.
»Wirklich, so etwas habe ich lange nicht mehr gesehen. Sehen Sie hier«, er überreichte Julika eine Plastiktüte, in der eine Pistole steckte. Sie war gekennzeichnet mit einem schmalen, länglichen Pappanhänger, auf dem eine Nummer stand.
Die Polizistin nahm die Tüte und betrachtete sie genau. »Sieht komisch aus.«
Sie reichte die Waffe an Johanna weiter. So eine Waffe hatte sie zuletzt in einem Film gesehen. Der Lauf war lang, rund und

schmal. Der Schlitten reichte ein gutes Stück über das Griffstück hinaus und es sah aus, als habe er einen Knick. Es war ein alter Film gewesen, und sie hatte keine Ahnung mehr, ob es ein deutscher oder ein amerikanischer war. Jedenfalls ging es dabei um das Attentat gegen Hitler. Vermutlich war es ein amerikanischer Film gewesen.

»Was ist das?«

»Tja, meine Damen. Das ist eine Rarität. Sie sehen hier eine Pistole 8,9 Millimeter Parabellum.«

Julika runzelte die Stirn. »Welcher Hersteller?«

Auf diese Frage hatte sich der kleine Mann offenkundig gefreut. »Ich fürchte, da muss ich ein bisschen ausholen. Diese Waffe wurde 1900 als Ordonnanzwaffe in der Schweiz eingeführt.«

»1900?« Johanna riss erstaunt die Augen auf.

Der Ballistiker räusperte sich. »Lassen Sie mich bitte ausreden.« Er schätzte es keineswegs, sich bei seinen Belehrungen unterbrechen zu lassen. Als wollte er das noch einmal unterstreichen, fing er noch einmal von vorne an.

»Also, wie gesagt. Diese Waffe wurde 1900 als Ordonnanzwaffe in der Schweiz eingeführt, allerdings mit einem anderen Kaliber, und zwar Kaliber 7,65. Sie wurde von einem Deutschamerikaner entwickelt, und zwar einem gewissen Borchardt. Na, jedenfalls war sie nicht gerade handlich und ist deshalb nicht in Serie gegangen. Sie wurde weiterentwickelt, genau wie das Kaliber. Aus dem Kaliber 7,63 Mauser entstand dann die 9,0 Millimeter Parabellum Luger. Das Ergebnis sehen Sie hier vor sich. Diese Waffe wurde bis 1918 circa eineinhalb Millionen Mal ausgeliefert. Sie war die Standardwaffe des deutschen Heeres. Vor dem Zweiten Weltkrieg ist sie bei den Polizeikräften zum Einsatz gekommen. Ich glaube sogar«, er zog die Stirn in Falten und starrte nach oben, als habe er da einen

Spickzettel versteckt, »bei der Gestapo, bin mir jedoch nicht ganz sicher. Na, jedenfalls, im Krieg wurde sie wieder an höhere Offiziere ausgegeben und bis 1942 benutzt. Tja, das war's. Ein schönes Stück, nicht wahr?« Liebevoll betrachtete er die Waffe, als handele es sich dabei um eine reizvolle Frau.
Julika bemerkte den Blick. Sie wirkte etwas unwirsch. »Mit dieser Waffe ist gestern ein Mensch ermordet worden.«
Er wirkte betreten. »Das tut mir Leid, aber angesichts eines derart gut erhaltenen Stückes gewinnt der Wissenschaftler in mir die Oberhand. Wenn ich sonst noch etwas für Sie tun kann?«
»Ja, das können Sie.« Julika lehnte sich zurück und sah dem Ballistiker fest in die Augen. »Mich würde interessieren, ob es sich dabei um die Tatwaffe handelt.«
»O ja. Ich habe von Ihren Kollegen die Patronenhülse und das ausgetretene Projektil bekommen. Ich habe einige Vergleichsschüsse abgegeben. Es handelt sich eindeutig um die Tatwaffe.« Er nickte bekräftigend.
»Brauchen Sie die Waffe noch?«
Der kleine dicke Mann, der nun auch schwitzte, warf einen sehnsüchtigen Blick auf die Pistole und seufzte. »Nein. Ich bin mit meinen Untersuchungen fertig. Ich wünsche den Damen noch einen schönen Tag.« Als er sich umdrehte und hinausging, glaubte Johanna ihn »So ein schönes Stück« murmeln zu hören.
Nachdem sie wieder allein waren, schwiegen beide einen Moment. Julika hatte die Stirn noch immer gerunzelt.
»Merkwürdig. So eine markante Waffe zu benutzen. Es gibt doch sicherlich kaum noch Waffen dieser Art, noch dazu funktionstüchtige, oder?« Sie sah Johanna zweifelnd an.
Diese zuckte die Schultern. »Keine Ahnung. Vielleicht haben sie die Seriennummer entfernt.«
Julika nahm die Plastiktüte in die Hand und drehte sie. »Nein,

sie ist noch da. Ich gebe sie gleich mal Martin. Der soll herausfinden, ob sie registriert ist. Wenn sie aus dem Krieg stammt, ist sie es möglicherweise nicht. Ich weiß, dass viele Männer, übrigens auch mein Großvater, solche Waffen aus dem Krieg mitgebracht, sie aber nie haben registrieren lassen.«
»Wie lange dauert das?«
»Ich denke mal, nicht lange. Ein paar Stunden. Jedenfalls sind wir morgen schlauer. Noch einen Tee?«

Johanna war im Laufe des Nachmittags mehrfach versucht, bei Sven anzurufen, doch immer wenn sie den Hörer in der Hand hielt, legte sie ihn wieder zurück auf die Gabel. Was sollte sie ihm sagen? Oder was sollte sie ihn fragen? Sie konnte sich im Ansatz denken, wie er sich fühlte, und wusste, dass ein paar gut gemeinte Ratschläge zum jetzigen Zeitpunkt nicht viel brachten. Vielleicht konnte sie in den nächsten Tagen mit ihm reden, auch wenn er sie im Verdacht haben würde, ihn therapieren zu wollen. Womöglich hatte er sich auch hingelegt, doch irgendwie bezweifelte sie das. Sie kannte ihn mittlerweile gut genug, um zu wissen, dass er nach solch einer Sache so schnell nicht abschalten konnte. Als der Anruf kam, hatte sie die Hand noch auf dem Hörer, so dass sie gleich nach dem ersten Klingeln abnahm.
»Frau Dr. Jensen, hier ist Jutta.«
Etwas in der Stimme ihrer Sekretärin ließ bei Johanna sämtliche Alarmglocken läuten. »Jutta. Was ist los?«
»Es geht um Ratmann.«
Johanna verdrehte die Augen. »Was ist mit ihm? Ist er wieder vollkommen betrunken in der Praxis aufgetaucht? Rufen Sie …«
»Nein. Er ist in der Wohnung seiner Schwägerin in Osdorf. Er hat seine Frau als Geisel genommen.«

Julika fuhr in einem halsbrecherischen Tempo in Richtung Westen. Der Feierabendverkehr hatte bereits eingesetzt, trotzdem kamen sie schnell voran, auch wenn Johanna am liebsten die Augen geschlossen gehalten hätte. Dank Blaulicht und Martinshorn konnten sie sich überall vorbeischummeln. Die Autofahrer, die sie nicht oder nur zu spät sahen, oder die, die sich nicht beeinflussen lassen wollten, stellten nur geringe Probleme dar. Julika scherte in den Gegenverkehr aus und fuhr auch entgegengesetzt der Einbahnstraßen. Sie machte einen völlig entspannten Eindruck, und Johanna hätte es nicht gewundert, wenn sie zu allem Überfluss auch noch angefangen hätte, ein fröhliches Lied zu pfeifen.
Den Weg zum Einsatzort hatten sie demzufolge schnell hinter sich gebracht, und als Johanna ausstieg, war sie trotz der Kälte schweißgebadet. Sie standen vor einer weiträumigen Polizeiabsperrung in der Straße Bornheide. Die an dem rot-weiß gestreiften Flatterband postierten uniformierten Kollegen hoben kurz grüßend die Hand an die Mütze und ließen sie kommentarlos durch.
Das Viertel, das an die Plattenbauten in der ehemaligen DDR erinnerte, war, soweit Johanna wusste, Ende der sechziger, Anfang der siebziger Jahre mitten auf einer riesigen Grünfläche in den Elbvororten erbaut worden. Die zum Teil wie Kaninchenbauten oder Bienenwaben anmutenden Gebäude stillten den damaligen Bedarf nach billigem Wohnraum. Das Gebiet stellte einen Stadtteil im Stadtteil dar, und böse Zungen behaupteten, dass auf hundert Meter Gebäudezug ungefähr zweihundert Jahre Knast kamen. Das war natürlich Unsinn, aber jahrelang hatte das Viertel, bei den Hamburgern allgemein nur als »der Born« bekannt, einen schlechten Ruf. Kriminalität nahm hier neue Ausmaße an. Aber soweit Johanna informiert war, waren diese

Zeiten längst vorbei. Bis auf vereinzelte Scharmützel, die sich einige kriminelle Jugendliche mit der Polizei lieferten, war es mittlerweile ruhig geworden im Born.
Sie eilten beide auf einen großen, in den neuen Farben blauweiß gestrichenen Polizeibus zu, der hier anscheinend als mobile Einsatzzentrale fungierte. Ein uniformierter älterer Polizist kam ihnen entgegen. Johanna konnte sehen, dass er vier goldene Sterne auf den Schulterklappen trug. Also ein Wichtigtuer, der nur auf seinen Auftritt vor der Presse hoffte. Er wurde auch gleich ein Stück größer und straffte die Schultern, als er das vereinzelte Klicken von Kameras vernahm, die, wie Johanna bemerkte, nicht nur der Presse, sondern auch den unvermeidlichen Schaulustigen gehörten. Sie fragte sich, ob diese Bilder in das Familienalbum wanderten, um bei Bedarf einer staunenden Gästeschar belegen zu können, was für ein aufregendes Leben man doch führte.
»Sind Sie die Psychologin?«
Der abfällige Unterton entging ihr nicht. Sie lächelte freundlich, ohne auf seine Frage einzugehen. Sie hatte zu lange Zeit mit Sven verbracht, als sich von einem Schaumschläger einschüchtern zu lassen.
»Auch Ihnen einen guten Tag. Gibt es hier jemanden, der mich über die näheren Umstände unterrichten kann?« Sie hörte neben sich ein Glucksen, das gefährlich nach einem unterdrückten Kichern klang.
Sie spürte, wie Julika ihr auf die Schulter tippte und in Richtung des Busses zeigte. Sie sah eine Frau in eine Decke gehüllt in der offenen Tür eines Notarztwagens sitzen. Sie hatte einen Becher mit einer vermutlich heißen Flüssigkeit in der Hand, und einer der Sanitäter beugte sich zu ihr hinab und redete leise auf sie ein.

»Vielen Dank für Ihre Bemühungen.« Mit diesen Worten ließ sie den Polizisten stehen und ging mit Julika zu der Frau.
Bevor sie die Frau erreicht hatten, trat ihnen ein schwarz angezogener Mann in den Weg. Er trug den Einsatzanzug des mobilen Einsatzkommandos der Polizei sowie, wie Johanna es insgeheim nannte, Kampfstiefel. Die Maschinenpistole hatte er mit einem Gurt quer vor die Brust geschnallt, und er hatte einen Knopf im Ohr, der vor dem Mund in einem Mikrofon endete.
»He, Julika. Was machst du denn hier? Noch ist keiner tot.« Er grinste. Seinen Humor hatte er offenbar trotz der Situation nicht verloren.
»Hallo, Volker. Ich bringe Frau Dr. Jensen.«
Der Polizist wurde schlagartig ernst. »Sieht nicht gut aus. Die Frau da«, er drehte sich um und zeigte mit einem Nicken auf die Frau, die noch immer zusammengekauert im Notarztwagen saß, »ist die Schwester der Geschädigten.«
Johanna hasste es, wenn die Opfer im Polizeijargon ständig als »Geschädigte« bezeichnet wurden. Ihres Erachtens kam das einer Entpersonalisierung gleich, welche die Menschen auf ein Minimum reduzierte. Allerdings ging Johanna darüber hinweg. Es gab jetzt Wichtigeres, als mit einem Polizisten über Begrifflichkeiten zu diskutieren.
»Was ist passiert?«
»Sie hat angegeben, dass es an der Tür geklingelt hat. Ihre Schwester hat seit einiger Zeit bei ihr gewohnt, da sie ihren Mann verlassen hatte. Na, jedenfalls hat es geklingelt, und sie hat aufgemacht. Ihr Schwager stand vor ihr, mit einer Waffe in der Hand, zerrte sie aus der Wohnung, ging selbst rein und schloss die Tür. Sie hörte noch Geschrei und trommelte gegen die Tür, in der Hoffnung, der Typ werde sie wieder reinlassen.

Aber plötzlich hörte sie einen Schuss, vermutlich ein Warnschuss, und dann gab sie ihr Vorhaben auf. Sie ging zu einer Nachbarin und rief die Polizei.«
Der Ton des Mannes war so sachlich, als teile er ihr seinen Einkaufszettel mit. Johanna erschauderte, obwohl sie wusste, dass dieses Verhalten nicht auf mangelndes Mitgefühl zurückzuführen war. Die Truppe, der dieser Mann angehörte, kam immer nur dann zum Einsatz, wenn es brenzlig wurde. Man verlangte von ihm, dass er sich einzig und allein auf seine Aufgabe beschränkte, ohne sich von Gefühlen beeinflussen zu lassen.
»Was genau will er? Hat er irgendetwas gesagt?«
»Ja, er hat verlangt, dass wir Sie holen. Er sagt, er will nur mit Ihnen sprechen.«
»Wie heißt die Schwägerin?«
»Marianne Wolter.«
»Danke.«
Johanna seufzte und ging zu der Frau hinüber. Sie sah sofort, dass die Frau zitterte, und hockte sich vor sie.
»Frau Wolter?«
Die Angesprochene hob langsam den Blick. »Ja?«
»Mein Name ist Jensen. Ich möchte, dass Sie mir noch einmal genau schildern, was passiert ist.«
»Das habe ich doch schon alles erzählt.«
»Ich weiß, aber ich möchte es noch einmal aus Ihrem Mund hören. Mit dem, was mir die Kollegen erzählt haben, kann ich nicht sehr viel anfangen. Also?« Sie lächelte aufmunternd, hatte ihre Stimme auf ein Minimum an Lautstärke gesenkt und ihre Hand auf die der Frau gelegt. »Wenn Sie mir sagen, was passiert ist, kann ich besser mit Ihrem Schwager verhandeln.«
Die Frau starrte wieder auf den Plastikbecher in ihrer Hand.

»Dieses versoffene Schwein. Ich habe von Anfang an geahnt, dass er der Falsche für meine Schwester ist, aber wissen Sie, Angelika war so verliebt und hat natürlich nicht auf mich gehört.«

Johanna versuchte mit der Frau ins Gespräch zu kommen. »Frau Wolter, sollen wir Ihren Mann benachrichtigen? Er muss doch wissen, was hier passiert.«

»Mein Mann ist tot. Wenn der noch da wäre, dann wäre es nie so weit gekommen. Der hätte dem Schwein schon ein paar Takte erzählt.«

»Okay.« Johanna hatte begonnen, die Hand der Frau zu streicheln. »Nun erzählen Sie mir mal, was passiert ist.«

»Es hat geklingelt, etwa vor einer Stunde oder so. Ich habe aufgemacht und, oh Gott …« Sie brach ab und fing an zu schluchzen. »Hätte ich doch bloß durch den Spion gesehen, dann hätte ich nicht …« Ihre Stimme erstarb.

»Das konnten Sie nicht wissen. Beruhigen Sie sich. Je eher Sie sich fangen, desto schneller können wir Ihrer Schwester helfen.« Johanna holte tief Luft und sprach dann leise weiter. »Also, er hat geklingelt, und Sie haben aufgemacht. Was ist dann passiert?«

»Ich habe also aufgemacht, und da stand er, mit einer Waffe in der Hand. Er hat mich am Arm aus der Wohnung gezerrt und gesagt, ich soll mich verpissen. Wortwörtlich … genau so hat er es gesagt … dass ich mich verpissen soll.« Wieder stockte Sie.

»Und dann?«

»Dann ist er reingegangen und hat die Tür hinter sich zugeschlagen. Ich habe dagegen getrommelt und geschrien, er soll mich reinlassen, und dann habe ich plötzlich den Schuss gehört. Zuerst war ich wie gelähmt, aber dann hat meine Schwester geschrien. Und ich bin schnell zu den Nachbarn …«

»Das ist jetzt ganz wichtig, Frau Wolter: War er betrunken?«
»Na ja«, die Frau zögerte, »er hatte wohl Alkohol getrunken, aber er war nicht betrunken. Ich meine, er hatte eine Fahne und auch so einen irren Blick.« Sie wedelte mit einer Hand vor ihren Augen herum. »Seine Augen waren glasig und so, aber richtig betrunken war er nicht.«
»Hat er Ihre Schwester jemals geschlagen?«
»Nein.« Sie schüttelte vehement den Kopf. »Das hätte er nicht gewagt. Meine Schwester hätte ihn dafür umgebracht.«
»Gut. Sagen Sie, welche ist Ihre Wohnung?« Johanna hätte das genauso gut von den Polizisten erfahren können, aber sie wollte die Frau so weit wie möglich einbeziehen, um ihr das Gefühl der Hilflosigkeit zu ersparen.
Die Frau drehte sich halb um und sah zum Haus hin. »Die da, im Erdgeschoss rechts.«
»Danke. Frau Wolter, möchten Sie vielleicht in ein Krankenhaus? Ich könnte …«
»Nein, ich will hier bleiben. Sie braucht mich doch.« Die Frau hatte den Kopf gehoben und blickte Johanna flehend ins Gesicht. Plötzlich packte sie die Hand der Psychologin und drückte sie mit aller Kraft. »Sie holen meine Schwester doch da raus? Sie sorgen dafür, dass das Schwein ihr nichts tut, ja?«
Johanna hatte nicht vor, falsche Hoffnungen in der Schwester des Opfers zu wecken. »Frau Wolter, wir tun alles, was wir können, das verspreche ich Ihnen.«
Der Griff um ihre Hand lockerte sich, und ein trauriges Lächeln umspielte die Lippen der verzweifelten Frau. »Ich weiß. Sie können mir auch nichts versprechen, nicht wahr?«
Johanna drückte ihr noch einmal die Hand und stand auf. Volker, der Kollege des mobilen Einsatzkommandos, stand hinter ihr.

»Lassen Sie uns in den Bus gehen. Da erzähle ich Ihnen alles Weitere.«

Er legte ihr eine Hand in den Rücken und schob sie in Richtung des Wagens. Das Innere dieser fahrbaren Einsatzzentrale ähnelte einem Raumschiff. Überall waren Apparaturen angebracht, von deren Funktion Johanna nicht die geringste Ahnung hatte. Verschiedene Stimmen, die für ihre Begriffe Unverständliches austauschten, schnarrten aus den Funkgeräten, und auf einem der diversen Monitore erkannte Johanna die von Frau Wolter beschriebene Wohnung.

Volker zeigte mit der einen Hand auf den ersten Monitor. »Das ist die Vorderfront des Hauses. Er hat sämtliche Rollos hinuntergelassen, und das«, er deutete auf einen daneben stehenden Bildschirm, »ist die Rückfront des Hauses. Auch hier sind sämtliche Jalousien unten. Er hat in der ganzen Wohnung das Licht ausgeschaltet, und wir haben bisher noch nicht einmal einen Schatten in der Wohnung ausgemacht. Wahrscheinlich hockt er mit seiner Frau auf dem Fußboden, immer unterhalb der Fenster.«

»Scheint fast, als mache er das nicht zum ersten Mal.«

»Er ist Polizist. Er weiß, wie das geht.« Volkers Stimme war zu einem Knurren geworden. Man sah förmlich, wie sehr er sich dafür schämte, dass ein Kollege der Täter war. Wahrscheinlich empfand er das als eine Art Nestbeschmutzung, als eine Art Kuckucksei. Nicht zuletzt machte ihm auch die Tatsache zu schaffen, dass der Mann in der Wohnung genau wusste, was da vor dem Haus passierte, ohne alles vom Fenster aus verfolgen zu müssen. Oft genug war er schließlich derjenige gewesen, der draußen stand.

»Haben Sie schon mit ihm Kontakt aufgenommen?«

»Ja. Aber er hat nicht mit sich reden lassen. Er wollte aus-

schließlich Sie sprechen. Was zum Henker ist mit dem Kerl los?«
Johanna seufzte. »Er ist Alkoholiker, und seine Frau hat ihn verlassen. Er kommt damit einfach nicht klar.« Sie rieb sich mit der flachen Hand über die Stirn. »Kann ich mit ihm sprechen?«
Der Mann nickte. »Sicher. Wir haben eine Standleitung zu der Wohnung. Wenn Sie den Hörer dieses Telefons abnehmen, klingelt es automatisch bei ihm da drinnen. Anders herum funktioniert es genauso.«
Johanna wollte schon nach dem Hörer greifen, als er ihr zuvorkam und die Hand auf das Telefon legte.
»Eines noch vorweg. Ich werde nicht ewig warten. Wenn Sie nichts bewegen können, werde ich die Wohnung stürmen. Der Kerl hat da drin eine Geisel, und die gilt es möglichst unverletzt zu befreien.«
»Ich weiß Ihre Besorgnis zu schätzen, aber ich versichere Ihnen, auch ich habe nicht vor, die Frau unnötig in Gefahr bringen.«
Er sah ihr noch einmal forschend ins Gesicht und zog dann langsam die Hand von dem Telefon. Johanna nickte ihm freundlich zu und nahm ab.
Sie hielt sich den Hörer ans Ohr und wartete. Nach dem dritten oder vierten Klingeln ging jemand ran.
»Ja?« Die Stimme klang heiser und war unverkennbar männlich.
»Herr Ratmann? Ich bin es, Johanna Jensen.«
»Ah, Frau Dr. Jensen.« Er wirkte fast ausgelassen.
»Herr Ratmann, ich würde gern zu Ihnen hereinkommen. Geht das?«
»Nein, das geht nicht. Ich weiß nicht, was Sie hier drin wollen.«
»Mit Ihnen reden und sehen, wie es Ihrer Frau geht.«
»Reden können wir auch so, und meiner Frau geht es gut, oder glauben Sie, ich habe ihr etwas angetan?«

»Nein, natürlich nicht, aber ich vermute, dass Sie Ihre Frau erschreckt haben. Natürlich können wir so reden, aber finden Sie es nicht besser, wenn wir uns dabei ins Geicht sehen können?«
»Wozu? Das habe ich lange genug gemacht, Ihnen ins Gesicht zu sehen, und was hatte ich davon? Meine Frau hat mich verlassen.«
Johanna beschloss, das Thema zu wechseln. Er würde sie nicht in die Wohnung lassen, zumindest jetzt noch nicht.
»Herr Ratmann, warum sind Sie mit der Waffe zu Ihrer Frau gegangen?«
»Ich wollte … he, bleib hier, verdammt noch mal …«
Ratmanns Stimme klang nur noch dumpf durch die Leitung. Johanna konnte hören, wie eine Frau aufschrie. Ratmann schimpfte, aber da er wahrscheinlich den Hörer weggelegt hatte, verstand sie nichts. In dem Moment rauschte das Funkgerät.
»Volker, wir haben ihn. Er ist in dem Zimmer hinter dem zweiten Fenster. Unmittelbar neben dem Balkon.«
Johanna vermutete, dass Ratmann aufgesprungen war, um seine Frau aufzuhalten, denn so, wie sie das Getümmel in der Wohnung einschätzte, hatte sie die Tatsache, dass ihr Mann mit seiner Psychologin sprach, zur Flucht nutzen wollen.
Johanna bemühte sich, den Entführer wieder ans Telefon zu holen. »Herr Ratmann? Sind Sie noch da? Herr Ratmann?«
»Wir hatten hier ein kleines Problem.« Er war außer Atem, und seine Stimme klang ein wenig schrill. Es war unverkennbar, dass er mehr und mehr unter Druck geriet.
»Das Miststück wollte abhauen.« Er klang immer aggressiver, und Johanna befürchtete, dass er kurz davor stand durchzudrehen. Sie bemühte sich um Ruhe in ihrer eigenen Stimme. Er musste nicht merken, wie langsam Panik in ihr hochstieg.

»Also, Herr Ratmann, warum mit der Waffe?«
»Sie haben doch gesagt, wenn ich aufhöre zu trinken, kommt sie zurück.«
Das hatte sie nie behauptet, aber er war in einem Zustand, in dem er Wunschdenken und Realität komplett durcheinander brachte.
»Trotzdem ist sie nicht zurückgekommen, nein, sie ist immer noch bei ihrer Schwester, und sie will sich nach wie vor scheiden lassen. Das geht aber nicht.«
»Vielleicht sollten wir uns zu dritt zusammensetzen und darüber reden. Was meinen Sie?«
»Jetzt sofort?«
»Ich habe Zeit, ja. Außerdem möchte ich Ihre Frau kennen lernen.«
»Da muss ich erst mal drüber nachdenken. Ich melde mich wieder.«
Die Verbindung wurde unterbrochen. Johanna wartete einen Moment und legte dann ebenfalls auf.
»Halten Sie das für eine gute Idee?« Die Stimme neben ihr gehörte Julika.
»Nein, aber haben Sie eine bessere? Vielleicht bekomme ich ihn dazu, dass er die Waffe weglegt. Ich hoffe, dass wir ihn in irgendeiner Weise manipulieren können.«
»Ich muss protestieren.« Volker stand neben ihr und funkelte sie an. »Das ist totaler Blödsinn. Glauben Sie wirklich, Sie haben eine Chance? Der Typ ist doch total durchgeknallt.«
»Mag sein«, Johanna nickte, »trotzdem glaube ich kaum, dass er uns beide umbringen wird. Ich glaube noch nicht einmal, dass er es vorhat. Seine Frau umzubringen, meine ich. Er hat zwar eine etwas diffuse Vorstellung von Liebe, aber er ist felsenfest davon überzeugt, dass er sie liebt. Außerdem weiß er im Moment vermutlich selbst nicht, was er will.«

Das Telefon klingelte und Johanna riss den Hörer förmlich von der Gabel.

»Ja?«

»Also gut, Sie können kommen. Da Sie als Psychologin nicht zu den Waffenträgern gehören, brauche ich mir ja wohl keine Sorgen zu machen. Sollten Sie doch eine dabeihaben, werden Sie es bereuen.«

»Ich habe keine Waffe.« Sie musste an das Schießtraining denken, das Sven mit ihr veranstaltet hatte, doch sie war sich sicher, dass sie im Ernstfall mit dem Ding nicht würde umgehen können. Nicht etwa, weil sie nicht wusste, wie man eine Waffe handhabte, das hatte Sven ausführlich mit ihr geübt, sondern viel eher, weil sie Angst vor Waffen hatte.

»Dann können Sie jetzt kommen, aber langsam. Und sagen Sie meinen lieben Kollegen, dass ich niemanden sehen will.«

Johanna legte auf und holte tief Luft. »Na, dann mal los.«

Volker musterte sie zweifelnd. »Denken Sie daran, ich warte nicht ewig.«

Johanna nickte. »In Ordnung.«

Während Volker einige Anweisungen ins Funkgerät brüllte, kletterte sie aus dem Bus.

Das Gebiet war ringsum abgesperrt, und sie befand sich allein auf der Straße. Sie wusste, dass irgendwo in den umliegenden Hauseingängen und hinter einigen Büschen schwer bewaffnete Polizisten lauerten, dennoch war sie allein und fühlte sich überdies wie auf einem Präsentierteller. Bis zum Hauseingang waren es vielleicht hundertfünfzig Meter, und der Weg kam ihr unendlich lang vor. Sie war sicher, dass Ratmann irgendwo hinter einem Fenster kauerte, und sie beobachtete. Als sie die Straße überquert hatte und im Schutz des Hauseinganges stand, atmete sie erleichtert auf. Sie würde mit Ratmann und seiner

Frau allein im Haus sein. Das Gebäude war vorsichtshalber geräumt worden.
Langsam stieg sie ein paar Stufen hoch, und die Wohnungstür, hinter der sich Ratmann verschanzt hatte, öffnete sich wie von Zauberhand. Sie ging vorsichtig darauf zu, und kaum hatte sie einen Fuß auf die Schwelle gesetzt, packte sie jemand am Arm und zerrte sie in die Wohnung. Ratmann knallte die Tür zu und verriegelte sie. Als er sich zu ihr umdrehte, nahm sie die Alkoholfahne wahr, die von ihm ausging. Er sagte kein Wort und stieß sie vor sich her durch den dunklen Flur. Er beförderte sie in ein Zimmer, auf dessen Fußboden eine offenbar unverletzte, aber völlig verängstigte Frau saß. Trotz aller Angst, die diese Frau in den letzten Stunden durchzustehen hatte, konnte Johanna den Hass und die Verachtung in den Augen deutlich sehen. Die Psychologin nickte ihr kurz zu, und Frau Kilb, wie sie sich jetzt nannte, nickte zurück. Mit ihr war sichtlich alles in Ordnung.
»Setzen Sie sich zu ihr.« Ratmann gab ihr wieder einen Stoß, und Johanna stolperte auf die am Boden sitzende Frau zu.
»Los, setzen.« Ratmann fuchtelte mit der Waffe herum und wartete, bis Johanna neben seiner Ehefrau saß. Er selbst ließ sich auf der Kante eines Stuhles nieder und beobachtete sie beide. Ein dicker Schweißfilm überzog sein Gesicht, und seine Kleidung wirkte schmuddelig. Die Haare klebten feucht und fettig an seinem Kopf. Er hatte offensichtlich jegliche Bodenhaftung verloren.
»So, Sie wollten also sehen, wie es uns geht. Und? Was meinen Sie, wie geht es uns?« Er lächelte sie bösartig an. Ohne ihr Zeit zum Antworten zu geben fuhr er fort.
»Sehen Sie, eigentlich bin ich ja nur hier, um ihr«, er deutete mit der Waffe auf seine Frau, »zu sagen, dass ich sie liebe und

mit dem Trinken aufgehört habe. Aber sie hat gleich losgebrüllt, dass ich besoffen bin und ein Schwein dazu. Gut, ich habe etwas getrunken, aber nur, damit ich genug Mut habe, um herzukommen.«

Johanna war sich sicher, dass er glaubte, was er sagte. Dass er mit der Waffe in der Hand gewaltsam in die Wohnung eingedrungen war, hatte er verdrängt. Er sah seine Frau an, und plötzlich verzog sich sein Gesicht. Tränen liefen ihm über die Wangen.

»Wie konntest du nur gehen? Weißt du noch, wie sehr wir uns geliebt haben? Ich habe doch alles getan.«

Johanna riskierte einen Seitenblick auf die Frau und stellte fest, dass dieser Gefühlsausbruch keinerlei Wirkung bei ihr zeigte. Wahrscheinlich hatte sie so etwas in der Vergangenheit öfter erlebt.

Ratmann wischte sich mit einem nicht mehr ganz sauberen Ärmel die Tränen weg und zog ein paarmal geräuschvoll die Nase hoch. Als er sich wieder beruhigt hatte, sah er Johanna an.

»Vielleicht können Sie sie überreden, wieder zu mir zurückzukommen. Sagen Sie ihr, dass alles wieder so wird wie früher. Aber nein, das würden Sie nicht tun?« Er schüttelte kurz den Kopf. »Nein, warum sollten Sie auch.« Er verfiel wieder in Schweigen und schüttelte weiterhin den Kopf.

»Herr Ratmann, geben Sie mir die Waffe, oder legen Sie sie einfach auf den Fußboden. Draußen stehen Menschen, die genau wie ich nur wollen, dass niemand verletzt wird.«

Er sah zum Fenster und redete dann mehr zu sich selbst. »Nein, da draußen stehen Leute, denen es egal ist, wie ich mich fühle. Leute, die mich verurteilen, weil ich ein anderer geworden bin. Aber wissen Sie was? Es ist mir egal, ob die oder Sie mir helfen wollen. Ich glaube nämlich nicht, dass ich das will.« Plötzlich wurde seine Stimme lebhafter. »Aber wenn Sie schon mal hier sind, will ich Ihnen auch etwas bieten.« Er lächelte seine Frau an, und in dem Moment wusste Johanna, was er vorhatte. Als sie hochsprang, um sich auf ihn zu stürzen, hatte er die Waffe bereits im Mund, und mit einem letzten wehmütigen Blick auf seine Frau drückte er ab.

Die Fahrt zurück verlief wesentlich geruhsamer. Der Feierabendverkehr war fast vorüber, außerdem hatten sie jetzt keine besondere Eile mehr, irgendwo hinzukommen.
Während Julika sich auf den Verkehr konzentrierte, schaute Johanna aus dem Seitenfenster. Der Schneeregen hatte wieder eingesetzt und fiel schräg zu Boden. Sie vernahm das klatschende Geräusch, als Julika durch eine Pfütze fuhr, sie spürte jede Bodenwelle, sie sah jede Bewegung, und dennoch hatte sie das Gefühl, von alldem nichts mitzubekommen.
Was nach dem Schuss geschehen war, wirkte im Nachhinein wie ein Traum. Wie ein zarter Schleier, durch den man zwar Silhouetten, aber keine scharfen Konturen wahrnahm. Alles spielte sich in Zeitlupe noch einmal vor ihrem geistigen Auge ab. Sie sah, wie Ratmann sich die Waffe in den Mund schob, nach einem Blick auf seine Frau die Augen schloss und abdrückte. Johanna war zu spät gekommen. Der Kopf war vor ihren Augen wie eine überreife Melone geplatzt, obwohl dieser Vergleich so abgeschmackt war, dass er schon wieder passte.
Plötzlich war Blut durch den Raum gespritzt, dazu Knochensplitter und eine seltsame graue Masse. Auch sie selbst hatte etwas abbekommen. Etwas war ihr ins Gesicht geklatscht, und als sie an sich heruntersah, hatte sie bemerkt, dass sie über und über bespritzt war. Die Stille nach dem Schuss war gespenstisch gewesen, und obwohl sich Johanna jetzt im Klaren darüber war,

dass es sich nur um Sekunden gehandelt haben konnte, hatte sie in jenem Moment das Gefühl gehabt, dass es ewig dauerte, bis Hilfe eintraf.
Eine gewaltige Explosion erschütterte die kleine Wohnung, und Qualm drang in das Zimmer ein. Fast ungläubig wandte sie den Kopf zur Tür und sah die vermummten Männer, die mit gezückten Maschinenpistolen eindrangen und laut schrien. Irgendjemand packte sie und zerrte sie mit sich hinaus. Geduckt. Und das Geschrei hörte erst auf, als alle feststellten, dass der Mann längst tot war.
Das Gebrüll der Männer wechselte mit dem hysterischen Gekreische der Ehefrau des Selbstmörders. In all diesem Chaos wunderte sich Johanna darüber, dass sie mit Frau Kilb während der Zeit in dem Zimmer nicht ein Wort gewechselt hatte.
Vor der Haustür traf sie auf Julika, die mit weit aufgerissenen Augen auf sie wartete.
»Gott sei Dank. Alles in Ordnung?«
Johanna sah die jüngere Frau an. »Ja, ich denke schon.«
»Kommen Sie, wir fahren.« Sie packte Johanna am Arm und zog sie mit sich zum Wagen.
Johanna fiel auf, dass Julika das Blaulicht angelassen hatte. Hoffentlich ist die Batterie nicht leer, dachte sie nur.
Sie ließ sich auf den Beifahrersitz sinken und lehnte den Kopf an die Kopfstütze. Julika schlängelte sich mit dem Wagen aus dem Gedränge, vorbei an der Presse, den Schaulustigen und Rettungskräften. Die Blitzlichter, die im Wagen aufzuckten, bemerkte Johanna kaum.
Sie fühlte ihren Puls und konzentrierte sich auf die Atmung. Ruhig. Keine erhöhte Pulsfrequenz, regelmäßige Atemzüge, alles im Normalbereich. Aber sie wusste, dass der Schock kommen würde.

»Wollen wir etwas trinken gehen?« Julika riss sie aus ihren Erinnerungen.
»Nein, Julika, danke, ich glaube, ich fahre gleich nach Hause.«
»Ich setze Sie ab. Wo wohnen Sie?«
»Mein Wagen steht im Präsidium.«
»Sie wollen doch wohl nicht selbst fahren? Ich bringe Sie nach Hause, und wenn Sie wollen, bleibe ich auch bei Ihnen.«
»Nein, nein, das ist schon in Ordnung. Es geht mir gut.«
Eine Weile schwiegen sie. Sie hatten mittlerweile die Kieler Straße passiert und näherten sich dem Behrmannplatz, als Julika das Schweigen brach.
»Darf ich Sie etwas fragen, Johanna?«
»Nur zu.«
»Warum hat er das getan?«
»Tja, warum hat er das getan?« Johanna ließ die vergangenen Sitzungen mit ihrem Patienten Revue passieren. Er hatte letztendlich so etwas wie Mut bewiesen, denn Johanna war sich immer sicher gewesen, dass der Mut der Verzweiflung Menschen in den Selbstmord trieb.
»Wissen Sie, Ratmann war sehr verwirrt. Zuerst konnte er die Trennung von seiner Frau nicht verkraften und dann hat er ohne Hilfe versucht, zu entziehen. Er war der Meinung, dass seine Frau wiederkommt, wenn er aufhört zu trinken. Er hat nicht darüber nachgedacht, dass die Trennung das Ergebnis vieler Ereignisse war, nicht einfach nur eine Folge der Trinkerei. Als er heute in die Wohnung seiner Schwägerin fuhr, wollte er bloß seine Frau zurückhaben, und als er gemerkt hat, dass das nicht klappt, hatte er das erste Mal seit Monaten einen wachen Moment.«
Julika war verblüfft. »Soll das heißen, dass er … ich meine … er wollte …«

Johanna nickte. »Ja. Er war voll da, als er es tat. Für ihn hat es nur einen Ausweg gegeben, und für den hat er sich ganz bewusst entschieden. In diesem Moment war er das erste Mal seit Jahren vollkommen klar und nüchtern.«

Julika hatte ihr noch mehrmals angeboten, sie nach Hause zu begleiten und bei ihr zu bleiben, und jedes Mal hatte sie die Angebote abgewiesen. Als Julika endlich von ihr abließ und sie allein in ihrem eigenen Wagen saß, war sie erleichtert. Sie wunderte sich über sich selbst, dass bei ihr noch keine Reaktion eingesetzt hatte. Ein Blick auf ihre Hände zeigte, dass sie dringend duschen musste. Bisher hatte sie noch keine Gelegenheit gehabt, sich zu waschen, und mittlerweile waren die Spuren dieser Tragödie an ihren Kleidern und auf ihrer Haut getrocknet.

Sie beschloss, nach Hause zu fahren, und ließ den Motor an. Plötzlich kam sie sich unendlich allein vor. Die anderen Fahrzeuge brandeten an ihr vorbei, und einige hupten sogar, weil sie den Verkehr aufhielt. Sie fuhr rechts ran und legte kurz den Kopf aufs Lenkrad. Für einen Moment war sie unentschlossen. Dann drehte sie den Wagen um und fuhr nach Poppenbüttel.

Schließlich wusste sie, wo er wohnte.

Die Nacht davor hatte er keinen Schlaf bekommen, aber seine Gedanken hatten verhindert, dass er diesen Schlaf nachholte. Er hatte es versucht, doch die Ruhe wollte sich einfach nicht einstellen. Ein heißes Bad brachte wenigstens zum Teil seine Lebensgeister zurück.

Da er nicht so recht etwas mit sich anzufangen wusste, hatte er einen langen Spaziergang an der Alster gemacht. Hier, wo er wohnte, war der Fluss teilweise nicht mehr als ein Rinnsal, und in Anbetracht der Tatsache, dass um diese Zeit die meisten Menschen arbeiteten, war er ziemlich allein gewesen, was er auch sehr begrüßt hatte.

Er hatte schon genug Tote in seiner Dienstzeit gesehen, aber dieses Kind gestern Abend hatte ihn merkwürdig berührt. Vielleicht war es die Tatsache, dass der Junge auf der Straße gelebt hatte, abhängig von der Gunst seiner Freier, die nichts anderes im Sinn hatten, als ihn zu vergewaltigen. Ein Leben, das von Armut, Kälte, Gewalt und Einsamkeit geprägt war. Der Junge hatte etwas Gutes tun wollen, obwohl sich Sven über die Motive des kleinen Siegfried durchaus im Klaren war. Die erste Frage bei dem Telefonat hatte der Belohnung gegolten, doch vielleicht hätte es ihm ein wenig über den Winter geholfen.

Er dachte an andere Kinder in diesem Alter und wie sehr sich manche Lebensläufe unterschieden.

Auf der einen Seite die Kinder, die wohlbehütet zu Hause bei ihren Eltern lebten, auf der anderen Seite diejenigen, die täglich ums nackte Überleben kämpfen mussten.

Unwillkürlich fiel ihm seine eigene Tochter ein, die er so lange nicht gesehen hatte. Sie gehörte eindeutig in die erste Kategorie.

Noch immer schwirrte ihm der Gedanke durch den Kopf, dass er den Kleinen hätte retten können, obwohl er wusste, dass dieser Gedanke letztendlich Unsinn war. Die Vernunftstimme in ihm sagte, dass der Junge so oder so gestorben wäre. Sven glaubte nicht, dass Kinder lange auf der Straße überleben konnten. Entweder sie verhungerten oder erfroren oder wurden von einem der brutalen Kinderschänder getötet.

Schließlich kehrte er nach Hause zurück, zwar etwas wacher, aber noch immer tief betroffen. Und was ihn am meisten erstaunte: zutiefst einsam. Er fühlte sich allein und verlassen und wünschte sich, es wäre jemand da, der auf ihn wartete, ihn tröstete, ihn liebte.

Dunkelheit hatte ihm nie etwas ausgemacht, doch heute störte sie ihn. Er hatte die Jalousien heruntergelassen und in der ganzen Wohnung Licht angeknipst. Er vermied es, das Radio oder den Fernseher einzuschalten. Es war klar, dass die Ereignisse von gestern wieder hochgekocht wurden, dass der Tod des armen Jungen ein gefundenes Fressen für die Pressemeute war, die sich wie ein Rudel hungriger Wölfe auf diese neue Entwicklung stürzte, immerhin katapultierte sie den Fall wieder in die Schlagzeilen.

Stattdessen nahm er sich ein Bier und ein Buch und setzte sich in seinen Lieblingssessel.

Bis es an der Tür klingelte.

Unwillkürlich schaute er auf die Uhr. Er erwartete niemanden.

Als er Johanna erkannte, starrte er sie sprachlos an. Was ihn noch mehr erstaunte als ihr Besuch, war ihr Aussehen. Sie war nass bis auf die Knochen, Gesicht und Kleidung völlig verschmutzt. Blut klebte an ihren Sachen, in ihrem Gesicht und an den Händen, die kraftlos seitlich am Körper herabhingen. Ihr Blick war glasig.

»Johanna, komm herein. Was zum Teufel ist passiert? Hattest du einen Unfall?«

Sie ging an ihm vorbei und blieb im Flur stehen. Er schloss die Tür hinter ihr und betrachtete sie eingehend. Die Blutflecken mussten schon ein paar Stunden alt sein. Sie waren zum Teil tief in das Gewebe ihres Mantels eingezogen und hatten hässliche rostbraune Spuren hinterlassen.

»Johanna?« Seine Stimme war schärfer als beabsichtigt, doch zumindest kam Bewegung in die Person.

Sie fuhr sich langsam mit der Hand durch die Haare und atmete laut aus.

Er packte sie an den Schultern und drehte sie zu sich um. »Was ist passiert?«

»Ich weiß nicht, wo ich hin soll.« Ihre Stimme klang fest und passte so gar nicht zu ihrem derzeitigen Auftreten.

Er befürchtete das Schlimmste. Leise, aber eindringlich sprach er auf sie ein. »Bist du überfallen worden?«

»Nein.«

»Hattest du einen Unfall?«

Als sie den Kopf schüttelte, gab er es auf. Sie musste erst einmal aus den nassen und verdreckten Kleidern raus.

»Du gehst jetzt duschen, und dann ziehst du etwas von mir an. Hast du verstanden? Komm.« Er zog sie in Richtung Badezimmer und schubste sie hinein.

Sie blieb stehen wie festgenagelt.

»Ich bringe dir ein paar Sachen, sie werden zwar zu groß sein, aber es wird gehen. Gib mir deine. Die werfe ich gleich in die Waschmaschine. Handtücher findest du dort auf dem Regal.« Er zeigte auf eine kleine Stellage neben dem Waschbecken. Als sie sich nicht rührte, hob er die Stimme ein wenig. »Nun mach schon.«

Er schloss die Tür hinter sich und ließ sie im Bad zurück. Er machte sich Sorgen. Eigentlich war sie recht hart im Nehmen, und er konnte sich nicht vorstellen, was sie derart aus der Fassung gebracht hatte. Sie war vollkommen stoisch, und genau das beunruhigte ihn.

Im Schlafzimmer holte er aus seinem Schrank eine alte verwaschene Jeans und ein Sweatshirt. Mit Unterwäsche oder

gar einem BH konnte er nicht dienen. Egal. Es würde reichen.
Er ging zurück zum Badezimmer und klopfte an. »Darf ich reinkommen?«
»Ja.«
Zaghaft öffnete er die Tür. Sie war in ein großes Badehandtuch gehüllt. Ihre Kleidung in der Hand, musterte sie ihn unschlüssig.
Er streckte die Hand aus. »Gib her.«
Zögernd reichte sie ihm die Sachen. »Wirf sie weg. Deine bringe ich dir in den nächsten Tagen gewaschen wieder, aber wirf die hier weg.«
»Okay.«
Er ging in die Küche, aber bevor er die Kleider in den Mülleimer warf, schaute er sie sich genauer an. Er hatte Recht, es war Blut, aber auch noch etwas anderes. Kleine Splitter steckten darin, und Flecken undefinierbarer Farbe fand er ebenfalls.
Nach ungefähr einer halben Stunde erschien sie wieder. Sie kam langsam aus dem Bad und blickte sich unschlüssig um. Ihre Haut hatte einen rosigen Schimmer, den er jedoch eher auf das heiße Wasser, denn auf Wohlbehagen zurückführte, und sie hatte die weite Jeans mit einem Gürtel geschnürt. Die Ärmel des Sweatshirts hatte sie hochgerollt.
Er stand auf und lächelte sie an. »Du siehst viel besser aus. Setz dich.«
Sie kam langsam auf ihn zu und ließ sich auf das Sofa fallen. Die Knie fest zusammengepresst, die Hände im Schoß, rührte sie sich nicht. Er ging in die Küche und kam mit einem großen Becher zurück, den er ihr in die Hand drückte. Er selbst hatte sich auch etwas zu trinken gemacht und blieb vor dem Sofa stehen.
Sie sah hinein und verzog das Gesicht. »Was ist das?«

»Grog. Halb heißes Wasser, halb Rum, das Ganze mit Zucker.«

»So etwas mag ich nicht.«

»Das ist jetzt egal. Es wärmt dich, weckt die Lebensgeister und wird dich entspannen. Trink, solange es heiß ist. Und jetzt erzähl. Was ist passiert?«

Stockend fing sie an zu berichten. Er unterbrach sie nur ein einziges Mal.

»Was? Du bist in die Wohnung gegangen? Zu diesem Iren?«

Sie zuckte mit den Schultern. »Was hätte ich denn tun sollen?«

»Weiter.« Mittlerweile hatte er sich neben sie gesetzt. Er konnte sich eigentlich schon fast denken, was danach passiert war, doch sie wollte reden, und er ließ sie reden.

»Na, jedenfalls wollte er mit mir sprechen. Er hat einen wirren Eindruck gemacht, aber ich habe gedacht, solange er spricht, bekomme ich das schon hin. Und dann …« Sie schloss die Augen und schluckte schwer.

»Was dann?« Er beugte sich zu ihr hinüber und sprach sanft mit ihr.

»Dann hat er sich die Waffe in den Mund geschoben und abgedrückt. Als ich gemerkt habe, was er vorhat, wollte ich mich auf ihn stürzen, aber ich bin zu spät gekommen. Er hat einfach abgedrückt.«

Er beobachtete, wie sich langsam eine Träne aus ihrem Augenwinkel löste.

Mit tränenerstickter Stimme fuhr sie fort. »Ich habe so etwas noch nie gesehen.« Sie musterte ihn und begann zu schluchzen.

Er selbst hatte eine solche Situation einmal miterlebt und wusste, was sie gerade durchmachte. Tröstend nahm er sie in die Arme und drückte ihren Kopf an seine Brust.

Sie weinte lautlos. Nur das Zucken ihres Körpers verriet ihm, dass sie ihren Tränen freien Lauf ließ. Er streichelte über ihr Haar und redete sanft auf sie ein. Langsam beruhigte sie sich.

Sven versuchte sie ein wenig aufzuheitern. »Das war nicht gerade unsere Woche, hm?«

Johanna hob den Kopf und lächelte. »Nein, das kann man nun wirklich nicht sagen.«

Als er sie ansah, bemerkte er, dass sie wunderschöne Augen hatte. Komisch, dass ihm das noch nie aufgefallen war. Er schob eine ihrer länger werdenden Strähnen hinter ihr Ohr und strich ihr zart über die Wange. »Wenn du nicht aufpasst, hast du morgen völlig verquollene Augen. Das sieht dann nicht gerade sehr hübsch aus.«

»Ich weiß.« Sie schniefte und versuchte sich aufzusetzen.

Sven hielt sie fest und wischte mit seinem Daumen die Tränen unter ihren Augen weg.

Johanna versuchte den Kopf wegzudrehen. »Lass, ist schon in Ordnung.«

Später konnte er nicht ganz erklären, was eigentlich in ihn gefahren war. Vielleicht waren es die Erlebnisse, die sie beide mitgenommen hatten, vielleicht waren es auch die Gedanken, die ihm den ganzen Tag durch den Kopf gegangen waren über Einsamkeit, Verlust und das Bedürfnis nach Trost durch die Gegenwart eines anderen Menschen. Jedenfalls neigte er den Kopf und küsste sie behutsam auf die Lippen. Sie waren kühl und zitterten ein wenig, doch sie wehrte sich nicht. Er küsste sie noch mal, und seine Hand fuhr unter ihren Pullover, besser gesagt seinen Pullover, und streichelte ihren Rücken. Ihr anfängliches Zögern schwand zusehends, und ihr Körper drängte sich an seinen. Ihre Lippen öffneten sich unter dem Druck seines Mundes, und sie stöhnte leise. Er nestelte an der ihr viel zu großen Hose und öffnete den Gürtel. Ihre Hand fuhr durch

seine Haare, über seinen Nacken und den Rücken hinunter. Ein Gefühl, das er in dieser Intensität viel zu lange vermisst hatte. Gegen alle Vernunft gab er jeglichen Gedanken auf, der ihn noch von diesem Wahnsinn hätte abhalten können.
Sie nahmen sich nicht die Zeit, ins Schlafzimmer zu gehen.

Als Johanna erwachte, wusste sie zunächst nicht, wo sie war. Die Schatten an der Wand waren ihr unbekannt, und als sie an sich hinuntersah, bemerkte sie eine Bettdecke, die nicht ihre eigene war.
Plötzlich fiel es ihr wieder ein, und mit einem leisen Aufstöhnen schlug sie die Hände vors Gesicht.
Verdammter Mist, sie hatte tatsächlich mit Diekmann geschlafen, und das nicht nur einmal.
Zuerst waren sie im Wohnzimmer mehr oder minder übereinander hergefallen, beim zweiten Mal im Schlafzimmer hatten sie sich mehr Zeit gelassen. Sie hatten den Körper des anderen mit ihren Händen und Lippen erkundet und sich ihrer Erregung hingegeben.
Noch immer spürte sie seine Lippen zwischen ihren Schenkeln, und seine Hände brannten in der Erinnerung wie Feuer auf ihrer Haut.
Sie drehte leicht den Kopf und sah ihn neben sich liegen, wo er tief und gleichmäßig atmete, eine Hand quer über ihrem Bauch.
Panik machte sich in ihr breit, als sie daran dachte, dass er aufwachen könnte. Sie wollte sich nicht ausmalen, dass es eine peinliche Situation würde, wenn sie sich beide betrachteten und feststellen mussten, dass sie die Gegenwart des anderen nicht ertrugen. Sie würden versuchen, einander höflich zu behandeln. Sie würden sich vielleicht sogar versprechen, einander

anzurufen, und letztendlich wären beide froh, wenn sich ihre Wege trennten.

Die Entscheidung fiel angesichts solcher Ausblicke nicht sonderlich schwer. Vorsichtig hob sie seinen Arm und schlüpfte unter ihm hervor aus dem Bett.

Ihre Augen hatten sich an die Dunkelheit gewöhnt, und sie sah, dass keines der Kleidungsstücke hier im Schlafzimmer lag. Klar, sie hatten sich die Klamotten auch im Wohnzimmer vom Körper gerissen. Auf Zehenspitzen schlich sie in das andere Zimmer und klaubte ein Teil nach dem anderen vom Fußboden auf.

Mit den Sachen unterm Arm ging sie ins Badezimmer, um sich anzuziehen. Sorgfältig vermied sie jeden Blick in den Spiegel, und als sie fertig war, viel hatte sie ja nicht an, schlüpfte sie in ihre Schuhe. Da sie ihn gebeten hatte, ihre Sachen wegzuwerfen, hatte sie nicht einmal eine Jacke.

Egal, bloß raus hier.

So schnell sie konnte verließ sie die Wohnung. Als sie draußen vor ihrem Wagen stand, schnatterte sie vor Kälte, doch zumindest bekam sie einen klaren Kopf.

Kaum zu fassen, dass sie immer wieder in die absurdesten Situationen geriet.

Vielleicht wurde es wirklich langsam Zeit, dass sie erwachsen wurde.

Als sie zu Hause ankam, war es schon vier Uhr morgens, und sie war einfach zu aufgekratzt, um zu schlafen. Sie ging unter die Dusche und kochte sich hinterher einen starken Kaffee. Den ersten seit mehreren Tagen, da sie mittlerweile unter Julikas Einfluss auf Früchtetee und heiße Schokolade umgestiegen war. Was ihr im Übrigen auch viel besser bekam.

In der Hoffnung, das nervtötende Gejammer aus dem Radio möge ihre Gedanken übertönen, machte sie laute Musik an, denn Nachdenken war jetzt das Allerletzte, was sie brauchen konnte.
Sie sah die weitere Zusammenarbeit mit Sven ernsthaft in Gefahr und hatte keine Ahnung, wie sie die nächsten Tage in Angriff nehmen sollte. Nach einigem Hin und Her beschloss sie, sich so normal wie möglich zu benehmen. Schließlich wussten nur sie beide, was passiert war, und sie nahm nicht an, dass Sven damit hausieren ginge. Auch ihr wäre das nicht in den Sinn gekommen. Also war es das Beste, so zu tun, als wäre nichts passiert, als hätte es diese Nacht nie gegeben.
Derart entschlossen, erledigte sie ein paar Arbeiten, die während der letzten Tage liegen geblieben waren. Der Abwasch war schnell gemacht, und auch das bisschen Bügelwäsche, die sie nicht weggab, sondern sich selbst vornahm, war bald geschafft. Sie konnte sich gerade noch bremsen, im Dunkeln die Fenster zu putzen.
Sie vertrödelte ein wenig Zeit und suchte die Unterlagen für den Steuerberater heraus. Eine Arbeit, die sie stets bis zum letzten Moment hinauszögerte, aber heute Morgen war ihr jedes Mittel recht, um sich nicht ihren Gedanken hingeben zu müssen.
Als es Zeit war, endlich aufzubrechen und ins Büro zu fahren, war sie fast ein wenig erleichtert.
Doch sobald sie auf ihrem Parkplatz im Präsidium stand, begann ihr Herz zu rasen. Sie versuchte sich selbst zu beruhigen mit dem Gedanken, dass es Sven wahrscheinlich nicht anders ging, trotzdem hatte sie das Gefühl, als habe sie Pudding in den Beinen, während sie langsam zum Fahrstuhl stelzte.
Die Erste, die ihr an diesem Morgen begegnete, war Julika.

»Guten Morgen. Was ist denn mit Ihnen los?« Die Kollegin sah ihr forschend ins Gesicht.
»Wenig geschlafen.« Das war schließlich nicht gelogen. Johanna hasste es, lügen zu müssen. »Und als an Schlaf überhaupt nicht mehr zu denken war, habe ich gebügelt.«
Julika sah sie bewundernd an. »Dann können Sie gleich bei mir weitermachen. Sie haben den Job.«
»Martin?«
Das war die Stimme, die Johanna heute eigentlich gar nicht zu hören wünschte. Sie kam aus Svens Zimmer. Julika drehte sich um und ging zu ihrem Chef. Johanna folgte ihr wie ein geprügelter Hund. Wenn sie sich heute schon begegnen mussten, dann wenigstens nicht allein.
»Chef, Martin ist nicht da. Er ist bei der Staatsanwaltschaft.«
Sven zog die Augenbrauen hoch und sah Julika fragend an. »Ach, und wieso?«
»Wie haben doch gestern die Tatwaffe gefunden, und sie war registriert. Martin hat wohl gestern noch den Namen des Besitzers bekommen und ist dann gleich heute Morgen zum Staatsanwalt gefahren, um Durchsuchungsbeschluss und Haftbefehl zu besorgen. Sie wissen doch, wie eifrig er ist.«
Sven grinste. »Nehmen Sie ihn nicht auf den Arm, Julika. Er macht seine Sache recht gut.« Als er Johanna hinter Julika bemerkte, zuckte er leicht zusammen.
»Guten Morgen, Johanna.«
»Hallo, Sven.« Ihre Stimme sollte eigentlich gleichgültig klingen, aber sie hörte sich eher wie das Krächzen einer Krähe an. Er sah zwar auch etwas unausgeschlafen aus, wirkte jedoch um einiges fitter als sie.
Sven wandte sich wieder an Julika. Ihm war das Ganze offensichtlich genauso peinlich wie ihr. Insgeheim war die Psycholo-

gin erleichtert. Sie wusste nicht warum, aber unbewusst hatte sie Angst gehabt, dass er sie den lieben langen Tag mit Andeutungen traktieren würde.
»Sagen Sie, Julika, wo ist die Waffe?«
Julika zuckte mit den Schultern. »Keine Ahnung, ich denke, er hat sie mitgenommen.«
»Na gut. Ich werde den Bericht noch früh genug lesen, oder?«
Ein Räuspern unterbrach das Gespräch. Alle drehten sich um und sahen zur Tür. Dort stand ein kleiner Mann, um die einen Meter siebzig groß. Er war zierlich, mit einem kleinen, spitzen Gesicht. Er trug eine große Brille und wirkte alles andere als glücklich. In seinem fraglos teuren Anzug sah er ein bisschen verloren aus. Johanna fragte sich insgeheim, ob seine Mutti ihn heute Morgen angezogen hatte. Die Psychologin kannte den Mann nicht, doch anscheinend wussten Sven und Julika, wer er war.
»Herr Pohlmann. Was treibt Sie denn hierher?« Julika reichte ihm die Hand, die er nur zögerlich ergriff.
Der Name war auch Johanna ein Begriff. Es handelte sich bei besagtem Herrn Pohlmann um den in der Mordsache ermittelnden Staatsanwalt. Hinter ihm, halb verdeckt, erkannte sie Martin. Er schien nicht in das Büro hereinkommen zu wollen und wich dem Blick aller Anwesenden aus.
»Martin, ich habe gehört, dass Sie mit den Ergebnissen der Ballistiker gleich zu Herrn Pohlmann gegangen sind. Also, wer ist es?« Sven warf dem Staatsanwalt einen erwartungsvollen Blick zu. Der sah über die Schulter zu Martin, der krampfhaft in die andere Richtung starrte. Keiner sagte ein Wort.
Svens Miene erstarrte. »Was ist los?«
Pohlmann trat einen Schritt in das Zimmer hinein und begann umständlich in seinem Aktenkoffer zu wühlen. Er hatte

anscheinend gefunden, was er suchte, denn er nahm einen roten DIN-A4-Zettel heraus. Er schloss seinen Aktenkoffer wieder sorgsam und rückte seine Brille zurecht.
Dann richtete er sich zu seiner vollen Größe auf und begann zu sprechen. »Herr Sven Diekmann, ich verhafte Sie wegen vierfachen Mordes.«

Es war still geworden in dem kleinen überfüllten Büro. So still, dass man die sprichwörtliche Stecknadel hätte fallen hören können.
Johanna glaubte, ihren Ohren nicht trauen zu können. Sie warf einen kurzen Blick auf Julika, deren Gesicht die Farbe wechselte. Sven selbst stand, die Hände auf der Tischplatte abgestützt, regungslos hinter seinem Tisch und funkelte den Staatsanwalt finster an.
»Das soll wohl ein schlechter Scherz sein.« Er sprach so leise, dass Johanna einen Wutanfall befürchtete. Sie kannte diese Tonlage und hatte gelernt, dass man sich in solchen Momenten keine Scherze mit ihm leisten sollte.
Pohlmann gab den beiden uniformierten Polizisten, die hinter ihm standen, einen kurzen Wink, und sie traten ins Zimmer. Johanna hatte sie bisher gar nicht bemerkt. Sie beide gingen an ihr und Julika vorbei, umrundeten den Schreibtisch und packten Sven von beiden Seiten an den Armen. Er richtete sich auf, und die Psychologin sah, wie seine Hauptschlagader am Hals pulsierte. Wieder riskierte sie einen Blick auf Julika, die vor Wut fast blau angelaufen war.
»Sie können doch nicht …«
»Ganz ruhig, Julika, ich bin sicher, Herr Pohlmann wird uns das näher erklären.« Sven zog einen Mundwinkel verächtlich hoch.

Der Angesprochene nickte. »Das werde ich, aber mit Sicherheit nicht in diesem Rahmen.« Seine Stimme klang zwar fest, doch Johanna hatte den Eindruck, als sei ihm die Situation extrem peinlich.

Sie trat einen Schritt vor. »Herr Pohlmann, einen Moment …«

Bevor sie weitersprechen konnte, wurde sie von Sven unterbrochen. »Lass es gut sein, Johanna. Du und Julika, ihr müsst mir einen Strafverteidiger besorgen. Ich befürchte nämlich, dass mein Rechtsanwalt mit dieser Situation überfordert ist.«

»Aber Sven …«

»Keine Angst, das wird sich alles klären.« Johanna vernahm das schleifende Geräusch, das Handschellen verursachten. Die beiden Uniformierten hatten Sven die Hände auf dem Rücken gefesselt.

Julika und Johanna rührten sich nicht vom Fleck, als sie ihren Chef an ihnen vorbeiführten.

Auf dem Flur hatten sich mittlerweile fast alle Mitarbeiter versammelt, und die meisten hatten gar nicht begriffen, worum es ging. Doch das sollte sich schon bald ändern.

Martens, der Leiter des Landeskriminalamtes, tauchte auf. Er vermied jeden Blickkontakt mit Sven und blieb im Flur stehen. »Meine Damen und Herren, ich möchte Sie bitten, sich in zehn Minuten im großen Besprechungsraum zu versammeln. Ich habe Ihnen einiges mitzuteilen und möchte unsinnigen Gerüchten zuvorkommen.«

Johanna bebte vor Zorn. Sie kannte den Mann und wusste, wie wichtig er sich nahm. Er hatte nichts getan, um sich vor seinen Mitarbeiter zu stellen, und so, wie die Sache aussah, hatte er von dieser Aktion schon mehrere Stunden gewusst. Er machte ein ernstes, eigentlich eher theatralisch feierliches Gesicht und die lächerlichen Haarsträhnen, die er sich

über die Glatze kämmte, verliehen ihm das Aussehen einer Schießbudenfigur.
Nachdem Sven und auch Martens weg waren, blieben einige Leute auf dem Flur stehen, andere hatten nichts Eiligeres zu tun, als in ihre Büros zurückzukehren. Aber eines taten sie alle. Sie redeten über das eben Erlebte.
Martin blieb unschlüssig vor Diekmanns Büro stehen und trat von einem Bein aufs andere.
»Martin, verflucht.« Julika zischte den jüngeren Kollegen zwischen zusammengebissenen Zähnen an. »Was war das?«
Der hob hilflos die Arme. »Was sollte ich denn tun? Ich habe gestern den Namen des Waffenbesitzers bekommen und die ganze Nacht überlegt, was ich machen sollte. Schließlich bin ich gleich heute Morgen zum Staatsanwalt.«
»Du hättest Diekmann anrufen und ihn fragen können, was das zu bedeuten hat. Oder zumindest mich. Weißt du, was du da angerichtet hast? Unser Chef ist wegen Mordes verhaftet worden.« Sie zeigte mit dem Arm den mittlerweile leeren Flur entlang.
Martin ließ die Schultern hängen. »Es tut mir Leid, aber ich hatte keine andere Wahl.« Er schlurfte über den Gang und verschwand in seinem Büro. Johanna hätte um nichts in der Welt in seiner Haut stecken möchten. Niemand würde das je vergessen, egal ob er Recht hatte oder nicht.
»Wir haben keine Zeit.« Julika beugte sich zu Johanna hinüber. »Sie werden in Kürze kommen und die ganzen Unterlagen zu dem Fall beschlagnahmen. Gott sei Dank mache ich mir von allem Kopien, aber die muss ich hier erst einmal rausschaffen. Kennen Sie einen Strafverteidiger?«
Johanna nickte. Sie war wie betäubt. »Ja, meinen Onkel.«
»Ist der gut?«

»Der Beste.«

»Gut. Wir treffen uns im Besprechungsraum.« Sie drehte sich um und verschwand eilig.

Johanna blieb in Svens Büro und telefonierte von dort aus. Es klingelte nur zweimal, als bereits abgehoben wurde.

»Rechtsanwaltspraxis Jensen und Partner, mein Name ist Wagner, guten Tag.«

Die gute alte Frau Wagner. Ohne sie ging in der Kanzlei ihres Onkels gar nichts.

»Johanna Jensen. Frau Wagner, ich muss ganz dringend mit meinem Onkel sprechen.«

»Frau Dr. Jensen. Schön, Sie mal wieder zu hören, aber ich bedaure, Ihr Onkel ist in einer Besprechung.«

»Frau Wagner, es ist immens wichtig.«

»Ist es privat oder eher geschäftlich?« Die Stimme der »Wagnerschen«, wie ihr Onkel sie stets nannte, hatte sich verändert. Sie klang ein wenig ernüchtert.

»Frau Wagner, es geht um Mord.«

Sie hörte, wie die ältere Frau am anderen Ende scharf die Luft einsog. »Großer Gott, Kind, was haben Sie denn jetzt schon wieder …«

Kind. Das war so typisch Frau Wagner. Sie hatte Johanna das erste Mal gesehen, als sie fünf oder sechs Jahre alt war, und seitdem war sie das Kind, das sich, solange Frau Wagner denken konnte, immer wieder in Schwierigkeiten brachte.

»Nicht ich, Frau Wagner. Ein Freund von mir, also bitte.«

»Kleinen Moment.«

Es dauerte nicht lange, bis sie ihren Onkel am Telefon hatte.

»Johanna, was ist passiert?« In dem Moment, in dem sie seine tiefe, sonore Stimme hörte, machte sich so etwas wie Erleichterung in ihr breit. Ihr Vater hatte ihr früher immer gepredigt, dass nichts passieren könne, sobald Onkel Winnie seine Hände im Spiel hatte.

»Onkel Winnie, der Leiter der Mordkommission, Sven Diekmann, ist eben verhaftet worden. Man wirft ihm vor, die vier Morde begangen zu haben, die derzeit durch die Presse gehen. Aber er ist es nicht gewesen.«

»Mach dir keine Gedanken, ich bin gleich da. Wo befindet er sich jetzt?«

»Keine Ahnung. Es ist gerade eben passiert, und ich vermute, er ist unten in einer der Zellen.«

»Kein Problem, ich finde ihn schon. Du bleibst ruhig und gehst jetzt am besten nach Hause. Ich melde mich dann bei dir, okay?«

8

In der Besprechung, die Martens anberaumt hatte, informierte er die Kollegen über das, was seiner Meinung nach und ebenso nach Ansicht der Staatsanwaltschaft passiert war. Sie verdächtigten Sven, die Morde begangen zu haben, und zwar, und das war der Gipfel, weil sie vermuteten, dass ihn der Frust über Straftäter, die auf freiem Fuß waren, übermannt hatte und er sich deshalb entschlossen hatte, die Seiten zu wechseln. So etwas Haarsträubendes hatte Johanna schon lange nicht mehr gehört. Julika, die neben ihr saß, hatte die Hände zu Fäusten geballt, und Johanna befürchtete, dass sie sich bei der nächsten sich bietenden Gelegenheit auf Martens stürzte. Sie legte ihr beruhigend eine Hand auf den Arm, und fast gleichzeitig entspannte sich die jüngere Frau. Martens erklärte weiter mit theatralisch heiserer Stimme, dass man gegen solche schwarzen Schafe mit alle Härte vorgehen werde. Ferner wurde ihnen eröffnet, dass jeder, der an dem Fall mitgearbeitet hatte, die Unterlagen, die noch in seinem Besitz waren, sofort auszuhändigen habe.

Die Psychologin verstand diese Vorgehensweise nicht ganz und beschloss, Julika danach zu fragen.

Johanna blickte sich um. Sie sah einige fassungslose Gesichter und einige, in denen sich Mitleid spiegelte. Sie erkannte aber auch mit Entsetzen einige wenige, aus deren Miene man ablesen konnte, dass sie es schon immer gewusst hatten und die ihre Abscheu gegenüber ihrem ehemaligen Chef nicht verbergen konnten oder wollten. Sie machten abfällige Bemerkungen und ließen sich sogar dazu hinreißen, Martens für den Fahndungserfolg zu applaudieren. Johanna kannte diesen Typ Mensch: Wendehälse, die es schafften, sich innerhalb von Sekunden einer völlig neuen Situation anzupassen, wenn nicht sogar sich ihr total unterzuordnen. Mit einem Blick auf Johanna bedankte sich Martens höflich für ihren Versuch zu helfen, machte jedoch unmissverständlich klar, dass eine weitere Zusammenarbeit nicht mehr vonnöten sei.

Das hieß auf gut Deutsch, man wollte sie in den Räumlichkeiten der Mordkommission nicht mehr sehen.

Nun war es Julika, die der Psychologin beruhigend eine Hand auf den Arm legte.

Als die Besprechung zu Ende war, zog die junge Kollegin Johanna mit sich auf die nächste Toilette.

»Ich fürchte, wir haben keine andere Möglichkeit, als uns unter solch konspirativen Umständen zu besprechen.« Sie grinste breit. »Aber wenn ich sehe, dass zwei oder drei Kollegen von Diekmanns Schuld überzeugt sind, kommt mir die Galle hoch. Ich bin sicher, sie würden Martens gegenüber verlauten lassen, dass wir uns besprechen.«

»Sie haben es also gemerkt?«

»Allerdings. Und? Haben Sie was erreicht?«

Johanna nickte. »Mein Onkel nimmt sich der Sache an. Er meldet sich, sowie er etwas Neues weiß. Ich sage Ihnen dann sofort Bescheid, und wir treffen uns. Einverstanden?«

»Sehr gut.« Julika warf einen Blick auf ihre Uhr. »Ich habe noch etwas zu erledigen, dann bin ich frei. Wir müssen ihn da rausholen. Er kann es unmöglich gewesen sein.«

Johanna fragte sich, wen Julika eigentlich überzeugen wollte. Beide verließen die Toilette, und die Psychologin kam sich wie eine Verschwörerin vor.

Sie ging noch einmal in ihr Büro bei der Mordkommission, um

ihre Sachen zu holen. Die Berichte, die sie angefertigt hatte, hatte sie nicht nur in Papierform, sondern auch noch in ihrem PC gespeichert. Kopien hatte sie für sich nicht angefertigt, und das Ausdrucken würde zu lange dauern. Sie war sicher, nach der neuesten Entwicklung würde man es auch nicht zulassen, dass sie Kopien mitnahm. Also verschickte sie sämtliche von ihr verfassten Unterlagen per E-Mail an ihre Adresse zu Hause. Dann löschte sie alles.

Keinen Moment zu früh. Martin stand plötzlich in der Tür. »Es tut mir Leid, Frau Dr. Jensen, aber Herr Martens hat mich beauftragt, mir sämtliche Berichte von Ihnen aushändigen zu lassen.«

Er tat ihr irgendwie Leid. Egal, was bei der ganzen Geschichte herauskam, er würde immer der Nestbeschmutzer für die anderen bleiben.

Sie reichte ihm die Mappe. »Hier, Martin. Es ist alles drin.«

»Danke Frau Dr. Jensen.« Er blieb noch stehen und wirkte verlegen.

»Martin? Ist noch etwas?«

»Ich will nur, dass Sie eines wissen: Ich habe es nicht gern getan. Aber ich konnte nicht anders. Immerhin hat er vier Menschen umgebracht.«

Johanna schnappte nach Luft. »Sie glauben doch nicht allen Ernstes, dass Sven Diekmann etwas damit ...« Sie brach ab.

Martin sah sie unschlüssig an und zuckte mit den Schultern. Ohne noch ein Wort zu sagen verließ er den Raum.

Sie tat, was ihr Onkel ihr geraten hatte. Es hatte keinen Zweck zu warten, er würde sich bei ihr melden.

Als sie zu Hause ankam, war sie unruhig, obwohl sie wusste, dass sie nichts unternehmen konnte und ihr nichts anderes

übrig blieb, als auf einen Anruf zu warten. Sei es von Julika oder von ihrem Onkel.
Als das Telefon schließlich klingelte, riss sie das Mobilteil förmlich von der Feststation.
»Ja?«
»Hallo Johanna, hier ist Joachim. Ich wollte nur mal hören, wie es dir geht.«
Sie versuchte, sich ihre Enttäuschung nicht anmerken zu lassen.
»Oh, mir geht es gut. Viel Arbeit, weißt du?«
Trotz allem hatte er etwas gemerkt. »Alles okay mit dir?«
Was sollte es schon ausmachen? Morgen stand es ohnehin in allen Zeitungen. Außerdem konnte sie gut jemanden zum Reden brauchen.
»Nein, nichts ist okay. Man hat Diekmann festgenommen. Er sitzt in Untersuchungshaft.«
»Bitte?«
»Ja.«
»Warum? Was ist passiert?« Joachim war fassungslos. Er hatte den Leiter der Mordkommission einmal kennen gelernt, und die beiden Männer hatten keinerlei Sympathie füreinander empfunden, dennoch war er schockiert.
»Sie glauben, dass er die Morde begangen hat, die seit einigen Wochen die Schlagzeilen der Boulevardpresse zieren.«
»Du meinst doch nicht etwa, er sei der *Rächer*?«
»Die Staatsanwaltschaft glaubt genau das.« Erschöpft ließ sie sich in einen Sessel fallen und rieb sich mit der einen Hand den Nacken, der vollkommen verspannt war.
»Hör mal, ich habe den Kerl zwar kennen gelernt, und ich mag ihn nicht, aber selbst ich traue ihm so etwas nicht zu. Wie kommen die bloß darauf?«
»Frag mich was Leichteres. Ich habe keine Ahnung. Mein Onkel

kümmert sich um die Sache, er ist Strafverteidiger. Wir können nur abwarten.«

»Kann ich dir irgendwie helfen? Soll ich vorbeikommen? Mit dir zusammen Akten wälzen?« Er spielte auf die Tatsache an, dass er ihr bei dem letzten Mal geholfen hatte, in ihren Patientenkarteien zu wühlen, um Hinweise zu finden.

»Alle Akten sind von der Staatsanwaltschaft beschlagnahmt, wahrscheinlich trauen sie niemandem mehr. Mich haben sie auch hinausgeworfen, aus der Mordkommission meine ich. Höflich zwar, aber sie verzichten gern auf meine weitere Mitarbeit.«

»Soll ich vorbeikommen?«

So lieb Joachim auch war, sie hatte jetzt nicht den Nerv, ihn hier bei sich sitzen zu haben. Daher ging sie nicht weiter auf seine Frage ein.

»Lass uns einfach das Thema wechseln, okay?« Insgeheim schämte sie sich. Sie benutzte ihn als seelischen Mülleimer, ließ ihn jedoch nicht weiter als bis auf Armeslänge an sich heran. Stattdessen schnitt sie ein anderes Thema an, das ihr am Herzen lag. »Hast du etwas von Flo und Markus gehört?«

»Ja«, er seufzte, »sie wollen nächsten Montag los in die Türkei.«

»Das ist gut. Hoffentlich erholt sich Markus. Er braucht dringend ein wenig Abwechslung.«

»Ich denke schon, ich hoffe nur, dass er von diesem ganzen Trubel nicht mehr viel mitbekommt.«

»Das wird sich leider kaum vermeiden lassen. Was meinst du, was morgen in der Presse los sein wird. Ein Polizist, noch dazu der Leiter der Mordkommission, unter Mordverdacht. Himmel noch mal, das wird ein Chaos geben.«

»Ich kann …«

Johanna hörte nicht mehr, was er könnte, da es in diesem Moment an der Tür läutete.

»Joachim, es hat geklingelt. Sorry, aber ich muss Schluss machen. Ich melde mich bei dir.«
Ohne seine Antwort abzuwarten legte sie auf und rannte fast zur Tür. Vor der Tür stand Julika. Ihr Miene verhieß nichts Gutes. Sie hatte eine Einkaufstüte in der Hand, die sie jetzt hochhielt, damit Johanna sie besser sehen konnte.
»Ich habe uns ein paar Dosen Bier mitgebracht. Es wird eine lange Nacht.«
Johanna trat zur Seite, und Julika schob sich an ihr vorbei in die Wohnung.
»Was ist mit Ihrem Sohn?«
»Den habe ich bei meiner Mutter untergebracht. Ich denke nämlich, dass ich in den nächsten Tagen nicht viel zu Hause sein werde. So kann ich mich wenigstens konzentrieren, meine Mutter ist glücklich, ihren Enkel bei sich zu haben, und der Kleine freut sich maßlos darauf, seine Großmutter hemmungslos auszunutzen und zu tyrannisieren. Wie Sie also sehen, alle sind zufrieden.«
»Kommen Sie rein, und setzen Sie sich.«
Julika zog ihre Jacke aus und hängte sie ordentlich über den Garderobenständer. »Haben Sie schon etwas von Ihrem Onkel gehört?«
»Nein. Ich nehme an, er wird sich morgen früh melden. Wahrscheinlich wird er sich erst einmal die Akte vornehmen, um überhaupt etwas sagen zu können. Und? Was haben Sie uns Schönes mitgebracht?«
Julika setzte sich auf das Sofa und seufzte laut. Dabei zog sie die Nase kraus. »Nichts Gutes. Ich ärgere mich. Es gibt bisher drei Kollegen, die überzeugt sind, dass unser Chef der Mörder ist. Dieser Mann hat vielen von ihnen geholfen, und trotz allem misstrauen sie ihm.«

»Wieso? Kaum einer wird wirklich wissen, wie die Beweislage ist. Schließlich hat die Staatsanwaltschaft alle Unterlagen mitgenommen.«

Julika rieb sich mit der Hand über die Augen. Sie wirkte sehr müde, ob es allerdings geistige oder physische Erschöpfung war, konnte Johanna nicht sagen.

»Schlechte Nachrichten sprechen sich schnell herum«, sagte sie höhnisch. »Erinnern Sie sich noch an die Waffe, die sie am Tatort gefunden haben und von der dieser Ballistiker so begeistert war?«

Johanna nickte.

»Diese Waffe ist auf Diekmann registriert.«

Noch auf dem Weg zum Zellentrakt klammerte sich Sven Diekmann an den Gedanken, dass es sich nur um einen dummen Scherz handeln könne. Er wartete jeden Moment darauf, dass Staatsanwalt Pohlmann oder die beiden uniformierten Kollegen plötzlich anfingen zu lachen und ihn von seinen Handschellen befreiten.

Es war absurd, natürlich, niemand würde anfangen zu lachen, und er würde erst recht nicht von den Handschellen befreit, als er bei der erkennungsdienstlichen Behandlung saß. Als sie ihm die Finger- und Handabdrücke nahmen, ihn fotografierten, ihn sogar mitsamt seinen Kleidern auf die Waage stellten.

Dann nahmen sie ihm alles ab. Seine kleine goldene Kette, seine Armbanduhr, das Portemonnaie, das in seiner Gesäßtasche steckte, seinen Schlüsselbund, den sie bestimmt später brauchten, um seine Wohnung zu durchsuchen. Den Gürtel musste er ebenfalls dalassen, damit er sich in seiner winzigen, stinkenden Zelle nicht aufhängte. Die Schuhe standen vor seiner Zellentür, als diese krachend hinter ihm ins Schloss fiel.

Dann war er allein.
Allein in einem kleinen Raum, der gerade mal Platz für eine Pritsche bot, auf der zusammengelegt eine Wolldecke mit dem Aufdruck *Behörde für Inneres* lag. Wenn er sich erleichtern wollte, dann musste er klingeln und wurde zu der einzigen Toilette im Trakt geführt. Unter der Aufsicht eines Kollegen durfte er dann bei geöffneter Tür seine Notdurft verrichten.
Auf Socken.
Nach unglaublich kurzer Zeit kam sein Strafverteidiger. Er stellte sich ihm als Winfried Jensen vor. Sie gestatteten Sven, sich mit seinem Anwalt in ein Besprechungszimmer zu setzen. Ein Tisch, zwei Stühle, alles am Boden festgeschraubt. Dazu Panzerglas in einem nicht zu öffnenden Fenster, ein Kollege als Wachposten vor der Tür.
»Jensen? Sind Sie irgendwie mit Johanna verwandt?«
»Ich bin ihr Onkel. Sie hat mich angerufen und mir gesagt, dass Sie in Schwierigkeiten stecken.«
Sven schlug die Hände vors Gesicht. »Das kann man wohl sagen.«
»Ich habe die Akte noch nicht gelesen, da ich zuerst Sie sehen wollte. Außerdem müssen wir ein paar Vorsichtsmaßnahmen treffen.«
»Die da wären?«
»Einzelhaft. Ich kann mir vorstellen, dass es im Gefängnis so einige Leute gibt, die Ihnen gern ans Leder wollen. Das werde ich zu verhindern wissen. Haben Sie schon etwas ausgesagt?«
Der ältere Mann blinzelte Diekmann hinter einer randlosen Brille an. Er war nicht groß, vielleicht einen Meter fünfundsiebzig, und er strahlte Ruhe aus. Seine grauen Haare standen wirr vom Kopf ab, und er trug einen zwar teuren, aber auch leicht zerknitterten Anzug. Das Hemd war gebügelt, doch die Krawatte saß

schief. Einzig die schwarzen Lederschuhe funkelten in absolut makellosem Glanz.
»Nein, ich habe bisher die Aussage verweigert.«
Jensen nickte. »Sehr gut. Ich werde die Akte gleich von Pohlmann erhalten und sie über Nacht studieren. Aber zuerst müssen Sie mir das hier unterschreiben.« Er schob Sven einen kleinen Zettel zu. »Das ist die Prozessvollmacht, doch die kennen Sie ja sicher. Ohne die bekomme ich gar nichts. Wie Sie wissen, muss ich mich sozusagen als Ihr Anwalt legitimieren.«
Er reichte Sven einen Kugelschreiber, das einzig wirklich elegante Stück an diesem Mann, und er unterschrieb an der vorgesehenen Stelle. Jensen nahm den unterschriebenen Bogen und betrachtete ihn einen Moment, bevor er ihn in seine Aktentasche steckte.
»Morgen im Laufe des Tages komme ich dann zu Ihnen ins Untersuchungsgefängnis. Ich habe mit Pohlmann vereinbart, dass Sie erst heute Abend mit einem Streifenwagen dorthin gebracht werden. Nicht mit dem Gefangenentransport und nicht am Tage. Somit können wir das Aufsehen ein wenig geringer halten. Hoffe ich zumindest. Gibt es etwas, was ich jetzt noch für Sie tun kann?«
Sven schüttelte den Kopf. »Nein, vielen Dank, ich komme schon klar.«
Jensen nickte. »Schön, dann sehen wir uns morgen.« Der Anwalt ging, und Sven wurde zurück in seine Zelle gebracht. Er mochte den Mann. Er hatte ihm nicht beruhigend auf die Schulter geklopft und auch keine Sprüche à la *Das wird schon wieder* gebraucht.
Der Anwalt konzentrierte sich auf das Wesentliche, und das war das Einzige, was Sven jetzt helfen konnte.

»Ich fürchte, darauf brauche ich erst einmal ein Bier.« Johanna war vor Überraschung der Mund offen stehen geblieben.
Beide Frauen angelten sich aus der auf dem Tisch stehenden Tüte eine Dose Bier und öffneten sie mit einem lauten Zischen. Sie prosteten sich zu und nahmen jede einen tiefen Schluck. Johanna trank zwar im Allgemeinen kein Bier, doch sie stellte fest, dass es ihr tatsächlich gut tat. Großer Gott, sollte sie etwa bereits zu den Erleichterungstrinkern gehören? Sie schmunzelte. Egal, jetzt gab es Wichtigeres zu bedenken.
»Wie ist das möglich, dass die Waffe auf Sven zugelassen ist?«
Julika zuckte mit den Schultern. »Ich schätze, weil sie ihm gehört. Wahrscheinlich von einem Großvater geerbt, der sie im Zweiten Weltkrieg benutzt hat. Sie haben den Ballistiker doch gehört.«
»Aber es müsste jedem klar sein, dass, selbst wenn Sven der Mörder wäre, er unmöglich so dämlich sein konnte, die Waffe in Tatortnähe zurückzulassen.«
»Eigentlich schon, doch hier geht es nicht darum, was jedem klar sein müsste, sondern darum, wie die derzeitige Beweislage ist. Kommen Sie, wir sollten uns die Akten mal näher ansehen. Irgendwo finden wir vielleicht etwas.«
Julika schob Johanna einen Stapel über den Tisch und begann zu lesen.
Sie fanden nichts Neues in den Akten. Sven hatte akribisch auch die Zettel, die ihm per Post zugeschickt worden waren, abgeheftet. Natürlich nicht den ersten, den hatte er ja weggeworfen, da er ihm zum damaligen Zeitpunkt keinerlei Beachtung geschenkt hatte. Erst später war ihm klar geworden, was diese Mitteilungen bedeuteten. Das hatte er in dem Bericht dann auch festgehalten.
Johanna sah sich die Botschaften an. Sie waren auf Fingerab-

drücke untersucht und dann in Folie eingeschweißt worden. Soweit ihr bekannt war, wurden diese Zettel in einer Art Backofen mit einer Chemikalie bedampft. Verräterische zartlila Spuren zeugten noch davon, allerdings war die Mühe umsonst gewesen. Keine Fingerspuren.
Laut Sachverständigem handelte es sich bei dem Papier um handelsübliches Schreibpapier, das man in jedem Fachgeschäft kaufen konnte. Der Zettel war computergeschrieben und auf einem normalen Drucker der Firma Hewlett Packard gedruckt. Solange sie das Gerät nicht hatte, konnten sie unmöglich feststellen, welches genau benutzt worden war.
Die Drucker der Firma HP waren die gängigsten und durften in so ziemlich jedem Haushalt und in jeder Firma stehen, also ergab sich hieraus kein neuer Ansatz.
Johanna nahm seufzend ihre Brille, die sie hin und wieder trug, ab und sah zu Julika hinüber. »Wie steht es bei Ihnen?«
»Nichts. Er hat das Telefongespräch mit dem Jungen detailliert wiedergegeben, aber sie haben es nicht mitgeschnitten.« Julika warf das Stück Papier, das sie in den Händen hielt, auf den Tisch und lehnte sich zurück. »Ich habe hier nicht den geringsten Anhaltspunkt. Er hat einwandfrei ermittelt und recherchiert, und ich erkenne nichts, was den Verdacht gegen Herrn Diekmann erhärten könnte. Nun weiß ich leider auch nicht, was der vorläufige Bericht der Staatsanwaltschaft beinhaltet.« Sie fuhr sich mit beiden Händen durch die Haare. »Es ist zum Auswachsen.«
»Haben Sie schon die Recherche wegen der ähnlich gelagerten Morde der letzten Jahre durchgeführt?«
»Ich bin noch nicht ganz fertig. Das mache ich morgen zu Ende. Allerdings werden wir jetzt keine Möglichkeiten haben, mögliche Akten anzufordern. Ich kann lediglich die Liste ausdrucken,

allerdings geht nicht viel daraus hervor, solange man die Akten nicht kennt.«

»Wieso könne Sie die Unterlagen nicht anfordern?«

»Der Fall gilt als aufgeklärt, der vermeintliche Täter sitzt hinter Gittern, und die Staatsanwaltschaft hält die Ermittlungen für abgeschlossen. Wenn ich jetzt Akten anfordere, dann muss ich einen Grund, ein Aktenzeichen, angeben. Wenn ich das tue, gibt es gewaltigen Ärger, weil ich damit gegen die Anordnung der Staatsanwaltschaft verstoßen würde, und wie Sie wissen, ist die Staatsanwaltschaft noch immer Herr eines jeden Verfahrens. Martens schwimmt natürlich voll auf dieser Linie. Erinnern Sie sich an seinen Vortrag von vorhin? Gegen *schwarze Schafe* vorgehen.« Sie stieß die Atemluft zischend aus. Verachtung machte sich auf ihrem Gesicht breit.

»Sagen Sie, Julika, ist es normal, dass in einem Fall wie diesem Polizisten von anderen Dienststellen die Ermittlungen zu Ende führen?«

»Was heißt normal? Sie wissen doch, wie Martens ist. Sein heimliches Hobby sind Auftritte vor der Presse. Er will hier ganz deutlich zeigen, dass er alles tut, um die Polizei sauber zu halten. Wenn Beamte aus Diekmanns Umfeld weiter an dem Fall stricken, befürchtet er, dass die Glaubwürdigkeit der Behörde untergraben wird. Es geht hier doch um Folgendes«, Julika beugte sich vor und fuchtelte mit der Hand herum. Sie redete sich allmählich in Rage. »Martens' Posten ist ein Schleudersitz, und ihm selbst geht es um Schadensbegrenzung. Er hat Angst, dass er, wenn er sich schützend vor Diekmann stellt, seinen Posten verliert. Dabei ist ihm völlig egal, was mit dem Chef passiert. Hauptsache, Martens ist fein raus. Es wäre auch gar nicht nötig gewesen, heute die ganzen Akten zu beschlagnahmen, aber das macht sich eben gut bei der Staatsanwaltschaft und vor allen

Dingen bei der Presse. Glauben Sie mir, er wird alles tun, um die Presse von jedem seiner Schritte zu unterrichten.« Julika ließ sich nach dieser langen Rede zurücksinken und seufzte tief. »Ich fürchte, es bringt uns nicht weiter, wenn ich mich ereifere. Ich bringe die Liste mit, die Sie haben wollen, und dann überlegen wir weiter.«

Johanna nickte. »Gut. Wahrscheinlich bin ich morgen bei meinem Onkel. Ich möchte Sie bitten, auch dorthin zu kommen, so dass wir alle auf demselben Stand sind. So, und nun schlage ich vor, wir gehen zu Bett. Ich nehme mal an, dass Sie nach dem Bier nicht mehr fahren können, ich biete Ihnen daher mein Gästezimmer an. Einverstanden?«

»Wenn es Ihnen keine Umstände macht?«

»Nein, bestimmt nicht. Handtücher finden Sie im Badezimmer, und wenn Sie Kleider brauchen, sagen Sie Bescheid. Wir dürften ungefähr die gleiche Größe haben. Noch etwas, wir haben doch beide das gleiche Ziel, und ich bin die Ältere von uns beiden, richtig?«

Julika zog die Augenbrauen zusammen und sah sie fragend an.

»Dann sind wir doch so etwas wie *Schwestern im Geiste*, nicht wahr? Ich würde vorschlagen, dass wir uns duzen. Beim Vornamen nennen wir uns ja schon.«

Julika lächelte und reichte ihr die Hand. »Einverstanden.«

Johanna kam in der Nacht nicht wirklich zur Ruhe. Mehr als einmal schreckte sie aus dem Schlaf hoch, alle möglichen Gedanken schossen ihr durch den Kopf. Sie wusste, wenn Julika und sie keinen Erfolg hatten, dann wanderte Sven wahrscheinlich lebenslang hinter Gitter. Ihr Onkel war nur der Anwalt, und er hatte es verflucht schwer, denn bevor ein Polizist verhaftet wurde, musste die Beweislage mehr als eindeutig sein. Ein

Beamter als Mörder bedeutete für die Polizei in erster Linie Prestigeverlust, und die Führung betrachtete es als Angriff auf die *große, glückliche Familie*, wenn einer von ihnen in Verdacht geriet. Einen korrupten Beamten konnte man noch decken, die Beweismittel zur Not verschwinden lassen, doch bei Mordverdacht sah die ganze Sache anders aus. Da konnte man niemandem mehr den Rücken freihalten.

Martens hatte unmissverständlich klar gemacht, dass er keinen Zweifel an der Schuld seines Mitarbeiters hegte, und er hatte bei der Besprechung förmlich beleidigt ausgesehen, dass ihm jemand so etwas antat.

Dieser Schwachkopf.

Johanna verstand Svens Abneigung gegen den Leiter des Landeskriminalamtes nur zu gut.

Statt sich noch länger herumzuwälzen, quälte sie sich schließlich um fünf Uhr morgens aus dem Bett. Das Rumoren aus der Küche zeigte ihr, dass es Julika nicht besser ging.

»Habe ich dich geweckt?« Julika sah sie an. Sie war vom Schlaf verquollen, und ihre Haare waren verwuschelt. Sie trug einen von Johannas Schlafanzügen und war gerade dabei, die Kaffeemaschine in Gang zu setzen.

»Ich dachte, mit Tee und Kakao kommen wir heute Morgen nicht weit, und habe daher beschlossen, dass wir auf härtere Sachen umsteigen.«

»Das war eine großartige Entscheidung.« Johanna gähnte und ließ sich auf einen Küchenstuhl plumpsen. Sie stützte den Kopf in beide Hände und versuchte wach zu werden, denn eigentlich war sie hundemüde.

»Ich habe kaum geschlafen und eben beschlossen aufzustehen. Tausend Sachen sind mir heute Nacht durch den Kopf gegangen.«

Julika setzte sich ihr gegenüber. »Bei mir war es genauso. Egal wie, wir müssen was finden, sonst kommt Diekmann aus der ganzen Sache nicht mehr heil heraus.«

»Was machst du gleich?«

»Ich werde erst einmal ins Büro fahren und die Liste über ähnlich gelagerte Mordfälle zu Ende recherchieren. Dann werde ich mich für den heutigen Tag krank melden. Nachher gehen wir die Liste durch und überlegen, wie wir weiter verfahren. Verdammt.« Julika schlug mit der Faust auf den Tisch. »Wenn wir das eher gemacht hätten, wäre es vielleicht gar nicht so weit gekommen.«

Johanna sah sie an. »Was meinst du?«

»Ich habe Diekmann schon vor einiger Zeit gefragt, ob es nicht besser wäre, auch nach alten Fällen zu forschen. Er hat es abgelehnt, weil er meinte, er habe keine Zeit und es sei wichtiger, sich auf die heißen Spuren zu konzentrieren. Er kann so ein Sturkopf sein.«

Johanna stand auf und nahm die Kaffeekanne aus der Maschine. »Ich auch. Du weißt doch, wie er ist. Er hatte sich förmlich in die Idee verrannt, dass der Täter nur eine falsche Spur legen wollte. Er war für kein Argument zugänglich.« Sie seufzte. »Ich habe das am eigenen Leib erfahren müssen. Mir hört er schließlich oftmals nicht einmal richtig zu.«

»Da wäre noch etwas.« Julikas Stimme nahm einen zögerlichen Unterton an.

»Und das wäre?«

»Herr Diekmann wollte noch einmal mit dem ehemaligen Zuhälter von Monika Lang reden, um ihn wegen des Streits, den er mit ihr gehabt hat, zu befragen. Pohlmann hatte sich geweigert, einen Durchsuchungsbeschluss zu beantragen, so dass der Chef da nicht weitergekommen ist. Ich darf die Befragung nicht

durchführen. Du weißt, wenn ich weiterermittle, komme ich in Teufels Küche. Was hältst du davon, wenn du es machst?«
Johanna riss vor Erstaunen die Augen weit auf. »Ich?«
»Dir kann keiner etwas. Du bist die Psychologin. Du unterstehst diesem Schwachkopf Martens nicht und bist somit vollkommen frei in deinen Entscheidungen. Zur Not könntest du doch erzählen, dass du die Opferprofile vervollständigen wolltest und noch ein paar Angaben gebraucht hast oder so ähnlich.«
»Ich weiß nicht recht ...« Johanna zweifelte, ob sie dieser Aufgabe gewachsen war. Sie hatte zwar mit Diekmann zusammen an zahlreichen Vernehmungen teilgenommen, aber allein so eine Befragung durchzuführen, traute sie sich nicht zu.
»Komm schon. Diekmann braucht alle Hilfe, die er bekommen kann. Bitte.«
Johanna dachte einen Moment nach. Julika hatte zwar Recht, sie mussten jetzt alle Register ziehen, aber die Sache hatte Grenzen.
»Nein. Das kommt gar nicht infrage.«
»Johanna, bitte, wer soll es denn sonst tun?«
»Julika, ich bitte dich. Ich bin hundertprozentig sicher, dass Hartmann mit der ganzen Sache nichts zu tun hat. Wenn ich da auftauche, kann mich der Mann ganz böse auflaufen lassen. Er muss mir nichts sagen, und ich habe keinerlei Befugnis. Vergiss es bitte wieder ganz schnell, ja? Wir werden einen anderen Weg finden.«
Julika nickt und nahm sich einen Becher. »Ja, vielleicht ist es besser so.«

Mitunter hatte Martin das Gefühl, sein ganzes Leben lang nur an die falschen Menschen geraten zu sein.
Sein Vater hatte ihn noch vor seiner Geburt verlassen, seine

Mutter war gestorben, ehe er erwachsen war, und hatte ihn in der Obhut von Menschen zurückgelassen, die an ihrem eigenen Versagen zu ersticken drohten.

Und jetzt Diekmann.

Er war sein Mentor gewesen. Ein Mann, von dem er viel gelernt und der ihm eine Menge geben konnte. Und nun saß Martin hier und Diekmann im Knast.

Zu viel war schief gelaufen, wie schon so oft, und alles was übrig blieb, war die Enttäuschung tief in seinem Herzen.

Ja, Martin fühlte sich verraten.

Hier, in seinem Büro, kam er sich plötzlich unendlich einsam vor. Die Stimmen, die vom Flur her an sein Ohr drangen, wirkten Lichtjahre entfernt, und er schien allein zu sein in diesem Gebäude, ja, vielleicht sogar allein im Universum. Genau genommen, war er das ja auch.

Alle ignorierten ihn, ohne Ausnahme. In ihren Augen hatte er eine Todsünde begangen. Er hatte einen der Ihren ans Messer geliefert. Dabei war es völlig egal, ob derjenige schuldig war oder nicht, man duldete nun mal keine Nestbeschmutzer.

Er war ein Nestbeschmutzer.

Dabei hatte er es doch nicht gerne getan, und er litt so sehr, doch das interessierte wirklich niemanden. Er hatte Julika erlebt. Zunächst in ihrer Wut, aber dann hatte sie versucht, fair zu sein. Das war mehr, als er von den meisten hier erwarten konnte. Alle hassten ihn, und an dem Blick dieser Psychologin hatte er erkannt, dass auch sie ihn verachtete.

Gerade sie hatte es nötig. Ohne sie wäre es gar nicht erst so weit gekommen. Hätte Diekmann nicht unter dem Einfluss dieser Frau gestanden, wäre alles gut gegangen, aber nun?

Martin war dafür verantwortlich, dass Diekmann im Gefängnis

saß, und er hätte viel darum gegeben, wenn es anders gelaufen wäre. Dabei hatte er es sich nicht aussuchen können, oder?
Es hatte nur diese eine Möglichkeit gegeben.
Den Gang zum Staatsanwalt.

Er fragte sich, ob es wohl etwas anderes gewesen wäre, wenn er im Sommer in Untersuchungshaft gekommen wäre, vielleicht hätte es ihm dann mehr ausgemacht. Allerdings war der Gedanke so absurd, dass er darüber lachen musste.
Wie sein Anwalt ihm versprochen hatte, brachten sie ihn in einem Streifenwagen ins Untersuchungsgefängnis, in einer Nacht-und-Nebel-Aktion. Er war unzählige Male dort gewesen, in diesem alten roten Backsteingebäude am Holstenglacis. So manches Mal hatte er an den Zellenfenstern hochgesehen. Einige Häftlinge hatten etwas auf den schmalen Sims vor ihrem Fenster gestellt, meist, um es kühl zu halten. Andere hatten einfach hinausgeschaut und irgendetwas gerufen. Er erinnerte sich an die Schilder, die draußen an der Wand befestigt waren. Darauf stand, es sei unter Strafe verboten, mit den Häftlingen auf diesem Weg Kontakt aufzunehmen. Soweit ihm bekannt war, stammten diese Schilder aus den dreißiger Jahren.
Schneeregen hatte sich auf der Scheibe des Fahrzeuges gesammelt, und der Scheibenwischer hatte ihn in Intervallen zur Seite gewischt. Dort hielt er sich noch einen Moment, bis er wegschmolz und nichts anderes als Wasser hinterließ. Der Scheibenwischer war defekt, denn an einer Stelle hinterließ er Schlieren, die bei jedem Wischvorgang exakt nachgezeichnet wurden.
Die Kollegen hatten die Heizung im Wagen voll aufgedreht, und während der Fahrt sprach niemand ein Wort. Dafür war die Lüftung einfach zu laut.

Er war dankbar dafür, dass die Beamten ihn ignorierten. Er hätte nicht gewusst, was er mit ihnen hätte reden sollen, ohne sie in Verlegenheit zu bringen.
Die Aufnahmeprozedur ließ er wie eine Marionette über sich ergehen. Dann wollte er nur noch eines: allein sein.
Schließlich war er allein. In einer Zelle, die den Ansprüchen von Amnesty International entsprach. Ihm fiel ein Zeitungsbericht ein, dem zufolge die meisten Kinderzimmer kleiner waren, als AI für die Zellen vorschrieb.
Er sah sich um. Über den humanen Strafvollzug zu diskutieren und ihn am eigenen Leib zu erleben waren zwei verschiedene Paar Schuhe. Ein schmales Bett, ein Tisch, ein Stuhl, ein Schrank. Eine kleine Tür trennte die Toilette ab. Alles auf einer Fläche, die man mit drei Schritten durchqueren konnte. Er ließ sich langsam auf sein neues Bett sinken und versuchte, durch das kleine vergitterte Fenster den Himmel zu betrachten. Ihm fielen die Schilder wieder ein. *Es ist verboten, Kontakt mit den Häftlingen aufzunehmen.* Viel war draußen nicht zu sehen. Nur der schwarze Himmel, an dem kein Stern zu erkennen war.
Ihm war aufgefallen, dass im Gefängnisflur ein überdimensionaler Adventskranz an der Decke hing, und er fragte sich unwillkürlich, wie seine künftigen Weihnachtsfeste wohl aussehen mochten. Nach allem, was der Staatsanwalt ihm eröffnet hatte, durfte er für den Rest seines Lebens Adventskränze nur noch im Knast bewundern. Wahrscheinlich verblasste irgendwann die Erinnerung an das Weihnachten *draußen,* und das Gefängnis schrumpfte zu einem Mikrokosmos zusammen, in dem ein Leben außerhalb der gesteckten Grenzen nicht mehr denkbar war.
Vor genau vierundzwanzig Stunden war er noch nichts ahnend

zu Hause gewesen, Johanna war bei ihm, und er hatte eines seiner wichtigsten Prinzipien über Bord geworfen.
Er hatte gehört, wie sie in der Nacht leise aufgestanden war und die Wohnung verlassen hatte. Einerseits hatte er sie bitten wollen zu bleiben, andererseits war er froh gewesen, dass sie ging. Der Gedanke, ihr am Morgen gegenüberzusitzen und keine Erklärung zu finden für das, was geschehen war, hatte ihm förmlich den Hals zugeschnürt. Er glaubte auf einmal, ihre Haut zu spüren und den Duft ihrer Haare einzuatmen. Unwillkürlich sog er die Luft durch die Nase ein. Was Affären betraf, hatte er die vergangenen Jahre immer den Weg des geringsten Widerstandes eingeschlagen. Er hatte sich jedes Mal Frauen ausgesucht, die mit Sicherheit keine feste Beziehung wollten. Davon hatte er sich im Voraus stets überzeugt, sei es, dass sie in einer festen Beziehung steckten oder einfach nur Sex wollten. Dieses Mal hatte er etwas getan, was er eigentlich nicht mehr wollte, nämlich sich Hals über Kopf in eine Geschichte zu stürzen, die total aus dem Ruder laufen konnte. Er hatte sich gefürchtet vor dem Moment, in dem er sie im Büro wiedersah, aber schließlich waren die aktuellen Ereignisse mehr als genug Ablenkung, so dass er sich durch seine Verhaftung nicht mehr mit Johanna wegen der vergangenen Nacht auseinander zu setzen brauchte.
Unwillkürlich fielen ihm seine Exfrau und seine Tochter ein. Was hätte seine Frau gesagt? Hätte ihre Loyalität zu Zeiten ihrer Ehe ausgereicht, um zu ihm zu halten? Wie wäre es seiner Tochter ergangen, die in Schule und Kindergarten als Kind eines Häftlings, als Kind eines Mörders, beschuldigt worden wäre? Hätte es die Familie zusammengeschweißt, oder hätte es eine Trennung nur beschleunigt? Plötzlich sehnte er sich nach dem Gefühl, *draußen* jemanden zu haben, der an ihn glaubte.

Er rieb sich mit beiden Händen fest übers Gesicht, als könne er damit die lästigen Gedanken wegwischen. Es gab wichtigere Dinge, mit denen er sich beschäftigen musste.

Er wandte den Blick vom Fenster ab und konzentrierte sich auf seine Umgebung. Die Geräusche, die er hörte, waren ihm fremd, und sie machten ihm zwar nicht Angst, aber sie verursachten dennoch Unbehagen. Schlüsselgeklapper, das Zuschlagen der schweren Eisentüren. Von irgendwo drang schrilles Gelächter an sein Ohr, und er glaubte auch das Zischen von verhaltenen Stimmen zu vernehmen.

Wahrscheinlich hatte sich die Neuigkeit seiner Einlieferung bereits wie ein Lauffeuer verbreitet. Vermutlich wusste jeder Gefangene mittlerweile, dass hier ein Bulle saß, und diejenigen, die ihn kannten, freuten sich mit Sicherheit auf den nächsten gemeinsamen Duschgang.

Einzelhaft, hatte sein Anwalt gesagt und nach allem, was ihm die Wärter mitgeteilt hatten, war er auch in Einzelhaft gekommen. Nicht nur, dass er eine Zelle für sich allein hatte, die beiden angrenzenden waren tatsächlich leer. Keine Ahnung, wie sie das bewerkstelligt hatten, denn das Gebäude war restlos überfüllt, aber Herr Jensen hatte es geschafft. Seinen Hofgang würde er machen, wenn die anderen eingeschlossen waren, und duschen würde er ebenfalls allein. Nur mit einem Wärter als Bewachung.

Zwar war das Ganze beruhigend, doch er wusste, was Einzelhaft auch bedeutete. Isolation, Einsamkeit und außer dem Radio konnte man nur seiner eigenen Stimme lauschen. Die Schließer waren sehr freundlich gewesen. Natürlich wussten sie, wer er war, aber wenn sie ihn für schuldig hielten, dann zeigten sie es ihm nicht. Das Personal bekam vor der Einweisung eines Neuzuganges immer die Akte. Einige Wärter lasen sie nicht, um sich nicht beeinflussen zu lassen, doch ein Großteil wollte darüber informiert sein, mit wem sie sich künftig herumzuärgern hatten. In seinem Fall, da war er sich sicher, hatte jeder gelesen, was drinstand.

Hatte er als Polizist nicht nur mit Straftätern, sondern auch mit unbescholtenen Bürgern zu tun, so sah das Ganze für einen Beamten einer Justizvollzugsanstalt anders aus. Hier kamen nur diejenigen hin, deren Schuld einigermaßen sicher war. So wie in seinem Fall. Wo Indizien allein ausreichten, einen Menschen zum Häftling zu degradieren, noch bevor das Gericht über sein weiteres Schicksal entschied. Das Personal in solchen Anstalten war mehr oder minder abgestumpft. Die Mienen ausdruckslos, ohne jegliches Mitleid. Dafür hatten sie einfach zu viel gesehen, aber einige der Wärter, denen er heute begegnet war, hatten ihm zugelächelt, und er glaubte das eine oder andere Mal so etwas wie ein verschwörerisches Zwinkern erkannt zu haben. Vielleicht waren sie der Meinung, dass er der Gerechtigkeit etwas nachgeholfen habe, schließlich waren nur Menschen zu Tode gekommen, die ihrer Meinung nach früher oder später sowieso hier gelandet wären. Er lächelte grimmig. Ja, einige würden es wahrscheinlich wirklich so sehen.

Er legte sich hin und verschränkte die Arme hinter dem Kopf. Das Geräusch des prasselnden Regens verscheuchte seine Gedanken und nistete sich ein, bis der Rhythmus beruhigend und einschläfernd wirkte.

Er schloss die Augen.

Niemals hätte er gedacht, dass er sich einmal so nach einem Spaziergang im Regen sehnen könnte.

»Ich sage es Ihnen gleich: Es wird nicht einfach werden.«

Jensen sah seinem neuen Klienten ins Gesicht. Bisher hatte er sich nur ein sehr vages Bild von ihm machen können, aber er war sich sicher, keinen Mörder vor sich zu haben. Es waren die Augen. Sie waren nicht so verschlagen wie bei einer Person, die zu allem bereit war und der ein Menschenleben nichts bedeutete. In Diekmanns Gesicht spiegelten sich Offenheit, Verwirrtheit und vor allem Müdigkeit wider. Oft konnte er beobachten, dass die Menschen im Knast einfach nur müde waren, sich mitunter nichts sehnlicher wünschten, als endlich in die Abgeschiedenheit ihrer Zelle zurückzukehren. Jensen konnte es ihnen nicht verdenken.

Er saß hier in einem zellenähnlichen kleinen Raum im Besucherzentrum des Untersuchungsgefängnisses. Gerade groß genug, dass ein Tisch und zwei Stühle hineinpassten, saßen er und Diekmann sich fast Nase an Nase gegenüber. Aber zumindest waren sie ungestört. Der Wärter hockte draußen vor der Tür, und Kameras waren hier verboten. Selbst wenn die Gespräche, was nicht erlaubt war, abgehört wurden, so hatten sie vor Gericht keinerlei Beweiskraft, ja, sie durften noch nicht einmal als Beweise vorgelegt werden.

Diekmann trug seine private Kleidung. Jensen hatte sie ihm durch einen seiner Mitarbeiter noch gestern Abend bringen lassen. Dieser Mann hier sah blass und krank aus. Vielleicht lag das aber auch nur an dem grünlich schimmernden kalten Licht, das die Neonröhren verbreiteten.

Das Besucherzentrum war zum Teil unterirdisch gebaut. Die Leute, die hier arbeiteten, sahen während ihrer ganzen Schicht nicht einen Strahl Sonnenlicht. Eine bedrückende Umgebung, die dafür sorgte, dass niemand mehr sagte als unbedingt nötig. Hier gab es kein Lachen, mitunter Tränen, aber das war auch schon alles, was diese Umgebung an Emotionen zuließ. Selbst Jensen, der sich mittlerweile an diese Umgebung hätte gewöhnen müssen, konnte ein Frösteln nicht unterdrücken.

Diekmann hatte das Gesicht in die Hände gestützt und reagierte nicht. Er hatte die Augen geschlossen und schien in Gedanken weit weg zu sein.
Jensen versuchte es noch einmal. »Haben Sie eine Ahnung, wie der Täter an Ihre Waffe gekommen sein könnte? Woher haben Sie die überhaupt?«
Für einen Moment dachte er, der Polizist hätte ihn wieder nicht gehört, und wollte die Frage schon wiederholen, als langsam Bewegung in sein Gegenüber kam. Dieser rieb sich noch einmal kräftig übers Gesicht und hob dann den Blick. Durch das Reiben hatten seine Wangen einen fast gesunden rosigen Schimmer angenommen, aber an den Augen konnte Jensen sehen, dass der Mann nicht viel geschlafen hatte.
»Ich habe keine Ahnung, wie meine Waffe in Tatortnähe gelangt ist. Ich habe die Pistole von meinem Großvater geerbt. Der war im Ersten Weltkrieg Offizier und hat sie meinem Vater gegeben, der sie wiederum an mich weitergereicht hat. Ich habe sie als Andenken behalten und auf meinen Namen angemeldet, damit alles seine Richtigkeit hat. Ich wünschte, ich hätte es niemals getan.« Den letzten Satz sprach er mehr zu sich selbst.
»Wo haben Sie die Waffe aufbewahrt?«
»In meiner Wohnung, eingeschlossen in meinem Schreibtisch.«
»Ganz schön leichtsinnig.«
»Das Fach in meinem Schreibtisch ist mehr ein kleiner Safe. Ebenfalls ein Erbstück meines Großvaters.« Während der ganzen Zeit hatte Diekmann ihn nicht angesehen. Er betrachtete seine Fingernägel, als ob er überlegte, wann die nächste Maniküre fällig sei. Jensen war klar, dass er das unbewusst tat. Es war mehr ein Ausdruck von Fassungslosigkeit darüber, nicht zu wissen, wie er in eine solche Lage hatte kommen können.
»Wurde in Ihre Wohnung in letzter Zeit eingebrochen?«

Sven schüttelte den Kopf. »Nein. Bei mir wurde noch nie eingebrochen.« Er sprach gedehnt. Jensen hakte nach.

»Aber?«

»Kürzlich war jemand in meiner Wohnung. Das weiß ich genau. Ich hatte meinen Schlüssel verlegt, das habe ich jedenfalls zunächst gedacht, aber dann bin ich nach Hause gekommen, und mein Schlüssel hat auf dem Tisch gelegen. Ich bin sicher, jemand ist in meiner Wohnung gewesen.«

Jensen machte sich ein paar Notizen. Vielleicht konnte Johanna ihm mehr über diese Sache mitteilen.

»Wer wusste, dass Sie diese Waffe besitzen?«

Sven zuckte mit den Schultern. »Ich habe keine Ahnung, ob und wann ich es mal erwähnt habe. Genau genommen hatte ich die Waffe schon fast vergessen.«

»Was ist mit den Zetteln, mit diesen Botschaften, die Sie bekommen haben?«

Erst jetzt hob Diekmann den Kopf. »Was soll damit sein?« Seine Stimme klang eine Spur aggressiv. Er hatte die Augenbrauen zusammengezogen und starrte seinen Anwalt misstrauisch an. Jensen fragte sich, ob seine Nichte wohl ein Verhältnis mit diesem Mann hatte.

»Sie haben die Botschaften erst zu einem sehr späten Zeitpunkt zu den Akten gelegt.«

»Als ich die erste Nachricht erhalten habe, habe ich nicht gewusst, dass ein Mord auf dem Fuße folgen würde. Ich habe es für den Werbegag einer Sekte oder so ähnlich gehalten. Erst bei der zweiten Botschaft bin ich stutzig geworden, und bei der dritten wurde es, zumindest für mich, zur Gewissheit, dass diese Zettel im Zusammenhang mit den Morden stehen. Aber das habe ich alles in einem Bericht kommentiert.« Er konnte nur mit Mühe seine Geduld bewahren.

»Das weiß ich, aber für die Vernehmung möchte ich gerüstet sein, und auf keinen Fall will ich eine Überraschung erleben. Was ist mit den Souvenirs, die der Mörder Ihnen zugeschickt hat? War da noch etwas bei? Eine Mitteilung? Irgendetwas?«

»Nein«, mittlerweile klang Svens Stimme völlig genervt, »das steht alles in meinem Bericht.«

»Haben Sie eine Erklärung dafür, dass jemand die Botschaften und die entwendeten Gegenstände der Getöteten zu Ihnen nach Hause und nicht an die Dienststelle geschickt hat?«

»Nein!« Diekmann breitete die Arme aus, als wolle er gleich in die Hände klatschen. »Glauben Sie denn, ich wäre so blöd, mir das alles selbst zuzuschicken, wenn ich der Mörder wäre?«

»Ich glaube das bestimmt nicht, aber es gibt durchaus Personen, die das tun. Und die sind im Moment entscheidend.«

Diekmanns kurzes Lachen klang rau. »Sie sind wirklich der Onkel Ihrer Nichte.«

»Bitte?« Jensen sah erstaunt auf. Was hatte Johanna denn jetzt damit zu tun?

»Johanna ist auch nicht gerade zartfühlend.«

»Ich ziehe es nur vor, nicht lange um den heißen Brei herumzureden, sondern komme gerne auf den Punkt. Wie ich schon sagte, wir haben ein echtes Problem.«

»Wir?«

»Sie sind mein Mandant, und somit ist *Ihr* Problem auch *mein* Problem.« Jensen blickte seinen Mandanten freundlich an. Er wusste, was in diesem Mann vorging und wie hilflos er sich fühlte. Jensen konnte nichts anderes tun, als zumindest einen Funken Zuversicht durch seine ruhige und bedachte Art zu vermitteln. Bisher war es ihm noch immer geglückt. So auch dieses Mal.

Diekmann wirkte erleichtert. »Sie meinen, geteiltes Leid ist halbes Leid?«
Jensen nickte. »So ungefähr.«

Der feine Eisregen, der eingesetzt hatte, stach ihr wie kleine Nadeln ins Gesicht, und sie spürte, wie sich ihre Wangen röteten. Die Wolken jagten über sie hinweg, als hätten sie Angst, zu einer Verabredung zu spät zu kommen. Johanna prüfte zögernd mit der Schuhspitze den Boden, um zu sehen, wie glatt es war. Es war nicht so schlimm wie befürchtet, und vorsichtig machte sie sich auf den Weg zu ihrem Wagen. Aus Richtung der Straße drangen zuckende rötlich gelbe Lichter zu ihr herüber, die zeigten, dass der Streudienst der Stadt schon unterwegs war, um der Straßenglätte schnell Herr zu werden. Trotz allem würde es diverse Unfälle geben. Johanna wusste aus eigener Erfahrung, dass der Hamburger Autofahrer mit jeglicher Art von Wetterumschwung hoffnungslos überfordert war. Eisregen im Winter fiel für den normalen Hanseaten eindeutig in diese Kategorie.
Johanna kam leicht schliddernd an ihrem Wagen zum Stehen. Der Schlüssel ließ sich nur mühsam in das Schloss stecken. Ein paar Minuten später, und das Schloss wäre komplett zugefroren gewesen. Sie stieg ein, seufzte erleichtert, und sofort beschlugen die Scheiben. Sie konnte ihren Atem sehen, wie er sich in einer kleinen Wolke von ihr wegbewegte, bis er sich schließlich auflöste.
Bevor sie losfuhr, nahm sie ihr Handy aus der Tasche und tippte Julikas Nummer. Die Polizistin nahm sofort ab.
»Julika, hier ist Johanna. Ich bin auf dem Weg zu meinem Onkel in der Kanzlei. Kommst du auch?«
»Ich habe hier noch etwas zu tun, beeile mich aber. Wo ist die Kanzlei?«

»In der Eppendorfer Landstraße. Keine fünf Minuten vom Präsidium. Warte, die Nummer kann ich mir nicht merken, aber neben dem Eingang ist ein Schuhladen. Das müsste Ecke Kümmelstraße sein.«

»Kein Problem, das finde ich. Bis dann.«

Johanna verstaute ihr Telefon wieder in der Tasche und rieb sich die Hände, um warm zu werden. Der Weg über den Parkplatz zur Straße war eine einzige Rutschpartie, und wenn sie gehofft hatte, dass wenigstens die Straßen frei waren, dann hatte sie sich gründlich getäuscht.

Zumindest schien die Hamburger Verwaltung endlich schlau zu werden. In der Entfernung sah sie Streufahrzeuge, die Salz einsetzten. Noch bis vor ein paar Jahren hatten sie ausschließlich Granulat verwendet, das die Eigenschaft hatte, sofort zu überfrieren und das Aussehen kleiner schwarzer Pocken anzunehmen. Außerdem hatte es die ganze Sache nur noch schlimmer gemacht. Rutschend ordnete sie sich in die Fahrspur ein, die eine verblüffende Ähnlichkeit mit einer Langlaufloipe hatte, und fuhr zur Kanzlei ihres Onkels.

Johanna stellte sich auf einen gebührenpflichtigen Parkplatz, für den ein geradezu horrender Betrag zu berappen war, und hoffte, dass sie, wenn die Parkzeit überschritten war, nicht einem übereifrigen Polizisten zum Opfer fiel, der sie abschleppen ließ.

Im Haus angekommen, packte sie ein plötzlicher sportlicher Ehrgeiz, und sie entschied sich gegen den Fahrstuhl, um in den dritten Stock zu gelangen. Eigentlich war sie von Haus aus ein Bewegungsmuffel, deshalb hatte sie jetzt auch das Gefühl, sich für die nächsten Olympischen Spiele qualifiziert zu haben. Wieder einmal nahm sie sich vor, in Zukunft etwas mehr Sport zu treiben. Vielleicht im nächsten Jahr? Die Entscheidung hierüber

verschob sie allerdings lieber auf unbestimmte Zeit, da ihr gerade einfiel, dass das nächste Jahr unmittelbar vor der Tür stand.
Johanna drückte auf den Klingelknopf. Ihr Atem ging immer noch ein wenig unregelmäßig, und sie holte ein paarmal tief Luft, um die beklemmende Enge in ihrer Brust loszuwerden. Sie fühlte sich wie ein Kettenraucher.
Hinter einem Schreibtisch nahe der Glaseingangstür erschien kurz der Kopf von Frau Wagner, die sehen wollte, wer klingelte. Als sie Johanna erkannte, lächelte sie und drückte den Summer. Die Psychologin drückte auf und wurde von einer »Ruhe der Gelehrsamkeit«, wie ihr Vater es immer nannte, umfangen. Nur gedämpft klangen die Stimmen aus den einzelnen Büros, die sich über das ganze Stockwerk verteilten. Ihr Onkel hatte vor mehr als dreißig Jahren zusammen mit einem Partner und einer Sekretärin angefangen. Heute hatte er so viele Mitarbeiter, dass er sich wahrscheinlich nicht einmal mehr alle ihre Namen merken konnte.
Der Teppich dämpfte Johannas Schritte, als sie auf Frau Wagner zuging. Diese winkte sie sofort zum Büro ihres Onkels. »Gehen Sie ruhig rein. Er hat mich heute bestimmt schon hundert Mal gefragt, ob Sie angerufen haben. Als hätte ich ihm da nicht gleich Bescheid gegeben.«
»Danke, Frau Wagner.« Sie lächelte der älteren Frau freundlich zu. Seit sie die rechte Hand ihres Onkels kannte, und das war schon fast ein ganzes Leben, hatte diese sich kaum verändert. Noch immer trug sie das dunkle, mittlerweile ergraute, schulterlange Haar mit einer neckischen Außenrolle, und die Kleider mit den gedeckten Farben und den dezenten kleinen Blumen waren nach wie vor wadenlang. Sie hatte Frau Wagner nie mit Pumps oder Make-up gesehen, und sie hatte sie auch nie mit

schlechter Laune erlebt. Eine gutherzige Frau, die allerdings ihren Chef mit ihrem Leben verteidigt hätte, wenn es nötig gewesen wäre. Sie war ausgesprochen verschwiegen und diskret. Das ging sogar so weit, dass sie niemandem auch nur verriet, wie ihr Chef seinen Kaffee trank.

»Wissen Sie, wie es im Gefängnis gelaufen ist?« Blöde Frage. Kaum ausgesprochen, war Johanna klar, dass sie auf diese Frage keine Antwort erhalten würde.

Frau Wagner zuckte nur mit den Schultern. »Wir haben noch nicht miteinander sprechen können.«

Natürlich nicht.

Noch mit einem Schmunzeln auf den Lippen betrat sie das Büro ihres Onkels.

Winfried Jensen sah von seinem Schreibtisch hoch, und als er sie erkannte, stand er auf und kam auf sie zu. Ein großer schwarzer Schatten war allerdings schneller als er. Ein Schäferhund stand schwanzwedelnd vor ihr und sah hechelnd zu ihr auf.

»Asko, Platz.« Der liebevolle Ton ihres Onkels strafte seine strengen Worte Lügen. Der Hund seinerseits leckte die Hand seines Herren.

»Entschuldige, Liebes, aber irgendwie lässt sich dieses Tier nicht erziehen.«

Johanna musterte den Hund. »Asko? Als ich ihn das letzte Mal gesehen habe, war er alt und hatte schon eine graue Schnauze. Du sagtest, du müsstest ihn wahrscheinlich einschläfern lassen.«

Er zwinkerte seiner Nichte zu. »Wie lange kennst du mich?«

»Mein ganzes Leben.«

Jensen nickte. »Ganz genau. Dann müsstest du auch wissen, dass alle meine Hunde Asko heißen. Das hier ist Asko Nummer vier. Er ist ein dreiviertel Jahre alt.«

»Eine Unsitte, wenn du mich fragst.«
»Was? Dass alle meine Hunde *Asko* heißen?«
»Warum machst du das?«
»Ich könnte mich nur schwer jedes Mal an einen anderen Namen gewöhnen, und auch wenn mich manche für verrückt halten, aber hast du nicht auch mal gesagt, dass ein junger unschuldiger Hund psychischen Schaden nehmen könnte, wenn ich ihn ständig mit einem *Bello* oder *Hasso* verwechsle? So passiert das jedenfalls nicht.« Er schmunzelte verschmitzt.
»Weißt du eigentlich, wie lange du nicht mehr hier warst?« Er drückte ihr einen Kuss auf die Wange.
»Eine Ewigkeit nicht mehr.«
»Länger. Und weißt du, wie lange du uns nicht mehr besucht hast? Es muss ein Jahr her sein. So ungefähr. Deine Tante Vera würde dich schon nicht mehr auf der Straße erkennen.«
»Tut mir Leid. Ich mache das wieder gut.« Sie bedauerte es wirklich, denn sie mochte ihren Onkel und dessen Familie sehr. Nach dem Tod ihres Vaters war ihr das Haus ihres Onkels immer wie eine Zuflucht erschienen. Es war eine lustige Familie, in der es, soweit sie wusste, nie Streit gab. Ihre Tante war eine hübsche und liebevolle, aber wenn es nötig war auch resolute Frau, und ihre Cousine und ihre drei Cousins waren seinerzeit ihre besten Freunde gewesen. Tante Vera hatte, für Johannas damalige kindliche Begriffe, die beste Linsensuppe der Welt gekocht, und wenn sie jetzt an ihre Tante dachte, stieg ihr unwillkürlich der leichte Vanilleduft ihres Shampoos wieder in die Nase.
Ihr Onkel holte sie zurück aus ihren Erinnerungen. »Setz dich, Kind.«
»Ich warte noch auf jemanden, Onkel Winnie. Eine Mitarbeiterin von Diekmann, die ebenfalls von seiner Unschuld überzeugt

ist. Sie besorgt noch etwas und kommt dann hierher. Sie müsste eigentlich bald hier sein.«

»Schön, dann warten wir noch einen Moment, sonst muss ich alles zweimal erzählen. Ich habe Kuchen hier, von deiner Tante. Willst du ein Stück?«

Sie sah ihn forschend an. Irgendetwas stimmte nicht mit seinem Gesicht.

Der Hund hatte sich mittlerweile wieder zu seinem mit einer Decke ausgelegten Platz getrollt.

»Gern. Schokoladenkuchen?«

»Ja, den kann sie am besten. Genau genommen ist das der einzige Kuchen, der ihr wirklich gelingt.« Wie auf ein Stichwort erschien Frau Wagner leise in der Tür und stellte ein Tablett mit Tassen, Thermoskanne und Kuchentellern ab. Sie verschwand ebenso leise, wie sie gekommen war.

»Wie geht es deiner Mutter?« Winfried Jensen beugte sich vor und schenkte den Kaffee ein. Johanna kannte das Gebräu von Frau Wagner. Nach nur einer Tasse würde sie wahrscheinlich die ganze Nacht nicht mehr schlafen können.

»Woher soll ich das wissen?« Johanna reagierte ausgesprochen patzig.

Ihr Onkel zog fragend die Augenbrauen hoch.

»Mutter ist auf Mallorca. Sie hat sich dort den Winter über eingenistet.«

»Schreibt sie dir denn nicht?«

»Doch, aber ich werfe ihre Postkarten ungelesen in den Müll.« Johanna stand wieder auf und ging ans Fenster. Der Blick war alles andere als berauschend. Man sah auf einen Hinterhof, den ein italienisches Restaurant zu einem Biergarten umgestaltet hatte. Jetzt im Winter waren die zusammengestellten Tische und Stühle unter Planen versteckt, und das Ganze machte einen trostlosen Eindruck. Der Eisregen hatte aufgehört, und wie es schien, ließ sich die Sonne blicken. Es war windig geworden, und das undefinierbare Gestrüpp, das im Sommer dem Biergarten einen leicht verwilderten Anstrich geben sollte, bog sich in alle Richtungen. Als Kind hatte sie sich immer Gedanken darüber gemacht, ob Blumen auch froren.

»Setz dich wieder und trink deinen Kaffee.«

»Nein, danke. Ich bin ohnehin viel zu unruhig.« Sie drehte sich um und lehnte sich gegen die Fensterbank. Sie spürte einen leichten Luftzug, als ob der Fensterrahmen nicht ganz abgedichtet wäre.

»Ich weiß, dass du nervös bist, aber du änderst nichts an der Situation, wenn du wie ein aufgescheuchtes Huhn herumläufst. Erzähl mir lieber etwas, zum Beispiel, ob du mit diesem Diekmann ein Verhältnis hast.« Winfried Jensen sah ihr unschuldig ins Gesicht.

Johanna war wie vom Donner gerührt. Das hatte ihr an ihrem Onkel immer gefallen. Er nannte die Dinge beim Namen, er verabscheute jegliche Verzögerung und erfasste schnell. Aber mitunter trat er damit gehörig ins Fettnäpfchen. Auf einmal konnte sie ihre Mutter im Ansatz verstehen, warum sie sich vor ihrem Schwager, besser gesagt vor seiner zuweilen spitzen Zunge, immer ein wenig gefürchtet hatte.

»Onkel Winfried.«

Er nickte befriedigt. »Also ja.«

»Was soll das? Wie kommst du darauf? Ich kenne ihn doch gar nicht. Hin und wieder arbeiten wir zusammen.«

Er riss die Augen weit auf, wie ein kleines Kind, das Unschuld heuchelt. »Was hat denn das eine mit dem anderen zu tun, he? Und jetzt setz dich endlich.«

Trotzig ließ sie sich auf den Stuhl fallen. Sie sah zu, wie ihr

Onkel für sie beide je ein Stück Kuchen abschnitt und auf die Teller verteilte. Das gab ihr ein wenig Zeit, ihn näher zu betrachten. Er war nie besonders eitel gewesen, aber heute hatte er sich selbst übertroffen. Er trug einen dreiteiligen silbergrauen Anzug, der mit Sicherheit sehr teuer gewesen war. Ein Zeichen dafür, dass er ihn sich nicht selbst erstanden hatte, sondern dass Tante Vera mit den Maßen ihres Mannes zu einem exklusiven Herrenausstatter gegangen war. Er wäre niemals auf die Idee gekommen, sich etwas Neues zu kaufen. Für solche Äußerlichkeiten hatte er noch nie viel übrig gehabt, und genau genommen mangelte es ihm auch an dem entsprechenden Geschmack. Wäre es nach ihm gegangen, hätte es auch die alten Arbeitshose aus dem Garten getan. Trotz seines teuren Anzuges sah er bemitleidenswert aus. Er trug zu seiner Weste ein kurzärmeliges Hemd, das offensichtlich ungebügelt war, und seine Krawatte war wie immer nachlässig und vor allen Dingen schief gebunden. Das Einzige, worauf er Wert legte, waren blank polierte Schuhe, aber auch die vermochten seine heutige Aufmachung nicht zu retten. Seine Haare waren zerzaust und schienen seit Jahren keinen Kamm mehr gesehen zu haben.

»Großer Gott, ist Tante Vera nicht zu Hause?«

»Wieso?« Er wirkte ernsthaft überrascht.

»Hast du heute schon in den Spiegel geschaut?«

Er blickte an sich herab und schüttelte den Kopf. »Wieso? Stimmt was nicht?«

»Du siehst unmöglich aus. So hätte sie dich niemals aus dem Haus gelassen.«

»Nun ja«, er zuckte mit den Schultern und war tatsächlich ein wenig verlegen, »Vera ist für ein paar Tage zu ihrer Schwester gefahren, dieser Nervensäge. Sie hat wohl wieder mal eine

Krise, und deine Tante hat es vorgezogen, sie zu besuchen, als jede Nacht dreimal telefonisch aus dem Bett gezerrt zu werden.«
Ein Klopfen an der Tür unterbrach ihr Gespräch. Noch bevor Winfried Jensen *Herein* gerufen hatte, stand der Hund bereits schwanzwedelnd davor. Hatte er sich bisher damit abgefunden, dass sich niemand um ihn kümmerte, so setzte er nun alle Hoffnungen in den neuen Besucher. Die Tür ging auf, und Julika steckte den Kopf herein. Als sie Johanna erkannte trat sie ein.
»Oh, hallo, mein Name ist Julika Gebhardt. Ich glaube, hier bin ich richtig.« Sie schritt forsch auf den Anwalt zu und reichte ihm die Hand. Asko folgte ihr auf dem Fuße.
Winfried war höflich aufgestanden und ergriff die ihm entgegengestreckte Hand. »Guten Tag, Frau Gebhardt. Setzen Sie sich.
»Sagen Sie ruhig Julika. Hallo, Johanna.« Sie ließ sich auf den freien Stuhl neben Johanna fallen und seufzte laut. »Verfluchter Eisregen. Ich habe Stunden gebraucht. Die Straßen sind allerdings mittlerweile frei. Habt ihr lange warten müssen?« Versonnen kraulte sie den Hals des Hundes, der es sich neben ihr auf dem Boden bequem gemacht hatte.
Johanna schüttelte den Kopf. »Nein, du bist gerade im richtigen Augenblick gekommen.«
Frau Wagner war hinter Julika ins Zimmer gehuscht und hatte eine weitere Tasse und einen Kuchenteller gebracht.
»Möchten Sie auch ein Stück Kuchen? Meine Frau hat ihn gebacken. Ich bin ja eigentlich nicht so für Süßes, aber der ist wirklich lecker.« Wie um seine Worte zu untermauern, nahm der Anwalt ein großes Stück und schob es sich genüsslich in den Mund. Er hatte noch nie sehr viel auf Konventionen Wert gelegt, wenn man, wie er es immer betonte, *unter sich war*. Eine Art und Weise, die Johannas Mutter jedes Mal auf die Palme

gebracht hatte, ihren Onkel in Johannas Augen allerdings nur liebenswert erscheinen ließ.
»Gern. Ich kann es mir zwar nicht leisten, aber ich habe heute noch kein Mittagessen gehabt.« Dabei klopfte sich Julika bedeutungsvoll auf ihre Speckröllchen.
Winfried Jensen klatschte in die Hände.
»So, Mädchen, ich denke, wir tauschen jetzt einmal unsere Informationen aus. Um es vorweg zu sagen, es sieht nicht gut aus. Wenn wir ihn da herausholen wollen, haben wir ein schönes Stück Arbeit vor uns. Also, am besten fange ich an.« Er nahm einen dicken roten Aktendeckel vom Schreibtisch und blätterte darin herum.
»Das Schlimmste wisst ihr ja schon. Die Geschichte mit der Waffe. Herr Diekmann hat mir erzählt, dass er sie von seinem Großvater geschenkt bekommen und sie auf seinen Namen angemeldet hat. Die Waffe hat er in seinem Schreibtisch verwahrt.«
Ein unwilliges Schnaufen von Julika verriet, was sie davon hielt, wenn man so sorglos mit Waffen umging.
Winfried Jensen ließ sich nicht weiter stören und fuhr fort. »In seine Wohnung wurde nicht eingebrochen, und da er bisher den Verlust der Waffe nicht bemerkt hat, konnte er sie auch nicht als gestohlen melden.«
»Aber, Herr Jensen, ich bitte Sie. Denkt denn niemand darüber nach, dass er nie seine eigene Waffe zu so einer Tat benutzen und sie dann auch noch in Tatortnähe wegwerfen würde? Das ist doch absurd.« Julika war ärgerlich.
Jensen nahm seine Brille ab und blickte sie nachsichtig an. »Regen Sie nicht auf. Das bringt uns auch nicht weiter. Natürlich haben Sie Recht, aber die andere Seite«, damit meinte er die Staatsanwaltschaft, »geht davon aus, dass es sich hier um eine

Art Täuschungsmanöver handelt. Sie glaubt, er habe es absichtlich so gedeichselt, um sich von dem Verdacht reinzuwaschen. Frei nach dem Motto *Seht her, ich kann es nicht gewesen sein. Ich würde doch nicht meine eigene Waffe benutzen.*«

»Wer denkt denn derart um die Ecke?«

»Sie werden sich noch wundern. Die denken alle um die Ecke.« Er hob beschwichtigend die Hand und fuhr dann fort. »Diekmann meint aber, dass jemand in seiner Wohnung war. Weißt du etwas von dieser Geschichte, Johanna?

Johanna nickte. Sie schilderte kurz den Vorfall.

Jensen nahm seine Brille erneut in die Hand. »Und dann bist du abends noch zu ihm gefahren? Wie ist er auf die Idee gekommen, dass jemand in seiner Wohnung gewesen sein könnte?«

»Er hat es an Kleinigkeiten festgemacht. Gegenstände, die verschoben waren, der Kühlschrank war angeblich unaufgeräumt. Ich habe sein Verhalten für ein wenig paranoid gehalten und ihn beruhigt. Schließlich verliert er ständig etwas. Aber irgendwie hat er sich mit meiner Erklärung nicht ganz zufrieden geben wollen. Er hat darauf bestanden, die Schlüssel morgens benutzt zu haben.«

»Wenn er den Schlüsselbund verloren hätte, wäre wohl kaum jemand auf die Idee gekommen, mal eben in seine Wohnung zu gehen, also ist er ihm wahrscheinlich gestohlen worden. Wo war er an diesem Tag?«

»Er war zum größten Teil unterwegs. Er hat den Verlust des Schlüssels erst in der Dienststelle bemerkt, und dann hat er uns alle herumgescheucht, um ihn zu suchen.«

Jensen setzte seine Brille wieder auf und sah in die Akten, die vor ihm auf dem Tisch lagen. »Was ist mit den Botschaften? Die Tatsache, dass er sie privat erhalten hat, spricht laut

Staatsanwaltschaft gegen ihn. Sie sind der Meinung, ein anderer Täter hätte die Nachrichten ins Präsidium geschickt, zumal er die ersten beiden Umschläge nicht vorweisen konnte. Außerdem fehlen jegliche Fingerspuren auf den Zetteln. Man nimmt an, dass er sie selbst geschrieben hat.«

Johanna schaltete sich ein. »Was ist mit den Souvenirs, die der Täter ihm geschickt hat?«

Jensen schüttelte den Kopf. »Gleiches Problem.« Er nahm noch einen Schluck Kaffee und schmatzte ein wenig, Ein Zeichen dafür, dass es ihm schmeckte. Er rückte seine Brille wieder zurecht und redete weiter. »Es gibt hier einen Bericht von dir, Johanna. Darin wirfst du die Frage auf, ob der Täter möglicherweise etwas vom Tatort hat mitgehen lassen. Kurz darauf behauptet Diekmann, man habe ihm die Sachen zugeschickt. Staatsanwalt Pohlmann sagt ganz klar: ein Ablenkungsmanöver. Er geht davon aus, dass Diekmann die Sachen nie herausgerückt hätte, wenn du diese Möglichkeit nicht angesprochen hättest.«

»Das ist doch verrückt.« Julika und Johanna schnappten beide nach Luft.

»Stimmt, aber wie ihr seht, haben sie es so gedreht, dass es schlüssig klingt. Sie gehen selbstverständlich davon aus, dass Diekmann in irgendeiner Weise nicht ganz richtig im Kopf ist, und sind deshalb gern bereit, zu glauben, dass es sich so und nicht anders zugetragen hat.«

Einen Moment schwiegen alle. Asko war es bei Julika zu langweilig geworden, und er hatte den Schauplatz gewechselt. Er saß nun neben Johannas Stuhl und stupste ihre Hand mit seiner kalten Nase an. Mechanisch ließ sie die Hand sinken und streichelte ihn hinter den Ohren.

»Und?« Winfried Jensen nahm seine Brille ab und drehte sie zwischen den Händen. »Wie sieht es bei euch aus?«

»Es geht. Ich habe nicht gerade viel«, meldete Julika sich zu Wort. »Johanna hat mir den Auftrag gegeben, nach ähnlichen ungeklärten Mordfällen in der Vergangenheit zu suchen. Ich bin insgesamt elf Jahre zurückgegangen.«

»Gibt es dafür einen bestimmten Grund?« Winfried Jensen sah seine Nichte fragend an.

»Ich gehe davon aus, dass der Täter schon mal getötet hat. Er wird als Ersttäter nicht gleich mit einer Serie anfangen. Außerdem glaube ich, dass er zwar im Laufe der Jahre die Tötungsart zumindest in Gedanken perfektioniert hat, es aber auf jeden Fall markante Parallelen gibt.«

»Warum macht ihr das erst jetzt?«

Johanna und Julika wechselten einen bedeutungsschwangeren Blick, bevor Julika als Erste antwortete. »Unser Chef hat eine solche Recherche abgelehnt. Er war der Meinung, dass so ein Vorgehen vergeudete Zeit sei.« Sie seufzte. »Sie kennen Diekmann nicht.«

Johanna ergänzte. »Für Sven ist die Psychologie noch immer eine Art Hokuspokus.«

Winfried Jensen nickte und blickte gedankenverloren auf die Unterlagen vor ihm, als lese er das mit, was Johanna ihm erzählte. Er knabberte an einem Bügel seiner Brille. Insgesamt ein Zeichen dafür, dass er hochkonzentriert war.

»Na, jedenfalls«, Julika unterbrach die Stille und fuhr fort, »bin ich auf drei Fälle gestoßen, die unseren Kriterien im Groben entsprechen. Das ist alles. Ich habe lediglich die Liste ausgedruckt, die Akten kann ich leider nicht mehr anfordern. Ich habe ja keinen Grund dafür, da der Fall als geklärt gilt. Noch habe ich keine rechte Ahnung, wie wir an die Unterlagen herankommen sollen, aber ich bin sicher, uns fällt etwas ein.«

Jensens Nicken hatte sich verstärkt. Er hatte seine Brille wieder aufgesetzt und wandte sich an seine Nichte. »Und du?«

»Ich hatte vor ein paar Tagen ein Gespräch mit dem evangelischen Seelsorger der Hamburger Polizei, Herrn Schenkenberg.« Sie kramte ihre Notizen aus ihrer Tasche und setzte ihren beiden Mitstreitern die Erklärungen des Pastors auseinander. Als sie fertig war, klappte sie ihre kleine Schreibmappe wieder zusammen und sah beide abwechselnd an. »Das wär's.«

»Du meinst, er hält sich für Gott?« Julikas Stimme klang ungläubig.

Hatte Johanna zeitweise das Gefühl gehabt, dass Diekmann sie und ihre Arbeit ernst genommen hatte, so zerplatzte diese Hoffnung wie eine Seifenblase. Er hatte noch nicht einmal seiner engsten Mitarbeiterin gegenüber etwas darüber verlauten lassen. Er hatte einfach Johannas Berichte genommen und sie abgeheftet. Fertig!

»Nein, ich glaube eher, er hält sich für Gottes Sohn. Obwohl …«, sie dachte einen Moment nach, »ich vermute, da steckt etwas ganz Einfaches dahinter.«

»Na, dann mal los.« Winfried Jensen war durch nichts aus der Ruhe zu bringen. Seine Stimme klang eher so, als wolle er sie antreiben, mit ihr zu einem Fußballspiel zu gehen. Wahrscheinlich hatte er schon zu viel gesehen und gehört in seinem Job, um noch über irgendetwas erstaunt zu sein. Eigentlich könnte er mit seinem Wissen einen erstklassigen Erpresser abgeben, der für den Rest seines Lebens nicht mehr für seinen Unterhalt zu arbeiten brauchte.

»Also gut, ich versuche es. Wir sind uns doch einig, dass der Mörder Sven in keiner Weise bedroht hat, richtig?« Ohne das Nicken der beiden abzuwarten, fuhr sie fort. »Im Gegenteil, er hat ihn in gewisser Weise immer davon in Kenntnis gesetzt, wenn er einen neuen Mord begehen wollte.«

Julika zuckte mit den Schultern. »Ich denke, er wollte Katz und Maus mit der Polizei spielen.«

»Das wäre eine Möglichkeit, aber dann hätte er sich doch ganz allgemein an die Polizei gewendet und nicht an Sven privat, oder?«

»Vielleicht hat er noch eine Rechnung mit ihm zu begleichen?«

Jensen breitete die Hände aus, mit den Handflächen nach oben.

»Auch möglich, aber dann wären wir wieder bei der Bedrohung. Weiter. Irgendwann hat der Mörder ihm die Souvenirs geschickt, die er bei den Opfern hat mitgehen lassen. Erinnert euch das an etwas?« Johanna blickte in die Runde. Sie konnte die verständnislosen Blicke nicht ganz verstehen, für sie war es mittlerweile völlig klar.

»Ist euch gar nichts aufgefallen? Zugegeben, es hört sich etwas weit hergeholt an, aber was tut eine Katze, die ihrem Herrchen eine Freude machen will?«

Die ungläubigen Blicke von Jensen und Julika ließen erkennen, dass sie Johanna für komplett übergeschnappt hielten.

»Leute, denkt doch mal nach. Eine Katze bringt ihrem Herrchen, sagen wir mal, eine von ihr erlegte Maus, okay? Anschließend wartet sie auf eine Belohnung. Genauso ist mir die Sache vorgekommen, als würde ein Haustier seinem Herrchen etwas Besonderes bringen und dafür eine Belohnung erwarten.«

Julika lachte kurz auf. »Was meinst du jetzt? Unser Täter hält sich für Gottes Katze?«

Jensen prustete los, und auch Johanna konnte sich ein Grinsen nicht verkneifen.

»Nein, natürlich nicht, aber wenn wir beides zusammennehmen«, die Psychologin legte Daumen und Zeigefinger

aneinander und drehte die Hand hin und her, »entsteht ein ziemlich klares Bild. Ich glaube, dass er tatsächlich wie eine Art Rächer agiert, und zwar für seinen Vater.«
Für einige Sekunden herrschte Schweigen. Dann schnellte Jensen in seinem Stuhl nach vorn und stützte sich schwer auf seinem Schreibtisch ab. »Sag das noch mal. Für seinen *Vater*?«
»Ja.«
»Du meinst ...« Julika brach ab. Wahrscheinlich hatte sie sich noch nicht klar gemacht, was Johanna eigentlich meinte.
»Ich glaube, dass Sven Diekmann für unseren Täter eine Art Vaterfigur darstellt. Als er die Pressekonferenz abgehalten hat, war seinem *Sohn*«, sie zeichnete mit den Zeigefingern Anführungszeichen in die Luft, »klar, dass Sven die ganze Angelegenheit anders sah. Immerhin hat er ihn, wenn ich mich entsinne, als einen Irren bezeichnet, den man wegsperren sollte. Oder so ähnlich.«
»Warum hat er Diekmann dann nicht getötet?« In Jensens Augen war Interesse zu lesen.
»Weil er sich denken kann, was es bedeutet, als Polizist im Knast zu sitzen. Und das ist, nach Ansicht des Täters, wahrscheinlich eine wesentlich größere Strafe, als wenn er ihn umgebracht hätte. Er brauchte nur noch die Beweise zu fingieren und abzuwarten. Es war klar, dass Diekmann bei dieser Beweislage nichts mehr tun konnte. Er würde lebenslang hinter Gitter wandern.«
»Weißt du noch mehr über den Täter?«
»Ja, aber ich glaube nicht, dass uns das weiterhilft. Das alles habe ich auch schon mit Diekmann besprochen.«
»Mag sein, aber der sitzt momentan im Gefängnis.« Ihr Onkel hatte sich wieder entspannt zurückgelehnt und die Beine weit von sich gestreckt. Mit einem Arm über der Rückenlehne lümmelte er sich auf seinem Stuhl.

»Er ist nicht älter als dreißig und nicht jünger als fünfundzwanzig. Er ist gerade so alt, dass er Sven als Vaterfigur akzeptieren kann, und alt genug, um diese perfekt geplanten Taten organisieren und durchführen zu können. Er ist ein organisierter Täter. Er hat sein Werkzeug mitgebracht und nichts dem Zufall überlassen. Er hat gewusst, dass ihm in den Wohnungen der Opfer keine Gefahr drohen würde. Ich schätze ihn auf höchstens eins fünfundsiebzig. Immerhin hat er alle Opfer erst niedergeschlagen. Wenn ich mir überlege, wie groß Kausch war, wäre er ihm anderenfalls wahrscheinlich unterlegen gewesen. Er geht einer regelmäßigen Arbeit nach, hat vermutlich sogar einen verantwortungsvollen Posten, und ich glaube, er lebt allein. Ich bezweifle sogar, dass er jemals eine Freundin gehabt hat. Wenn überhaupt, hatte er lediglich sexuellen Kontakt zu Prostituierten.«

»Wegen der Lang?« Winfried Jensen runzelte die Brauen und sah sie aus zusammengekniffenen Augen an. Die Brille hielt er mal wieder in der Hand.

Johanna schüttelte den Kopf. »Nein. Seine einzige Art, Gefühle auszudrücken, ist mit Hilfe der Bibel. Wenn ich betrachte, was er mit Monika Lang veranstaltet hat, gehe ich davon aus, dass er das, was sie verkörpert hat, als Sünde empfindet. Getreu den Buchstaben der Bibel ist Sex lediglich ein Mittel der Fortpflanzung. Denkt daran, er hat ihr die Vagina nicht nur zugenäht, er hat sie ihr vorher ausgewaschen. Für ihn wahrscheinlich ein Zeichen dafür, dass er Sex als etwas Schmutziges empfindet.«

»Weiter.« Julika neigte sich in ihrem Stuhl Johanna zu und fixierte konzentriert einen Punkt auf dem Fußboden. Mit der Fußspitze zeichnete sie kleine Muster in den Teppich. Asko lag zwischen den beiden Frauen und legte den Kopf auf die Pfoten.

Entweder war er es leid, um Streicheleinheiten zu betteln oder er war einfach nur müde.

»Er ist von seiner Mutter allein aufgezogen worden, kennt seinen Vater wahrscheinlich nicht, sonst hätte er sich nicht eine Vaterfigur in Gestalt von Sven suchen müssen. Ich denke, dass die Religion bei ihm zu Hause bis ins Letzte gelebt worden ist. Eine Sache finde ich noch beachtenswert.«

»Und die wäre?« Zwei Seelen, ein Gedanke. Jensen und Julika hatten gleichzeitig gesprochen.

»Die Sache mit der Maskierung. Er hat eine Baseballkappe und eine Sonnenbrille getragen, selbst in dem Hotel, in dem die Lang zuletzt gesehen worden ist. Warum diese auffällige Maskierung?«

»Damit ihn keiner erkennt.«

»Nein, das meine ich nicht. Wenn er einfach nur nicht erkannt werden wollte, hätte eine weniger auffällige Maskerade gereicht. So hat er erreicht, dass sich alle an die Kappe und Sonnenbrille erinnern.«

»Und?« Julika zuckte die Achseln.

»Was ist, wenn er etwas verschleiern wollte? Eine Glatze? Einen Zopf? Irgendetwas Auffälliges. Außerdem kann niemand sein Gesicht beschreiben. Alle haben nur auf diese Kappe und die Sonnenbrille gestarrt. Das war ziemlich clever von ihm, viel professioneller, als wenn er sich bloß einen Bart angeklebt hätte.«

»Hm, ich weiß, was du meinst, aber ich fürchte, das bringt uns nicht weiter.« Winfried Jensen setzte seine Brille wieder auf die Nase.

Solange Johanna denken konnte, hatte ihr Onkel eine Brille getragen, über deren Rand er ihr oft zugeblinzelt hatte, aber irgendetwas stimmte heute nicht. Sie schüttelte kurz den Kopf.

Es passierte ihr immer wieder, dass sie sich von Kleinigkeiten ablenken ließ. So als müsse sich ihr Geist eine Auszeit nehmen, um sich dann wieder auf das Wesentliche konzentrieren zu können.

»Da wäre noch etwas.« Julika blickte ihre beiden Mitstreiter an. »Ich habe mir ein weiteres Mal die Kopien vorgenommen, die wir von den Akten gemacht haben, und etwas gefunden.«

»Und zwar?« Winfried Jensen schaute Julika mit großen Augen an.

»Diekmann hatte vor, den Zuhälter von Monika Lang noch einmal zu überprüfen. Er hatte die Vermutung, dass er in den Mord verwickelt sein könnte und die ganze Sache vertuscht hat. Jedenfalls habe ich Beweise, dass er zur Tatzeit nicht in der Stadt war.«

»Wie sicher sind diese Beweise?« Johanna hatte ihre Augenbrauen skeptisch zusammengezogen.

»Na ja, er hat uns seine Kreditkartenabrechnungen zugeschickt und einen Unterschriftenabgleich angeboten.«

Julika seufzte resigniert. »Wo fangen wir jetzt an?«

Winfried Jensen mischte sich ein. »Ihr habt doch noch eine Liste abzuarbeiten, oder etwa nicht?«

Johanna war schon im Begriff aufzustehen, als ihr endlich einfiel, was sie an ihrem Onkel so irritiert hatte. Triumphierend zeigte sie auf sein Gesicht. »Hast du eine neue Brille?«

Nach dem Zusammentreffen in der Kanzlei ihres Onkels trennte sich Johanna von Julika. Die Polizistin musste noch etwas erledigen und wollte dann später anrufen. Johanna freute sich auf ein heißes Bad und auf einen Film, der sie davon abhielt zu grübeln.

Zuerst wollte Johanna direkt nach Hause fahren, als sie aber dann in der kalten Wintersonne stand, beschloss sie, an der Elbe spazieren zu gehen. Der Himmel war blassblau, und die Sonne schien, ohne dass ihre Strahlen wirklich wärmten. Nichts erinnerte an den Eisregen vom Morgen, der das Autofahren zu einem Roulettespiel gemacht hatte.

Ganz in der Nähe ihrer Wohnung in Blankenese stellte sie den Wagen ab und lief die paar Schritte über die Straße an den Strand. Sie atmete tief die kalte Luft ein und schloss für einen Moment die Lider. Als sie die Augen wieder öffnete, genoss sie den Anblick des Wassers. Der Strom floss wie von einer leichten Ölschicht überzogen dahin, und auf seiner Oberfläche schwammen kleine Eisstücke, die es nicht schafften, sich zu vereinigen. Johanna erinnerte sich kaum daran, wann die Elbe das letzte Mal zugefroren war. Sie musste noch ein Kind gewesen sein und hatte nicht die Gefahr erkannt, die davon ausging. Sie war mit ihrem Vater und ihrem Bruder am Strand gewesen und von einer Eisscholle auf die nächsthöhere gesprungen. Jetzt gab es hier keine Eisschollen, nur Eisstückchen, die in der fahlen Nachmittagssonne glitzerten.

Sie entschied sich dafür, eine größere Runde zu drehen. Das war schon immer ein Heilmittel gewesen. Ein Spaziergang an der Elbe hatte noch jeden Kopf frei bekommen. An heißen Tagen roch der Fluss faulig, aber heute war nichts davon zu spüren. Der Frost hatte sogar den unangenehmen Geruch vertrieben. Die kleinen Segelboote und Yachten waren um diese Jahreszeit längst vom Wasser verschwunden und warteten in irgendeinem Trockendock auf den Frühling. Heute konnte sie nicht einmal ein Containerschiff sehen. Es war, als habe der Fluss Feierabend. Sie kam an einer Frau mit einem kleinen Jungen vorbei, die beide Steine ins Wasser warfen. Dem Jubeln des Kindes nach zu urteilen, flogen seine Steine weiter als die der Mutter.

Langsam wich die Anspannung von Johanna. Ihre Schultern sanken ganz von allein auf ein Normalmaß herunter, und der Wind schien alle Schatten aus ihrem Kopf zu wehen.
Als sie sich von ihrem Onkel verabschiedet hatte, hatte er ihr noch mitgeteilt, dass Sven keinen Besuch von ihr wollte. Jetzt konnte sie sich auch erklären, wie er auf den Gedanken gekommen war, dass sie ein Verhältnis mit Diekmann hatte. Einerseits war sie froh gewesen, dass er sie nicht sehen wollte, andererseits auch ein bisschen beleidigt, aber wahrscheinlich wusste auch Sven mit der neuen Situation nicht so recht umzugehen. Egal, was passieren würde, ihr Verhältnis zueinander hatte sich auf immer verändert. Sie fragte sich nun nicht mehr, wie es hatte passieren könne. Es war passiert, und damit basta.
Fast trotzig hatte sie begonnen, diese Tatsache zu akzeptieren. Schließlich waren sie erwachsen, und so etwas kam nun einmal vor. Sie musste sich für nichts schämen, und sie hatte sich auch niemandem gegenüber zu rechtfertigen. Fast unangenehm drängte sich der Gedanke an Joachim in ihr Bewusstsein. Ihn hatte sie seit Tagen anrufen wollen und es immer wieder vergessen. Sie hatte es immer wieder vergessen wollen, wenn sie ehrlich war. Sie glaubte zu wissen, was er für sie empfand, und sie wusste auch, dass sie für ihn nichts außer Freundschaft fühlte. Ihre eigene Feigheit ärgerte sie maßlos, war sie doch so dafür, immer und überall mit offenen Karten zu spielen. Sie nahm sich vor, wenn alles vorbei war, mit ihm zu reden.
Ihrer Rechnung zufolge mussten Flo und Markus bereits abgereist sein, und eine Welle der Erleichterung schwappte über sie hinweg. Ein Stück Verantwortung war von ihr genommen. Verantwortung, die für sie viel zu groß war, wie ein

überdimensionaler Pullover, der bis weit über die Knie reichte und einen immer weiter nach unten zog.
Nachdem der Wind sie kräftig durchgepustet hatte und sie so richtig durchgefroren war, lenkte sie ihre Schritte zurück zum Wagen.
Es war Zeit, nach Hause zu fahren.
Noch bevor sie die Wohnungstür geöffnet hatte, hörte sie das Telefon klingeln. Normalerweise überließ sie es dem Anrufbeantworter, vorzutäuschen, dass sie nicht erreichbar war, aber diesmal konnte es ihr Onkel mit Neuigkeiten sein. Sie stürzte hinein und warf sich fast auf das Telefon.
»Ja?«
»Du klingst so abgehetzt. Habe ich dich gestört?«
Stefan.
Dem Säuseln seiner Stimme nach zu urteilen, versuchte er es auf die liebevolle Tour.
»Nein, ich bin nur gerade nach Hause gekommen. Wieso?« Was für eine dämliche Frage. Sie nahm das Mobilteil von der Basisstation und ging damit zur Wohnungstür, die noch sperrangelweit offen stand.
»Ich dachte, ich schaue heute mal vorbei?« Zumindest hatte er den Anstand zu fragen, im Gegensatz zu früher, da er nur zu gern unvermittelt auftauchte.
»Ach, weißt du«, während sie krampfhaft nach einer Ausrede suchte, schloss sie die Tür, »ich bin wie gesagt gerade erst reingekommen, und ich …«
»Ich dachte, ich bringe uns eine Flasche Champagner mit, und wir machen es uns ein bisschen gemütlich.« Eigentlich hätten bei der Erwähnung der Flasche Champagner sämtliche Alarmglocken in Johannas Kopf schrillen sollen, doch entweder war sie zu erschöpft oder einfach zu begriffsstutzig.

»Eigentlich hatte ich einen ziemlich harten Tag, und ich …«
»Ich bin in einer halben Stunde da, einverstanden? Ich will nur kurz etwas besprechen.«
Johanna seufzte. »Also gut, aber nicht lange, ich habe wirklich viel zu tun.«
Nachdem sie aufgelegt hatte, hätte sie sich selbst ohrfeigen können. Sie hatte sich wieder mal breitschlagen lassen, und das, obwohl sie sich geschworen hatte, endlich andere Seiten aufzuziehen. Heute würde sie es ihm sagen, schwor sie sich, heute würde sie ihm klar machen, dass er aus ihrem Leben verschwinden sollte.
Sie streifte ihren Mantel ab und ließ ihn einfach so auf dem Fußboden liegen. Die Schuhe schleuderte sie in Richtung Flur. Aufseufzend fiel sie auf das Sofa. Die Fernbedienung in der Hand, zappte sie wahllos herum, aber egal auf welchen Sender sie schaltete, immer sah sie Svens Gesicht. Es musste ein älteres Bild aus seinem Dienstausweis sein, denn so jugendlich wie auf den gezeigten Fotos war er längst nicht mehr. Wenn sie ehrlich war, sah er jetzt wesentlich besser aus. Obwohl die Verhaftung vor mehr als vierundzwanzig Stunden erfolgt war, war es immer noch die Nachricht des Tages. Die Nachrichtensprecherin auf einem der Privatsender hatte doch tatsächlich einen Adventskranz auf ihrem Pult stehen. Ihr feierlicher Gesichtsausdruck passte sowohl zu der Vorweihnachtszeit als auch zu den vermeintlichen Gräueltaten eines Polizisten. Wenn Johanna die brennenden Kerzen richtig gezählt hatte, dann war es noch eine Woche bis Weihnachten. Sie fragte sich, ob man Sven in seiner Zelle wenigstens eine Kerze gestattete oder ob ihm womöglich gar nichts daran lag. Sie schaltete den Fernseher aus, denn sie hatte nicht die geringste Lust, sich deprimieren zu lassen. Wenn alles gut lief, hatten sie ihn da bald wieder raus.

Sie stellte erstaunt fest, wie sehr die Tatsache, dass Sven im Gefängnis saß, sie deprimierte. Auf der Suche nach einer Flasche Weißwein fiel ihr eine offene Tüte Chips in die Hände. Sie schmeckten zwar schon leicht pappig, aber ihren Zweck erfüllten sie dennoch.

Kaum hatte sie sich wieder gesetzt, die Tüte puren Fettes in der rechten Hand, die Flasche Weißwein in der linken, klingelte es.

Seufzend machte sie sich auf den Weg zur Wohnungstür und öffnete. Vor ihr stand ein milde lächelnder Stefan mit einer Flasche Champagner und einem Blumenstrauß. Sie fragte sich, wie lange er diesen dämlichen Gesichtsausdruck geübt hatte.

»Komm rein.« Sie drehte sich einfach um und ging zurück ins Wohnzimmer. Amüsiert betrachtete sie das Durcheinander in ihrer Wohnung. Kaum anzunehmen, dass er angesichts dieses Chaos lange bliebe.

»Setz dich.«

»Die sind für dich.« Er reichte ihr den Strauß über den Tisch.

»Oh, vielen Dank.« Sie griff nach den Blumen und brachte sie erst einmal in die Küche. Im Schrank unter der Spüle standen die Vasen, und sie nahm die erstbeste, füllte sie mit Wasser und stopfte den Strauß hinein. Erst jetzt betrachtete sie die Blumen. Es waren Rosen. Zusammen mit der Flasche Champagner, die er mitgebracht hatte, ergab das Ganze eventuell einen Sinn. Plötzlich lief es ihr eiskalt den Rücken hinunter. Zögernd machte sie sich mit den Blumen auf den Weg zurück ins Wohnzimmer. Stefan saß auf einem der Sessel und rieb die Hände aneinander. So, wie er dasaß, konnte man meinen, er übe noch einmal seine Rede ein. Als sie eintrat, sprang er auf. Sie stellte die Blumen auf den Tisch und musterte ihn aus zusammengekniffenen Augen.

»Ich will mich kurz fassen.« Stefan hatte den Rücken kaum

merklich gestrafft. Sein Gesicht nahm einen bedeutsamen Ausdruck an, und Johanna wusste, was jetzt käme. Sie spürte, wie der Ärger langsam in ihr hochstieg.

»Also, Johanna.« Stefan ersparte sich wirklich nichts. Er knetete unablässig seine Finger, bis sie rot wurden. »Wir kennen uns jetzt seit drei Jahren, und ich muss gestehen, dass du es mit mir nicht immer leicht gehabt hast. Ich denke, ich habe ziemlich viel Mist gebaut, aber erst seit den letzten paar Monaten, in denen es nicht mehr so gut lief, habe ich ernsthaft nachgedacht.«

Er hatte seine Rede wirklich fein vorbereitet.

»Ich denke, wir sollten endlich Nägel mit Köpfen machen und zusammenziehen. In eine Wohnung, meine ich. Du könntest das hier«, er beschrieb mit dem Arm einen Halbkreis, und es sah so aus, als wollte er mit einem Handstreich alles verschwinden lassen, »aufgeben, und ich verkaufe meine Wohnung. Ich dachte vielleicht an ein Haus. So für später, mit Kindern und so, du weißt schon. Also, das was ich wirklich sagen möchte: Willst du meine Frau werden?«

Er sah sehr zufrieden aus, wie er so dastand in seinem schicken Designeranzug, den makellos gekämmten Haaren, dem bartfreien Babyface und diesem dämlichen Grinsen.

Johanna war für einen Moment wie erstarrt. Dann breitete sich etwas vom Bauch her aus und stieg unaufhörlich nach oben. Sie konnte nichts dagegen tun. In Höhe des Magens verspürte sie ein Kribbeln, und als dieses Gefühl den Brustraum erfasst hatte, fing sie an zu zittern. Es war, als habe eine fremde Macht die Kontrolle über ihren Körper ergriffen. Im letzten Moment verhinderte sie, dass sich schallendes Gelächter seinen Weg bahnte.

Aber sie fühlte auch Wut in sich. Sie hatte erkannt, dass Stefan mehr so etwas wie eine Mutter brauchte, aber mit Sicherheit keine Geliebte. Er hatte gespürt, dass er sie verlor, und er hatte gekämpft, allerdings mehr mit den Mitteln eines Kindes als mit denen eines Mannes.

Plötzlich überfiel sie wieder die Erinnerung an die Nacht mit Sven. Seine Hände auf ihrer Haut, sein Mund auf ihrem. Die Leidenschaft, mit der er sie genommen hatte.

Sven war im Gegensatz zu Stefan ein Mann.

Sie tastete hinter sich, und als sie die Sofalehne fühlte, ließ sie sich zurücksinken. Es war nicht leicht für sie, sich zu sammeln, aber schließlich hatte sie die kindischen Regung, in Gelächter auszubrechen, besiegt.

Sie holte tief Luft bevor sie anfing zu reden. »Du fragst mich, ob ich deine *Frau* werden will?« Sie versuchte Zeit zu gewinnen. Eine Frage, auf die sie lange Jahre gewartet hatte, und nun, da er sie ihr stellte, wollte sie nichts als Zeit gewinnen. Sie musste diese Farce so schnell wie möglich beenden. Hastig stand sie auf und stellte sich dicht vor Stefan.

»Sieh mal, noch vor ein paar Monaten, hätte ich mit Freuden angenommen. Aber jetzt, das musst du doch selbst bemerkt haben, ist dieser Zeitraum verstrichen. Ich glaube nicht, dass wir füreinander das sind, was wir sein sollten. Wir haben uns auseinander gelebt. Bitte verzeih, aber ich kann dich nicht heiraten, denn ich liebe dich nicht.«

Sie legte ihm entschuldigend eine Hand auf den Arm. Dann wandte sie sich ab, und bei dem Gedanken an sich selbst, mit Kittelschürze und einem halben Dutzend Kindern in einem kleinen Vorzeigehaus, darauf wartend, dass der treu sorgende Gatte am Abend nach Hause kam, schüttelte es sie.

Sie hörte, wie er ging. Es gab nichts mehr zu sagen, und so blieb sie, wo sie war, ohne sich noch einmal umzusehen. Erst als sie das Schlagen der Tür hörte, drehte sie sich um.

Er war weg.
Die Flasche Champagner hatte er mitgenommen.

Die Stimme ihres Onkels klang sehr besorgt, als sie Johanna morgens aus dem Bett holte.
Sie hatte nicht mehr geschlafen, sondern eingekuschelt in ihre Bettdecke die Ruhe genossen, die sie seit Monaten, ja, vielleicht sogar seit Jahren nicht mehr empfunden hatte. Die Erleichterung über die Trennung von Stefan war größer gewesen, als sie angenommen hatte, und ein Hochgefühl machte sich in ihr breit.
Als das Telefon sie aus ihren Gedanken riss, meldete sie sich träge.
»Johanna, hier ist Onkel Winnie. Du und Julika, ihr müsst sofort in mein Büro kommen.«
Die Psychologin setzte sich kerzengerade auf. Ihre gute Stimmung verflog augenblicklich, und sämtliche Alarmglocken schrillten in ihrem Kopf.
»Was ist passiert?«
»Das erkläre ich euch, wenn ihr hier seid.«
Er hatte aufgelegt, noch bevor sie reagieren konnte. Sie rief Julika zu Hause an, die der Stimme nach zu urteilen ebenfalls noch geschlafen hatte, und verabredete sich mit ihr im Büro ihres Onkels.
Johanna und Julika trafen fast zeitgleich ein. Den Kaffee hatte Frau Wagner schon serviert.
Winfried Jensen stand mit den Händen in den Hosentaschen am Fenster und schaute auf den Innenhof hinab. Er drehte sich um, als die beiden Frauen eintraten, und Johanna merkte sofort, dass die Situation sehr ernst sein musste, denn von seinem üblichen Lächeln war nichts zu sehen. Er war wirklich besorgt.

»Ich will es kurz machen. Es ist ein Zeuge aufgetaucht, der für uns gar nicht gut ist.«

»Was soll das heißen?« Julika hatte die Augen zusammengekniffen, so dass sie zu Schlitzen verengt waren.

»Eine Frage hätte ich vorher noch.« Jensen ignorierte ihren Einwand und ging langsam auf seinen Schreibtisch zu. Dabei hatte er eine Hand wie zur Abwehr erhoben.

»Seid ihr beide euch hundertprozentig sicher, dass Sven Diekmann nicht der Mörder ist?«

»Bitte?« Johanna riss entsetzt die Augen auf.

Julika sagte nichts.

»Also, was ist? Ihr kennt ihn besser als ich, deswegen frage ich: Kann Diekmann nicht doch der Mörder sein?«

»Niemals.« Julika schüttelte entschlossen den Kopf. »Dafür lege ich meine Hand ins Feuer.«

»Johanna?« Der Anwalt blickte seine Nichte fragend an.

Sie lächelte leicht. Diekmann als Mörder war wirklich lachhaft. *Andernfalls wäre wahrscheinlich ich sein erstes Opfer geworden,* dachte sie amüsiert. »Nein, Sven ist zu vielem fähig, aber nicht zu einem Mord.«

»Also gut.« Winfried Jensen ließ sich schwer in seinen Stuhl fallen. »Die Sache ist nämlich nicht nur ernst, sondern wird allmählich hoffnungslos. Der Staatsanwalt hat mich vor einer knappen Stunde angerufen. Es ist ein Zeuge aufgetaucht.«

»Was für ein Zeuge? Wofür?« Julika setzte sich genervt in einen der Besucherstühle.

»Er hat sich heute Morgen bei der Polizei gemeldet und angegeben, er habe vor drei Monaten eine Einzimmerwohnung an einen gewissen Sven Diekmann vermietet. Sie haben vor, diese Wohnung zu durchsuchen, und da Herr Diekmann im Gefängnis sitzt, haben sie mich gefragt, ob ich bei der Durch-

suchung, sozusagen als Zeuge, zugegen sein möchte. Ich habe natürlich zugesagt, wollte mich aber zunächst mit euch beiden besprechen. Weiß eine von euch etwas über eine Zweitwohnung?«
Julika und Johanna sahen sich ratlos an und schüttelten den Kopf.
»Nein, und ich kann es mir auch nicht vorstellen. Was sollte er mit einer zweiten Wohnung in Hamburg? Das ergibt doch keinen Sinn. Wo soll die Wohnung denn sein?« Julikas Stimme klang skeptisch.
»Am Steindamm. In der Nähe des Hauptbahnhofes, über einem Pornokino.«
»Niemals.« Johanna schüttelte nachdrücklich den Kopf.
»Gut, ich würde vorschlagen, wir fahren zusammen hin. Julika, was ist mit Ihnen? Kommen Sie mit?«
»Ja, aber ich werde mich im Hintergrund halten, und sollte mich jemand fragen, was ich dort tue, so werde ich es mit Sensationstourismus begründen.«

Auch wenn sie die genaue Adresse nicht gekannt hätten, wäre das Haus nicht zu übersehen gewesen. Mehrere Polizeifahrzeuge standen auf der Straße, einige noch mit dem zuckenden Blaulicht auf dem Dach. Johanna fragte sich, wie lange es wohl dauerte, bis die leeren Autobatterien die Wagen lahm legen würden.
Die Wohnung befand sich im Erdgeschoss, und die Psychologin betrat hinter ihrem Onkel das Haus. Julika hielt sich wie versprochen im Hintergrund. Sie hatte einen ihr bekannten Kollegen entdeckt, mit dem sie sich angeregt zu unterhalten begann.
»Herr Jensen, wir haben schon mal angefangen. Ich hoffe, Sie haben nichts dagegen?«

Staatsanwalt Pohlmann kam mit ausgestreckter Hand auf den Anwalt zu. Johanna vermutete, dass die beiden sich bereits aus vorangegangenen Prozessen kannten.
»Nein, keineswegs. Ich nehme mal an, dass Sie mit Ihrer Anwesenheit für den korrekten Ablauf dieser Aktion sorgen.«
Winfried Jensen lächelte und reichte Pohlmann die Hand. »Gibt es denn schon irgendwelche Ergebnisse, die ich wissen sollte?«
Pohlmann legte eine Hand leicht auf den Oberarm des Anwaltes und führte ihn ein Stück abseits. Johanna hatte er noch nicht bemerkt. Vielleicht hatte er sie auch nicht wiedererkannt, schließlich waren sie sich bisher nur einmal kurz begegnet. Das gab ihr die Möglichkeit, sich ein wenig in der Wohnung umzusehen.
Der Altbau wirkte verwahrlost. Die Fenster waren alt, und aufgrund der Tatsache, dass sie nicht mehr richtig schlossen, hatte sich von innen eine dünne Eisschicht gebildet, die nun langsam schmolz.
Das Zimmer war kaum zwanzig Quadratmeter groß und nur spärlich möbliert. Ein Sofa, ein wackliger Schreibtisch, ein Tisch und ein Stuhl bildeten das gesamte Mobiliar.
Mehrere Beamte der Spurensicherung waren überall verteilt und suchten nach Fingerabdrücken.
Auf dem Tisch lagen durchsichtige Plastiktüten. In einer der Tüten erkannte Johanna eine Baseballkappe, in einer anderen eine Sonnenbrille. Da sie in dem engen Raum offensichtlich im Weg stand, ging sie vor die Wohnungstür, um dort auf ihren Onkel zu warten. Sie entdeckte Julika am Ende des Hausflures. Sie stand jetzt mit dem älteren Mann zusammen und unterhielt sich mit ihm. Als sie Johanna entdeckte, bedeutete sie ihr, näher zu kommen.

Die Psychologin schlenderte auf die beiden zu und lauschte mit gerunzelter Stirn dem Gespräch.
Julika war mit dem Gehörten wohl noch nicht ganz zufrieden. »Sie sind sich also ganz sicher, dass Sven Diekmann diese Wohnung angemietet hat? Ich meine, haben Sie sich seinen Personalausweis zeigen lassen?«
Der Mann wirkte ungeduldig. Die Aufregung, das vermeintlich prickelnde Gefühl der Gefahr, einem mutmaßlichen Mörder eine Wohnung vermietet zu haben, war wohl von Langeweile abgelöst worden. Sie sah dem Mann an, dass er jetzt lieber woanders wäre. Wahrscheinlich bereute er es schon, die Polizei überhaupt gerufen zu haben.
»Das habe ich doch alles längst Ihren Kollegen gesagt.«
»Ich weiß.« Julikas Stimme nahm einen beschwichtigenden Ton an. »Aber sehen Sie, in einer Mordsache muss alles genau überprüft werden. Ich verspreche Ihnen, dass ich Sie dann auch in Ruhe lassen werde. Also?«
»Na gut.« Der Mann grummelte, gab jedoch die gewünschten Auskünfte. »Ich habe keinen Ausweis verlangt, weil der Mann die Miete für ein halbes Jahr im Voraus bezahlt hat. Er wollte die Wohnung auch gar nicht länger behalten. Wir haben einen befristeten Mietvertrag aufgesetzt, und da er bar bezahlt hat, habe ich keinen Grund gesehen, die Sache unnötig zu verkomplizieren.«
»Sie haben das Geld ganz sicher von einem Sven Diekmann bekommen? Haben Sie ihn denn im Fernsehen wiedererkannt?« Julika spielte auf die Pressekonferenz an, welche die Staatsanwaltschaft anlässlich Diekmanns Verhaftung gegeben hatte. Im Verlauf dieser öffentlichen Verlautbarung hatten sie nicht darauf verzichtet, alle paar Minuten Diekmanns Bild zu zeigen.

»Na ja, nicht direkt. Also, ich meine …« Der Mann zögerte und schaute nun zu Boden. Er begann von einem Fuß auf den anderen zu treten.
»Also, was?«, half Julika behutsam nach.
»Sehen Sie, die Wohnung ist *für* einen Sven Diekmann angemietet worden, aber nicht *von* ihm.«
Johanna hielt automatisch die Luft an. Langsam wurde es interessant.
Julika hakte nach. »Sondern?«
»Die Wohnung hat sein Sohn, Frederik Diekmann, gemietet.«

Julika und Johanna saßen in einem schmuddeligen Café gegenüber dem Haus und warteten auf Winfried Jensen. Nach der Auskunft, die ihnen der Vermieter gegeben hatte, brauchten beide erst einmal einen Kaffee. Julika orderte zwei Cognac dazu und schüttete den Alkohol in ihre dampfenden Tassen. Sie behielten die Haustür im Auge, um den Anwalt abfangen zu können.
»Harter Tobak, oder?« Julika rieb sich unablässig die Nasenspitze. Johanna war bisher immer der Meinung gewesen, dass sie als Einzige solche Macken hatte. »Glaubst du das?«
»Was?«
»Dass Diekmann einen Sohn hat?«
Johanna zuckte mit den Schultern. »Ich weiß es nicht. Ich habe keine Ahnung von seinem Privatleben.«
»Er hat eine Tochter, die bei seiner geschiedenen Frau lebt, aber von einem Sohn hat er nie etwas erzählt. Selbst wenn er einen hätte, warum sollte der eine Wohnung für seinen Vater mieten? Und warum sollte er herumrennen und Leute töten? Denn die Baseballkappe und die Sonnenbrille hat ja wohl eindeutig der Mörder getragen.«

»Ich halte das Ganze für dummes Zeug.« Johanna entdeckte ihren Onkel, der gerade aus dem Haus trat und sich nach beiden Seiten umsah. »Da ist Onkel Winnie. Warte, ich hole ihn her.« Sie stand auf und trat vor das Lokal.

Als Winfried Jensen sie sah, kam er über die Straße auf sie zu und saß wenige Augenblicke den beiden Frauen gegenüber.

»Und?« Johanna war vor Aufregung ganz zappelig.

»Sieht schlecht aus. Könnte ich bitte das bekommen, was die beiden Damen haben?« Den letzten Satz richtete er an die Bedienung hinterm Tresen, die unwirsch nickte.

»Also, wie gesagt, es sieht schlecht aus. Sie haben Fotos der Toten in der Wohnung gefunden. Aus denen geht eindeutig hervor, dass der Täter die drei Opfer über einen längeren Zeitraum observiert hat. Wahrscheinlich, um ihre Gewohnheiten und Tagesabläufe zu studieren. Dann gibt es noch einen Wohnungsschlüssel, der einen Anhänger trägt. Auf diesem Anhänger sind die eigentliche Adresse Diekmanns sowie der Hinweis ›Reserveschlüssel‹ vermerkt. Und nicht zu vergessen: Munition, die vom Kaliber her zu der Waffe im vierten Mordfall passen könnte. Aber das werden die Ballistiker noch genau untersuchen.«

»Fingerabdrücke?«

Jensen schüttelte den Kopf. »Das ist ja das Merkwürdige. Oh, vielen Dank.« Er schenkte der Bedienung ein flüchtiges Lächeln, als sie ihm den Kaffee mit einem Cognac servierte. Er kippte den Alkohol ebenfalls in die Tasse und trank erst einen Schluck, bevor er weitersprach.

»In der gesamten Wohnung findet sich nicht ein frischer Fingerabdruck, weder von Diekmann noch von jemand anders, aber, und das ist der Witz, im Badezimmer lag ein Kamm. Ich bin fast sicher, dass der von Diekmann stammt. Doch das werden wir heute Nachmittag wissen.«

»Das klingt alles ein wenig konstruiert, oder? Ich meine, er würde doch nicht Fingerspuren vermeiden, dafür aber seinen Kamm offen hinlegen, oder?« Johanna klang ungläubig.
Für einen Moment hing jeder seinen Gedanken nach.
Schließlich ergriff Winfried Jensen das Wort. »Ich habe heute Nachmittag eine Besprechung mit dem Staatsanwalt, um die bisherigen Erkenntnisse durchzugehen. Allerdings muss auch jemand ins Gefängnis, um mit Diekmann über diesen vermeintlichen Sohn zu reden.«
»Ich kann das unmöglich machen. Ich bin offiziell raus aus der Sache.« Julika hob gleich abwehrend die Hände. Sie hatte sich ohnehin schon zu weit aus dem Fenster gelehnt, als sie mit dem Vermieter gesprochen hatte. Da dies nicht ihr Fall war, durfte sie sich eigentlich gar nicht einmischen. Sie hatte dem Vermieter auch wohlweislich nicht ihren Namen gesagt. Das flüchtige Vorzeigen des Dienstausweises und ein selbstbewusstes Auftreten hatten genügt.
»Johanna?« Ihr Onkel sah sie fragend an. »Ich besorge dir so schnell wie möglich eine Besuchserlaubnis. Wahrscheinlich schon für morgen früh. Ich weiß nicht, wo ich zu der Zeit bin. Einverstanden?«
Nur zögerlich stimmte sie zu. Es ging hier immerhin um mehr als um persönliche Gefühle.

Johanna verbrachte den restlichen Tag in ihrer Praxis und arbeitete liegen gebliebenen Schreibkram auf.
Es kam ihr vor, als wären Monate vergangen, seit sie das letzte Mal hier gewesen war. Da hatte sie mit Ratmann hier gesessen. Es war sehr viel passiert in den vergangenen Wochen. Jutta versuchte sie aufzumuntern, und für einige Zeit war sie tatsächlich abgelenkt.

Als sie nach Hause kam, war sie rechtschaffen müde und freute sich auf ihr Bett.
Ihr Onkel hatte angerufen und ihr von dem Gespräch mit dem Staatsanwalt erzählt. Es sah alles andere als rosig für Diekmann aus. Angesichts der Beweise und Indizien schien er keine Chance mehr zu haben, aus der Sache herauszukommen.
Winfried Jensen hatte für den nächsten Tag um neun Uhr einen Besuchstermin für Johanna vereinbart, und pünktlich stand sie am folgenden Morgen im Besucherzentrum.
Sie musste ihre Handtasche, ihr Handy und ihre Autoschlüssel abgeben, und zu guter Letzt untersuchte eine Beamtin sie nach gefährlichen Gegenständen und Waffen, bevor man sie in einen kleinen Raum führte.
Sie setzte sich auf einen der Stühle und wartete. Nach ein paar Minuten brachten sie Sven herein. Er setzte sich an den Tisch, der zwischen ihnen beiden stand, und der Wärter verließ den Raum.
Johanna war froh, dass der Tisch sie trennte. Er symbolisierte die Distanz zwischen ihnen.
»Ich dachte, dein Onkel würde kommen.«
Er sah schlecht aus. Die Wangen waren eingefallen, und tiefe Falten hatten sich um seine Nasenwurzel herum eingegraben. Der Dreitagebart stand ihm allerdings gut. Ansonsten hatte er offensichtlich nicht sehr viel Schlaf bekommen.
»Er hatte keine Zeit. Er geht die Akten durch, die der Staatsanwalt ihm hat zukommen lassen.« Sie schwieg. Eigentlich wusste sie nicht so recht weiter. »Wie geht es dir?« Es klang zaghaft und in ihren Augen irgendwie blöd.
Sven antwortete nicht, sondern streifte sie nur mit einem Blick. Seine Lippen zuckten leicht.

»Okay, pass auf. Es sieht nicht gut aus.« Sie erzählte ihm kurz, was es mit der Wohnung am Steindamm auf sich hatte.

Sven war zutiefst erstaunt. »Frederik Diekmann? Wer zum Henker soll das sein?«

»Er hat sich als dein Sohn ausgegeben und für dich eine Wohnung gemietet.«

»Das ist doch hirnverbrannter Blödsinn. Ich habe gar keinen Sohn.«

»Vielleicht einen unehelichen?«

»Nein, und selbst wenn, dann würde er wohl kaum Diekmann heißen, oder? Großer Gott.« Er vergrub sein Gesicht in den Händen und stöhnte. »Kann mir mal irgendjemand sagen, wie ich in diese Sache hineingeraten bin?«

Johanna griff über den Tisch und legte ihm beruhigend eine Hand auf den Arm. Er zuckte wie von einem elektrischen Schlag getroffen zurück. Als er merkte, wie verletzend dies auf sie wirken musste, entschuldigte er sich murmelnd. »Johanna, ich habe nur eine Tochter, und die ist vierzehn Jahre alt und läuft ganz bestimmt nicht mordend durch die Stadt.«

»Das ist noch nicht alles. Sie haben in der Wohnung einen Kamm gefunden und die daran befindlichen Haare mit deinen verglichen.«

»Deswegen haben sie mir gestern also die Haarprobe entnommen.«

»Ja, und die Testergebnisse waren identisch. In der besagten Wohnung lag außerdem ein Schlüssel, der bei dir zu Hause passt. Ferner Munition, die zu deiner Waffe gehört, also zu der Mordwaffe im vierten Fall, sowie Baseballkappe und Sonnenbrille.«

»Und?«

»Es scheint nicht deine Kappe zu sein, zumindest haben keine

Haare von dir an der Innenseite geklebt. Allerdings steht der DNA-Test noch aus.«

»Der kann Wochen dauern.«

»Stimmt.« Johanna nickte. »Trotz allem ist für die Staatsanwaltschaft der Fall klar. Sie vermuten, dass du einen Komplizen gehabt hast, der für dich die Wohnung angemietet und die Opfer ausspioniert hat.«

»Was für ein Blödsinn!« Sven schlug mit der Faust auf den Tisch. »Das Ganze ist doch Wahnsinn. Warum sollte ich das denn tun? Außerdem dürften sie kaum Fingerabdrücke von mir gefunden haben, oder? Ich weiß nichts von so einer Wohnung.«

»Nein, haben sie auch nicht. Das ist aber noch lange kein Grund, dir die Sache nicht anzuhängen. Wir können nichts beweisen. Erinnerst du dich noch an den Tag, als du deinen Schlüsselbund verloren hast?«

»Was soll da gewesen sein?«

»Hast du da zu Hause etwas vermisst?«

»Nein. Nichts. Ich hatte nur das Gefühl, dass jemand in der Wohnung war. Wenn ich mich recht entsinne, hast du dieses Gefühl nicht geteilt.« Ein grimmiges Lächeln breitete sich auf seinem Gesicht aus.

Johanna überging die Bemerkung. »Wie ist er dann an deinen Kamm gekommen?«

»Ich weiß es nicht. Ich kaufe ständig Kämme, weil ich sie immer verliere, also deponiere ich sie überall. Wahrscheinlich hat dieses Ding irgendwo herumgelegen.«

»Wie viele Reserveschlüssel für deine Wohnung hast du?«

»Nur einen, und der klebt an der Unterseite des Fensters im Hausflur.«

»Dann hat sich der Täter einen weiteren Nachschlüssel machen lassen, nämlich den, den sie in der Wohnung am Steindamm gefunden haben. Und zwar damals, als er dir den Schlüsselbund gestohlen hat. Wahrscheinlich ist er öfter in deiner Wohnung gewesen, als wir ahnen.«

Sie ließ Sven nur sehr ungern zurück. Plötzlich wirkte er auf sie wie ein verlassenes, ängstliches Kind. Sie konnte sich nur im Ansatz vorstellen, was er im Gefängnis durchmachte, aber ihr Onkel Winnie hatte ihr versichert, dass für seine Sicherheit gesorgt war.

Noch auf dem Weg zu ihrem Wagen telefonierte sie mit ihrem Onkel.

»Er schwört, keinen Sohn zu haben.«

»Ehrlich gesagt, bin ich auch nicht davon ausgegangen. Hier inszeniert jemand einen perfekt geplanten Rachefeldzug.«

»Angefangen hat das Ganze mit der verdammten Pressekonferenz, die Diekmann gegeben hat. Er hat den Mörder damit brüskiert, und das Resultat sehen wir jetzt.«

»Wenn nicht ein Wunder geschieht, sitzen wir ganz schön in der Patsche. Staatsanwalt Pohlmann plädiert auf Mord und wird lebenslang fordern.«

»Und du kannst nichts machen?«

»Doch.« Die Antwort kam gedehnt. »Ich kann schon, aber das wird Diekmann nicht gefallen.«

»Und das wäre?«

»Ein Gutachten darüber, dass er nicht zurechnungsfähig ist. Das bewahrt ihn vor dem Knast. Er kommt in die Psychiatrie, und in ein paar Jahren ist alles ausgestanden.«

»Das tut er nie.«

»Davon gehe ich auch aus. Aber noch ist es nicht so weit. Ich habe ein paar Ermittler an der Hand. Die werden sich noch einmal in dem Haus umhören, in dem Diekmann wohnt. Soweit ich weiß, wird in dieser Richtung seitens der Polizei nichts mehr unternommen. Immerhin gehen die davon aus, den Täter zu haben. Aber wer weiß. Haben wir uns nicht alle schon mal über Nachbarn geärgert, die mehr mitbekommen, als einem lieb ist?«

Obwohl Julika sie ziemlich früh anrief, weckte sie Johanna nicht. Den gestrigen Tag hatte sie fast völlig verschlafen. Sobald sich ein Problemknoten in ihrem Leben löste, in diesem Fall war es Stefan gewesen, gab es neue Sorgen. So langsam, nach und nach, erledigten sich zumindest ihre privaten Probleme. Dass Stefan ein großes Problem gewesen war, hatte sie vorher gar nicht so bewusst wahrgenommen. Früher nicht, weil sie sich in ihr Selbstmitleid ergeben und mit Gott und der Welt gehadert hatte, und in der letzten Zeit nicht, weil sie da mit ihm längst abgeschlossen hatte. Dass er immer noch an ihr festhalten wollte, aus welchen Gründen auch immer, hatte sie bis vor zwei Tagen nicht einmal geahnt. Wahrscheinlich war er nur auf der Suche nach einem geduldigen und sicheren Hafen gewesen, in den er sich nach seinen Eskapaden zurückziehen konnte. Noch immer musste sie beim Gedanken an ihn lachen.
Die Geschichte mit Sven lag ihr dagegen schwer im Magen. Nicht nur das veränderte Verhältnis zwischen ihnen beiden, sondern vielmehr die Tatsache, dass er im Gefängnis saß und sie das Gefühl hatte, nichts für ihn tun zu können.
Sie hatte nach dem Besuch bei ihm Andrea, ihre neue Freundin aus dem Handarbeitskurs, angerufen. Als Journalistin hatte sie mit Sicherheit gute Möglichkeiten, an die Berichte alter Verbrechen heranzukommen, ohne dass es auffiel. Dann würde Julika damit nicht in Zusammenhang gebracht und müsste der Staatsanwaltschaft nicht Rede und Antwort stehen.

Johanna hatte am Telefon kaum etwas gesagt, nur so viel, dass sie Hilfe brauchte, und Andrea, deren journalistische Neugier durchschlug, hatte sie und Julika in die Redaktion bestellt. Johanna rief Julika an und teilte ihr Ort und Zeit der Verabredung mit.

Die Redaktion befand sich in der Innenstadt, in der Altstädter Straße, um genau zu sein, und eigentlich war es reiner Wahnsinn, dort mit dem Auto hinzufahren. Da Johanna aber nicht in einer überfüllten Bahn sitzen wollte, um sich von jedermann anhusten zu lassen, nahm sie lieber eine weitaus längere Fahrzeit in Kauf.

Von dem Parkplatz in der Nähe des Messbergs ging sie querfeldein unter einem Torbogen hindurch auf den Burchardplatz, ließ die Niedernstraße links liegen und stand kaum fünf Minuten später vor den Büros der Redaktion. Julika kam ihr schon entgegen. Die Polizistin war vermutlich mit der Bahn bis zur Steinstraße gefahren und wesentlich schneller gewesen als die Psychologin.

Sie betraten das eher unscheinbare Gebäude und gingen direkt zum Empfang. Johanna hatte eigentlich immer gedacht, dass die Zeitungsverleger reich seien und in Palästen residierten, und war fast ein bisschen enttäuscht. Die beiden Frauen wiesen sich aus und erhielten einen Besucherausweis, nachdem die Rezeptionistin sich rückversichert hatte, dass Andrea sie wirklich erwartete.

Die Redakteurin stand schon am Fahrstuhl im dritten Stock, als sie heraustraten.

»Hallo, ich bin Andrea.« Sie reichte Julika die Hand. An Johanna gewandt sagte sie: »Und? Wie sieht es aus? Hast du fleißig geübt? Irgendwie bekomme ich diese verdammten Maschen nicht fehlerfrei aufgenommen. Bei mir sieht das Ganze immer aus, als hätten die Motten sich daran gelabt. Aber erst mal, Hallo meine Süße.« Sie hauchte neben Johannas rechter Wange einen Kuss in die Luft.

»Maschen?« Julika lächelte verständnislos.

»Andrea und ich machen einen Handarbeitskurs.«

»Ja, und wir haben einen Riesenspaß.« Andrea lachte. »Wir haben eine Lehrerin wie aus dem Buch. Typ alte Jungfer, Dutt, Brille an einer Kette, und wir müssen immer still sein. Aber wir machen Fortschritte.«

Sie schlenderten den Gang entlang. Aus den einzelnen Büros drang gedämpftes Stimmengewirr, ohnehin schien hier alles gedämpft zu sein. Die Stimmen, der Teppich, das Licht. Johanna sprach Andrea darauf an.

»Ja, wir haben getönte Scheiben. So kann man im Sommer wenigstens unfallfrei am PC arbeiten, ohne ständig die Augen zusammenkneifen oder eine Sonnenbrille tragen zu müssen. Ist schon eine schöne Sache, aber wahnsinnig teuer. Du weißt ja«, sie stieß Johanna freundschaftlich einen Ellenbogen in die Rippen, »für eine hohe Auflage tun wir alles.« Sie bog links herum um eine Flurecke und betrat dann ein Büro.

»Kommt rein und setzt euch. Was ist euer Problem?«

Johanna schilderte ihr kurz die Situation. Die Morde, die Ermittlungen und schließlich die Festnahme von Diekmann.

Julika mischte sich ein. »Wir können nicht weiterermitteln, da der Fall als aufgeklärt gilt. Die Staatsanwaltschaft hat sämtliche Akten, und ich darf nichts mehr tun. Ich habe mir eine Liste von Morden ausgedruckt, die bundesweit in den letzten fünfzehn Jahren begangen und nicht aufgeklärt worden sind. Ich habe unsere Eckpunkte in die Suchmaschine eingegeben. Also, religiös, Kreuzigung, Bibelsprüche etc. Der Computer hat drei Fälle ausgespuckt, auf die in etwa unsere Kriterien zutreffen. Nun habe ich jedoch keine Chance, mir die entsprechenden Akten von den anderen Dienststellen, übrigens alle außerhalb Hamburgs, anzufordern. Dafür müsste ich ein Aktenzeichen, also einen Vorgang, angeben. Das geht aber nicht, da dieser Fall als abgeschlossen gilt. Wie Sie sehen, beißt sich hier die Katze in den Schwanz. Jetzt haben wir nur die Möglichkeit, detailliertere Informationen über die Presse zu erhalten.«

»Ich verstehe. Habt ihr die Liste dabei?«

»Ja, klar.« Julika wühlte in ihrer Tasche und zog ein DIN-A4-Blatt hervor. »Hier ist sie.« Sie schob den Zettel über den Tisch und Andrea nahm ihn entgegen.

Die Redakteurin las einen Moment, und ihre Gesichtszüge entspannten sich. »Das dürfte kein Problem sein. Hier ist das Datum einer jeden Tat aufgeführt, ebenso wie der Tatort. Wir werden jetzt einfach ins Archiv gehen und uns die Berichte raussuchen.«

»Auf Mikrofiche? Das wird eine Heidenarbeit.« Johanna runzelte die Stirn.

»Mikrofiche? Wo lebst du denn? Nein, wir haben alles auf CD, damit jeder sich das auf seinem eigenen PC ansehen kann. Ich bin ganz sicher, dass über die betreffenden Fälle selbst in Hamburg berichtet worden ist. Auf geht's.«

Sie verließen das Büro und machten sich auf den Weg zum Fahrstuhl.

Als sie einstiegen, fragte Andrea: »Was wollt ihr damit machen, wenn ihr die Presseberichte habt?«

Johanna zuckte die Schultern. »Schwer zu sagen. Ich habe eine Vorstellung, was das für ein Typ sein soll. Ich denke, dass eine ganze Menge Fotos und Namen in diesen Berichten auftauchen werden. Wir hätten dann erst einmal die Möglichkeit, alle zu überprüfen.«

Andrea nickte. »Was euch schwer fallen dürfte, wenn ihr nicht selbst offiziell ermitteln dürft.«
Das hatten bisher weder Johanna noch Julika überlegt.
»Stimmt.« Julikas Schultern sackten ab. »Ich fürchte, wir haben das Ganze nicht durchdacht.«
»Andererseits«, Andrea schürzte die Lippen, »kann ich eine Menge ausrichten, wenn ich als Journalistin den betreffenden Fall wieder aufrolle. Ich würde sogar Interviews mit den ermittelnden Polizeibeamten bekommen.«
»Echt? Was willst du dafür haben?« Johanna schenkte ihrer neuen Freundin einen zweifelnden Blick. Andrea grinste. Es war klar, was sie dafür haben wollte, und Johanna war jedes Mittel recht, um die Wahrheit ans Licht zu bringen.
»Die Exklusivrechte für diese Story, wenn es denn eine gibt. Das heißt, wenn euer Freund tatsächlich unschuldig ist.«
»Gebongt.« Noch bevor Johanna etwas sagen konnte, hatte Julika eingewilligt.
Der Fahrstuhl kam ruckelnd zum Stehen. Sie waren im Untergeschoss angelangt. Als sich die Tür öffnete, fühlte Johanna sich wie in einer großen Bibliothek. Nur dass hier nicht nur alte Zeitschriften und Bücher standen, sondern auch ein Wegweiser, der zu den CDs führte. Andrea ging zielstrebig vorweg. Sie steuerte einen Computer an, der in einer Reihe neben vielen anderen stand. Sie nahm sich die Liste vor und tippte das betreffende Jahr ein. Nachdem sie dies bei allen drei Fällen gemacht hatte, schlenderte sie an ein bestimmtes Regal und holte sich die betreffenden Kartons heraus. Auf den Schutzhüllen standen verschiedene Datumsanzeigen.
Die ersten beiden Fälle von Julikas Liste schieden aus. Bei dem einen handelte es sich bei dem Opfer um eine alte Frau, die vorher vergewaltigt worden war. Außerdem hatte sie ihr Leben

lang nichts Schlimmeres getan, als Lebensmittelkarten in der Nachkriegszeit zu stehlen. Um die Tat zu verschleiern, hatte der Täter sie im Türrahmen ihres Wohnzimmers mit gespreizten Armen aufgehängt. Es gab keine Verdächtigen, aber es war augenscheinlich ein Raubmord gewesen.

Bei dem anderen war das Opfer ein weibliches Mitglied einer Sekte. Zeugen hatten nach dem Mord ausgesagt, dass sie hatte aussteigen wollen und sich von dem Sektenführer bedroht gefühlt habe. Der Mörder hatte auf ihren toten Körper Teelichte in Form eines Kreuzes gestellt und angezündet. Auch hier hatten sie den Täter, obwohl es viele Verdächtige gegeben hatte, nie gefasst.

Der dritte Fall war deutlich interessanter und lag elf Jahre zurück.

Der Priester einer kleinen katholischen Gemeinde in der Nähe von Bargteheide war in seinem Haus erschlagen worden, und zwar mit seinem eigenen silbernen Kerzenleuchter. Zum Zeitpunkt des Mordes war er allein in seinem Haus gewesen, da die Haushälterin ihren freien Tag gehabt hatte. Sie hatte ihn auch gefunden.

Kurzfristig war ein Jugendlicher in Verdacht geraten, was sich jedoch nicht bestätigt hatte, und so hatte die Polizei die Akte nach einiger Zeit vorläufig geschlossen. Die Ermittlungen hatten sich deshalb so schwierig gestaltet, da es kein erkennbares Motiv für den Mord gegeben hatte. Gestohlen war nichts. Selbst die Tatwaffe, der silberne Kerzenleuchter, war noch da gewesen. Er hatte am Kopf des Toten gestanden, und die Fingerabdrücke, falls überhaupt welche vorhanden waren, waren fein säuberlich entfernt worden. Im Haus des Opfers fanden sich eine Vielzahl von Fingerabdrücken, da dort sehr viele Menschen verkehrten. Der zunächst Tatverdächtige hatte dem örtlichen Kirchenchor angehört, und seine Fingerabdrücke fanden sie ebenso wie die der Mitglieder des Orchesters, der Angehörigen des Bibelkreises und so weiter und so fort. Die Liste ließ sich beliebig fortsetzen.

»Das ist er.« Johanna tippte auf den Bildschirm. »Definitiv. Das ist unser Mann.«

»Wie kannst du da so sicher sein? Er hat keinen Bibelspruch hinterlassen.« Andrea zweifelte.

»Das war seine erste Tat. Er ist im Laufe der Zeit immer gerissener geworden. Aber sieh mal, er hat den toten Priester mit geschlossenen Beinen und ausgebreiteten Armen hingelegt. So, als wolle er ihn kreuzigen. Gibt es Bilder davon?«

Andrea schüttelte den Kopf. »Nein, nur von dem Priester und seiner trauernden Haushälterin.«

»Dann fahr ich nach Bargteheide.«

»Jetzt?« Julika sah auf ihre Uhr.

»Jetzt. Jede Minute zählt.«

»Okay, ich bleibe hier. Ich kann mich nicht ständig vom Acker machen, ohne dass es jemandem auffällt.«

»Ich begleite Johanna. Nicht, dass ich noch etwas verpasse.« Andrea wirkte fest entschlossen.

»Gute Idee. Wenn ihr etwas herausfindet, dann ruft mich an. Bis nachher.«

Julika verschwand und ließ Johanna und Andrea zurück.

»Du bist dir sicher?«

Johanna nickte. »Ganz sicher.«

Je näher sie Bargteheide kamen, desto nervöser wurde die Psychologin. Sie hatte das Gefühl, dass die Zeit gegen sie arbeitete. Für einen Augenblick kam ihr der Gedanke, dass diese Spur eine Sackgasse war. Dann hatten sie gar nichts, denn Johanna war sich sicher, dass der Täter vorerst mit seinen Morden aufhören würde. Er wollte, dass sein »Opfer« im Knast schmorte. In dem Moment, in dem er einen neuen Mord beging, wäre klar, dass Diekmann nicht der Richtige sein konnte. Möglicherweise dauerte es Jahre, bis er wieder zuschlug. Sie schüttelte den Kopf, um sich so von ihren Gedanken zu befreien. Wenn das eintrat, gab es immerhin noch Onkel Winnie, der den Karren hoffentlich aus dem Dreck ziehen konnte.

»Wir sind da.« Andrea holte sie aus den Gedanken zurück in die Gegenwart.

Sie hatten einen Wagen von der Redaktion genommen, auf dem in großen Lettern der Name der Zeitung stand, bei der die Redakteurin arbeitete. Das verlieh der Geschichte, die die beiden erzählen wollten, eine Art offiziellen Anstrich. Andrea wollte behaupten, sie arbeite an einer Story über ungelöste Mordfälle.

Zum Zeitpunkt der Tat war die örtliche Polizei für derartige Fälle zuständig, und so waren auch die Akten noch hier im Keller verstaut. Andrea hatte sich vor ihrer Abfahrt darüber informiert.

Der junge uniformierte Beamte, der am Empfangstresen Dienst hatte, hatte offensichtlich Respekt oder auch Angst vor der Presse. Nachdem er Andreas Presseausweis eingehend studiert und sie ihm erzählt hatte, dass sie für eine Reportage recherchiere, holte er sofort den zuständigen Kriminalbeamten. Der gab sich reserviert, hatte jedoch anscheinend Sorge, negative Presse zu bekommen, und bat beide Frauen in sein Büro. Johanna wusste, dass es Probleme geben würde, da man sich in solch einem Fall an die Pressestelle wenden musste, aber der souveräne Auftritt von Andrea wischte alle ihre Zweifel beiseite.

Die Redakteurin erzählte dem Mann, dass sie alte Mordfälle

recherchiere, und deutete an, dass sie die Story an ein paar TV-Redaktionen verkaufen wolle. Die Aussicht, möglicherweise ins Fernsehen zu kommen, reichte aus, dem Polizisten die Zunge zu lösen.

»Das war eine furchtbare Geschichte damals. Ich selbst war seinerzeit ein junger Kommissar, und das war mein erster Mordfall. Es war nicht so, dass wir keine Spuren hatten, ganz im Gegenteil, wir hatten zu viele.«

Auf einen Wink von Andrea hin hielt Johanna einen Block und einen Stift in der Hand. Andrea hatte sie als Assistentin vorgestellt, da sie keinen Presseausweis vorzuweisen hatte. Also schrieb die Psychologin jetzt eifrig mit.

Ihre Freundin machte derweil ein ernstes Gesicht und fixierte den älteren Polizisten. »Ich kann mir, ehrlich gesagt, nur schwer vorstellen, dass ein Priester Feinde gehabt haben soll. Na gut, ich meine, heute wird ja schon mal bekannt, dass in solchen Kreisen nicht alles mit rechten Dingen zugeht.« Sie ließ die unausgesprochene Andeutung im Raume stehen.

»Nein, nein, nicht was Sie denken.« Der Beamte hob abwehrend die Hände.

»Es hat hier nie, ich wiederhole, nie den Verdacht eines möglichen sexuellen Missbrauchs durch den Priester gegeben. Er war sehr beliebt in der Gemeinde, und er hat viel für die Jugend getan. Aber nicht so, wie Sie denken. Er hat einen Jugendgospelchor und ein Orchester gegründet. Wissen Sie, hier auf dem Land gibt es ab einem bestimmten Alter für die Jugendlichen nicht sehr viel Zerstreuung, und ewig bei der Jugendfeuerwehr herumzuhängen ist auch nicht jedermanns Sache. Er hat viele Konzerte und auch Diskoabende veranstaltet. Wie gesagt, ein sehr rühriger Mann.«

»Aber Sie hatten damals einen Verdächtigen?« Andrea gab sich

Mühe, den Mann von seinen Lobeshymnen hin zum eigentlichen Thema zu leiten.
Für Johannas Begriffe schwafelte der Kerl ein wenig, aber wahrscheinlich erstickte er sonst an seiner eigenen Wichtigkeit, und schließlich hatte er es mit der Presse zu tun. Wahrscheinlich behauptete er ab dem heutigen Tag, dass er einen guten Draht zur Presse habe.
Er nickte jetzt. »Ja, den hatten wir, aber es hat sich nicht bestätigt.«
»Was war das für ein Mensch?«
»Ein Jugendlicher eben. Er hatte sich sehr eng an den Priester angeschlossen. War fast täglich im Pfarrhaus. Er ist ungefähr ein Jahr vor dem Tod des Mannes erst hierher gezogen. Er hat bei Onkel und Tante gelebt. Soweit ich weiß, ist seine Mutter bei einem Autounfall ums Leben gekommen.«
Bingo! Johanna wusste, dass sie Recht gehabt hatte. Das war er.
»Wie kommt es, dass Sie sich so genau an den Fall erinnern?«
Der Kriminalist lächelte. »Wie gesagt, mein erster Mordfall, und wir lassen in gewissen Abständen die DNA-Proben, die wir damals genommen haben, überprüfen, wenn irgendwo jemand festgenommen wird, der eventuell in Betracht kommt. Sie wissen ja, dass wir damals diese Möglichkeiten noch nicht hatten.«
»Wie sind Sie gerade auf den Jungen gekommen?«
Der Mann zuckte mit den Schultern. »Eigentlich hatten wir keinen konkreten Hinweis. Mehrere Zeugen hatten ausgesagt, dass der Junge Tage vor dem Mord extrem in sich gekehrt war und oft betete. Er stammte aus einem sehr gläubigen Elternhaus. Nach der Tat wirkte er unbeteiligt. Er schien eher neugierig, als dass er trauerte. Außerdem ist er am Tattag im Pfarrhaus gesehen worden, aber niemand konnte sich an

die Uhrzeit erinnern. Seine Kleidung, die wir beschlagnahmt haben, wies keinerlei Spuren auf. Ich habe damals vermutet, dass er sie verbrannt oder sonst wie entsorgt hatte, aber wir konnten nichts beweisen. Also haben wir auf Druck seines Onkels die Ermittlungen eingestellt. Wir hatten keine weiteren Anhaltspunkte.«

Johanna wusste, dass sie kaum eine Chance haben würden, den Namen des Jugendlichen herauszubekommen. Andrea war das offenbar ebenfalls klar.

»Haben Sie vielleicht ein Bild von ihm? Ich meine von dem Chor oder dem Orchester?«

»Ja sicher. Wir haben die Fotos immer noch in den Akten. Anhand dieser Bilder haben wir schließlich nachvollziehen können, wer alles in dem Haus ein und aus gegangen ist. Warten Sie, ich hole sie.«

Nach ein paar Minuten kehrte er mit einem Karton zurück. Er kippte ihn aus und wühlte in dem Haufen herum.

»Ich denke mal, mit den Tatortfotos können Sie nicht viel anfangen. Ist auch kein angenehmer Anblick, aber warten Sie mal, hier …« Er schob ihnen ein Bild über den Tisch. Es zeigte ein Orchester. Die Jugendlichen auf der Aufnahme mussten, ihrem Aussehen nach zu urteilen, zwischen zehn und achtzehn Jahren alt sein. Johanna und Andrea studierten das Foto. Aber nichts gab ihnen einen Hinweis. Der Psychologin war klar, dass sie gar nicht wusste, wonach sie suchte, schließlich hatten sie keine Personenbeschreibung, die ausgereicht hätte, den Mann wiederzuerkennen, besonders nicht auf einem Foto, auf dem er lediglich als Jugendlicher zu sehen war.

»Tja, und hier haben wir eine Aufnahme von dem Chor. Sehen Sie?« Andrea legte das Foto wieder auf den Tisch und griff nach dem anderen. Sie hielt es so, dass auch Johanna es gut sehen konnte. Sie musterten die Jungen und Mädchen der Reihe nach, und bei einem Gesicht stockte Johanna der Atem.

»O mein Gott. Das ist er.«

Julika blickte auf ihre Uhr. Wahrscheinlich waren Johanna und Andrea längst in Bargteheide angekommen, aber ehrlich gesagt bezweifelte sie, dass die beiden irgendetwas Brauchbares herausbekamen. Sie selbst wollte jetzt kurz einkaufen fahren, wie immer in der Mittagspause. Das sparte ihr am Abend den Stress und ließ ihr genug Freizeit mit ihrem Sohn. Der war zwar gerade bei seiner Großmutter, dennoch hielt sie an der Gewohnheit fest. Sie ging in die Tiefgarage, wo ihr Auto stand.

Sie hatte sich den Wagen erst vor kurzem gekauft, und er war ihr ganzer Stolz. Es war ein alter S-Klasse-Mercedes, genau gesagt ein 280 SE, Baujahr 76 in Weiß. Ihr Vater hatte so einen gefahren, und als sie genug Geld hatte, hatte sie ihn sich dreißig Jahre später gekauft. Es war mehr ein Schlachtschiff als ein Auto, und er schluckte auch ziemlich viel Sprit, aber um nichts in der Welt hätte sie sich von ihm getrennt. Sie musste lächeln, als sie den Wagen erblickte. So frisch gewaschen und poliert sah er aus wie neu. Die altmodische Form war gerade das, was sie so faszinierte. Das war wenigstens noch ein Auto und nicht einer dieser spritzigen Neuwagen, die entweder aussahen wie eine Kugel oder durch ihre aerodynamische Form Aufsehen erregten. Außerdem hatte dieser Wagen sie noch nie im Stich gelassen. Er sprang immer an. Ein Mercedes eben.

Sie schloss auf und warf ihre Tasche auf den Beifahrersitz. Noch während sie sich setzte, griff sie unter den Fahrersitz, wo das abnehmbare Bedienteil ihres Radios lag, nahm es und steckte es

in die dafür vorgesehene Halterung. Sofort war eine körperlose Stimme zu hören, die die Nachrichten verlas.
Der Motor heulte auf, als sie den Schlüssel im Zündschloss drehte. Kaum hatte sie den Gurt angelegt, machte der Wagen noch ein seltsames Geräusch und ging aus. Julika fluchte. Eben hatte sie noch gedacht, dass er zuverlässig sei, und nun machte er Zicken. *Man soll eben nichts beschreien,* dachte sie. Sie versuchte erneut, den Motor anzulassen, doch nun passierte gar nichts mehr. Ein Röhren, mehr nicht. Auch beim dritten Versuch tat sich nichts.
»Verflucht.« Sie schlug mit der flachen Hand auf das Lenkrad. Als es an der Scheibe klopfte, zuckte sie zusammen. Auch am Tage war es in der Tiefgarage im Präsidium ein wenig schummrig, erst recht zu dieser Jahreszeit, und ein wenig unheimlich. Aber es war nur Martin Feiler, der junge Kollege, dessen Arbeit Diekmann in den Knast gebracht hatte und den nun fast alle schnitten. Sie bemühte sich um ein freundliches Gesicht und kurbelte die Scheibe herunter.
»Brauchst du Hilfe?« Wie immer wirkte er ein wenig schüchtern.
»Mein Auto springt nicht an.«
»Hast du einen wichtigen Termin?«
»Nicht wirklich. Ich muss nur einkaufen.«
»Das trifft sich gut. Ich muss auch was erledigen. Soll ich dich mitnehmen? Dann können wir nachher den ADAC anrufen oder lassen dich abschleppen.«
»Besser abschleppen. Es ist ein alter Wagen, wie du siehst.« Sie zögerte einen Moment, ob sie sein Angebot annehmen sollte. Warum eigentlich nicht? Sie brauchte auch nicht viel, so dass es nicht lange dauern würde.
»Wo fährst du hin?«

»Ins Einkaufszentrum.«
»Okay, wenn du mich mitnimmst, kann ich da zu *Safeway*. Dauert auch nicht lang.«
Martin lächelte erleichtert. Er sah es offenbar als gutes Zeichen, dass überhaupt mal jemand mit ihm sprach.
»Fein. Ich müsste nur kurz den Beifahrersitz freimachen.«
Julika stieg aus und schloss ihren Wagen ab. Sie folgte Martin zu seinem Auto, das nur wenige Meter entfernt stand. Er wuchtete etwas vom Beifahrersitz und stellte es hinter dem Wagen auf dem Fußboden ab. Dann öffnete er den Kofferraum, in dem allerlei Krimskrams stand.
»Julika? Könntest du das mal kurz beiseite schieben? Ja genau.«
Julika beugte sich hinein und hob einen Getränkekasten hoch. Sie wollte sich gerade aufrichten, als etwas in ihrem Kopf in einem hellen Blitz explodierte.
Der Schmerz war nur ganz kurz.
Und dann war nichts mehr.

»Wer ist das? Erkennst du da jemanden?« Andrea ging mit den Augen dichter an das Foto heran, als hoffte sie, dadurch den gleichen Geistesblitz wie Johanna zu haben.
Die Psychologin rieb sich mit einer Hand über die Augen. Für einen Moment hatte sie geglaubt, ihr Herzschlag habe ausgesetzt.
»Ich kenne ihn.«
»Wen, zum Henker?«
Johanna tippte mit dem Finger auf das Foto. Auf eine kleine Gestalt in der ersten Reihe. Rote Haare, ernstes Gesicht.
»Martin Feiler. Ein Mitarbeiter von Sven. O Gott, ich hätte es wissen können. Es musste jemand sein, der Sven nahe stand.«
Sie sprang auf und wandte sich an den Beamten.
»Rufen Sie sofort die Mordkommission in Hamburg an. Sagen

Sie ihnen, wir haben den Mörder. Der Mann heißt Martin Feiler und arbeitet in der Abteilung von Sven Diekmann. Nun machen Sie schon.« Der Polizist saß mit offenem Mund am Schreibtisch und verstand offensichtlich gar nichts.
»Verflucht!« Johanna leuchtete ein, dass er nichts begriff, schließlich kannte er nicht die ganze Geschichte.
»Komm, Andrea, wir müssen los. Während du fährst, versuche ich Julika zu erreichen.« Sie verabschiedeten sich hastig von einem Polizeibeamten, der noch immer nicht wusste, wie ihm geschah, und stürmten aus dem Gebäude auf die Straße. Noch während Andrea das Auto aufschloss, tippte Johanna in ihr Handy die Nummer von Julika ein. Sie würde wissen, was jetzt zu tun war.
Es klingelte eine halbe Ewigkeit, und sie waren schon fast auf der Straße, als endlich jemand abhob.
»Hallo, Frau Dr. Jensen.« Sie hatte den Eindruck, als stünden ihr die Haare zu Berge. »Ich habe Ihren Namen auf dem Display erkannt.«
»Wer ist da?« Ihre Stimme klang heiser. Dabei wusste sie genau, mit wem sie sprach.
»Hier ist Martin. Ich fürchte«, seine Stimme nahm einen bedauernden Unterton an, »Julika kann gerade nicht mit Ihnen sprechen. Sie ist derzeit, wie soll ich sagen? Verhindert.«
»Was haben Sie mit ihr gemacht?«
»Was glauben Sie wohl? Immerhin muss ich meinen Rückzug sichern. Mein Vorsprung ist zwar nicht groß, aber er wird reichen. Sie werden sie in Ihrer eigenen Wohnung finden. Ich habe sie dort abgelegt. Ich wünsche Ihnen alles Gute.«
Er unterbrach die Verbindung. Johanna wählte sofort den Notruf.
Sie hoffte, dass es noch eine Rettung für Julika gab.

Drei Tage vor Weihnachten, und er war frei.

So wie sie ihn hergebracht hatten, ließen sie ihn auch wieder laufen.

Im Dunkeln.

Er wusste nicht genau, was passiert war, er wusste nur, dass sich Martin auf der Flucht befand.

Martin war es gewesen. Wie das alles zusammenhing, das würde ihm Johanna sicher erklären.

Sie hatten ihn aus der Zelle herausgeholt und in die Sicherungswache am Tor verfrachtet. Aus Rücksicht auf ihn, um ihn vor der Pressemeute zu schützen, ließen sie ihn nicht durch den Haupteingang hinaus, sondern durch ein Seitentor. Sie hatten ihm gesagt, jemand werde ihn abholen. Er hatte keine Ahnung, wer das sein würde, und es war ihm auch egal. Hauptsache, er war hier raus.

Nun saß Sven in dem kleinen, stickigen Kabuff mit den alten Holzmöbeln. Im Hintergrund gurgelte eine Kaffeemaschine, ein Justizbeamter steckte sich gerade eine Zigarette an. Er überlegte kurz, ob er wieder mit dem Rauchen anfangen sollte, verwarf den Gedanken jedoch schnell wieder.

Er hatte nicht lange hier gesessen, gottlob, aber es hatte gereicht. Er hatte gar nicht gewusst, dass er zu klaustrophobischen Anwandlungen neigte, doch wenn er allein in seiner Zelle gesessen hatte, hätte er schreien mögen.

Der Direktor hatte ihn mit den veränderten Tatsachen vertraut gemacht, ihm die Hand hingestreckt und sich entschuldigt. Wieso eigentlich? Er konnte schließlich für all dies nichts.

Sven hatte ihm versichert, dass sie ihn anständig behandelt hatten, und das stimmte auch.

Als klar war, dass er unschuldig war, glaubte er in den Gesichtern von ein oder zwei Wärtern so etwas wie Bedauern zu lesen.

Ihnen ging es offenbar nicht um Schuld oder Unschuld, sondern um Gerechtigkeit, und solange sie noch glaubten, dass er der Rächer war, hatte er ihrer Meinung nach so etwas wie Gerechtigkeit geübt. Mord war, wenn er denn moralisch zu rechtfertigen war, in ihren Augen ein legitimes Mittel.
Verrückte Welt.
Als es am Tor klingelte, zuckte er zusammen. Ein Blick auf die Uhr zeigte ihm die Zeit. Halb acht abends. Draußen war es dunkel. Er hörte die Gegensprechanlage schnarren, konnte jedoch nichts verstehen. Erst als ihm einer der Wärter auf die Schulter tippte, kam Leben in ihn.
»Herr Diekmann, Ihr Fahrer ist da.«
»Was? O ja, danke.« Geistesabwesend stand er auf und nahm seine kleine Tasche. Er zog seine Jacke an und nickte den beiden Männern in dem Büro noch einmal freundlich zu.
Dann ging er.
Vor dem Tor stand ein Wagen mit abgeblendeten Scheinwerfern. Eine Person lehnte an der Motorhaube. Erst beim Näherkommen sah er, dass es Johanna war. Er ging auf sie zu und blieb kurz vor ihr stehen.
»Hallo.«
»Hallo.«
Für einen Moment standen sie beide einfach nur da. Vieles schwebte unausgesprochen zwischen ihnen.
Hauptsache, ich bin draußen, dachte Sven.
»Wollen wir?« Sie sprach als Erste.
Er nickte.
»Steig ein.«
Schweigend begannen sie ihre Fahrt durch den Abend, und fast erstaunt stellte er fest, dass sich während seiner kurzen Haft nichts verändert hatte. Die Straßenlaternen leuchteten

noch genauso hell, der Himmel war noch genauso grau, das Wetter noch genauso schlecht wie bei seiner Inhaftierung. Die Scheibenwischer zogen Schlieren über die Windschutzscheibe. Johanna brauchte dringend neue Scheibenwischer.
Er räusperte sich kurz. »Ich habe gehört, dass Julika verletzt ist. Wie geht es ihr?«
»Sie hat einen Schädelbruch erlitten, aber der Arzt sagt, sie wird wieder.«
»Kann ich sie besuchen?«
Johanna nickte. »Der Doc sagt, wie dürfen morgen mal vorbeischauen.«
Er riskierte einen kurzen Seitenblick, aber Johanna starrte weiter auf die Straße. Viele Frage schwirrten in seinem Kopf herum, aber nur eine konnte er stellen.
»Warum?«
Johanna zuckte mit den Schultern. »Ich kann es nur vermuten. Aber bitte, nicht jetzt. Lass uns ein andermal darüber reden.«
»Ist er weg?«
»Ja.« Johanna nickte. »Nachdem wir Julika gefunden und sie uns endlich geglaubt haben, haben sie zwar eine Großfahndung eingeleitet, aber er blieb verschwunden. Er hat seinen Wagen vor Julikas Haustür stehen lassen. Keiner weiß, wo er ist.«
»Glaubst du, er kommt zurück?«
»Ich weiß es nicht.«
Für einen Moment herrschte Schweigen. Sven konnte aus den Augenwinkeln sehen, wie Johanna ihn mit einem kurzen Seitenblick bedachte. Er ahnte, was in ihrem Kopf vor sich ging, dass sie ihm ungern während all der letzten Monate etwas schuldig geblieben war. Ihm wäre es nicht anders gegangen.
Er sollte Recht behalten.

»Wir sind doch jetzt quitt, oder?« Ihre Stimme klang ein wenig schrill.

Er nickte. Er hätte verdammt viel zu sagen gehabt, nur wusste er nicht, wo er anfangen sollte. Aber einen Anfang musste er finden.

»Danke.«

EPILOG

Heiligabend. Das erste Mal seit Jahren, dass es Johanna nicht vor diesem Abend grauste.

Ihre Mutter hatte ihr eine Weihnachtskarte geschrieben, aber die hatte sie, wie all die anderen Karten auch, ungelesen in den Mülleimer geworfen.

Den zweiten Weihnachtstag würde sie bei ihrem Onkel und seiner Familie verbringen. Sie freute sich schon auf ihre Cousine und ihre drei Cousins. Sie hatte schon mit Tante Vera telefoniert, die ihr von der Weihnachtsgans erzählt hatte.

Jedes Jahr gab es bei Familie Jensen eine Weihnachtsgans. Voller Entsetzen dachte Johanna an die Kalorien, die sie hinterher irgendwie wieder loswerden musste.

Den heutigen, den Heiligen Abend wollte sie mit Joachim verbringen, der eine kleine Party gab. Nur wenige Leute, hatte er versichert, mit allem, was dazugehörte.

Sie zog das Kleid an, das sie sich vor ein paar Wochen für das Essen bei Flo und Markus gekauft hatte. Sie hatte es, noch immer in der Einkaufstüte, ganz hinten im Kleiderschrank gefunden. Bereits fertig angezogen, eine kleine gepackte Tasche neben sich, zögerte sie noch. Wahrscheinlich würde sie über Nacht bei Joachim bleiben, und sei es nur, um nicht so spät nach Hause fahren zu müssen.

Unschlüssig stand sie in ihrem Wohnzimmer, mit diesem Brief in der Hand, der heute Morgen gekommen war.

Sie war sicher, dass es keine freundschaftlichen Weihnachtsgrüße waren, trotzdem riss sie den Umschlag auf. Bevor sie anfing zu lesen, atmete sie noch einmal kräftig durch.

Ihre Finger fühlten sich taub an, als sie das Schreiben auseinander faltete.

Sehr geehrte Frau Dr. Jensen,
meinen Glückwunsch. Das hätte ich nicht gedacht.
Ich hoffe, dass es Julika inzwischen besser geht, ich befürchte nämlich, dass ich ein wenig zu stark zugeschlagen habe. Schließlich hat sie ja nichts Schlimmes getan, oder?
Ganz im Gegensatz zu Ihnen.
Sie haben sich zwischen Diekmann und mich gedrängt und ihn beeinflusst. Sie haben alles zerstört. Meine Träume, meine Hoffnungen und mein Leben, und wenn ich auch zunächst verärgert war, so haben Sie mir doch letztendlich einen Gefallen getan, denn er war nicht der, für den ich ihn anfangs gehalten habe.
Sie werden sich bestimmt fragen, warum ich das alles getan habe. Ich will es Ihnen sagen. Allerdings muss ich dafür ein wenig ausholen.
Sehen Sie, ich bin im Alter von fünfzehn Jahren zu meinem Onkel und meiner Tante in ein kleines Dorf in der Nähe von Bargteheide gezogen, weil meine Mutter bei einem Verkehrsunfall ums Leben gekommen war.
Es waren schlichte Leute, die mir allerdings nichts bedeutet haben. Das Einzige, was für mich immer von Bedeutung gewesen ist, ist und war GOTT. So hat meine Mutter mich erzogen.
Von meinem Erzeuger habe ich nichts gewusst, nur so viel, wie meine Mutter mir erzählt hat, und demnach war er bloß ein Sünder.
Aber das war nicht schlimm, denn mein wirklicher Vater war GOTT. So habe ich es gelernt, und in vielen Gebeten

habe ich mit IHM gesprochen. ER hat mir immer versichert, dass eines Tages jemand kommt, der SEINE Stelle vertritt.
Zweimal war ich der Meinung, dass ich denjenigen gefunden hätte, aber beide Male habe ich mich getäuscht.
Der Priester war ein Heuchler und als solcher musste er sterben. Aber ehrlich gesagt, bin ich mir gar nicht mehr so sicher, dass ich ihn töten musste, schließlich gibt es die Hölle ja wohl auch auf Erden. Aber na ja, ich war noch jung damals und mir schien es das einzige Mittel zu sein.
Dass ich einmal Polizist werde, war schnell klar, immerhin hatte ich mich dem Kampf gegen das Böse verschrieben, so wie mein VATER es mir in unzähligen Gesprächen gesagt hat.
Als ich dann Herrn Diekmann traf, war ich mir sicher, meine Suche, die so viele Jahre gedauert hatte, sei nun endlich vorüber. Um ihm zu zeigen, dass ich es wert war, sein Sohn zu sein, habe ich diese Sünder getötet. Ich habe das getan, was ein irdisches Gesetz nicht geschafft hat. Ich habe über sie zu Gericht gesessen, sie verurteilt und bestraft.
Aber ich habe auch ihre Seelen gerettet. Ich habe ihnen nämlich die Absolution erteilt. Im Namen des Vaters, des Sohnes und des Heiligen Geistes.
Das Kreuz auf der Stirn, erinnern Sie sich?
Die Personen zu finden, die mich meinem Vater näher bringen sollten, war nicht schwer.
In den Zeitungen habe ich über die Freilassung eines jeden Einzelnen von ihnen eine kleine Notiz entdeckt. Mit den Möglichkeiten, die ich bei der Polizei hatte, war es ein Leichtes, sie ausfindig zu machen und zu richten.

Und ja, ich habe sie verfolgt, ihnen etwas entwendet und es ihnen anschließend nach Hause gebracht. Als Polizist. Und sie haben mich alle hineingelassen.
Alles andere war kein Problem …
Aber dann musste ich erkennen, dass die Prophezeiung des HERRN wieder nicht erfüllt wurde und dass Diekmann nicht an SEINE Stelle getreten ist.
Er hatte mich verhöhnt und verspottet. Ich, der ich ihm alles gegeben und alles für ihn getan hätte.
Gibt es etwas Schlimmeres für einen Polizisten, als ins Gefängnis zu gehen?
Auch war es kein Problem, Herrn Diekmann im Büro den Schlüsselbund zu entwenden. Schließlich verliert er ständig etwas. Ich habe den Schlüssel nachmachen lassen und mir Zutritt zu seiner Wohnung verschafft. Das erste Mal. Den Schlüsselbund habe ich später hingelegt, so dass er zunächst eigentlich keinen Verdacht schöpfen konnte.
Dieser kleine Strichjunge war dann ein Geschenk des Himmels.
Mein Plan war zu diesem Zeitpunkt noch nicht ausgereift, und erst als der Knabe in der Dienststelle anrief, kam mir eine Idee.
Es war fast ein Geschenk GOTTES, dass ich den Anruf entgegengenommen habe. Diekmann hat mir alles über das Treffen erzählt, und ich war vor ihm da. Vorher bin ich noch in seine Wohnung gegangen und habe die Waffe geholt, die ich bei meinem letzten Besuch dort gefunden hatte.
Die Waffe habe ich in Tatortnähe zurückgelassen, und da ich Handschuhe getragen hatte, gab es nur die Fingerabdrücke von Herrn Diekmann.

Ich habe mir in diesem Fall keine besondere Mühe gegeben, schließlich war der Junge Abschaum …
Ich mag keinen Dreck.
Es war mir vollkommen gleich, ob seine Seele errettet würde oder nicht. Er war nur ein Werkzeug für mich.
Die Munition sowie den Kamm, den ich aus Herrn Diekmanns Büro zusammen mit dem Schlüsselbund genommen hatte, habe ich in der von mir angemieteten Wohnung deponiert, die für mich so etwas wie ein Altar dargestellt hat. Oder ein Heiligtum, wenn Ihnen das lieber ist. Ein Ort, an dem ich meinem Vater nahe sein konnte, aber als er mich dann zurückgestoßen hat, hat er auch diesen heiligen Ort entweiht, und so ist diese Stätte der Geborgenheit wertlos für mich geworden.
Dort habe ich alles zurückgelassen. Die Bilder der Toten, die Hinweise auf Diekmann, meine Maskerade und … Tja, und die Liebe zu meinem irdischen Vater.
Ich konnte auch nicht widerstehen, mich dem Vermieter als Diekmanns Sohn vorzustellen.
Der Name Frederik hat mir besonders gut gefallen.
Meine Verkleidung war einzigartig, nicht wahr? Sie sind mir mit Ihrer Vermutung, dass der Täter mit dieser Maskerade etwas ganz Besonderes verstecken wollte, verflucht nahe gekommen, aber Sie haben diesen Gedanken Gott sei Dank nicht zu Ende gebracht.
Schade, dass mein Plan nicht aufgegangen ist, und fast hätten Sie gewonnen, aber dann habe ich auf Julikas Schreibtisch diese Liste entdeckt, und ich war sicher, dass Sie mir auf der Spur sind. Diese Liste mit den Morden der letzten Jahre. Der Priester war auch dabei. Sie wissen schon.
Ich musste Zeit gewinnen, und das Beste, was mir einge-

fallen ist, war Julika zu entführen, um zu verhindern, dass Sie mit ihr über Ihre Erkenntnisse sprechen konnten.
Also habe ich an ihrem Wagen das Kabel der Benzinpumpe durchgeschnitten. Das war einfach. Bei diesem Auto liegt sie hinten, unter dem Tank. Als er nicht mehr angesprungen ist, habe ich sie gefragt, ob ich sie mitnehmen könne, und sie hat eingewilligt.
Tja, und dann habe ich sie niedergeschlagen, in den Kofferraum gesperrt und das Polizeigelände verlassen.
Die einfachsten Ideen sind doch noch immer die besten.
Nun muss ich allerdings Schluss machen. Ich habe noch viel zu tun.
Die Suche ist noch nicht beendet.

Möge der Herr mit Ihnen sein

Martin Feiler

DANKSAGUNG

Natürlich hat es auch dieses Mal Menschen gegeben, ohne deren tatkräftige Unterstützung an eine Fertigstellung dieses Buches nicht zu denken gewesen wäre.

Mein besonderer Dank gilt meinem Agenten Dirk R. Meynecke, der mir bis zum Schluss, als mir die Zunge schon bis auf den Boden hing, Durchhalteparolen ins Ohr gebrüllt hat.

Dank auch an Andrea Müller, Zuckerbrot, und Andrea Hartmann, Peitsche, vom Knaur Verlag.

Ohne Bettina Steyer, die meine geistigen Ergüsse als Erste gelesen und mit zum Teil bissigen Bemerkungen kommentiert hat, wäre ich wohl verloren gewesen. Danke, Tina!

Meinen herzlichen Dank an die Kanzlei Witthuhn & Partner. Sie, Herr Claussen, waren eine unerschöpfliche Informationsquelle, und Sie, Herr Witthuhn, sind ein grandioses Vorbild für einen Romanhelden. Verzeihen Sie mir meinen kleinen Scherz?

Danke, Papi. Dein literarischer Rat hat in einem Fall meiner Lektorin zwar fast einen Herzinfarkt beschert, aber trotzdem bist du, als seelische Unterstützung, unersetzlich.

Vielen Dank auch meiner Schwester Natalie Drawer. Du holst mich immer wieder auf den Boden der Tatsachen zurück.

Mein Dank geht auch an meine Freunde, die meine ständig wiederkehrenden Launen so mannhaft ertragen haben.

Und … für das beste Trostpflaster und den besten Sohn der Welt, Chris Kevin, einen dicken Kuss.

Ich liebe euch alle.

Atemberaubende Spannung
Made in Germany!

Nicole Drawer

Allein mit deinem Mörder

Roman

Ein Serienkiller geht um. Seine Opfer: attraktive, junge Frauen. Alarmstufe Rot bei der Hamburger SOKO, denn es gibt keine Zeugen, keine Beweise, und kein Motiv für die Morde. Erst als Psychologin Johanna Jensen zu den Ermittlungen hinzugezogen wird, gibt es eine heiße Spur – bis ein Kollege spurlos verschwindet und ein makabres Lebenszeichen das Schlimmste befürchten lässt …

Packend, abgründig, verstörend – Nicole Drawer, Kriminaloberkommissarin und verdeckte Ermittlerin bei der Hamburger Kriminalpolizei, weiß, wovon sie schreibt!

»Ein mörderisches Debüt.«

Ein neues Ermittlerduo betritt die Bühne!

Andreas Franz

Tod eines Lehrers

Kriminalroman

Als Oberstudienrat Schirner ermordet und grausam verstümmelt aufgefunden wird, reagiert seine Umgebung zunächst fassungslos: Der Lehrer war überall beliebt und führte eine glückliche Ehe. Hauptkommissar Peter Brandt beginnt, gründlicher in Schirners beruflichem Umfeld zu recherchieren, und entdeckt, dass an dem Gymnasium Dinge vorgingen, die offenbar nicht an die Öffentlichkeit dringen sollten. An seiner Seite: die coole Offenbacher Jung-Staatsanwältin Elvira Klein.

Ein neues Ermittlerduo stellt sich vor – ihre gegensätzlichen Charaktere sorgen für Zündstoff; Spannung garantiert die bewährte Hand des Erfolgsautors Andreas Franz!

Michelle Raven

Eine unheilvolle Begegnung

Roman

Ein Mann wird bei lebendigem Leibe begraben. Von den Tätern zunächst unbemerkt, wird Samantha Dyson Zeugin der Tat und kann dem Opfer, dem gut aussehenden Undercover-Agenten Morgan Spade, das Leben retten. Als die Killer wenig später entdecken, wer ihren Anschlag vereitelt hat, heften sie sich gnadenlos an Samanthas Fersen. Nur knapp entkommt sie mehreren Anschlägen. Jetzt ist es an Morgan, sich bei seiner attraktiven Retterin zu revanchieren. Ein Katz-und-Maus-Spiel mit den Verfolgern und ein Tumult der Gefühle zwischen den Gejagten nehmen ihren Lauf …

Knaur Taschenbuch Verlag

Laura Levine

Rache mit Sahne?

Kaum hat Jaine ihren Job als Drehbuchautorin für eine Fernsehserie angenommen, steckt sie auch schon in Schwierigkeiten: Statt des erträumten Luxusstudios erwartet sie ein heruntergekommenes Büro, und auch die Serie ist nicht gerade Emmyverdächtig. Und dann bricht auch noch Frauenschwarm Quinn Kirkland beim Verspeisen eines Sahnetörtchens vor laufender Kamera tot zusammen! Die Polizei hat Jaines beste Freundin zur Hauptverdächtigen auserkoren, und so muss sich Jaine nicht nur mit ihren neurotischen Eltern und den Allüren der Schauspieler herumschlagen, sondern auch den Mörder finden, bevor er ein weiteres Mal zuschlagen kann …

Knaur Taschenbuch Verlag